千里驰援

广东作家“抗疫”主题作品选

（上卷）

广东省作家协会◎编

SPM 南方出版传媒 花城出版社
中国·广州

图书在版编目（CIP）数据

千里驰援 ：广东作家“抗疫”主题作品选 ：全2册 / 广东省作家协会编. -- 广州 ：花城出版社，2021.1
ISBN 978-7-5360-9294-5

Ⅰ. ①千… Ⅱ. ①广… Ⅲ. ①中国文学—当代文学—作品综合集 Ⅳ. ①I217.1

中国版本图书馆CIP数据核字(2020)第239764号

出 版 人：肖延兵
策划编辑：张 懿
责任编辑：李 谓 梁宝星
技术编辑：凌春梅
装帧设计：王玉美
封面绘图：张绍青

书 名 千里驰援：广东作家“抗疫”主题作品选
QIANLI CHIYUAN GUANGDONG ZUOJIA KANGYI ZHUTI ZUOPIN XUAN
出版发行 花城出版社
（广州市环市东路水荫路11号）
经 销 全国新华书店
印 刷 佛山市迎高彩印有限公司
（佛山市顺德区陈村镇广隆工业区兴业七路9号）
开 本 787毫米 ×1092毫米 16开
印 张 38 2插页
字 数 734,000字
版 次 2021年1月第1版 2021年1月第1次印刷
定 价 138.80元（全2册）

如发现印装质量问题，请直接与印刷厂联系调换。
购书热线：020-37604658 37602954
花城出版社网站：http：//www.fcph.com.cn

目录 contents

报告文学

小 说

评 论

报告文学

千里驰援

□张培忠　许锋

岂曰无衣，与子同袍。除夕至今一个多月里，广东先后派出24批医疗队、2461名医务工作者入荆楚大地，驰援湖北。他们与湖北以及全国的医务工作者一起，英勇奋战在抗击新冠肺炎疫情的最前线，谱写了一曲白衣战士与时间赛跑、同病魔较量的英雄壮歌。

——题记

一

2020年1月18日，傍晚。广州南站。过节归乡的人潮已然涌来。

一位老人和助手来到售票大厅。

从老人矫健的身形和匆匆的步履，看不出，他已有84岁高龄。这个年纪，又逢岁尾年初，一般是不出行的。显然，老人是遇到了“特殊的情况”，或者——“天大的事情”。

只是，车票已售空。

十万火急。不得已，老人想办法才搞到两张车票。

是17时45分的动车，目的地：武汉。车上没有座位，车长把老人和助手安排在餐车就座。

老人和助手吃了盒饭，然后，开始工作。先看材料，又不断打电话，连续打了十几个电话。21时许，累极了，老人仰靠椅背，闭目小憩，没摘眼镜，眉头紧锁。

他面色憔悴，脸有倦容。前一天，在深圳忙。这天上午，讨论一个重症病人的病情；中午没休息；下午，在省里开会；会议结束后，直接来到车站。

老人只休息了10分钟，然后，又是看材料，打电话。

23时，列车抵达武汉。

次日9时，老人在武汉会议中心参加高级别专家组会议；会后，去金银潭医院；之后，去武汉市疾控中心。下午，参加会议；18时许，飞往北京；22时许，参加会议，直至深夜。

1月20日，16时许，老人出席新闻发布会。人们知道了，这位老人就是钟南山，中国工程院院士、国家卫健委高级别专家组组长。

面对来势汹汹的新冠肺炎疫情，钟南山表示，肯定有人传人现象，已经有医务人员被感染，“这是我们应该提高警惕的时候”，“没有特殊的情况不要去武汉”。

二

除夕，万家团圆之日。再忙，这一天人们都会回家。

孰料，在新年的钟声即将敲响之际，武汉新冠肺炎疫情告急。全国各地驰援武汉的医疗队伍纷纷启程。

临近午夜，一架货舱满载医疗物资的南方航空公司航班，停在广州白云国际机场。

133名队员迎风而立。这是广东派出的第一批支援武汉的医疗队——

谢佳星，准备驾车回潮汕过年，果断放弃；谢国波，妻子怀孕4个月，接到任务没有一丝犹豫；陈丽芳，两个孩子，婆婆身体不好，孩子和老人都需要人照顾；彭红，远在湖南的父母盼女儿归来，她不敢说自己要去武汉；王凯，正在安徽老家陪伴父母，当即启程返粤；梁玉婵，取消了2月2日领取结婚证的计划……

不管有多少困难，这些医务工作者都咬紧牙关，义无反顾地踏上征程。

英雄不问出处。但此时，英雄的出处不能省略：广东省人民医院、广东省第二人民医院、中山大学附属第一医院、中山大学孙逸仙纪念医院、中山大学附属第三医院、南方医科大学南方医院、南方医科大学珠江医院、暨南大学附属第一医院、广州医科大学附属第一医院。均为三级甲等综合医院。

而且，医疗队成员全部来自呼吸科、感染性疾病专科、医院感染管理科、重症医学科、检验科。其中，多人参加过2003年非典救治。

团圆夜亦是出征时。羊城的除夕夜灯火辉煌，队员们有不舍，有牵挂，但更多的是信念——抗击病魔、安全归来！

深夜1点45分，航班抵达武汉天河国际机场。此时，已是庚子鼠年大年初一。133人，走入武汉的浓重夜色中。

三

抵达当日，没睡多久，队员们就开始业务培训。

汉口医院，距离华南海鲜市场只有4公里。广东医疗队接手原呼吸科病区时，住院者70人，其中病危3人，病重52人。

这是一家以康复医疗为主的二甲医院，本来不具备收治危重患者的条件。甚至，更衣间连灯都没有。

医疗队员们来到这里后，立即着手改善环境。手消毒，戴防护帽，戴口罩，穿防护服，戴手套，戴面罩，套鞋套……包住每一寸裸露的肌肤。

然后是当清洁工、垃圾搬运工。杂物、医疗垃圾、生活垃圾……无不潜藏病毒，每一次近距离接触，都危险重重。

接着是划分病区。将内科二楼通往原医生值班区的通道堵住，隔出清洁区、半污染区和污染区。各区之间，以木板相隔；木板与木板之间，用透明胶封住。

隔离门需要更换。使用下压式门把手，一摁，门开，仅一个指头接触。

尽管需要着手的工作还有很多，但是，渐渐地，已从无序变为有序，从忙乱变为稳定。然后，继续收治病人、分类隔离。

医疗队员们分批进入病区。133人，夜以继日，与患者一起，同病魔做斗争。

邓医宇，广东省人民医院急危重症医学部主任医师，医院赴武汉医疗队队长、临时党支部书记。党支部成立后，他组织召开临床医疗会议，梳理出《汉口呼六各班职责》（呼六：指呼吸科六个班），保障医疗有章有序开展。

周宇麒，中山大学附属第三医院呼吸内科副主任医师，医院支援武汉医疗队队长，在治疗急危重肺炎患者外，重拾多年前“开医嘱”“书写病程记录”“抢救记录”等基础工作。

王吉文，中山大学孙逸仙纪念医院重症医学科副教授，参加过非典隔离病房管理和一线救治，他鼓励队员：“情况紧急，我们要团结一心，拧成一股绳，想办法解决所有问题。”

无特效药。常常需要给患者氧疗。氧，一般都“装”在病床床头，一根管子连着，需要就开。汉口医院也是这样。但病人一多，供氧不够，这时候就需要用上氧气瓶。

用推车推氧气瓶。一个灌满氧的氧气瓶100多斤。而且，40分钟要更换一次，换瓶者常常是身材瘦削的女护士，并且裹着厚厚的防护服，戴着手套、面罩，蹬着脚套，护目镜朦朦胧胧一片水汽——费力程度可想而知。

刚开始换氧气瓶，几个人一起上。光用手不行，还得用扳手。慢了也不行，病人的血氧会往下掉。人力有限，大家不断总结经验，掌握技巧，很快，两名女护士可以迅速换好；接着，“厉害”一点的女护士，一个人就可以搞定。只是，每次都会汗流浃背，浑身如针刺一样难受。

防护服数量不够。穿上就管4到6小时，加上交接班，七八个小时也是常事。中间不能脱，更不能上厕所，只能穿纸尿裤。“人生中，第一次穿上成人纸尿裤！”“走起路来挺难受。”

夜里，下起霏霏细雨。江城的街上，冷清、寂寥。下夜班的医生、护士结伴而行，有人突然说，今天是大年初二啊！

对他们每个人来说，这都是一个永远难以忘记的春节假期——他们将在“战场”上度过。而且，他们不能退缩，不能胆怯，不能低头。

四

例行查房。中山大学附属第一医院重症医学科主任医师吴健锋带队，逐一查看患者。

查至呼六病房，73床的那位老人看起来不太对劲——显得格外烦躁，手使劲摁在胸前，面色褐红，嘴唇青紫。

隔着防护面罩，吴健锋扫了一眼监护仪，血氧饱和度为60%，已是严重缺氧。

吴健锋依据多年的经验初步判断，老人可能突发气胸。

吴健锋环顾四周。他在找超声机。此时，唯有重症超声可视化技术才可诊断出患者是否为气胸。只是，汉口医院隔离病房此前未使用过这项技术，病床边没有超声机。

吴健锋急促地说：“立即联系医务科！”

在等待超声机的过程中，有医生给老者加大吸氧浓度；有医生用言语安慰患者；之后，大家一起商讨诊治方案。

约10分钟后，超声机到位。

在吴健锋的指导下，一系列抢救措施有条不紊地进行。

中山一院重症医学科主治医师司向立即对患者进行床边心肺超声检查——发现“肺点”，这是诊断气胸的特异征象，气胸确诊。

司向娴熟地定位：患者右侧胸，第四肋，腋前线。

中山一院重症医学科主治医师易慧将麻醉药喷洒在患者右侧胸，并用手均匀涂抹。

之后，借助超声引导，南方医院呼吸科主治医师肖冠华和易慧给患者行胸腔穿刺置管术。

胸腔穿刺针按照司向的定位准确刺入；针中，“藏”有一根银色的钢制引导丝；然后，针退，引导丝一头“驻留”肺部，一头留在体外；再用扩皮器扩张穿刺部位的皮肤，扩张完毕，胸腔引流管顺引导丝置入。

整个过程，医生与患者需要密切接触，彼此的呼吸，不是近在咫尺，而是近乎微距。

10分钟后，一股气体从管子里“吐出”——患者长换一口气，舒服多了。被引出的气体进入“负压瓶”——足足700毫升。

3分钟后，患者血氧饱和度上升，脸上褐红消退，嘴唇变得红润。终于转危为安。

这是中山大学附属第一医院援助武汉医疗队以重症床旁超声技术抢救突发气胸重症患者的一个成功案例，也是汉口医院第一次开展重症床旁超声技术应用。

老人戴着氧气面罩，虽说不了话，但依然抬起手，竖起大拇指，他在感谢医生的救命之恩。几位医生也纷纷竖起大拇指，为老人的坚强“点赞”；此刻，大家已是一身汗，真想擦一把，但又无处下手。

电话中，司向说，救死扶伤，是我们的天职；成功了，我们感到幸福。

除了这，你知道医生最幸福的时刻是什么？

500毫升，果粒橙。

咕嘟咕嘟，只听电话那头，司向一口气灌了下去。

五

那位阿姨睡得很香。

广东省人民医院护士李婕茹推着治疗车，沿着灯火通明的走廊来到病区，准备为她抽血。李婕茹停好治疗车，走到阿姨身边，轻轻拍了她一下。阿姨醒了。李婕茹透过护目镜，看到她睡眼惺忪，却露出微笑，顿时心里一暖。

阿姨挪了一下身体，腾出一点位置：“我要不要再躺过去一点？我不怕疼的，你扎多少针都可以。”

若在平时，病人这样说，李婕茹会不开心。针针不见血，不就是水平差吗？可是，自己现在穿着厚厚的防护服，戴着码数偏大的乳胶手套，还一双套一双，护目镜上蒙了一层雾气。这身装备，扎辫子都没准，何况是扎针。

李婕茹咬咬牙，拿过止血带，绑在阿姨手腕上。每天抽血，阿姨的手背上到处都是针眼。李婕茹隔着手套，细细摩挲，轻轻弹压，探了一轮，又探一轮，终于在中指和食指间的手背上找到一根弹性还可以的血管。

阿姨还在鼓励她："阿姨年纪大了，血管不好，没关系的，扎多少针都不怕。"

下针时，李婕茹有点紧张。28岁的年纪，当了5年护士，扎针这个动作早就轻车熟路，可是这时候，她握着针，觉得手有些笨拙，眼睛看不清，整个身体像被箍着，她生怕一针没扎好，还要扎第二针、第三针。她调整一下呼吸，稳住手，凭借经验，一针进去——鲜血冒了出来，流进试管。李婕茹心里很激动。这是她工作5年来，无数次"一针见血"经历中最特别的一次。

"谢谢！"阿姨的眼睛里泛着泪花。"姑娘，你辛苦了，为了我们，你们一夜都没合眼！"阿姨起了起身，半仰着头说。

李婕茹说："阿姨，我们不辛苦。"她知道自己的声音是哽咽的。但是，她不能哭，她还要去下一个病房。

暖心的话，不断地从病人嘴里冒出来，在灯火通明的走廊上萦绕。

一个个护士，推着治疗车，时进，时出，由远及近，由近及远。他们与患者彼此相望，彼此感动。

六

133人，远远不够！

珠江连汉江，壮士再出征。

正月初四晚，来自中山大学附属第一医院、中山大学附属第六医院、广东省妇幼保健院、南方医科大学第三附属医院以及广东各地市医院的147人驰援武汉。

正月十三晚，中山大学附属第一医院、孙逸仙纪念医院262名医护人员，驰援武汉。

正月十四，广东省疾控中心检验队车载生物安全柜、生物废弃物高压系统、全自动核酸提取仪和荧光定量PCR仪，经16个小时长途跋涉，到达武汉，展开检测任务。

正月廿一晚，广东新组建的一批医疗队奔赴荆州。佛山、汕头、东莞、茂名、梅州、揭阳，全省医疗系统总动员……

除了这些团队，亦有人"踽踽独行"。

正月初九，中山大学附属第一医院重症医学科主任管向东教授，作为国家级专家组成员赶赴武汉执行紧急医学救援任务。“生命重于泰山，疫情就是命令。国家有困难，重症医学专家应当迅速响应！”

正月十九中午，广东省人民医院危急重症医学部主任医师蒋文新登上飞机。他奔赴荆州，担任广东省对口支援湖北荆州医疗队技术总指导。蒋文新有关节炎，膝盖疼，一拐一拐进了机舱。他注意到，这是一架客机，但却没有乘客。座位上面、下面，塞着一箱箱口罩、防护服、导尿包……机舱两侧悬挂着十几面五星红旗，在灯光的映照下，传递着温暖。

更有中医的力量。

张忠德，55岁，是当年抗击非典的勇士，当时不幸感染，一度呼吸衰竭写下遗书。除夕夜，他孤身启程。这些天来，作为国家中医药管理局应对新冠肺炎疫情防控工作专家组副组长，他率领67人的广东中医团队与国家中医医疗队合力战“疫”。

把脉、看舌苔、详细问诊、开药方。疲惫至极，但病房、走廊里飘起的中药味，又让张忠德颇感欣慰。

第一例。女，37岁，全身乏力、咳嗽、气喘，情况严重。她不想喝中药，觉得没啥用，也难喝。医生熬好药，一次一次端给她。后来喝了，“确实好得很快”。出院时，大家送她，她说：“今天是我的生日，也是我的重生日。”

还有一位老年女性患者，起初也抵触中药。结果，喝药后“好像有惊人的效果”。她躺在病床上，冲医生竖起大拇指。

2月18日，国家卫健委、国家中医药管理局印发《新型冠状病毒肺炎诊疗方案（试行第六版）》，中医治疗部分由张忠德参与制订。

七

千里驰援，为武汉胜，为湖北胜，为中国胜。一曲新时代的奉献之歌、英雄之歌正在荆楚大地传唱——广东医疗队2461名队员，与来自全国各地的数万名医务工作者一起，为抗击新冠肺炎疫情而并肩作战。

2月14日晚。江城上空，雷声滚滚。

翌日一早，人们推开窗，惊喜地发现，天空中飘着雪花，这是庚子鼠年落到武汉的第一场雪——荆楚大地银装素裹，分外妖娆。

一位武汉市民说，瑞雪兆丰年，我们等待着春暖花开！

（原载2020年3月2日《人民日报》）

苍生守护人

——记抗疫中的钟南山

□熊育群

疫情再度告急

2020年1月18日晚，钟南山赶到了人山人海的广州南站。正当春运，去武汉的高铁票早已卖光，事情紧急，颇费周折他才挤上了G1022次车，在餐车找了一个座位。

他走得非常匆忙，只穿了一件咖啡色格子西装。接到请他紧急赶到武汉的通知，他就感觉此行不同寻常。尽管疲惫，他打开电脑，开始仔细研究每个材料和文件。

这一天，武汉不明原因肺炎患者增加到了59例。这种原因不明的病出现在新闻中，给这个漫长的暖冬带来一丝隐忧与不安。但人头攒动的春运景象，越来越浓的新年喜庆的氛围，人们不以为意，南来北往的人流正在向着家的方向聚集。人们奔波忙碌了一年，都在筹划着怎样过大年。谁也想不到一个潘多拉魔盒正在打开……庚子鼠年注定因此而进入中国历史。

钟南山一直伏案工作，实在困了，他在低矮的靠背上仰头睡一下。这张打盹的照片后来迅速在网上传开。照片里可以看到红色的硬座，乘客都在低头看手机，他几乎是唯一的老年人。4个多小时后，他在深夜时分抵达武汉。

在会议中心住下，钟南山的神经仍是紧绷的。当年非典过后他就判断非典并没根绝，还有重新出现的可能。武汉出现的病例让他高度警惕。这一路奔走，如同梦境中穿行，不只是空间在跨越，时间似乎也在这个时刻恍惚。17年前那场令国人记忆深刻的非典，钟南山临危受命，担任广东省非典型肺炎医疗救护专家指导小组组长。也是春天，疫情在广东突然出现。不久，北京等地开始传播，一些国家也接到了病例报告。疫情呈全球蔓延之势。

疫情最初在河源、中山、佛山发生，患者急急送来广州。病人接触过的人倒下了，医生护士也不能幸免。患者发烧，面部、颈部充血，接着出现呕吐、干咳，肺部出现白肺，呼吸开始变得困难，病人多死于呼吸衰竭或多脏器衰竭。

一时谣言四起，人们抢购罗红霉素、板蓝根、醋……这些平素不起眼的东西价格飞涨，板蓝根一包原价8元，有的卖到40元；抗病毒口服液原价十几元，有的涨到了130元……

钟南山急了，他第一时间请缨，要求把所有的重症病人全部集中到他所在的广州呼吸疾病研究所来。病因不明、病症难治，糟糕的是疾病传播途径尚不清楚，个别医生有顾虑。钟南山知道事情的严重性，他坚定地说："医院就是战场，作为战士，我们不冲上去谁上去？现在是需要我们站出来的时候，不能有丝毫犹豫，因为我们是医生，这是我们的职责！"在他看来，他们就是搞呼吸疾病研究的，最艰巨的救治任务不由他们承担靠谁来承担？！

武汉的病人发烧、乏力，部分出现干咳，痰很少，少数有流鼻涕、鼻塞，还有少数有胃肠道的症状，个别的有心肌、消化道、神经系统的问题。这与非典既相似又不一样，很多病人并没有高烧，开始时症状也不太严重，肺部情况也不像非典。他判断，两者相比，尽管有很多同源性，但应是平行的完全不同的两种病毒。这种新型病毒到底有多危险，会怎么变异，他并不了解。这正是他忧虑的地方。

抗击非典那年钟南山67岁，今年84岁，17年的岁月在他青丝上留痕，秋霜似的白发拢在他的额头。想不到耄耋之年他还要与病毒交战！有网民说，"他劝别人不要去武汉，他却去了。明知道老年人最易感染"。在高速行驶的车上，他不知是怎样一种心情，他嘴角深弯向下，不难看出，他不只是疲惫，还有衔悲。从此刻的忧心到后来多次哽咽、含泪，疫情的发展比他估计的还要严重。

武汉一夜，钟南山难以入眠。国家又一次面临考验，人民又一次受到瘟疫的威胁。他辗转反侧，等来了天亮。树叶落尽枝丫光秃的冬天景象出现，凛冽的北风刮过街巷。他实地调查研究，今天与昨天、昨天与前天，情况都在变化，两天内确诊了136例，出现了人传人的情况，还有医务人员被感染了，这是一个非常重要的标志……

历史似乎在重复，他最不想看到的一幕又出现了。当年央视王志的《面对面》新闻节目，面对瞒报疫情和权威部门病因的错误结论，钟南山向观众说出了真相。同样是央视，白岩松的《新闻1+1》节目，他再一次说出了真相，他郑重公布："新型冠状病毒肺炎是肯定的人传人，在广东有2个病例，没去过武汉，但家人去了武汉后染上了新型冠状病毒肺炎，现在可以说，肯定的，有人传人现象。"

此言一出，惊醒了国人，人们匆忙的脚步停了下来，迎大年的节奏打乱了。当年非典那一幕瞬间回到了人们的记忆中。

1月20日下午，他答新华社记者问，提出了对武汉防控的主张，即武汉减少输出，要对火车站、机场等口岸实行严格的检测措施，首先是测体温，有症状特别是体温不正常的须强制隔离；除非极为重要的事情，外地人一般不要去武汉。这实际是武汉封城的建议。

他提醒疫情预防和控制最有效的办法是早发现、早诊断，还有治疗、隔离。对已经确诊，或者将要确诊的病人要进行有效的隔离，这是极为重要的！目前没有特效药。戴口罩很重要……

他呼吁各级政府领导要负起责任来，这不单纯是卫健委的问题。他提醒政府、医务人员、全社会都要关心，属地领导要担起责任。现在处在一个节骨眼上，春节期间得病的人数会增加。但他不希望呈现链式的发展。要防止它传播，要害是警惕在传播过程中出现超级传播者。

这些呼吁在他武汉考察后及时发出。

天下救人事最大

事态急剧发展。年关逼近。钟南山武汉、北京、广州三地奔波，再无喘息之机。

武汉在大年三十前一天封城。不久，紧挨武汉的黄冈封城，远在千里之外的温州乐清市、瑞安市、永嘉县也封城了……大小城市街道静悄悄，人影难觅。史无前例的举措举世震惊。一切都是这样措手不及，但灾难从来就是猝不及防的。

庚子大年，烟花爆竹突然沉默不响了，大江南北一片寂静。人们关在家里，不再相聚相庆，不再串门拜年，喜庆之气祥瑞之气被疫情冲得踪迹全无。

国家进入战时状态。中央沉着指挥。大年初一召开了政治局常委会议。一场只能打赢不能打输的战争打响，保卫生命必须争分夺秒！

18日，钟南山到武汉，立即投身战斗。19日一早，国家卫健委、武汉卫生部门和专家召开会议，分析疫情，接着去武汉金银潭医院、疾控中心实地考察调查；下午专家研究，5点钟南山等专家赶去机场，飞抵北京参加当晚国家卫健委召开的会议，子夜一点半散会。这一夜钟南山只睡了4个小时。20日钟南山6点起床，研究汇报材料后，赶到国务院，向孙春兰副总理汇报，接着列席国务院常务会议。午时一点半，又去中南海，参加国务院和国家卫健委召开的全国电视电话会议，布置新冠肺炎疫情全国联防联控工作。随即新闻发布会召开，直到7点结束。九点半，钟南山以连线嘉宾身份出现在央视《新闻

1+1》中，公开了重要的疫情信息。21日，他又在广东省首场疫情发布会上，介绍广东全面加强疫情防控情况……忙碌的节奏一直到除夕之夜，作为疫情应急科研攻关组组长的他，大年三十也回不了家。

钟南山再次成为新闻公众人物，他分秒必争的身影出现在大众视野中：29日下午，他领衔广州医科大学附属第一医院专家团队与武汉前方的广东医疗队ICU团队进行远程视频会诊，5个危重症患者出现在大屏幕。会诊室里，钟南山坐在中心位置，从视频察看患者病情，十几个专家坐在他的身后，从用药到基因全测序，大家讨论着，关键时候，钟南山怕ICU医生听不清他的话，他摘下了口罩。这一次会诊时间持续了3小时25分钟。

有“病毒猎手”之称的美国哥伦比亚大学教授利普金到访中国。30日清晨6点，钟南山与他会见。由于钟南山当天要赶到北京参加全国疫情防治策略座谈会，利普金教授在他前往机场的车上就疫情与他进行探讨。白云机场到了，他们在航站楼前告别。飞机起飞，几个危重病人的治疗方案摊开在钟南山的活动桌板上，他要在飞行时间内确定救治办法。

座谈会由中国疾控中心召开，李克强总理亲自参加，总理就进一步加强科学防控疫情听取专家意见。总理进入会场，他对专家说，本该与大家握手的，但按你们现在的规矩，握手就改拱手了。会议结束，李克强总理与专家们告别，他特意走过来对钟南山说：“还是握一次手吧！”

钟南山在会议结束后赶回广州，北京卫视的记者上了他的车，在路上对他进行专访，许多社会关心的重要问题需要他及时回答。钟南山在广州为又一批广州驰援武汉医疗队送行。广东是最早派出援助武汉医疗队的省，先后派出了二十多批两千多人。解放军医疗队也出动了。全国各地医护人员救援的调动规模和速度大大超过了当年汶川地震，达4万多人。白衣天使们义无反顾，就像军人开赴前线一样，子与父别，妻与夫别，儿与母别……虽不能说是生死诀别，但谁又能保证每个人都能平安归来？就算他们防护得再好，也难保在枪林弹雨中不被击倒啊！这些白衣战士有的是钟南山的学生，有的是同事，他得细细叮嘱。

在抗击非典期间，钟南山带领的呼研所医护人员像一队尖兵，向病魔发起了一次次冲锋，救治每个重症病人就像战士炸碉堡攻城池，他们前仆后继。先后有26位医护人员倒下了，但全院没有一个人后退。有的治愈后又投入了战斗。当世界卫生组织的人询问钟南山，你们有没有医生离开，钟南山自豪地告诉对方：“一个也没有！”

这一次同样也是如此，没有一个逃兵。钟南山对他们说：“你们是去最艰苦的地方、最前线的地方、最困难的地方、最容易受感染的地方进行战斗，我向你们致敬！我们等你们胜利回家！”他一直把他们送到车上。

随后，他参加了国家卫健委、广东卫健委和专家举行的电视电话会议，根据近期的疫情救治工作和病毒研究成果，对新型冠状病毒的流行病学特点、临床表现、诊断标准和治疗方案进行讨论、优化和修正，为新冠肺炎临床救治工作提出指导意见。最后专家们集中了三条意见，这些意见迅速向全国参加抗疫的医护工作者传达。

同一天，钟南山院士团队和李兰娟院士团队分别从新冠肺炎患者的粪便中分离出病毒。钟南山对新冠肺炎是否会通过粪—口传播又接受了媒体采访……

冠状病毒形如皇冠，在微生物的世界里无影无形，藏在人的身体里，躲在空气中，四处皆暗藏杀机。它肆虐的速度就是人类高铁的速度、飞机的速度。人们惶恐、无助，盼望权威出现。网上有人把钟南山、李兰娟画成了一对守门神，取代了神荼、郁垒。甚至有谣传钟南山某晚连线央视直播节目，专题介绍当前疫情。钟南山不得不频频出镜，及时回应社会关切问题，为大众答疑解惑。他的出现给了众人信心，安定了人们紧张的情绪。

钟南山亲自示范脱口罩的正确方式，回答一个个问题，譬如：哪些症状必须到医院就诊检查，哪种情况可以在家隔离，群众自己可以做什么，患者没有发热症状怎么排查隐形的感染者或潜伏期患者，什么时候能够接种上新型冠状病毒疫苗，疫情的走势如何判断，疫情还要持续多长时间，预计什么时间疫情将达到高峰，返程春运拉开了序幕对疫病防控会有什么影响，会不会出现大传染，返程人员应该采取什么防护措施……

这一切，对于一位84岁的老人意味着什么？他这是在用生命战斗！他把人民的生命看得比自己的生命更加重要！为他着急的莫过于他的家人。妻子李少芬看到熬红了眼睛的他，既生气更心疼，却又无可奈何！她知道自己劝也劝不住，他这一辈子最在乎的就是病人。

仁心乃本心

的确，作为医生，钟南山最牵挂的还是病人。死亡人数一天天上升，很快就突破了一千，又升到了两千。钟南山寝食难安，他变得容易落泪，容易伤感。病人对他从来就不是一个数字，都是一个个鲜活的人，他怜惜他们，心疼他们。除了指导、提供专业意见、决策、科研攻关等工作之外，只要有机会，他就要去救人。

钟南山并不喜欢用手机，他的手机却24小时开机，为的是医院有什么请求，他可以及时处理。一个求救电话打来，无论什么情况，他都不能耽搁。看到这么多同行病倒，他十分揪心。在武汉抗疫一线有他很多学生和同事，特别是他的团队有7位干将在武汉协和医院西院ICU奋战，20个床位安排的全都是重症中的重症。特别之处是这个重症隔离监护室并排放置了两台大屏幕，24小时连线广州钟南山院士团队的50位专家。钟南山除了给重症病人会诊，每天还要了解医生护士的身体状况，询问隔离措施是否到位。有个学生给他发信息，说外面街巷的老百姓突然唱起了国歌，钟南山顿时热泪盈眶。他知道艰难时刻士气非常重要，大家的劲头上来了，有了一种精神，有了团结协作的力量，很多东西都能解决。

抗非典时就是这样，即使最艰难，他们的士气也是高昂的。钟南山带头进入重症隔离监护室检查病人，亲自制订救治方案。有一次，一个呼吸衰竭的病人等待抢救，但呼吸机还在调试，情况紧急，钟南山将病人从车床推到抢救床上，他用简易人工气囊给病人做人工呼吸。这样做感染的风险非常高。许多医生就是因为做人工呼吸时被病人从气管喷射而出的血和痰液感染的。但是生死一刻，需要的就是这样的勇气！

新冠肺炎广东确诊人数达到1000多人，是除湖北省外感染人数最多的省，压力同样巨大，丝毫不能掉以轻心。钟南山是广东领衔抗疫的专家，他亲自来到深圳的重症隔离监护室救治病人。他领导的团队主要负责对武汉市定点医院重症患者救治进行巡诊，评估患者病情和治疗方案，确定需要转诊集中收治的患者，确保重症患者科学的救治办法。

一生与病人在一起，钟南山心里装着的全是病人，哪怕出差在外，他也不忘给病人打电话，询问他们的身体状态。抗击非典时钟南山病倒了，肺部出现阴影。他以家为病房进行自我治疗。第三天高烧刚退他就出现在病房里。离开病人3天他就已经不能忍受。现在，在他家门框一角还有一颗长铁钉，那是他自己给自己打吊针留下的纪念。如今八十四高龄了，他仍然天天工作到很晚，双休日则安排工作会议，从来没有休过假，从来没有陪同妻子旅游过。

钟南山在病房查房时喜欢坐在病人身边细心听病人说话，拉着病人的手询问病情。有的病人身上散发出异味，有的病人病得很重，他都无所顾忌。在他看来病人并无贵贱。开专家门诊他总是提前半个小时到，一直看到晚上七八点，常常是妻子送饭来。他认为医生救人于痛苦危难之时，如果硬以上班8小时画一条线，那不是一个好医生。冬天的时候，他会先搓暖自己的手，怕冷手让病人不舒服。他的细心还表现在巡房时给病人送上生日祝福。钟南山人到哪里，哪里的病人就对自己治好病充满了信心，哪里就变得轻松愉快。而他自己最开心的是病人治愈出院的时刻。他从病人的喜悦中找到了自己人生的价值和快乐。

敢医敢言是天性

钟南山还有一张网传很广的照片，是他接受新华社记者采访的视频截图。他讲到武汉人唱国歌，相信武汉能够过关，武汉是一座英雄的城市时，两眼噙泪，嘴唇紧紧抿成了一道弧线。非典时期最艰难的时候，他都没有在公众面前流过眼泪。这张照片把他刚毅与深情的两面展露无遗。

武汉感染人数呈爆炸式增长，从几十人到数千人数万人，有限的医疗设施接收不了这么多病人，人们向着医院蜂拥而来，挤满了各家医院的大厅，一床难求，出现了“堰塞湖”。中央第一时间下令开建火神山、雷神山医院。前者只用了10天、后者13天就建好了。接着增加十几个方舱医院、扩张几十家医院和定点医疗点……

钟南山知道疑似和已经确诊的患者不能住进医院，回家自行隔离，这种行为有多么危险。对一个心中时刻装着病人的医生来说，他心里无比沉痛，忍不住落下眼泪。

所谓医者仁心，医者乃学者，需要的是严谨坚毅的意志去攀登医学高峰，而仁心则需要一颗慈爱之心。钟南山就是二者完美的结合。他的性格似乎是双重的对立统一，智慧与拙朴，硬朗与宽厚，坚毅与脆弱，不屈与妥协，尊严与随和，铁面与柔情……前者更多表露在他那张坚毅的脸庞上，后者却深藏于内心。

钟南山是岭南知识分子最典型的代表，对人和生命有着最纯朴的理解，对事业和生活有着最单纯的热爱与赤诚。岭南多耿介之士，因为这片土地凝积了厚重的务实精神。

钟南山的家安在一栋外墙水泥粉刷的旧房改房中，连电梯都是后来加装的。室内是20世纪的老式家具，又笨又大的布沙发上满铺花布，空调是老旧的机型，天花板悬挂吊扇，墙上挂满镜框，桌上用一座奖杯装了水果。因为家里较小，摆的都是钟南山和孙子的东西，妻子的都收起来了。一进房就有一种扑面而来的年代感，一种时间错位感。屋主对物质生活的淡泊可见一斑。钟家人聚在一起，谈的是医疗，讲的是学术追求，从来不谈钱。钟南山连自己的工资是多少也不知道。

他教导子女第一要永远有执着的追求，第二是办事要严谨要实在。看事情或者做研究，要有事实根据，不轻易下结论，要相信自己的观察。他一生记住的是父亲对他的期望——一个人对社会要有所贡献，不能白活。这句话成了他们家庭的人生信仰。

八十岁后他觉得自己慢慢懂得了父亲，觉得自己初步实现了父亲的愿望。但他还不满足，对着父亲的像他动情地说：“爸爸，我还有两项工作没有完成。只有这两项工作做好了，才是真正地达到了您的要求。”

钟南山的家有两大特点，一是运动器具多，有跑步机、单车、拉力器、单杠、哑铃；二是书多。这充分体现了钟南山的两大爱好——医学和体育。这两者也成了他家庭最自豪之处：一是医生世家，他的父亲是儿科专家，母亲是高级护理师，他们都曾赴美深造。他的儿子是主任医师、博士生导师。二是体育之家，他的妻子曾是篮球明星，担任过中国篮球协会副主席，在1963年亚洲太平洋新兴国家运动会上，作为中国女篮副队长，她随中国队出征。女儿是优秀蝶泳运动员，曾打破过短池游泳的世界纪录，获得世界短池锦标赛100米蝶泳冠军。儿子也是医院篮球队的“中流砥柱”。钟南山本人则在首届全运会以54.4秒的成绩打破400米栏的全国纪录。1961年，他还获得了北京市十项全能亚军。钟南山高龄之下抗击疫情的毅力与体力都能从这里找到答案。他奔走各地之间，两脚仍然生风。

钟家墙壁上挂着一幅字：敢医敢言。这是4年前别人送他的。这4个字无疑道出了屋主人的风骨。他的敢医敢言就是天性，是“一个人要说真话，做实事”的钟南山用一生践行的家风。他推崇讲真话。科学追求真理，如果连讲真话都做不到，谈何真理。对待科学，钟南山那股岭南人的耿介劲就像一头蛮牛——他只认真理不认权威。

早年留学英国，他挑战英国医学权威牛津大学雷德克里夫医院克尔教授。钟南山在爱丁堡研究人工呼吸对肺部氧气运输影响时，发现他的实验结果与克尔教授论文的结论完全相反。钟南山毫不犹豫提笔写出了论文。有人说他胆大狂妄。在剑桥学术会议上，专家们被这个中国年轻人的发言惊呆了！先是一阵沉默，继而变为骚动。克尔教授的三个高级助手连珠炮一样提出了8个问题，钟南山一一做了回答。

按会议规定，钟南山论文是否发表要参会的常委举手表决。举手的时候，全场安静下来了，可谓鸦雀无声。接着，常委们一个个举起了手。在科学面前他们的手举得高高的，一个也不少。

当年非典的一场新闻发布会上，有人宣称疫情已经得到了有效控制。钟南山当场开炮：“什么叫控制？现在病源不知道，怎么预防不清楚，怎么治疗也还没有很好的办法，特别是不知道病源！现在病情还在传染，怎么能说是控制了？”

为了抗疫救人，钟南山又跟“权威”叫板。北京某些权威专家通过中央电视台、新华社正式发布结论：“引起广东部分地区非典型性肺炎的病原基本可确定为衣原体。”甚至有专家说，对付衣原体治疗变得很简单，用对衣原体有效的抗生素就可以了。

权威部门的结论让广东的专家震惊了！按他们的结论，推荐特效药四环素、红霉类抗生素就可以了，但如果是错的，那将是许许多多的人付出生命的代价！在广东省卫生厅召集的紧急会议上，钟南山又站了出来，他不认为病原是衣原体，衣原体只是导致病人最终死亡的原因之一，而主要病因可能是一种新型病毒。他的观点随后被广东省卫生厅采纳，成为抗击非典的重要分水岭。

从非典到新冠肺炎，同样，钟南山公布“新型冠状病毒肺炎会人传人”作用重大。公开真相为挽救无数的生命赢得了宝贵的时间。

钟南山就是这样一个蛮人。他的认真有时连命都不顾。留学英国时，为了搞清一氧化碳对血液氧气运输的影响，他用自己当试验品——吸进一氧化碳。他请来皇家医院的同行，向他体内输入一氧化碳，同事不停地抽血检测。他血液中一氧化碳浓度达到15%时，医生和护士都叫了起来：“太危险啦！”他们要他停止。这时钟南山就像连续吸了50到60支香烟，头脑开始晕眩。但钟南山摇着头，一脸的刚毅与坚决。他不能半途而废，他要靠实验画出一条完整的曲线。他继续吸入一氧化碳，血红蛋白中的一氧化碳浓度在上升，直到22%，曲线完整显示。钟南山感觉天旋地转。在场的医生都被他的献身精神打动。

正是这种科学精神、献身精神，钟南山取得了医学上丰硕的成就。在抗击非典的生命博弈中，他摸索出了一条行之有效的“三早三合理”治疗办法，这成了广东抗击非典战役的一个转折点。从此，广东非典疫情的气焰渐渐被压制住了。抗击新冠肺炎疫情，广东患者死亡率非常低。钟南山率领他的团队投入到病人救治和医药科研攻关上。他一开始就让中医直接介入，以中医药做基础实验和临床试验，在医疗过程中观察新的治疗办法。团队结合岭南气候、水土、饮食、人文等特点，针对疫病四诊资料，很快拟定出新冠肺炎预防凉茶处方，既可为医护人员定期饮用，也适用居家隔离防疫的市民饮用……

新型冠状病毒的气焰开始下挫，疫情出现了拐点，胜利的曙光已经出现……

中国有一个钟南山，这是我们这个时代的幸运！

（原载2020年3月1日《光明日报》）

庚子年南国战"疫"

□西篱

天干地支，周而复始。人类纪元第三部千年史册徐徐展开。没有金戈铁马，没有刀光剑影，21世纪的每一个画面都似科幻影片片场，地球人拥有的，是无尽的未来……

然而，总有那么一些时候，人类不堪一击。即便是肉眼难见的夏季细菌冬季病毒，也竭力想证明，无所不能的人，生命原本脆弱……

一、迎战病毒大家族新毒株

己亥年冬，庚子年脚步渐近，一种原始宿主为中华菊头蝠，使用普通光学显微镜也无法看清的病毒，抢在春之前，经由某种野生动物传染到人类，率先进入人体呼吸器官，开始肆虐和狂欢……

除人类外，它还可感染多种哺乳动物以及鸟类。

病毒属于非细胞的生命形态，只含一种核酸（DNA或RNA），没有自己的代谢机构，没有酶系统，其生命活动，只能在活细胞内进行。一旦寻找到合适的宿主，它迅速利用宿主细胞中的物质和能量，以复制方式增殖，甚至转录和转译，按照它自己的核酸所包含的遗传信息，产生新一代病毒……

全世界不知道有多少实验室电子显微镜，在观察这些微小的感染性斑点。它的外膜上有明显棒状粒子突起，形态恰似皇冠。美国和中国香港的科学家将它的基本图像进行电子化上色，看起来像橙色的花球。中国广东省疾控中心副主任宋铁和中心首席专家何剑峰，在他们主编的全国第一本新冠病毒科普书《新型冠状病毒感染防护》中，它被着绿，更接近公众的视觉适应。

此前，已知的人类冠状病毒有六种，其中四种较为常见，致病性较低。另两种，则是赫赫有名的严重急性呼吸综合征冠状病毒（SARS）和中东呼吸综合征冠状病毒（MERS）。

中国发展看广东，抗击新冠病毒，全国人民也关注着病例数全国第二的广东。

广东对外交流活动频繁。宋铁和何剑峰，都经历过2003年的SARS、2009年的甲流和2015年的MERS等公共卫生安全战事。MERS曾在多个中东国家引起恐慌，来到广东后被迅速遏止。17年前SARS就在广东暴发，何剑峰们记忆犹新。那是大家感到最艰难的一年。接受笔者采访，宋铁和何剑峰都谈到，SARS之后，一年又一年，他们和担任中心科学顾问的钟南山院士，常常探讨一个问题：SARS会不会卷土重来？或者，会不会来个SARS二代、SARS变异株？

人类进化了几十万年，是地球上最得天独厚的生物之一，与病毒之战，一刻也没有停歇。如果来了，又是一场何等严酷的战役？

广东省疾病预防控制中心，前身是成立于1952年的广东省卫生防疫站，与各种疾病疫情战斗半个多世纪了。当年在全省围堵并先后消灭天花；全民动员将钉螺分布的珠三角水乡河塘、田地深耕三尺，消灭了已经存在数千年的血吸虫病和丝虫病；全省无脊髓灰质炎已持续保持了十几年；基本控制鼠疫、碘缺乏病、地氟病、布鲁氏菌病、白喉，等等。

而这场突如其来的疫情，却是新中国成立以来前所未有的。它让人们联想到古老的瘟疫、欧洲的“黑死病”……

被世界卫生组织命名为COVID-19的新冠病毒，不同于以往已发现的人类冠状病毒，是冠状病毒大家族中的新毒株，具有高突变率和重组率，进入宿主人体后会迅速实现人与人之间广泛传播。发烧，咳嗽……像是感冒，但患者会出现瘫软无力，呼吸困难，甚至器官衰竭。影像学CT显示的病患肺叶呈磨玻璃一样发白，与SARS造成的“白肺”相似，但SARS进攻人的上呼吸道，COVID-19首先攻击的却是位于人体深部的肺泡，导致大量肺泡损伤和进行性呼吸衰竭。

最早的病例发现于2019年12月12日，中国武汉。病毒以同源连续性暴露传播模式传播，不明原因肺炎病人陆续出现，易感人群率先被击倒。随着感染者众，病毒以扩散传播模式，呈现混合暴发流行趋势，漫溢出湖北……

二、“防疫侦查”冲锋在前

南粤大地广东，虽然没有直接与湖北接壤，但许多湖北人都会说，广东是他们的第二故乡。2009年末武广高铁开通，次年自湖北流入珠三角城市群的人口高达173.8万。

武汉发生肺炎疫情，令广东省疾控中心的监测系统警觉。时刻战斗在疫情第一线的广东疾控人，早警觉，早启动，早报告，早实施，要紧紧合上“潘多拉的盒子”。

2019年最后一天清早，中心公共应急部将媒体监测结果报告给中心党委书记、主任邓惠鸿。这位同事眼里的“铁娘子”，思维敏锐作风果断，报告广东省卫生健康委的同时，立即召开疫情研判会，启动中心内部应急响应机制，部署在全省开展强化监测和溯源科研，为整个疫情处置赢取时间。当天，广东省卫生健康委向省政府上报《武汉发现27例病毒性肺炎病例》，按照省领导第一时间做出的批示，组织卫生应急、流行病学、病原学专家开展综合研判，以期跑在疫情前面。

2020年元旦这天，全中心进入“战备”状态，疫情监测的“天眼”启动，媒体每日分析、每日疫情快报相继上报。疫情防控整体跟进，技术储备待命，实验室等技术准备到位，并立即检索国内外的相关文献。

在疾控系统里，何剑峰有着“福尔摩斯”的美称。无论是传染病、慢性病、公共卫生安全监测，全省各地哪里有“疑难杂症”，哪里就有他。所谓的“疑难杂症”，包括死亡、异常现象、学校等特殊场所病例等，一旦发生，他必亲自前往。

何剑峰却说：“我不是福尔摩斯，我只是要把问题找出来，服务于公众。我们永远也不能忘了两头，一头是政府，一头是老百姓。我们要为人民服务，为人类服务。”

中心传染病预防控制所副所长康敏，长期承担急性法定传染病的预防控制、监测、预测和预警工作，以及相关疫情和突发公共卫生事件的现场处理、流行病学调查及效果评价，曾参与广东省首例人感染H5N1禽流感、首例人感染H7N9、中东呼吸综合征MERS等重大传染病的疫情处置工作，荣获广东省五一劳动奖章，被称为业内的“007”。

疫情凶猛，发展迅速。要达到精准防控，风险研判和疫情分析非常重要。1月2日，武汉病例刚得到有关方面证实，康敏立刻行动起来，带领团队开展武汉疫情对广东影响的风险评估，形成专题风险评估报告上报。

康敏团队夜以继日，每天工作超过18小时。

风险评估和疫情分析报告能够为政府的疫情防控决策提供强有力的技术支持，康敏却不能松口气。大街上，地铁站，公交车厢，电影院……在广东这个流动人口大省，一旦某处有病毒携带者，本地传播风险将增加……

对此，康敏不敢放开想象。

帮助公众认识疫情、提高防范意识迫在眉睫。康敏迅速组织技术团队，制作针对新冠病毒的系列科普宣传和防控指引，做到各种宣传媒体、公共场所、单位社区、移动通信等全覆盖和投放。

至1月8日，武汉发现病例105例，次日出现首个死亡病例。

1月8日的南方，仍旧那么温暖，阳光灿烂。深圳福田的一家社康中心，接诊了一位自诉发烧难受的老阿姨。老阿姨的亲家从武汉回来就有感冒发烧症状，随后她也发烧了。年轻医生出于职业敏感，将病例逐层上报。

康敏得知消息，第一时间前往深圳，与市、区疾控中心战友们一起开展流行病学调查、采样。他冒着被感染的危险，近距离接触病人采集标本。此前，在MERS阻击战中，他就负责现场流行病学调查。为了科学评估病毒传播风险，他和同事们一起设计了疫点空气动力学参数测定方案，在7天内找到所有密切接触者并采取分类管理措施，还对院感防控开展现场风险评估，成功避免了疫情扩散传播。正是因为康敏团队的出色表现，广东成功应对MERS疫情，被世界卫生组织视为新发急性传染病疫情处置的典范案例，受到国务院和国家卫生行政部门的高度肯定。

康敏凭借丰富的经验，理清人物关系脉络，明确患者暴露时点和可能暴露环节，准确判断这是首起家庭聚集性新冠病毒肺炎疫情，疾病传染性强。

当时，康敏的调查结果和外界所传信息不一致。外面说的是可控，人不传人。而他面对的案例，一家6口中5人中招，并且有病例从未到过外地，显然是互相传染和感染的结果。经过市、省和国家疾控机构的复核，最终确诊，深圳福田发病最早的武汉籍老人，是广东首例报告的输入性病例。

14日，康敏的调查结果出来后，中心的内部应急响应机制立刻升级为全中心应急响应，所有工作人员24小时待命。

这天，广东在全国率先建立疫情防控应急指挥机制，启动联防联控工作，召开全省防控电视电话会议进行具体部署，并派工作组赴全省督导。一套完整的预警动作之后，全省提前进入战时状态。

16日，省政府领导和钟南山院士一行到中心部署新冠肺炎疫情防控工作，中心将深圳的病例如实报告。当天下午，省政府召开专题会议，成立疫情防控工作指挥部，马上部署在全省全面开展防控工作。

18日，珠海市出现首例病例。经详细调查，也是两位武汉籍老人到珠海女儿家过年，造成输入性家庭聚集多人感染。

何剑峰将珠海病例调查情况详细报告给省卫生健康委和省人民政府。

18日，钟南山院士临危受命从广州至武汉。《广州日报》发表了这位84岁的老人在高铁餐车小憩的照片，令无数人心疼，也激励着全国人民共同担当，扶危渡厄。

19日，宋铁陪同省政府、省卫生健康委有关领导到北京向国家卫生健康委汇报，提交了广东方面对疫情的相关认识和建议。

20日，钟院士在京接受央视白岩松的采访，基于深圳和珠海的病例调查以及武汉医护人员的感染情况，肯定新型冠状病毒感染的肺炎会人传人。

他以院士的专业、战士的勇猛、国士的担当，成了第一个拉响全国警报的广东人！

广东的局势变得格外严峻了！

大数据显示，从年初一开始，每天将有5万多人进入广东！

21日上午，广东召开省委常委会专题部署防控工作，并在全国第一个成立防控工作领导小组；下午广东在全国第一个举行疫情防控新闻发布会，向公众宣誓最大限度阻断疫情传播渠道的决心和举措。

23日，广东省在全国率先启动重大突发公共卫生事件一级响应。24日，推出联防联控、群防群控等一级响应的16条措施，建立全面防控体系，启动疫情“零报告、日报告”制度。

25日是庚子年大年初一，省委书记李希、省长马兴瑞向全省奋战在疫情防控一线和支援湖北疫情防控的医务工作者发出慰问信。

26日，广东省在全国第一个实行常态化疫情防控新闻发布，在全国率先启动疫情“一天两报”机制，在全国第一个发布“口罩令”……

结合对家庭聚集性新冠病毒疫情研判，广东省疾控中心向广东省政府提出在全国率先实施对密切接触者集中隔离医学观察的建议。

27日下午，广东省政府召开新闻发布会，宣布广东省第一株新型冠状病毒毒株成功分离。何剑峰告诉媒体记者，广东省所有病例经过流行病学调查，基本上都与在湖北有活动相关联。广东的防控一开始就着力在控制传染源、切断传播途径和保护易感人群等方面。

截至1月27日，广东省疾控中心针对新冠病毒感染密切接触者和全省公众及各行业的科学管理和防控方面，制定了各类关于清洁消毒和日常防控等的指引共14个，共派出专业技术人员18批次共68人次赴深圳、湛江、汕尾、珠海、广州、惠州等各地市检查和指导防控工作。

三、“防疫卫士”离病毒最近

COVID-19来势汹汹，传播猛烈。全球科学界携手迎战。从病原体研究、基因组测序，到药物试验、疫苗开发，方方面面的科研工作都在加速推进。

广东是国内最早受到武汉疫情扩散影响的省份，广东首例病毒感染样本备受关注。

广东省疾控中心病原微生物检验所检验员梁丽君接到病毒样本时，已经是当天晚上9点多了。她立刻开始一系列实验，直到次日凌晨1点多才确诊。此后，样本越来越多。来自全省各地的病例样本都有可能是病毒含量极高的污染源，必须在特定的三级生物安全实验室，穿着密不透风的防护服进行化验、观察、等待结果，每份标本需要连续工作5至6小时，期间一刻也不能放松。

庚子年第一天，大年初一，她加班到晚上8点多，饥肠辘辘回到家，还没顾上吃东西，又接到一个紧急的样本复核任务，马上赶回单位，工作到次日凌晨4点多。伏案休息一阵，紧跟着上白天班了……

邹丽容，中心病原微生物检验所副主任医师，丈夫是医生，夫妇两人共同奋战在防疫一线。他们原本是回老家过春节的，接到单位的任务通知，她和丈夫轮着开了12小时的车回到广州，到达时已是凌晨5点，什么也顾不上，直奔工作岗位。

那些日子，夜以继日，实验室的灯几乎没有熄过。

样本量最多的时候，实验室一天做了6轮检测，完成300多份样本检测，从早上八点半干到凌晨。为确保安全，整个检测过程都要穿上防护服，戴上N95口罩，配上护目装备，在P2实验室里进行。由于实验室工作的特殊性，一旦进去，严密厚重的防护服一穿就是十多个小时，不吃不喝，她们的脸都被N95口罩勒肿了。

连续工作变成家常便饭，这对大家的身体和意志力都是很大的考验。

样本检测、复核完成，接下来是病毒毒株的分离。只有分离出病毒株，才能为后续的疫苗和药物的筛选提供可能。

中心迎战疫情，开展核酸检测和二代测序，快速组建了多个专项工作小组，病原微生物检验所主任技师郑焕英是细胞培养与病毒分离组组长。

COVID-19是新的高致病性的病原体，在向国家卫生健康委申请P3实验室实验活动资质的过程中，郑焕英带领团队做了一系列的准备工作。他们在细胞库里挑选了几种细胞，又紧急向上海采购了一种“人支气管沿带上皮细胞”进行复苏和培养。但是，COVID-19是人类从未认识过的，谁也不清楚它的敏感细胞是什么。

工作只能摸索着来开展，最好的办法就是尽量多找几种细胞来进行实验。

他们准备了3种不同的传代细胞系，在实验室中分离和培养病毒株。

27日是大年初三，这天，郑焕英根据自己在2003年进行SARS病毒分离的经验，看到细胞发生的病变，马上判断出病毒分离成功了！

“对病毒的研究不是一株就能够完成的，假如病毒发生变异，后面的每一株都很重要，要尽可能多分离。”郑焕英说。

同时，他的团队还要对已经分离出来的病毒进行扩增，丰富种质资源库，以配合未来的药物筛选或者试剂研发。

每天“泡”在实验室与病毒打交道，除了病毒分离，还要分离其他的病例标本，工作充满危险性，郑焕英回到家半夜里咳嗽一声，爱人都提心吊胆。

病毒毒株成功分离，为分析病毒的流行规律和致病机制提供了病原学支撑，为研究开发预防用疫苗和抗病毒药物提供了重要的种质资源，并为后续疫情防控工作提供了科学支持。

四、“抗疫尖兵”流调覆盖全省

潜伏期长、假阴性、多次阴性变阳……COVID-19远比SARS狡猾！

疫情发生后，广东最早开展流行病学调查。

流调工作是为公共决策提供服务的。对病例开展调查研究，掌握病例的发病情况、流行病暴露史、接触史等相关信息，以便能快速判断感染来源和锁定密切接触人群，利于对密切接触人员进一步筛查、追踪并采取隔离措施、进行医学观察。

流调是阻断病毒传播，达到一代治愈、控制二代、杜绝三代目的的前提和基础。正是基于流调的实证，广东最早提出并实施集中隔离治疗，走在战“疫”最前面。广东的做法，迅速在各地推广，对全民防控发挥了不可替代的作用。

2020年元旦开始，广东疾控的流行病学调查组，人均每天完成一个病例个案调查，包括感染原因和渠道、细节，发病前14天的活动轨迹，饮食和密切接触者、就医情况，潜伏期和潜隐期的确定，等等。

元旦以后，中心流调专家李剑森就一直在外奔波。庚子年除夕的一大早，身在惠州的他又接到任务，要处理汕头市首例输入性新冠病毒感染确诊病例。他立即和同事驱车从惠州赶赴汕头。

刚离开一个现场就马上奔赴另一个现场，随时准备着来一场说走就走的“旅行”。虽然给家人承诺了午夜之前赶回一起守岁，其实李剑森内心明白，事不由人。自疫情发生以来，他已记不清到底辗转了多少个城市，奔驰了多少里程。

也是除夕的这天，阳江海陵岛度假区，一个湖北大家庭十几口人全部病倒。北方人喜欢到南方过冬，度假区游客众多，情势危险。宋铁接报立刻驱车前往，经与当地政府协调，将这家人全部隔离留医。由于发现得早，干预及时，这家人后来全部在当地治愈。

处置好，宋铁又赶往中山，再赶往佛山……

流调工作的关键是需要有专业知识、专业能力的人手。

这得力于中心的广东省现场流行病学培训项目（GDFETP），被称为公共卫生人才的“黄埔军校”，旨在培训现场流行病学的业务骨干，建立广东省突发公共卫生事件处置骨干队伍。该项目始于2004年，至今已经成功举办14期，培养学员近160人，学员覆盖广东省21个地市和45个县区。

各地市的GDFETP毕业学员迅速被调动起来了！

截至2月21日，这些“在路上”的人，为广东的战“疫”提供了1000多份流调报告。

流调工作中，不仅要做调查，还要穿上厚重的防护服，背着超40斤的消毒喷洒器械，走进社区消杀采样。消杀组和流调组一般各由2人组成，消杀组穿黄色防护服，一人喷洒，一人协助；流调组穿白色防护服，一人负责登记，一人负责具体询问和采集，主要针对确诊新冠肺炎患者家庭以及密切接触者家庭。流调和采样要做咽拭子取样调查，疫点消毒要严格按照相关操作规范一丝不苟。工作不到5分钟，消杀员内衣早已被汗水湿透，但得忍着，只有完成了当天的任务才能换衣。

随着确诊病例数字不断刷新，他们的任务日趋繁重。有时候，一天就要采集上百份咽拭子样本，而每次采集需要15分钟左右。

不排查完不能休息，疫情未消退不停歇。

如果您在街道和社区，在城市和乡村，看到身穿白色和黄色防护服、匆匆行走的三人组或四人组，请相信，他们不是在拍科幻片，更不是外星人。他们是深入基层的“抗疫尖兵”！

五、为什么我眼里满含泪水

阻击COVID-19，是一场人民战争。

在广东，这场战争全民动员，人人参与，充分体现了广东省的现代治理能力。

截至2月23日，广东已经连续29天不间断举行了29场新闻发布会，每天都有不同的主题，在通报疫情数据后，由相关部门回应社会群众关切问题，发布最新抗疫措施。

2月20日下午，我们在广东省疾控中心的党员会议室里，聆听邓惠鸿、何剑峰、宋铁、康敏讲述广东疾控人的战“疫”故事。在我们到达之前，中心刚刚接待了省领导和前来中国开展工作的世卫组织专家。

庚子年到来的前前后后，数十个日日夜夜过去了。中心共形成25期专题风险评估报告，提出“启、检、堵、管、控、消、限、查、延、测、迟、宣”12字防控措施建议，为广东省政府科学制定防控策略提供有力的技术支撑。中心组织专业队伍在全省21地市采集了58家农贸市场和动物批发市场的环境拭子样本，开展新冠病毒溯源研究。经检测，近千份环境及动物组织样本中新冠病毒核酸均为阴性。

中心前后共派出5批检测队伍驰援湖北。由两台长度分别为12米和9米的实验舱和保障舱组合而成的移动P3实验室，是目前全球最高等级防护级别的可移动的生物安全实验室，远赴千里外，履行新使命。那些在战斗中接受考验的青年人，在疫情防控第一线提交了入党申请书……

数十个日日夜夜，没人完整地休息过一天，甚至连续多日每天只睡2小时。是身体巨大潜能在释放，更是顽强的意志和担当精神在支撑。

疫情通报每天更新，虽然广东发布的报告病例数全国第二，但从疫情特点来看，76%属于输入型，23%本地病例与输入型有关。广东境内并没有病毒第二代、第三代出现。

世卫组织专家了解到广东科学防控、精准施策的全面战“疫”情况，连用多个“惊艳”“震撼”来表达他们的充分肯定。

因为过于疲累，邓惠鸿声音有些沙哑。每天出门，爱人帮她准备好口罩。

我看不到年轻的“铁娘子”的脸。当她说到这些时，我看见她眼里泪水盈盈，泪光在午后的光芒里闪烁。

截至2月22日24时，广东全省累计报告新冠肺炎确诊病例1342例，累计出院740例，累计死亡6例。22日当天全省新增确诊病例3例，无疑似病例。有1696名密切接触者正在接受医学观察。从疫情地图可以看到，确诊病例主要分布在深圳、广州等珠三角城市。云浮市依然为零。这个广东省最年轻的城市，生态环境佳，经济欠发达。她是广东的大西关、珠三角的后花园。这个“广东最没存在感的城市”，是这次疫情中的一片清净地。“零”的背后，是人口低流动，是防疫抗疫全民总动员、群防群控见成效。

随着复工复产全面有序推进，广东省还有一场硬仗、一场持久战要打，全省人民做好了一切准备！

2月22日，《人民日报》发表社评《为世界公共卫生事业尽责担当》。

正如何剑峰们所说，他们的奋斗，不仅是为广东、为中国，也是为全人类。

病毒是人类共同的敌人。自疫情发生以来，中国速度、中国规模、中国效率震撼了世界，也保护了世界。南国战“疫”，中国担当，生动诠释了人类命运共同体理念。

人类纪元第三部千年史册正徐徐展开，没有金戈铁马，没有刀光剑影，每一个画面都很科幻。地球人拥有的，依然是无尽的未来……

（原载2020年第四期《中国作家》）

雷神山医院的“葛政委”

□陈莉莉

“来之前，说实话，心里没底，恐慌，但是真正到了武汉以后，看到热火朝天的工地，那么多人在拼命干活，心就踏实下来了。

“我的想法就是既来之则安之。

“火神山医院交付使用的那天晚上，我发烧，37.8摄氏度，吓了个半死，吃了药以后，第二天早晨体温就降下来了，然后直接就赶到了雷神山医院现场。

“我现在还是有点咳嗽。我女儿上午给我打电话听见我还咳，又哭了。咳嗽不像发烧，它掩饰不了。

“我现在怕的是，回去以后，会被举报，举报说我们打黑工，‘钱自己挣了，但是病毒带回来了’。网上也有说一些‘逆行者’结束工作回到当地以后，被隔离，被举报，还有的被抓起来了。

“反正，各人有各人的想法吧。但也都是人之常情。

“火神山医院，我和我的工友参建了10多个房间，雷神山医院，我们参建了500多个房间。

“2月3日晚上，患者就住进火神山医院了，明天，雷神山医院就能住患者了。

“明天，我们也就回家了。”

以下来自一线工人葛政委的口述。他背后是参与火神山医院、雷神山医院建设的近万名一线工人。

看到那么多人干活，心里踏实了

我现在还没吃饭，我看着工具，其他工友先去吃，吃完回来后替我，我再去排队吃。我们吃得还好，体力活，我每次都让工作人员给我加饭、加饭，再加饭。

每天中午吃饭时间一个小时左右，11点30分到12点30分。昨晚我们干到夜里12点多，今天早晨6点40分起来干活。平时正常的话，是从早晨7点30分工作到晚上8点30分。

当时我是看新闻媒体说这边在抢工期，缺熟练工人，我就是专业做这种工作的。我就在群里发了一个消息，群友有30多个人，10多个报名要来的。自己想来是一回事，现实中，每个人都遇到了家人的阻拦。

我自己的话，我老婆不给来，母亲不给来，兄弟也不给来。我就给他们做思想工作。

怎么说服他们呢？我就说我们就是专业安装这些的，我们不去谁去，对不对？

其实那一瞬间，就想给国家做点事，他们就说我偏执，自己想干什么就干什么，不顾及家里人的想法。我两个女儿，一个上初三，一个读高一。她们俩是家人里唯二赞成我的。也因为我的事，她们会经常看这里的新闻，有点风吹草动就打电话过来，尤其是每天新增的病例让她们发慌。

好多工友家人都不给来的。

我们第一批报名的有10个人，有两个被家人给拦下来了。所有手续都办好了，我打电话过去，他正在跟他老婆吵架，他老婆说，你要去就离婚了。

我们出发的时候是1月28日，大年初四，当时村里每天都在广播，不让外出、不让聚会。我们算是顶风外出了。

当时组织者就说给我们办好了通行证，也跟当地政府、高速路都沟通好了。

我们就一路开着车过来，第一批一共两辆车，微型面包，一车坐7个人，后来又来了两辆车。

出发的时候，我们放了长长的鞭炮，做了一条横幅，给自己壮胆，找点信心，也是为了路上能走得顺利些，遇到关卡就不需要太多解释。

来的路上，看不到人，有限的车也都打着横幅。到了河南信阳服务区，我拍了视频发在朋友圈，就是觉得服务区平时挤满了人，那时见不到几个人影儿。这条路我2019年5月走过，当时也是到武汉，那时的武汉街道特别繁华。这次来就不一样了。街道上见不到人。

来的时候，心里没底，恐慌，到了之后，看到这么多人在这干活，有六七千人吧，心里有点踏实，但是再一看新闻又有点恐慌，总之还是疫区嘛。

但我想的是既来之则安之。

一路开了800多公里，1月29日凌晨两点到的武汉。那天早晨我戴着口罩在军人体育场跑了一会儿步，接着就是疯狂地赶工期了。

我们工人当中有很多武汉当地人，大家工作在一起，也没有什么隔阂。经常会聊天，但是不会聊疫情，都是聊一些轻松的话题，都是为了减少压力。

来的时候是荒地，房子盖好，我们就走了

工地上，每天量两次体温，早、晚各一次。

我有过一次高体温，就是火神山医院交付使用的那天晚上，我发烧，37.8摄氏度，吓了个半死，吃了两个药以后，第二天早晨体温就降下来了，然后直接就赶到了雷神山医院现场。

当时特别害怕，加上自己有点咳嗽，心里特别恐慌，体温降下去以后才放心。

我现在还是有点咳嗽。我女儿上午给我打电话听见我还咳，又哭了。咳嗽不像发烧，它掩饰不了。

我认识的一个卡车司机大年初二从连云港往武汉拉空调，但是回家时，家乡不让回，半路就被隔离了。

还有人会被举报。我一个工友在来的路上，被举报了，他们家乡人举报他偷偷跑出来干活挣钱。村里人就给他打电话，问他的情况。

还有一个工友在路上接到家乡当地派出所打的电话，派出所说，你这样出去回家以后是要被判刑的。

这两个工友都因为这种情况半路返回家了。

我这次来，父老乡亲中有一部分人是支持的，还有一部分人是不支持的，我回家的话，面临的肯定不全是欢迎。

我现在怕的是，回去以后，会被举报，举报说我们打黑工，“钱自己挣了，但是病毒带回来了”。网上也有说一些“逆行者”结束工作回到当地以后，被隔离，被举报，还有的被抓起来了。

反正，各人有各人的想法吧。也都是人之常情。

但是我想我们相信政府，政府不可能让我们失望的吧？

现在在江西九江，湖北鄂州、咸宁，陕西西安，都要建这种医院。我有一个工友差不多跟我同期，他去了福建，那是一个能装300多个床位的医院，他觉得没有参加武汉的

工作，有点遗憾。

我们做这个工作，每到一个工地都是一块荒地，一边是挖掘机、推土机将地整平，地基整好了以后，我们就盖房子。盖房的时候，水电什么的都没有，等所有的都齐了，我们又都走了。

这次建火神山医院、雷神山医院，比起以前，我们可能想得更多的是，房子建好以后，患者就能住进来了。

也能为社会做点贡献吧，你不是什么什么之一，你就是一个农民工，但是也能做一些自己能做的事情。

雷神山医院刚开始建设的时候，现场都在浇地，我们就先在军运会场地的外围把房子组装起来，这样能节约不少时间，工期是一定要保证的。

工作过程中，每天干活本身不是那么累，沟通要更累一些。有一天，我的手机整整用了8个小时，就是不断地接、打电话，微信沟通。

沟通最多的问题就是组装方式，以及材料的规格。因为现场的材料不是一个厂家的。但是能感觉到发货发得很充足。很多时候，正在工作，突然就接了上级领导的指示，告诉你房型应该怎么设置，我要再交代给工人，来来回回，就这些事。

也有一些观念上的冲突，就是沟通吧。

我以前是个坏人

这一趟出来比同样的工作周期，收入是要高一点。但钱对我来说，真的不是第一位的。有人也许会说，国家不缺你这一个人，但是如果每个人都接受这个说法呢？

我最有成就感的是什么呢？火神山医院，我们进入得比较晚，我这个小团队组装了10多间房子；雷神山医院，我们这一组组装了500多间房子。基本上，3个房间有4个床位，包括洗手间、洗漱间。

我父亲想当兵，没当成，很向往部队，还对我说，你要去部队啊，当个官。可能是因为这个原因吧，就给我取名叫“葛政委”，这是我的真名，身份证上的名字。可惜我没能完成他对我的期望。

我出生于1976年，我的父亲生于20世纪50年代。我的家乡是江苏省连云港市东海县，那是一个盛产水晶的地方。这次来武汉的基建人员很多都来自江苏，网上都说我们是“基建狂魔”，这还是我女儿看新闻告诉我的。

其实我以前是个坏人。聚众斗殴，什么都做。老婆一直等我变好，我不能让她看不到希望。前些年父亲病故，家庭十分困难，家人跟着受了很多罪。我是走了很多弯路才明白人生什么时候改变都不晚，我要给家人撑起一片蓝色的天空。

两年前，我才开始做板房安装工作，大家对我也很信任，我在工友群里一直坐着“老大”的位置。

这次经历对我来说很不一样。怎么说呢，从一个负能量的人转变成一个有着正能量的人，是需要很大的决心和动力的！也因此感到自豪！身为一介平民也能为国家和社会做贡献，足矣！

我只上到初中三年级，平时喜欢看书，特别是《意林》《读者》之类的杂志和中国古代诗词。好的文章能洗涤心灵，诗词能把我带入一种忘我、洁净的意境。

我们领导找我谈过话，说是合同已经结束了，现在想让我们再留在这儿做点维修后续的工作，我现在还没跟工友们说，我个人想的是国家用得到的时候就在这里呗，但是不一定每个人都这么想，毕竟就要住患者了。

不管怎么样，我的想法都是好好干活，然后回家。

（原载2020年2月6日《南风窗》）

庚子鼠年纪事

□许锋

跨越南北半球的飞行

元宵节那日，我忘记吃元宵。我们都没有想起来。

这一日的元宵，似只在“朋友圈”里煮，煮来煮去，只见其形，不闻其香。

巴厘岛，也无元宵。即使有，他们也忘记；或想起来，但圆圆的形状只在脑中倏忽一闪，就没影了。

有岛的地方，必有海。有海有岛的地方，苍茫，水天一色，恢奇，迤逦，有无穷的意味。他们去看风景，想回时，停航了。

无形的病毒隔开了南北半球。

我想了又想，假若我独行，或携妻女同去，被困岛上，我亦惊慌，亦失措，亦魂不守舍。这与被困故土，被困自己的小城，被困自己的街巷，是截然不同的事。从病毒肆虐，我亦被困校园，一座大学校园，即非鸟语花香，溪水潺潺，阳光温煦，我也坦然——阳台的门敞开着，整日整夜地开，那只“矫情”猫，跳下去，压得枯叶毕剥，撒会儿野，到流溪河畔，望一望对岸的那只小母猫，又死乞白赖地蹿上来，快乐极了。

我想，若有一架飞机，专门来接我，我得跪下，磕三个响头。

真有。

那日才5点，机组集结。是东方航空广东分公司的机组，集结地是广州白云国际机场航前准备大厅。集结前，十几人，很早起床，空少刮胡子，空姐梳洗打扮。前推一个小时。再推，前日下午，已知任务，怕误，也不能酣畅淋漓地睡。

那么早，没有元宵吃。

现场。组成“蓝天”党小组；重温入党誓词；誓言：接同胞回家。我没有亲见，但我知道，没有观众，没有掌声，没有镁光灯。不是作秀，也不是做戏。

起飞，还需要空管放行。空管放行前，先要“扫除”天上的“路障”。

7:26，32岁的潘晨光驾驶飞机，迎着晨曦，滑行，起飞。

透过舷窗，能看见海。海有点灰，亦有些蓝。朝霞如一条彩虹，横亘于海面，霞光打在机翼上，透出一爿金黄。

驾驶舱内，还有责任机长莫朝辉；两位副驾驶。机舱内，有乘务长余月月；还有4名乘务员。机上，还有安全员、工程师、随行医生。

我们已经习惯了东航空姐的装扮，蓝裙，白衬衣，红白蓝相间的丝巾，自脖颈而下垂，优雅且得体。此时，所有的美都被遮蔽，她们穿戴白色的防护服、口罩、护目镜、手套，如宁静而悠远的白玉兰雕塑，定定地坐着。整个机组，都是这副穿戴。

巴厘岛在南半球。自北而南，要穿越赤道。

赤道——你是看不见的，它是一条“线”，在地球的腰间，是人类的一个假想，是一条假设的线，像地球的一条红飘带，纬度被定义为“0”。赤道北，是冬，可能零下30摄氏度；赤道南，正夏，可能零上30摄氏度。

飞机“背道而驰”。背道而驰，可能风起云涌，可能气象万千，可能遭遇雷击、冰雹、飓风。

一种力量，叫信念。一种精神，叫无畏。一种素质，叫专业。一种把握，叫经验。如此，方能沐甚雨，栉疾风。

12:20，飞机抵达巴厘岛。岛，在印尼。

61名翘首以盼的旅客，盼来来自祖国的救星。

机组没有歇息的时间。

旅客经过安检，经过廊桥，消毒，换口罩，有序登机。

此时，巴厘岛，地面气温33摄氏度。莫朝辉坐在驾驶舱内，全副“武装”，做航前准备工作。一个薄薄的塑料袋，套在他头上，他的额头与塑料之间的空隙被汗水吸附、挤压，形成丝丝密密的纹理，鼓起皱皱巴巴的气泡。一粒“水豆”，挂在他腮边，一粒接一粒的“水豆”，顺着脸颊而下。

机舱内，空姐，如优雅的白衣战士在过道站立进行安全演示。动作，动作，动作，依然标准；目光，目光，目光，依然亲和。老老少少，静静地看，静静地听。他们的慌乱，焦躁，不安，渐渐，走远，他们的心，复归于宁静。

14:11，飞机从巴厘岛起飞。

搭载61名旅客的机舱，显得十分空旷。安全员协助随机医生对每一位旅客进行水银体温计测量。

时间，在北半球与南半球之间切换。又是背道而驰，又可能风起云涌，又可能气象万千。

没有比那更漫长更令人焦急的航行。

19:42，飞机抵达武汉。

然后，61名湖北人，各到各家——家人元宵下锅，煮熟，轻咬一口，甜甜的黑芝麻溢出来，甜在嘴里，满口生香；甜在心里，涕流满面。

机组还要连夜赶回去。近23时，飞机降落在早晨出发的地方。

一昼。还多。总里程8700公里。是疫情防控以来东航已执飞的海外接运包机中距离最远、航程最长的一次。

13人，朝晖夕阴，未吃，未喝，未眠。

及至午夜，返回基地。

卸下“武装”，余月月的秀发被汗水浸透，在机场的光影和夜风中飞舞；一张张青春、坚毅或秀丽的脸上的勒痕，清晰可见，一摁生疼。

东航广东分公司总经理李友文正在等他们，他让基地食堂的师傅给他们包了饺子，煮了元宵。

在氤氲的热气中，他们大快朵颐。

——与我一样，此时，你一定不想让这些平均年龄只有31.8岁的年轻人还有丝毫的矜持、斯文、优雅；你希望它们统统在风中飘散，越远越好。

然后，让他们早点回去，酣然入睡。

年的近与远

态，是一种形状；度，是一种打算。两字连用，代表主观意见。

第一反应，往往最真实。

我没去过安徽，不知阜阳。高德地图一查，离广州1289公里。若不是王凯，我也许此生都不知道阜阳有多远。他是南方医科大学珠江医院ICU医生。他已经放假，回老家，陪着父母，准备过年。和欢迎每一个远离故乡的游子归来一样，王家，鸡鸭鱼肉，美酒佳酿，年味在房间的每一个角落馥郁飘香。

可是，他看到了消息。我想，那不是召集令，而是征询，号召，动员。前者硬，不能拒绝；后者软，看个人的态度。

当然，他知道回去干什么。去武汉。

他这样“表态”：“2003年非典时，我正上初中。新闻报道里，有一大批医务工作者奔赴一线和疾病战斗，至今记忆犹新。那时，是他们在保护我们，如今我是一名重症医学科医生，我责无旁贷地要去奋战，保护更多的人。”

ICU，中文名“重症监护室”。我的父亲生前进过，不是将死之人，是不到那里去的。去到那里，九死一生。不要误会，我不是说医生医术不高，是人的病情太重。王凯，救命者。武汉，需要更多这样的救命者。

启程之前，王凯的父母一定依依不舍、泪痕斑斑、千叮咛万嘱咐。但他们没有拖王凯的后腿，我觉得，这样的父母，通人情、晓事理，是俗世中的一粒微尘，但这尘，是乡土的尘，不褊狭，无怒气，质朴，恢宏，雄深，暄妍。

他不会开车疾驰，北风烈，路迢迢，赶不及。

他从飞机的舷窗俯视故乡，故乡的风物，老人。他的眼里一定饱含热泪。

他与年，渐行渐远。

当晚，王凯出现在广东支援湖北的第一批医疗队里。共133人。

都与年渐行渐远。

仿佛，新年的钟声戛然而止。仿佛，高速公路上的一次急刹车。仿佛，来不及立正，一个向后转。

他们这样告诉家人：

王吉文，骗3岁女儿：“爸爸去抢救病人，过两天就回来。”

邓医宇，曾在武汉学习、工作、生活约10年，感情深厚：“我一定要去，尽自己一份力量！”

王翠萍，告诉小学二年级的女儿：“妈妈和同事们去前线，患病的人就没那么多了。”

李杰：“都是中国人，还是学医的，怎能不帮一把？”

陈艺莉：“在国家的危难面前，没有一个人是旁观者。”

王华82岁的母亲，则特意给儿子包了1000块钱的红包，保儿子平安。

何丽娜，使劲抠掉了刚做的美甲。

有一些老医生，未能成行，但心有不甘。

郭亚兵：“我50多岁了，我能给年轻的医务人员以信心。”

钟佛添，77岁老教授：“钟院士80多岁仍坚持在第一线，我的身体状况完全可以。”

……

除夕之夜。广州白云国际机场。风萧萧兮。

广东省卫健委党组书记、主任段宇飞言：“新型冠状病毒来自哪里、怎么传播的、有什么演变、是否会出现超级传播者等都还没有完全搞清楚，这意味着大家奔赴前线有感染的风险。”言毕，深鞠一躬。

本来，和年很近，近得——一脚已经抬起，轻轻落下，就进了年。只是，落下的瞬间，又收了回来，然后转身，向反方向跑，向飞机场跑，向武汉跑，把年的“负离子”抖得一干二净。

武汉的街，空寂清冷。街灯，或明或暗，为千里之外奔袭而来的战士照亮。梧桐的叶子，已掉得七七八八，树干突兀苍劲，偶有叶片坠落，在风中狠劲地打着旋儿。

高楼大厦上，霓虹灯仍在闪烁。个别人家还亮着橘黄色的灯。近处，长江二桥横跨两岸，弧线优雅；远处，长江大桥似一条龙，卧在武昌与汉口之间。

江城，城因水生，镇借桥连，三镇互补，繁荣依稀。

空气中，飘着消毒水的味道。

显然，被箍住的病毒，也闻到了对手的气息。

这样的对手，后来有4万多。

我想，即便百年之后，有人偶尔“史海钩沉”，他也不会怀疑，那是庚子鼠年初最壮阔的人流：是黄河、是长江、是珠江、是黄浦江、是钱江、是黑龙江、是雅鲁藏布江……最汤汤的一次汇集。

与病毒的微距

病，你能够看见。病秧子，浑身发软，无力，流鼻涕，头重脚轻。我的身体尚可，没得过什么大病。小时，爱吃黄豆，炒熟的黄豆，很香。我们吃黄豆时，不是一粒粒塞到嘴巴里，嚼；而是抛起，高高抛起，仰头，用嘴接着……父亲见状，厉声喝止。

一粒黄豆，能要人的命。不信？若黄豆自然垂落，不偏不倚，落在气管里——小孩子的气管，很细；孩子便不如成人，气粗。刚好卡住，你会本能地吸，越吸，进得越深，堵得越死。瞬间，就没气了。

若抢救及时，能吸出来；切开气管，也能取出。

但抢救你的人，不会被你所伤。

病毒，不同。可以传染，由动物传人；人传人；一人传一群。

新冠病毒，便具有极高的传染性。肉眼看不见，在暗处。觊觎、窥视、侵蚀，无孔不入。中毒者，一声咳嗽，一个响亮的喷嚏，一股鼻涕，一次屙屎……一次擦肩而过，一次邂逅，一次聚餐，一次握手，一次温情脉脉的对白，一次耳鬓厮磨，一次接吻……无孔不入，无处不在。况且，一度，有的地方，患者、疑似患者、患者家属……掺杂混合。

抢救中毒者，便是冒险。不是一般的冒险，不是一次登高，一次临深，一次准备不足的面试。

《孙子》曰：知彼知己，百战不殆；不知彼而知己，一胜一负；不知彼，不知己，每战必殆。医生的危险，不在“百战不殆”间，不在“一胜一负”间。

中毒，等于中枪。上了战场，要想不中枪，就得寻找掩体。

医生的掩体，便是防护服，面罩，手套。与钢盔不同，与盾不同，与盔甲不同。这些金属制品，唯一的缺点是重，剩下的都是优点。医生的掩体，密不透风，令人窒息。

自1月26日下午起，广东医疗队首批队员开始分批进入病区——

南方医院重症医学科副主任医师曾振华等3人作为首批值班医生“全副武装”走进病区。

广东省人民医院护士李杰、吴掌明作为首批值班护士“全副武装”走进病区。

晚8点，暨南大学附属第一医院医疗队ICU副主任医师汪志刚等4名医生轮值，“全副武装”进入病区。

微距，是病毒入侵最佳距离。医生与患者微距，便是将自己的生命压在导火索上。

防不胜防。

但是，这微距，也是医者的心灵之花最美丽的绽放，是医者的道德情操，是救死扶伤的天职，是千千万万选择从事这一职业的白衣天使们不忘初心、牢记使命的笃定的誓言。

你看——

珠江之水，湍湍急流，源源不断，汇入武汉、荆州。

你听——

“武汉挺住，我们来了！”

“白大褂就是我的铠甲！”

“第一天、第一个进入隔离病区的必须是共产党员！”

长发及腰与光头的一次博弈

武汉的冬天，没有暖气。房间里或许有空调，但走在路上，北风其凉，雨雪其雱，从头至尾，彻骨地冷。

2月15日，又下雪了，更冷。

此时，“毛”，可以御寒。

女子的头发，亦可御寒。

女子，还因长发而妖娆，而妩媚，而楚楚动人。

只是，长发，也可能沾染病毒，成为其滋生的温床，传播的载体，伤及自己，殃及无辜。

剪，抑或不剪；剃，抑或不剃。

这看似是一道选择题，实则，就一个答案。

长发及腰，非一朝一夕生成。有的17岁开始留，留了20年，如南方医科大学南方医院主治医师吴凤。

除夕，去武汉前，她先剪成小短发，我想，在长发飘落的瞬间，她会难过。到武汉后，觉得“紧”，又剃成光头，我想，那时，她会更难过。

在与病毒博弈之前，或者博弈的过程中，一个个青春秀丽的女子，都选择了剪或者剃。即便不舍，即便伤悲，即便流泪。

光头之亮，之光，是直抵病毒的一道寒光。

一个个光头护士，排排站，站出庚子鼠年初的万种风情。

病毒不能不除。

头发可以再长。

不待长发再及腰，必定会凯旋回朝。

即便从此不再长发及腰，也有人执伊之手，与伊偕老。

汉江做证，珞珈山做证，武汉人民做证，荆州人民做证，荆楚大地上一花一草做证，那一缕缕青丝，已经化作春泥。

这是庚子鼠年最长的丝。

补记

这个年。一晃，立春了。一晃，元宵节了。又一晃，出正月了。

如今，阳春三月，草长莺飞。

可这该死的病毒，什么时候绝迹！听一听原第一军医大学赴小汤山抗击SARS医疗队全体队员——南方医科大学南方医院24名医务人员的请战书上那铿锵有力的誓言：若有战，召必回，战必胜！

——还有一个好消息，亲爱的读者，截至目前，广东医疗队2461名医务工作者，无一人感染。“除了治病救人，我们最重要的一个目标，就是要零感染回去。”

这一定是庚子鼠年所有人最美好的期待。

（原载2020年3月10日《深圳特区报》）

同心战“疫”

□宋晓琪

2020年1月24日，农历大年三十。下午两点半，南方医科大学南方医院收到省卫健委要求立即组织医疗队，当天奔赴武汉的紧急通知。

在这之前的头一天，医院宣告成立新型冠状病毒肺炎防治指挥部。

同时，医院党委发出了“若有战，召必回，众志成城抗击疫情”的倡议书。

很快，倡议书得到了各部门医护人员的响应，一时间报名“参战”者多达千余名。其中最抢眼、随即火爆网络的一封请战书，是17年前出征小汤山战非典的24名医疗队员集体写下的。

郭亚兵教授临危受命，担任首批医疗队领队，带领24名队员。他是老兵，当年小汤山的医疗队长。副领队李利护士长曾经是小汤山医疗队员。

另一位曾经出征小汤山的队员、肾移植科主管护师史丽莎，也收到了出发的紧急通知。要走了，她给父母、丈夫打电话道别，身为老党员、老军人的父亲一向淡定，却哽咽道：“我和你妈最遗憾的，就是现在没法赶回广州，亲自送你出征。”母亲插话：“安心工作，两个孩子爸妈帮你照看……”当交警的丈夫告诉她：“……好好保重，胜利归来。家里有我呢。”泪水盈眶的她突然觉得自己很富有，因为带着爱出发！

此时，呼吸内科医生肖冠华正在从化的家中，以最快的速度整理行李，同是医生的妻子在一边帮忙。他想起两天前曾有些忐忑地试探：“如果需要去武汉，我想去。你支持不？”妻子只答了一句话：“你不去的话，就不是你了！”妻子是真懂他。

驱车65公里，肖医生准时赶回医院。

……

晚上8点，出征的场面热烈、温馨，也夹杂着几分悲壮。

这个除夕之夜，这些白衣天使，与团年饭无缘，与春节晚会无缘；而庚子新年，就这样悄悄地，走到了他们身边。

一

大年初一凌晨两点，飞机降落在武汉天河机场。医疗队4点到达住地，队员们新年的第一顿饭，是泡面。

于无声处，没有硝烟的战斗已经打响，逆行北上武汉的最美背影令人泪目……至此，全国已经行动起来。

天亮了。武汉，这个英雄的城市一片寂静。但在寂静的背后，有病毒肆虐的暗流涌动，有滋长蔓延的恐惧无助，有抗击病魔的激情高涨。

南方医院医疗队的工作地点：汉口医院。

尽管做了充分的吃苦的思想准备，医疗队员们看到医院求医人满为患、需要住院却一床难求的情况，还是有些措手不及。

当地的医疗同行们已连续工作了十几天甚至更久，超负荷的工作量和巨大压力，使得他们疲惫不堪；病区里的80名患者，重症的就占了56个，还有3个病危……

着急、焦虑、担忧、各种不适应，似乎有扩散的苗头。郭亚兵领队召集大家开了个会，他平时话不多，但开了口便很有分量。他说别忘了我们是为什么而来，当然还提到了南方医院创建于枪林弹雨中的历史。要求队里的11名共产党员，困难时要走在前面。这个有温度的会议鼓了劲暖了心。

57岁的郭队长本人就是个标杆，他到武汉后几乎连轴转，在队里，他说得最多的一句话就是：我先来！

病区的工作比想象的还要繁重和琐碎，护理工作尤甚。输液、配药、导尿下胃管、氧疗、上监护、观察病情，等等，事情特别多。由于人手严重不足，护士们还要兼做保洁、为患者送餐、处理医疗垃圾，频繁地为患者更换氧气瓶。在这里，干起活来男队员是钢铁汉，女队员也成了“女汉子”。

1月26日，重症医学科副主任医师曾振华和其他两位医生走进医院三号楼第二层的病区，开始第一轮值班，扎扎实实6小时。外带穿、脱防护服等全副武装，做好清洁和消毒，那就得超过8个钟头。长时间精力集中，还不能吃喝拉撒，回到住处的曾医生看上去很疲劳，却笑着提醒同事：“记得穿上纸尿裤……不过就是走起路来挺沉的。”

肖冠华医生是有心人。他5年前开了个公众号，叫“肖大夫的笔记本”，他记下自己的工作感受、医患故事、生活感悟，和亲友同事分享。

没有想到的是，自从到了武汉，他的公众号大大地火了！每回图文更新，观看的网友都多达数十万。2月16日，他转发了《南方都市报》刊登的图文，名为“我们摘掉口罩后的样子”，照片上那一张张脸庞，被护目镜和口罩勒出久久不消的印记，鼻梁上甚至留下一道血痕，看着都疼啊！其中7张照片之后，还配上了这7名队员的肺腑之言：“我见过比照片更惨的时候”“没脸见人了哈哈哈哈哈”“是我本人吗”“我希望能够给孩子做一个榜样”“我不是孤军作战……背后是整个南方医院。即便有困难也是完全可以战胜的”……顿时戳中泪点，不过一天，点击数突破700万。

……

如今，洁净的病区井井有条，大多数重症患者逐渐好转，有几位已经康复出院。医疗队员和患者彼此也拉近了距离。原先管他们叫医生护士，现在改成了帅哥或小妹子；有位82岁的患者，总要找广州来的张博士，说就是相信他；63床、64床两位阿姨竖起大拇指夸医疗队员：“你们个个都是英雄！”更多的患者真诚邀请：等这个战役结束后，欢迎你们来武汉赏樱花！

二

疫情汹涌，病魔猖獗。除了武汉，黄冈、孝感、荆州等地，也相继告急！

2月10日晚，广东省对口支援湖北荆州的首批医疗队，由6个单位抽调的108名队员组成，踏上征程，其中南方医院医护人员85人（后增至87人）。这是南方医院派出的第二支医疗队，朱宏书记担任援助湖北荆州新冠肺炎防控前方指挥部副总指挥、南方医院医疗队领队。

起飞了，朱宏微微眯着眼环顾了一下机舱里那些熟悉的同事们，心里涌起一股柔情：多好的医护人员啊！这里有感染内科主任、国家重大传染病乙肝防治项目首席科学家侯金林教授，以及好几位从医数十年、深受患者信任的专家，有经验丰富的当年小汤山医疗队员黎健勇、梁燕；有把3岁女儿托付家人，同赴荆州的白煜佳和王馨珂医生夫妻；有原定年初八举行订婚仪式的李娟护士；还有些叫不出名字却似曾相识的面孔……他想：我不仅要依靠大家的智慧和力量，完成好这次特殊任务，也一定要尽到保护这些医护人员安全和健康的责任。

靠在座椅上，血液科护师袁兆民又想起了这几天妈妈问他最多的一个问题：“你为什么要去那么危险的地方？”大学同学听说后也问他：“你不害怕吗？”他实话实说：“我害怕，我也怕死呀，但国难当前，总需要有人站出来的。这是属于我们的时代，值得我们去奋斗。”

那位从小把北宋思想家张载的名言“为天地立心，为生民立命，为往圣继绝学，为万世开太平”抄到本子上的姑娘黄倩萍，如今是共产党员、惠侨医疗中心的医生。从空中俯瞰万家灯火，她想：如果没有这场疫情，这片富饶的土地，该是人间天堂啊！我们必须快快赶走病毒，还湖北往日的安宁！——这也是医疗队员们共同的心愿吧！

深夜零点35分，飞机降落在宜昌三峡机场，再乘车到100多公里外的荆州，已是夜半时分。当晚，指挥部决定，把南方医院医疗队派往危重症患者最多、形势最严峻、任务最繁重的洪湖市。

主战场：荆州，洪湖！

这一天，朱宏率医疗队火速奔向洪湖。他很快完成了与市政府负责同志的对接，又和先期抵达的海南医疗队沟通，成立了广东、海南专家组，指导全市危重症患者的救治。随后，他带领医疗队专家实地走访了洪湖市6家医院，制订了全市整体疫情防控工作实施方案，开始一手抓危重患者救治，一手抓潜在传染源排查。

2月13日，是洪湖战疫情以来一个值得记住的日子。不到24小时，在广东医疗队的鼎力支持下，洪湖市的新冠肺炎核酸检测设备、试剂、人员、资质全部齐全，实现了每天500份新冠肺炎核酸检测产能，而在这之前要驱车3小时去荆州，才能进行核酸检验。

也就在这天下午4点，3名医生和5名护士进入隔离病房，正式接管洪湖市人民医院的感染性疾病楼和重症监护室，并由感染管理科专家周浩拿出方案，马上组织人力改造重症监护室，尽快把危重病人转过去。

2月16日下午，风雪过后的大晴天。10名重症和危重症患者逐一转移。

短短300米距离，转运一名重症患者，却需要大约半小时。根据病情每名病人配两名至四名医护人员，医护团队需要小心翼翼，一路监控患者生命体征，直到20时15分，10名病人全部安全转运，大家才松了口气。

对于消化内科护士殷青霞来说，2月16日别有意义，她递交了入党申请书。“学了这个专业，选了这个职业，支援洪湖就是自己的使命，不能抗拒的。”这是她朴实的想法。

陈小青也是消化内科护士，在洪湖的第一个班她觉得很辛苦。穿着防护服，往常很简单的操作也变得挺费劲，很快就感觉闷得慌，喘不上气。但理智告诉她必须坚持，坚持，再坚持一下。她果然坚持下来了。

2月18日晚上8点，心外科主管护师孙慧美刚交完班，就听到何沛璟叫她，急急走过去，原来是13床患者病危！8小时没有吃喝、准备下班的吴永明教授赶来抢救。他们先用无创面罩辅助，这期间，患者的痰液不停地往外喷溅，必须给患者插管，而插管即使顺利也会产生大量气溶胶，防护不到位就极容易感染。但事后孙慧美说，她一点也不害怕，因为有经验，更因为刘来昱主任的技术“超级过硬”，穿着那么厚重的防护服，戴着几层眼镜，竟然数秒内插管成功！随后，她给患者装上密闭式吸痰装置，继续吸痰，慢慢地患者的血氧饱和度升到了85%，病情稳定下来……而几个医护人员的晚餐，变成了夜宵。

三

千里驰援，医疗队从来不是孤军；同心战“疫”，南粤湖北从未如此贴近。

南方医院，是医疗队后勤保障的大本营，是医疗队员们无忧前行的大后方，更是身在楚地的儿女们心心念念的大家庭。

院区内150栋17楼第二会议室，是南方医院新冠肺炎防治指挥部所在地。从成立那一刻开始，指挥部就24小时昼夜运转，全院的疫情防控工作精准快捷地进行。每天早上8点40分前，全体在家的指挥部成员准时到达会议室，参加雷打不动的例会。他们大多已经20多天没有休息，此时8小时工作制纯属奢望。

这场疫情防控的硬仗，规模之大，地域之广，难度之强，前所未有。所以，到处都是前线，只有最前线，没有真正意义上的后方。南方医院除了正常的医疗救治，还要做大量的疫情防控、病例筛查、后勤保障等工作。

不搞虚头巴脑，不准敷衍塞责，南方医院要的是科学、实干、担当、高效。这些年，南医人始终不变的是：共产党员的理想信念，革命军人的忠诚坚定，医护人员的德技双馨。

就在2月20日下午，南方医院第三支医疗队共16名医务人员，又开赴洪湖，壮大了救治队伍的阵容。

驰援湖北的人终究只是少数，大多数还得留守医院，比平时更忙更累更辛苦，也多了几分对千里之外医疗队员们的挂念。肾内科张镭医生得知洪湖需要医疗物资，四处奔波，联系协和校友捐赠了一些医疗物资；一位湖北籍护士担心队员们听不懂患者的当地话，特意把一些日常用语记下来，做了湖北话和普通话的对照表，发给大家方便医患交流……有人还写下这样的句子：“千叮咛万嘱咐，汇成一句：盼君归，盼君安！”

这一切，医疗队员们都记在心里了。他们少有豪言壮语，全是掏心窝子的话：“哪有什么生而勇敢，只是这份责任需要我们承担”；“对护理的热爱，这份初心，自始至终都没有变过”；“新年里的我有了这样一个崭新的身份（预备党员），对我是一种鞭策和鼓励，使我能不断地前进……”；“只有医务工作者才懂，患者的信任有多珍贵”，“来这里（战疫情）就是为了赢着回去的！”。也有含蓄浪漫的：“听说家里的花开了，我很想念。祝好，要开心，等我回家！”……

他们是那么普通，他们又是那么优秀！

有时候，伟大很简单；有时候，平凡很壮观。

眼下，战疫情未有穷期，南医人还在继续努力。这就是南医精神，这就是南医风骨。这段经历，正在丰满着南医人的整体形象，并将嵌入南医人的集体记忆。

（原载2020年3月1日《羊城晚报》）

那一颗晨星灼烁

——速写王烁

□刘迪生

庚子伊始，新型冠状病毒兀然来袭，一场疫情防控的人民战“疫”在全国打响。从抗疫初始到关键时刻，全国医疗精英群星云集，陆续涌向“华中战场”——湖北省武汉市。灾难深重的江汉夜空，因他们的璀璨光焰，平添了无限的亮色。

广东省职业病防治院主管医师王烁参加了这场为保卫人民身心健康的“世界之战”。2020年2月17日，受国务院应对新冠肺炎疫情联防联控机制综合组统一委派，作为国家援荆流调排查和巡回督导队副队长、广东援荆第四批医疗队队员，对口支援湖北省荆州市开展防控新冠肺炎疫情的流调排查和巡回督导等工作。出征前，他在朋友圈里豪气干云地写下：“云水入荆湘，古来鱼鸟乡。新冠毒，很嚣张，荆楚大地尽肆虐，精兵猛将出南粤，不查真相终不还！”

2020年3月13日傍晚，荆州的马路上，安静得都能听到树叶婆娑的声音。马路上几乎没有行人，突然，一辆面包车出人意料地横冲了出来，急剧的刹车声、轮胎碾压地面的碎裂声、响彻云霄的呼喊声，它们交织在一起……王烁在走访查看社区疫情防控工作时被这辆面包车从后侧撞倒，经全力抢救无效，于当晚23时不幸因公殉职。王烁牺牲后，被追授“广东省优秀共产党员”和“中国青年五四奖章”。

逆行千里：决战荆州

楚文化有“铁打的荆州，纸糊的樊城”之说，这块历史上九战之地，楚王失之而江河日下土崩瓦解，刘备得之而称王川蜀问鼎中原。但在新冠病毒肆虐之下，她不再是铁打的了。

2月17日下午，这是个平常的日子，但对于广东省职业病防治院5名党员同志来说，却显得特别。他们紧急集结，整装待发，他们是来自职业卫生评价所的李荣宗、王烁，来自毒理实验所的陆丰荣、张骁以及来自放射防护所的罗蕾，他们所学专业涵盖预防医学、流行病学、职业卫生学等多个学科。对于这一次的出行征战，每个人都信心满怀，王烁的脸上更是漾着满怀信心的笑容。出发的那天，王烁忍不住在心里哼起了人生的小曲。

“云水入荆湘，古来鱼鸟乡……”2月18日凌晨1点47分，王烁在微信朋友圈发布了开篇那首感怀初到荆州的小诗。这是诗，更是王烁的征战书。他表达的不仅仅是一种心声，更是一种对于战斗打响的坚定决心和信心。尔后，他就全身心投入疫情防控督导和社区摸排工作中，他和荆州的一草一木融在了一起，忙忙碌碌，再也没有发过一条朋友圈。

在荆州的日子里，他像上了发条一样，每天都在奔波的路上，与死神竞速，挑战着身体的极限，“宵衣旰食、夜以继日”不再是富丽虚华的形容词，而是沉甸甸的日常。一天的作息是这样的：早早起床，匆匆洗漱，速吃早餐，8点左右出门，然后是一个上午的调查研究，再匆匆吃完午饭，就进入紧张的调查报告撰写中，紧接着又奔赴下一个调查点……吃饭常常席地而坐，但在吃盒饭的一点空闲中，他和队友也争分夺秒，探讨疫情与病况，不敢有一丝懈怠。一直持续到晚上十点多，夜越来越深了，王烁才肯和队友们依依不舍地散去，各自返回住地，而此时，他们并不是要就寝、休息了，他们真正的工作才刚刚开始，王烁和他的队友们还需要继续撰写刚刚探讨完的调查报告。

王烁和队友的工作和在方舱医院或重症病房一线抗疫的医生不同的是，他们开展流行病学调查更像福尔摩斯侦案，需要实地调查、综合线索，追查传染源头及其路径。只有这样，才能帮助建立更加安全可控的防疫机制。在城市里，一个个的小区有完善的保安管理机制，防疫机制的建立相对容易；然而，在城郊以及广袤乡野，如何进行网格化的严密防控呢？王烁和队员用脚步丈量着那一寸寸的防疫空白地带、薄弱地带，与确诊者、疑似者和密切接触者一个一个地进行面对面的访问和调查。时间一分一秒在流逝，他们没有过多的时间去害怕、去思考，唯一的念想就是“及时，再及时”——越是及时汇总情况，越能采取有效的防控策略。

在这里，一点儿也马虎不得。这是一个没有硝烟的战场，甚至比真正的战场更加让人恐惧，因为你不知道什么时候被不知从何而来的病毒俘虏。王烁和他的队友们走进那些失去确诊者的家庭、那些在一个个孤岛中静默隔离的家庭……他们常常哽咽，常常落泪，但还需要努力抽离自身，竭尽全力来帮助这片悲情土地上的人们，尽可能抵挡住几分悲痛的发生。

“让更多的病人康复，让更多的人好好活着。活着就是最好的祝福。”有了这样的信念，风雨中的一点苦又算得了什么呢？下雨还是刮风，泥泞还是坑洼，在王烁的眼里都是小事情。不到一个月的时间里，王烁和队友跑遍了荆州二区三县三市，足迹遍布各级疾控机构、定点医院、发热门诊、集中隔离点以及广大社区、农村，不仅追击病毒的踪迹，还迅速摸清荆州疫情的防控情况。他们先后向各级指挥部发出报告10份、工作指引和技术方案19份、疫情分析简报22份、疫情信息快报32期、整改建议53条，为防控疫情工作提供了科学依据。

优秀的人总让生活充满了生机。王烁和队友每次去做流行病调查时，他都兼职做司机。在紧张忙碌的调查工作之后，他总是让队友能够在车上稍稍休息一下，自己却一直提着劲，竭尽全力。队友们看不过去了，要跟他换着开车，但王烁总是坚持，他说：“我比较年轻呀，你们赶紧休息吧。”“年轻”，体现在王烁的身上是一种蕴含着美德的青春，他善良随和，善待每一个身边人，爱惜每一个生命。

他像一面生活的镜子，时刻都在照耀着身边的人。

2月28日，王烁的同事虞心阳在“广东职防”微信公众号上编辑发布了王烁从前线发回来的《广东职防人千里驰援湖北的14个日夜》相关图文，画着“脚丫”的武汉地图、荆州地图让虞心阳至今记忆犹新。那是王烁特意制作上去的，他想表达：广东疾控的战友们将辛勤的脚步深深地印在了荆楚大地上。看到这些足迹，虞心阳心底的佩服之情油然而生：“这真的是一个可爱的人啊！”王烁从前线发回来的所有照片都带着笑脸，虞心阳不禁想象着王烁传授广东经验时的谦和大方；想象着他在花坛盘坐吃简餐时，回应楼上人家的孩子“您从广东来打病毒”时的亲切和善……2月23日的一张照片里，王烁和队友进入松滋市某医院发热门诊进行调查，王烁那张穿着背后用红笔写着“广东王烁”白色防护服的照片，让每一个怀念他的人看到后都非常揪心。

就在王烁出事的当晚，与王烁并行的战友李旭东医生在车祸中劫后余生。不幸中万幸的他在很长的一段时间里不忍去回忆，他多么希望王烁也能像他这般万幸啊！回忆让他更加心碎，更加不敢回想起，哪怕是他与王烁并肩作战的点点滴滴。但是他又不得不去想起王烁的好、王烁的真。“王烁总是冲在最前边，但他又特别细心。有一次，我们准备走进发热病人隔离点时，他叫住我，把我的防护服从头到脚、认认真真地检查一遍，才放心。”他尽量克制着自己的心情，用一种平和的语气说。

无意成为英雄的王烁，却已然成为英雄。还曾记得他说的那句话：“当登上驰往湖北列车的那一刻，我的使命注定不再平凡！”平凡的人却肩负着并不平凡的工作，在抗击疫情这场漫无硝烟的战“疫”中，他和队友不仅是并肩与病毒作战的战友，更是相互照顾支持的亲人和朋友。

可是，我们的战友、亲人、朋友王烁，在逆行的路上，再也没能归来。

修身洁行：言必由绳墨

初春的广州，草木菁菁，木棉盛开。广州市海珠区新港西路海康街68号广东省职业病防治院内。王烁的办公桌上有一张手掌大小的透明塑料牌，塑料牌上有王烁的证件照和一行典雅的楷体字："修身洁行，言必由绳墨。"与其说这是他的信条毋宁说是他的写照。他短暂而光辉的一生做到了知行合一……

红色背景的照片中，王烁穿着白衬衣，系着红底白斜纹领带，他的嘴角扬着微笑，眼神柔和却很坚定。他的办公桌有些凌乱，侧桌上还放着两件没有拆开包装袋的白衬衣，那是和应急服搭配穿的内衣。

2011年6月，王烁从广东药科大学流行病与统计学研究生毕业，入职广东省职业病防治院。李晓艺和王烁一起入职，回想初见王烁的第一眼，只觉得这小哥长得还不赖，成天乐呵呵的，有时还稍显腼腆。因为王烁专业基础扎实，最终定岗在全院最牛、新员工挤破头都想加入的职业卫生评价所，这让李晓艺着实羡慕不已。

不了解职业卫生评价工作的人，很难想象王烁工作的危险程度：他曾不顾一切深入40米深漆黑铀矿井，冲到大剂量射线危害风险的核电站维修现场，爬上80米高石化厂平台……

有一次，李晓艺正好和王烁搭档调查一名疑似正己烷中毒女工的工作环境。当他们进入女工所在的车间时，一股浓烈的气味袭来……回程路上李晓艺感慨："这名女工难道不知道会中毒吗？"王烁告诉了李晓艺这位女工的家庭情况，"她想着要给家里挣更多的生活费，就拼命加班，于是中毒了"。王烁说："调查前肯定要做足准备工作，只有了解更多的细节，才能在现场调查中发现更多的问题，才能真正履行一名职防人的神圣职责，帮助到那些需要帮助的劳动者。"

王烁和他的同事们是大众不了解的另外一种医生——"群体医学"医生。"群体医学"是一门研究人群健康状态、疾病分布及其决定因素，并应用研究结果以控制健康问题的学科。它的覆盖面极为广泛，面对的问题复杂多样。他们深入各种危险的环境，去体验、勘查存在的健康隐患、危险因素，然后提出科学的对策，让身处其中的工作人员能够安全且有尊严地工作。

在职业卫生评价所工作期间，王烁似乎有着用不完的精力，总是以饱满的精神投入各项工作：他主动放弃休息时间，带领团队深入开展职业病防控宣教、义务咨询等公益活动，深受劳动者的欢迎；他主动请缨，远赴西藏林芝开展职业卫生现场调查，即便高原反应强烈依然坚守职责，推动了健康企业的理念在林芝生根发芽……在每一个危险的现场，他都勇敢前行。

“修身洁行，言必由绳墨。”这句话出自王安石的《命解》，意思是一个人要完善自己的内在道德，要让自己的言行符合道德的准则。王烁在职业卫生评价所工作接近十年，在这十年当中他将自己所学——流行病与卫生统计学积极应用到实际工作中，撰写了大量调查文章和方案建议——其中一些至今还放在他的办公桌上。只要是他服务过的企业或机构，再遇到问题都会指定找他。他的每一个同事，几乎都会提及他的这种坚韧品格。王烁的老领导、职业卫生评价所副所长苏世标说：“接到王烁噩耗的电话，我全身发软……对工人安危构成威胁的漏洞往往出现在工作环境中最隐蔽的地方，为了发现这些漏洞，保护工人安全，王烁总是冒着风险进入一般人不敢进的区域，从不打怵。”

青涩小照：潇洒云程

王烁爱踢足球，打网球，还弹得一手好钢琴。一位年轻的同事哽咽着说：“这么好的人，就这样走了……”

在生活中，王烁随和、爱笑，在聚会中能搞活气氛，是个快乐纯洁的靓仔。有一次，单位组织合唱活动，约好的钢琴师突然来不了，他便临时客串，大家这才知道他钢琴弹得那么好。他爱阅读，尤喜文史，善于演讲，在2019年6月的演讲比赛中以诙谐幽默的方式轻松讲述自己“平凡”的工作，打动了无数的人。王烁爱运动，网球、篮球、足球，都爱玩。在足球场上，他对自己的定位是“万金油”，哪个位置有需要，他就去补缺，连守门员的位置都上过。王烁曾把自己的工作比作足球队里的“后腰”，他说：“我们在场上踢得越好，大家就越看不到我们，除非有险情发生。真希望永远当一个‘隐形人’。”

2017年，虞心阳定岗在职业病诊断办公室，为劳动者健康谋权益，工作上和职业卫生评价所有着千丝万缕的合作关系，有时对职业病诊断案例的现场调查了解不够透彻，王烁总是热心帮助，一同为劳动者的健康和权益劳心劳力。2019年，虞心阳轮岗到办公室。去年12月底的一天中午，虞心阳正抓紧校对、发布王烁撰写的简报，王烁走过来说：“辛苦了！请你喝奶茶吧！”虞心阳笑道：“不用，不用，等年后可以尝尝你和嫂子老家的特产。”然而，物是人非，虞心阳再也没能继续发布王烁写的简报，那玩笑话中的“特产”成为萦绕心间、挥之不去的独特芬芳。

王烁走了，同事们难以忘怀：办公室里他奋笔疾书的样子、车间里他那挥汗如雨的身影、他为院合唱队钢琴伴奏时指尖传递的柔情万千、唱响“不忘初心、牢记使命”铮铮誓言时的坚定眼神，在台上演讲时的慷慨激昂和光芒万丈以及操场上他那飒爽英姿的身影……

“怎么说走就走了？”3月16日，“广东职防”微信公众号沉痛哀悼抗疫战士王烁，在这条链接发布的一个月的时间内，30多万人在页面点击“献花”。“荆楚回春/花城木棉盛放/您随着春风悄然而逝/但/每一朵花/都盛着对您的怀念/每一片叶/都镌刻着您战士的身影”——这首诗随着页面的烛光扑闪在每一位读者的心间。

妻子吴霞比王烁小一岁，2010年11月中南大学安全技术及工程专业硕研毕业，2012年7月到广东省职业病防治院工作，高级工程师。妻子不愿意让他去，怕他出事。王烁跟妻子谈自己的想法——为什么要去那里，只有科学的流行病学调查和防控策略才能最大限度避免更多的人被疫情夺走生命。他用最朴素的话语说服了妻子，得到了妻子的理解和支持。“你既然决定了要去，那就去吧。别担心孩子，有我呢。”吴霞微笑着送别了王烁，没想到，竟是诀别。

作为一个在岭南生活的河北秦皇岛人，王烁热爱广州的一切，更热爱他在广州所从事的医疗工作。王烁有两个小孩，女儿王若曦5岁了，儿子吴子希两岁半。工作之余，他总是和家人一起逛街、散步、去公园，帮助妻子做饭炒菜，跟孩子一起嬉戏、读书。每次王烁回到家里，儿子都要骑在他的背上，把他当成一匹马，对爸爸说：“我说驾驾驾，爸爸要跑起来。”王烁总是很认真地配合，然后再跟儿子聊聊英雄与战马的故事……

以前这些再平常不过的日常细节，现在说起来都成了一种带着忧伤的幸福。一张张家庭照片里，儿女的每一个微笑像极了王烁的笑。5岁的女儿不仅会唱歌，还能背古诗词。王烁是个对传统文化很痴迷的人，他很喜欢王安石，并以王安石的《命解》作为人生的座右铭，追寻如何让生命拓宽在人间的另一层意义——成为一个有意义的活着的灵魂。

木棉花开，春樱烂漫。广州塔为英雄之名亮起、城市荧屏为英雄形象点亮，生前奋斗历程的视频音频让怀念王烁的人顷刻间哭红了眼。在这严峻的时刻，为这了不起的生命，让我们一起期待春华秋实的美丽：红豆情浓，花城似锦，珠水流长……啊，东方板块的南方夜空，总是闪闪灼烁着一颗晨星，我眼里的最亮的晨星……

（原载2020年5月1日《南方日报》）

战“疫”记

——广东驰援湖北纪实

□ 张红霞

2020年1月24日，除夕夜，广东省第一批医疗队队员出征驰援湖北；直至3月6日，广东共向湖北武汉、荆州、宜昌等地派出26批医疗队员，累计派出2484人；医疗队员们分别来自全省21个地市、272家医院或机构。

本文以“日记体”构成，共计16篇；文末附有两封家书。这些日记，有的是前线医护人员自己写就，有的是通过电话、视频、微信等采访，由后方医护人员以“口述实录”的形式整理而成。

脸上的勒痕终将成为历史印记

时间：2020年2月7日—3月13日

地点：华中科技大学附属协和医院西院

讲述者：钟春玲主管护师（中山大学附属第一医院驰援武汉第三批医疗队员）

文字记录：张红霞（中山大学附属第一医院副主任护师、作家）

指导：陈利芬、成守珍（中山大学附属第一医院主任护师）

中山大学附属第一医院（以下简称“中山一院”）分别于1月24日、1月28日、2月7日派出3批医疗队驰援武汉。自疫情发生以来，中山一院在肖海鹏院长、骆腾书记等院领导的号召下，有1000多名医务人员主动报名驰援武汉。

我有幸成为中山一院第三批驰援武汉护理队伍中的一员。第三批医疗队计有131名医疗护理队员，其中护士100名，医生30名，后勤人员1名。而我，只是支援湖北抗击疫情前线千万医护人员中普通的一员。

2020年2月7日，广州—武汉。广州气温15℃~19℃，武汉1℃~7℃

昨晚二值，今天一早接到出发的通知，来不及回家收拾行李了，行李是由家人收拾好送过来的。对的，“疫情就是命令，防控就是责任”。

中午13:00，中山一院门口，疫情发生以来难得一见的热闹场面。来送别的人很多，除了医院领导、同事，还有队员们的家人——“请您一定要平安归来”！当大巴车徐徐开动的时候，女儿泪流满面。

我何曾不是呢，今天可是我的生日呢，我不能哭，我咬咬薄唇，很快就转换了角度——生日当天出发去抗疫，很有意义！

在去机场的汽车上，收到好多同事的问候与祝愿，其中还有红霞师妹，她知道今天是我的生日，还特意发给我一个红包。她看我久久不领取红包，特意说：“师姐，这是师妹的祝福红包喔，请收下，我们等您凯旋。”

这是我院派出的第三批医疗队，也是目前人数最多的一批。我作为护理队伍中的一员，感到很光荣。

17:45，专机终于在武汉天河国际机场的上空徐徐降落。走出机场我的心踏实了许多，也生出些许新意。眺望天空，是触目的凄凉，白茫茫又冷清的一片，作为交通枢纽的中国特大城市武汉生病了，仿佛是被按下了暂停键，并被命令戴上口罩，我们医疗队是上帝派来取消这个按键、揭开口罩的战士。

2020年2月8日—2月9日，多云，气温2℃~12℃

租住的酒店坐落在武汉南区郊区。从房间的窗口望出去，周围空旷无人，由于新型冠状病毒的肆虐，人们被迫窝在家里自我隔离，原本空旷的环境更显得满目萧条。

2月9日，部分同事已入组，我和暂时没上班的几个同事在酒店继续练习穿脱防护装备，医疗队的目标是零感染，只有这样，方能更好地医治及护理患者。

我们分组练习穿脱防护装备，一遍遍地练习，一次次指出还需要改正的地方，熟能生巧是硬道理。第一批上前线的队员，因时间紧迫，没来得及太多练习，他们仅仅是在“穿衣戴帽”这个环节，就要用1个多小时的时间。我们吸取经验，有时间就练习，直至非常熟练，最快45分钟就可以穿好全套武装。

2020年2月10日，小雨，气温6℃~9℃

终于要上班了，今天的班次是16:00—20:00，心里既期盼又担心。工作近30年了，第一次担心自己不能胜任工作，因为即将面对的大多数是危重病人，自己又是妇产科的，接生一点问题都不存在，但是呼吸机的使用，还真有点担心自己不能胜任，尽管出征前在医院参与了无创呼吸机等使用的培训。

一路上心情复杂，到达医院，通过职工电梯到达5楼更衣室，换上防护装备，就要开始工作了。大家相互检查，看看是否还存在漏洞。确定防护到位后，我们通过半污染区到达6楼的协和西一区，开始与上一班的同事进行交接。

因是第一天，所以是两个人一起负责同一组病人。我和东院ICU的肖方小妹妹一起负责4号大房，这个房共有6张床，其中4人是危重患者，1人是重病患者；有2个患者需要使用无创呼吸机。幸好肖方妹妹是ICU的护士，业务熟练，做事有条有理，我就与她一起合作完成所有患者的治疗、护理、病情观察与记录以及生活护理等。这里所说的生活护理，就是一个人在平常生活中，所需的吃喝拉撒都包括了。

这一天，我午饭后就不敢喝水了，生怕尿太多湿透纸尿裤，结果下班回到住所，一滴尿也没有——无尿，整整9个小时，没吃没喝也没尿。脱下防护装备后，内衣黏糊糊的，“没尿”的纪录将可能永存于记忆中。我提醒自己，明天可不能这么早就禁饮水了，也希望我的经验能给前线的同行有所参考。

2020年2月11日，小雨，气温4℃～10℃

今天是20:00—24:00的班次，接管3个病房，共9名患者，算是病情较轻的一组患者。虽说“较轻”，其实也是相对而言，其实都是重病人，他们年龄在40—78岁之间，免疫力低下的一群啊。45床是一位78岁的老阿姨，她是我今天接管的所有患者中，病情最轻的一个，可她也需要躺卧在床上，接受高流量吸氧才能缓解呼吸困难，每次我帮她倒开水、端饭或者协助大小便后，她都会非常客气地对我说：“谢谢，谢谢……”这就让我感动了。

上无创呼吸机的男中年患者，他有点泄气，面容呆滞，时而皱起眉头，却不声不哼。这是他住院的第3天，22:00体温38.5℃，妻子在外面也好焦急，医嘱一出来，就很快把免疫球蛋白送了过来。只要有一点点的时间我就走过去，用坚定眼神鼓励他，偶尔用戴着3层手套的手握一握他的手，就像自己平时在产房接生时握着疼痛不已的产妇的手——是鼓励，也是安慰。一次，两次，这个中年男子的眼神变得柔软，表情也温和起来，透过这细小的变化能看出他战胜疾病的信心在提升。

从上班到下班，都是争分夺秒的，一刻也没能停下来。

穿上整套防护装备，其实是挺憋气、难受的，但是一进入工作状态，所有的不适都抛诸脑后了，能为患者解决困难是作为一名护士的莫大欣慰，得到患者一个肯定的手势或“谢谢”便是感动了。

武汉医院里的防护服、护目镜、口罩等防疫物资，大多是由社会爱心人士捐赠的，护目镜有不同的型号，大小不一，不是每个都合适自己使用。今天我使用的是自己从中山一院带来的，那是唯一属于自己的护目镜，但用后就留在医院消毒了。

2020年2月12日，多云，气温4℃～15℃

今天本来是上24:00—04:00这个班的。组长龙英华很细心体贴，昨晚在一区2组群发起群聊：

“考虑到钟春玲老师年资较高，夜班需要一点时间调适，而颖怡的眼睛需要长一点时间休息，特向护长申请调整了一下。”

“老师，我今天可以了，眼睛已经没有异物感。而且，我今天用了医院发的护目镜，效果还可以。”梁颖怡回答说。

“我可以上的，肖方连续上了那么多天班太辛苦了。”我回复，但未被采纳。

“春玲老师，您先休息，我熬一熬没事的。”

“肖方，你生理期啊！”我再次强调。

“我听从护长的安排，过了这个班就可以休息了。”肖方还发了一个可爱的笑脸。

“心疼你就像心疼我的小孩一样，估计你比我的女儿大不了多少。”

“春玲老师、各位老师，我1995年生的，年纪小，请大家多担待。”

肖方最年轻，且是重症病区的护士，年轻就是本钱啊！而我是这个医疗小组年资最高的“大姐”，年资高在这里并不是代表资历，而是年龄大了，连续负荷担心身体承受不了。

2020年2月13日，多云，气温9℃～17℃

今天上午8:00—12:00辅助班，所谓辅助，就是打开水、加湿化瓶水、补液接瓶、倒垃圾等，哪里需要就去哪里。在我看来，其实就是打杂，有些工作平时是由工人完成的，在隔离病房全部由护士代替了。

今天因为护目镜的原因，上了3个小时班就不得不提前出来了。

因为上班前，下巴痒有过敏症状，我担心上班的时候“痒”就麻烦了，所以就预防性涂了抗过敏药膏，脸上也涂了，上班出汗，护目镜不听使唤，有点下滑。心情很不爽，我想为患者多做点事。

2020年2月14日，小雨，气温0℃～17℃

今天入组，接管4间病房共8个患者，今天最开心的事就是给患者做静脉穿刺，全部都是“一针见血”。其中有一位患者对我说：“你的技术真好，我的血管很细很不好找的，居然可以一针穿刺成功，太谢谢了！”旁边的患者叫我“小姑娘”，我说：“我的孩子已经大学毕业、工作了。”她说：“怪不得你打针技术这么好啊！”病房里躺卧在病床上的他们，都对我的技术连连称赞。

我在心里默默念着：“好人一生平安，但愿大家早日康复，疫情尽早散去！”

2020年2月15日，中雪，气温-3℃～4℃

真没想到武汉的初春下起了雪，纷纷扬扬的，飘雪中夹杂着冰雹和雨滴，放眼望去，草地、马路边、屋顶上是白茫茫的一片，一辆红色汽车悄然驶过，雪花四溅，好壮观！这应该是一辆志愿者的车，大概是送什么物资去给医疗队或医院。

天气转冷，正考虑出门上晚班，穿哪件衣服暖和，仿佛心有灵犀，接到后勤人员的通知，让我们下一楼领取防寒的羽绒服，是社会爱心人士捐赠的。啊，真是太及时了，心中升起那“雪中送炭”之感。

这场突如其来的新型冠状病毒肺炎疫情，牵动着全国人民的心，苦难把素不相识的人的心也紧紧连在一起。

2020年2月16日，晴，气温-3℃～7℃

上班路上，-3℃，白雪皑皑，来自南方的姑娘和小伙子们，感觉自己进入了童话世界，回头看看自己走过的路，长长的一串、深浅不一的脚印，仿佛看到它一直延伸到诗的远方。

前面的路，铺满了雪，低头看脚便是四处流窜的水，“哇”，心却顿感温暖——昨晚医疗队的后勤保障人员，想方设法带着调配到的雨衣、雨靴及时赶到，并送到我们的手上，为我们一线医疗队员遮了风、挡了雨。

00:00—04:00夜班，接管15个重病者，年龄51岁到78岁。这个班接管的患者是白天的两倍，这样可以让一些护士有休息的时间。夜里，自然是没有白天繁多的治疗与生活护理，当然也有时间性的治疗，如测量微量血糖、更换气管内套等。

整个班，我来回地巡视病房，观察病情并记录，看着他们起伏的心跳，看着监护仪显示屏上的数据，看着他们进入了梦乡。安静的隔离病房，时而传来一两声“叮叮”的报警声，这难免会让人的神经有一丁点儿紧张。还好，风平浪静，氧气流过管道的摩擦声我都能听到，安静极了，他们熟睡传来的鼻息声，简直就像一个曲子，我心舒缓。

护士是与患者接触最密切、时间最长的群体，24小时从不间断，而病房里的一切变化都需要观察到，护士通常需有“眼观六路，耳听八方”的能力。

2020年2月17日，晴，气温-3℃～10℃

今天上主班20:00—00:00，提早进入隔离病房清点物品：体温枪、指脉氧、血压计、麻醉药物、冰箱内患者的药物，等等，仅仅“点数”就大约需要20分钟。核对、加药、处理临时医嘱是主班的重头戏，药物配置好后将它们归类，统一送到隔离病房交给管床护士，并与她们进行床边两人核对。床边两人核对，是预防差错的一个重要环节，一些医院开始使用PDA代替人工核对。

4小时仿佛在转眼之间就过去了，下班时，才发现自己腰酸背痛。取下护目镜，同事给我照了一张相片，脸上有一条不深不浅的勒痕，防护口罩或护目镜太松担心暴露感染，太紧了又可能损伤皮肤，看着自己照片上不深不浅的勒痕，我思绪万千，随手把照片通过微信，发给我的师妹张红霞，她很快回复：“致敬——最美的天使！”还给了我一个拥抱，我心里美滋滋的。其实，脸上的勒痕是暂时的，也是美丽的，它终将成为历史的印记。

没关系，这点苦不算什么，我相信没有迈不过的坎。救死扶伤是我的天职，我将继续与全国人民一起努力。

2020年2月28日，小雨，气温6℃～9℃

今天“外勤”班，支援武汉整整3个星期了。今天上第一个外勤班，也是30年护理职业生涯的第一个外勤班。所谓外勤，就是在新冠病毒肆虐的情况下，护士走出病房门，拉着车床经过高低不平的路段，分别在不同的4个库房——原职工饭堂临时改造成的大库房——领取隔离病房必需物资：护目镜、护面罩、N95口罩、洗手衣、纸尿裤、一次性帽子、鞋套、饮用水等，以及治疗护理患者需要使用的呼吸机连接管、氧管、面罩、消毒液、棉签、套管针、输液管、胃管、尿管等。其中的防护物资，大多由社会爱心人士捐赠，作为前线人员的我，深刻体会到什么是“国家有难，匹夫有责”。

外勤，不需要进隔离病房，听似轻松，其实不然。去领物资的时候，常需要排队，好在4个领物点相隔不远，我们挨个点去领取：护目镜50个、防护服100套……摆得满满的一车床。有时背上还来一大包。来，我们一起用力，上坡一起使劲喊“加油”；下坡时，前挡后拉，使车稳稳当当；拐弯时提醒“小心脚下有水”……小雨点缀着天空，艰苦中浪漫的身影，终将成为历史的一瞥。

上下午各领取一次，来来回回双腿酸软。转念一想，却觉得是个不错的“有氧运动”。物品领回来后，按照中山一院护理人的习惯，用5S管理方法将它们分门别类放置，标上醒目的标签，让每个需要使用物品的医护工作者一目了然，快速找到所需，不浪费时间，把更多的时间用于治疗护理患者。

2020年3月3日，小雨，气温5℃～10℃

今天休息，中午去帮忙分发日常物资，下午则去帮队友们注射日达仙，增强免疫力，郑莹护长说我打针不痛，所以又邀我去帮忙了。每个星期的这一天，日达仙准时从广州南站发出，运送到武汉，高铁站一送一接，成为美妙的爱心连接曲线。前方队员们能感受到医院领导及同事们满满的关爱和鼓励，这也是我们坚定前行的动力之一。

2020年3月13日，多云，气温4℃～15℃

两天前，武汉体育馆方舱医院关舱，那是激动人心的事，这意味着疫情已经受到控制，一些医疗队也将陆续撤离。目前湖北现有确诊病例14427，累计确诊67781，累计治愈50298，新增病例首次降到了个位数，统计截至今天09:10:15。我们是驰援武汉国家医疗队员，接管的是重症病房，还将继续坚持在一线，与新冠病毒作战，直至彻底胜利。

他们出院了

时间：2020年2月8日—3月13日

地点：华中科技大学附属协和医院西院

讲述者：胡春林教授（中山大学附属第一医院驰援武汉第三批医疗队员）

文字记录：张红霞

2020年2月8日

晚饭后18:30，我们医疗第二组成员：我、李怡、陈红兵、张亚东、刘斌等教授医生，准备出发去上班。武汉的大街小巷冷冷清清的，小雨淅淅沥沥地飘洒着，落在干枯的树枝、屋顶以及车窗外。马路空旷无比，夜幕的降临使武汉更显得冷清。

在前往华中科技大学附属协和医院西院（简称“协和西院区”）的路上，我们的公交班车一直向前驶去，偶尔有一辆面包车驶过，那大概是志愿者的车。灯光隐隐约约地从人家的窗口透出来，这使我想起了“又见炊烟起”这句歌词。这些天比较伤感，就连这一句原本不伤感的话也让我心里哽咽……

这是我驰援武汉的第一个班。医疗队提前2个多小时到达医院，我根据医疗队成员原本的就医经历和专科经验，安排陈红兵、张亚东、刘斌等3名医生先适应一下环境和就诊流程，在外面负责接应或者协助开立医嘱等。

20:00，我和CCU李怡主任首先进入隔离病房。来到6楼隔离病房，此时，第一医疗组医生、护士已经布置好这个新开的重症隔离病房，准备收治病人。整个隔离病房灯火通明，也许因为暂时还没收治患者，病房显得有点空旷。

21:00，第一例新冠病毒肺炎患者被120车床送到，很快第二例、第三例……患者接二连三地，被送到协和西院6楼东隔离病房。随着运送患者的车床、轮椅滚滚走过，传来患者急促的呼吸声和低沉乏力的呼唤声：“医生，我发热。”“医生，我心慌、上不来气……”穿得像太空人一般的医生、护士，在治疗室和隔离病房患者床边，不停地穿梭往来。

这种热闹非凡的景象，与广州节日期间，急诊科的情形颇为相像。所不同的是，这些患者全都戴上了防护口罩，他们受到病毒的攻击，大部分是在1月下旬左右发病，经核酸检测确诊且病情较重。他们今晚从其他医院分流转诊过来，由专门的救护车和专门的人员，转送到这个新开的隔离病房。

发热、乏力、呼吸困难，一些患者的嘴唇出现发绀，护士与医生一起协助患者过床、监测生命体征的变化、测量指尖血氧饱和度、给予吸氧等处理。这些患者的肺损伤严重，病情如果得不到有效的控制，CT检查将可能呈现明显的白肺样改变，需要医生的快速诊治以及护士的精心护理。

“时间就是生命”，一刻也不容怠慢。大家分工合作，李怡主任负责收集患者的资料，我负责抢救：氧疗、心肺复苏。今晚的护士们不是全部来自急诊、重症监护室，我以急诊人的速度立马组合医疗护理队员，一边应急救治，一边培训护士如何连接呼吸管道、安装无创呼吸机等，护士们平时就接受了这方面的训练，稍加提醒她们很快就上手了，几个姑娘很快就能挑起大梁。

隔壁病房时而传来患者的咳嗽声，刚刚处理完一个新入院的患者，接着，下一个患者又由车床送进来，医生或护士，分别跟随这些载着患者的车床或轮椅进进出出，出现在不同的病房：协助过床、吸氧等。各种型号的无创呼吸机的使用需要有一群全能的人，护士们协助我对接正确的无创呼吸机接头，“好了”，我终于松了一口气，把调好参数的无创呼吸机导管与患者的面罩接上，看着患者血氧饱和度渐渐上升，接着又继续处理下一个新入院的新冠病毒肺炎患者。

“陈红兵，请开立医嘱，给42床老伯上血管活性药物，无创呼吸机辅助呼吸，心电监护，必要时吸痰……”

“张亚东，请开立医嘱，给43床阿姨高流量吸氧，她有高血压病史，给予心电监护，每小时测量一次。”

“刘斌，请协助李怡主任录入病史。”

……

李怡主任从这间病房到那间病房，一个患者接着一个患者地去询问病史、体查等，并简明扼要地记录下来，当他走出4号重病房时，他对我说：“胡教授，43床患者痰液较多，需要吸痰。”“好，嘱咐护士定时给患者吸痰，吩咐陈医生开立吸痰医嘱。”我相信李怡的判断，他在CCU工作多年，对急危重症患者的医治有非常丰富的临床经验。

23:00，刚入院的111床患者有些烦躁，出现对抗无创呼吸机现象，血氧饱和度不稳定，协和医院护士（今晚当班的护士是协和医院本院的）一直在床边安慰患者，缓解患者心里的恐惧感，并指导患者如何配合呼吸机的频率一呼一吸。在护士的鼓励和指引下，患者很快就跟上了呼吸机的节奏，不再对抗呼吸机了，血氧饱和度也逐渐稳定在93%以上。

23:50，一个刚入院的急危重症患者出现心脏骤停，作为组长，又经历过无数急危重症救治的我，第一反应就是——就地“心肺复苏”。我不顾一切冲上前去，争分夺秒和病毒“抢”人，就像在中山一院急诊值班时的抢救一样，顾不上它是不是传染病，旁边戴着N95口罩的家人看着感动不已，不停地说“谢谢”。尽管他们悲伤，却也礼貌地向我这位尚不知姓名的医生表示感谢。

这个晚上，一共收治了17名患者，年龄在55岁至80岁之间。入院时他们的指尖血氧饱和度在60%～75%之间，6名患者使用无创呼吸机辅助呼吸，9名患者给予高流量吸氧，供给氧气之后，患者的血氧饱和度上升到90%左右，2个患者出现心脏骤停，均及时给予心肺复苏。

这是实实在在的战役，尽管没有硝烟、没有炮火，这也正是“敌人”的狡猾之处，身在抗疫重地的我们，深刻体会到它的可怕，与它做斗争一刻也不能懈怠。

隔离病房的灯光如同白昼般灿烂，让人忘记这是一个寒冷的冬夜。防护服把我们的身体包裹得严严实实的，汗水在肆意地流淌，护目镜上布满小雾珠，上班起初觉得憋闷及轻微头晕，可是当新冠病毒肺炎患者接二连三被送入病房时，这些“起初”的不适仿佛就自动消失了。

下班了，感觉累极。回酒店的路上，队员们都很安静，在摇摇晃晃的班车上打着瞌睡。

2020年2月16日

今天是星期天，我们依然正常上班，8点常规查房，重点查看了4号病房高级生命支持单元的患者，并简单组织了重症患者的病例讨论：42床，男，65岁，新冠病毒肺炎确诊第3周，呼吸平稳，CT检查结果显示白肺样变比之前减少。

“经过3个星期的积极治疗，患者肺部炎症性的渗出明显减少，呼吸平稳……”值班医生陈红兵继续汇报。

“可以考虑转出4号病房，今天试行脱离无创呼吸机，同时给予高流量吸氧。”我给出建议。

2020年3月13日

这是一个值得庆祝的日子，原42床男性65岁患者今日出院，原43床71岁女性患者也明显好转，脱离无创呼吸机2周了，近期可出院。他们入院时的血氧低至60%，肺部CT结果可称为“白肺”，经过医生们和护士们近6个星期的积极医治和精心护理，他们慢慢往好的方向发展，呼吸困难的现象一天比一天好转，他们的白肺也神奇地消失得无影无踪。

出院的时候，医生护士们都替他们开心。他们在出院时，念念不忘地感谢给予他们帮助的医生和护士们。

大家看着他们走出隔离病房的身影，感慨万千：第一批收治入院的危重病患者终于可以走着出院了，这是我们武汉之行最开心的事之一。最开心的事还有，我们在武汉平安地度过了三个潜伏期。因此，我们有信心继续坚守战“疫”阵地，直至完全胜利。

经历过严寒的冬天，春天来了，武汉的樱花开了，姹紫嫣红的，好美丽，空气中还散发着花开的芳香气息。住所附近，上班、下班的路上，我均能闻到，那飘散在空气中的淡淡花香味道，沁人心脾……

“阿叔，你坚强一点”

时间：2020年2月3日

地址：武汉汉口医院

记录人：邱艳主管护师（广东省支援湖北第二批医疗队高州市人民医院队员）

文字整理：张红霞

2020年大年初四，广东医疗总队第二批队员共147人，由中山六院姚麟副院长任领队，从广州白云机场出发支援武汉。这支医疗队中有10人奔赴金银潭医院，其他137名队员支援武汉汉口医院，我是护理队伍的其中一员。经过全员防控技术培训与考核，医疗队1月30日正式接管汉口医院呼吸七区。

2020年2月3日，星期一

凌晨两点半，我尚未睡熟，闹钟就发出该起床的号令。我爬起床，简单地梳洗。武汉的冬夜很干燥，不像广东那样温湿，可是为了安全，我没敢使用润肤露就出门了，黏糊糊的润肤露抹在皮肤上，我担心可能会遇上病毒或细菌。

我敲了敲队友们的房门。几个住在同一层的高州医疗队的队友们，相约一起出门已成为习惯。高州医疗护理队的五朵金花，闻声很快就集合齐全，随即奔向已准时等待在一楼的公交车。出发！我们的车驶向汉口医院。

武汉的街道本已冷清，凌晨的武汉就更加冷清了，只偶见几辆警车在路上执勤。心中不禁感慨万千，不久前令世界瞩目的军运会在武汉召开，那是多么热闹和令人向往啊！而现在这该死的疫情，让原本好好的历史名城，瞬息变成一座寂寥之城。

15分钟后，我们到达汉口医院。5名高州人民医院的护理队员与2名高州中医院的队员是同一个班组，当然也是亲密的战友。经过5天的训练，我们已能熟练地穿脱防护服，由原来用时80分钟缩减到现在的40分钟，而后，再相互检查、彼此鼓励，我们随后进入呼吸七区的病区内。

今晚，我依旧是接班责任重大的一组病房。经过详细的交接班后得知：病危2人、病重8人、发热5人、无创通气1人、双管送氧2人、翻身防压疮1人、采血13人等。嗯！这无疑是一个冲锋陷阵的夜班！

接完班，就马不停蹄地开始治疗工作。不到1小时护目镜已经布满雾气，严重影响到了工作。不得已，我只好返回缓冲区，请求外围护士帮忙更换护目镜，由于已进入污染区，身上的防护服已是污染的，更换护目镜时得小心翼翼，避免触碰防护衣的任何地方，花了近20分钟才成功更换，再次返回病区。

此时，无创通气患者的氧气瓶氧气已将耗尽，我小跑到氧气瓶存放区，搬来近百斤重的氧气瓶，并快速更换氧表。这种情况，是我以前工作中极少遇到的。以前，哪怕氧气瓶里的氧气用尽，也有后勤人员备好，然后送至科室，所以极少做这种“搬运”的重体力活儿。现在因为是隔离病房，一般人员不方便进出，我们也只好使出浑身力量，每次更换氧气时，患者的血氧饱和度会直线下降，所以每次更换氧气我们都如临大敌。

U5床的患者，不适应呼吸机的治疗模式，与之发生抵抗，并大呼难受，用手扯下面罩，越是烦躁不安，血氧下降就越严重，但呼吸机是最优的治疗方法，我握着患者的手对他说：“阿叔，你坚强一点，忍耐一下，试着顺着呼吸机来呼吸，不要与机器抵抗，慢慢就会好起来的，你可以的，你一定可以的，加油！我们一起加油！”

病人慢慢安静下来，血氧逐渐上升，从45%上升到80%以上，最高可达92%，这样的结果，无论对患者，还是对我来说，都是极大的鼓励。

整个晚上，平均每小时更换一次氧气瓶，一个班下来共更换了5次，护目镜再次布满雾气。幸好，这次护目镜内还剩有一点未被雾气覆盖的地方，我几乎就是靠着那一点点的视野，来完成病情观察与治疗护理工作的。

采血时更是利用以往工作的经验，看不清，就靠手触摸血管弹性进行穿刺，两层手套也是大大降低了触感，还好，一针见血！我为自己以往的工作经验偷乐了一下，没有重复穿刺的。接下来就是测体温、测血氧、测血糖、量血压，大家七手八脚地将所有患者的药液配上，将记录填写完整。时间在一分一秒地流逝，汗水也在这冬末之夜，无声无息地流淌着。

尽管如此，我们小组7人，没有一个人喊累退缩的，反而是热血沸腾的。不知不觉南方附属第三医院的战友们来接班了，经过详细的交接班后，我们7人才下班离开病房。

经过1小时脱了防护服，我们带着胜利的“脸痕”，再次坐上了公交大巴车，回到驻地已是上午十点半。常规地进行“淋白菜”消毒程序后，我们的衣物已浸湿，瑟瑟发抖地奔向大堂，恰巧遇见了广东驰援湖北医疗队临时党委易学锋副书记，易书记关切地问我是否刚下班？忙不忙？我笑着说：忙是忙，我们可以坚持，就是氧气瓶1小时更换1次，无论对病人还是对护士都是一道难题。

下班后没多久，医疗队的微信群就传来了好消息——收到10台捐赠的制氧机，将用于服务病区的患者！

经过认真的洗漱，终于在12点可以吃午餐了，我终于可以踏踏实实地睡一觉了。希望在接下来的抗疫日子里，我们能够帮助到更多的患者，让他们尽快恢复健康。也希望武汉尽快恢复曾经的繁华。祝愿武汉安好，祝愿祖国安好！

感恩的心

时间：2020年1月25日—2月5日

地点：湖北武汉市汉口医院

记录人：李美平护师（中山大学附属第一医院驰援武汉第一批医疗队员）

文字整理：马延召、彭福祥

文字指导：成守珍、陈利芬、陈玉英

2020年除夕夜，我未及与家人吃上一顿年夜饭，就匆匆出发，赶往武汉。作为广东首批驰援武汉的医疗队，我们中山一院派出了9位医生护士，他们是：刘大钺、吴健锋、司向、易慧、梁秀、黎佩华、梁朋、王锐智、李美平。出征那一刻，我们含泪与广州挥手，登上即将飞往武汉的南方航空专机。

1月25日

我们于1月25日、大年初一凌晨1:36抵达武汉。新春伊始，我们来到这个陌生的城市，即将投入紧张的抗疫工作之中去。

2月3日

今天我照常去病房给病人输液。当来到床旁，准备为一位阿姨输丙种球蛋白时，由于科室的网套实在不够用，我们只能选择用瓶身自带的挂带，但是它粘得特别紧，加上我们戴着几层手套，拨开挂带实在太困难，我只能用棉签的尾端慢慢地挑开挂带……这时，这位病人阿姨很热心地对我说："小姑娘，我来给你拆。"说话间她立刻动起手来，四瓶丙种球蛋白很快都挂了上去……我很感激地说了声："谢谢您！"

这时，阿姨的话深深地感动了我，她说："不用谢我，是我们谢谢你才对！你们都是父母的心头肉，冒着这么大的危险来这里帮助我们，他们该有多担心……我们谢谢你！"听完这句话，我欣慰地笑了……也许这就是人心换人心吧，如果每个人都有一颗感恩的心，世界会变得更美好。

2月5日

我今天上的是16:00—20:00的班，派发晚饭的时候突然想起47床的阿姨没有家属陪伴，而且需要使用无创呼吸机辅助呼吸，她自己无法吃饭。我连忙过去问阿姨现在饿不饿，阿姨看着我说："我饿，我想吃饭……"

刚好她的管床医生过来查房，于是我们决定给病人暂时取下无创呼吸机面罩，单纯持续高流量双鼻导管吸氧，医生在床边观察着病情变化，我给病人喂饭，看她能不能耐受……庆幸的是，这种操作可以维持一段时间，但是她吃得很辛苦，几乎没有力气，吃不下饭。

我们想起来护士站还有备用的安素粉，于是医生留在床旁看护病人，我飞快跑去护士站，却发现没有碗也没有温水，后来找到一只一次性小碗装上安素粉，回到病房，向隔壁床的阿叔借了点温开水，冲好后用吸管喂阿姨喝了下去，然后我又给她喂了点牛奶。整个过程中阿姨的血氧都还可以，我们也就放心了。阿姨很激动地对着我们说："我吃饱了，谢谢，谢谢你们！"那一刻，我真的很开心。

我在武汉抗疫的日子

时间：2020年1月28日—2月27日

地点：湖北武汉市汉口医院

记录人：陈娟护师（中山大学附属第一医院驰援武汉第二批医疗队员）

文字整理：张红霞、刘奕伶

文字指导：陈利芬、成守珍

我们于1月28日从广东出发支援武汉，是中山一院第二批医疗队员。3月15日，是我们平安度过三个潜伏期的标志性日子，细细想来还是有许多感触的。

我们驻地处于市中心，打开窗帘就可以见到每天停在楼下的623路公交车，那是我们的“战车”。很久没有过这种类似校园的生活了，大伙儿每天都穿上带有中山大学附属第一医院字样的统一“战服”，坐统一班车，吃统一盒饭……但每个人都待在自己房间里的，从不串门。

此时，脑海里浮现出抵达武汉的第二天，也就是大年初六，开始培训的情景：我们像小孩般笨拙又生疏地练习穿脱防护服……到如今，大家已能熟练沉稳地穿脱衣服，还都有了各自的“独家”技巧，把更多的时间留给了病人；一个月下来，走路时不再有缺氧、张口呼吸等种种不适，之前像个笨大熊般行走，现在灵巧多了。

因为这段时间的排班几乎都是药疗班，我每天的工作就是戴着充满雾气、夹杂着汗珠的护目镜，弯腰低头核对，取药，戴着三层手套撕胶带，贴输液卡在补液瓶上，摆药，加药……刚开始每班的工作除了补液能自己完成，其他的工作只能靠队友的帮助。那时我们每天要为病人加上四五百瓶的药物，还得戴着厚手套，用棉签尾慢慢地为医疗护理队友撕下两三百瓶丙种球蛋白和白蛋白的瓶盖，方便他们更好更快地换补液。由于每天弯腰低头，导致颈椎隐隐作痛，回到住处低头看手机也变得很困难，只能把头仰着悬挂在床边，吊一会儿，才会有所缓解。日复一日的疼痛感似乎还没有减轻，但好在熟能生巧，如今处理补液取药、摆放药物、收拾配置台面、拖地、收拾垃圾……全都不在话下。在疼痛和种种困难面前，我总对自己说：“陈娟，加油！你可以的。”我始终坚信只要精神不滑坡，办法总比困难多。

2月13日，班次03:00—08:00。我和师兄两个人管30多个病人、6个病危患者、16

台心电监护，还有多个每小时都需要监测指脉血氧饱和度的病人。刚开始因为生理期痛经，吃的止痛药也不见效果，我选择坐在护士站核对抽血试管，减少活动。但听到监护仪不断传来报警声，我再也坐不住了，便起身走进病房，发现师兄一个人不断地把“大炮”供氧装置从病房外转到病房内供病人使用，明显是顶不住了，我便来帮忙，学习如何转运和更换那笨重的“大炮”。

熬到五点半，我和师兄分工，他继续看管病人，记录心电监护仪上的生命体征和血氧饱和度的数据，监测微量血糖等，我推着治疗车开始进行早上的护理治疗：血气分析的动脉血、静脉血和咽拭子的采集，这是呼吸科的常规操作，我比较熟练。但需要抽血的患者有十几个，他们大多数都病重加年迈，血管条件很差，能有清晰可见血管的只有那么三四个。戴着蒙有薄雾的护目镜，加上一双没触觉的手，我花了两个小时左右才完成工作。

抽完最后一个血标本，我终于松了一口气。这时，搭班师兄突然告诉我，他的手被针刺伤了！我傻傻地看了他两秒后才反应过来，叫他赶快离开病房，脱掉防护服，先处理手上的伤口要紧。

此时正处于交接班之际，突发状况导致很多事情无法按时完成，情况变得很复杂，但那时的头脑还是很清醒的，思维异常清晰。我去找二组队友帮忙处理和分配工作，自己也加快速度，告诉自己不能慌、不能出错，离下班还有半个多小时，这30多个病人需要自己。我去重症监护室看了一圈5个重病病人，细细检查一遍监护仪，数据和之前差不多，所有“大炮”的氧量也是足够的。

我重点关注了师兄看护了一个晚上的U7床大伯，他的情况还是老样子。我想他一定可以撑过去的，这一晚虽然病情有起伏，但他还是挺了过来，呼吸频率虽快，却还是有规律的。

7:55我离开监护室被叫到普通病房交班，8:05回到监护室，和另外两个老师交接重病患者，正准备交接U7床大伯时，却意外发现他监护仪的心率呈现的是一条直线！我不敢相信自己的眼睛，立马触摸了他的颈动脉，观察胸阔，没有脉搏跳动，胸阔也没有起伏。我紧急叫了医生过来，大家一起对病人施行了胸外压等抢救措施……最后，大伯依然被一张无情的直线心电图宣判为死亡。

我的心像被针扎了一样痛，为什么他不能多坚持一会？为什么在我离开不到10分钟的时间里，就自己一个人悄悄走了？我站在那里沉默了一会儿，哀伤无比。在隔离病房里没有家人温暖的陪伴，没有孩子亲切的拥抱，只有被密不透风的防护服包裹着的抗疫战士。或许大伯真的累了，他选择放弃痛苦的呼吸，去另一个世界好好睡上一觉。

我轻轻拿走他身上所有的仪器，因为我怕弄疼他。我不知道自己是怎么脱掉防护服走出病房的，我的小腹还在隐隐作痛，下班了我才感觉到这痛的存在。最后一个走出病区的我，在门口看到师兄们在等我，他们知道大伯走了，为给我留下了太多工作不断地自责。我控制住了自己的情绪，告诉他们：“不用自责，该发生的总会发生的，只不过来得太快了。”此时，我不忘问起师兄的手，他说：“患者的结果都是阴性。”这是不幸中的万幸。

我们沉默地走出了医院，回到住处也久久不能入睡，那是一个灰色的日子。

2月24日，班次17:00—22:00。连续上了3天的院感洗消班，主要工作是完成清洁区到污染区所有垃圾的打包处理、拖地、配消毒水喷洒环境以及紫外线空气消毒等，还要做护目镜的浸泡消毒、清洗及烘干等工作。从第一天配制消毒水开始，就有种种的不适：咽喉被消毒水的气味刺激，上班会咳嗽。虽然戴着护目镜，眼睛还是能感受到刺激，眼泪会不由自主地冒出来。而今日因为武汉气温回升，拖地闷了一身汗，明显可以感觉汗水在皮肤上滑动……这些汗水，在后来安静地等待紫外线消毒的时间里，又慢慢地凉了下来。

因为马上要下班了，不能浪费防护服。我只能忍着，等汗水被吸收得差不多，临近下班时，又忙了一阵。队友说鼻涕流得实在忍受不住了，先行出“舱”（“舱”为隔离病房的昵称）。我摆了OK的手势。随后就一个人在里面继续收尾工作。这时汗水依然不断在流，我不停地告诉自己：“你可以的！大家都在等你！你得快点处理完！不能耽误大家时间！”

下班后，这几天没进隔离病房的我，今天看到有病人出走廊来了。他们不再像以前那样卧床无法下地，看到他们能自如活动，我满心欢喜。从前的病房是枯燥、压抑，而如今却有了欢声笑语，病房走廊不再只有穿着防护服在为生命奔走的医护人员。

2月27日，班次03:00—08:00，电脑兼药疗班。接完班后我开始整理病区工作日志，发现整个隔离病房只剩下了49个病人：病危2个、病重21个、病区面罩吸氧的7个……这不仅仅是数字，更多的是惊喜。我依稀记得在上一个夜班，这里还有80多个病人，他们大多数需要用面罩吸氧，上着无创呼吸机和高流量治疗仪。而现在，这个隔离病房都没有需要使用仪器辅助氧疗的病人了，病房少了各种仪器的报警声，安静了许多。

再次走进治疗室，带给我的又是另一种视觉冲击。因为我前段时间都在上药疗班，几天没有进舱，我简直不敢相信眼前的补液数量比之前少了3/4，细细看了一圈，还特意跑出去跟大伙确认有没有拿走了我的补液。大家说最近补液已经少了很多了，这时我才直视眼前为数不多的液体，拿起注射器开始各种加药。

后来，不少病人能自己出来打开水了。他们看到我们这些被防护服包裹得严严实实的医务人员时也不再害怕了，还会主动打招呼，并询问几时早餐才送到。其中一个病人，我问他是否要喝营养粉？他说可以，在我泡好营养粉送到他床边时，他不知道从哪儿掏出一支吸管，吸了起来，很香的样子。在我临走前，他又说："医生（其实我们是护士），等下早餐来了，能不能给我吃两份？"我笑着点头说："吃多少份都可以。"

隔离病房悄悄地发生着变化，与初到武汉时的气氛完全不一样。看到这些变化，我们内心的喜悦简直无法形容，见证了他们从急性期，到恢复期以及死亡率逐渐降低直至为零的事实，感觉自己所有的辛苦都是值得的。大家各自把每件小事做好，团结起来和病人一起努力，新冠病毒终将会被我们消灭，口罩也会被揭开，就像公交车停泊的路口处的那一束桃花那样，从含苞到如今的美丽绽放，到时候，一张张笑脸将会让这个世界重新阳光起来。

每天都有感动

时间：2020年2月20日

地点：武汉市第一医院

记录人：吴仁杰主治医师（广东驰援湖北第十四批医疗队广东省人民医院南海医院队员）

文字整理：方婷、陈倩莹

这是我来到武汉的第七天，现在是凌晨5点18分，从隔离病房刚下班回到住处，回想起刚才看到的武汉江景是多么的迷人，和广州的珠江夜景有几分相像呢，可惜的是，武汉生病了，不再如昔日那般车水马龙。

为了工作方便，昨日义工们帮我们剪了一个全新的平头，相信这是象征着"平安"的发型，使我更加有精神作战。

现在的我已经习惯了闷热的防护服，习惯了勒得双耳发痛的口罩，也适应了缺氧导致的头晕、呼吸困难。平常轻而易举的事情，身着装备变得稍慢了点，但我都能做好。在这里我和队友们都适应了寒冷的天气，按照抗疫前线快速的生活工作节奏，开足马力。

调好每一天都不一样的闹钟，前往医院穿好防护装备、交接班查房、诊疗处理病情、安慰患者、不断总结各项事务——这些成了我每天的重要任务，每一个环节都全力以赴，不容有失。

尽管每天都在三点一线连轴转，同样的医院、同一层楼、同样的事情，可是每天都有不同的感动温暖着我的心。一位武汉籍的患者，其母是广东人，她看到我们佛山医疗队倍感亲切。“你们来了啊，辛苦你们了！”查房时，她眼中泛着丝丝泪光，用标准的白话哽咽地致谢。那一刻，我感受到她内心对于我们的感激与期盼。是的，我们来了！

作为一名急诊科的医生，在遇到急危重症抢救时，我绝不退缩，用我所学到的技能，尽可能提高治愈率、降低死亡率。在工作岗位上我分秒必争，与战“疫”的医护团队一起，筑成抵抗病魔的生命之盾。

这座城市有点冷清，但是依然有热血在奔涌。我将尽我所能，与武汉共进退，与全体医疗队员一起献出自己的力量，众志成城，攻坚战“疫”。

又有两名患者出院

时间：2020年2月26日

地点：武汉市第一医院

记录人：梅婷护理部副主任（广东支援湖北第十四批医疗队佛山市南海区妇幼保健院队员）

文字整理：方婷、曾桂英

自2月13日出发，抵达武汉支援抗击疫情，不知不觉中在武汉有两个星期了，正式接管武汉市第一医院感染病区也有12天，一切都已步入正轨。

为了更好地了解病区情况，尽快理顺流程，我已进舱9次。回想团队一起努力、一起参与的工作：小到60人的排班，大到工作职责制如感染病区工作制度和流程、病区五常法及同质化管理的完善，以及急救仪器的操作使用及消毒、人员培训、物资调配等。

不同医院、不同科室的人临时组成的新团队，要想高效快速运转不是件容易的事，幸亏有同事们的大力支持和协调，各兄弟医院护理领队的配合，工作才能很快步入正轨。

今天刚入舱，我就参加了对危重患者的查房。两名高龄危重患者经过几天的抢救和治疗，生命体征已平稳，精神状态也有了好转，目前重点仍是营养水合的管理。

由于患者完全无法自理，所有的生活照顾都由护士来完成。为防止患者呕吐误吸，除体位管理之外，喂水、药物、营养液都要用小勺子或注射器一点点喂，少量多次喂食。在翻身和更换尿片、床单时，要尽量轻柔，避免产生气溶胶的动作，同时需要准确跟进输液速度，观察记录出入量情况，及时汇报医生处理。很多时候，战友们进去一次再出来时全身都湿透了，护目镜挂上了大大小小的水珠，在旁边协助的人也是满身大汗。

巡房时，看到患者的症状好转，一张张笑脸，一声声感激的话语，总是让我们充满力量。今天又有两名患者出院，还有几名患者在等待复查结果准备明天出院。尽快让病人康复，这是我们驰援武汉最大的愿望。

一切都会好起来的，就如窗外逐渐增多的车流和万家灯火。武汉加油！武汉必胜！

我与爷爷无声地传递“春天”的祝福

时间：2020年2月28日

地点：武汉市第一医院

记录人：徐梓玲护师（广东支援湖北第十四批医疗队佛山市南海区妇幼保健院队员）

文字整理：方婷、曾桂英

天空飘着细雨，酒店外边的花相继开放，树木也抽出了新芽。突然，脑海里浮现一个身影——一个只能用别样方式交流的爷爷，我忍不住从旁边草丛摘了一片嫩叶放好。

交接完班，我像往常一样给病人测生命体征，可是有一个特殊的病人我总是最后才给他测量，他就是57床的王爷爷。记得第一次和他交流，他一句话也不说，我还以为他听不懂“广式普通话”，正当我不知所措的时候，他拿出纸和笔，吃力地写着：姑娘，我耳朵不好使。我才恍然大悟，就这样我们开始了一种特殊的交流。

每次巡房，我都会提前把要问的问题写下来，而爷爷则用笔来回答，然后我们用纸笔简短交流，巡房完爷爷也总会拱手致谢，有时甚至递一张字条给我，上面写着：辛苦了，小姑娘！每次遇到这情景，我心里都有一阵暖流奔腾，眼中也随之升起一股雾气，总想为爷爷再做点什么。

今天，我决定把“春天”带给爷爷。一如往常，巡房时我把早上撷取的一片嫩叶用透明胶粘在白纸上，上面写着祝福语：爷爷，您好！春天已经到了，外面春意浓浓，树叶抽出新芽，花开了，草绿了，鸟也叫起来了，您再坚持一下，争取早日康复，一览春色。

我把礼物递给爷爷，没等他反应过来，就接着忙去了。半个小时后，一个拄着拐杖的身影出现在护士站旁边，他轻轻地敲了一下台面，一句话也没有说，郑重地把我刚刚给他的“春天”还给我。我接过一看，爷爷在纸上回复：谢谢您，春来了，杨柳树枝弯腰了，蝴蝶姑娘飞来了，一年中最好的时节到来了。祝从南国远道而来的援鄂白衣战士们工作顺利、身体健康、万事如意！

我握住她的手

时间：2020年2月9日—3月17日

地点：武汉洪山区华中科技大学同济医学院附属同济医院光谷院区

记录人：郑子梅主管护师、护士长（中山大学附属第三医院第三批支援武汉医疗队员）

文字整理：张红霞

2月9日，中山大学附属第三医院，派出第三批医疗队133名医护人员支援武汉。该医疗队在队长杨扬教授、临时党支部书记陈妙霞主任的带领下，接管华中科技大学同济医学院附属同济医院光谷院区重症病区。连日来，医护人员投入作战状态之中。

3月17日

作为中山三院的一名感染科区护士长，有抗“非典”一线工作的护理经验，我深知，病人的心理安抚和重建，和躯体治疗同等重要。于是2020年2月9日，我主动请缨到了武汉，我们医院负责同济医院光谷院区E1-2重症病房，病区共有50张床位。

穿戴层层防护服和护目镜，刚开始时，我是第一小组组长，白班夜班连轴转，战友们斗志昂扬，和我一起工作的，大多是“90后”的年轻人。每天做着临床护理工作，查房评估，病情观察，抽血打针，生活照顾等，从刚开始的忙乱到井然有序，离不开领导对护理工作流程的优化，衷心地为无比强大的中山三院团队感到骄傲！

工作中，发现新冠患者存在着不同的心理问题，这对病情的好转很不利，于是在上班一个多星期以后，中山三院支援武汉临时支部书记、护理部陈妙霞主任，对我的工作进行了调整，安排我主要负责护理质量管理和心理干预。于是我每天上午去隔离病房，病房里重症患者占比2/3，老年病人居多，对一个个病人进行查房问候，“奶奶，您好”“爷爷，今天心情怎么样”“昨晚睡得如何”“阿姨有什么担心的，能具体说说吗”“胃口可以吗”……刚进来的都行开放式的问诊。

当得到比较多的信息后，可以评估到病人的情况：焦虑、抑郁、创伤后应激障碍、谵妄、被害妄想等。心理情况严重的，转交给心理科的医生进行治疗干预，轻中度的病人，我可以对他们进行心理干预，主要是倾听、陪伴、共情接纳等方式方法，由于特殊情况下的交流限制，我加了不少病友的微信，希望下班后可以在微信上进行心理干预，乃至出院后的随访。

随着护理病人的增多，隔离病房的门需持续关闭，避免探访导致感染。没有亲人陪伴，他们中不少人出现情绪症状：害怕，担心，失眠。我每天进去关心他们，甚至是握着他们的手，或是用自己的手搭在他们的肩膀上——抚触倾听，赋能扶正，给予希望。

77床是一个55岁的中年女性，她的情况还可以。我走到78床旁边，问：“阿姨，您还好吗？吃早餐了吗？”

没想到77床接话了。原来78床的老人是她妈妈，有点老年痴呆，听力也不好，还有高血压……说着说着，77床病人的眼睛红了。

我给老人测量了指脉氧，接着把体温计放在她的腋窝。

77床告诉我：妈妈和爸爸一直是她照顾。住在一起的，还有她29岁的儿子。昨晚儿子也有低热，37.4℃，今天已经叫他去社区医院看病了。

她的担忧太多了，儿子10岁时被诊断出“再障”，接着夫妻离婚。她是幼儿园老师，返聘继续工作，为了儿子为了家，她必须继续工作。

一个多么坚强的女人啊！我被她的艰难困苦震撼了，唯有倾听和接纳，握住她的手，让她诉说，她大声哭出来了。

住在这里的每个患者，都盼望早点出院，除了她。

她惦记着身体不好的儿子，也担心，万一自己病情好转出院，还住在这里的老妈妈咋办？

我说：“还有我们啊，我们来照顾阿姨！”她一边道谢，把老母亲托付给我们。

他们在一点一点地获得力量，一天一天地好起来。我感到很高兴，无比宽慰。我能感觉到，他们见到我时的安心，聊着聊着，就破涕为笑，紧握住我的手，连声谢谢，谢谢！不断说“你们就是我们的亲人，是我们的救命恩人”，常常泪花满溢。是啊，是谁在照亮谁啊？

近来，看到一个个病人出院，他们走出隔离病房时，感激的言语，朴素简单真诚，还有感谢信，如春风、美丽的小雪花般飘来，有童话的感觉，缥缈却真实。我们坚信：病疫无情，人间有爱，胜利的彼岸就在前方！

所有的艰辛都值得

时间：2020年2月28日

地点：荆州市中心医院ICU

记录人：李永春副主任医师（广东驰援湖北第十三批医疗队佛山市南海区人民医院队员）

文字整理：陆映而

自2月11日奔赴荆州前线，不觉已经过去大半个月。荆州湿冷，我们来后还狂风大雪，气温骤降，难以入睡。饮食辛辣，语言不通，远离亲人，凡此种种，对于我们来说是意志与毅力的考验。

2月18日，我们奉命转战荆州市中心医院。指挥部给我们安排了荆州古城内的一家酒店，距离上班地点近，方便步行或骑行上班。区府、医院、酒店对我们的生活照顾得很周到，事无巨细，在伙食、洗衣、取暖以及卫生等方方面面，我们都得到了细致的照顾。

因为酒店房间朝北，见不到阳光，晚上特别冷，难以入睡，他们火速给我们送来油灯、电热毯等各种生活物品。部分队员水土不服，饮食不调，医院为此专门聘请了会做粤菜的厨师，煲上了老火靓汤，让我们倍感温暖。广东省及当地的领导经常过来慰问，了解我们的困难，及时给予解决。佛山后方也充分保障了我们各种生活及医疗物资供应，对我们的家庭也嘘寒问暖，提供送菜上门等服务，让我们没有后顾之忧。社会热心人士、慈善机构都给我们送温暖，让我们觉得自己不是一个人在战斗。众人拾柴火焰高，前后方联动，让我们更有信心去战斗。

荆州地理位置优越，自古便是兵家必争之地，关羽“大意失荆州”耳熟能详。荆州是重要的粮棉油生产基地和淡水渔业基地，素有文化之邦、鱼米之乡和旅游胜地的称誉。辖区包括城区、红色小城洪湖市、监利县等，目前人口将近600万。我们居住的地方在古城以内，抬头可见雄武的古城墙，平时是著名的旅游胜地，不过特殊时期都关闭了。

我查了一下荆州疫情地图，我们酒店基本上都被疫区包围着，最近的疫点离我们不足300米，整个荆州城都是红彤彤的一片。古城到处戒严，出入必须凭通行证，小区、巷口都有志愿者把关。我们基本是酒店、医院两点一线的生活，街上很少行人，夜晚越发冷清，只有那一盏盏路灯和长长的影子，陪伴我们走在上下班的路上。我们刚来到的时候偶尔还可以出去买点东西。现在是政府统一供给，个人是买不到东西的。这个隔离方法，虽然简单粗暴，但是非常有效，新增的病人越来越少。

截至今天，荆州累计确诊病人1579人，现有确诊667人，死亡45人，治愈867人。我们现在的主要任务是治疗存量的病人。荆州市中心医院是当地大型的综合性三甲医院，也是重症、危重症新冠肺炎的主要收治医院，下面县市的重病人都往这里转诊。病区分成两个片区，感染科主要收治普通病人，ICU收治重症及危重症病人。

我分在ICU，负责最重的病人，包括呼吸机辅助通气及ECMO的病人。医疗队由广东省卫生健康委员会副主任黄飞总指挥，广东省人民医院ICU蒋文新教授技术总指导，团队除了佛山10个医护人员外，还有中山市人民医院ECMO团队以及珠海分队，可谓是精兵强将。

我们排班分4组，每4天值班一次，基本上是从早上7点30分到第二天的12点左右。穿着严严实实的防护服，戴上N95口罩，在ICU病房一待就是几小时，汗流浃背，衣服从内至外全部湿透，腰酸背痛，呼吸困难，大脑缺氧，汗水一直往眼里渗，脸被口罩勒得灼痛。

科室两台ECMO在运转，有创、无创呼吸机昼夜不停，病人危重，突发情况多，压力大，基本没有完整时间睡觉，累的时候坐在凳子上都能睡着，1个班下来，整个人几乎虚脱了。最让人崩溃的是我发现夜班是没有夜宵的，饿得肚子直唱歌。原本单位备的纸尿裤也没有用上，因为根本就没有多余的水分经“下水道”走，整个人湿漉漉的，衣服都可以拧出水来。

脱掉防护服，饶是我这样的“臭男人”，也不忍直视镜子里满是沟沟壑壑的老脸、泡得发白发皱的双手、呆滞的双眼和胶成一簇簇的头发。下夜班走回酒店的道路变得很漫长，此刻非常怀念自家那辆风一样的小电驴。

每天都在和时间赛跑。除了日常上班，指挥部还定时不定时地安排了远程会诊、病例讨论、教学等任务，前几天钟南山院士还亲自给我们的重症病人做远程会诊。新的电脑操作系统，新的团队，需要迅速学习与磨合。下班回到酒店，查阅资料，研究病例，学习最新指南，寻找最合适每个病患的个体化方法，为病人的康复争取宝贵的时间。虽然每天都在紧张的工作、高强度压力下前行，但看到病患情况一天天变好，我感觉所有的艰辛都值得。

有些病人会抗拒住院，也曾发生病人逃跑的事情。有些病人惦记着家里的孩子，农民病人担心自家的猪没人喂，有些病人一家好几个都得病了，别的地方也听说有攻击医务人员的行为，绝大部分病人都存在焦虑、恐惧的心理问题，因此对病人的情绪疏导非常重要。每日查房必须耐心与病患或其家属沟通，安抚病人的情绪，使病人对治愈更加有信心。

病人非常感恩。一个老太太，经过我们精心治疗，病情好转了，终于摘掉了呼吸机，今天查房的时候拉着我的手，告诉我她家是养小龙虾的，出院了要请我们吃小龙虾。这是我来湖北后最开心的时刻了。很多病人都给我们广东点赞，这也从侧面反映了我们良好的技术、优质的服务理念。

科里有个确诊的新冠肺炎病人，之前住在感染科的，病情不断恶化，气管插管后上了呼吸机，氧合还是不理想，后来转到我们病区，准备进行体外膜肺氧合（ECMO）。由于这边机器不够，指挥部专门从广东调配机器，以最快的速度给病人上了ECMO，并安排专业的ECMO医护小组，24小时无缝对接这个病人的救治。做ECMO需要动态监测凝血功能，这边送检结果回报慢，不能有效指导肝素用量，指挥部迅速调来ACT检测仪，直接在科内就可以检测，解决后堵管、出血的后顾之忧。危重病人痰多，密闭吸痰效果欠佳，没有一次性的纤支镜，医护人员提出困难后指挥部立即调来3条管子，当天就做了床旁纤支镜支气管冲洗、吸痰，所有的一切，尽显广东速度，广东效率。

连同感染科，中心医院总共有3个病人在上ECMO，虽说目前为止，新冠肺炎呼吸衰竭ECMO效果并不乐观，但是我们通过精细化的管理救治，还是有望创造奇迹的。总体而言，随着广东团队的加入，越来越多的检查、操作逐渐开展，包括基本的痰检、外送的项目、有风险的操作、先进的检测治疗手段，都会慢慢铺开。

并肩作战

时间：2020年2月20日—2020年2月28日

地址：湖北荆州市第一人民医院

记录人：杨小婷护师（广东第二十一批支援湖北医疗队东莞市虎门医院队员）

文字整理：张红霞

2月20日

第一次来这座陌生的城市——荆州，高楼林立，马路宽阔，却没有几个人，显得荒凉，心有点酸，内心有一股莫名的激动瞬间涌起。昨晚还在遥远温馨的家中，早上还在单位，想起同事们满满的关心和祝福，一次次深情的拥抱，一遍遍殷切的叮嘱，不由得内心暖暖，鼻头酸楚，眼泪顺颊而下。而此刻，已身在荆州，将要和荆州的同仁们并肩作战，这样的情景，更坚定了我们战胜疫情的决心。

2月21日

我们作为先遣部队小组，首批进驻荆州第一人民医院新冠肺炎重症救治中心，从驻地到医院走路十来分钟。我们做好了战斗的准备，穿好层层防护服，沉甸甸地走进重症救治中心。进入后，便听到呼吸机压缩机、心电监护仪的响声，一切都感觉那么熟悉，心里悬着的石头慢慢放了下来。

6个小时紧张有序的忙碌，我的防护服内全是汗，湿漉漉的衣服紧贴着皮肤，没有干过，提前备好的纸尿裤没有派上用场，却是被汗浸透了。嗓子痒不敢大声咳嗽，困了不敢张大嘴巴打哈欠，眼睛内进汗了不能揉，后背痒痒不能挠，实在难受至极。但每当我看到一个个病人，安稳地躺在病床上，一切的不适都烟消云散了。

2月22日

陪伴着病人度过了充实的6小时，回到驻地，品尝着同事备好的零食，看着家人发来的孩子的小视频，所有的疲倦一扫而光。工作与生活的美好，在瞬间切换。我偷偷在内心喊了一声："值了！加油，小婷！加油荆州！加油中国！"

2月23日

今天夜班休第二天，早上七点半起来吃早餐。跟家人报平安！

为了增强抵抗力，做了半小时运动，大汗淋漓后真舒服。

九点半到练习房，去练习穿脱防护服，只有反反复复不断练习，才能更好地保护自己，只有保护好自己，才是给单位和亲朋好友最好的礼物，才能继续抗疫救治护理患者。

2月24日

下班回到驻地已将近凌晨1点，打开手机看到家人发来的视频，才突然想起今天是儿子的生日。5年前的今天，我得到老天赐予的礼物——儿子出生了！

想起放寒假时和儿子的对话："儿子，你跟奶奶先回老家，妈妈过年的时候就回来。"没想到1月23日，广东省启动重大突发公共卫生事件一级响应，全体医务人员取消休假。"儿子，妈妈要留在东莞打病毒怪兽，要过段时间才能回来陪你。"

再看看今天儿子的视频："妈妈，今天是我5岁生日，您要照顾好自己哦，这样才能照顾好病人，努力打败病毒怪兽，我在家乖乖吃饭、乖乖锻炼身体，快点长大就可以保护你。我们一家人就可以在一起了。我的愿望是妈妈平平安安，妈妈加油！”

我是一名护士，我必须参加这场战“疫”，支援湖北是义不容辞的担当。面对心爱的儿子我千般挂念，面对家人我心中难免愧疚，但面对疫情，我不忘初心，全力以赴！我想对儿子说：“宝贝，我们一起努力，这是我们的约定！生日快乐！”

2月25日

不知不觉到荆州将近一周，经历了刚抵达湖北的短暂熟悉期，我们第三批医疗队工作已经进入正轨。这里的同行对我们很好，更衣室里，他们说：你也是自愿报名过来的？真勇敢，很佩服你们的勇气！我们原来不敢指望会有人愿意来帮忙，你们来了，而且是一批又一批的精英医疗队。很感谢你们让我们有松口气的机会。

今天我管3个患者，有的患者家里多人患病，有的患者家属失联，有的患者身体不适感强烈，并带有焦虑、狂躁。这些我都非常理解，我能做的就是尽量去帮助他们，从倒杯水、喂口饭，到他们焦躁时，在床边进行安抚、疏导情绪等。在病房听得最多的就是“谢谢”。每做完一个操作或护理，患者都会说一句谢谢，或拱手作揖。

能尽自己一份微薄之力，我感到欣慰。

2月26日

春雨绵绵，将街头巷尾冲洗了一遍，我们相信疫情很快就会结束。

上了一个星期的班。今天交接班时，听说3床婆婆除了喝奶什么都不愿意吃，准备给她留置一条胃管。我听了心里颇为担心，是什么原因导致的呢？到吃饭时，我端着肉粥到婆婆面前说：婆婆，我们吃午饭了，今天中午我们吃肉粥好不好？

婆婆摆摆手说：不吃。

我问：你是哪里不舒服吗？还是不想吃粥想吃饭？

婆婆：我不想吃。

我观察了一下婆婆，原来她力气不够，不能坐着吃饭，又不好意思说，觉得麻烦我们，她便选择不吃，单单喝奶来止饿。这怎么行呢？于是我给她抬高床头，说：婆婆，我喂你吃点吧，你需要加强营养，这样病才好得快些。

她终于点了点头，看来我是猜对她的心思了。她嘴巴张大，吃得不错，很香的感觉。一碗粥，很快喂完了。我也就安心许多。

婆婆本来就瘦，营养跟不上的话，肯定不利于恢复。隔壁阿姨看到，给我点赞说：这婆婆几天没吃东西了，只喝奶吃药，其他的一切都不愿意吃，今天，你居然有办法让她吃东西了。老人家不愿给人添麻烦，或许这都是做父母的惯例吧！

2月28日

荆州的天气如同疫情般寒冷，但看着患者一天天在好转，我打心底开心。不管上班多累，听到简单的道谢，以及亲朋好友的问候，疲劳如烟雾般散去了。

昨天3个病危患者转病重，从ICU转重症病区。随着ICU患者减少，我也到了重症病区值班。病房的值班时间比较长，病人的好转才是最值得我们开心和骄傲的事，证明我们的治疗和护理是有效的！经过大家的努力，疫情得到了阶段性的控制。

万能护士在武汉抗疫的一天

时间：2020年3月7日

地址：华中科技大学附属协和西院一区

讲述者：胡傲、李元、叶珈琳、豆孝岚、段妍妍、韦胜锋（中山大学附属第一医院支援武汉第三批医疗队员）

文字记录：张红霞

指导：陈利芬、成守珍

一天又一天，时间飞逝，不知不觉中，由医疗队长朱庆棠教授和临时党总支书记成守珍主任领队的中山一院第三批医疗队员，支援武汉抗击疫情“满月”了。护理队员们在协和西院区接管两个重症病区，即协和西一区、二区，负责一区的李智英护长介绍，病区的护士分为6组，一组7—8人，每组设有正、副组长各一名。

护理必须是24小时不间断地向病人提供护理服务的，隔离病房更是如此，身穿防护服，戴防护帽子、护目镜像外星人一般的护士，即使在雨雪交加的日子，也要忍受着酷暑般的闷热，在护士长的带领下，不间断地穿梭在隔离病房、病人的床边，去护理因患新冠肺炎而呼吸困难的他们……

重症病房的一天，可能是惊心动魄的抢救，也可能是琐碎的生活护理……医生、护士是这场战“疫”的主角。以下几位是驰援湖北的，众多“中山医”医疗队员的代表，且来听听他们的声音。

胡傲：

00:00—04:00班次，零时正式交接班，这个班是新一天的第一个班。

0:00，我们与上一班同事进行交接班，上一班的组长胡馨元简明扼要地把整个隔离病区的情况交班于我们：协和西一区，白天出院3人，现隔离病房总人数45人，其中危重症患者3人。这两天病床开始出现了松动，不像起初那样供不应求。

当班的5名护士，3名来自中山一院支援武汉医疗队，2名是协和西院区本院护士。我们了解病区的一般情况后，各自与上一班的护士进行床边交接班。我作为组长，和最年轻的男护士郑华文，共同接管高级生命支持单元（中山一院为新冠隔离病房设置的一个简化ICU，民众通常称之为重病室，下文简称“4号病房”）的3名急危重症患者。3名患者均为气管插管后，需呼吸机辅助呼吸的患者，我重点观察4号病房患者的病情后，再去全面巡视病房一遍，进一步了解整个隔离病房的动态，做到心中有数。

1:30，病房的长廊颇为安静，我走出4号病房，往病房的另一端走去，然后又从病房的最远端往回走，回到护士站旁的4号病房，由近而远，又由远而近，我再次逐个病房去巡视，并分别和当班的护士妹妹们核对深夜所需各项治疗和护理，实施2人床边核对预防差错的发生。

夜的安静，让医疗仪器发出的种种声响，显然有点儿刺耳。

呼吸机、心电监护仪发出的声音此起彼伏，充斥在武汉的春寒里。我离开4号病房到其他病房巡视、核对或处理问题的时候，郑文华自然扛起看管整个病房患者的重任。

42床，50岁阿姨的呼吸不太稳定，呼吸机时而发出高调尖锐的报警声，按经验判断，应该是由高压导致的报警，我们和值班医生匡煜坤教授检查呼吸机的管道，未发现有受压的现象。或许与痰液有关？匡煜坤教授是呼吸与重症医学科的，他不但经验丰富还很体贴，看到护士一直在忙着各项治疗与护理，自己主动去拿排痰机给42床阿姨排痰，我们护士配合着吸痰。

过一会，匡教授又推来B超机，给患者行肺部检查，整个操作过程尽量不麻烦我们，他关爱患者，同时也关爱我们。经过排痰、吸痰、排除管道受压等因素，患者的血氧饱和度依然没有改善，给予纯氧，患者的血氧饱和度也只有80%。

2:00，医疗组中山一院匡教授与郭松教授等，共同商量决定给予患者采取“俯卧通气术”，患者从仰卧位转换为俯卧位，需要全体医护通力合作，5名护士和2名隔离舱内的医生均到位。可是，1个小时后依然未见这个阿姨的血氧有所上升。

3:00，经医护共同商量决定，给予患者恢复仰卧位。此时，呼吸与重症经验均丰富的匡教授改变了策略，使用“肌松药”静脉泵入的同时，调整呼吸机的参数，20分钟后患者的血氧饱和度上升到95%以上，我们终于松了一口气。

俯卧通气技术过程中，我能感觉到自己的汗水在皮肤上打滑，眼睛前方的护目镜雾气朦胧，我在ICU工作7年，经历过无数次抢救的场合，可是，穿着如此严密的防护装备是头一次，它既是保护也是一种约束。

4个小时，就这样在不知不觉中过去了，时间无情亦有情，没有让我们有一点无聊的空隙，尽管重症患者因使用了镇静剂不能言语，我们也尽量给他们最舒适的体位。在临下班时，看到几个危重患者躺在干洁的病床上，生命体征平稳，我们才安心走出了隔离病房。

我和华文乘电梯下到1楼，同事们已经在医院门口等着我们，等着公交班车来接我们下班。仰望天空，清凉的感觉，看不到星星，也看不到月亮，我不自觉地说了一声，“这个时候的天空好黑”，旁边同事接着说“这就叫作黎明前的黑暗吧”。以往极少这个时候出现在室外，要么睡梦中，要么在灯光如同白昼的病室里正在做着什么。

李元

04:00—08:00班次，深夜班。说实在，我朦朦胧胧的，感觉自己还没有真正进入梦乡，2:00的闹钟就催我醒来：“起床了……”我的行动一向迅速，我伸手打开床头灯后，一骨碌就从床上爬了起来，进入洗手间打开水龙头调至微温，用温水漱了漱口，再用手掌接住热水抹了一把脸，感觉大脑清醒了许多，这正是我想要的效果，我感觉自己在瞬间充满了活力。

2:30，中山一院医疗队员护士们，已准时到酒店楼下集中上车，公交班车在摇晃中前进，清冷的空气撞着我的额头，这是24小时中最清凉的时刻。一路上，我时而闭目时而睁眼，看看武汉的街道，那昏暗而有时又灿烂的路灯。

35分钟后我们到达了医院，像往常那样，我们坐电梯直上5楼，我进入男生更衣室，穿上整套防护装备，检查完整无误后，再通过缓冲区进入6楼隔离病房，我与冯嘉仪一起接管4号病房。住进这个病室的通常是需要高级生命支持的急危重、重症患者。而作为组长的我，和冯嘉仪一起护理好重症患者之外，还需要兼顾整个病区的护理质量，以及处理一些特殊或突发情况。

4:00，交接班：42床，50岁女患者，按医嘱使用药物及调节呼吸机的参数后，患者的呼吸已趋于稳定；有3名患者需持续使用血管活性药物，维持生命体征在正常范围内。

4:30，管床护士贺亚芳在巡视病房时发现135床的阿姨有点不对劲，喊她，甚至用手拍她的肩膀，她才缓慢张开眼睛看着你，表情淡漠，这不是一个正常的反应，贺亚芳把我喊来，结合患者有糖尿病史，我们一致判断为“低血糖的可能”，于是我们立马汇报医生，并建议给患者测量微量血糖。结果不出所料，血糖仪显示患者的微量血糖为2.8mmol/L摩尔每升（正常的血糖是3.9—6.1mmol/L），低血糖，我们立即就地取材，给予患者进食，进食后阿姨的精神好转，1个小时后复测血糖恢复到了正常……

5:00，我巡视病房，大多数患者仍在睡梦中，唯独一位新入院没多久的老爷爷在闹别扭，使原本还算平静的夜增加了躁动。原来这个失明的老爷爷不睡觉是因为他没有白天和黑夜的区分，已经成为一种习惯了。一会儿说，“医生，我要回家”；一会儿说，“医生，我要打电话叫我儿子过来”。其实，隔离病房不适合家属陪伴，唯有苦口婆心安慰他老人家，中山一院医疗队员护士卢海婷用了20多分钟的时间，才让这个老爷爷安静下来。

6:00，43床患者的血管活性药物将用完，告知医生，陈红兵医师和广西支援武汉的医师来看过患者后，通过对讲机与在医生办公室的医生沟通——开立医嘱，医嘱通过电脑系统传到护士站联网的电脑，而后，我们根据医嘱配置药物并续上。晚上2名值班医生坐镇在隔离舱内，隔离舱外清洁区也有2名“休息”的医生在待命中——开立医嘱、病情记录等，万一舱内患者病情需要，他们有可能再次进舱。

其他病房没有“情况”时，作为组长的我，会重点蹲在4号病房。呼吸机、监护仪的音频此起彼伏，有时一声报警，还真会让人的神经突然紧张。患者的安危，时刻牵动着我们的心，有言“医者父母心”，此刻我深有体会。

时间在不知不觉中过去，天边泛出光亮，我们忙着早上的各项标本采集：咽拭子，动、静脉血标本等，我逐个病房去巡视并核对，看是否有需要我协助解决的护理难题。今天早上的标本采集都很顺利，静脉采血几乎都是一针见血，护士们太棒了。

7:00，和我们一起值夜班的两名医生，把整个病房的病人巡视了一遍，他们说：“今天，这一对夫妻可以出院了。”这是一个大好的消息，喜悦传遍整个病房……

叶珈琳：

08:00—12:00班次，天蒙蒙亮，早上不到6:00我就起床了，早睡早起其实是我长期以来的一个好习惯。披衣、漱口、喝水、梳头……是早晨起来必不可少的功课，我不急不缓地梳理着顺滑的短发，照照镜子，自我感觉还不错，精神倍儿棒，这是自从我长成为大姑娘以后，最短的头发。

送我们上班的司机师傅，现在对路况熟悉了许多，曾经花费在路上的时间，现可用来好好享用一顿营养早餐了。吃饱了才能好好地干活，我一直是妈妈的娇娇女，现在结了婚，又多了一个疼爱自己的人，他常常说我是个有大爱的女人，没错，这也许就是为什么我来武汉的原因吧。

我们小组成员，早早就穿好了整套防护装备，来到6楼东隔离病房准备交接班了。今天，我负责1—3号病房，共9名患者。9名患者有不同程度的呼吸困难，需要鼻导管或面罩吸氧治疗，其中6人需要静脉输液，2人需上心电监护仪，皮下注射3人，血气分析3人。

8:00交接班后，我跟随中山一院医疗组长和值班医生们一起查房，了解患者夜间的情况，通过评估，就有了今天初步的治疗方案。由于隔离病房的特殊性，没有家人陪伴，事无巨细均需护士协助完成。因此，时间的计划非常紧凑。查完房后，我首先喂病人服用8:00的口服药，而后安排生活护理：倒开水、洗脸、擦浴，或协助大小便等。

此外，无创呼吸机的使用，血气分析、吸痰等都是护士们必行的技术操作，我都觉得自己快成为万能护士了。

9:30，与组长申贵江一起核对，上静脉输液、祛痰药、丙种球蛋白等，静脉穿刺对我来说是驾轻就熟的了，儿科小孩子的头皮血管我都能很好把握，这个静脉穿刺自然不是什么太大的问题，尽管笨手笨脚的，那唯有慢一点，再慢一点，把握好了才进针。

10:00，我拿起体温枪，去给每个患者测量体温并将其逐一记录，今天所负责的9个新冠病毒肺炎患者的体温都很正常。在测量体温的同时，我还观察他们的呼吸，通常可以通过他们的神态、脸色、呼吸频率等可以判断。

10:30过后，要准备采动脉血标本进行血气分析了，以前的护理这个技术操作不多，但在这里抗疫却成了常规工作。今天21、22、23床的3个患者需要进行血气分析，隔离病房配有血气分析仪，采血后，我们就立即使用这个仪器进行血气分析，结果在35秒钟后就显示出来了，医生会根据结果中的PH值（酸碱度）、氧分压等数据调整治疗的方案。

不知不觉，驰援武汉“满月”了，感想特别多。

协和西一区，开区第一天入院的21床60多岁老伯，住院也满月了，他是一个很用心的人，今天还拿出手机给我拍了好多张照片，并把相片修得很好看，老伯以此来致谢我们。今天，也是他第一次下床活动，这使我回想起这个月来他的曲折住院经历：一天中午，我喂他吃饭，吃着吃着，他突然呼吸急促，血氧下降，我立马放下手中的饭盒，给予他加大氧流量吸氧、半坐卧位等，并喊来医生，给予无创呼吸机辅助呼吸，血氧没见明显好转，后来转入了4号病房，一住就是两个星期。

起初，阿伯胃口不好，我深知病情的发展与自身免疫力关系密切，有时会从酒店带来一些酸奶给他喝，酸奶可以调节胃肠功能，补充营养，并不断鼓励他，以增强他的信心。住进4号重病房的这段时间，他亲眼见证了所谓的生离死别，阿伯也曾害怕过但坚持了下来，虽然呼吸困难，但他觉得自己是能活着转出4号病房的人，结果他真的做到了，我在心里默默祝福他。

他的内心比较强大，不像一般病人，一旦住进这个高级生命支持单元，就会产生恐惧心理。我们都知道负面情绪对病情的恢复很不利，因此心理疏导显得尤为重要。李智英、卫政登护长常常也提醒我们。但话又说回头，有些病人也会事先做安排，比如给家人留下字条遗嘱什么的，我们当然也支持。

今天负责本组病人的医生，是协和医院本院的医生，一个月以来我们都是围着患者转，极少谈及工作以外的话题，今天他问我："为什么来武汉？"

我说："我们（夫妻）两个都在中山一院，当时说好一起来的，我在儿科，他在急诊，后来医院没批准，急诊的工作也需要，所以现在我在武汉，他在广州。"

还真没想到，这位协和的医生，给我和医疗队的同行带来了几包热干面，让我分给同事们一人一包，他说："很感谢你们来支援我们，来武汉这么久，估计还没有机会吃上一顿热干面吧。"又说："医疗队未到达之前，我们的工作量和压力是相当大的。"

通过短短的交流，我发现他的心里充满阳光，对前途充满信心。是的，我们已经看到了抗疫成功的曙光。

豆孝岚：

12:00—16:00班次。

10:30准时从酒店门口出发，马路依然空旷，天气变暖，随着阵阵春风吹过，好清新的感觉，武汉让人感觉到了它浓浓的春天气息。随着抗疫班车向前行驶，我透过车窗看到马路两旁露出新意的树尖，以及那正在绽放的粉红樱花，从车窗外一闪而过，美得就像一幅画。

支援武汉4个星期过去了。初到武汉时的种种担忧，已在不知不觉中消失得无影无踪，但总是在下班后，心里还时常牵挂着，隔离舱内患新冠病毒肺炎的他们。

今天我负责9—12房，4间双人房8个人，患者的年龄在60—80岁。双人病房一般安排比较特殊的患者，如失明的老人、病情较重的患者，如从4号病房转出来的患者，112床男患者就是其中一个。

12:00接班，接班医生是中山一院的马俊医生和广西支援武汉的医生，我和马医生几人一起去查房。12:15，协助发午餐，每人一份，胃口好的可以多拿一份，这是政府免费供给的。

111床是一个失明的老人，我喂他吃饭，他的牙齿不好，每一口饭需慢慢咀嚼后再咽下，一顿饭下来需要30分钟。午饭前后都喝了1杯牛奶，还喝了1杯水，因他曾患过脑梗病，脑子时而清醒时而糊涂，有时会语无伦次。饭后我们需要算计时间，如他什么时候上厕所，预计时间到了我就过去问他："阿伯，要上厕所了吧？"他说："我还能忍。"因为他感到害羞，让一个陌生的大姑娘，帮自己脱裤子穿裤子系裤头带，他不大好意思，所以时常吵着要老伴或孩子来陪伴他。其实他的孩子也隔离了。新冠肺炎轻症的老人，从方舱医院转来没几天，病情稳定，核酸检测转阴可以出院的了。

13:00后，一些患者开始准备午休，我巡视病房，检查他们是否按时服用中午口服药物，观察他们的呼吸、血氧等，并了解卧床的他们是否需要生活上的照顾，如倒开水、洗脸、饭后漱口等。

14:15，测餐后血糖的时间到了，101号床王阿姨是其中一个，她午睡刚好醒来，我要给她扎手指测量微量血糖了。王阿姨曾经住过高级生命支持单元，现在病情往好的方向发展，转进了10号病房，她的样子与我母亲颇为相像，让我有种似曾相识的感觉，她是我们新开病区后，第二天就收治入院的其中一名病员。

也许正是因为与我母亲长得“像”，上班时，只要有点儿空余时间，就想过去10号病房，和王阿姨说上几句。她也感觉到了我对她特别好，今天她问我：“为什么对我这么好？”我笑了笑，半开玩笑说：“您长得好像我的母亲，也许前世我们是母女或姐妹。”

透过朦胧的护目镜，她看到了我充满笑意的眼睛，也报以微笑，有轻微被害妄想症的她很少笑，今天居然笑了。看到她逐渐好转，我充满了成就感，同时使我想起她初入院时对抗无创呼吸机的情景……

15:00，91号床胡叔叔可以出院了，我给他出院指导，交代注意事项后送他下1楼，最开心的事莫过如此（看到他们出院）了。我们坚守武汉“满月”的日子，也是胡叔叔“满月”出院的大好日子，还巧遇三八妇女节——中山一院驰援武汉临时党总支书记成守珍主任、医疗队长朱庆棠教授、李智英护长、黄天雯护长以及我们值班的医护人员，一起把中山一院遥寄武汉的“爱心卡”，送到胡叔叔手中，他笑得合不拢嘴。

粉红卡上方是胡叔叔的名字，下方签有我们所有值班医生、护士的名字，我们医院领导时刻心系着前线的我们，同时也关心新冠肺炎的患病者——“同心同行，与您同在，共抗疫病，早日康复！”。

胡叔叔的行李比较多，我和他一起提着行李，走过病房长廊（患者专门通道）乘电梯，到1楼消毒室消毒，而后，目送他走出了医院大门。一路上，他说了好多话，说自己脾气不好，南方姑娘脾气好，温声细语的。分别的那一刻，没想到他像个孩子似的，稀里哗啦地哭了起来。

走出医院大门的他们，由社区安排的专车接走，将由社区统一安排隔离14天，经过集中隔离后，再回到各自的家。患者出院的信息，我们会上传到武汉新冠肺炎的调控中心，调控中心会根据具体情况，决定是否安排新的患者住院。

送胡叔叔出院后，我立马又回到病房，巡视病房、接输液瓶、处理临时医嘱、更换床单、联系送检查人员、送患者到CT室检查等，一个班4个小时几乎是小跑着进行，只有小跑才能按计划完成工作，使护理更到位，这就是为什么队员们总是汗流浃背的，当然还与这严实的防护装备有关。

段妍妍：

16:00—20:00班次，多云。这两天气温回升，14:20我就在酒店门口等着坐上公交班车了，这是一天中最暖和的时候，东风轻柔吹摸着我的额头、睫毛、眼睛，让我真切体会到“沐春风”的意味。好些日子没有这么畅快了，我仰望天空，太阳若隐若现地露出脸庞，它躲在云层的高处，但我能感觉到它的光和热。

今天，我接管高级生命支持单元4号病房，它离护士站最近，只隔着一条走廊，因它地理位置优越，因此，我们中山一院医疗队团队，把这个“高级生命支持单元”设在这间病房。

我们像往常那样进行床边交接班，观察我们负责的3名患者，包括他们的生命体征、血氧饱和度、管道以及体肤情况等。在这个交接班的过程中，我就不知不觉进入了工作状态，这个工作与平常有所不同，因我们目前身在抗疫的最前线。与我一起负责4号病房的是组长吴林珠，她需要兼顾整个病区护理质量的督导，因此重症室的一般常规护理如口腔护理、续用血管活性药物等，主要由我去计划完成。

16:30，广州医科大学附属第一医院支援武汉协和西ICU的医疗队护士来接46床阿姨到ICU继续治疗时，我和组长一起帮他们推车床，送进电梯，路程虽然不长，但广医的同行给我们留下一句意味深长的话：“太感谢你们，这么主动帮我们推车床送病人，无愧于……”这让我们心中升起一种自豪感，这是代代“中山医”人相传的优良传统，非常感谢前辈老师们一直以来以身作则的教导，让我们成为更美好的人。

46床阿姨转去ICU后，我协同辅助班老师消毒病床单元，并整理好。

17:30，我开始计划为另外2名患者进行常规护理：口腔护理、会阴冲洗以及翻身等。今天的重病室有一种少有的安静与轻松。心电监护仪、呼吸机时而发出一些异样的声响，我们通常通过这些声音的不同，来判断患者可能出现了什么情况。有时可能是导线松脱，有时可能是导管受压，有时则可能是痰液多了，提示我们需要吸痰了。

住在这个病室的患者，一般是新型冠状病毒导致肺部病变比较严重，需要气管插管呼吸机辅助呼吸。气管插管之后气道护理非常重要，吸痰则是护理之难点。难，不在于它的技术操作，而主要在于进行这个操作的过程中，医护人员的自我防护。大家都知道，新冠肺炎主要是从呼吸道感染，痰液是最危险的物质。因此，在4号病房的我们，除了穿整套的防护装备外，还需加上一个面屏。

19:00，我观察到42床的阿姨有痰鸣音，血氧饱和度也比之前稍低，于是我提出建议："准备给42床阿姨吸痰。"刚从其他病室回来的吴组长赞同我的看法，于是我准备给这个阿姨吸痰，气管插管可以接密闭式吸痰管，相对安全，但是患者的口腔和鼻腔仍有较多的痰液，只能开放式吸痰，我站在她背靠的一侧，避免与患者面对面，打开中心装置吸痰开关，动作轻柔地把吸痰管送入后，再轻柔地旋转吸痰，避免过度刺激患者引起咳嗽，防止痰液喷射。

4个小时很快就过去，下班脱下防护服后，我用漱口水漱了漱口，但是我还是忍住没喝水，也没上公厕。一个月来，习惯了回到酒店进行全面的自我消毒后，才喝上一大杯温暖可口的水，今天也不例外。

而后，吃上贴心的后勤人员为我们准备的热腾腾"晚餐"，无疑，这是驰援武汉，下班后的第一幸福时光……

韦胜锋：

20:00—24:00班次，辅助班，我们称之为打杂班，这些工作的技术性不高，如打开水、热饭、倒垃圾等，平时主要由工人完成，或是培训过的护工的工作。想起初到武汉，第一次上这个班次时，心里还真不是滋味，大材小用的感觉。但转念一想，这是非常时期，疫情重地，不管是高超的抢救技术，还是没有多少技术含量的生活护理，都同样的重要。

其实，进入隔离病房前的"防护"，本身就已经是一项高超的隔离防护技术，一般没有医学护理背景的人不容易掌握，而我们掌握了，或许这就是为什么有人把我们称作"万能护士"的原因。我曾经看过一位作家写的"万能护士"的文章，看了好几遍，觉得这位作家很了不起，分析得这么细致。

20:00接班后，我巡视病房，看看是否有需要打开水的，患者的晚餐是否按时吃了，晚餐是否需要拿去护士站的微波炉里加热。这个时候，相对于白天来说，治疗及技术性的护理相对少了些，忙碌了一天的病房，也该歇息一下换换气。

我在巡视的过程中，就顺便把空气消毒柜式机打开，让它对病房进行消毒。移动式的空气消毒柜机，每2间病房配有1台。2小时它们自动关机后，我又把它推到隔壁的病房，消毒机的风徐徐吹出，不急不缓，传递到病房的每一个角落，给繁忙了一天的空气进行净化、清新、消毒……这也是预防医院感染的主要措施之一。

21:00后，136床80多岁的老婆婆按响了床头对讲机的铃声，我应铃，很快来到她的床边，她说："我的纸尿裤湿了想更换，也想洗个澡，可以帮我吗？"此时的责任护士黄丽梅正忙着，我观察老婆婆的病情，觉得可以协助她起床去冲凉，也和责任护士打了个招呼，她说："好，但要守在冲凉房旁。"

婆婆有心脏病，目前还需要心电监护，但她的精神状态不错，较两天前好多了，血氧也不错，吸氧时血氧能维持在97%—100%之间，但她年纪大，且新冠病毒肺炎导致的呼吸困难尚未解除，婆婆当然无法一个人行动，也无力气站立，怎么办？我灵机一动，先把她床边的木凳搬到冲凉房里，让她可以坐着冲凉，把凳子放好后，我过来扶她，她实在是力气不够，于是我建议婆婆把手搭在我的肩膀上，“嗯，此时，就让我代替她的孙子照顾她吧”。

我把婆婆扶到冲凉房，看着她稳稳坐在凳子上，帮忙调好温度适合的水，她不好意思把我留在里面，用苍老无力的手示意我出去，起初还想把门关上，我告诉婆婆不用关门，那样才安全。我走出冲凉房并站在门口等她，门留出一条缝隙。

我在门口倾听着里面的动静，不敢走开半步，时而敲敲门，婆婆还是重复那句：“没有事，谢谢你！”我有点担心，她慢悠悠的语速，仿佛也有点不够气。15分钟后她说可以了，我那颗悬挂着的心终于放下了。原来她还把衣服一起洗了，好个有主见又独立的婆婆。

她的手再次搭在我的肩膀上，就这样一步一步扶着返回病床，我赶紧给她吸上氧气，把氧流量加大了一些，再帮她连接上心电监护导线，测量指尖血氧99%，心率比之前快了些，110次每分钟，我嘱咐她静心休息，在5分钟后心率恢复到平时跳动的速度90次每分。这时，我没忘记帮她穿上纸尿裤，让她舒舒服服睡个好觉，她看着我，再次慢悠悠地说：“谢谢你！”

我听着从心电监护仪传出来的有节奏的心跳声音，离开这个硕大的病房，接着去做晚间护理了。今天下午，9号房有2个病人出院了，同事已经把病床单元清理好了并做了清洁消毒，在晚间护理的同时，我拿来消毒过的床单、被套等，铺好床备用。

22:00，是时候该收集一下垃圾了，黄袋子、红袋子满满的，我把这些垃圾袋逐一打包，然后运送到指定的地方。这些垃圾都是污染的，统一由专门培训过的工人运送出去集中处理。

戴着3层手套的手，在水龙头底下揉搓着洗。抹干手套外的水珠，却感觉自己的汗在内层粘着，我顾不上舒服还是不舒服，转身进了配置室、治疗室……里里外外、台上台下收拾一遍，再用浸过含氯消毒液的抹布清洁一遍。

今晚这些活，是我从小到大也没做过多少次的，可是，这个新冠病毒，把我锻炼得如此成熟老练，心也变得更强大，什么活都能干，而且干得还蛮好的。

24:00是一天结束，却也意味着新的一天来临，日子周而复始地运转着，看着重症病人一天天好转，看着他们脱离无创呼吸机，可以慢慢下床走动，看着他们出院，我的心情也一天比一天轻松，觉得所有的辛苦值得了。

方舱医院战“疫”记

时间：2020年2月9日—2020年2月19日

地址：武汉体育馆方舱医院

记录人：罗勇强副主任医师（广东第十一批医疗队东莞市第六人民医院医疗队员）

武汉客厅方舱医院，坐落在武汉体育馆，对面便是专门为收治新冠病毒肺炎患者、火速建成的火神山医院，它们遥遥相对。我们2月9日晚出征武汉，2月13日，东莞市第二批（广东第十一批）援助湖北医疗队的队员们已陆续进入武汉客厅方舱医院，与新冠病毒作战。

2月14日

安排好小组内医生的工作后，我的病房巡查时间从晚上八点多开始。今晚特别想见到一个人，他是A舱患者临时党支部的成员，一位挺有精神劲的小伙子。

那天，我们去和临时党支部了解情况时，他站得离我们远远的，说这样医生们会安全点。我说，没关系的，还加了他的微信。

今晚巡房到他的床位，他立马就站起来说：“罗医生，我们要保持好1米的安全距离！你们不能被感染的！”

带着满满感动，我说：“你的病情已经好转，应该也快出院了，可怎么听说你不想出院？”他眼梢扬起了笑意，仿佛要飞向方舱的天花板了。又像小孩子有点害羞地回答：“我来方舱医院治疗已经很幸福了，每天看到医生护士忙得团团转，还要穿上厚厚的防护服去派饭、派生活用品。我是病人，除了配合治疗也没啥事情，而且只戴一个口罩做防护，身体灵活，做起事情来比较方便，我很想当个志愿者。”

2月16日

一回到医生办公室，就听到管床医生说，住4床的病人今晚不停地过来，讲这不舒服、那不舒服，但检查也没有什么大问题，要不组长您去看看吧。

住4号床位的是一个阿姨，一看到我，立马就说自己感觉头晕头痛，想呕吐又吐不出来，已经吸氧半小时了还没什么好转。

经过问询后，得知她之前也老有这些毛病，按摩之后就可以缓解。我说：“阿姨，您坐起来，我来试试帮您按摩肩颈。”我把以前中医朋友给我按摩的手法全部都用上了，头部百会穴、颈部大椎穴、肩部肩井穴……我一边帮她按摩穴位一边拉家常，15分钟后阿姨就说感觉好多了，还一味称赞我的按摩手法一流，让我小窃喜一番。而后，我继续去查房，一个小时后再过去看她时，她已经睡着了，还睡得好香呢。

2月19日

我查完房后，刚坐下写病案，一位大姐过来说：“医生，我这周每晚都会低热37.1至37.3摄氏度，什么办法都用了还是没有解决，你快帮帮我吧。”

看她一边说一边紧张地搓手，我查了一下她的档案。我微笑着对她说：“大姐，先别着急，我教您一个妙招：您回到床上打坐，双手放丹田，闭上眼睛，想象一股热气从脚趾慢慢向上升，一直到头顶再慢慢往下，并对自己讲免疫力正在提升……您可以作为一个小练习，每天做上100次，会很舒服的，而且免疫力也会很快地提升。”

大姐半信半疑地回床位上去执行我的“医嘱”了。半小时后她又来找我，这次很开心地说：“罗医生，你快来看看，我体温现在是36.3摄氏度，你的妙招很神奇哦！”对，大姐，继续坚持做免疫力小练习吧，您很快就会好的！

它的寓意是“必胜”

时间：2020年2月15日—2020年2月21日

地点：武汉江汉方舱医院

记录人：罗桂琼护理师（广东省第十六批医疗队惠州市第一妇幼保健院医疗队员）

2月15日，广东省惠州市第三批支援湖北抗疫医疗队，抵达武汉前线阵地，第一妇幼保健院12名护士也分批出发支援武汉，我是其中的一名女将。

2020年2月21日

今天，是我到达武汉的第七天，我们将陆续进驻方舱医院开始工作。中午12:30，我和广东其他医疗队队员共8个人：5名护士，3名医生，从酒店出发，一起进入我们的“战地”——武汉江汉方舱医院。

这个方舱很大，分A、B、C、D几个区，我们广东医疗队负责A区，共248张床位。每张床位边都有准备好供患者使用的部分生活用品，比如水壶、水杯、吹风机、洗漱盆等，此外舱内还配有活动场所、图书室、移动网络和消防栓等硬件设施。

在穿防护服时，想到走进另一扇门，直面的就是新型冠状病毒肺炎的患者，我心里突然有些紧张，但当抬头看到镜子里自己的模样时，心里有一个声音在提醒自己：我们是来战斗的，是来帮助武汉人民渡过难关的！内心便多了一份笃定和自信。

14:00，我们已做好一切防护准备，没有任何迟疑地入舱了。虽然之前练习穿脱了很多次，但第一次穿着防护服工作，感觉还是很不习惯，活动和视野都被局限了，感觉自己就像一个木偶人。

进去不到20分钟，开始有患者从分诊区走进来，我们还来不及好好熟悉整个方舱的环境就迅速进入工作模式。

患者进来后，我们需要立即安排床位，通知医生，检测生命体征，重点是测量体温和指尖血氧饱和度；接着就开展关于新冠的一些科普知识、安全知识宣教及消毒隔离的相关规定等。

由于穿着防护服，戴着护目镜及N95口罩，在我为第二名患者办理“入舱”时，我已经感觉里面打底的衣服，被一直渗着的汗水湿透了。一个小时下来，我们一组5名护士共新收了20位患者。

这些患者里，年轻的20多岁，年老的60多岁。其中，让我印象最深刻的，是一位56岁的阿姨。当时我在门外写着病情记录，突然听到了她的哭泣声，我放下手头的文件，走到阿姨床边，询问情况。可她不作声，还是在不停地哭着……我见状立马上前去握着她的手说：“阿姨，不哭了，有我们陪着您呢！您不是一个人。”听我说完，阿姨带着哭腔说，她十几年前做了一个大手术，从鬼门关走过来的，那时候她也是住在04床，现在她得了这个怪病又是住在04床，她一进来看到这个4字心里就不舒服。

我俯下身去安慰道：“床号就是一个数字，不用太在意，十几年前的那场手术您都挺过来了，现在也可以！我们从广东来到武汉，为你们加油，我们一起陪您渡过这难关！好好休息，好好配合，这里有移动网络，多和家人视频，保持愉快心情，早点好起来，回家团聚，家人肯定更希望看到您早日康复，我们也是。如果您实在在意，我们就把它当成一个吉利的数字，是幸运的象征，4个手指就是2个“yeah”，它的寓意是‘必胜’。”阿姨听我说完，终于笑了。

直到20:30，我们才回到住处。穿了6个小时的防护服，期间没有喝水没有吃东西，回去的时候感觉头有点晕，护目镜压得头也有点痛，不过还好，坚持到了最后。

望着武汉的夜色，空荡荡的道路，那高楼大厦上闪烁的字幕：“致敬白衣天使，生命卫生，中国必胜，武汉必胜！”内心有种说不出的心酸，却为自己工作了的那几个小时感到自豪。接下来的战“疫”时光，一定会越来越好。愿疫情早日散尽，中国不再流泪。

用文字无法描绘的场景

时间：2020年1月24日—2020年2月29日

地址：武汉市汉口医院呼吸六区

记录人：孔佩文护士（广东第一批医疗队广东省人民医院医疗队员）

1月24日晚，19点30分左右，接到了奔赴武汉的电话，年夜饭就吃了几口，连妈妈做的汤圆也没吃上，就开车前往集合点，行李也没来得及收拾，简简单单拿了一件羽绒服，一套换洗衣服，就坐上前往武汉的飞机。今年的除夕真的很特别，此生从来没有这样的记忆。

我所认识的武汉应该是繁华、五彩缤纷，空气还会夹着樱花的香味。可是当我到达这里之后，感觉跟我所认识的不一样，安静寥落，没有车水马龙的景象。

26日，医疗队各就各位，护士、医生、感控专家等待发号施令，全副武装进入这场没有硝烟的战争。武汉市汉口医院距离华南海鲜市场只有2.9公里的距离，这是距离“大怪兽”最近的战场，这场战役只能赢，不能输，而且要毫发无伤地回归。

战场就没有不乱的，汉口医院也不例外，发黑油腻的地板，堆积如山的补液，无限循环的呼叫铃，焦头烂额的医护人员，这样的场景看了一眼就没办法忘记，就一眼啊。文字已经无法描绘出那种场景，只有自己亲历，才知道这场战“疫”有多难。

广东医疗队的到来，给汉口医院注入了新鲜的血液，增加了强大的力量。本院医护人员终于可以不再高强度工作，可以稍作歇息，休整好再战。广东医疗队接手后，患者都得到及时治疗，检查核酸双阴性，就出院到方舱医院隔离14天，然后平平安安回家团聚。每位患者出院都是带着感激的心，我们都会受到每位患者深深地鞠躬，每次做完治疗后，他们都会说：谢谢你们，谢谢你们来救我们！

我真的不敢想象我们医疗队没来之前，患者每天都是怎么过的。每一句感谢都击打着我的心，即使穿着防护服再苦再累也是值得的，你们能康复，你们的感谢，对我们来说就是最大的鼓励，我们医疗队一定会打赢这场战役。

今天2月29日，也是我在武汉的第35天，其实每天最大的感触就是我离战役结束又近了，虽然不知道结束的日子在何时，但是能平平安安度过每一天也是幸福。有一句俗话：意外和明天，不知道哪个先到。所以我很珍惜每一天，不管今天过得怎么样，是好是坏都无所谓。

希望以后再来武汉时，是脱去防护服、穿着家常便服欣赏樱花的休闲模样。

铁血柔情的“男丁格尔”们

时间：2020年2月7日—2020年3月22日

地点：湖北汉口医院与协和医院西院区

讲述者：中山大学附属第一医院驰援武汉医疗队男护士们

文字记录/整理：张红霞

指导：陈利芬、成守珍

中山大学附属第一医院派出三批支援武汉的医疗队员中，有111名护士，其中22名是男护士，他们分别是张梦弟、李冠湘、卫政登、唐宇君、马延召、廖昌贵、唐章军、郑华文、曾庆兵、王豪、李元、彭磊、韦胜锋、卢鹏、刘强强、姚典业、文清德、胡傲、邬宝国、胡馨元、梁启财、申贵江。

“男丁格尔”们胆量大，却也同样有着“提灯女神”们的细心，同样也有对家人的无限柔情和牵挂……

彭磊：

自疫情发生以来，一直车水马龙的中山二路，多日处于持续安静状态。可2月7日13:00，位于广州中山二路的中山大学附属第一医院门口，出现未曾有过的壮观场面，我院第三批医疗队员行将出发，驰援武汉。

来送别的人很多，医院领导、同事，队员们的家人：孩子、丈夫或妻子、父亲或母亲……都一一拥抱、挥手：“请您一定要平安归来！”一定要平安归来！

去机场的大巴徐徐开动的时候，很多女同事哭了。为什么哭？因为感动，也因为疼痛，心情太复杂了。害怕还是其次的，当然说一点不害怕也不现实。我是男生，还是急诊的呢！“不哭，我不能哭！”

哪里有急症，哪里就有急诊人冲锋在前的身影——120出车、急救……多年以来何曾畏惧过。

我们急诊的“五小虎”在出发前就经过严格的培训，其中4人更是我院应急特战部队成员，在武汉抗疫病区，我们均被护长任命为护理组长，挑起隔离病房的大梁！

文清德：

2月9日，16:00—20:00班次，准备进驻协和医院西区正式上班了，我是二区第三小分队的副组长，与组长和队员们共同负责二区50张病床。

在确保每一位队友都穿戴好防护装备后，与上一班的护理队员进行床边交接班，我负责两间病房共9个患者，几乎都是重症病人。我是中山一院特战队中的一员，交班时就拿出准备好的纸笔，及时记录下每一位患者的病情和注意事项。

虽然防护装备给我带来了诸多不便，新环境、新的工作流程也显得陌生，我迅速梳理思路，查阅病历、治疗单、注射单等，查房观察病情，并与每一位有力气、张开眼睛的患者打招呼，或点头示意，以了解他们的心理情况，评估护理问题以便及时解决，如对无创呼吸机使用效果的观察、静脉输液与用药等，同时也不忘提醒队员们做好自我防护，毕竟自己健康才能有资格去护理患者。

4个小时很快就过去了，临近下班时，42床的女患者还关切地问我："小哥哥，你明天还来吗？"在得到肯定的答复后，她开心地嘱咐："要做好防护啊，明天来我教你武汉话！"

下班脱去防护装备，回到酒店，消毒洗漱完毕已23:00，此时，饥肠辘辘，赶快吃上后勤队员贴心为我们准备的香喷喷的盒饭和精美点心。

首战告捷，心情舒畅，很快就入睡了……

廖昌贵：

在广州通常会把年长的男性尊称为"阿叔"，但湖北的习惯，本地方言是叫"爹爹"。我刚开始进入隔离病房时，不大懂得这个称呼，及至懂了，又开不了口。

爹爹、爹爹，怎么好意思说得出口？

可是，你若是叫病人"阿叔"，人家不明白你的意思，呆呆地看着你。于是我只好改口了。那天一个班次，我就叫了无数个"爹爹"……爹爹这样、爹爹那样。爹爹你好吗？爹爹你需要什么？爹爹加油！

"爹爹"一词真是含义丰富，在湖北是"阿叔"，在北方是"父亲"，另一些地方则是"爷爷"。

姚典业：

由于新冠病毒肺炎具有传染性，不留家属，所以患者的治疗与护理全部由我们负担了，从打针发药，监测生命体征，健康教育，到更换床单，以及患者吃喝……还少不了给患者"打气""加油"。

我在家里排行老三，小时候有哥哥姐姐护着，毕业后又一直在手术室，尽管如此，作为一名男护士，在抗击疫情最前线的我，自然也知道做好护理工作的重要性，理解病人的痛楚和生活的需求，我们都知道，吃饱睡好能提高人体的免疫力，氧疗可以让患者渡过呼吸困难的难关，那么，我们没有理由只重视技术性高的氧疗，而忽略了基础的护理如喂饭，或给予患者一个舒适的体位。所以，每做一项护理，我都提醒自己要认真对待，不可马虎。

当46床阿姨的血氧忽然下降到64%时，看到她呼吸困难、神情紧张、面容痛苦等一连串变化时，我的内心受到极大的冲击，生怕突然会发生什么。我马上提醒自己是“男丁格尔”，很快把自己从情感旋涡中解放出来，鼓励患者镇静：“深呼吸、深呼吸、一呼一吸，慢慢来，不要急……”引导她跟随着无创呼吸机频率同步，而后，仪器报警音降低了，血氧饱和度逐渐上升到86%以上。

5分钟后，阿姨给我竖起大拇指，并投来了感激的目光，让身处疫情重地的我，内心暖暖的，如同沐浴在冬日里。

当我快下班时，42床老伯亲切且不舍地问我：“你下班了啊？”虽然只有简单的一句问话，却也让我感受到了自己的价值。

刘强强：

我已出征，我的爸妈还不知道。

作为一名医务人员，驰援武汉，是一份责任，一份担当，也是一份荣誉。但是，在战胜疫情之前，暂时不能告诉我的爸妈！

出征那天起，每次与队员合影，都会偷偷地躲在后排，我不是内向的男生，只因为担心看了一辈子《新闻联播》、时刻关注我们医院信息的老父亲发现我。

我汗流浃背的样子，更不能让老人家知道，这会让他们心痛不已。

元宵节这天，下班后，我给爸妈打了一个电话，平静地和他们拉了拉家常，老母亲问：“今天能不能买到汤圆啊？”

“嗯嗯，放心，广州超市都是正常营业的。”

卢鹏：

今晚，04:00—08:00的班次，气温2℃，上班的护理队员2:00准时在酒店门口集合上车，夜空一片漆黑，看不到月亮，也没有星光，只有护士的眼睛在闪亮，冷风迎面吹来，寒气袭人，我赶紧搓搓手，暖和多了，人们都进入梦乡，我们却正在出发。疫情发生以来，医务人员成了人民心中的“英雄”，其实我们都是平常人，有血有肉有情感，为了千家万户的平安，我们抗战在最前线。

今晚负责重病组，4间病房共12名患者，其中1个病危，2台无创呼吸机在持续使用中，4台心电监护仪时而发出“叮当”的报警声，仿佛是在给武汉的夜提示一些什么。

12个患者中10人需要静脉采血化验，天蒙蒙亮，我拥有3副眼镜（近视镜，面罩，面屏），以及3层手套，静脉采血无疑是一个挑战，平时急诊科的同事都说我的采血技术好，难度多高的血管也难不倒我。但是，当我给11床昏迷患者系上止血带那刻，我的自信心消失得无影无踪，他无法配合我的操作。我深深吸了一口气减压，巧妙地透过3层镜边的缝隙中的光亮，凭借感觉与经验找到一条细小的血管，一针见血！

“太棒了，小伙子真不错！”隔离病房里他们夸赞我，我感到信心又满满的了。

唐章军：

2月10日，也就是抵达武汉的第三天，协和西院区原呼吸病区，50张病床全部都收满了确诊的新冠病人，我负责的9名患者几乎都是重病，当中有一对是母女，女儿也50多岁了，同住一个病室。她们气质有几分相似，她们同病相怜，互相鼓励着，尽管有时有气无力的。外孙女是本院职工，有时候过来病房门外探问一下，大口罩上面的大眼睛显然带有几分忧伤，她很有礼貌，微笑问：

“你们从哪里来的？”

“我们来自广东，是中山大学附属第一医院医疗队的男护士。”

听到我的回答，她好像是看到了希望，忧伤淡去，表示感谢后，转身离去。武汉对我们寄予很大的期望，我们没有理由不竭尽全力去救治他们。躺卧在病床上的他们也都是一个个鲜活的生命，要让他们尽早脱离病毒的折磨。

申贵江：

2020年2月9日，20:00—24:00班次。从医院到驻地需要1个小时的时间，一路上大巴车在稳稳地向前驶去，有些护士妹妹挨着靠背歪歪斜斜就睡着了。我看着马路两边的灯光，感觉就是一道风景线，只是风景中穿行的我与她们没有欣赏的闲情。夜深了，郑莹护士长还一直与我们电话沟通，叫我们注意乘车安全；陈振光副院长对我们也不放心，在酒店门口一直等着我们回来，直至2:30，见到我们才安心。

更衣、消毒、洗漱完，时钟已指向4:00，这个时候还能享受到后勤队给我们准备的精美早点，感觉有家的温暖。是的，吃饱了才能睡，睡好了才能抗疫。

这是一场万众一心的艰苦跋涉，每一个“战士”的背后都有一群人在守护。

胡馨元：

呼吸机供氧浓度调到100%，患者的血氧饱和度仍未见回升，在排除气道堵塞及气管插管深度干扰因素后，我们医疗队多位专家一致决定——采取俯卧位通气技术。

我闻声赶来，立马组织护理队员们，对患者进行俯卧位通气技术操作，这是需要体力的，作为男生的我，年轻力壮又是监护室出身，自然就担当起这抢救的重要角色。我立即就位站在患者的床头，负责呼吸机管道和人工气道的固定、头部的安置等，同时指令在场参与抢救的其他护士——黄冰、胡俊英和谢品燕在患者的左侧，负责转向及管道、导线的摆放；甘水凤、郭琴守在患者的右侧，负责转向及管道、导线的摆放；甘恬田站在患者的后侧方向，协助放软枕；邓荔位于床尾，负责协助转向、观察及下肢的摆放。

确实，抢救就是命令，在医护同心协力奋力抢救之下，半个小时后患者转危为安，血氧饱和度上升至100%。

我感叹生命无常的同时，也颇为得意——这就是中山医人的技术与速度，我不是骄傲，心胸外科监护室近5年的工作，经历过无数次类似抢救的场面，每一次都如同上战场一般，隔离病房也是如此，一刻也不能怠慢。

我相信自己会是不错的观察病情变化的“哨兵”，是急救护理能手，也能把病人的日常生活照顾得妥妥的，希望在这场战“疫”上能多献出一分力量。

马延召：

下班了，我小心翼翼脱下防护服。我们将所有组员整体出区（出到清洁区）改为三两出区，我和彭小琼最后。到达清洁区后，清点人数，发现少了黄霞芬，大家都说没有见到她。作为组长的我第一时间打电话问病房的同行，他们回复“早已不在隔离病房了”，我们焦急万分，她去哪里了呢？为避免大家在医院暴露太久，我和宝国将其他组员送出医院，然后我们立即返回医院寻找霞芬。

在清洁区，焦急地等待了20分钟，还不见她的踪影。我们急坏了，正当我们准备穿上隔离衣，返回病房找她的时候，突然通往清洁区的门开了，一个清瘦的身影出现了，亲爱的霞芬出现了！我们欣喜万分，使劲向她挥手，当我们三人的目光相碰撞时，她露出灿烂的笑容。估计她也急坏了，见到她，真的好想过去拥抱一下。“但，这是疫区，我不能！”原来，霞芬在准备进入缓冲区时，前面已经有多名下班的医护人员在脱防护装备，她只好等待她们出来后才进去，因为太多人挤在一起，容易暴露感染。

自从来到武汉，我们组员就像一个小家庭，上下班一直都在一起，共患难同欢乐。

张梦弟：

作为一名护士，出生于湖北荆州的我，大年三十就主动站了出来，表达了自己的迫切愿望——支援武汉，那是我义不容辞的责任。

第一批医疗队出发的时候，是除夕，我已经做足准备，并特意剪了个短发，或许由于心情过于激动，过机场安检时体温超过37℃，被迫留了下来，但我并没有因此而退却。大年初四，我成为中山一院第二批医疗队伍中的一员。能驰援武汉，我热血沸腾。何况，那是我的故乡，它在灾难之中，我的心头在阵阵发痛……

自从参加工作以后，我就离开了家乡，一直住在广州，10年多了，想家时就回去看看。

出征前，我打电话给父母交代了种种注意事项，留守在家里，准备好防护物资，并告知他们我要支援武汉一线，告诉他们不要过于担心。其实我心里倒是很担心他们，毕竟属于老年高危人群。我跟爸妈说，到了武汉后，我每天会更新朋友圈以报平安，让他们不要担心，也嘱咐他们一定要按我所说的去做，只有他们安全，我才能安心。

在进驻汉口医院的第二天，作为组长的我就立马投入到紧张的临床工作，协助汉口医院呼吸七病区护长进行科室的布置工作，制定适合医疗队队员共同工作的流程，因为医疗队员来自广东的各个地区，不仅仅是中山一院的，平时的工作流程自然存在差异，需要相对统一，才能更高效救治患者。

同时，我发挥自己ICU专科的特长，积极在病区内开展高流量氧疗等专科操作培训，将科室呼吸机接头与隔离病房的氧气装置接头不匹配等问题，逐一解决，使病区内闲置的呼吸机及高流量氧疗机，尽快使用到临床新冠病毒肺炎患者身上，极大改善了新冠患者的氧合。

呼吸机和高流量氧疗机，是救治新冠病毒肺炎必不可少的设备。我一直坚信，我们能成为一支能打硬仗的年轻队伍。

不辱使命！支援武汉53天后的2020年3月22日，我们和第一批出征的队员们一起，平安回到了温暖的广州。回来后，第一感觉就是肩上的担子，终于可以放下了，终于把我们这个年轻的护理团队（护理队伍7人，其中5人是“90后”的小妹妹），安安全全地给带回了广州的家。

母子书

时间：2020年2月20日

地点：武汉方舱医院

写信人：钱艮儿主管护师（广东第十一批驰援湖北医疗队东莞市人民医院医疗队员）

文字整理：冯旭

亲爱的儿子：

忙碌了一天，虽然感到疲惫，但在这夜深人静之时，不禁想起千里之外的你们。离开你们已经12天了，提起笔，整理思绪，给你们写一封信，跟你们聊一聊。

出发武汉前，我简单而坚定地对你们说要去支援武汉，至于归期，只是轻描淡写，“待疫情结束，我便出现在你们面前”。你们围着我收拾行李，似懂非懂地点点头，就像往常等我下夜班回家一样期待。踏出家门，我却没有再回头多看你们一眼，生怕你们为我担心。没有言语能表达我的情感，对你们的牵挂和不舍都流淌在我的血液里。

今天我和同事一起看望了方舱医院里的两名小朋友，一名9岁，一名4岁，年龄跟你们相仿，看到他们天真烂漫的笑容，不禁让我想起了远在东莞的你们。我给他们带去小零食，他们很开心，笑得像花儿一样灿烂。如果不是这次新冠肺炎疫情，他们和你们一样，本该在校园接受知识的灌溉。幸运的是，他们尽早地接受了治疗，在我们的努力下，他们的病情得到了有效控制，他们的爸爸妈妈悬着的心终于放了下来。相信再过不久，他们和你们一样都能回到校园里和老师、同学们相聚。

当集结号吹响，全国人民一心抗疫，每个人都在尽自己最大的努力。大爱无疆，老吾老以及人之老，幼吾幼以及人之幼。我们在武汉前线照顾患者，你们在东莞也得到了各方的悉心照料，我应该放下作为母亲的愧疚，更加顽强地在前线抗击疫情。我的身边都是护理骨干精英，与她们为伍，也会变得勇猛精进，她们认真负责，真抓实干，精益求精，是我快速成长的榜样，非常敬佩，感恩遇见。你们在东莞也要常怀感恩的心，感激守护你们成长的一切师长，好好学习知识。

最后，借改一首歌词表达对你们的爱。想你时，你在天边，想你时，你在眼前，想你时，你在脑海，想你时，你在心田。我们前世有约，今生的缘分再续，用这一生等你发现，一直在你身旁，从未走远。

你们的妈妈：钱艮儿

2020年2月20日

兄妹书

时间：2020年3月2日—2020年3月3日

地点：东莞、武汉

收件人：师清莲主任护师、茶山医院副院长（广东省第十一批援助湖北医疗队联络员及护理组组长，东莞第二批支援湖北疫情防控医疗队队长）

清莲：

你好！

辛苦了。自从2月9日得知你连夜报名参加东莞援鄂医疗队，远赴武汉至今，兄妹们和晚辈们的心无时无刻不在担忧、紧张，当然也在为你骄傲。

这些天，大家都在不停地查看网络，盼望着确诊数下降，治愈率上升，盼望着疫情早日结束，你和所有抗疫队员早日回来。

是网络把我们与远在前线的你紧紧连在一起，兄妹们仿佛看得见你和队员们穿着防护服在床位间穿行的身影，感觉到你的疲惫，以及担任队长的操劳，体察到你的坚强与勇敢。

这使我们想到很多年前，在120师白求恩手术台前救治伤员的父亲、在四医大勤奋工作学习的母亲，以及退役后再赴担架队、不幸被流弹击中而牺牲的外爷。

无论过去还是现在，他们和你们，都是这支为了中华民族而不惜一切的医疗队伍中的一分子。我们能真切感受到一代代医者的热血与誓言，置生死于度外的践行，平凡中又蕴含着伟大。

也使我想起廖昌永《热血颂》的歌词："最艰苦的地方，总有着你的身影，勇士的肩头肩负着多少人心中的崇仰。"

今天，我们看到你所在的武汉客厅方舱医院C舱关闭，病患者数量逐日下降。我们坚信，有中国共产党的领导，无论今昔，就有战无不胜的力量，就有暖意融融的春天。

疫情期间，亲人们不敢多占用你的时间。坚强的妹妹，只望你能感受亲人的殷切盼望，战胜疫情，早日归来！

保重！

二哥

2020年3月2日

3月3日凌晨师清莲醒来，看到哥哥写来的家书，写下了这段文字：

清晨醒来读到这封信我已是满面泪水。信中满是鼓励和牵挂，给了我和战友们战胜疫情的坚定信心，也不禁追思怀念起在战争年代救护伤员的外爷、父亲和母亲。昨天还收到我18岁读护校时班主任一首深情的祝福歌曲，以及出征后84岁妇产科医生的婆婆和很多亲人的祝福。此时此刻，我的信念和驰鄂时的决心一样：疫情不退我们不归！

（原载《长江文艺》2020年第四期）

人间烟火三十天

□丁燕

二月是一个残忍的季节
所有新的生命都在努力生长
而你深陷武汉
深深地陷落在武汉及其周边
——题记

很多年以后，当你和孙辈说起那一年的春节时，你会说到什么呢？你会说到口罩或谣言，或在没有雪的南方所感受到的可怕寒冷？是的，一切都会过去，一切都会变成往事。你知道你所经历的此时此刻，在历史的长河里不过是微小浪花，然而此时此刻，你沉浸其中，总觉这水滴是那样巨大神圣。你需虔敬地、仔细地、一对一地逼视它，看到它内里的层次、皱褶和纵深，然而再描述它，才觉对得起它。

三个特殊日子

若“一只南美洲亚马孙河流域热带雨林中的蝴蝶，偶尔扇动几下翅膀，可在两周后引起美国得克萨斯州的一场龙卷风”，那么，你便居住在蝴蝶扇动翅膀的边缘地带，而不是龙卷风所处的核心地带。然而，灾难的涟漪依旧拍打过来，波及你的生活。在全球化日益深化的今天，一个地区性事件很容易蔓延开来，最终导致一场巨变。那么，你在蝴蝶扇动翅膀的地方，到底看到、听到和想到了什么？

事实上，这个故事也是“春天的故事”，只不过，是个变形版的“春天的故事”。虽然每一年的春天都让人感到眩晕，而2020年的春天，却比你所经历的任何一个春天都更蹒跚、更忧郁、更狂野。在这段猪年与鼠年换班的日子，一股威力十足的病毒陡然降临——“新型冠状病毒”。它不攻击屋顶和树木，也不攻击道路和车辆，而只攻击一个又一个的人。它像一阵妖风，阴险而凶蛮地四面扩张，奋力地感染着它能碰到的所有人。所有被它霸为宿主的人，肺部都会变成旧风箱，在拉扯出喑哑的刺啦声后，发出一声叹息，戛然停止运动。于是，人们惊恐地躲进屋子，不再与他人见面；若不得不出门，也要戴上口罩遮住鼻孔和嘴唇。现在，只有戴上口罩人才能在街道上行走。

在这段离奇的魔幻时间里，闹钟停止了摆动，河水停止了湍流，叶片停止了光合作用。一切都静止了下来，静得让人透不过气。所有的屋子都变成了半空的吊脚楼，四周空空荡荡；所有的广场都变成了硕大的闪光灯泡，没有任何人驻足；所有的街道都被调换了位置，不再驻守原来的地方。你和你的家人被禁足在家中一月有余，而这不是关于鲁滨逊或堂·吉诃德的小说，是你正在经历的真实生活。也许你的孙子会问，难道封闭在家的危险系数，能超过海上遭遇大白鲨的侵袭，荒野被骑兵团团包围，雪地上与群狼发狠对视？这个时候，你会耐心地做出解释："其实啊，惊险是分阴性和阳性的。"你在庚子年所经历的惊险，便是阴性的。

万事万物总得有个开头，这个故事头要从哪里算起？于是，你便开始了挑选。原本，那些时间是依序排列的，并没有轻重缓急，像项链上的珠子一个挨一个，中间没有一点空隙。然而现在，你要破坏原有的秩序，从平凡的一堆珠子里选出不平凡的那一个。你知道，当你确定那一个的重要性时，便意味着那一堆的光芒都会遭到遮蔽，然而，你不能将所有的日子都拿出来讲述，因为你的时间有限，你一定要做出选择。于是，你仔细察看这场大事件，选定了一个开端：2020年1月23日。你称这一天为"封城日"。显然，在这个日子之前，那事件早已发生，然而，直到这个时候，它才彻底彰显出它的可怕性。那么，故事的结尾应该怎么算？你想，就定在2020年2月22日。你称这一天为"解禁日"。显然，这是对东莞来说的"解禁日"，而不是对武汉——在这一天之后，东莞的大部分工厂迎来了开工。在这三十天内，还穿插了一个魔幻的高光时刻——2月14日。这一天的夜晚，武汉的天空亮起了璀璨闪电，像一把把硕大镰刀，故而，你将这一天定名为"闪电日"。那么现在，你为这个"春天的故事"找到了三个特殊的日子，借此，便可提纲挈领地连缀起故事的开始、高潮和结局。

先从"封城日"说起吧。在那天早晨的八点，你只犹豫了一分钟，便做出了一个决定。当时，你正坐在沙发上看手机里的朋友圈。在1月23日之前，你并没意识到新冠肺炎和自己的日常生活会产生交集——那些新闻仅仅停留在电视里。你并没想到，那些病人的苍白脸色，早已暗示了你未来的命运。你只觉有个气泡从湖底翻腾而出，既不可能产生爆炸，也不会留下任何气味。即便"新型冠状病毒"这个词已敲打过你的耳膜，但却没有深入你的内心。现在，早晨八点，你点开朋友圈里的一篇文章，看到了《武汉市新型冠状病毒感染的肺炎疫情防控指挥部通告（第1号）》——公交、机场、车站暂时停运、关闭。你整个人错愕愣怔成木桩。原来，“从今天上午十点起，武汉全市公交、地铁、轮渡、长途客运暂停运营；无特殊原因，市民不要离开武汉；机场、火车站离汉通道暂时关闭。恢复时间另行通告”。

你思考了一分钟。当你揣摩“离汉通道暂时关闭”时，发现那新冠病毒已像一支秘密的教派，其信徒在荒野上发展壮大到令人咋舌的程度，而它们奇崛的作战风格已严重影响到人类生活。当即，你拨通了姐姐的电话。她居住在新疆东部的哈密市，和你有两个小时的时差。虽然她的声音里带着没睡醒的混沌，但在听了你的建议后，还是陡然清醒过来。你说：“如果没有必须要出门的理由，你们还是取消到北京和到广东的计划吧。”你给出的理由是：“武汉封城了。”你们姐妹三人原本是这样计划的：姐姐妹妹和她们的孩子先到北京玩，再来东莞玩。那个时候，你并没有对姐姐说出你是如何判断形势的。其实，你的判断来自常识——选择腊月二十九封城，对中国人是个艰难的决定：明天是大年三十，后天是正月初一。中国是个多么注重传统的国家，而春节是最为重要的节日。辛苦一年的人们，要在除夕团圆，要在初一迎春。然而，武汉却选择了在腊月二十九封城。所以，你预感到这一次的疫情是严重的，然而，你却怎么都没有想到，这次的疫情，将成为新中国成立以来难度最大的一次突发公共安全事件。

后来，当你试图回忆这个事件的始末时，你发现完整地讲述一个大事件，要比再现身处事件中的人的心态容易得多。因为人的心态不会轻易地表现在公共事件中，而只会表现在个人生活的细节中。公共事件像凸显出来的冰山之角，而芸芸众生的心态则像是其庞大的底座。你追问自己——是什么原因让你为之一颤，迅速嗅闻到那股潜藏的危险？你简直一瞬间就捕捉到了那味道——像有一管蓝莹莹的液体，通过细小的针管，慢慢地推送到你的身体里。你通过回忆找到了源头——第一次嗅闻到这种味道时，你还是乌鲁木齐市民，准备在品尝葡萄和哈密瓜的甜美滋味中，度过2009年的夏季。而在那一年的冬天，你凝立在乌鲁木齐五星路一间屋子的窗前，像鬼魂般阴阳两隔地痴看窗外——黑色的杨树枝干枯地垂挂，洁白的新雪满天满地如贾宝玉拜别时所看到的那样。雪花从半空坠落，像母亲为早逝的儿子流下的眼泪。那个寒冷的冬天尖锐而漫长，每一次呼吸都像在吞咽匕首。在极度的压抑中，你丧失了创作的活力，一整年没写一个字。

2010年8月，你们一家三口举家南迁。你是在一个最好的时刻，做出了最正确的选择吗？事实上，命运留给你的选择机会并不多。南迁后，你从诗歌创作转入了非虚构创作，从关注雪山草原到关注时事现场。“梦里不知身是客，一晌贪欢”，你已从“北风卷地白草折”的地方，来到被尘热与艳色充斥的海边，一住就是十年。你这个在岭南被唤为“写字佬”的人，一直处于弱势中的弱势，边缘外的边缘，故而，你锻炼出了迅速甄别危险的能力。2020年1月23日，直觉告诉你——危险已莅临！你便做出决定——不要出门！不要出门！那一天，你一直都在焦虑中等待姐姐的答复。然而，你等来的消息是——“广东于1月23日启动重大突发公共卫生事件一级响应”。你注意到这样一个时间节点——广东启动一级响应的时间比湖北还早一天。到24日时，广东推出了防控新冠肺炎疫情的十六条措施，涉及健全防控机制，强化联防联控，加强病历管理，实施交通检疫，全面救治患者等多个领域。

1月24日是大年三十，可这一天你过得恍恍惚惚，没有感受到一丝一毫的节日气氛。在忐忑不安中，你度过了猪年的最后一个夜晚。事实上，你根本没有准备好过这种失序的生活。你现在的日子就像一句说了一半的话，只有逗号，没有句号。这一天的夜里，姐姐打来电话：“已经退了票。”你那颗悬在喉咙的心，总算回到了胸腔。这一天，你在楼下草绿色的大垃圾桶旁，发现了一个灰白色的小垃圾桶，贴着字条：“废弃口罩”。你更加意识到，你已进入到一种非常态的生活中。现在，你不能轻易出门，只能待在自己的家中——你从卧室走到客厅，再从书房走到阳台。走着走着，这套普通的寓所便变成了楼中楼，有着各种复杂而巧妙的隐秘机关，让你走一天也走不完。

为迎接亲戚到来，你囤积了许多食物；你邮购了八套餐具，配齐了大碗、小碗、面碗、海碗、鱼盘和酒杯。当你在清洗餐具时，畅想着家里人来人往，说说笑笑。然而最后，只有你、宋宋和阿丁吃了顿安静的年夜饭。甚至在此后的一个多月，餐桌上都只有你们三个。那些你精心选购的餐具，根本没派上用场。你的日子像断线风筝，虽可无障碍到处乱跑，但四周都空空荡荡。所有计划全被打乱，而新计划尚未生成。现在，一艘船被凝滞在海滩上。现在，你徘徊斗室，只与家人为邻，一日三餐全自己做……这样的生活谈不上可怕，但却异常单调。你夜晚散步，总感高空诡谲多变，积乱云堡，有末世之相。你在删除了超市、机场、餐厅、学校、地铁站和电影院后，对自己的犒赏是，沐浴后坐在午后的阳光中，将头发一点点晒干。当千万根细小金箭写实地刺穿头皮时，你的体内蒸腾起一股难以言喻的热量。

时间到了2月22日。这一天最重要的标志性事件是——东莞市政府在网上发布了《致广大客商朋友们的一封信》：“别人能做到的，东莞能做得更好。”你像喝了杯热咖啡，胸腔里瞬间弥漫着浓香。信中提到，到21日，东莞市新增确诊病例已连续六天下降；而据百度迁徙大数据显示，到21日，东莞已连续十日在全国热门迁入地中排名前三，其中六天排名第一。这些数字让你欣慰——东莞正一天天趋于正常。现在，这个工业之城已做好准备，迎接打开车间大门后，那在流水线上手指翻飞如蝶翅的盛景。此前那个充满后现代味的空城，终于要返回现实主义的道路了。暴虐的病毒之兽已开始虚弱，愤怒的火焰也逐渐收敛。而现在，人又抬起高贵而威严的头颅，慢慢夺回他们的阵地。

那一天——听到“砰”一声枪响的那一天——是1月31日。你走在小区的道路上，突然听到身后有人大喊：“那个穿红衣服的，站住！” 你浑身一抖，整个身子僵硬起来。你的上身套了件红棉衣，下身是条牛仔裤。你有问题吗？你已经有了问题吗？你的问题已经被别人发现了吗？别人是如何发现你的问题的？一瞬间，脑海里涌起千万波涛。你已僭越了界限吗？你等待着声音的主人来捕捉你。一位保安急速地跑来，但是，但是他的身子却拐了弯。哦，他的目标不是你。一位穿红马甲的快递小哥站住了脚步。接着，你看到了那幅惊骇无比的画面——保安举起一把枪，对准快递小哥的额头，“啪”。保安的胳膊笔直，而枪就握在他的掌心。阳光下，穿着制服的保安像尊黑铁塔。“啪”——你听见了枪响，但却没看到快递小哥倒下。那个反抗能力是零的男人，双手抱着纸箱，头发黝黑，没戴口罩，在阳光下一动不动。然后，那两个男人朝两个不同的方向走去，只留下你直愣愣站立，像一棵无法移动根系的红柳。你所目睹到的这一切，有种软绵绵的不真实感。你庆幸刚才“挨枪”的不是你，但又被一种巨大的悲哀所裹挟，心跳怦怦。

2月1日上午，你的手机响了——是个陌生的号码。那陌生的声调说：“你到大门口来拿东西吧，我进不去。”你戴上口罩后下楼。进入电梯后，你后悔没装一沓餐巾纸——据说，电梯按钮也是一个可怕的传染源。有人建议用一支没有笔芯的圆珠笔代替手指，按完后再将笔帽盖上。可现在，你急匆匆出门，什么都没带，只好将自己的手指伸了出去。你已感受到了危险，但又总怀着侥幸心理，觉得离自己尚远。从这一天开始，直至此后的3月17日，你在小区内都没有见到过快递员。他们将三轮车、电动摩托车、厢式货车停在小区大门口，将快递盒子一个个摊在地上。你发现院子里到处都是这样的人——戴着口罩，抱着纸箱，脚步匆匆，眼神警惕。

长时间居家，让你产生了一种恍惚感——你已丧失了分辨梦境和现实的能力。你在心里惊呼：这多么可怕！每天，当你从新闻里听到死亡数字时，总有种在劫难逃的感觉，总感觉下一个数字里便会有你。你发现自己的情绪总是徘徊在悲伤境地，像一个坠入大海的人不能自拔。然而，事实上，那种强烈的情感是不可能无限制地持续下去的。你意识到要赶快实施自救，否则，你便像置身在飘向冥府的渡船中，怎么都不能获得解脱。于是，你开始在固定的时间阅读和写作。你试图在最黑暗的夜里，捕捉到萤火虫的闪光。你不仅要唤起自己心头的闪光，还要将目光所及的闪光集中起来，让它照耀暗夜的隧道。

如果在这魔幻的三十天中选取一个高潮日，那么，你想到了2月14日。你将这原本的“情人节”的一天定名为“闪电日”。那一天，东莞的天气极为寒冷，温度简直到达了一年中的最低数；而那一天，武汉亦狂风暴雨夹杂闪电。你从视频中看到天空是一块黑玻璃，陡然间碎裂开。那从深处爆发出的雷公的咆哮，混合着啜泣与诅咒。天空把最暗处的内脏都裸了出来——那张宛若肺部的X光片，硕大、璀璨而恐怖，被高高举起。哗啦！哗啦！一张又一张，X光片相互推搡，竞相释放出神秘电流。在闪电爆发的瞬刻，那些树枝般的线条像银丝，遒劲而有力，在用力紧绷后即刻就要断裂。哗啦！哗啦！那幅定格的版画，凝固了女妖梅杜莎决绝的面孔。你被这来自天庭的魔法给震慑住——这惊心动魄的嘶吼，这不停不歇的亮闪，到底在昭示着怎样的秘密？

这一天，你的身上穿着一年中最厚的装备——上身是线衣、毛衣、羽绒马甲加棉袄；下身是线裤加棉裤；脚上是两双厚袜子。你在瑟缩发抖中，脑海中不断掠过一个疑问——那些住在方舱医院的病人，是不是也听到了雷声？那些辛苦奋战的医生，是不是也冷得发抖？后来，你从邻居女诗人处了解到，她的医生同行在写了请战书后，已从东莞到达方舱医院。在那个寒冷的闪电之夜，她和她的同事们确实冷得发抖——她们没法到外面去买衣服，就是出去了，也没有卖衣服的地方。那位女医生你是见过的——面貌清秀、举止文雅。你没想到，在驰援武汉的医护人员中，有一个与你曾见过面！你觉得在这场战斗中，最值得赞扬的便是这些救死扶伤的医务人员——再多的赞美之词给予他们，都不过分。

2月15日，受冷空气影响，武汉下了场大雪。纷纷扬扬的雪花覆盖在空空荡荡的街道上，路灯宛如一颗颗镶钉珠钻。若是往年，武汉人一定会欣喜地到梅园赏雪，而如今，这雪花让这座城市陷入了春寒料峭、霜寒刺骨的境地。为此，武汉市融雪防冻指挥部已启动低温雨雪冰冻灾害二级应急响应。而那些穿着全套防护服的社区工作人员，不得不撑着伞，在各小区里忙碌奔波。其实，这些基层工作者异常辛苦——偌大的城市，高强度的管理，诸多工作的落实，千头万绪，全都压在了他们肩头。

这三十天的经历，你可以通过这三个特殊日子来概括，然而你知道，这样的表达是远远不够的，因为这不是简单的三十天，而是魔幻的三十天。你好像来到了另一个序列的时间，生活在另一个次元的空间，经历了另一场跌宕的人生。在那个用三十天建造起来的小庙里，你里里外外地行走了一遭。你合十敬拜，踽踽独行，念念有词。你最为关切的，是那些因病而撒手人寰的卑微生命，你希望他们在逝去后，能拥有自己的灵位和供牌。事实上，这段囚暗岁月并不是从天而降的超人，而是从正常年月的肚腩里孕育出的寤生子。虽然它表现得像多余出来的日子，但实际上，它就是手掌上的第六根小指，和整个肌体紧密相连。

见证者的供词

形势越来越严峻。现在，所有的关注点都集中在了武汉。武汉，那座位于长江中游的城市，既不是典型的南方城市，也不是典型的北方城市，而是一座混合之城。作为两江交汇之地，武汉素有“九省通衢”之称，早在商周就是南方连接中原的战略据点。这里是北上南下、东进西征的咽喉要道，是水陆码头，是汇聚各类文化的杂糅之地。在这片多水多湖的荆楚大地上，到处都盛开着香草异花，弥漫着洪蛮之力。武汉的气候十分火暴——夏季持续高温，冬天又能冷到零摄氏度以下；武汉人的脾气也十分火暴——“不服周”的他们元气满满，充满江湖义气，甚至连女性都泼辣爽朗。在整个华中地区，武汉“一城独大”——因为它足够雄壮，足够瞬间秒杀周边小城。这种城市形态与岭南的珠江三角洲完全不同。经过四十年改革开放，珠江三角洲业已形成由广州、深圳、东莞、珠海、佛山、惠州、中山等城市组成的城市群，并最终和香港、澳门融合为粤港澳大湾区。

黄鹤楼是武汉的标志性建筑，而旗峰山红灯笼则是东莞的标志性建筑——它们都是可登高凭眺之处；武汉有长江，东莞有东江——两座江边之城的文化都崇尚灵活包容；武汉有一千多万人口，东莞有八百多万人口——虽然两座城市的人口结构有着明显不同，但人口规模却大体一致。现在，当你跟随摄像机的镜头，一步步地走进这两座城市时，你惊诧地发现，它们居然呈现出某种古怪的相似之处——现在，它们都是陌生的异国！都是酷酷的迷城！随着镜头的移动，你的目光从黄鹤楼开始，追踪到了长江大桥、长江二桥、徐东大街、解放大道、江汉路步行街、沿江大道、中山大道、楚河汉街……然后，随着镜头，你的目光从旗峰山红灯笼开始，你看到了旗峰路、东城中路、东莞大道、鸿福路、港口大道、水乡大道、外环路……两座城市的街道各有不同，但其样态却毫无扞格地重合在了一起——所有的街道都空空荡荡，杳无人迹。现在，这两座城市都是无人之城！

你的眼光被彻底凝结——难道，这是核战后的荒原吗？你看到那些高耸的楼宇上，有着一堆堆千佛洞般的窗格子，只是没有人。你震惊，你心悸，你悲悼。你想起起矗立在新疆吐鲁番市的那两座古代建筑——高昌古城和交河古城。那些古城与今日之城多么相似：街道、店铺和住所都完整地存在着，只是没有人，只是没有人。好像有股冷寂而强劲的风呼啸而过，将城里的人全都吞噬殆尽，令街面空空荡荡。现在，你好像不是看了两部纪录片，而是看了一部有着上下两集的惊悚片。现在，一架隐形的宇宙飞船遮天蔽日而来，日食般吃掉了街面上的人，让城市变成了没有蜂王和工蜂的蜂巢。哎呀，这是谁家孩子的涂鸦画，居然将人强行抹去，就像按下了删除键——Delete！Delete！Delete！喂，小鬼，你到底在搞什么名堂！然而，这不是图画，也不是1812年9月14日，拿破仑所目睹到的空荡荡的莫斯科——因为人们其实并没有离开家，而是变得和墙面一样平展，被嵌进了自家的墙壁里。茫茫古今，你在这里吗？是的，没错，我在我家的墙壁里。

然而，为什么是武汉？你的心给虎头蜂扎了一下。这座在历史上赫赫有名的城市，你想起20世纪90年代初的一个春天，你曾到达过这座城市。你站在黄鹤楼前拍过一张照片，满脸愁容，欲哭无泪——像极了那些被剪去秀发的医生的面容。你还记得武汉吗？你记得汉口火车站是灰色的，解放公园里的花朵是金黄色的，无声无息的长江是灰白色的；但是那一年，你并没有走进武汉大学，也没有看到樱花。现在，你心情复杂地想起在青春时的那次远行。那一次的旅途，你走得既孤单，又歪七扭八，又涕泪横生。从武汉回来，你像一棵树被砍掉了多余的枝杈，终于彻底成熟起来。而现在，这个名叫武汉的城市，再一次侵占了你的日常生活。

起初，你是从电视新闻里知道武汉发生了肺炎，而引发这种疾病的是一种新病毒。然而，长久以来，你已非常病态地发展出一套"文学至上"的分拣系统——凡在"文学"之外的东西，你都不会给予太多关注。直至"封城日"来临，你才冷风袭身地明白——原来，现代战争拼的不是枪炮，而是病毒。现在，因为病毒，几乎所有的人都困居屋内，变成直挺挺的兵马俑。你当即停下手头的创作，开始发狂地阅读相关书籍，试图打捞起知识的漂流瓶，来解读这病毒降临人世的幽玄之路。你发现，原来病毒和人类相伴随行的历史，发生在远之又远的远古；而在整个近代史中，人类的主要杀手不是战争，而是天花、流行性感冒、肺结核、疟疾、瘟疫、麻疹和霍乱。中世纪时曾流行过的黑死病——腺鼠疫——让人们闻风丧胆，如坠炼狱。它杀机毕现地亮出砍刀——在1346年到1352年间，它杀死了欧洲四分之一的人口。而在所有关于病毒的案例中，最令人生畏的，莫过于自哥伦布1492年的航行开始的欧洲人对美洲的征服。虽然西班牙征服者杀死的印第安人不计其数，但西班牙病毒杀死的印第安人，却要多得多。原来，印第安人此前没有接触过这种病毒，所以没有免疫能力。据估计，印第安人原来有两千万左右，但在哥伦布到来后的一两个世纪中，人口骤减了百分之九十五。

到目前为止，人类历史上最大的一次流行病，是在第一次世界大战结束时，杀死两千一百万人的流行性感冒——它简直像个永不疲倦的死亡化妆师。而令人啧啧称怪的艾滋病，则是一种来自猩猩的病毒。人类最早感染这种病的记录是在1959年左右，而其狰狞的后果让人心惊胆战——艾滋病并不会让人骤死，但却让免疫系统全部被破坏，乃至无一点防御力。那患病者一派骨销行散的模样，看着真叫可怕。"蝙蝠在城市上空绕圈飞行，没有固定的目的地。它们倒悬着挂在树上，用淡粉红色的翅膀护着自己，以人类一般的姿势，用折起的双翼紧紧裹着自己。”你盯着这字眼，感觉眼眸发疼。这是你最喜欢的作家奈保尔在《非洲的假面具》中所写的文字。“吃蝙蝠造成了埃博拉病毒的传播。因此，日暮时分阿比让天空中黑压压的蝙蝠，不仅是非洲西部视觉艺术的一部分，而且还是等着扑向人间的一场可怕瘟疫。”

所有的流行病几乎都有这样的特点——它们从一个受感染的人迅速而高效地传给近旁健康的人，结果使整个人群在很短的时间内受到感染；它们都是急性病，让病人在很短的时间内要么死掉，要么康复；一旦获得康复的人，因体内产生了抗体而不会轻易复发该病。那么现在，人类面对的是一个全新的病原体：新型冠状病毒。这种病毒的传播性极强，但又极会伪装（即便是在潜伏期也有传播性），传播途径很多，且大多数患者的症状很轻微。这病毒像只狡猾而残忍的野猫，会凶狠地咬住猎物。它总是蹲在角落静静等待，将整个身子绷成一把拉满的弓。一旦猎物出现，它便将自己射出去。野猫的计划那样完美——在万物复苏的春天的遮掩下，没人能猜得到是它干下了累累罪行。

人随露珠而生，随露珠而逝。原本，死亡是件极私密的事，人们对它总是处于陌生不识，但又依稀记得的状态。而现在，那应发生在暗处的事，却当着众人的面发生了。你被惊得屏住呼吸——从起病到死亡平均大约二十三天！二十三天？你像个修女，眼里骤然蒙上一片怜悯的柔光。在病毒的强攻下，人们突然意识到——原来人类并非传说中那样强壮，而是一种非常脆弱、很容易被摧毁的物质，就像无壳的蜗牛，就像易碎的鸡蛋。一次交谈或一个喷嚏，或按了一次电梯按钮，你都可能被传染。之后，你的肉体连同你的记忆，你曾经拥有的生活，便如泡沫般烟消云散。2003年非典肆虐时，你尚居住在乌鲁木齐，故而没有储备一丝一毫的抗疫经验。而现在，你与“疫情通报”中的那些数字劈面相逢！每一个数字背后，都是一个焦虑的家庭，都是“下一个也许就是我”的惊恐。所以你被告知——最好待在家里别出门，既保护自己，也方便他人。

然而，你不愿将这段时间称为“僵死时间”，而更愿称为“停摆时间”。事实上，对长期居家写作的你来讲，早已实施了“自我隔离”。三年前，你由市中心搬到郊区，逐渐适应了身处偏地的隐居生活。你长时间一个人待在屋里，即使是在楼下公园散步，也总看不到旁人，而小区内只有一个便利店。这种“类乡村”的生活，是你自觉自愿的选择——你曾居住在市中心，屋旁就是喧闹的酒吧街。当你下决心搬到郊区时，感觉时光倒退了三十年。然而，你并不想看到别人也被隔离。这种蓬头乱颜的密封式生活，可以让你的内心收获到平静，但对朝九晚五的上班族来说，整整一个多月困守屋内，房租、水电费、物业费、孩子的学费怎么办？而那些公司、工厂、商店和餐厅的老板，更是焦虑万分，他们要考虑手下几十人、几百人甚至几千人的吃饭问题；对那些靠打工维持生计，且数量庞大的农民工来说，也是心急如焚，他们不知道手上那点钱能撑到几时。

现在，所有的城市都停止了摆动，所有的人都隐居在家，所有的交通工具都失去了动力……这样的魔幻时刻不是小说情节，而是你的现实生活。别说其他人感到突兀，就连你也觉得异常别扭——因为你习惯了丈夫上班儿子上学的生活，而现在，三个人全都塞在密闭空间，零距离地你看我我看你，让整个屋子充满了野战气息。这种状态的生活，根本无公式和规律可循，你只能一点点地摸索和调整，努力维持平衡。这一个月，你们一家颠倒着昼夜过日子，一切都变得乱糟糟而毫无逻辑。现在，你们的家变成了巴洛克迷宫，走廊之后还有走廊，阳台之外还有阳台。你变得越来越散漫，越来越焦躁。你已忘记了周一和周六的区别。现在，每一个日子都是上一个日子的反光，因为它们实在是太相似。

每一天，你都东倚倚西靠靠，想尽办法去处理那些过剩的、空洞的、没有任何用途的时间。这真是难以置信——此前，你总抱怨没有充足的时间写作，然而现在，你才明白了什么叫“过犹不及”。天气湿冷难熬，而听闻的悲欢离合及生死离别又实在太多，令你的内心悲痛郁闷。现在，你变成了摩登原始人，在自己的洞穴里不停地洗手，总觉病毒已从门把手、电梯按钮、衣服、鞋子、桌面和鼠标传到了手上。你还神经质地强迫家人去洗手。若他们的行动稍显迟缓，你便会怒火冲天。虽然你的肉身从未离开过家和小区，可你却像在ICU病房里战争，额头上总有把锥子在戳啊戳。

突然的一天，你发现楼道的地板上像是泼了水——原来，回南天来了。你踮着脚尖，小心翼翼地从地面走过，浑身轻颤。那一刻的感觉真是既诡异又惊悚。你赶紧关上所有的门窗，不让外面的热气冲进来，否则，家具就会因返潮而腐烂。你意识到，春天与冬天的争夺战还处在胶着状态，但你却被排斥在主战场之外。你只能从最细微的木梢处，窥视到核心地带的惊心动魄。现在，你听不到嘶鸣、喘息和哀号，但你看到了一层泪水般的雾气，轻轻覆盖在你家楼道的地板上。你倒抽一口凉气，像获得了上帝的某种启示。原来，这就是胶着状态！你的心里隐隐作痛——啊，反反复复，反反复复！若想一下子摁住病毒的咽喉，怕没那么容易，因为它实在狡猾得厉害。看样子，病毒与人界的厮杀大战，还得反反复复地来上好几回。

有一天的午后，你在小区里散步。在高层建筑的外围，是一片面对东江的联排别墅。因尚无业主入住，所以这里成为小区里最安静的地方。你走在风中，走在阳光里。那些三层小别墅看起来一模一样，而你的影子就投射在那些房子上。路面整洁而平滑，被日头晒得发软。你感觉这些街道会不断地增生，彼此纠缠在一起，变成双面的街道，复合的街道。某个瞬刻，你像被一种神秘的力量召唤着，就在那个拐弯处停下了脚步。你看到小区栅栏外的大桥上没有一辆车，所以，你身处的整个空间是一片安静。那种静，是真正的静——是能听得到自己的呼吸声的静。你呆立成盐柱，像罗德之妻——哎呀呀，真是好古怪！若是平常，这大桥上驰过的不是厢式货车，就是小汽车公交车，所以，这桥就像一头半神半兽的怪物，不断从支气管里呼哧出粗野喘息，从黎明到深夜。而现在，那怪物像挨了枪子后轰然坍塌，彻底地昏死过去，躺在阴影里无丝毫抵抗力。奇怪的是，你对这愣怔片段一点都不觉得陌生——有多少部美国电影都曾描述过这样的景象！然而现在，这不是镜头里的一幕，而是活生生展现在你眼前的一幕！是的，某种无可挽回的事情已然发生。你像看到了上帝在揭示的秘密——你和这桥早已结成了命运的共同体！

菩萨为什么低眉？菩萨三分度外，七分度内。现在，你走在小区正午的街道上，四周空空荡荡。这情形让你有了种深深的犯罪感——你无视那些受害者的苦难，让自己置身于安全的位置；你没有给别人丝毫帮助，而让自己堕落成一个心怀慌乱和愤怒的戴口罩者。你应该做些什么呢？你不能假装成一个医学专家，在专业领域指手画脚，但你是一个写作者，你可以记录下每一天的变化，哪怕是点点滴滴，但因为是你的亲历，这记录便有了不可复制性。你知道人类（也包括你）是十分健忘的，总会对刚刚发生的事情产生遗忘，像脑袋里的晶片被烧熔掉一个区块般，总是陷入视而不见、盲无所觉的境地。你意识到这是一场持久战——它不可能突然结束，也不可能永远不结束。于是，你告诉自己：“那么，从现在开始写吧。”虽然时间不可逆，生命不可逆，然而通过书写，一切不可逆的事物将会变得可逆。

惊心动魄的流水账

当你走出楼房时，要推开两扇玻璃大门。你没想到，从看到第一张通告时，那里会出现第二张第三张，最终，那玻璃门变成了信息台。你记得第一张通告的纸是肉粉色的——“请从湖北回来的朋友自觉到物业处报备”。在“湖北”两个字底下有一道黑色的下划线。然而，一张又一张的通告，让那里变得比学校黑板还花哨。通告从最初的提示口吻，到最后甚至带着威胁口吻——预示着形势变得越来越严峻。

在1月23日，广东省启动“重大突发公共卫生事件一级响应”后，东莞即刻成立了“市工作领导小组”，进入战时状态，力争将疫情影响降到最低。作为国际制造业名城，新一线城市，东莞的人口结构一直呈倒挂趋势——在八百三十多万的常住人口中，户籍人口只占二百三十万，外来人口占六百万，而其中五百万属产业工人，而产业工人的九成，属外来务工人员。故而，这座城市所面临的考验，将极为严峻。1月27日，玻璃门上出现了一则紧急通告——“应业主要求，从即日起，本小区实施全封闭式管控，非本小区住户及车辆一律不得入内，解除封闭时间视疫情发展情况而定”。之后，小区保安只留下一号门作为通道，将其余大门全部封闭。很快，在一号门的人行通道口，出现了一把太阳伞和两张红色的塑料凳。两个全副武装的保安，一人手拿测温器，一人手拿黑色硬皮本和碳素笔。凡进入小区的人，不仅要接受体温检查，还要说明是哪一栋哪一户姓什么。现在，所有行走在小区的人，都被警戒的本能所裹挟，皱着眉头，步履沉重，像是寄居在一块浮冰上，四周都是漂浮不定的海浪。

1月29日，你看到了《致广大市民朋友的一封信》——“如果您是近期从湖北回来的湖北籍人员，或途经湖北回来的人员，或接触过湖北籍人员，凡村、住宅小区没有与您联系的，请您做好防护措施后，主动联系镇防疫中心，积极配合相关工作人员对您进行访视和医学观察。如果检查确诊后，医护人员帮您拨打120，并请您前往指定医疗机构的发热门诊诊治。如果没有发热等异常症状，自觉居家隔离，持续观察十四天”。你惊声愣住——来了！真的来了！那原本汹涌在新闻里的战事，已蔓延到你的家门口。现在，所有的人都要提高警惕，注意是否出现“异常症状”。

1月30日，A4复印纸上的黑体字标明“致湖北返莞业主倡议书”——“从湖北回来不足十四天的业主，主动自我隔离，并联系当地镇街……”且公布了道滘镇疫情防控的电话号码。2月3日，出现了一个红头文件的复印件，抬头是“东莞市道滘镇人民政府住房规划建设局”，内容是道滘镇关于新型冠状病毒感染的肺炎疫情物业管理区域属地防控“十个一律”的通告——“小区一律实行封闭管理，业主进出实施体温检测，业主经湖北返回的要向物业公司报告，业主不得串门，一律佩戴口罩……”。你的心再次提了起来。现在，到处都弥漫着一股肃杀之气。

2月4日的通告是个举报电话——“道滘镇住建局（住宅小区防疫组指挥办公室）防疫情况举报电话：0769—81332492”。大门口的铁栏杆上挂出几个鲜艳的广告牌——“预防新型冠状病毒——戴口罩、勤洗手、少出门、不聚集”“温馨提示——本小区实施封闭式管理，非小区住户（外卖、快递、客访）等谢绝入内”“温馨提示——请走消毒毯进行鞋底消毒”。哦，是的！一条红地毯利落地铺在铁门前，毫无扭捏之态。这地毯可不是好莱坞明星走过的、能引起咔嚓相机声的荣耀之毯，而是具有消毒功能的医药之毯。当你从上面走过时，听到脚底发出轻微的吧唧吧唧声，那毯子上的消毒液，正从你的鞋底释放出来，飞起来敲打你的鼻黏膜。

2月6日，你在楼下公交站牌看到一则通告——“因新型冠状病毒疫情情况，接上级通知，以下5条线路（603、607、613、630、632）全部临时停运。从2月7日开始执行，结束时间另行通知，如有不便之处请见谅”。你所居住的小区不仅远离市中心，且离镇中心也有几公里。小区楼下只有一趟公交车，那就是632路。若这趟公交停运，便意味着没有私家车的人外出十分困难。2月8日是元宵节，贴在门口的通告虽然不忘“祝大家元宵节快乐”，但内容却充满了火药味——“现时是抗击疫情的关键时刻……为避免有漏报情况，我管理处恳请凡是租赁给湖北籍租客的业主，请即时自觉将租客资料上报给管理处统一登记，如有瞒报的，已涉嫌违法行为，造成严重后果的，将会面临法律制裁。”这天夜里，你在小区散步时，看到头顶的星星闪着冷冽的光芒。姐姐打来电话，感慨万千：“哎呀，想想都后怕。”

2月9日是《关于对提供疫情防控有效线索予以奖励的通告》——“经查证属实的，每提供一条有效线索，一次性给予三百元奖励”。你骇愕低吟，哭笑不得。2月11日，对餐饮业来说是个黑色的日子。《关于疫情防控期暂停餐饮服务单位堂食的通告》说——禁止一切聚集型用餐活动；所有餐饮单位暂停提供现场就餐，可采取外卖或打包外带的方式；餐厅要加强食材来源监控，确保食物来源可溯、合法合规。2月17日，是一则关于“居家隔离”的启事——“被隔离人员每天实行量体温登记，日常用品由物业代购，被隔离人员不得外出，发现隔离人员有外出行为可以举报”。这一天是周一，有些工厂顶着防疫压力选择了开工。在一片鞭炮的红色碎屑中，流水线开始了转动，轰隆声弥漫了整个工业园。

2月20日，中国电信股份有限公司东莞分公司发出恢复正常营业的通告——“为保障广大人民群众的通信服务需求，东莞电信各营业厅2月20日起，全面正常营业，营业时间从早上九点到下午六点。营业厅已安排定时消毒；到营业厅办理业务，要佩戴口罩，进行体温检测”。2月22日，东莞市政府在网上发布了《致广大客商朋友们的一封信》，欢迎客商来东莞投资。2月24日是另一个周一，更多的工厂选择在这天复工。现在，那种完全封闭、噤若寒蝉、不知所措、废耕废织的日子，终于宣告结束。走上大街的人们被刺目阳光照得眯起眼，感觉自己像刚出土的古代文物。这一天，广东省新冠肺炎疫情防控应急响应级别由一级调整为二级。这一天，在你家房门侧旁出现了一张A4复印纸，上面有个四方形的二维码。原来，所有业主要进行“莞e申报”，填写疫情防控信息，包括本人及家庭成员的基本情况、来莞情况、健康状况等。2月25日晚，有两位手拿表格的男子敲开了你家的门——是物业公司来核实你家信息是否属实。

3月1日，东莞发布了《关于配合做好实名制购买退热止咳类药品的通告》——“药店工作人员将登记您的身份证、住址、联系电话等信息；询问您是否有发热症状，是否在十四天内从湖北等疫情高发地区来莞，是否在十四天内曾到过湖北等疫情高发地区？

若您有上述情况，建议您去医院就诊；若居家观察，请按要求执行，不得私自外出。社区将会为您提供代购送菜、收倒垃圾等必要的生活服务”。3月2日，东莞发布《关于返莞人员配合防疫工作有关事项的通告》——“您必须申报‘莞e申报’；必须勤洗手、不串门、不集聚、少外出；如果政府和药店工作人员为您测量体温，询问相关信息时，您需配合并如实回答；按照要求进行的新冠病毒核酸检测，以及集中医学观察期间的食宿，由政府承担；新冠肺炎确诊病例、疑似病例、无症状感染者，无论有无参加医保，都无需个人支付医疗费”。

3月5日是农历的惊蛰——这一天，万物复苏。为填写一份表格，你被迫要去办公室。然而，你却无端地紧张起来——你已许久都没有照镜子。何苦去照？总是精气神三位无法一体而溃不成军的模样。而现在，坐在化妆镜前的你一错再错——遮瑕膏涂得太厚，左边眉头比右边高，上嘴唇的口红与下嘴唇不成比例。你拎起手袋，下意识地摸了摸车钥匙。你惊诧发现，小区门口那湿乎乎黏答答的红地毯已然不见——像阿拉伯飞毯般兀自飞走。开车驶过道厚路、港口大道、可园北路时，你发现车辆和平时差不多。进入办公大楼，保安先量了体温。电梯侧墙上挂着蓝底白字广告画——“戴口罩、勤洗手、不扎堆、拒聚餐、常通风、吃熟食、禁野味、早就医、勿恐慌、莫轻视”；电梯按钮上覆盖了一层塑料薄膜，贴着字条：“电梯已消毒，请放心使用”；卫生间亦贴着字条：“门把手已消毒”“冲水阀已消毒”。

3月8日是妇女节，你决定到市中心去逛街——天哪，逛街！这是你禁足近两个月后的第一次逛街！穿过道滘镇的中心时，你看到街边挂着红底白色的广告牌：“生命重于泰山，疫情就是命令，防控就是责任”；街道两边的行人不多，但都戴着口罩；小店虽然开着门，可桌子上竖着纸板，用黑毛笔写着：“抗疫情，戴口罩，不堂食”；穿过通往市中心的鸿福大桥时，桥面上车辆稀疏；海雅百货位于南城区的中心地带，虽然开着门，但门外停车场里的车辆并不多；玉兰大剧院的裙摆状楼体外，人流和车流也显得较为稀疏；无论你走进东莞电信营业大厅或肯德基快餐店，都是先量了体温后才能进入。在华为的一个门店里，立着一个“免费领”的招牌——办理5G套餐开户，送三十个口罩；办理移动宽带，送五个口罩；办理移动大王卡，送五个口罩；办理移动青春卡，送五个口罩；办理亲情短号，送三个口罩。你站在那个牌子前愣怔——口罩成为送礼佳品，这在疫情暴发前完全是个笑话。

3月10日，这一天颁布的《关于境外来莞返莞人员配合防疫工作有关事项的通告》说——“当前我国疫情防控形势持续向好，严防外来输入已成为东莞当前疫情防控工作的重中之重”。现在，虽然武汉尚未开城，但已有了大战将歇的气息。3月13日，餐饮业迎来利好消息：从这一天起，可“有序提供限制性堂食服务”——顾客在测量了体温后，持“莞e申报”通行码进入，用餐人员间距不小于一米，同桌顾客要隔位、错位而坐，包厢限开一桌。然而，你却像斯德哥尔摩综合征患者，从最初不习惯在家做饭，到后来习惯乃至依赖在家做饭。在这段时间里，你第一次用酵母发面，第一次用电饼铛煎韭菜盒子，第一次用曲子酿米酒，第一次用椰子汁炖鸡。你的床头书已从《百年孤独》换成《吃对你的家常菜》。现在，你的心情恍如弘一法师：前半生繁华，后半生寂静。

最大的恐惧

对病人来讲，最大的恐惧来自药物。他希望能躺在医院的床上，希望医生来检查自己，希望吃到具有各种功能的药片。他将自己的欲望降低到最、最、最低的低点——活下去。这样的时刻，任何豪车、名包或珠宝，都会变得黯然失色。当他躺在那里，被各种仪器所包围时，像一件充满皱褶的衣服。他的肺已变成锅炉房，在无止境地燃烧着，一直烧到锅底发白。从他的嘴里呼出来的气息，就像是一缕忧思。死亡将人类从物质主义的泡沫中抽离出来，它点明了生活的核心问题——你首先要活着。可这个时候，病人直挺挺地躺着，手臂和头部都插了许多根透明的管子。他努力地眨动眼皮，想告诉所有的人他还活着：咔嚓，咔嚓。唉！那一刻，你感慨生命何止是太脆弱，有时简直连野草都不如。

而对一个困居在家的普通人来说，最大的恐惧则来自食物。打开冰箱，看到隔板上堆满各类食物时，你能获得一种奇怪的笃定感。老鼠在饥饿时会啃木头，会把纸片咬碎，而人会怎样？饿透了的人就像苏打饼干，稍微一碰就碎在地上。后来你才知道，有很多武汉人是打算回老家过年的，根本没有储备食物；而他们后来赶到超市买猪肉，不仅要排很长时间的队，而且每次只能买到定额的几百克；有个人在购物车里放了一堆食物后又去抢酸奶，等他回过头来，购物车已被别人推走。原来，人身体里最基本、最原始的渴望，便是对食物的霸占。你家的春节计划是多人一起共度，故而你已储备了大量食物，可你依旧被莫名的恐惧所环绕——你不知道武汉何时开城，不知道这场战役何时结束。

1月24日是大年三十，你和宋宋一起做了年夜饭：八个盘子将餐桌占去一大半。你们三个人一起吃饭时，气氛显得凝重而不安。饭后，你们一起看春节联欢晚会。你已许多年不看电视，可今年不行——春晚是你初三儿子的寒假作业。你边看晚会边刷朋友圈。你发现手机信息可分为两大类：一半红彤彤，一半黑漆漆。有个人跳着脚说——“新冠肺炎已如此严重，可有人居然还有心情看春节联欢晚会”。你愣怔住——你没有意识到，原来此时此刻你的行为，在有些人眼里已属不道德。那么你该怎样表现？心急如焚？热泪盈眶？声嘶力竭？彻夜难眠？你不是医生也不是护士，你不懂病理知识，你们一家三口此前没去过武汉或湖北的任何地方，你们家也没有从武汉或湖北来的任何人。你们自儿子放假后，便一直待在家里哪儿都没去。现在，你们这个普通之家度过的普通的大年三十，居然会遭到谴责！你的心尖猛然一抽，体会到丝丝疼痛。有些人总习惯用非黑即白的方式来看待生活，殊不知，生活中尚有很多灰色地带——你是在看春晚，但并不表示你不关心疫情。

1月25日是正月初一。这一天，东莞黄旗山山顶的红灯笼显得格外孤寂——往年，来这里烧香拜佛的人熙熙攘攘，今年全然不见。这一天，你听到了这样的一句话——“解决疫情最快、成本最低的方式就是全国人民在家隔离两周”。你的第一反应是，迅疾地站起身，打开冰箱和柜子，检查各种库存。你清点着现有的各类食物——两袋米、一袋面、两桶油、十几袋抽了真空的羊肉、两只冷鸡、两根马肠、一块马肉、一块猪后腿肉、一包猪肉馅。显然——肉食已足够丰富；冰箱里还有一堆胡萝卜、白萝卜、土豆、洋葱、包菜及葱、姜、蒜。显然——蔬菜也储备得很充足；最重要的是，你还有馕——大大小小，薄薄厚厚，撒了芝麻的，撒了洋葱的，共三十个；你还储备了十袋咸盐、两大桶酱油和醋。太丰富了！看到双开门冰箱的上下左右塞得满满当当，你深深地吸了一口气，像在闻夜来香。

这种囤积恶习源自你的养父母。在你很小的时候，他们反复讲述发生在甘肃天水的大饥荒。正因为这个事件，他们被迫离开老家走西口，最终在新疆的哈密市定居下来。在那些絮絮叨叨的讲述里，关于食物匮乏后会引发怎样的癌变结果，早已烙刻进你的脑海。虽然在广东已生活了十年，可你还是没养成“锅里倒了油后再下楼买菜”的习惯。广东饮食讲究新鲜，主妇们习惯一天去市场一两次。可在你看来，那实在太浪费时间，你的习惯是囤积。现在，你发现在厨房料理台下方的柜子里，还囤着黄花鱼罐头、午餐肉罐头、康师傅红烧牛肉面、冠生园压缩饼干；而在酒柜的底部，还囤着维达卷筒纸、心相印面巾纸、洁丽雅毛巾。唉！你是因为穷才患上囤积癖的吗？以你家的境况，何至于这样蚂蚁搬家，囤着这些根本不可能匮乏的食品和物品？你这种即刻会变成鲁滨逊的心态，是什么时候养成的？你想起你第一本书的名字——《饥饿是一块飞翔的石头》。

后来，当你回首这段关在玻璃瓶里的标本生活时，感觉身处其中的苦闷很难用语言表达。虽然有个词叫“度日如年”，但经过了这一个多月，你才算真正明白其中滋味。这三十多天里，你干得最多的事就是洗菜、炒菜、吃饭、刷碗。一日三顿，顿顿不落。前前后后，你已在家做了一百多顿饭！如此高的做饭频率，在你的生活史中实属第一次。此前，因宋宋在单位吃午饭和晚饭，阿丁上的是寄宿学校，你只在周六中午做一次饭。按一年五十二个星期计算，你在这一个多月的做饭次数，是平时两年做饭次数的总和。现在，你终于明白了什么叫“人间烟火”——因为神仙不用吃饭，也就不用做饭，所以不用为炊烟而烦恼。现在，你家的生活显得原始而幼稚——除了吃就是吃！现在，你走进厨房，用刀削着土豆皮，剥下洋葱的外衣，在开水里将骨头煮出血沫子；你在电饼铛烙鸡蛋饼，用豆瓣酱烧豆腐，还做了童年记忆里的炒土豆块。三只碗，三双筷子，三把勺子。每一顿饭，你们都坐得端端正正，吃得扎扎实实。然而，你们的生活并没有变得更幸福——封闭的空间让生活变成凝滞一团的果冻。三个人整日面对面，真的好压抑。在窄促斗室中，三个小宇宙各自运行着，不发生意外擦撞根本不可能。于是，拌嘴斗气便成了家常便饭——嗨，好一幅家庭暴力图！

白云苍狗。转眼到了2月1日，正月初八。楼下唯一的便利超市——钱大妈——开业了，小区业主在微信群里弹冠相庆。终于，你见到阶梯状木架上摆放着成排的绿色蔬菜，散发着泥腥味，叶片还沾着晨露；而琴键般的猪排，姜黄色的鲳鱼，紫红色的牛腩，全都释放着几近奢侈的富足感；还有那装在大袋子里的米和面，蜂蜜水一样的清油，都呈现出一种厚实的稳定感。当你用眼光抚摸那些好丰丽的食物时，感觉自己像尝百草的神农。哈哈！你已忘记这些物品在此前是最平常之物。你发现绝大多数货物都没涨价，只有肉稍微贵了点。从小店走出后，你和一股来自对面公园里的风劈面相逢。那旷野里的味道，和屋子里的味道完全不同。你站在茅草丛的旁边，大力地呼吸着，感受到一种久违的爽快感。这郊野边缘地带的冷风，神奇地让你紧张的神经得到了舒缓。

吃饭的问题解决后，你要解决时间问题。时间是上帝分配给每个人的礼物，一模一样，不多不少。在这禁足的三十天里，你如何安排你的时间财产？和别人一样，只要打开电视、电脑和手机，你便能听到“武汉、防疫、重症、监护”这些词汇，便会陷入熏黑岩壁的焦虑洞穴中无法自拔。各种信息纷繁复杂，夸张喧嚣，有假有真，让你过往储备的那些知识、智慧和思考……全部都被清了零。整个夜晚，你在床上捧着自己焦灼的心脏，像捧着一盒放射性元素。终于，你的身体开始激烈地报复——先是上下唇裂开口子，流血又流脓，折磨十几天后才结了疤；而舌头的右侧长了泡，又殃及整个舌苔，疼得说话都变了调，吞咽食物时生疼。你的身体实在太过敏感——任何一点与武汉沾边的消息，在你的内心都能引起滔天巨浪。于是，你陷入焦虑、暴怒和失眠，怎么都找不到睡点，像被恶鬼煞到。有一天早起，你突然意识到——再也不能这样过！

于是，你将时间分为两大类——工作时间和闲暇时间。凌晨五点至上午十一点，以及下午三点至六点是你的工作时间；而十二点和六点半是午饭与晚饭时间；饭后可散步；晚上可看电视剧，但绝不超过两集；夜里十点开始洗漱，十一点前合眼安眠。你发现若精神懒散疲沓，整个家的氛围也便松懈呆滞。现在，你努力让居家生活条理化。你不允许自己从早到晚穿着睡衣晃悠。凌晨四点半你醒来后，即刻脱下睡衣，换上能随时出门的正装。之后，你开始叠起被子，将床单扯得平展如湖面。你还简化了洗脸的程序——省略掉遮瑕膏、眉笔、口红和香水，只留下保湿水、眼霜、面霜和润唇膏。整整三十天，你素面朝天，简朴如一根竹竿。

那一日，你起床后拾掇停当，便开始读书——《流氓的归来》。以前你总抱怨没有大段的、连续的时间，现在，刚好啃这块硬骨头。一字一句地朗读下去，好一幅犹太人生活的《清明上河图》。在啜口茶的间隙，你还在书上做眉批。这一天，你像吞了颗定风丹，一口气读了五十多页。沉潜在文字深处，你体会到一种巨大而神秘的幸福感。现在，这本书就是锚，将你的身体之船稳稳扎牢。

歇斯底里的口罩

1月25日是大年初一，可家里一点过节的气氛都没有。天空变得愈发封闭与堵塞，浅灰色的云沉默地卷成一团。宋宋忍不住嘀咕："网购的口罩还没有到。"他在网上订购了普通的医用口罩和N95口罩。后来，普通口罩只到了一包（十只），而N95一直都没有货。听闻此话，你险险地吓了一跳，抹桌子的手突然顿住。那当儿，你想起家里还是有口罩的！凭着记忆，拉开抽屉，果然，看到一个塑料袋——里面有十只白口罩。你想起这是某次到北京开会，因惧怕雾霾而购的。

现在，你们一家三口，共拥有二十只口罩。出门时，一人拿一只，轻轻地罩在面孔上。因为不知疫情何时结束，不知何时才能买到口罩，所以，这三只口罩你们戴了又戴，简直是装饰品。你们并非不害怕病毒，而实在是因为住在郊区，散步时前后二十米皆没人影，所以犯不着出门一次换一只。然而，一定要将口罩拎在手中——远远地看到保安，便赶紧戴上，不要让对方觉得你是个怪物，而是换胆交心的好兄弟。回到家，将口罩款款地挂起来——下次出门还要用。

1月26日是正月初二。凌晨时，你站在窗户前，向宋宋描述楼下的场景——"在晨光中/有个身穿黑衣白鞋的男人/正在打太极/另一个穿湖蓝色运动服的女人/跟在后面学习/男人挥手，女人也挥手/男人蹬腿，女人也蹬腿/然而/他们两个都没有戴口罩"。你对他说，这就是一首诗，因为这段话里出现了这样两句："然而/他们两个都没有戴口罩。"现在，你们每个人的心态都发生了改变——你们已逐渐适应了非常态的生活。那一天的中午，你在小区外的江边散步，迎面走来一对老夫妻，脸上都戴着黑口罩；一位年轻的母亲带着个四五岁的男孩，但两个人都没有戴口罩。你的手里拎着口罩，都没有戴在脸上。后来，你在电视里看到主持人戴着口罩，还看到一位官员也戴着口罩时，心里不免一惊。

你发现2月1日是神奇的一天，简直可称为“口罩日”。这一天，口罩已彻底覆盖了你的生活。下午，你去大门口取快递时，发现快递小哥戴着口罩。门口站着四位保安——原来，小区已关闭了二号门和三号门，只留下一号门出入。你朝钱大妈看过去，里面空空荡荡，没有一个顾客，门口的广告牌上写着：“进店请戴口罩”。现在，很多业主都在微信群里买菜，省去了在店里挑挑拣拣的过程。这一天，你目光所及的所有人，百分之百地戴上了口罩。现在，你好像生活在一个“口罩国”——不戴口罩者将被视为异端，可由执法人员将其驱逐、隔离或扣押。口罩！口罩！口罩！一定要戴口罩！现在，所有的人都让自己的面孔变得模糊不清；现在，口罩已成为核心词，充满了魔幻色彩。很多城市都已下令：在公共场合不戴口罩者要受到处罚；然而，不仅有些医护人员缺乏口罩，很多普通人家根本买不到口罩。

很快，你就看到了有不法商人在制造假口罩的消息。世界上还有人发这种财！你不寒而栗。于是，有人跳出来谴责这种行为“多么不道德”。唉！“道德”是个多么缥缈的词。任何时候，都不应指望“道德”而应指望“制度”。这个时候，你又看到了另一则消息——有人将几毛钱的口罩卖到了一块钱而被罚款一百万。唉！你又一次叹息。如此这般，普通人将更加买不上口罩！监管部门应制定一个上线，规定口罩最多不能超过多少钱，然后，再把精力放在监督质量上，岂不更好？至于口罩到底要卖多少钱，让商人根据市场来定价岂不更好？

那一天，你接到了快递小哥的电话，便用没装笔芯的钢笔按了电梯后下楼。推开玻璃门，置身在阳光下，你兀自向前走着。迎面来了一对男女，模样很普通。你从他们身旁走过时，发现对方的眼神里倒映出一个怪物。他们在用眼神无声地尖叫！你不知发生了什么，脚步凝重了起来。突然，你恍然大悟——你忘了戴口罩！这是多么尴尬的时刻——你以为自己和大家一样，而事实上却恰恰相反。你站在楼下，大喊儿子的名字，让他将口罩从阳台丢下来。于是，那只湖蓝色的小鸟便飞了出来，晃晃悠悠，躲躲闪闪。它知道它不是真的鸟儿，所以羞愧得不愿露面。然而，风一直在摇晃着它，让它一点点地向地面坠落。你判断着它的位置，挪移着脚步，终于，稳稳当当地接住了那鸟儿。在那个瞬刻，你突然想大喊一声——滚蛋吧，口罩君！你真希望丢掉这小小的四方块，可以痛快地呼吸！

宋宋的工厂定于24日开工，然而他却陷入了极度的焦虑——口罩怎么办？其实，口罩一直是个问题，但这问题在开工前并不突出。虽说政府出台了政策，说市民可到东莞国药买口罩，一人一次买两个，可你马上就摇头——出门到药店的危险，比没有口罩的危险更大。后来又听说可在网上申报，通过摇号，指定的时间到指定的地点去领取。你申报了，但总是没有收到中奖的消息。再说，一个人两只口罩，根本是远水救不了近火。要开工，至少要预备五百只！现在，口罩和流水线，已构成了一对极富张力的关系：如何既防疫又复工？

为帮助企业尽早复工，东莞出台了系列政策——对企业经批准，以包车、专列或专机的形式接员工回莞的工厂，补贴三分之二路费；企业直接招用首次在莞就业员工，给予企业每人一次性一千元补助；对规模以上工业企业、疫情防控重点保障企业、民生保障流通企业等，按企业在“莞e申报”在岗人数百分之五十配置口罩，按每一百人配售一个测温设备。宋宋点头道：“政策都是好政策，可我们是小微企业……”病急乱投医。他到处发微信求助，最终，联系到一个厂家，订到了口罩！2月22日下午，你陪他一起下楼去取快递时，听到他的步伐格外迅疾。拿到纸箱子后，你急不可耐地拆了封。在草绿色的小盒子上，印刷着白色的英文字母——FACE MASK。当然，它必须、一定、绝对是“MADE IN CHINA”（中国制造）。你在心里泛起一丝骄傲，其实，它更应该是“MADE IN DONGGUAN”（东莞制造）。打开盒盖，里面是一沓明信片大小的医用口罩，蓝莹莹的四方形像一弯凝固的海浪。现在，它是人世间最柔软、最轻薄、最具有魅力的宝贝。

3月6日，你接到一个陌生的电话。你按开免提，放大对方焦灼的声音——喂喂喂——故意磨蹭不作答。但你并不恼怒，反而满脸笑意。唉，连打诈骗电话的他们都上了班，那么，一切都要恢复常态了吧？此前，你的手机像陨石，在桌子上闪着清冷冷的寒光，端着绝世宝物的架子，而现在，它已随诈骗电话一起跌落人间。啊，人间，满是烟火的人间！无论天涯海角海枯石烂，诈骗电话都能追到你哦！你喜不自胜像情人节收到了巧克力。也是在这一天，你在小区楼下散步时，凝望着栅栏外的那座大桥。看到桥面上一辆挨一辆的车像觅食昆虫密密麻麻时，你的嘴角弯起了笑容——东莞又活了过来！3月18日，你在早晨6点21分收到来自“东莞政务”的短信：“尊敬的市民朋友，您本轮摇号已中签，类型为KN95口罩（六元一个）。请您携带证件原件到药店购买五个口罩。”

姗姗来迟的春天

在被禁足的日子里，每当你的脑海里飘过卡布奇诺的香味时，你都感觉咖啡馆像北极一样遥不可及，你感觉这地老天荒的日子要一直、一直地持续下去。在2月24日之前，位于市中心的民盈国贸城一直没有营业——玻璃门内的大厅没有顾客，通往地铁的台阶上行人寥寥，电子大屏幕滚动地播放着防疫视频。然而，在24日周一时，这种定格状态被瓦解——东莞最时髦最热闹的商厦再次开门营业。

也是这一天，广东省新冠肺炎疫情防控应急响应级别，由省重大突发公共卫生事件一级响应调整为二级响应；也是这一天，你在小区楼下看到公交车滑出优美弧线，呼啸而过。原来，自1月7日停顿的632路公交线路，已正式开通。虽然车厢里没有一位乘客，但奔跑的公交车却宣告着常态生活的莅临。这样的历史时刻，被你亲身经历到了。你的身体突然一阵潮热，感觉心跳也变得厉害起来。原来，你的神经在适应了长时间封闭、安静而凝滞的生活后，已无法适应公交车的呼啸。现在，你需要从封闭环境的不自然状态，调整到敞开环境的自然状态。

那么，最恐怖、最悲惨、最痛苦的日子，已经过去了吗？那么，蹂躏我们这个世界的野兽，已被装在笼子里了吗？那么，刚刚过去的三十天，已变得像云烟般消散了吗？然而现在，武汉尚未开城，疫情依旧严峻，很多人还没有从病床上下来；更为惊悚的是，世界各地的感染者风起云涌地冒了出来，再次惊起鸥鹭一片。显然，这场与病毒的生死搏斗还没有结束。现在，上帝如《大话西游》里的唐僧，正声嘶力竭地呼喊——零新增不等于零风险！卡点解除不等于疫情解除！复工复产不等于走亲访友！人多的地方要戴口罩！洗手要超过四十秒！

然而，无论如何，一切都如这个难产的春天，在向好的方向转换。那股鲜烈而涩香的解冻气息，已召唤着人们走进美透了的公园——凤凰木像着火般炸开一束束红花，柳树将倒影涂抹在河湾里，石阶缝隙中丛生着润青的嫩草。这个郊区的公园是个歧路花园，到处都充满了可以拐弯的小道，让你走走停停，停停走走。然而你知道，没有一条小道的尽头有樱花。那些繁似堆雪的樱花，全都落在了武汉；那种在最美丽时即死去的樱花，全都落在了武汉。

很多年以后，当你和孙辈说起2020年的春节时，你会说到什么呢？你会将那高度紧张的洞穴生活，巨细靡遗地讲给他听吗？你会告诉他你的观察和追问，你的愤怒和欢欣吗？你会说，那不是一次春季夏令营的奇幻旅程，而是一场发生在初春的生死之战吗？

（原载《中国作家》2020年第4期）

一个普通中国抗疫志愿者的一天

□欧阳在衷

正月十五九点多钟，打开手机，沉寂几天的学校微信群有了一条新信息：

接市委、市政府的指示，在教育系统再紧急组建第三批抗新冠肺炎志愿预备队员100人，请各校教师积极参与到疫情防控工作第一线，本批志愿者不限年龄，不限性别，身体素质佳均可报名。近三年新提拔的中层干部，正副校长，预备党员，入党积极分子优先安排。请各校长、园长于今天上午11:00前将名单报人事部。

原来是校长在深夜1点钟时转发县教育局的短信，再补上一条：学校已派出两批志愿者，第三批的请报告办公室主任。

我记得《中国教育报》郑州2月4日讯记载：南阳市新型冠状病毒感染的肺炎疫情防控指挥部办公室向全市发出通知，考虑教师身份特殊，要求全市所有教师不得参与疫情防控值班、值守工作，让其在全力做好自身防护工作的同时做好网上教学等工作。

难道我们这里教师可以去当志愿者吗？不和夫人商量就决定报名。9点多钟时，谢主任写道：请接到短信通知的教师加入连州防疫支援预备队群。

不是说报名吗？难道学校指定人去了？我想。

9点30分，语文老师梁水梅写道：还可以报名吗？

可以。谢主任写道。

何联华写道：主任，我报名。

接着，何春水、邱志富、何军锋、徐林进、唐勇、邝秋云、黎俊锋、何君强、温素云等争先恐后报名了。

我担心轮不到我，马上写道：我是一名共产党员，报名。

随即，进入微信群等待分配工作。

10点40分，有老师写道：主任，二维码过期了。

有人写道：分组不见我名字，有年龄限制吗？

以前说40岁以下，现在不知道！主任助理写道。

一看连州防疫支援预备队微信群，我被微信群主移出群。

为什么？我心情沉重地想。

我们超过50岁了。一位老师在学校群写道。

一位老师写：听说要40岁以下的。

校长助理写道：刚刚问了上级，为方便管理，分组名单里没名字的老师暂时退群，待教育局按报名情况分好组后再进群。没分组的同志先退出来吧！谢谢大家！要找主任报名！由主任报教育局。

召之即来！来之能战！！战之能胜！！！何联华写道。

原来如此，我以为人家不要我这位老翁了。

我马上找到谢主任的微信：主任，我报名参加志愿者。

你已是第三批志愿者。谢主任写道。

我写道：好，在家等待通知。

谢主任发了3个大拇指点赞。

16点，谢主任把学校第三批防疫支援预备队人数名单公布出来：欧剑树、温素云、何君强、欧阳在衷、何春水、何联华。

我想：全校两百多教师，难道就批准我们6位老师去？还是只有我们6位报名？不是说一个组10人吗，怎么不够一个组的人？不理那么多，反正我能去就谢天谢地，等待出发时间的通知。

18点，校长发出紧急任务通知：在教育系统再增加1000名志愿预备队员，身体健康的教师都可积极参加，确保完成组建1000人的志愿队任务。本次以学校为单位组队，按每组10人编组，并安排每组1名组长，1名副组长，今晚10时填报好相关表格发徐华东。

我不知什么时候出发，为了养足精神，21点就上床睡觉。

忽然从睡梦中被电话声吵醒，夫人从外面打电话来，说何君强打电话给我多次我都不接，原来我睡着了。

我一看时间是23点了，马上回电话给何君强。

他叮嘱我早上7点30分到市政府，8点出发。

我再打开学校微信群看信息，在22点37分，办公室欧阳副主任就出示全市抽调人员分组名单（第44组）：胡军、谢红英、肖淑丽、欧剑树、温素云、何君强、欧阳在衷、何春水、何联华、罗国俊。并指示第44组组员在明天7点20分前在市政府集中（早餐自理），不得迟到。原来还有4位是外校老师，其中前两位是正、副组长，胡军、肖淑丽分别是北山中学教研处副主任、八年级级长，谢红英是市特殊学校校长，罗国俊是我校借调到教育局的老师。

23点11分，何君强把我拉进“抗疫44组”微信群，就看到组长发出的信息：@所有人，明天上午8:00市政府准时出发，41—54组140人去大路边凤头岭，55—74组200人去丰阳二广高速南行服务区。

组织又介绍值班经验：1. 出发前穿够衣服吃饱东西上好厕所。2. 去到那里能不吃东西不上厕所尽量不要吃不要上。3. 最好中途不要摘口罩。4. 检测点厕所即便消毒了也是个公共的，能不上最好不上。5. 贴暖宝宝，身上贴几块。6. 手机拿个透明胶袋装着，中途看手机时可以保护手机不被污染。7. 一般来说，检测点有雨衣、手套、口罩、帽子发的。8. 身上最好带一小瓶消毒酒精，因为检测时会接触那些司机乘客，可以拿酒精喷一下消毒手。9. 总之一定要全副武装，严谨细致，千万不要让自己有被感染的机会。回家洗澡消毒！

还有：1. 在接送车里分散开来坐，不要集中一起。2. 佩戴护目镜。3. 测量检查时，与别人保持最大距离，别讲话。4. 使用手消毒液，每测完一台车，手消毒一次。5. 手套戴双层，里面的薄膜手套，外面手术手套。

有组员说：没有这些东西。

集中点有安排口罩、手套等。组长写道。

我写道：工作多长时间？

不知。组长写道。

我写道：一切工具组织会安排吧，我们只穿厚衣裤就行。

还有要吃饱，不知有没有午饭。组长写道。

我写道：好，带些干粮。

然后就睡觉，正在梦乡时，何君强又打电话来了，说：“提前一个小时出发。”

我一看手表才凌晨5点30分，打开微信群看，原来2点18分时，肖淑丽就发出信息：@所有人，因工作需要，现将出发时间提前一小时，即早上7点在市政府准时出发，请于6点30分前到。请立即通知各组员。

我马上起床，漱口解手，放油煎蛋，加水煮面，垫上扣肉，吃饱出门，走出50米，发现没戴口罩，返回家才发现天还没有亮，只有路灯发出昏黄的光。

看看手表即将6点30分，就小步快走，来到公园树下，无灯路黑，只好打开手机照路下台阶，身体发热，背脊出微汗。6点40分到达距家2公里外的市政府门口，满头大汗。

我打开微信，看他们在哪里集中。

肖淑丽写道：我们在进门对面的大榕树下集中。

我看到市政府办公楼前灯光明亮，人山人海，四周停满小车，还有四五辆大巴。我快速走到大榕树前，看到一些认识的老师就打招呼，清江学校甘副校长说：“您老人家也当志愿者？了不起！”

我笑笑就走去找我们44组的组员，只认识本校的5位老师，不认识其余组员。我们问组长呢？一位女老师打电话，估计是肖淑丽打电话给组长，原来组长去领防护具了。我就跟着他们走上指定的大巴，车坐满人了，后来才知何君强和谢红英上了其他车，7点钟准时出发。

在车上，大家都没有讲话，闭目养神，只能听见车里机械的声音。我看微信，组长写道：外树教育人形象，内强教育人素质，听党话、跟党走，一切行动听指挥，为疫情防控贡献我们连州教育人的最大力量！

8点，来到凤头岭高速检查站，一下车，就听到四周高音喇叭反复播放“打开车窗，服从检查，文明驾车”的声音；看到整个检查站的路边插上不少彩旗，各通道边挂着不少春运安全、全民抗疫等内容的黄字红布标语。天空中飘着一丝丝微雨，路边的枯草湿湿的，不停的凉风吹在身上，戴着口罩的脸和戴手套的手都感觉冷。

大家不由自主地往公路边办公平房的屋檐下以及办公平房与厕所之间的铁皮棚下挤，挤得水泄不通。我们想找组长，但平时都不认识的组长，戴着口罩就更加难以辨认。我就在微信群里问：组长在哪里？我们不认识你！请举手让我们看到。

我们在厕所旁边，大家过来领取东西。肖淑丽写道。

我们向厕所方向走去，组长在挥手招呼，接着给我们发放防护服、口罩、手套、防护帽。

我们马上穿上塑料雨衣，戴上口罩、手套和防护帽，很像电视里那些在实验室工作的实验员，140多人在雨棚下等待上岗。

听说轮流上班，一个小时轮流一次。这时不少人就说：“这么多人在此轮流上岗，没有上岗的就这样站着吗？不科学吧。怎么不分上午、下午两批，或者一起上岗？”

“组织者自有他们的道理！”我说。

8点30分，教育局党委副书记邹铁钦拿起喇叭叫组长带着组员进场安排任务，我们只能等，听说要等到9点30分。我就想，如按原计划8点钟出发就不用在这里白待一个小时了。我听见一位老师在对面与别人讲话，就感觉有点耳熟，走上去就用手指点点他的衣袖，问：“您是哪位？”

“大师，你装傻吧！”那位老师疑惑地说。

我仔细看看他的眉毛上面，笑着说：“哦，你是何大师，戴着面罩难认！”

“大师就喜欢这样明知故问说笑话！”那位何老师说。

周围的大家都笑起来。

我看到前面一位老师拿着红外线测温仪，就走上前问怎样使用。谁知那是我的同乡兼学生现在城南小学当副校长的何和欢。他向我打招呼后就简单地介绍使用方法。

9点30分，邹副书记请我们组长带领上岗，我们走到第二道站台上。原来一共7条通道，一条道两个组分两行。我们44组和43组同一条通道，两组面对面分10对站在站台上，当测温员。

我们都去对面办公室领取红外线测温仪，组长简单说明使用方法。我就拿起测温仪走到自己的岗位上，看了看我们的队伍，从左到右分别是肖淑丽、罗国俊、温素云、何君强、欧剑树、何春水、欧阳在衷、何联华、谢红英和胡军。听说对面那组是市卫校的老师，我对面的是一位女教师，但戴着口罩不知她真面目。

小车从我右边而来，组长在那指挥小车司机，小车多的话，一次安排9辆车进来，我们9对测温员各测一辆。我就把从电视上看到空姐对待客人的方法运用出来，小车在我面前一停下，就走到驾驶位边，举起左手打招呼，脸上露出笑容，微笑地对车里的司机和乘客说：“你们好，请测体温！”然后右手就把红外线测温仪举到距对方的前额两三厘米处停下，再钩拉按钮看温度，没有异常就说“正常”，等全车人都测量完毕才放行，然后把左手往左边伸出，微笑地说声“祝一路平安”。有些司机点点头就开车，有些司机就微笑回应“你们辛苦了，谢谢”，有些小孩子乘客说“叔叔辛苦了”。这时我的心里温暖、眼睛润湿了。

如果遇到体温37.3摄氏度以上的人就要重测，因为小车可能开空调刚开车窗，造成里面温度高。我就微笑地说：“现在有点高，等一下再测。”对方都配合等待，如果连续两次都高，就叫客人把头伸出窗外再测，没有异常再放行。

这样，来一辆测一辆，来一批测一批，一直重复相同的动作。虽然直挺挺地站在四面通风的大棚下，冷风萧瑟，但我感觉很轻松，感觉比平时上课好得多，因为都遇上很配合的人们，都乖乖地服从检查，尤其听到一声“谢谢”或“辛苦了”的话语，心里就温暖多了。

车多时，我们每人都要上阵，车少时，左边的老师就辛苦些，因为来一辆车的话只让最前面的肖淑丽老师那对人员负责测温，一下子来7辆车的话，我才上阵，所以。我在没有任务时只傻傻地站在原位待命，那时可以看看周围的情况。在我往路边检查站办公室那边看去时，发现教育局成司机戴着口罩站在那排平房檐下。我就想，他接送哪位领导过来？就东看西瞧找找，忽然间看到黄明全局长正和唐副市长一起视察检查站。这时，我就认真地坚守阵地做好工作，因为有领导和我们在一起嘛。

当然也有不耐烦的时候，那就是红外线测温仪有时不灵，拿到办公室去换，拿回岗位一用又不行。有老师说，温度低会失灵，可以去火边热热，或不用时用手捂住测温仪头。所以，不时看到一些老师走到站台中间里比人还高的电炉下（为晚上工作人员取暖的电丝炉），举起红外线测温仪加热。

人就是这样，忙碌时就感觉时间很快过去，清闲时就感觉时间很慢，感觉到北风很冷，感觉到双腿打战，于是原地踏步、紧握双拳、转转身腰来驱驱寒。忽然闻到检查站厨房里飘出的菜米香，旁边的何老师说有点饿了，我用右手把左手腕的手表拨出来，一看12点钟了，但我早餐增加了食量和扣肉，所以还没有饥饿感。

我指着腰上的布袋说："我带有鸡蛋！"

"不要，我也带有干粮！"他说。

我说："那也是，现在吃影响不好。"

不久，邹铁钦副书记来到我们对面，吩咐我们43和44组，每组派两位老师去右边高速方向100多米的地方去搬运塑料凳等物资。

我和何联华主动要求去，行走100多米，看到高速公路上停着望不到边的车。我们跨过栏杆，走到临时运送物资的小车车场，原来大路边政府工作人员送来塑料凳和快餐。我们一起把这些物资抬到检查站，感觉到双手疼痛，脚底冰冷。

大家回到岗位继续工作，轮到我们吃饭时，我就走到办公房前领取一份饭菜，双手颤抖地打开两个塑料盒一看，一盒饭，一根萝卜和一份腊鸡肉，就把菜盒放在刚搬来的红色塑料凳上，坐在旁边的另一张凳上，再看看对面人的饭菜，有的饭多些，有的是萝卜加腊猪肉。温素云老师说不吃肉，就让我们两三位男老师夹她菜盒里的腊猪肉。我狼吞虎咽地五六分钟就吃完饭菜，温素云老师帮忙收集饭盒放在塑料袋里一起扔到不远的垃圾桶里。

吃饱饭马上走回岗位工作让其他组的老师吃饭，一直干到17点，教会来接班的人使用测温仪，就走到半公里远的国道边乘车返程，回到家已过晚饭时间，洗澡消毒后上床睡觉，一夜无梦。

（原载《作品》2020年第四期）

守护生命

——抗疫英雄传

□廖琪 陈宇

一

从上班到此刻——上午快十点，他一直伫立于偌大的玻璃窗前，仿佛一尊不倒不屈的钢铁雕塑。

随着时间推移，他的一双浓眉跳跃得越来越急促，一双眼睛微启，那两片厚嘴唇早已抿成一条线。

茫然，焦灼，痛苦，无奈！

湖北十万火急！武汉十万火急！

刘首冰和吴兆阳呀，你们什么时候吹响冲锋的号角呢！

虽说湖北有新冠肺炎患者近6万人，但治愈人数与新增确诊患者人数已趋于平衡，他完全相信有以习近平总书记为核心的党中央的坚强领导，扑灭疫灾仅仅是时间上的问题。他此刻最为担心的，是湖北那3万多、武汉1万多的尿毒症患者。陆续有30多家医院被紧急征用了，武汉城封了，交通管制了，那些尿毒症血液透析患者还能得到有效的医治吗？将近90%的尿毒症患者需要每周2—3次回到医院集中进行血液透析治疗，但此刻整个武汉的医疗机构却难以保证这些患者全部都可以得到正常的透析治疗，因为医疗资源都在向新冠肺炎的冲锋陷阵中不断地投入。而且，不断有血液透析中心因为医院被征用为发热定点医院而紧急关闭，暂时停止血液透析治疗服务；而正在超负荷运行的血液透析中心也陆续有患者、陪同亲属、医护人员出现新冠病毒交叉感染的现象；雪上加霜呀，出行不便的血液透析患者，还有一部分疑似或者确诊新冠病毒的血液透析患者，谁能给他们生命持续的支撑？血液透析患者一周不透析的死亡率接近100%！一个奋战在抗疫一线的普通医务人员曾在网络上为她罹患尿毒症的父亲发出最后一个微博：“我在救别人，而对于你我毫无办法，一路走好，我好爱你，爸爸。”

想到这一切，他的眼睛模糊了。

他手里就有可以让这些可怜的患者重新燃起光明的神兵利器，可是，武汉那边是公共卫生事件一级响应，相当于战争打响，交通管制、各地进行严格的人员和物流控制。从大年初一开始，他就在联系武汉的专家、从各地进去武汉支援的医疗队，但始终没有找到顺畅渠道可以直接与武汉当地的医院进行对接，无法对疫情肆虐之下的武汉尿毒症患者进行救援！

回顾他走过的49年的生命历程，他生命的小舟，总是怀抱光明远大的理想，在不断地逆行抢滩。如今，小舟已壮大成巨轮，却想不到搁浅在福州马尾港，前进不得，徒叹奈何！

随即，一滴泪水滴落下来。转眼，脸上已湿了一片。

他叫周少文，福州东泽医疗器械有限公司董事长。看过他照片的人都惊讶，20岁前，当年福建省少年武术全能冠军、120斤精干体格的他，如今怎么变得160多斤，白白胖胖的样子。

他出身书香门第，爷爷是医生，父母都是教师，父亲毕业于厦门大学数学系，是大数学家陈景润的师弟。不知怎的，老父亲从他上学伊始，便念叨道：“不作良相，便作良医。”高中毕业后，他本来报考北京体育学院却阴差阳错地被广州中医学院录取。直到1999年父亲因癌症辞世，他似乎才领会到老人家的一片苦心。

二

大学毕业后的周少文，曾远赴印尼当医生，随后回国创业，投身国内医药行业。第一次创业失利后，加入全球著名的百特公司肾科团队，担任百特中国肾科血透和危重症血液净化的市场经理，因工作关系认识了志同道合的杨炯博士。2012年9月，福州东泽医疗器械有限公司正式成立，周少文任董事长和总经理。经过一番深思熟虑，周少文把主攻目标确定在具有互联网远程监控技术的自动腹膜透析机的研发上。一年后，杨炯也辞去上市公司高管的职务依约而来，担任公司总经理。后来加盟的邱卫东任副总经理，他是周少文的大学同学，本科毕业于广州中医药大学，硕士毕业于中山大学。三人被称为公司“三剑客”。

创业是艰难的，周少文除了给予伙伴们光明前景的展望，却无力在物质上提供更多更好的待遇。但外资医药企业的全国客户经理、销售经理、销售冠军、技术开发人员陆续加入东泽医疗，伙伴们绝大多数都是奔着创立为中国尿毒症患者造福的民族透析企业而来的。让尿毒症患者活得更长、活得更好！这是他们共同的最大愿望。

汗水和心血的浇灌，花朵鲜艳，果实丰盈！至2018年底，东泽医疗的PDGO已覆盖全国23个省、超过200家三级医院。复旦医管所《中国医院最佳专科声誉排行榜》上，中国最顶尖的78个肾脏病专科中，包括华西医院、郑大一附院、珠江医院、广东省人民医院、广东省中医院、南方医院、西京医院、华山医院、上海仁济医院、上海儿科医院等在内的41个领先医疗机构均在持续应用PDGO。东泽医疗的透析机在当年国内新增市场上占有量已超过50%。

正当东泽人准备荡涤浑身的污垢，轻轻松松地享受2020年春节之时，新冠肺炎席卷而至了。随着武汉封城，一桩桩武汉尿毒症患者在疫情防控特殊时期无法接受正常治疗的消息传来：部分地区封路，一些尿毒症患者无法出行到指定医院进行血液透析；部分血液透析中心因为医院被征用或因发现新冠病毒感染者而紧急关闭，血液透析中心主任被感染……相当数量的尿毒症患者难以得到正常的透析治疗，一旦连续5天无法透析就有可能死亡！疫情就是命令，东泽人马上备好设备，准备冲往没有硝烟的严酷战场。可是，封城有诸多限制，找不到合适的救援途径，只能徒叹奈何！

得道多助，路是人走出来的。春节刚过的2月4日，一位老朋友在公司党支部书记、副总吴兆阳的带领下，来到了周少文的办公室。他叫刘首冰，是周少文的邻居和同学。一听是来求职的，幼时一起穿开裆裤、一起长大的周少文也不客气：“好端端的央企高管，开什么玩笑！”刘首冰毕业于武汉空军雷达学院，退役后入职中国石油福州分公司，春节前刚刚接受组织谈话，拟从副处级提拔为正处级，正是春风得意之时！“我不是来与你开玩笑的。你常说你正在做的是有益于国家有益于民族的好事，我怎么就不能参加呢？”即使坐在沙发，刘首冰也腰杆笔直，一副军人的凛然仪态。“这……”周少文欲言又止。

“让我做一名基层员工，可以吧？”

“央企高管到我这里当基层员工？你要让同学们指着我的脊梁骨骂我么！”

“兄弟，我真的不是闹着玩的。更何况，你此时正有一件揪心的事没有解决的办法，也许我能助你一臂之力。”

“我有揪心的事？”

“武汉封城，尿毒症患者急需救援，你空有救人之心，却报国无门！”

周少文顿时来了精神：“你有良策？”

“具体怎样做心里还没有底。但我和兆阳是军人出身，我在武汉上大学，那里有我的老同学、老战友，我也知道有些退役军人罹患尿毒症需要紧急救援。我想，可以尝试通过退役军人事务系统来对口支援湖北退役军人事务厅直属的医院。”

踏破铁鞋无觅处，得来全不费工夫。“好，一言为定！只要你拿到进入武汉的通行证，就是你进入东泽的投名状。”

当时，周少文是多么兴奋呀！如果刘首冰这位智勇双全的发小能加盟，无疑是如虎添翼。可是，十几天过去了，刘首冰却迟迟没给他带来好消息。看看墙上的挂钟，今天已是2月24日中午。失望和焦灼，又漫上他的心头。

“笃笃笃——”一阵敲门声响起。他刚刚拉开房门，还没说出个“请”字，刘首冰和吴兆阳已拿着红头文件冲了进来。

他一看，是由福建省退役军人事务厅与湖北方面开具的“支援湖北荣军医院尿毒症患者紧急救援项目的通行证明”。这是由福建省退役军人事务厅倡议，经国家退役军人事务部协调湖北省退役军人事务厅才得以落实的。

他抑制不住内心的狂喜，冲着门外高呼：“快请杨总、邱总到我办公室！”

啊，武汉，东泽人马上来了！

三

仅仅两个小时，一切都已经准备就绪。

特殊时期的壮别，不隆重，但郑重。

没有热烈的相拥，只有双拳有力的相击。

一切语言，都仅仅汇成四个字：“保重！”“凯旋！”

勇士只有两个：杨炯和陈加春——主动要求参加援助疫区项目的年轻工程师。特殊的战斗，不适合大兵团战斗，需要的是精兵强将。援助的设备倒是十分丰富，12套PDGO腹膜透析机、配套耗材和尿毒症患者专用的优蛋白能量制剂，价值150多万元。

看着杨炯和陈加春驾驶的汽车慢慢消失在视野之中，前来送行的福建省退役军人事务厅辛副厅长、福州开发区许主任、周少文和邱卫东仍久久伫立在公司门口。大约一刻钟，周少文回过头，见邱卫东正盯着他，眼神里有一丝失落，他一字一顿地说：“冲向战场的，是勇士！留在后方的，未必是狗熊！公司参与设计并协助华西医院、武大人民医院、珠江医院、广东省中医院、福州市一医院联合进行的横断面研究，将对当前疫情防控期间，制定尿毒症患者救治模式有着十分重要的指导作用。这项工作除了要求精准，更要争分夺秒。另外，向福州市定点扶贫地区甘肃定西市赠送可远程监控的自动腹膜透析系统，帮助阻击疫情的工作必须在近日完成。疫情当前，救人如救火呀！”

邱卫东点了点头，转过身时，快捷的步伐已变成快步小跑……

杨炯和陈加春经过十几个小时的星夜兼程，于26日上午抵达湖北省荣军医院。顾不上喝一杯水，更没有半句客套，他们与荣军医院的邓祖华院长和肾科陈主任快速完成救援物资和手续的交接后，就迅速部署好了CKDcloud数字化远程监控平台，让后续接受救援的尿毒症患者透析治疗数据和重要的生命体征，全部能够实时传输到云端，由后台的医护人员进行监控和管理，及时进行远程医疗干预和援助。下午三点，荣军医院的第一台PDGO设备安装调试完毕，杨炯、陈加春接着对医疗人员进行治疗操作培训直至下午六点。简单吃过工作餐后，他们又和邓院长、陈主任讨论详细的救援方案和实施计划，摆在他们面前的难题是被列为新冠肺炎定点收治单位的湖北荣军医院，此刻已经没有空余的病床！邓院长深思了一会儿，果断地说："我们可以挤出两个床位给需要紧急救援的患者。"经过周详的研究和讨论，他们制订出一个可以发挥救援设备最大化利用的可行方案。

2月27日开始，4名等待救援的非新冠肺炎尿毒症患者先后到荣军医院接受全面检查后，对其进行该机器居家治疗的操作培训。随后运送设备，并到患者家中安装调试PDGO腹膜透析机，满足其居家隔离治疗的需要，防止在医院被感染。一名接受救援的自卫反击战退役老兵，则由东泽团队直接把设备安装在他住院治疗的武汉协和医院江夏分院。剩余的设备，东泽团队则以荣军医院为支撑点，分发到武汉大学人民医院、武汉大学中南医院、武汉市儿童医院进行安装，对尿毒症患者进行住院救援。短短的10天时间，5名尿毒症患者在得到救援当天就实现了居家远程可控的自动腹膜透析治疗，另外安装在几家医院内的PDGO设备每天也可满足20多位尿毒症患者的透析需求。

东泽医疗这种采用互联网+自动腹膜透析治疗的救援模式，受到了合作医院和受援患者的一致好评。一个罹患尿毒症的空军某部退役军人这么说："感谢退役军人事务部这个救援项目，我不仅可以利用居家夜间休息时间进行治疗，而且才几天，我的身体情况明显改善，原来难以控制的高血压现在也正常了，过一阵子，我白天也要出去做个志愿者，回报社会。"另外一个罹患尿毒症老人的女儿动情地说："我和我老公都是医生，疫情发生后，我们一直都在前线工作，感谢东泽医疗提供PDGO这种可远程监控的自动腹膜透析系统对我父亲的救援，解决了我们的后顾之忧，这样我们就可以更放心地工作。"湖北荣军医院邓祖华院长说："东泽医疗带来的可远程监控自动腹膜透析技术和设备迅速填补我们的技术空白。"中南医院肾脏病专家张娟主任说："如果你们能早些来，多带些PDGO进来，那就更好了！"确实，那些尿毒症患者太难、太苦了！武汉大学人民医院肾内科主任王惠明教授则动情地说："我真心希望政府医保、卫健部门能大力支持这种互联网+医疗模式的居家自动腹膜透析治疗的开展，列入医保支付，让尿毒症患者多受益，降低医护人员工作强度和压力，而实际上医保支出也会比血液透析更加节省。”

在这8天里，他们不顾劳累和危险，穿着严实的隔离防护服还有成人纸尿裤，戴着护目镜，开着满载救援设备和耗材的汽车穿梭于荣军医院、各个救援对象住宅以及另外4家医院之间，切换于司机、搬运工、安装工程师、技术专家等多种角色之间。设备早一天投入使用，尿毒症患者就能早一天得到救援。

更大的动力，更大的鞭策，仿佛春雷般蓦然传来——

3月2日，国家主席习近平视察了多家医疗科研机构之后，做出了十分鼓舞人心的指示：生命安全和生物安全领域的重大科技成果也是国之重器，疫病防控和公共卫生应急体系是国家战略体系的重要组成部分。要完善关键核心技术攻关的新型举国体制，加快推进人口健康、生物安全等领域科研力量布局，整合生命科学、生物技术、医药卫生、医疗设备等领域的国家重点科研体系，布局一批国家临床医学研究中心，加大卫生健康领域科技投入，加强生命科学领域的基础研究和医疗健康关键核心技术突破，加快提高疫病防控和公共卫生领域战略科技力量和战略储备能力。要加快补齐我国高端医疗装备的短板，加快关键核心技术攻关，突破技术装备瓶颈，实现高端医疗装备自主可控。（摘自《Wind金融终端》）

领袖的嘱托，仿佛一夜春风来，千树万树梨花开，东泽人抖擞精神，又开始了新一轮的征战扬帆。

3月4日，以共青团福州市委的名义，由东泽医疗捐赠价值150多万元的PDGO腹膜透析机及设备运抵甘肃定西。又一个150多万元！改革开放的前沿给予西北落后地区的支持，顿时在定西传为佳话。

疫情未止，激战未休！

有旗帜指引，中国人无畏，东泽人无畏。

初心在，使命在，东泽人将继续前行！

（原载2020年3月《特区文学》）

拈花一笑向黎明

——记武汉抗疫第一线护士黄睿

□黎燕雄

2020年的春节如期而至。

2020年的春难从天而降。

2020年的春关突如其来。

春节期间，湖北武汉突发新型冠状病毒肺炎疫情，疫情迅速向全国蔓延，武汉告急！

这让本该是千红万紫的时节，一下子陷入山穷水尽的困境。病毒所到之处，人心惶惶、动乱一方。冠毒肆虐、矢石之难、生死攸关，这就是新年伊始的“难关”。

一场没有硝烟的战争，轰然打响！

就在亲友们都沉浸在疫情所带来的恐惧之际，出生于1991年的广东省化州市人民医院肾内科黄睿护士，做了一个非常符合她坚韧品质的决定。她小心谨慎地向所在医院领导提交了一份申请书，申请书上白纸黑字写满她的迫切心声：

……我是一个有着十多年工作经历的医务人员，想尽到一个医务工作者救死扶伤的职责，现在病毒肆虐，如有需要，我自愿申请加入“抗新型冠状病毒肺炎”的战斗中，为打赢这场保卫战，贡献自己的力量。

这位“90后”年轻的“老”护士，从提交申请书那天起，就时刻做好成为凶悍勇猛白衣战士的准备。这是一场“阻击战”，除了救治病人，还要防止输入。她愿成为海边的岩礁，任凭一切凶猛的浪花冲过来，都只能化为碎末。她坚信，国家政策措施精准，众人严谨防控措施落实到位，必能将冠状病毒和载体间的“神学鸿沟”完美弥合。

“我不恐惧。只要内心足够强大，没有战胜不了的困难。”这是黄睿在接受采访时，说得最多的一句话。我注意到，她用了“不”“没有”这些普通的字眼，轻描淡写。这时，我才深切体会到，这位普通的小护士正用一种“拈花一笑”、镇定自若的态度来面对这一场阻击战。

新冠疫情来势汹汹。

但子夜终将尽，春日终到来。

她眼神坚毅，无所畏惧。

或许，岩礁的力量，正在于她的无惧心。

向着黎明出发

2020年2月9日凌晨1点左右，正在上夜班的黄睿，接到了医院下发的紧急通知：因新型冠状病毒事件，需要医护人员支援武汉。参加支援人员：呼吸内科硕士研究生李林生，消化科护师王彩玲，肾内科护师黄睿。早上7点，准时集合出发。

逆行！

就是义无反顾，就是分秒必争！

军令如山！

虽然没有当过兵，对这些词只是如烟过耳，黄睿却在坚定执行。她迅速做完交接班，回家简单收拾好后，还剩下3个小时就要集合。此时，她才注意到身边早已经泪眼婆娑的家人：妈妈哭腔夹杂的念叨、哥哥爽脆干净的语言、爸爸简单明了的叮咛、不满3岁的女儿熟睡中均匀的呼吸声……再依依不舍，黄睿依然雷厉风行，迈出了脚步。

时间像江水般慢慢流淌着，别无两样。太阳光从黑夜射出缤纷色彩，就像阳光在水晶玻璃上折射出来的七彩一样。天空在慢慢变亮。阳光里有一种坚韧的东西，它似乎越过高山和绿地进入城市，就像睡梦中传到耳际的热情的曲调。

黄睿带着一颗无惧的心，向黎明出发了。

这支队伍早上7点在医院完成出征仪式，中午时分已经到达广州白云国际机场。

黄睿看到各地区支援队伍带的物资，无论是生活用品还是防护物品都较为充足。相比之下，因时间紧急，黄睿一行人只带了换洗衣物。医院也只给他们准备了每人2套防护服，几个口罩，几双手套、鞋套而已。最需要的手消液、酒精、含氯消毒液，他们是零库存。

出师不利？黄睿忐忑起来。

就在此时，黄睿工作所在医院领导，第一时间给他们打了一针强心剂：后期一定想尽办法给他们提供物资。同时，各个地区的战友也慷慨解囊，纷纷给予资源。一方有难，八方支援。一下子，晾衣绳、衣架、方便面、手消液、酒精、含氯消毒液，甚至紫外线消毒灯，他们都有了。

黄睿开玩笑说，她现在的配置可是“爱马仕”级别的。而在2月14日这一天，她所在医院寄过来的战斗武器也到手了。从这些武器堆里，她还翻出了惊喜：巧克力……

那天晚上十时许到达武汉时，天色灰暗。在新型冠状病毒无情的肆虐下，武汉这座有着千万人口的特大城市，仿佛进入了冬眠。不断增长的确诊病例数，刺痛着每一个中国人的心。

黄睿对这个英雄城市说：武汉不会是孤城。明天是全新的一天，加油！！！

剪下一头秀发

黄睿所在的广东医疗团队，由20个地区医院共307人组成。工作地点位于武汉市江汉区省委党校东西湖方舱医院，这里主要收住确诊的轻症患者，约1600张床位；工作时间约8小时，治疗以口服为主，要重点关注情绪化病人。工作的强度大，工作的压力更大。

“新冠病毒拥有一种可怕的力量，就是它的传染性。这就意味着我们更要按规范做好绝对的防护措施。保护好自己，才能做更多的事！”黄睿说。

他们现在要打的是攻坚战。

他们必须隔断病毒的传染墙。

隔断、保护，就从穿脱隔离衣开始。

在缺少防护物资的情况下，黄睿这一小组，练习次数相对较少。黄睿建议，等其他小组练习完，再向他们借道具。利用晚上休息时间，她反复练习，由陌生到熟悉再到熟练。

为了更好地完成整套防护服的穿脱，黄睿一狠心，亲手把留了两年的长发剪掉了。

“看着那把还算乌黑的头发，我心里真是很不舍。”黄睿说。

听着黄睿沙哑而略显疲惫的声音，我无从想象电话那端她的状态，从一开始，从她清晰的思维与快速的讲述中我深刻感受到的是医者的理性。她讲着讲着声音突然哽咽：

“我这都不算什么，还有一些同事更狠，直接剃光头了。看着她们的光头，我感觉太难受了……”她的语调因强忍着不让自己哭出声来而变得急促。我的鼻子阵阵发酸，电话两头的我俩一度沉默……

经过5天的苦练，黄睿已经对整个步骤烂熟在心：速干手消毒，戴N95口罩，戴外科口罩，戴帽子，穿鞋套，穿隔离衣，戴手套（压在洗手衣或隔离衣上），穿防护服，穿靴套，戴护目镜，戴手套……光是穿戴，由内向外3层11步！下班后，她们从特定的出口，一层一层消毒，脱摘防护衣物。

步骤多但并不难，难的是要如何做到谨慎再谨慎。因为只要有一个步骤出错或者暴露，身体就会被污染。这种无形的压力，压在每个人的心头，沉重而不可忽视。严肃的气氛逐渐地笼罩在他们周围，就像章鱼缓慢但精准地伸展触手。

不光上班要严格防护，他们每个人所住的房间，也得严格把控，划分区域：污染区，半污染区，缓冲区，清洁区。酒店实行军事化管理，不群聚，不串门，层层把关，手部卫生要做好，房间防控措施落实到位。

为了让我清晰明白，黄睿专门拍了一个小视频发给我看。视频里，黄睿45平方米左右的房间，分成了4个区。进门至第3块地砖为污染区，第3块砖到地毯前位置为半污染区……分区要求精准到进门的每一块地砖，属于哪个区域。每经过一个区，就得换一次鞋子。另外，每天要用紫外线灯消毒房间。外出服不允许带进房间，回来后就挂在门外。

“这很正常。”黄睿说。

这样做，是为了确保他们睡觉的地方是绝对干净的。现在正是战“疫”的关键期，这些医务工作者在用自己的方式，默默地落实疫情防控工作。

武汉这段时间很冷，让黄睿这个广东女孩很不适应。下午4点多，太阳就早早收起它那微弱的光，也怕冷似的，躲进了像棉被一样的厚云层里。在欧亚会展国际酒店里，黄睿穿鞋着棉服，盖2床被子，开了暖气，还是觉得冷。

2月15日，这个广东姑娘给我发了一个小视频。我还没来得及打开看，她激动的声音就传过来了：武汉的第一场雪，政府又给我们加了棉服和棉被！待春暖花开，我们一起去武汉大学看樱花！

进舱第一天

2020年2月14日，武汉下着雨。

这是黄睿来到武汉的第六天，进舱工作的第一天。

医院，离她住的地方有大概半个小时的公车路程。中午12点，简单用餐，穿戴好防护衣物，穿上纸尿裤，从头到脚检查一遍之后，黄睿让检查人员检查完毕，经过4扇门后进入到舱内。

这一天，她在B舱工作，主要负责A2区，A648—A668，病人总人数21人，全男性患者。年纪最大78岁，最小27岁。主要工作内容是测量生命体征，监测血氧饱和度，注意观察病人病情与心理状态，发现问题就上报医生。

黄睿走进病房，因不熟悉工作环境，加上初次戴上N95口罩和护目镜带来的憋闷感，她在护士站休息了好一会儿才慢慢地缓过来。但，接下来她很快就进入了工作状态。

在A650床位测量的时候，黄睿发现病人的血氧饱和度为96%，心率为123次/分。职业的敏感，让她的心咯噔了一下。

这是典型的心率异常！黄睿不敢声张。

她一边监测，一边跟患者进行简单沟通。

“我刚去做完CT检查，跑回来的。”从患者嘴里听到这句话，加上黄睿细心的观察、反复询问之后，她很快得出结论：心率异常是运动引起的。但她谨慎地选择继续观察患者。

A649病患，是一个高高瘦瘦的47岁中年男子。黄睿在和他沟通时，他指着自己干瘦的胸部问，这是什么位置，他总觉得不舒服。

但黄睿测量到他的体温是正常的，心率为74次/分，血氧饱和度为97%。询问中，黄睿得知他的胸部按压无疼痛，无咳嗽，无感到气促、胸闷。显然，这是心理在作怪。

黄睿很清楚疫情中，大家焦虑不安的心，主要就是因为不确定，不知道会发生什么。这是一种应激反应，是一种正常现象。但如果长期处于焦虑状态，患者就容易出现免疫力低下的情况。

透过雾气朦胧的护目镜，黄睿能看到，他那只手在不停颤抖。如果可以，黄睿很想给他一个拥抱，告诉他可以尽情哭出来。可是，在这需要做好隔离防护的特殊时期，她不可以……她只能用戴着手套的手，轻握一下他递笔的手，说一句：“我们一起加油！”

57岁的聋哑人士胡大爷，一直在跟家人视频电话，双手不停地比画着。因不懂手语，黄睿无法了解胡大爷的心思。于是，她拿出一张白纸，通过写，来与胡大爷沟通。胡大爷示意黄睿把测量得到的数据，通过屏幕给他家人看看，然后他自己高兴地竖起大拇指……

这是黄睿第一次感受到心与心相连，检测数据不只是诠释悲痛，更多是希望、信心和力量。

这时，舱内响起了节奏欢快的广场舞之歌。顿时，舱里的人，不管是老的、小的、男的、女的，还是患者、护士都愉悦地加入其中，跳动起来。虽然不是专业的，但他们的舞姿一点也不笨拙，反而身轻如燕，翩翩起舞……

黄睿也按捺不住，迅速加入其中。他们唱啊、他们跳啊，他们欢欣鼓舞！

这一刻，他们是欢乐的。

黄睿忘记了密闭的防护服带来的沉重与憋闷，忘却了呼吸困难，头晕头痛，也忘掉了耳廓被口罩挂绳勒出的疼痛，鼻翼被眼罩压起的水泡……

黄睿在日记里写下第一天工作的体会：

晚饭十点左右才下肚，已经饿得饥火烧肠了。狼吞虎咽下去，也不管饭菜是热是凉。6个多小时滴水未进，衣服全是汗水。走出舱那刻，能够呼吸到空气，觉得非常幸福。

虽然已经筋疲力尽，但我躺在床上却根本没办法入睡，只要一闭眼，脑海里就出现病房里那一张张患者的脸。

……今天是进舱工作的第一天，要学习的东西真的还是很多，要加把劲，尽快适应环境，全身心投入工作，要在工作中磨炼自己，只能在工作中不停学习，不停实施，不停成长！

差点就遗漏了病情

2020年2月16日，太阳出来了，房外的雪哗啦啦地开始融化。黄睿看到头顶的那一缕阳光，心里觉得暖暖的。武汉的春天来了。

今天，黄睿上的是夜班。方舱医院内分为A、B两组，广东队定在A区，病人数是215人。排班有所变动，她负责出口班（出入口班，单号站岗，双号在病房上班），今天16号，所以主要负责治疗班，分发口服药。

随后，黄睿和搭班的护士曾文敏，一起分析任务，制订工作方案。

两个小姑娘的组合是高效率的。

她们坚决，有力，有序。

因手头暂时没有工作，她们决定这一天的工作就从归类摆放备用药开始。两人配合默契，用最短的时间，完成了药品分类整理。

这时，主班护士过完医嘱，把8张A4纸医嘱单打印，交到黄睿手中。繁重的工作，让她有些蒙。初来乍到，舱内环境不熟悉，床位位置不熟，患者情况不了解……一堆以“不熟、未知”为背景的困难，迎面而来。

但黄睿和曾文敏有干劲、有思路，很快理清思路：

第一步，先双人核对医嘱，坐在电脑前，核对床号、姓名、药名、剂量、用法，无误打钩，有疑问打圈。核对好全部床位之后，有疑问的向医生核实。

第二步，到配药区进行配药。两人，一人读，一人取。因为一开始整理了药区，所以对药物的摆放也非常清楚，配药的时间就节约了不少。

第三步，开始寻找床位了。床位是从A615到A883，A615开始，床边双人再核对名字、手腕带、药名、剂量、用法，确认无误后签名，交代药物，同时询问患者病情。

在黄睿分发完药回到护士办公点时，患者邹爷爷拉着聋哑胡大爷过来，着急略带责备地说："你给我发了这个药，他怎么没有？"

"邹爷爷，您别激动，只有心平气和，才能早点回家。"怕老人听不见，黄睿特意把头凑近了跟他说。看到邹爷爷情绪稍微好一些了，她又开始跟邹爷爷说起话来。

"邹爷爷，您稍等，我马上核查。"

黄睿打开电脑核对，确认医嘱，她发的药是正确的。然后她又耐心向邹爷爷和胡大爷细心解释，直到两位大爷都明白了、向着各自的床位走回去。

后来，通过了解，黄睿得知他们原住同一个小区，但染病前素未谋面。进入舱内，两人才熟悉起来。胡大爷57岁，邹爷爷70岁。他们都是在小区内，在不知道的情况下，没有做好防护而感染的。来这里已经第七天。万幸，他们的家人都无碍，目前都在家里隔离观察。

渐渐地，黄睿和两位大爷熟悉起来了。这时，邹爷爷无意中告诉她，胡大爷今天有呕吐症状，呕吐了4次。

这个情况，黄睿在第一次分药时没有了解到。按照医嘱，胡大爷当天没有药。

差点就遗漏了病情！

她立刻报告医生，为胡大爷开出新药！

黄睿称得上是历练丰富的护士，敏感度极高。她的护士人生是从容的，游刃有余的。在听到邹爷爷无意中的话时，她还是有些战栗。正是这场疫情以莫名的残酷让她内心感到战栗！

"是的，战栗！"她在和我的对话中，用了这么一个词。天天都是疫情报告，4000个，4100个，接着是4200个，4300个……不断增长的确诊病例数。每一个数字，震痛着每一个人的心。她只能在内心的战栗中坚守自己的职责，继续做一个"拈花一笑"的勇敢战士。

……三步下来，耗时4个多小时！但这时，医生又开出了新的医嘱。

距离下班就只有一个小时！黄睿心里有些着急。她只想把本班工作完成，不要留给即将来接班的伙伴们。队员李华娟、刘少君也当值过这个班，知道这个班的工作最烦琐。他们见黄睿到了下班时间，还没完成，主动过来帮忙。拖班一个小时后，大家齐心协力，终于把药发完。

这一天，黄睿离开舱，回到酒店，已是晚上10点左右。晚饭放盆里热了一下，拿出来吃了几口，她就吃不下了。

黄睿躺在床上，总结起今天的工作内容：病人数214人，核对78人，发药78人，运送病人1人。虽然累，可也觉得值得！希望疫情能够快点结束，脱掉口罩那一天，去拥抱那个爱的人！

我问黄睿，为什么想当护士？

她答，当她作为一名护士去帮助病人时，她很快乐。因为她的护理，病人减少了痛苦。

我问黄睿，选择这个职业有没有后悔？

她答，从不后悔，更无惧心。

从每一次的回答中，我发现黄睿用的都是一些平凡的字眼。

是的，他们生而平凡。

他们却敢与冠状病毒搏斗！

2020年的春天如期而来。

大雪之后的武汉已进入“决胜”时刻。我们坚信，病毒必灭，正如冰雪终会融化。

（原载《广东文坛》总331期）

志愿战“疫”的佛山力量

□苟文彬

哪里有疫情，哪里需防控，哪里就有他们的身影。他们有一个共同的名字：志愿者！

“奉献、友爱、互助、进步”是志愿精神的核心价值。在这场全民抗疫阻击战中，除了在医疗、卫生战线与新冠肺炎正面交锋的专家、医生、军人，还有许许多多志愿者。这些志愿者中有企业家、退役军人、职工、教师、退休老人、家庭主妇、“90后”以及“00后”学生，他们主动请缨，义不容辞奔向战“疫”前线。他们舍弃了假期，少睡了懒觉，少了陪伴家人的时间，与医务人员，政府职能部门、村居社区工作人员一起，构筑战“疫”安全防线，扬起战线上那一抹靓丽的“志愿红”！他们逆行的身影闪耀着志愿服务的勇气与担当。这是国家精神文明进步的体现，是每一座城市最美丽的风景线。

在千千万万的志愿者身影里，本辑故事选取医务人员、专业救援服务队、义剪队、社区、大学生志愿者为写作对象，还原他们在这场全民战“疫”中的真实故事。

保护好“现男友”给我的签名照

“保护好‘现男友’给我的签名照。”是吴苑琳2月24日发表的朋友圈。因为志愿奔赴湖北荆州“战疫”的老公张兴钦表示，要将一张著名演员李现的亲笔签名照，转送给她。这条微信是吴苑琳在跟老公隔空喊话。

也许你会说，都有老公的主儿了，还把明星偶像当男友，是不是追星太过了？

这你就错了。因为吴苑琳的老公——广东省佛山市中医院重症医学科主治医师张兴钦也是“明星”，只是他的“明星”光环不是靠演技，而是作为中医“战疫”志愿者支援湖北荆州，与新冠病毒奋力搏斗，冒着生命危险挣来的！

疫情暴发后，张兴钦1月26日递交志愿，到2月11日终于如愿获准出征。经众多媒体报道后，有不少网友留言“这医生很像李现”，人称“佛山李现”。

2月24日下午，演员李现借CCTV6电影频道和“学习强国”平台等联合主办的“电影人和你在一起”直播节目，跟张兴钦视频连线：你好，“佛山李现”张兴钦医生，我是荆州李现。有人说我们的眉眼很像，我猜，摘掉口罩的你一定更帅。感谢这段时间以来，你们在前方的努力与付出，我为你和你的同事们加油，也请你们一定保重。

李现还通过主持人送给张兴钦一张签名照，上面写着：“今生荆世，天涯海角，粤来越好。”

这下你该明白吴苑琳追的星是谁了吧？

夫妻两人是同事，以前不管做什么事，张兴钦都会跟吴苑琳商量。唯独这次到湖北一线抗击疫情，他是瞒着妻子报了志愿。“其实跟我说了，就算我不同意，也阻止不了他报名。”吴苑琳说，“临行前才跟我说，我只能默默地跑前跑后，跟他一起准备行装。即便这一点儿时光，对我来说意义也很大，我必须珍惜。”不说也明白，因为新冠病毒传染性强、防控难度大，吴苑琳在为他的生命安全担惊受怕。

出征前一天两人还约好，第二天下夜班回家一起做鸡汤米线吃。“没想到还没来得及进家里厨房，11号下午他就登机去了荆州。只能等他回来，我们再一起下厨了。”吴苑琳说，现在最大的愿望就是希望丈夫能够平平安安地回来，一家三口齐齐整整在一起，享受6个月大的宝宝带给这个家庭的乐趣。

随父战“疫”的春燕

“您好！麻烦出示身份证，测一下体温，谢谢，走好。”这套执勤流程，对于“00后”疫情防控志愿者王燕来说，这几天不知做了多少遍。

见刚刚测量的结果显示“37.4℃”，王燕赶紧说：“先生，等等，再量一次。”还是一样。“先生，您体温有点儿异常，麻烦车辆往边上靠，由专业医护人员跟您再确认。”

第一天来广佛交界的五丫口大桥高速出口执勤，就碰到有人发烧，这可把王燕吓得不轻，转身跑去对正在临时棚里休息的王绍楚说：“爸爸，我刚才测到有人发烧。”

王绍楚轻轻一笑，说：“燕子，遇事不要慌，咱们这里还有专业人士呢。来，喝口水，压压惊。”

其实在安慰女儿时，王绍楚心底比女儿还慌。“因为广州那两天确诊病例多，万一这人被确诊，女儿岂不很危险，我回去怎么跟老婆交差？”原来，1月28日女儿递交防控执勤志愿请战书时，王绍楚既惊喜又担忧，惊喜的是女儿居然能做出如此大胆的决定，担忧的是这次病毒凶猛，防控困难，一线感染风险大。王燕似乎看穿了爸爸的心思，说：“你都可以，为什么我不可以？再说，我还想拿这次志愿服务当生日礼物送给自己。”

2月25日是王燕的20岁生日，有这次战“疫”志愿经历的确是一份不错的生日礼物。“但兹事体大，我得跟老婆商量商量。在这件事情上，不能给我贴‘四川男人耙耳朵’的标签。”费了好一番口舌，老婆终于点头答应，“我领了两道‘圣旨’，一是女儿必须跟着我一起执勤，二是必须保证女儿健健康康归来。”

幸好排查到的发烧者经后期专业检查确认系普通感冒。有惊无险，王燕继续上岗。

“王燕是这次疫情防控志愿者中年龄最小的。”佛山市菠萝救援服务中心创始人、2017年中国最美志愿者王治勇说，“燕子跟山猫（注：王绍楚的专业救援番号）一样，胆大心细，能吃苦。”

在王燕看来，她做志愿者的确是受爸爸的影响。“爸爸每次来接我放学，我都发现他的车后备厢里有救援队的衣服，还经常都是湿漉漉的。一开始不太理解，但看他坚持做了几年，整个人精气神都不一样，让我感触很深。后来我上大学了，学业稳定后，我也开始做志愿者。”

“头”等大事让我来

“师傅，帮我剪短点儿，越短越好。”年轻女护士对八八棒志愿理发师董萍说。

“你现在长发及腰，剪个学生头好吗？”

“太长了，跟卢医生一样。”女护士指了指正在旁边帮忙给理发用具消毒的人。

“卢医生是男士圆平头，发长13毫米。你是女娃娃，不合适呢。”董萍继续建议。

“合适合适。这头长发每天捂得湿了干，干了湿，下班很累很累还得洗半天吹半天，折磨我一个多月，自己都恨不得用手拔掉了。怎么舒服怎么来。”女护士说的也对，董萍手起剪落，将一把长发递给她。

“护士接过去看了一眼，泪水哗啦就掉了下来。我都不忍心，但已经推掉一片了，还能怎么办？”董萍说。她后来才知道，姑娘的长发是为3月底跟男朋友去海边拍婚纱照而蓄的，但受疫情影响，婚庆机构通知她外景拍摄无限延期。“姑娘一任性，就任由青丝散落。幸好我当时帮她收了，心里盘算着做个发套，等疫情结束再送回给她。”

也许你会说董萍是个有心人，但1990年出生，又是室内装修设计师出身的董萍，从来没有停止过对美的探索与追求。美发界流行“头可断，发型不可乱”，足见发型对一个人的重要性。2013年从丈夫手里接过八八棒美发中心后，董萍就将环境美学跟人体美学、美发等艺术融合起来，把美发事业做得风生水起。

也是从这一年开始，董萍每个月都组织员工到福利中心、医院、敬老院或者社区去义剪。“这些地方行动不便、自理困难的人相对多一些，他们也需要理发，但无法到店里来，那我们就志愿上门服务。很多人剪完头发显得精神爽利，我们也很开心！”

这次因新冠肺炎疫情暴发，为保持高度警惕、加强个人防护，一些与人们生活密切相关的服务行业推迟复工复产。宅家的普通群众还可以将就，但对那些持续一个多月战斗在疫情一线的医护人员、民警来说，类似理发这样的生活难题，就困扰着他们，甚至对个人卫生防护带来严重隐患。

“接到义剪号召后，我马上组队开展行动。有时候一场义剪服务上百人，理发师不够是个大问题，等待时间会很长，容易增加聚集交叉感染风险。当时有些过年回家的同事还没回广东，只能把在佛山的全都叫回来。”董萍说，即便如此，有时也要针对实际人数情况，进行分批义剪，在佛山高新技术产业开发区医院就分了4场，共为190多名医护人员修剪头发。

“医院还为义剪队准备了独立的医疗小推车，放置理发用具和消毒用品，安排志愿者做助手帮忙消毒。原籍湖北襄阳、定居狮山的47岁志愿者吕良珍，一直帮义剪队打下手，我们转战到哪儿她就跟到哪儿。”让董萍感激的还不止这些，“本来觉得有机会为一线战‘疫’工作者做点儿事就很有意义，但让我们暖心的是医院还拿出饼干、牛奶，分给我们这些志愿者；在镇政府有热汤圆吃，还有礼物送，心里很感动！”

除了八八棒、东方铭剪、翠仕等爱心义剪志愿服务队，还有不少狮山镇团员青年战“疫”突击队参与。“头”等大事活动将继续为机关、医院、社区、派出所等服务。

莘莘学子的社区战“疫”

“您好，这里是府又社区，为加强新冠肺炎疫情防控管理，我们需要以电话形式对您的个人信息进行采集登记……”

“疫情这么严重，骗子们都敢上班了？你们可真敬业，真是想钱想疯了啊！”

电话里传来“嘟嘟嘟……”的声音，何子晴哭笑不得，无奈地挂上电话。

何子晴是广东顺德府又社区防疫志愿者，从2月18日加入大良街道青年突击队那天起，被个别居民误以为是“诈骗分子”就成了她的日常。

其实刚满20岁的何子晴，是中国人民大学应用经济学国民经济管理专业大三学生，土生土长的府又人。在顺德美食和岭南文化滋养下，何子晴可谓智慧与美貌并存。网上输入“顺德何子晴”，你会发现“2017年顺德一中高考文科状元”“美女学霸”“最美逆袭考生”等，都属于她；因为长相甜美，高考走红的她，又成为某些娱乐星探热点。

对于这些，何子晴一笑而过。从她高二时写的《永不止步》作文可窥见一斑：“有不少人本能取得更大的成就，却被浮云遮住了双眼，定住了脚步。”“过多沉迷于旖旎风光，只会乱了心志，我们切不可停下自己的脚步。因为人生不是百米赛跑，而是一场需要坚持和毅力的马拉松。”

不迷恋过往、有远大志向的何子晴，入读中国人民大学后，勤钻学业的同时，还积极参加学校义教志愿活动。寒假从北京回到顺德过年，跟全国人民一样，因疫情而宅家，成为一个在疫情中“被保护”的对象。

何子晴说：“2月中旬我看朋友圈，发现大良街道团委、志愿者联合会招募疫情防控志愿者，我也想出一份力，于是报名入选了，主要负责电话访问、信息登记等工作。”

这份看似轻松的志愿工作，在社区大范围电话排查时，不仅会遇到像开头描述的尴尬现象，个别群众还因担心隐私问题或者询问次数较多，而态度并不是很好，甚至不想提供信息，推进起来还真没那么容易。“刚开始有点委屈，后来在社区工作人员的指导下，我改进了沟通方式，在向群众表示打扰、抱歉的同时，也尽可能解释清楚这项工作的目的和重要性。”也有个别实在不配合的，何子晴就协同社区工作人员一起入户。“我记得有一次上门查访，还没走到门口，小区楼长就向我们详细报告了她所管楼层的情况，物业管理员也主动提出与我们一起上门。”

经历过这次细碎的志愿工作后，何子晴感触颇深：“默默奋斗在社区疫情防控一线的基层工作人员，展现出来的专业、细心和对社区群众高度负责任的精神，不仅让我学到很多东西，还看到了平凡的社区人，也能书写出不平凡的人生。”

深受感染的何子晴，完成电话排查工作后，又去顺德客运站联检点做志愿者，负责登记乘客信息、测量体温。“乘客们都很自觉地配合工作。记得现场有一位老奶奶不识字，我就一项一项地念给她听，帮她写，完了之后她走到安检处，像想起什么似的，回头向我挥挥手，说了一声‘谢谢’，现在回味起来感觉心里还很温暖。”

何子晴说，这次志愿服务接触的不管是社区居民，还是楼长、物管、乘客等，感觉在危难面前人与人之间的相互理解和配合，汇聚的力量真的很强大。“只要还没开学，疫情结束之前，我还会继续参与社区和学校的抗疫志愿服务，也将在今后的学习和生活中扎根基层，延续志愿精神，为社会奉献出自己的力量！”

微光汇聚大能量

“戴口罩、勤洗手，测体温、勤消毒，少聚集、勤通风。”“强防护、不恐慌，信科学、不传谣，我们同努力，疫情定可防。”“随地吐痰是陋习，喷嚏咳嗽遮口鼻。”……罗湖社区党员志愿者李宏洲拿着“大声公”（电喇叭），用粤语、普通话交替宣传防疫。他身边，跟着一群大学生志愿者，和他一起用脚丈量社区的每个角落。

无独有偶，塘中社区公选团委副书记梁肇智正在一个拥有300多名团员志愿者的微信群中，带领大家开展网络辟谣志愿工作、网络防疫知识宣传、心理咨询辅导等网络文明引导，希望能够对社区各个家庭、中小学生都有所帮助，让大家正确防疫，一起战胜疫情。

不管是线下实地开展工作，还是线上远程服务，目的都一样，就是在这场疫情防控中主动亮明身份，党员、团员带头发扬正能量，以高度的责任心和使命感，全力投入疫情防控志愿服务中，以实际行动为防疫抗疫工作贡献力量。

1989年出生的李宏洲，来自广东普宁，是一个拥有2间健康食品批发店面的私营企业主。自2017年加入罗湖社区党员志愿者服务队后，每个月都有一两个晚上参加罗村城区周边党员志愿巡逻活动，以及小区邻里中心举行的大、小型活动。

疫情暴发后，李宏洲2月3日开始疫情防控宣传工作。李宏洲说：“这次志愿工作跟以前不一样，我们面对的是新中国成立以来，传播速度最快、感染范围最广、防控难度最大的重大突发公共卫生事件，社区基层必须要将最细致、最严格的防控措施落实到位。但适逢春节，一些同志回家乡过年，一些同志本身就是战‘疫’一线的医护人员、民警。所以，开展社区基层志愿工作面临最大的问题是人手不够。”

李宏洲印象最深的是第一天（2月3日），那天晚上下着大雨，没穿雨衣也没带伞，一个人冒雨拿着“大声公”在各个小区宣传、巡逻，衣服鞋子都湿了，冷得自己都担心会不会感冒发烧。“当时就想，要是身边还有一位同志帮忙撑伞该有多好。但想归想，还是只能咬牙坚持，不‘扫遍’每个角落，万一百密一疏，就等于防控失败。”

第二天依然下着雨，身体没有异样的李宏洲穿上雨衣、雨鞋，继续深入小区街巷战斗。“工作中总有一些业主、陌生市民竖起大拇指点赞，说辛苦了。苦累时听到这些话，内心就很舒服。”李宏洲回忆，有一天晚上正在小区门口测体温、登记人员信息，有位阿婆拎来一包零食，说：“这段时间早晚都见你守着，特别辛苦，这里有零食，饿了可以吃。”李宏洲拒收，阿婆不开心，非要给他，还要看着他吃一块饼干才走。

后来，李宏洲身边有了1个大学生志愿者，再后来增加到5个，到2月25日已经有11个了，这些大学生志愿者都称李宏洲“老师”。“他们大都是第一次参加社区志愿者活动，但都很虚心好学，不懂就问，很正能量。这些‘00后’青春活力十足，不怕苦不怕累，有担当！”

相比李宏洲带领大学生志愿者每天“丈量”小区的实地工作，梁肇智带领的300多名团员因为年龄不满18周岁，社区出于安全考虑，要求他们足不出户利用网络开展线上工作。对于今年20岁、就读于广东外语外贸大学的梁肇智来说，这不是难事。2017年起，他出任塘中社区团委副书记，组织、策划、实施社区团员运动会、慰问社区老人活动之家、为环卫工人送清凉等活动。“工作期间认识了社区很多朋友、高中团员，也得到了很多街坊、同事的帮助，对开展社区线上线下工作也有了一定的经验。”在线上及时转发南海区最新的防疫资讯，协助团员志愿者们回答社区防疫问题，跟随镇团委到各个社区、战“疫”一线慰问等工作，梁肇智开展得井井有条。他说，这次能有机会参与到疫情防控中，对自己更是一次面对重点难点工作的锻炼和考验。

李宏洲有个小目标：等疫情结束，就成立罗村大学生志愿服务队。梁肇智也早早地计划好毕业后的就业方向：回到南海、服务市民。

（原载《广东文坛》总332期）

他倒在抗疫一线

——广东英德市辅警曾文聪二三事

□欧平

他倒下去了！

倒得那么突然，大年初一还想送父亲去广州，年初二，他正要奉命赶到疫情防控的第一线，突然晕倒在地上，却再也没有起来。

他倒下去了！

倒得那么匆忙，以至于还有很多未竟事业等着他去做，他却永远倒在了一线岗位。

在新型冠状病毒感染的肺炎疫情阻击战中，全国公安民警、辅警义无反顾，冲锋在前，坚守岗位，谱写了一首首感天动地的英雄赞歌。

曾文聪，广东省英德市桥头镇派出所一位普通的辅警，就这样匆匆地离开了他的父母亲人，离开了他的同事，离开了他所热爱的岗位。

生命定格在26岁。此时是2020年1月26日下午。一瞬间成为永恒！

江河呜咽，天地同悲！

曾文聪的一生是短暂的，但他用自己的一言一行，用自己的一举一动，向我们展示了一名辅警优秀的品质和全心全意为人民服务的崇高精神。

历史将铭记这位牺牲在抗疫一线的辅警，人民将怀念这位英德辅警直到永远，永远……

曾文聪的最后时刻

新冠疫情发生以来，清远全市公安民警、辅警全员上岗，冲在前、战疫情、争先锋。英德市公安局根据市委市政府及上级公安机关的部署要求，全市公安机关进入高强战备状态，全体民警、辅警取消休假，全员上岗。曾文聪所在的桥头派出所，则24

小时不间断坚守在医院、站场、主要路段、各大高速公路收费站出口，对过往车辆进行检查。

1月26日，大年初二上午，在短暂陪伴父母后，桥头派出所辅警曾文聪便提前回到了单位。他与所有同事一样，取消休假，他下午的任务是到龙怀高速桥头出口协助相关部门开展监测过往车辆的工作。

其实，每年的春节前后，警察都是忙碌的。需要加大警力维护社会治安，今年又遇到新冠肺炎防疫工作，更使曾文聪与他的战友们无法休息，从春运到新冠肺炎的防疫工作，他已连续作战一个月。26日下午4点，轮到曾文聪到龙怀高速桥头出口疫情检测点交接班，协助相关部门人员检测过往车辆。由于曾文聪迟迟未出现，电话也未接，同事钟文康便到宿舍找他，却发现他穿好制服昏倒在地。医生赶到现场后立即对曾文聪进行心肺复苏等抢救措施，但抢救40分钟后仍无力回天，曾文聪永远倒在了战“疫”一线。

曾文聪的日常琐事

和平年代，捍卫平安的警察和辅警，却是不能享受平安的人。

位于粤北山区的广东英德市，是广东省面积最大的县级市，这里人口117万，警察加上辅警却不足2000人。

曾文聪，出生于英德市西牛镇小湾村一个普通农民家庭，2018年参加工作。2018年5月，在桥头派出所工作的好友钟文康告诉他桥头派出所招辅警，于是他报名成了一名光荣的辅警。当他把想去当辅警的想法告诉家人的时候，全家都反对，认为干公安太危险了。父亲的愿望是让他做一名厨师。但曾文聪执意要去应聘辅警，他认为辅警可充实人生，可以增强技能，还能增长阅历。父亲只好同意。

如果说，世界上最快乐的事，像苏格拉底所说的那样，“莫过于为自己的理想而奋斗”。对于曾文聪来说，他无疑是快乐的，因为他实现了当警察的第一步。

从入警的那一天起，曾文聪就被庄严的国徽所震撼，改掉了许多生活中不良的习惯。“当警察就意味着奉献。”他记得一位领导对他说的。虽然只是一名辅警，但他从跨入警门的那一天起，就以一名警察的标准来要求自己。也许是自小形成的习惯，曾文聪身上有一种追求完美的特征，不管干什么都要干好。他对待工作一丝不苟，对待群众认真负责。谈起曾文聪，大家都说他吃苦耐劳、爱岗敬业、一心为民。派出所里的领导对曾文聪的评价是“负责任”“工作很认真”“对群众像亲人”等。

一开始，所里对新的辅警进行了岗前培训。通过培训，曾文聪更加深了对本行业的了解。在平时的接处警过程中，他也积累了很多在书本上学习不到的业务知识和技能。他处理事情很快上手，来到桥头派出所不到3个月，基本上可以独当一面了。

在曾文聪602天从警生涯里，无论是在乡镇村庄站岗守护，还是在公路上协助执勤纠违，春夏秋冬，一天又一天，他和他的队友们用宽厚的肩膀托起了一个又一个平安的日子，为的是人民群众的安宁。

桥头镇位于英德市东部，是东部地区较大的一个镇，光镇上就近4万人。桥头镇派出所里共有民警5人，辅警12人。一名民警要负责8000人，辅警便成了派出所的主要力量。抗疫期间，所里的警务人员分三班倒，一天24小时都要外出执勤，曾文聪是主动请战。教导员张志宽说他乐于帮别人顶班，家在附近的辅警家里有事都是找他顶。曾文聪是基层辅警中的多面手，岁末年初案子多，他不仅要经常深入一线，还要上街入户进行治安宣传。

辅警与民警一样，时常被老百姓称为警察同志，身上肩负着党和人民的重托，以及打击犯罪、维护一方平安的重要职责。曾文聪常常以警察的标准与品质要求自己，始终“不忘初心，牢记使命”，关键时刻总是挺身而出。2019年5月，他与同事在日常巡逻中发现一名中年男子驾驶无牌摩托车在街头肆意横行，危及路上行人安全。见此情况，他不顾个人安危，果断上前截停制止其行为。还有一次，在出警处置一男子醉酒闹事的警情中，该男子下车后态度蛮横，口出秽言，不服从执法。曾文聪冒着危险上前迅速将该男子控制，并扭送回派出所。2020年1月份，桥头镇一居民的智障小孩在凯景超市走失。接报后，曾文聪与另一名辅警立即赶到现场，了解情况。经过一个下午的查找，终于找到该走失小孩，并送回其家中。这时候已是晚上九时，曾文聪与另外一名辅警还未吃晚饭，家属得知后要留他们吃饭，他们婉言拒绝了。当看到家属感激的眼神时，曾文聪心里美滋滋的，他觉得做一名辅警是光荣和自豪的。从2018年5月入职，一年多时间里，曾文聪协助民警侦破刑事案件15宗，抓获各类违法犯罪分子85人，制止各类交通违法行为10余起，调解民间纠纷10余起，参与法治宣传20余场，派发宣传单1500余份，为群众排忧解难做好事更是数不胜数。

群众眼中的曾文聪

曾文聪是一名普通的辅警，也是父母眼里“见不着影儿”的孩子，更是同事朋友当中敢担责的男子汉。

在父母眼中，他是个“乖乖仔”；

在领导眼中，他是个“工作迷”；

在同事眼中，他是个“好朋友”；

在群众眼中，他是个“贴心人”。

曾文聪为了工作忘了家。他的终身大事，是父母的一块“心病”，也是大家关心的一个话题。派出所对面有个幼儿园，园长是巫考祥。当他在朋友圈看到曾文聪因公殉职的消息，非常惊讶和难过。“这么好的小伙怎么说走就走了呢？”巫考祥住在镇上，每当镇里有大型活动需要维持治安和日常巡逻，总能看到曾文聪的身影。

巫考祥平时跟所里的领导和民警也有接触，了解到这个小伙口碑不错。他之前还私下跟所里的领导打听小伙子有无对象，想把园里一名单身女老师介绍给他，如今也成了遗憾。

住在桥头镇上的居民钟先生用这样一句话，表达对因公殉职的曾文聪深深的敬意：“为了执行公务，为了抗击疫情，他冲锋在前，是我们心中永远的英雄！”

桥头镇何屋村的群众何九科，在得知曾文聪去世的消息后，特意赶到派出所找到所长朱上集，交给他500元人民币，要他转交曾文聪家属，说是一点小心意。他说：“曾文聪是个好辅警，平时来我们村巡逻时，都要主动问候大家，并教给我们一些防范知识。特别是那次我家被盗，他是竭尽全力，帮我们追回失窃财物。”

在曾文聪的从警生涯中，他是拼命三郎，纪律性强，工作能力强，时时处处以人民警察的最高标准来要求自己。与他上下铺同样是辅警的钟文康说，曾文聪作为他的好同事，样样活儿都争着干，曾文聪常说，既然选择了这份职业，就要认真地履行好自己的职责，守好自己的职业底线。

在平凡的生命中，曾文聪只是一名辅警，但在关键时刻他站了出来，在全力抗击新型冠状病毒感染的肺炎疫情的关键时刻，用年轻的生命谱写了一曲生命不息、奋斗不止的青春赞歌，体现了一个辅警的责任与担当。虽然曾文聪从警只有短短600多天，也没有多少惊人之举，却有数不清的关于“光与热”的坚守。

他牺牲后，英德市公安局是这样评价他的：曾文聪是新时期辅警的缩影和先进典范，是英德市公安局辅警队伍中的杰出代表。英德市委、市人民政府追授他“英德市抗击新型冠状病毒感染的肺炎疫情先进工作者”称号；清远市委、市疫情防控指挥部号召全市党员干部向曾文聪同志学习，爱岗敬业，甘于奉献，为打赢疫情防控阻击战而努力奋斗；英德市公安局号召全体民警、辅警向他学习；清远市委书记郭锋这样评价：在这次战役中，清远人民万众一心，众志成城，决战疫情，涌现出一批感人深切的先进典型，奏响了新时代抗疫进行曲。其中曾文聪就是突出的一个。

英德市副市长，市公安局党委书记、局长黄构恩在曾文聪牺牲的第二天便看望了曾文聪家属。清远市副市长，市公安局党委书记、局长毕洪波得知情况后，第一时间派局政治处负责同志前往慰问家属，并号召全市全体民（辅）警向曾文聪学习。

没有一个冬天不可逾越，没有一个春天不会到来。正是有无数像曾文聪一样恪尽职守、甘于奉献的人，有无数坚守岗位、持续奋战在抗疫一线的警察和辅警，让我们有信心期待——

冬可尽，春可期，山河无恙，世间皆安！

（原载《广东文坛》总332期）

“让我来吧！”

——战“疫”中的驾驶者林伟斌

□林璇

2020年大年初一子夜，空气中飘浮着阵阵寒意。

万籁俱寂，雨淅淅沥沥地下着。往日霓虹交错、车水马龙的滨海城市汕头，现在空荡荡的，只见一辆黑色小汽车在空无一人的道路上驰骋……

疫情就是命令

2020年除夕前夕。一年一度的春节，是全球华人共同的盛大节日。家家户户贴春联、置鲜花、购年货。突然，晴天霹雳！传来武汉发生从没听说的瘟疫的消息，此病传染性极强，很多人中招，甚至有人病亡了！

1月24日，大年三十下午，一场紧急会议正在进行。

在广东汕头龙湖区龙祥街道会议室，街道主要领导神色凝重，用急促严肃的语调大声说：“今天是大年三十，本已进入法定的欢度春节长假，但突如其来的新冠病毒肆虐，武汉昨天封城，现瘟疫正向全国扩散，形势极为严峻。广东省已启动重大突发公共卫生事件一级响应！我市已出现首例新冠肺炎确诊者，而且这名确诊者就在咱们龙湖区！”

领导锋利的目光把全体与会者扫射了一圈，继续说：“我刚刚参加区里紧急会议后急速赶回街道，根据市委战‘疫’指挥部通知，取消长假，全体干部投入战‘疫’斗争！”

他紧接着介绍首例确诊者的情况：女性，66岁，是武汉市退休员工。她1月17日晚从武汉乘飞机来汕头，想和在汕头工作的儿子一家过春节。23日发现身体不适，便往市中心医院就诊，当晚10点，医院抽样标本经市疾控中心病毒测试呈现阳性，连夜再送省疾控中心复检，最终确诊为新冠肺炎患者！

他郑重地说：“市里命令我们，刻不容缓排查找出与患者同机抵汕的乘客和密切接触者！同时，各个社区立即排查本社区内1月18日零时起从湖北来本社区人员，分批送市留观服务点隔离14天，一个也不能漏！”

疫情就是命令，防控就是责任！

祥和社区支部书记纪贵荣火速通知全社区干部和工作人员到社区集合，投入这场没有硝烟的战斗……

祥和社区面积1.45平方公里，辖区物业管理小区8个，门房管理小区8个，开放式小区1个，户籍居民886户2476人，非户籍居民8409人。

纪书记强调：“咱社区外来工很多，是本地有户口的4倍！千万不能掉以轻心，对从湖北来的，要严格认真排查，现分为两组，一户一户登门入户，分发宣传资料，逐一排查登记，尤其找出上级通知的与首例确诊患者同机回汕的人的居住地。坚决不漏一人一户！”

辖区内很多居民楼都是多层建筑，没装电梯，大家从一楼逐户逐户登上八楼排查，劳动强度可想而知，个个汗流浃背。经过一天多的地毯式排查，终于查出和首例新冠患者同坐一班飞机回汕的住户，是一对70多岁的老年夫妇，儿子是汕头部队转业干部，这次是应儿子邀请来汕过年的。同时，排查出26名必须隔离留观的从湖北来汕人员。

社区立即把排查情况向街道办汇报，街道向区汇报，至初一晚10点，上级确定首批留观隔离人员3户11人，其中包括与首例确诊患者同机的2位老人，即刻送往指定的留观隔离点！

事不宜迟，立即行动！

“让我来吧！”

“怎么送，由谁送呢？”

纪贵荣书记皱着眉头，思忖着。

正当纪书记束手无策时，林伟斌霍地站了起来，目光炯炯地看着书记，说：“让我来吧！”

在场的人都愣住了，眼睛齐刷刷转向林伟斌。

“小林，这是有风险的，这两位老人我们还不知道他们有没有被传染，你是家里的顶梁柱，又是独子，上有双亲要赡养，下有一双儿女要抚育，小儿子才十多个月，万一被传染上了，后果不堪设想！”纪书记关切地犹豫着。

“书记，我知道有风险，但国家有难，匹夫有责！工作总得有人做，我是一名共产党员，又年轻，这种有风险的事就让我干吧！”

“那你要小心，注意安全！”

“没事，接送隔离对象这个任务我全包了，尽量减少冒风险的人，要死就死我一人！”林伟斌态度坚毅地说。

时间紧迫，当时社区没有手套、防护服、眼罩、靴子等防护装备，只有普通口罩。林伟斌戴上口罩，急匆匆开着车就出发，他首先要送的就是那对与首例确诊者同机的老年夫妇。

林伟斌敲了老人家的门，老人磨蹭了半天才开门。

看见林伟斌，神色疑虑并不客气地说：“这么晚了，要干什么？”

林伟斌耐着性子，和颜悦色地说：“两位长辈，我是社区副书记林伟斌，按市里要求，来接送您两位到留观宾馆，请你们简单收拾点换洗衣服。”

“什么？我俩没有任何症状，不是要求居家隔离就可以吗？”

“您两位年纪较大，与首例患者是密切接触者，必须及时去检查，早隔离、早发现、早诊断，这是为您二老着想呀！”

老人望了望窗外，风雨交加，寒风呼啸，实在有点惧怕。“这么晚了，外面又冷又下雨，如果非去不可等明天才去！”老人拗着。

林伟斌依然笑容满面，继续讲明利弊好言相劝，两位老人勉强同意了，但不肯戴口罩。

林伟斌帮老人提着行李，扶着老人，继续说好话：“戴口罩是保护自己不被传染，要求全市每个人都必须戴口罩，勤洗手，我不也戴着吗？”

老人勉强把口罩戴上了。

林伟斌小心翼翼地把他们扶上车。车开至指定留观酒店，林伟斌动作敏捷地打开车门，把老人一个一个扶下车，一边提着行李和大包小包，一边扶着老人走进宾馆大堂。一直等候着的医护人员立即进行测体温、登记、安排入住。

送毕两位老人，林伟斌稍松一口气，又迅速返回社区接送第二户人家。为减少交叉感染，他安排逐户逐户分批接送。

这一户有7人，是从武汉来汕工作的。家里有年迈的父母，还有年幼的孩子。当接到隔离14天的通知时，夫妻俩蒙了，很惧怕，产生了想逃回武汉的念头。得知消息的街道副主任谢琼晖第一反应是感到了事态的严重，这户人家有逃跑迹象，必须及时制止！

他们联系派出所，要求派两个民警在其住处楼下守着，以防万一。

谢主任打电话给那家人：“听说你们要走？武汉比这里危险，现在回去等于送命！”并且劝阻他，“在当前形势下，疫情就是命令，逃离是要负相关法律责任的，千万不能逃离！而且去留观隔离宾馆是汕头市政府的关怀，那里配有日常用品，三餐免费配送，有医生检查保障，14天后没事就回来；有事早隔离、早治疗，不用紧张！”武汉同志听了觉得有道理，思想松动了。

此外，还找到他们夫妻所在单位的领导来协助动员。

妻子还是有顾虑：“我们孩子这么小，万一去后反而被传染了，怎么办？”

“留观服务点是宾馆单独房间，单独检测，不存在被其他人感染的问题。”林伟斌耐心恳切地解释。

“为啥要连夜集中观察？现深更半夜的，我们明天去不行吗？”

“我们这是在执行政府的规定，也是为了你们和大家的安全，隔离观察14天，全国都一样。早检查，早放心呐！如果拖着，不利的是你们，我们何苦冒着严寒不睡觉来载你们呀！”

“那你们拿出文件给我看！”最后，众人苦口婆心地劝说，终于做通这家人的思想工作，把他们送到留观隔离点。

凌晨2点多，把首批重点留观隔离对象11人及时送达。接下来几天连续奋战，一共送达45人，林伟斌圆满完成了本社区的全部接送任务。林伟斌还每天定时电话询问隔离人员的身体状况，跟踪询问他们还有什么需求。到目前为止，被隔离人员已经全部解除隔离，平安回家。

每接送一批人，林伟斌都会仔仔细细地消毒车子，门把、座椅、坐垫、方向盘、车窗、后备厢等，为了每一批人的安全，他一丝不苟、不厌其烦地反复操作着。

他把自己也隔离起来

由于任务紧，基层装备滞后，林伟斌开始时只戴个口罩就投入战斗。有的同事碰到他时投来异样的眼光，与他保持着一定的距离，好像他就是一个传染源。

林伟斌笑着揶揄自己：“说实在话，我心里也没底，也有点紧张，说一点都不怕，那是假的。我送的第一户是和汕头首例确诊患者同乘一架飞机，也不清楚他们被传染了没有，何况据说有的人在潜伏期是没有症状的，且潜伏期有的还不止14天。如果他们被传染了，我驾车送他们，我也成了近距离接触者。这样，我被感染的概率也就很高，所以我很理解同事的顾虑心理。”

为了确保辖区居民群众的安全，为了减轻同事和家人的心理负担，林伟斌决定，在执行接送任务期间，必须把自己也隔离起来。

他把这个想法告诉了父亲，得到了父亲的理解和支持。林伟斌的父亲是部队转业干部，共产党员，现已退休了。林伟斌从小跟着父亲在部队大院里长大，从小接受革命熔炉的锻炼，爱国爱党的“三观”根深蒂固。

林伟斌自觉地自我“隔离”了。

这太令人感动了！一个平凡人做出了不平凡的事！林伟斌心里装着群众，装着亲人，宁可独自忍受寂寞，不影响他人，这就是一个共产党员的担当！

在隔离的日子里，每当夜里他忙完工作，躺在隔离房里，就会强烈地思念近在咫尺的亲人。他打开手机，和家人视频，这是他一天中最幸福的时刻！

视频里，大女儿甜甜地喊着：“爸爸，我们想你，你什么时候才能回家？”

林伟斌的眼角闪着泪光，他强忍着，露出慈爱的微笑：“快了，快了，你要乖乖听话，照顾好爷爷奶奶弟弟，还要抓紧时间学习！”

女儿的头像捣蒜头似的点着：“知道了！”

“弟弟呢，乖吗？”他特别惦念才十几个月大的小儿子。

妻子总是重复一句话：“注意安全！”

老父亲为儿子的担当感动骄傲，叮咛儿子：“斌儿，家里的事不用担心，你一定要好好完成接送任务！”

有时候回到房间太晚，孩子们也许进入梦乡了，他不忍心打扰他们，只能独自一人，抑制着对家人深深的思念，熬过寒夜……

林伟斌自大年初一主动请缨接送隔离对象，直至元宵后，近20天没回家。

我在社区采访林伟斌时，同事和居民群众纷纷点赞：“这个后生仔真好，尊老爱幼，吃苦勤劳！”

纪书记十分疼爱和赞赏他，介绍说：“小林来社区工作近18年了，他1983年出生，2005年入党，担任副书记已11年。工作任劳任怨，是个老实肯干的好青年！”

采访时，林伟斌戴着口罩，我看不清他的脸，只看到浓黑的双眉下深沉的眼睛，像清澈海波闪闪发亮。尽管戴着口罩，笔挺的鼻梁轮廓还是被映衬出来，迸发出一股青春气息。而我印象最深的是他胸前熠熠生辉的党徽！

瘟疫无情，汕头有爱。

汕头从2月8日至今，新冠患者零新增！

此时此刻，没有比“零新增”这三个字更加令人快慰、令人振奋了！

这个大好局面，离不开汕头各级干群严格把控“隔离”这一关，确保疫情不蔓延、不扩散！

这个大好局面，离不开林伟斌这样的无名英雄无私的、默默的奉献！

我们坚信：有以习近平总书记为核心的中国共产党的坚强领导，含苞的花蕾一定能遍地绽放！

（原载《广东文坛》总332期）

北征壮歌

——清远市第一批援鄂战“疫”医疗队写真

□唐德亮

一

元宵刚过，春天虽已透出些消息，严寒却仍不愿退出舞台。

庚子年的春节，全国人民都过得不甚开心。

寒风呼啸，疫情日渐危重。

荆楚告急，风声鹤唳。

国难当头，谁不忧心如焚？

2月9日凌晨1点，清远市人民医院、市中医院与市妇幼保健院分别接到市卫健局紧急通知：根据上级部署，清远组织一支援鄂战“疫”医疗队伍。

上午7时许，三家医院发出征集通知，迅即掀起了报名热潮。

“我报名！”

“我志愿！”

“我是党员，我参加！”

……

一颗颗跃动的红心，急迫希望飞跃到千里之外的湖北。

由6名医生、10名护士共16名医务人员组成的清远市第一支援鄂医疗队快速成立。

清远市人民医院医务科长兼应急办主任向镜芬任队长，感染科副主任邓英与该院护士长罗怡斯任副队长。队员都是三家医院的精英。

9日上午11时。清远市政府门前的广场，一队戴着蓝色口罩的白衣天使整装待发。清远市委书记郭锋为这支北征队伍的队长授旗。

北江冷，长江寒，热血沸。

一面“清远市驰援湖北医疗队”的红旗在寒风中猎猎飘动。

16名白衣战士，即将发向武汉，扑向疫魔肆虐的荆楚大地。

壮士出征，没有美酒壮行，没有喧天锣鼓，只有旌旗的召唤，只有生命的呼唤，只有远方被疫魔击伤的病人的急切期盼，只有同志的嘱托、亲人的叮咛。

“我做好了准备随时上战场。”大年三十以来，一直在发热门诊上班的市妇幼保健院的程吉来队员说。

“暂时的分离是值得的。”除夕以来，一直在上班，没来得及与丈夫孩子告别的黄华英说。

“我等你回来。”朱晓欣给出征的丈夫殷代龙一个深情的拥抱。

“你们是真正的英雄！”送行的人纷纷称赞。

当日晚，清远首批驰援湖北医疗队跨越千里，到达疫雾弥漫的江城武汉。

湖北，武汉，与死神赛跑、与疫魔抢夺生命的清远白衣战士来了！

二

向镜芬，一位“南征北战”、久经沙场的“老将”， 抗击非典的功臣。

从医25年，转战呼吸内科、ICU、重症医学科、医务科、应急办等一线岗位。2003年春天，抗击非典战役打响，向镜芬冲锋陷阵在一线，负责气管插管、肺活检、骨髓活检等高危工作，非典结束后还接受隔离观察。

因表现出色，向镜芬被授予清远市抗击非典一等功。

早两年，作为清远市人民医院派驻连山人医的执行院长，向镜芬带领帮扶团队在连山帮扶，通过专家帮带，不到一年就改变了连山人医的面貌。

出征湖北，向镜芬主动请缨。上级综合考量，任命他为清远市援助湖北医疗队队长。抵达武汉，他马上又被增补为广东省援助湖北应对新冠肺炎疫情医疗队临时党委委员、第四临时党总支书记、广东第十一批援鄂医疗队领队。

这意味着，他不仅要管好清远的16名队员，还要管理广东第十一批援鄂医疗队302名医护人员。

这批医疗队302名医护人员，来自广东20个地级市的108个医院。302人中有99位医生，198位护士，院感专职人员1位，检验人员4位。方舱医院3个区，床位分别有614、419、428张。而在清远援助武汉的医疗队中，则包含中医科、心理学科、感染科、ICU科、呼吸内科等各个科室骨干，是该批广东医疗队伍中科室最齐全的医疗队之一。

很快，向镜芬对东西湖方舱医院内所有的状况和数字都了如指掌。

熟悉情况后，开始排兵布阵。

到达武汉当晚，马不停蹄，立即组织成立召开临时党总支会议，并对医疗队划分功能和职责分工，分别分管护理院感、后勤保障、医疗管控、流程制定、信息报送等。

向镜芬确定了三大目标 ：零死亡，零感染，零召回。他从几方面着手：

成立广东第11指挥部、协调中心。

成立党总支，各个支部有党支部，确立分工、党建、院感、宣传、组织工作，在病人中建立党支部，病人自己参与管理。302个医护人员中有99名党员和1名入党积极分子。向镜芬通过建立党支部和微信群，把人员的思想统一起来，把党组织建在一线作战的“连队”上，做到“每个支部都是一座堡垒，每个党员都是一面旗”。

推动广东治疗特色，中医为主，中西医结合，成立中医小组、心理疏导小组、专家治疗组。

微信三方会诊制度：金银潭医院，舱内医生，医务部专科会诊。

治疗按规范流程，每天关注潜在或者出现危急重症患者，及时做好协调工作转送至上级医院治疗。

加强防护，反复培训穿脱防护服，人人过关，经过多重考核，才能进舱，出入舱都安排有观察员。

每个出院患者做到宽进严出。每天出院病人他都会在前一天晚上把他们的病历医嘱再看一遍，了解患者出院前情况，再次做好把控，确认可以出院才公布名单，出院患者在第二天会再统一安排定点隔离，观察14天才可以回家。

向镜芬说：“为实现方舱医院零死亡、零召回、医务人员零感染，每一个人、每一步骤都要小心谨慎、认真细致，严格按照流程、规范处置，早发现、早干预、早治疗。”

到达武汉翌日，医疗队迅速对医护人员进行进舱前的个人防护、院感防控、治疗流程等系列培训。

经过两天培训，2月12日晚，由每支队伍派出一人组建的小分队进入方舱医院，第二天，医疗队全部进入东西湖武汉客厅方舱医院。

方舱医院内实行封闭式管理，在这样的情况下，无论是医护人员，还是患者，时间长了容易出现焦虑。为此，向镜芬又提出一个创新：“让医疗队每个小组都和患者组建微信群，实现医患无缝对接，患者除了现场咨询外，还可以通过微信群与医护人员交流和询问病情。”

2月18日上午10点，向镜芬和往常一样，查看医院新收病人的病历及医嘱情况，了解病人的一般状况。

突然，一个病人的信息引起他的注意：1046床，黄某某，男性，50岁，发热、咳嗽5天，昨晚入院，体温37摄氏度，呼吸22次/分，心率110次/分，诊断结论：新冠肺炎。

向镜芬马上警惕起来：没有发热，心率怎么这么快呢？他立刻通知舱内组长给病人做心电图，体查。果然，病人房颤心率160次/分，心律不齐，活动后有气促。方舱医院是特定环境、特殊时期临时搭建的医院，条件有限，向镜芬决定马上安排病人转到金银潭医院隔离治疗。

后来诊断病人为重症新冠肺炎，合并心衰，因及时转院处理，目前病情明显好转，避免了转ICU插管治疗。

2月23日，方舱医院A舱组织了医患联谊会，诗朗诵、演讲、唱歌、舞蹈等节目轮番上阵。轻松又愉快的文娱活动，减轻了患者压力，使他们能积极配合治疗。

“病人不出院，我们不下战场。”

按计划，医疗队只需支援14天，但20多天过去了，没有一个人提出要离开，更没有一个人喊累。他们做好了打持久战的准备。

“我们不上，谁上！”

说出这句铿锵有力、掷地有声话语的人，叫邓英，是清远市人民医院感染科副主任，清远援鄂医疗队副队长，56岁。他曾参与诊治白喉、非典等多种传染疾病。

他说：“抗击传染病，感染科肯定要第一个上！”

1月19日，本来已买好车票回老家过年，武汉新冠肺炎疫情加剧，邓英果断退掉车票，翌日，投入防控战斗。

22日，清远确诊第一例新冠肺炎，邓英与感染科的同事们与病毒展开了短兵相接的搏斗，他一晚接诊发热病人40名。

援鄂医疗队需要一位传染病专业水平高、责任心强的医生，主动请缨的邓英又是医院学科带头人与救治专家组成员，自然是援鄂副队长的最佳人选。

向镜芬队长评价他：“邓英医生是个学术型的医师，内敛、务实，作风严谨，做事一丝不苟，赢得大家尊重。”

感染科主任钟备称赞他：“有职业素养，责任心强。”

的确如此。

在方舱医院，每天一到病房交完班，邓英会先检查患者的病情，细致地了解他们的饮食起居和整体状态，看看有没有发烧、气促、咳嗽，对症思考下一步的治疗方案。

有一例危重症患者，刚入院时气促、呼吸困难，肺功能不全，经过邓英和几位医生的全力治疗和护理人员的悉心照料，病情逐渐好转，已经不再需要供氧，并能下床活动了。

经他的手治愈的病例很多，但他不愿介绍。

他不乐意接受采访，说："到武汉抗疫，是一个医生的职责。"

2月底，因在新型冠状病毒肺炎防控阻击战中表现突出，邓英、成卓霖、向淑仪等3位清远援鄂医生被武汉东西湖方舱医院评为"先进标兵"。

三

43岁的成卓霖，正当壮年，平时注重锻炼，身强体壮，充满活力，其体能不亚于年轻人，更酷似一个体育健将。

向镜芬对笔者说："成医生风趣幽默，知识面广，政治觉悟高，做事主动，肯帮人。"

作为清远市中医院神经内科副主任医师与一名党员，成卓霖说："从白天干到晚上，不把新冠肺炎打倒，誓不回广东！"

第一天值夜班，他就把方舱负责片区的300多名患者全部巡查了一遍。

他细心观察每一位患者的心理状态。发现，不少患者忽然被感染、被隔离，有的甚至全家"中招"，产生了情绪焦虑与波动。

他决定为那些担忧自己病情的患者做心理干预和疏导。

除了开药方，他还为这些患者分析CT影像，宣传新冠肺炎相关科普知识，还经常与个别患者进行私聊，舒缓他们的情绪与痛苦。

56岁的郑先生，全家都染上了新冠肺炎，父亲还被夺去了生命。"成医生，昨晚十点半我躺下就干咳……""今早一个男医生说我炎症扩大了……您什么时候过来值班啊？我想麻烦您帮我看看CT片，我这病情到底怎么发展的？"他担忧，恐惧，不时在微信里咨询成卓霖。

"请放心，你一定会好起来的……"成卓霖耐心解答，安抚。

成卓霖利用上夜班，找郑先生聊了半小时，给他释疑解惑。

2月26日，成卓霖连线清远市中医院，让该院的中医专家给郑先生进行"云会诊"，开"云处方"。

几天后，郑先生病愈，出舱。他留言道："成医生，感谢您的医者仁心，我才能好得那么快。待疫情结束，诚挚邀请您来游江城、赏樱花，我来给你们当向导！"

3月1日，《深圳特区报》发表了一篇题为《广东医疗队有个"知心医生"》的报道，赞颂向淑仪为“光明女医生”“最好的心理医生”。

向淑仪迅速走进大众视野。

一头短发的向淑仪，原来曾是一名长发飘飘的美女。

驰援武汉的征集令下来，向淑仪第一时间报名，“国家有难，匹夫有责，更何况我们是治病救人的白衣战士”。

凌晨四点半的武汉，寒风呼啸，雪雹交加，公车在露天处，雨伞刚打开就被强劲的风吹折了，向淑仪只能戴着手术帽，顶着风雹，从住处跑到公车上。

坐在冰凉的车上，头已经冻麻了，双手是冰寒的，她使劲搓手取暖。到了方舱医院，公车停靠在路边，他们东队20名战士顶着寒风往更衣帐篷跑，脱下湿冷的外套，整个身体瑟瑟发抖。

走进“生命之舱”，像走进另一个世界。远远就迎来病人叔叔阿姨们的问好，白色的世界涌动着热流，向淑仪瞬间寒意尽消，暖意扑面，精神抖擞。

向淑仪说：“护士不仅仅是护理者，也是教育者、合作者、协调者、管理者、研究者，还是心理咨询师。护理工作中，要注重人文关怀、心理护理。”

2月17日。向淑仪来到武汉的第9天。

今天上夜班，与其他班次一样，她提前80分钟坐车前往医院。

巡视病房，向淑仪忽见编号1280床的阿姨眼泪长流，一边哭泣一边和一个小男孩在视频。

原来，年前1280床阿姨来武汉陪91岁的父亲过春节，其他家人也从海南、长沙等地出发，聚集湖北，结果全家被感染。91岁的父亲不幸离世，有高血压病史的1280床阿姨因为不了解丈夫目前的情况，正在伤心、焦虑。

听罢，向淑仪也眼含泪花：“唉！这个可恶的病毒不知道让多少个家庭支离破碎了。”

善于开导人的向淑仪说：“阿姨，抱歉打扰了，我是今晚的值班护士，有什么心事可以和我聊聊。您有高血压病史，情绪不适合太激动，如果可以的话，现在尝试和我做深呼吸，缓解下情绪好吗？”

1280床阿姨指着视频，抽泣着对她说：“这是我外孙，我差点把他带来了，我对不起他们，我好担心我老公，不知道他现在怎么样，怕他已经走了，我爸才走没多久。”

“阿姨，听到这个消息，我也十分难过。但希望您能振作，您的外孙还需要您照顾呐，您只有照顾好自己，才能更好地照顾他们……”经过向淑仪耐心的开导，阿姨的焦虑情绪慢慢得到缓解。

2月29日，向淑仪收到多封病人给她的感谢信。其中一封写道：

向医生：

您好！我是武汉客厅方舱医院A1155的患者，首先我想对您诚挚地说一声：谢谢您！

2月23日，是我这一生中最黑暗和最无助的时候，我是2月9日入住方舱医院，随着时间的推移，我的内心也变得越来越恐惧和不安。就在我快要坚持不住的时候，您出现了，我仿佛在黑暗中看到了光明和希望，像是在大海中发现了救命的稻草。

“1155，我是医生向淑仪。”我突然感觉我不是一个人在战斗，而是两个人在并肩战斗，通过面对面的沟通及您的鼓励，我的内心更坚强了。后面按照您制订的科学方案进行自我调节，经过三四天科学调整，现在我的情绪正在逐步恢复。我也有信心走出黑暗，迎接光明。

最后还要诚挚说一声：谢谢您，光明女医生！也希望您在以后的工作中保护好自己！大家一起加油！武汉一起加油！中国一起加油！最后还要感谢所有武汉客厅方舱医院的医护人员，有你们真好！同时祝福你们一个都不能有事！

在方舱医院内，医务人员成了亲人，病人与医务人员成了朋友，成了战友。他们都在统一的战线上，目的只有一个，就是战胜疫情。

寒冬的利刃，斩不断春的潮水；戴口罩的春天，隔不断人间的真情。武汉方舱，见证了向淑仪和她的战友与患者，在这个特殊季节，令人暖心、荡气回肠的真情。

四

岳红梅之引人注目，是出征送别仪式时，她两个女儿送行，5岁的小女儿“妈妈加油！”“妈妈平安回来！”的呐喊。

“妈妈要去打病毒，打完病毒宝宝就可以出门了……”岳红梅双眼通红，她一直对她们说，其实我们都是祖国的孩子，在祖国母亲需要的时候，我们要尽自己的一份力……

岳红梅是清远市人民医院中医内科副主任医师。她记性奇好，能记住所有病人的名字。

虽然事先经过了反复多次的培训，第一次进入舱内，穿着密闭的防护服工作几小时后，岳红梅还是起了“高原反应”：晕眩、恶心，进去没多久她就吐了，然而她只能硬生生地把呕吐物又吞了下去。她上的是晚上8点到凌晨2点的晚班，生理的不适加上体力的消耗，“第一次入舱真的很辛苦，脱下防护服后脸上、身上都有明显的压伤甚至脓疱”。

岳红梅所在的C舱共有400多名病人，由4名医生负责，也就是说，每个医生要分管100多个病人，工作量之大可想而知。

首次进舱，岳红梅查完房便将手头的病例全部整理了一遍，熟记每位病人的病情、用药及诊疗方案，等到下一次上班时，她已经能叫得出所有病人的名字，并将病人和病情对上号。

A72患者刚开始治疗效果不佳，一直“下着重型”，持续性胸闷、气喘，只能卧床不能下地，岳红梅给予中药颗粒剂口服，再加穴位按摩、摸腹，八段锦治疗。经治疗，患者肺部感染吸收加快，病情迅速改观，转普通型，再给中药调整，不多日，痊愈出院。

向镜芬说：“岳红梅医师非常热心帮助病人、帮助同事，很有创新点子，想人所想，对病人如春风化雨般细致，病人认同感很强。”

长着高鼻子的林家铭，每次摘下口罩，鼻梁都被压得皮破血流。

2020年2月26日，援鄂第16天。凌晨四点半，闹钟把还在睡梦中的林家铭护士叫醒。

今天他上白班，五点半就得出发前往方舱，起床洗漱，匆匆忙忙吃了个泡面就出门了。

凌晨的武汉静悄悄，寂静的街道，暖心的公车司机一夜未眠地在楼下默默地等着接送他们上下班。

刚入舱接班，就听到了好消息：今天他们所在的C舱共有11位病人康复出院，其中他们小组所管的B区就有9位。

病人能顺利康复出院，大家异常高兴，虽然说人数较少，但证明了援鄂医护人员这段时间的治疗护理与辛劳没有白费。

紧张的工作，让林家铭忘记了鼻梁上的压痛，下班换好衣服，当撕下鼻梁上起保护作用的水胶体的时候，鲜血也慢慢地流了出来，吓了组长和组员一跳，赶紧跑过来帮他处理伤口。

“没办法，我的鼻梁太高了，容易受伤。”林家铭笑着对他们说。

帐篷里的新疆小姐姐也笑了：“有我们的鼻梁高吗？”

林家铭说：“不怕受伤不怕毁容，只是怕这伤口影响我后续上班，希望能早点愈合。上班虽然辛苦，但我还是会选择这种滚烫的人生。”

林家铭有个“亲爱的小胖丁”——他的未婚妻杨晓敏。杨晓敏也在清远市人民医院工作，2016年在医院实习的时候两人就开始了爱情之旅。

出征送别那天上午，两人缠绵不舍，林家铭后来在给“小胖丁”的信中写道：“还记得那天你为我边收拾行李边哭的样子，出发时即将上车的那一刻，你又哭了，我们手牵着手，竟相对无言。好像柳永词中所写：执手相看泪眼，竟无语凝噎。最后我开玩笑和你说：奈何七尺之躯，已许国，再难许卿。”“疫情还未结束，我不敢和你承诺太多，因为我怕在这里我不幸被感染了，或者有其他的意外兑现不了承诺。但是现在我可以答应你，等疫情结束，我安全回去之后，我们就结婚。”

副队长罗怡斯每天工作12小时。

武汉客厅方舱医院有3个病区，患者将近1600名，医护人员1200多名。

30年护理，12年的护士长，资历不谓不老。队员们亲切地称她为“罗姐”。

“罗姐”是这个医疗队的暖心“管家”。

“我们就是一个团结的大家庭，在这里，每天都会发生令人感动的事情，人生有这么一次经历，值得了。”“罗姐”说。

罗怡斯午饭、晚饭常在外面吃，完全暴露在疫区，感染风险不比在舱内低。为了减少风险，她平时水都不敢多喝。

罗怡斯是个感性的女人。有一次看到来自清远的物资，她感动得落泪了。

3月初，清远第一批援鄂战“疫”医疗队荣获全国疫情防控先进集体称号，这一喜讯证明：清远的白衣战士是一支敢打硬仗、能打硬仗，不畏艰险，敢于胜利的队伍。

他们是清远人民的骄傲。

3月3日中午，方舱指挥部披露：客厅方舱仅剩400余名患者，日均出院100人左右，C舱全部转入A、B舱。

这是振奋人心的消息。

春天终于来了。

楚天浩渺，汉水苍茫。

北征荆楚，胜利在望！

（原载《广东文坛》总332期）

战“疫”硝烟录

——粤北第二人民医院抗击新冠肺炎疫情纪实

□冯春华　彭裕强

2020年1月，这是一个失去了先机的季节。

1月23日10时，武汉正式封城！没有特殊原因，不能离开武汉！

1月23日，广东省决定启动重大突发公共卫生事件一级响应。

1月25日，农历正月初一，党中央成立应对疫情工作领导小组，在中央政治局常务委员会领导下开展工作。

1月25日，粤北站检疫防疫工作正式启动，韶关成为广东阻击新冠肺炎疫情的最前线，被称为防控“北大门”。

疫情阻击战，在党中央的统一领导下，在全国各省市迅猛展开。

而粤北第二人民医院，也迎来了建院以来最严峻的考验。

上篇：战场，在粤北二院展开

作为韶关市的传染病专科医院，粤北第二人民医院一直是广东省的隔离治疗定点医院。韶关市新型冠状病毒感染的肺炎患者，全部都送往这里的隔离病区治疗。

这里，是我市抗击新型冠状病毒感染的肺炎的主战场。

10名确诊病例住进了粤北二院

1月20日凌晨00:26，第一例疑似新型冠状病毒感染的肺炎患者住进粤北二院，战“疫”正式打响。

而在当天，国家卫生健康委收到国内4省（区、市）累计报告新型冠状病毒感染的肺炎确诊病例291例（其中广东省14例）；14省（区、市）累计报告疑似病例54例（其中广东省7例）。

1月21日，韶关确认2例新型冠状病毒感染的肺炎病例，患者为两姐妹，妹妹（58岁）、姐姐（62岁），妹妹长期居住在湖北省鄂州市，1月15日经武汉来韶看望姐姐。

1月23日，韶关新增报告1例新型冠状病毒感染的肺炎确诊病例。确诊病例为男性（64岁），发病前无武汉的居住史或旅行史，为首例输入病例的近亲属。

1月26日，韶关新确诊1例新型冠状病毒感染的肺炎病例。病例为仁化县31岁女性患者，在武汉务工，1月20日自驾返韶。

2月2日，韶关新确诊1例新型冠状病毒感染的肺炎病例。病例为浈江区59岁女性患者，有与武汉来韶人员接触史。

2月4日，韶关新确诊1例新型冠状病毒感染的肺炎病例。该确诊病例为女性，31岁，为我市第二例确诊病例和第三例确诊病例的女儿。

2月11日，韶关新增新型冠状病毒肺炎病例1例。该病例为男性，56岁，为我市第一和第二例确诊病例的弟弟，该病例作为确诊病例的密切接触者。

2月13日，韶关新确诊1例新型冠状病毒肺炎病例，该病例为男性，26岁，户籍新丰，长期居住在佛山顺德区，1月23—27日到香港探亲，1月28日回到新丰县丰城街道，该病例与香港确诊病例有接触史。

2月15日，韶关新确诊2例新冠肺炎病例，为全员健康排查发现的无症状感染者。感染者一，男性，48岁，湖北武汉人，1月21日到乐昌探亲。感染者二，女性，20岁，湖北荆州人，1月24日到乐昌探亲。

10名确诊病例，让粤北二院走上了抗击疫情的第一线。

与此同时，还有30多名疑似排查病人在粤北二院接受检测。

决不打无准备之仗

“疫情就是命令，防控就是责任。”面对来势汹汹的疫情，粤北二院早已做好了一切准备。

“我们从2019年12月下旬起，当时是不明原因肺炎，我们就以专业的敏感性开始了准备工作。”粤北第二人民医院院长李德昌在接受采访时，很平静地说出了粤北二院在战“疫”中成功的第一步。

粤北二院对疫情的前瞻性准备让众多医护专家和群众感到意外。

作为传染病学专家，李德昌在2019年12月底了解到武汉发生不明原因肺炎时，马上利用自己的专业知识对病情进行分析，并及时向省有关医院、湖北武汉的同行了解情况。他说：“传染病有个周期性，必须要及早预判，做好一切治疗准备工作，要将危害性控制在最小范围内，要采取积极有力的防控措施，把人民群众生命安全和身体健康放在第一位，坚决遏制疫情蔓延势头。”

如果再往前关注粤北二院对传染病的防控措施，我们可以看到，本届院党总支及院班子成员在2015年9月任职以来，就旗帜鲜明地提出医院以扛好传染病防治大旗、强专科拓综合的办院方向，积极想尽办法，完善传染病医院规范的设置，在医院经济十分困难的情况下，反复向上级部门请示如何做好传染病防控工作设想。在市委市政府和市卫健局的大力支持下，积极筹措经费，在肺科建设了负压病房，在院部门诊部建设了规范的临时性发热门诊、肠道门诊，购置了负压救护车、负压担架、防护用品等医疗抢救设备，还经常进行疫情演练、全员培训。

这无疑是未雨绸缪棋高一着有远见的举措，为做好这次抗击新冠肺炎疫情打下了坚实基础，取得了主动权，发挥关键性的作用。

2019年12月28日，市委书记李红军、市长殷焕明到粤北二院调研，李德昌在汇报医院的发展现状时，特别汇报了二院对疫情可能出现的情况的应对准备。李德昌说，粤北二院有信心，也有能力做好疫情的治疗工作。

决不打无准备之仗，经过几年改革走上新的发展之路的二院，凝聚全院之力，以上率下，团结一心，全员投入到准备中。

医院制订了不明原因肺炎疫情应急预案，成立了不明原因肺炎疫情防控应急指挥架构，由院党总支书记、院长李德昌亲自担任总指挥，梁小文、温志华、周伟华、陈红玲4位副院长为副总指挥。下设15个工作小组，协调防控工作及技术指导和各项防治工作的落实，做到防治工作责任制和追究制。

2020年1月中旬，针对疫情，医院组建医疗救治团队随时待命。这支队伍汇集了医院老、中、青三代医护人员，其中有参加过抗击非典的“老战士”，也有积极请战，不惧病魔的年轻医护人员24人，全部都是各科室业务骨干，有经验、有技术，更有战胜病魔的信心与决心。

二院迎战的气氛越来越浓，每位职工都找准了自己的位置，所有职工都积极响应上级及医院号召，全员主动放弃春节休假。各个岗位做到履职尽责、坚守岗位，万众一心，众志成城。

一份份请战书送到了李德昌手中：

感染科范红顺等49名职工第一时间向医院递交了请战书；

护理骨干黄敏莹、施金艳，护士蓝斌、陈慧等志愿申请到病区支援工作；

在广州医学院附属第一医院呼研所进修的钟耀东医生，也向医院递交了请战书……

感染科护士长廖丽芬说起自己主动请缨的原因，一是自己曾在2003年抗击过非典，有经验；二是因为自己是一名共产党员，有义务；三是自己是护士长，有责任。

面对这些没有华丽的辞藻、跌宕的情节，只有真实的情感、平实的语言和无私奉献精神的打上手印的请战书，深受感动的李德昌说：有这样的同事，我们就一定能战胜疫情。

24小时on call，若有战，召必回！这是二院全体医护人员的请战决心。

冲锋号正式吹响

全院进入了战“疫”前的紧张准备。在梁小文副院长带领下，全院提前做好防控准备工作。1月8日制订了《不明原因肺炎病例转运工作方案》、防护用品穿脱流程及相关清洁消毒流程；1月10日上午，由院感科牵头组织相关科室再次进行应急模拟演练；院领导多次带领相关科室到预检分诊、发热门诊、负压病房、检验科等科室实地查看、指导工作的落实，发现存在问题立即整改，为应对疫情打下基础；在温志华副院长的指导下，设备科提前做好个人防护用品、消毒用品及医疗设施设备采购计划，提前做好疫情应对准备工作。

李德昌说，1月17—18日，医院组织医务科、护理部、医疗设备科对肺科负压病房、急诊科负压救护车进行管理检查，对负压病房存在的一些问题现场办公现场解决，保证负压病房、负压救护车、负压担架在备用应急状态。

1月19日，二院从全院各科室抽调护理骨干10名成立新型冠状病毒肺炎护理小组；当日下午对第一批进入新冠病区护士进行新冠肺炎基础知识、防护服穿脱、院感相关知识、标准防护、医疗垃圾处置等考核，并由何平实地进行环境熟悉、物品放置、防护服穿脱培训。对新冠肺炎护理小组成员提出岗位职责、职业防护等要求。

1月20日，第一例疑似患者入院治疗。

首位接诊的医生曾医生记录了当天发生的事：

白天我们按上级安排，配合科室领导做好了备战准备，空好了病房，测试好了呼吸机和负压病房，但还是感觉疫情离我们很远。到了晚上九点多，接了张主任一个电话，说乐昌发现一个疑似病人，从武汉回来，有发热症状，然后我马上进入紧急状态，将演习的流程在脑子里过一遍，迅速而细致地穿戴上防护服、手套、口罩、眼罩等，在门口焦虑地等待着疑似新冠肺炎患者，担心病情的凶险。此时，看到院领导陆续到来，准备和我们共同迎接挑战，看着院领导们，我的心情安定了很多，可以沉着面对了！

病人来了，我和沈护长引领着病人来到指定病房，沈护长给病人吸好氧气，测体温，上心电监护。而此时，省专家和市专家组也已经来到科室，在监控视频下，看着我给病人做采集病史及做体格检查。我在专家组指导下，顺利完成了病史采集，然后回来，向专家组和院领导以及疾控中心人员汇报了情况，听取了专家组意见，按他们的要求做好接下来的各项诊治工作！

这是当时最平白最真实的记录，从这个病人开始，战“疫”正式打响。

党旗飘扬在第一线

农历正月初一，习近平总书记主持召开中央政治局常务委员会会议，对疫情防控特别是患者治疗工作进行再研究、再部署、再动员，发出了打赢疫情防控阻击战的战斗号召，给我们以巨大信心和强大力量。

1月30日，誓言在疫情防控一线响起：“我志愿加入中国共产党……为共产主义奋斗终身，随时准备为党和人民牺牲一切，永不叛党。”在粤北二院党总支书记、院长李德昌的带领下，党总支委员周伟华、陈红玲，总支委员、隔离病区临时党支部书记温志华和战斗在疫情防控一线的全体党员举起右手，握紧右拳，铿锵有力地诵出铮铮誓言。

自疫情发生后，粤北二院肝肺党支部8名党员、2名发展对象率先报名投入一线参战，与此同时，粤北人民医院重症医学科的党员干部也积极申请来到韶关抗击疫情的最前沿。为了增强两院党员的战斗力和凝聚力，更好地发挥党员先锋模范作用，两院决定组织成立疫情防控临时党支部，为打赢疫情防控阻击战提供坚强的组织保障。身为疫情防控专家指导组组长的粤北第二人民医院副院长温志华被推选为临时党支部书记。刘增辉为组织委员，廖丽芬为宣传委员。

一面鲜红的党旗在韶关疫情防控第一线高高飘扬。

前来支援粤北二院的拥有16年党龄的粤北人民医院重症医学科主管护师张结莲说：“是党心让我们两院的医护工作者靠得更近，是党心让我们有信心和勇气承担起这份重任。”

冲锋在前的共产党员更为奋战在疫情防控一线的医护人员树立了榜样，大家纷纷向他们学习。疫情发生以来，粤北第二人民医院就有18位医护人员向所在党支部提交了入党申请。肺科护士长沈智姹就是其中之一。她说：“在这场战役中，我发现自己身边不少优秀医护工作者都是共产党员，他们非常棒，我决心向他们靠拢，发挥自己的专长，打赢这场没有硝烟的战斗。”

中篇：弥漫着硝烟的战“疫”故事

从1月20日至今，粤北二院阻击疫情的硝烟一直没有停止过，从年轻的护士到参加过非典、禽流感、甲流等救治工作的老医护，他们都以一种请战的决心投入到疫情防控中，他们以平凡的方式演绎着不平凡的战“疫”故事。

救治专家温志华信心满满

作为医院副院长、疫情防控专家指导组组长、隔离病区临时党支部书记的温志华，肩上的担子和责任让他没有片刻的松懈。自收治第一例确诊病例以来，他第一时间到达隔离病区，坚持每天查房，密切观察患者病情变化，掌握第一手资料，与省、市级专家们一起制订全面有效的诊疗方案。

2003年非典时期，粤北第二人民医院和今天一样是定点收治医院，当时“最激烈的战役”也是在该院肺科打响，那年，医院中的每一位参战同事都是勇士。

“2003年非典时期，我们的设施设备和现在相比实在是差太远。那时候我们没有负压病房、负压救护车，医护人员的防护设施也没有现在这么完备。”温志华说，“非典疫情暴发后，我市虽然只有1例确诊患者，但患者是被隔离在普通病房内，各种救治设施没有今天先进，院内的医护人员时时刻刻都处在一个高风险的工作环境中。”

回头看今日，医院的硬件设备大大提升，有了负压病房和负压救护车，医护人员很多都有非典时期的救治经验，医院还提前采购、储备了充足的药品和防护物资，检修了院内床边X光机等相关设备，做到“兵马未动，粮草先行”。

“作为在这17年里看着医院硬件设施不断完善，治疗手段不断提高，凝聚力不断增强的粤北二院人，我们的信心有很大部分是建立在我们整个医疗体系的不断完善上的。”温志华表示，“17年前大家能齐心协力取得胜利，今天也一定能再次站上胜利的高台。”

第一个进入“战场”的护士长沈智姹

从韶关市第一例确诊病例被送入粤北第二人民医院隔离治疗开始，肺科护士长沈智姹是第一个进入“战场”的战士，回想起1月20日的场景，她表示，当时根本没有时间让自己害怕。“当时任务非常紧急，我脑子里就只剩下方案中的流程和措施，而且我是肺科的护士长，这种情况下，我不上谁上？”沈智姹边说边回忆当时的情形。当时病人送进来时，自己就在岗位上。她认为，自己先进去能为年轻的护士们迅速总结出经验做法，保护好她们的安全，让她们更好地投入接下来的战斗，这也是护士长的责任。

沈智姹全面负责医院隔离病区的护理工作。一个多月来，她配合温志华副院长抓好内务和护理管理，随时应对病例突发状况。面对一个未知的病毒，她经常在科室通宵工作，她在笔记中写道："我都不知道今天是大年初几，我只知道天亮了、天黑了。黑夜中听到高铁的声音是那么的好听，我以前可不觉得它好听。"

这是一种革命的乐观主义精神。

"这是一个新发的疾病，在对病例的救治护理过程中充满了变数，我们要时刻关注病患各种指征的变化。"沈智姹告诉记者，自己时刻关注每一位病患的身体变化，并及时通过微信、监控、电话为在隔离病房照顾病患的年轻护士或非本科室的支援护士提供经验指导。

"党员突击队"完成气管插管有创呼吸

气管插管有创呼吸是一个职业暴露风险极高的操作，面对极有可能造成的感染，"党员突击队"冲锋在前，攻坚克难，顺利完成了任务。

从2月8日开始，送到粤北二院的重症患者病情逐渐加重，经省市专家组连续2次的会诊评估，决定在2月9日进行有创呼吸机治疗。而气管插管有创呼吸是一个职业暴露风险极高的操作，需要在三级防护督导下进行，可见对医务人员的危害极大。粤北人民医院及粤北二院组成的医护团队没有退缩，病区临时党支部决定组成"党员突击队"进行此项困难危险的医学操作。"党员突击队"由党员及入党积极分子张结莲、钟利民、黄奕、王红霞、赵颖5人组成，他们临危不惧、迎难而上。

2月9日下午2点，在粤北人民医院ICU主任李莉的统一指导下，突击队员们开始了这项危险的操作。首先，由医术高超的粤北人民医院钟利民医生负责气管插管，张结莲为助手，另外3个队员协助。队员们互相协助，互相配合，虽然患者有些躁动，但医术高超的钟利民医生仅一次就顺利插管成功，随后张结莲护士等4人麻利地按部就班地将接管、固定、清洁、护理等工作一一做好。

当张结莲做完所有的工作出来时，已经是晚上8点钟了。

药剂科狂奔600公里买回急用药

2月14日，一线医疗团队专家组对一例危重症新冠肺炎患者进行专家会诊，提出需要尽快使用艾司洛尔注射液，这个药平时临床很少使用，医院库存不足，经过联系，韶关所有药品配送公司都没现货，紧急与韶关市区主要医院药学部门联系，粤北人民医院中心药房仅存现货7支，加上二院原有库存数，连一天用量都不够，原配送公司广州市国盈医药有限公司也表示，因为韶关没有现货库存，限于发货手续和物流实际，所以当天肯定送不了货，而且只有位于佛山南海狮山镇的广州国盈仓库才有现货。

需求就是命令，保障就是生命，为争取时间全力救治患者，药剂科马上安排药品采购员钟沅君去狮山仓库取货。接到任务后，钟沅君马上与广州国盈业务员取得联系，下午3点多钟与司机甘成一起直奔佛山南海，来回路程近600公里，二人没停顿片刻，顾不上吃晚饭，争分夺秒，一心记挂的是病人急需用药，终于在当晚10点钟，顺利取回了艾司洛尔注射液100支，药剂科马上安排人员立即完成出入库手续，马上送交隔离病区治疗组使用，为抢救危重症新冠肺炎病人争取了时间。

省市领导专家聚粤北二院战疫情

“同时间赛跑、与病魔较量，坚决遏制疫情蔓延势头，坚决打赢疫情防控阻击战。”习近平总书记在中共中央政治局常务委员会会议上的重要讲话为战胜疫情指明了方向。

李德昌介绍说，自从二院收治第一例新冠肺炎病人后，他们就是和时间赛跑，与病魔较量，各级领导和相关部门给予了全力支持。市委市政府领导经常过问有关情况，要求各单位全力支持。而李德昌也每天向市主要领导汇报救治病人的最新进展。

市卫健局领导多次深入二院解决实际问题，协同全市各专业医院派出的骨干在粤北二院组成救治小组。这些专家和医护人员分别来自粤北人民医院、市第一人民医院、市中医院、铁路人民医院、南雄人民医院、曲江人民医院等，他们面对来势汹汹的疫情，冲锋在前、毫不畏惧，用实际行动充分展现了白衣天使无私奉献的精神风貌，全心全意为广大人民群众的身体健康保驾护航。

为了全面准确救治新冠肺炎病人，粤北二院经常主动向省专家组专家请教。“我们经常通过视频，和全省各地战线的战友们分享交流，总结经验，省卫生健康委员会也会组织专家为我们答疑和指导。”温志华表示，在视频中看到全省各地战线上战友们的身影，收到省卫健委的鼓励，让自己和全体医护人员都能清楚地认识到，在自己的背后一直有一个强大的集体在支持着大家工作，大家不是孤军奋战。

1月28日下午，广东省人民医院ICU主任蒋文新参加粤北二院疫情一线专家会诊，指导疫情救治工作。他肯定了二院现有的治疗方案，对一些细节做了微调，要求继续密切观察。

2月11日，广东省疫情防控指挥部办公室医疗救治组第四组组长于化鹏（南方医科大学珠江医院呼吸内科），专家蒋文新、刘洁玲（香港大学深圳医院院感科）到二院开展新冠肺炎医疗救治指导工作，了解定点救治医院医疗救治方面的相关情况。

2月15日下午，广东省专家组组长、省人民医院主任医师覃铁和，广州医科大学附属第一医院党委书记、主任医师黎毅敏赶到二院，联合我市专家李莉（粤北人民医院ICU主任）、马君武（韶关市第一人民医院ICU），对新冠肺炎危重患者进行会诊。会诊中，专家们就病人病因、CT影像学资料、治疗方案进行思路交流。专家们结合自身多年临床诊疗经验，对病案反复研讨，谨慎判断。

正是有省市专家的参与，让粤北二院更有信心打赢这场疫情阻击战。

2月23日，南方医院派出第一批省内援助医疗队，由心血管外科副主任医师朱鹏支援粤北第二人民医院。

3月3日，南方医院支援粤北第二人民医院医疗队出征。这时，在韶关确诊人数10人，已有9人治愈出院，剩下的1名危重症患者，急需专家会诊治疗。出征医疗队由南方医院院长李文源带队，呼吸与危重症医学科蔡绍曦主任、感染管理科孙树梅主任随行。其他队员分别是呼吸与危重症医学科的董航明、罗网，心血管内科抽调的崔凯、滕中华、白素芳，以及消化内科的周丽华。他们一来到粤北第二人民医院，就对患者进行会诊，并进入ICU对这名患者进行检查治疗。

为了一个患者抽调一个团队，真正体现出人民健康高于一切的关怀！

同时，粤北二院时刻做好舆情管控和宣传工作。院办公室下发了《粤北第二人民医院关于加强疫情期间舆情监管的通知》，严禁制造、传播各类谣言特别是疫情谣言，散布所谓“内部”消息和小道消息。严禁转发没证实、非官方权威部门发布的疫情消息、伪科普知识。落实保密工作制度，不将疫情防控涉密文件、内部文件、敏感信息及病人隐私信息泄露。加强新闻宣传、聚焦攻坚之力，宣教科深入一线采访挖掘防控工作中的先进典型和感人事迹。

下篇：那些温暖感人的故事

一场战役是由许多个战场组成的，既有冲锋陷阵的战士，也有后方许多支援者。

我们很容易举出一个个家庭支持的故事，我们也知道每一个父母、儿女的期盼。他们是儿子也是爸爸，是女儿也是妈妈，是孩子也是大人，但是在病魔面前，他们只有一种身份——白衣天使。哪有什么白衣天使，他们不过是一群换了衣服的孩子，学着前辈的样子治病救人，和死神抢人罢了。这个春节，圣洁的白色像漫天飞舞的雪花，悄无声息，却换来了生命的希望。

这是粤北二院的凝聚力，战斗力。

此次粤北二院将肺科划定为新型冠状病毒肺炎患者收治科室及隔离区域，肝病科三个病区合并为一个病区，原肺科患者迁移至肝病科三楼临时成立的科室，肝病科四楼划为医务人员休息隔离区。于是，肝科全员行动，在紧急抽调医生及护士10余人前往疫情前线的前提下，在总务科、护理部等部门的大力支持下，迅速完成病区的整合和划分，确保本科室在院患者的治疗和安顿，同时为抗战一线的兄弟姐妹们营造了一个温馨、有爱的休息区，为疫情主战场的肺科提供了坚强的后盾。

党支部的领导们，每人在坚守岗位、靠前指挥的同时，还不忘给一线的医护人员和家属带去关怀和支持。我们只要从一天的行动中，就可以看到：

2月3日，党总支委员会委员、副院长周伟华，党总支委员会委员陈仁春和团总支书记宋娜等，对奋战在抗击新型冠状病毒感染的肺炎疫情一线的医务人员进行慰问，并送上泡面、矿泉水等慰问物资，向他们致以亲切的问候和诚挚的敬意，为他们加油鼓劲，让他们坚定信念，树立信心。周伟华叮嘱青年医务工作者，在疫情面前要充分发挥共青团员先锋模范作用，不定期组织团员青年开展多种有益的活动，把大家凝聚在一起。作为抗击疫情的桥头堡，一定要注意做好个人安全防护措施，保护好自己的同时科学规范地对病人进行治疗，为防控工作提供可靠的情报。

2月3日下午，副院长、工会主席陈红玲带队与工会委员一行，对奋战在抗击新型冠状病毒感染的肺炎疫情一线的医护人员及其家属进行了走访慰问，并送上慰问物资，表达对全体医护人员及其家属的崇高敬意。

我们和大家一起分享那些温暖感人的故事。

院长的慰问信与特别的年夜饭

1月24日，大年三十，院党总支书记、院长李德昌发出了致全院干部职工的慰问信，他说：此时此刻，无法用语言表达我的崇敬之情和感激之意。亲爱的战友们，你们那种不怕牺牲的献身精神，不畏艰险的拼搏精神，舍我其谁的职业操守，使我们深为感动和敬佩，更使我们精神振奋，热血沸腾！也请我们医务人员的家属谅解，今年春节你们在医院工作的亲人就不能回去跟你们共度新春佳节了，但我坚信你们会全力支持抗战在一线的亲人，在这里向你们表示衷心感谢！

慰问信温暖了全院医护人员及其家属的心。

虽说我们每一位医护人员都具备勇敢、无畏的奉献精神，但他们也是普通人，内心也有那么几处柔软的地方。比如护士邝瑜就在大年三十那天大哭了一场。不为别的，只为这23年来第一次无法回家和父母一起守岁。“我是20日第一批进入隔离区的护士，其实当时心情还是很忐忑的。”邝瑜没有掩盖自己对病魔的恐惧，但说到对病人的照顾，她的语气却又变得专业且坚毅，“我们每天除了配合医生为病人治疗和护理，还会经常和病人聊天，讲解该病的预防和治疗知识，排除他们心中的恐惧。就像我打电话跟我爸哭鼻子时，他教育我说的那样，从我穿上这身衣服开始，这就是我的职责，成年人的肩膀上总有这样一份职责值得用生命去扛。”

邝瑜还说，其实仔细想想，自己从来都不是一个人在战斗。大年三十晚上，医院领导和我们的最美逆行者在医院饭堂简单吃了个“年夜饭”，而医护人员也把一碗碗热腾腾的饺子送到病患手上，让患者即便身在医院也能感受到家的温暖。

25日大年初一一早，院党总支书记、院长李德昌带领院领导班子和职能科室人员来到一线，为奋战在抗疫一线的医务人员，送去了新春的祝福和亲切的慰问。

2020年，一个特殊的农历新年。

这是一个战地浪漫的春节。

让每一位前线医护人员都得到安全保障

据资料显示，为抗击疫情，全国有3000多名医护人员感染新冠肺炎，多数是战“疫”一线的医护，他们是真正的英雄。

保证医护人员的安全，院感工作显得非常重要。李德昌特别介绍了粤北二院加强院感培训，提高防护能力的准备工作。正因为医院领导的高度重视，粤北二院做到了医护人员零感染。

院感科，其全称是“医院感染管理科”。顾名思义，主要的工作就是对医院感染进行有效的预防与控制。

医院院感科陈桂凤科长常说：“院感无小事。”医院是一个从事医疗的单位，医务人员在从事医疗的过程中，为了防止医源性感染，必须要对医务人员和患者负责，保证不能因为医疗活动而发生使其感染的情况。针对新型冠状病毒感染的肺炎疫情有关防控情况，院感科和院医务科、护理部等一起加强全院医护人员培训，进行新型冠状病毒感染的肺炎防控知识学习，以及环境熟悉、物品准备、穿脱隔离衣防护服、手卫生、戴口罩、标准预防、医疗垃圾处置、预检分诊、环境物品及时消毒等内容的培训。明确工作人员岗位职责，提高医务人员的自我防护意识和能力，开展消毒及标准预防等综合性防治措施。

第一例出院的病人说：每一个饺子的味道我现在都记得！

“经过这段时间的治疗，我现在觉得自己的身体状态挺好，最重要的是心情特别好。”2月3日下午，寂静的粤北第二人民医院隔离病区欢笑声不断，我市首例新型冠状病毒感染的肺炎患者经过精心治疗，痊愈出院。

“被送进来的时候好害怕，因为那时候，我还没有听说过新型冠状病毒，不知道是个什么东西。而且还要隔离，我害怕得不得了。”患者A女士回忆被送往定点医院接受隔离时的情形称，因为未知，并且又要与亲人分离，当时就觉得自己可能会挺不住。可让她没有想到的是，虽然自己与外界隔绝了，但粤北第二人民医院的医护人员却把她当亲人一样来看待。

“姐姐别怕，我是这个隔离区的护士长，我们来加个微信吧……”就在A女士入院的当天下午，粤北第二人民医院肺科护士长沈智姹就将她拉进了一个微信群，群里都是照顾她的医生和护士，更让她惊喜的是，很快她的家里人也陆陆续续地进入到这个微信群里，这让A女士霎时觉得这个病房不再冰冷。

而让她最记得的，是今年的除夕夜虽然没有亲朋好友在身边，但同样过得“不简单”。

“那天应该是我害病后最难受的一天，身体特别不舒服，一整天都没有胃口。但当看到护士们端着热气腾腾的饺子进来后，我觉得这顿自己咽都要咽下去。”A女士当天身体不适，再加上除夕没有家人陪伴，心情也不大好，所以一整天都没有怎么吃东西。晚饭的时候，护士们端着饺子进来给他们这些患者拜年，她心里觉得暖暖的。

她当时脑子想起沈智姹护士长常说的一句话：“吃饱了，身体才能产生抵抗力和病毒做斗争。”再看着那饺子包得那样精巧，里头全是医院全体员工对自己的祝福，她就强打着精神，一个一个地慢慢往嘴里送。

“每一个饺子的味道我现在都记得！”A女士说。

病毒无情，人有情，隔离病毒，但不隔离爱。这是粤北二院医患间最真实的写照。

站在粤北二院的大门，望着略显陈旧的大楼，我总是想，这次来势汹汹的疫情，在二院全体医护的阻击下，落荒而逃。诚然，我们还没有取得最后的胜利，但曙光已经出现。

结束语：疫情还没有结束

2020年2月3日，韶关市第一位新冠肺炎患者终于战胜病魔出院；

2月8日，元宵节，第二位新冠肺炎患者治愈出院；

2月10日，第三位新冠肺炎患者治愈出院；

2月15日，第四位新冠肺炎患者治愈出院；

2月18日，第五位新冠肺炎患者治愈出院；

2月21日，第六位新冠肺炎确诊患者出院；

2月25日，第七位新冠肺炎确诊患者出院；

2月28日，第八、第九位新冠肺炎患者治愈出院。

我和李德昌院长行走在通往门诊的路上，不远处，正在建设的医院大楼正等待复工的到来。李院长感慨万千，这位在粤北二院工作了近30多年的传染病学专家，面对已经出院9位病人的战绩，说了一句很沉重的话："我们决不能掉以轻心。"

自从1994年调入粤北二院、踏进粤北二院的大门开始，这位不知"天高地厚"的小伙子就下定决心要将粤北二院建设成为粤北地区最先进的传染病院。这位来自乐昌九峰山的医者，将自己的青春、知识、力量、汗水和智慧全部献给了医学事业。

他出生于民间医学家庭，无论是在医生、科主任还是副院长、院长岗位上，他都将病人放在第一位，时刻关注医院的发展。在担任院长后，他仍然坚持参加查房、会诊等。他说，作为一名医生，专业一定不能丢。同时，从2004年开始，他利用星期六日和休假，下到韶关地区的每一个乡村，至今已在70%以上的乡村中做过调研。他认真调研粤北传染病学的历史、分布、习惯、病源等问题。"要让每一个传染病人都得到救治。"这是他的决心和信心。

新冠肺炎疫情再次给人类敲响了警钟，李德昌说："我的父亲是一名赤脚医生，他常提醒我，做人至真，用药要精，急者治其标，缓者治其本，不论多少，主要要精，不可滥用，慎之又慎，更不要违背自然，要让自然与人类共生存。试问下现在的人，你做到了吗？"

这是一位来自山区的传染病专家的拷问。

看着身边脚步匆忙的医护，望着丛林中的病房，李德昌坚定地说："无论疫情多重，粤北二院的全体人员一定会坚守下去，一定能战胜任何困难，一定努力争取最后的胜利。"

这是粤北第二人民医院全体医护共同发出的心声。

（原载《广东文坛》总332期）

抗阻疫情，和衷共济

□白雪

2020年1月，新型冠状病毒肺炎疫情突然暴发，对于数百名戒毒学员相对集中的戒毒场所，无疑是一场非常严峻的考验。在这个人们了解甚微的特殊工作环境中，戒毒人民警察用他们自己的方式，有力配合着这场艰苦卓绝的人民战争。

夫妻出征，兵分两路

1月26日，大年初二中午，超级奶爸宋小鹏正忙着为两个孩子准备午饭。这几天他表现特别出色，尽最大努力为年三十已经参加惠州市中心人民医院预备队的妻子分担家务。10岁的女儿和4岁的儿子时不时围在他眼前身后转悠，两个孩子的欢声笑语，让这个家庭显得其乐融融。

电话突然响了，24小时不能关机的戒毒人民警察宋小鹏赶紧打开手机，一看是单位群里的通知：为了坚决打赢疫情防控攻坚战，切实维护场所安全稳定，以最强的措施切断新型冠状病毒感染的肺炎事件向所内传播，确保场所绝对安全，惠州市强制隔离戒毒所自1月26日21时起实行封闭管理，全体民警职工分批回所隔离备勤、执勤值班。警情就是命令！曾经当过兵的他，条件反射似的立即回复："收到！"

放下电话，他却有点蒙！望着眼前两个欢蹦乱跳的娃，离家14天，他俩咋办？妻子已率先一步冲上防控一线，况且夫妻双方没有一个亲属在惠州。特殊时期，保姆都找不到，这可怎么办啊？他拿着手机急得团团转，拨通了正在单位值班的妻子的电话，说明情况后，末了又诚恳地加了一句："你再辛苦点吧！"

妻子听后满腹苦水地回答："为什么辛苦的总是我？"牢骚归牢骚，善解人意的妻子还是支持丈夫的决定。

大年初三上午9点左右，望着值夜班回来一脸憔悴的妻子，同样一夜没睡好觉的宋小鹏也很心痛。妻子因类风湿住院治疗才刚刚出院不久，仍在吃药治疗中。愧疚归愧疚，他暗自想，我们不能因为自家的困难影响国家抗击疫情的大局。上午，他把几天的食材买回家，把孩子们的衣服都洗好，默默地吃完午饭，收拾停当就赶回单位报到了。

回到单位他傻眼了，没有经历过非典时期的封闭管理，他以为每天白天封闭，晚上还可以回家照顾孩子。想不到一进单位大门，就不能回家里了。一想到初五、初七妻子还要值夜班，两个孩子独自放在家里，心就一下提到嗓子眼里。家里有那么多电器，还有煤气，再要有个磕磕碰碰的，那可怎么办啊？

但他没有把家里的实际困难告诉任何人，因为单位回老家过年和与疫区有过接触的同事回来后都要在家隔离14天才能回单位接班，第一批值班人手已经很紧张了，关键时刻自己不能再给组织添乱。傍晚，他把真实情况告诉了妻子，一筹莫展的妻子伤心落泪了。大年三十她就在医院预备队请战书上签了名，关键时刻她也不能退缩！经过两人多次商讨，决定谁都不请假，坚守岗位。他打电话给妻子单位的科主任说明实情，请求领导照顾妻子近期暂时不值夜班。

第一批封闭值班民警出大院轮休期间，笔者电话采访了宋小鹏，问他当时为什么不把实际困难告诉领导？他这样说："谁家没有困难？我是党员，也是转业干部，必须无条件服从命令！"

他的回答，让我对这个从未谋面的普通民警产生了敬意。为了了解当时他妻子是如何处理家里那么棘手的矛盾，我便与那个冲在一线的白衣战士小何医生通了电话。原来他们是校友，小何医生比宋小鹏低两级，在惠州市中心人民医院产前诊断检验科工作。她说科里一个萝卜一个坑，尤其特殊时期，他们的人手也越来越紧。当问起宋小鹏进单位封闭后她是怎么克服困难的？小何医生语调平和地说："当时我都快愁死了，因为初五和初七都是我值班。初五那天一大早，我踩着电单车，一前一后带着俩娃去医院值班。尽管武汉疫情已经很严重了，全国都很紧张，当医生的我更了解疫情的可怕性，可我哪敢把两个孩子单独放在家里啊。那天，我实在想不出比这更好的办法了。到了医院，我把他俩放在科里一间很小的值班房里，给他俩留了一部手机，就到科里忙去了……"

孩子就这样跟着小何医生在医院里待了一整天。上午姐姐写作业，弟弟在一旁画画。不一会儿弟弟不耐烦了，俩人就看抖音、玩游戏。总的还算顺利。三个人吃完午饭后，小何医生把俩孩子安顿在一张小床上睡觉，自己趴在床边休息了一会又去上班。临走时，怕孩子摔下来，拿了两把椅子顶在床边。孩子醒来玩了一会儿就觉得没意思了，值班室地方着实太小，弟弟几次闹着回家，要给妈妈打电话，姐姐吓唬他说："不能打，妈妈干不完活我们就回不了家了。"于是就打电话给爸爸，哭着要回家。宋小鹏劝了很久才安抚好儿子。不觉天慢慢黑了下来，小何医生回到值班室时，望着哭成小花脸的儿子和眼睛红红的女儿，心里一阵酸楚。

同事们都劝她再不能这样，因为他们医院已经收治第一例新冠病毒肺炎感染者，还有疑似的隔离者，孩子太小，在医院很不安全！

宋小鹏这几天也没安生过，生怕两个孩子独自相处时有个什么闪失。多次给女儿打电话，反复交代："你一定要看好弟弟！随时要跟在弟弟后面！一定要小心！千万不要动家里的电器和插头！"或许10岁的女儿嫌他重复得太多，太唠叨了，总是应付他说："嗯！""好！""知道了！"

宋小鹏的爱人身体不好，工作很忙，平时每周双休日只能休息一天，还经常加班。当我问起他们双方老人为何不能来帮帮忙时，听到电话那头传来宋小鹏轻轻的叹息声。想不到，这个家庭真是太不容易了！小何医生的双亲都已经离世，宋小鹏的母亲身体不好，曾经来惠州住过一段时间，因不适应广东气候，总是生病，无奈回常德老家了。宋小鹏妹妹嫁到了县城，也不在母亲身边。如今只剩下老人一个人在家没人照顾。真是难为这对年轻人了！即便如此，灾难面前他们没有低头，各自顽强地坚守在自己的岗位上。

在笔者的要求下，两个可爱的小家伙满脸喜庆地出现在微信里：大眼睛，一头浓密的黑发，笑容满面的林洁姐姐，像个小大人样，一手紧搂着坐在身旁小凳子上的弟弟，一手做剪刀手势。虎头虎脑的弟弟桥桥，嘴巴张得老大，一手放在姐姐腿上，一手冲着镜头伸出一个胖嘟嘟的指头，连做一个"耶"的手势都能变着花样不肯伸出另一个手指，憨态可掬，调皮也由此可知。两个可爱的孩子或许还不知道，爸爸妈妈近期抗阻疫情，为他们可是担惊受怕，操碎了心。

1979年出生的宋小鹏是湖南南华大学的国防生。毕业后服役于空九师，从佛山调到惠州平潭空军基地。2013年底转业到惠州市强制隔离戒毒所，一直在基层默默从事分队长和管教工作。在第一期封闭值班期间，他利用所学之长，为所在的二大队戒毒学员上课，普及疫情防护知识，为学员讲解疫情的发展和主要症状，组织学员收看《新闻联播》，解答学员的疑问。他还多次找一个即将解戒的学员谈话，告诫他出所后必须严格遵守注意事项，保护好自己和家人的人身安全。

宋小鹏在电话中有几分欣慰地告诉笔者，单位一个战友得知他家的困难后，让一个亲戚白天临时去他家照顾孩子。妻子单位在人手非常紧缺的情况下，同意她这段时间暂时不值夜班。

在疫情来临时，他们夫妻二人都以大局为重，舍小家为大家，克服重重困难，相互鼓励、相互支持，在这场全民抗阻疫情的战场上并肩同行。

“90后”，大队缺人我来顶

回老家高州过年的“90后”小伙任华丰，沉浸在家乡浓浓的年味里，与父母兄弟们团聚在一起，享受着喜庆的欢乐时光。大年初二中午，一家人吃完午饭，想着明天就可以去广州见女朋友了，小任心里美滋滋的。正准备午休时，突然接到单位同事的电话，问询他近期都去过哪里，有无接触过武汉人士。核实后告知，初四早上回单位进行封闭管理。他二话没说，毫不犹豫地回答：没问题！当下就开始准备行囊。

第二天他起了个大早，没想到，比他还早的母亲已经为他煮好了早餐。他匆匆吃完，带着父母一遍遍不放心的嘱咐，焦急地开车上路了。距惠州500多公里的路程，部分路段时不时还有些塞车。他一路都没顾上休息。饿了，在服务区吃点家里带的干粮，继续赶路。回到惠州已经是万家灯火时，他回到单身公寓，急忙冲了个澡，换上制服，带上所需的生活用品又开车向20多公里外的单位奔去。

单位考虑他家距离惠州较远，让他初四上午报到。但他还是拖着疲惫的身子，如期赶回。这是个纪律观念较强，比很多城里长大的“90后”能吃苦的小伙子。小任的老家位于粤西南的农村，经济相对落后。从他记事时父母就常年转战在珠三角打工。他们干过卖菜、卖肉和流水线上的活，还在鱼塘养过鱼。母亲只读过一年书，倒是高中毕业的父亲非常重视知识，从小教育他们好好读书，知识改变命运。在当地农村，家里出一个大学生是件了不起的事，他们一家三兄弟全部都上了大学，早已成为十里八乡的美谈。但是，那些年为了供养几兄弟读书，父母打工可是吃过不少苦。小任说，他们兄弟仨年龄间隔基本都是一岁多，三个人都上大学时，是家里最艰难的时候。生活的艰辛让他更早懂得感恩，他由衷地说：“好在当时就读的湛江师范学院为我申请了助学贷款。我也非常感谢尊重知识、鼓励我们读书的父母。”这些都成为他日后好学上进的动力。毕业后，2016年他参加全省公招，考进惠州市强制隔离戒毒所，成为一名戒毒人民警察。在基层锻炼一年后被安排在机关办公室工作。2018年他又考上了广东工业大学工商管理专业的在职研究生。两年来，每个双休日其中的一天，他都在广州上课。

这次新冠病毒肺炎疫情发生后，他赶回单位就投入到紧张的工作中。除了日常琐碎的文稿报送，文件的上传下达和信息沟通等工作，他还兼顾机要室因故赶不回来上班的同事的工作。他努力做好分内的每一项工作。第一批在大院封闭值班的14天即将结束，第二天小任就可以出来在工作区休整了。当晚，他不经意间听到四大队领导与封闭领导工作小组组长、所政委吴治安汇报大队人手不够，导致第二批封闭值班工作难以正常运行。领导也很为难，按上级要求，一些从老家回来和直接、间接与疫区人员有过接触的民警必须居家隔离观察。全所统筹一时也无富余警力补充，暂时让大队自行解决。

这一夜，小任想了很多，自己还未成家，不像拖家带口的同事有许多困难，自己虽不是党员，但已经向组织提交了入党申请书，关键时刻自己应该有所担当才是。第二天一大早，小任来到吴政委办公室，要求参加四大队的第二轮封闭值班。领导考虑他连续上了两周班，如果再参加第二批值班，一共要在大院里连续上35天班，担心他身心难以承受。小任决心已定，诚恳地说："家里老人不需我操心，我身体还行，不用担心我！"

换班时间到了，各大队下班民警纷纷走出院中院的管教大院，来到民警工作区。显然这半个月时间里，大家多少都有点憋坏了的感觉。因为一旦进入管教大院，手机一律要留在办公区不得带进去，与外界的联系只能靠各大队的固定电话。况且大多数时间与学员在一起，空闲时间也就看看书，聊聊天。大队民警值班室只有一台电视机，生活单调乏味，着实需要出来调整一番。此刻，小任却逆向而行，不高的个子，也不魁梧的身躯，脚步却迈得坚实有力，沐浴着晨辉，消失在管教大院的大铁门之后。

谁说"90后"是没有担当的一代？他们正如冉冉升起的太阳，在无数个普通的日夜里、在基层戒毒所平凡的岗位上，脚踏实地、健康成长。

退伍，不退军人本色

55岁的三大队四级警长章金成，年前家中有件大喜事，儿子结婚了，全家人乐得合不拢嘴。章金成买好了大年初三回湖南老家的火车票，一家四口人回去过年，顺便在家乡摆酒。章金成和爱人两家如今仅剩下孩子外婆一个老人，84岁的外婆，盼星星盼月亮地等待女儿全家回来团聚。章金成的弟弟已经为他们全家订好了酒店，也代他们把请柬发给了亲戚们，大家都期待着在春节万众欢庆的日子里欢聚一堂。

大年初二，在单位连续值了3天班的章金成突然接到全所民警职工封闭管理的通知，他没有犹豫片刻，随即退了火车票，请缨参加第一批封闭值班。他患有高血压，在惠州四十二军工程兵部队服役期间，在一次修码头中受过伤，右手手指、右脚脚趾断裂，半边肢体受伤，还断了两颗牙齿。此后，半边肢体留下了后遗症——肌肉僵硬和疼痛。长期以来他坚持锻炼，以缓解症状。

连值3天班对年轻人而言也会感到身心疲惫，尤为突出的是精神压力。天天与百余名戒毒学员在一起，必须要随时掌握学员动态。在繁杂琐碎的事务中，日复一日地重复着平凡、普通，且一时半会儿很难看到成就的枯燥工作，在这种特殊环境中，人要承受很大的心理压力。年过半百的章金成在关键时刻顾全大局，挺身而出，果断决定第一批顶上去。虽然他18年前已脱下了军装，服从命令是天职的军人本色却不会改变。让我们在他从军屡次立功受奖的经历中撷一朵浪花，折射出大海的光芒。

章金成1984年10月入伍，1986年考上长沙工程兵学院，脱产学习两年。1991年8月，在他担任排长职务期间，一次部队在惠州市水口镇搞门桥训练。一天，他们正在江面上架浮桥，突然看见十来米远的江水中出现两个小孩的身影，他脱了鞋，顾不上脱衣服就一头扎进了湍急的江水中，奋力向一个孩子游去，幸亏战友们的冲锋舟及时赶来，一起将从上游冲下来的两个孩子救起。当时《东江时报》对此做过专题报道。关键时刻不计个人得失，那时已经养成。

他从军18年，脱下军装穿上警服，又在戒毒所基层一线默默工作了18年，人生能有几个18年啊？面对待遇，他心里多少也有些不平衡，平时也会发些小牢骚，但关键时刻，他依然挺身而出，当仁不让。是军队培养了他这种特有的素质，是警队赋予了他神圣的使命和担当。

在封闭值班这段特殊日子里，他格外认真，主动了解学员动态，每天亲自为学员测体温，量血压。晚上查仓时，他都主动进仓与学员们交谈一会儿，安抚他们想家思亲的情绪，关心学员的思想动态和家庭情况，认真履行着一个基层民警的职责……

结语

惠州市强制隔离戒毒所在疫情之初召开的班子会上，所长谢佛娘就告诫班子成员：疫情当前，我们必须始终与党中央保持高度一致，从国家的利益出发，把保障民警职工、戒毒人员健康和生命安全作为一切工作的重中之重，最大限度切断新型冠状病毒感染的肺炎事件向所内传播，确保全体民警职工和戒毒人员的健康和生命安全！

在抗阻疫情工作开展的过程中，封闭管理工作组组长、强戒所政委吴治安始终坚信：这支有200名共产党员、100多名复退军人的干警队伍，有很多像章金成、宋小鹏、任华丰这样的“60后”“70后”“90后”民警，一定能够克服困难，确保全体民警职工和戒毒人员的健康和生命安全，确保场所内实现零感染！

灾难一定会过去。在以习近平同志为核心的党中央领导下，戒毒人民警察坚守岗位，守土一方，严格履行职责，与全国人民和衷共济，众志成城，一定能够早日打胜这场抗阻疫情的人民战争。凛冽的寒冬之后，祖国大地必将是遍地花开、姹紫嫣红。

那时，让我们举起杯，与祖国普天同庆！

一名老社区人的“抗疫”进行时和基层治理“心经”

□虞 宵

庚子年，正月十九。

连续阴雨绵绵两天，今天下午阳光终于露出了一点笑脸。尽管仍春寒料峭，但已挡不住浓浓的春意，红棉路上的木棉树也按捺不住，花蕾挤满了枝头。

车子行驶在红棉路上，路面显得宽广、洁净，相比前些天，路上的车子增加了许多。到了社区站长办公室，我见到街道办主任胡国光和组织部长罗铁牛也在，还见到区文化中心的张峰主任、文体局的曾科。因为都戴着口罩，差点没认出他们。

红棉社区副站长陈晓燕、肖里周，秘书刘丽莉等社区专干也在，杰哥与大家一起，紧张地讨论、分析、布控当前最实际、最管用的防疫手段。

部署完，胡主任要到各个小区村口、卡口巡查一遍，我们也跟着去。

走起。

在社区工作站后门的梧桐路口，一位身穿“恒星配送”的送菜小哥正在为大山地小区的居民运送蔬菜。他见到杰哥，跑过来跟杰哥打了个招呼，又匆匆离去。

在中海大山地北门，胡主任、罗部、杰哥跟门口的两位保安员聊上了，仔细询问目前小区返深人员情况，出入扫二维码情况，等等。这时，小区居民德叔下来拿快递，杰哥跟他打了个招呼，问德叔近期有没有去哪里？德叔呵呵一笑，还能去哪儿，天天窝在家，有快递和外卖就下到门口拿，快递员和送餐员都不能上楼的。

在振业城3号门，投递员正在大声地讲着电话，联系业主下来领取包裹，包裹统一堆放在门口的一张简易小桌子上，上面还撑了一个蓝色的简易雨棚。

车辆、人员进进出出，保安员逢车必检，为每一位进入小区的居民扫测温仪，仔细询问车主和随行人员从哪里来，有无发烧，一切都在紧张、有序地进行当中。

这种“战时”状态，从大年初二就开始了。

红棉社区目前管辖振业城、中海大山地、梧桐花园、上观花园4个小区，辖区总人口

1万多人。偌大的一个社区，居民来自五湖四海，人员密集，在这次抗击新冠肺炎中，任务颇为艰巨。

杰哥到红棉社区担任社区党委书记刚好满1年。

年初二，全社区95%以上的工作人员接到通知就赶回来，并迅速返回工作岗位。

其实在腊月二十七那天，杰哥就敏锐地感觉到防疫风暴即将来临。他提前通过老乡和亲戚，从老家广东和平买回600个口罩，10个测温仪。

红棉成了龙岗区最先执行居民测体温的社区。

年初三，红棉开始施行禁止外卖进小区，只允许大门外领取。定时为楼梯、电梯全面消杀……

先知先觉，抗疫“硬核”又给红棉社区抢了个先。

紧接着，红棉率先实施小区围合管理，封闭大部分出入口，让“铁将军”看门。比如中海大山地原来有7个出入口，现在保留了2个，以控制大量访客、车辆涌入，出入必检。特别加强湖北返深人员的排查登记。

红棉社区的“强硬”手段之一：4个小区由3个物管公司管理；4个小区有46个出入口，现在封闭围合了32个，剩下14个。出入口减少了，居民出入是不太方便了，但非常时期，采取这样的严格手段，才能保障居民的出入更安全，检查更精确。

“围合阻疫”举措，成为全区社区联防联控工作指引，现全区各围合式小区按照该“3+3+3”防疫举措指引展开，共同发挥小区物业群防群控作用。

杰哥是一个典型的“老横岗”“深二代”，20世纪80年代初期举家迁居横岗，迄今近40年。我与杰哥也相识甚久，以前我曾经居住在松柏社区，杰哥当时在松柏社区工作站担任社区书记和站长长达17年。

2019年1月，杰哥轮岗到红棉社区工作站，继续做他的“小巷总理”。2020年春，刚好履职满1年。

印象中的杰哥，嗓门大、脾气大，胆子也大，这3个“大”，凑在一起，就勾勒出今天非常有个性的一位社区“大佬”。用居民的话说，这个杰哥好掂！

杰哥金句很多，他最喜欢讲的：做事情要凭良心。

居民眼中的杰哥是一位责任心强，严于律己，以身作则，雷厉风行的社区干部。这次防控新冠肺炎，杰哥最挂心的是社区的每一位业主！

在杰哥和其他红棉人看来，干社区工作，要胆大、心细、耐得住烦。多走、多看、多说，俗话说礼多人不怪嘛，你付出真心，平时多跟居民聊天“吹水”，多了解他们的所思所想和困难，想方设法为他们解决问题，群众的眼睛是雪亮的，自然心里有杆秤。

担任社区书记18年来，杰哥跟辖区居民打成一片，走在社区里，时不时见到社区居民跟他say hello，比如梧桐路口那位配送公司的小陈，中海大山地北门、振业城西门的几位保安员，物业管理处的主任、主管，以及那位下楼取快件的德叔。

针对此次疫情，红棉社区向社区业主发出募捐倡议，倡议发起后，业主一呼百应，纷纷慷慨解囊，全力支持小区防控防疫工作。截至2月9日19时，共有360户业主参与募捐，募集金额36684.66元。据了解，此次募捐单次最高金额限100元，并采取实名制，善款全部用于补充小区疫情防控物资及慰问全体防疫一线岗位的工作人员。

“希望他们在保护我们的时候，也一定要注意保护好自己！”很多业主表示，希望在自己力所能及的范围内，用这样的方式为小区防疫做出一点贡献。

对于社区和物管来说，坚守职责是本分，对小区业主来说，热心捐赠是情分。“我们坚信，只要前方奋战在抗疫一线的工作人员做好防控，后方默默支持的居民朋友做好防护，就一定会迎来抗疫胜利的春天。”

对此，红棉人都颇为自豪：我们社区的居民觉悟高！

说起这次抗疫，社区工作站也遇到很多困难和不理解：年初二红棉社区有一户人家的小孩发烧，社区人员催促家长带小孩去医院，家长硬是不肯去，社区人员讲到口水都干了，嘴皮都磨破了，这个家长到了年初三才带小孩去了社康中心。还好，小孩核酸检测呈阴性，社区这才解除了警报。

广东人重实际，“厚于德、诚于信、敏于行”的广东人精神也在杰哥和红棉人身上得到体现。干社区工作，要眼明、手快、脑子活。想法要早，出门趁早，干活趁早，才不会贻误战机。总之，抢占先机，措施执行起来才强有力。责任心强，社区上下才能一条心，才能令行必执。一个通知，全部社区人员返岗。一个倡议，全体业主慷慨解囊，捐款捐物。一个围合令，全部业主自觉遵守。

抗疫前期，红棉社区与物管、业委会共同发出“告居民的一封信”，这也是全区各社区里最早发出的。社区还给各大花园小区下了“军令状”：哪个小区出了疫情感染问题，哪个小区物管主任负责；哪个小区出现事件造成恶劣影响的，哪个小区物管负责。同时社区工作站及时为小区提供后勤保障，确保物资及时分发给前线人员。

红棉社区总面积0.78平方公里，辖区共5323户，居民数11607人（户籍人口6197人、非户籍人口5410人）。业主来自五湖四海，单湖北籍的就有892人。防疫期间，社区工作站时刻与各小区管理处互通信息，通力合作，及时分发防护设备，让小区物管鼓足干劲，全力配合防疫工作。

杰哥的第二句金句：一切为了居民。

红棉人时刻秉承这样的工作态度，发现问题及时解决，及时发动群众，调动居民力量，让全体居民都参加进来，争取居民的理解和配合。当前，随着返深人员的不断增加，红棉社区抗疫压力骤增，4个花园小区均有湖北籍人士居住，每天的人员数据都在不断更新。社区不但及时做好数据采集，做好消杀，还做好服务，对隔离人员上门送菜，做居民的贴心人。

同时红棉及时公布数据，让体温无异常的人员安全返家，并以此消除居民的疑虑，给居民吃上“放心丸”。

社区秘书丽莉也深有体会：平时，我们社区人都要与百姓打成一片，杰哥更是“以身作则”，他是我们的“社区带路人”。自己做好了，反过来，居民就支持社区党委、工作站，居民的认可度高了，工作就好开展了，社区上下就更有活力，社区就更和谐。

在社区副书记晓燕看来，社区在宣传党和政府的方针政策时，要多管齐下，让每户居民都了解、知晓。平时，我们会结合关爱社群等系列举措，通过举办社区邻里节，开展社区文体活动，让全体社区党委班子成员集体亮相，让居民熟知这些社区工作者，让居民“有事情找社区”就没错，这样的群防群治，基层工作就更顺畅。

社区副站长肖里周深有同感：作为社区人，我们要敢作敢为敢担当，敢于面对一切困难，“群众事情无小事”，敢于面对居民投诉，决不能推诿、扯皮、做缩头乌龟。

也因为社区干部的出色表现和群众认可度高，红棉的党建项目“走出去，请进来社区治理新模式”获得2019年南方日报社颁发的“以人民为中心——党建引领基层治理”最具群众口碑案例。

还是那句老话：金杯银杯，不如群众的口碑。

“社区就是一个大箩筐，大事小事都往里装。”

“一个社区，可能大事没多少，可鸡毛蒜皮的事一箩筐，都不能马虎对待。像刚刚巡查小区防疫，走一圈下来，经过大山地小区西北侧，发现一面用石头垒起来的挡土墙，墙身有倾斜和裂缝，目测存在一定的安全隐患，我们除了迅速上报相关职能部门，还在路口竖了一张告示牌，提醒居民经过时小心并绕道。”

“社区书记”被称为我们国家最小的“官”，可它也有另一个很“威风”的名字——“小巷总理”。

从小刘处了解到，目前深圳的社区要负责500多项工作，从党建、组织、宣传、纪检，到城管、安全、文化、工会、团委、妇联、计生、户籍、民政、调解、信访、民兵、治保……由工作站十几二十号人承担，常常一人身兼五六条线。曾经社区工作站门口挂过100多个牌子，俗称“百牌大展”，后经人大代表呼吁和建议，逐步撤掉了绝大部分牌子，目前保留了社区党委、社区居委会、社区工作站3个牌子。

但工作依旧还在那里。

杰哥的第三句金句：做一个有温度的社区人。

在我眼中，杰哥是一位爱横岗、爱社区，有着一颗赤子之心的老社区人。他略带一点江湖气的豪迈性格，在我眼中，是包容，接地气，平易近人，更显担当。

社区人员很辛苦。这是杰哥反复提起的。在很多场合，我都听到杰哥为社区人仗义执言。

“我希望社会多关注他们，上级部门多善待他们。”

“他们就像一颗颗毫不起眼的小螺丝钉，扎根在社区这片土地上，为居民排忧解难，为夯实基层治理的基础发挥着自己一点微薄的力量。”

“就像这次抗疫情，最基础的社区防控工作就靠这一批社区人冲在前，他们太辛苦了。”

在居民方凤英看来，社区事务事无巨细，加班对于社区干部来说是常态，有时候自己和舞蹈队在红棉党建公园跳扇舞，看到杰哥他们还在单位里处理社区事务。

社区民政干部杨霞告诉我，杰哥平时最早都要下午6点后才能下班，七八点下班算正常，晚一点要忙到9点多才能走人。

后来我了解到，这段时间抗疫，杰哥已连续3天失眠，只能到医院开安眠药服用缓解。

巡查社区防疫一圈回来，步数近1万。5点多，终于可以和杰哥好好地“促膝长谈”一番了。临6点，工作站的罗仔气喘吁吁地跑进来：社区里开的店和写字楼，现在老板申请开工，怎么办手续？

此时，又一名守卡口的男社区专干跑进来：有一个租客从宝安过来，他租住在振业城，该如何核实他的情况？

杰哥沉思了一下：入住的租客，必须扫小区“I深圳”二维码登记。申请复工的，由管理处核实登记，并联系房东、业主，查明情况。

……

我看到晓燕、肖里周等红棉人还在岗位上……

窗外，金色的夕阳斜照在社区工作站相邻的上观小区楼宇上，有一种温暖的色调在弥漫开来。春风吹过发梢，枝叶摇曳，婆娑春天就在前方。

（原载《广东文坛》总332期）

来自美洲的爱心传递

□陈东辉

这是一个难忘的春天！

这是一个令人悲恸，也令人动容的春天！

新冠肺炎疫情肆虐神州大地，同样牵动着海内外侨胞的心。位于珠江三角洲西南部的广东省台山市，素有“中国第一侨乡”“内外两个台山”之美誉，旅居海外的华人、华侨同胞达160多万人，其中大部分生活在美洲。疫情发生后，海内外台山人纷纷加入战“疫”队伍，大家一呼百应，积极捐款和筹募防疫物资，支援祖国和家乡打赢疫情防控阻击战。在每一批运送回中国的物资的背后，都有一个个感人的故事。这里，撷取三个发生在美洲大陆的故事，以管窥豹，见微知著，一起感受广大海外侨胞和祖国同呼吸共命运的赤子丹心。

北美洲：一场与时间赛跑的速递

纽约。1月29日，23:00

此刻，陈志良坐在中华人民共和国驻纽约总领事馆的沙发上焦急地等待着。办公室里面，灯火通明，留守的领事官员一直在跟踪处理着一件事：当地首批防疫物资（医用口罩）运往中国的相关证明文件。

这批口罩，是纽约台山乡亲“抢”回来的防疫物资。

纽约。1月26日，早上7:00

今天大年初二，陈志良原先约了几位乡亲朋友一起饮新年早茶。作为纽约台山乡亲会会长的他，借此机会与大家聚一聚，谈谈心，并交流一下新一年的会务工作。

拿起放在床头柜上的手机，陈志良随意在浏览，一条深夜发自家乡台山的微信把他激醒：受新型冠状病毒的影响，国内防疫物资非常短缺，希望海外乡亲能伸出援手，共克时艰，支持国家和家乡打赢这场疫情防控阻击战。

陈志良当即翻身下床，立刻致电紧急召集乡亲会的几位顾问开会。9点刚过，大家已经聚集在一起。大家通过各种信息来源已经知道祖国和家乡的疫情，经过大致分工，陈定安顾问安排各人联系货源，分头行动，一方面上街扫货，一方面发动会员募集防疫物资。

1月26日，17:00

到了约定的时间，上街扫货的人陆续回来。你看看我，我看看你，每人手里拿回来的都是零零散散的。点一点数，凑不够100个。

“都闻风而动了，这里所有的药房都缺货。”

大家心里明白，这个时刻全球的华人都在关注着祖国的疫情发展，都想方设法筹集防疫物资托运回去支援抗疫。

“这样不是办法，我们分头利用微信群、朋友圈和打电话找朋友帮忙，这样可能效果会好些。”有人提议。

1月26日，21:00

念念不忘，必有回响。朋友圈终于有了回应，经过熟人介绍，他们找到一家口罩供应商，陈志良和乡亲会的几位顾问连夜驱车来到仓库。

商家把口罩的样本拿了出来，是一次性医用口罩。

“好，有多少货？”

“2万个。”

“我们全部要了。”

验货后，他们当场下定金要了库存的2万只一次性医用口罩。到了此刻，大家的脸上才露出疲惫的笑意。

1月27日，6:30

这一晚，乡亲会的顾问陈国俊辗转反侧，心里一直惦念着仓库的那批口罩。天微亮，他就下床漱洗准备出门。

“这么早起来有什么急事吗？”家人问道。

“去提货，那批口罩国内急着用。”

“人家还没开门吧，哪有这么早？”

“早点到，心里踏实，怕夜长梦多。”

仓库门口，大闸依旧紧紧关闭着。清晨寒风凛冽，吹得路旁的可乐瓶子打着滚。陈国俊躲在车里等候。9点，约了一起来提货的其他乡亲也赶到了。

等了一会儿，铁闸终于拉起。各人鱼贯而入，还未等他们出声，那位供货商先开口：“不好意思，口罩只能给你们1万个。”

担心的事情果然还是来了，由于市面货源紧缺，供货商改变主意想留一半待价而沽。

“这怎么行？定金已经支付了，做生意要讲诚信吧。”大家七嘴八舌，群情激昂。

初时，无论说什么供货商都坚持立场不为所动。慢慢地，大家察觉对方口音都是一样的，再详细问，竟然是乡里，这样一来，争论变成了拉家常，气氛一下子缓和过来。当供货商知道所有的口罩是要寄回家乡支援抗疫的情况后，他大手一挥说道“上货”，随即帮忙将2万只口罩全部放进前来提货的车里。

1月26日，中国南方航空发布官方通告，对符合条件支持抗击新冠肺炎的救援物资一律实行免费运输，并开通援助物资运输绿色通道。

水步老乡刘叔一直从事中美贸易，对物流方面比较熟悉，他主动请缨，负责联系航运的手续，前提是取得广东省慈善总会的进口证明。

越洋的信息反馈到国内，台山市统侨部门、红十字会等单位同时协助跟进，有关资料按流程逐级上报。

时间在层层审核的过程中须臾流逝。陈志良是个急性子的人，等了很长一段时间还未见落实，他急中生智，决定通过领事馆来出具证明，实行两手准备，看哪条路是捷径。于是，就出现了本文开头的一幕。

1月30日，凌晨1:00

子夜的纽约，浮华退却，四周寂寥，雪花在北风的呼号中飘飘洒洒。

陈志良自斟自饮不知喝了多少杯茶，他没有丝毫困意，一双大眼，除了查看手机屏幕里有关抗击新冠肺炎疫情的信息外，还不时望向紧闭的办公室大门。

“吱啦”一声，里屋的灯光通过推开的大门透了出来，陈志良立刻起身迎向前，问道：“怎么样？”

领事馆官员将一份油墨刚干的《关于请协助我领区内捐赠物资空运至国内的函》交给陈志良。“让你久候了，谢谢各位同胞的爱心。我们一起为祖国加油！”

广州白云机场。2月1日，15:30

跨越太平洋，带着海外乡亲拳拳爱国心的防疫物资，终于到达广州。台山市相关部门派出专人专车前往办理交接手续，并于2日凌晨1点成功提货，星夜兼程赶回。

“我们乡亲会捐赠的第一批物资，经市红十字会收到后统一分发到抗疫的第一线，在这里感谢每一位为抗疫付出的乡亲。”当得知防疫物资已经送抵家乡后，陈志良在朋友圈里发出这样一条图文信息。

随后，纽约台山乡亲会组织了美国冲蒌、广海、都斛同乡总会以及纽约精武体育会、纽约台山成务校友会等几个团体，继续募集到第二批、第三批防疫物资并陆续寄回祖国。

中美洲：跨越大西洋和太平洋的爱心传递

巴拿马，位于中美洲最南端的一个小国，闻名于世的巴拿马运河，贯通大西洋与太平洋，因此这里也发展成为自由商港，南、北美洲的物资在这里汇聚，世界各地的物资在这里中转。

在巴拿马近30万华人当中，有那么一群来自台山赤溪的移民，人数不多，只有3000余人，巴拿马台山赤溪同乡会成了大家的纽带，维系着乡情。

当中，陈国基德高望重。他16岁移民来巴拿马，一路打拼，终于在商界闯出一片天地。2005年，陈国基投身政界，在巴拿马主义党谋得一席之地，开始为推动两国友谊奔走。

大年初二早上，大家分别接到家乡发来的有关抗击疫情的消息和倡议，几个人立刻微信互动，然后组织召集开了碰头会议，决定一边筹办新春活动，一边筹集物资，支援家乡打好抗疫这一仗。

同乡会名誉主席吴国贤一马当先，以最快的速度购置了一批一次性医用口罩，准备立刻发运回来。巴拿马直航中国的航班少，跟快递公司联系，说是要等到2月9日才接业务。吴国贤心急火燎，他四处托人，找陈国基一起出谋划策，找中国大使馆寻求帮助，发动社团“人肉带货”。经朋友圈发出信息后，有位热心人士回应愿意帮助带货回中国。吴国贤欣喜异常，亲自驾车将这批物资送到机场，交到回国的朋友手上。

“谢谢你，李先生。”他握紧对方的手有点激动。

原以为万事俱备，谁知好事多磨，阴差阳错的是由于报备的时间差了1天，人和货物在清晨6点回到广州白云机场，却被扣留在海关。

带货的李先生此刻心急如焚，他此次千里迢迢回国，是给母亲奔丧的，如果因帮忙带货而被扣留，错过了出殡的时间就永远无法再见母亲最后一面，无法尽儿子最后的一点孝心。要知道，他不是台山同乡会的会员，也不是台山乡亲，而是凭着一颗赤子之心出手相助的。

电话铃声此起彼伏，通话的语音在东西半球上空频密地交流着。

台山市统侨部门接到巴拿马那边的求助电话后，立刻组织人力加班提供证明材料，并联系上广州市台山侨属海外联谊会会长陈健文，托他前往海关处理。

“OK，没问题，我即刻前往处理。”陈健文放下电话披衣出门，开着车疾驶在晨雾轻扬的机场高速公路上。一路上车辆稀少，很快他就赶到了机场海关。海关人员详细了解情况后，安排带货人先离开，待证明文件送达，再办理手续将货物放行。

李先生离开机场时，海关人员向他表示了歉意和深深的敬意。

“我理解，大家都是按照程序办事的。中国加油！”李先生深明大义，与各人一一握手后才离开。

“人肉带货”的成功为同乡会会长张俊华解开了困局。当时，他们在大使馆分管卫生的官员的建议下，不搞大型活动，决定取消今年的春节联欢晚会，改为上门向70岁以上的老人派红包送祝福，同时发动募捐，筹集防疫物资，支持祖国打好抗疫攻坚战。

巴拿马是美洲也是世界的“十字路口”，商港货源广，乡亲们很快募集了一批防疫物资，有不少是紧缺的N95口罩，但苦于无法直航，货物难以托运。他们于是决定依样画葫芦，不走货运走人运。

张俊华找到同庆堂主席巫俊辉，通过他的关系，联系了荷兰航空公司，请他们协助提供消息，如果有华人转机回中国的，请第一时间致电他。荷兰航空公司的人员了解事情的来龙去脉后，深为感动，不仅答应提供协助，还决定免除这批防疫物资的运费。

很快，荷兰皇家航空（KLM）通知说有4个回中国的华侨。同乡会的乡亲满心欢喜，快马加鞭打包了5大件，送到机场苦苦等待。令人意想不到的是，由于疫情形势的变化，这4人临时改变主意，取消了行程。

大家空欢喜一场。就如机场的上空，突然由晴朗转为乌云满天，紧接着啪啪地下起了大雨。

防疫物资早一天送到前线，才能发挥它最大的作用。张俊华和巫俊辉再次向KLM负责人询问第二天是否有中国侨民回国，不久就接到回复说有两人回广州。

翌日，同乡会的乡亲再次赶到机场，准备办理货物移交。但甫一见面，大家兴奋的心情凉了半截。

站在大家面前的，一位是40多岁的妇女，另一位是刚做了手术还坐在轮椅上的年轻人。潘女士和张先生都是广州花都人，虽然是同一地方的，但两人素未谋面，也只在机场此刻才相遇。

5大件沉甸甸的货件他们有能力带回去吗？大家的心忐忑着。

“你们放心，有航班人员的帮助，我们会一件不漏地把这批物资带回中国。”

“是的，不要看我坐着轮椅，只是做了小手术，我应付得来。”

他们的话语情真意切，在场的人无不动容。

在大家的努力下，这批防疫物资终于送上了飞机，辗转多地，从巴拿马出发，飞越大西洋先到荷兰阿姆斯特丹，然后再跨过太平洋回到中国广州，上演了一场爱心传递的接力。

南美洲：从南半球到北半球驮物资回乡

1月30日上午9时。

“他们准备到了，我们一起到门口去接货。”台山市委统战部侨务综合股的小曾放下电话，难掩兴奋之情，大声对股室的其他同事说。

哪能不兴奋呢？这是第一批抵达的海外防疫物资，是从南半球的巴西通过人力跨越万水千山驮回来的。

陈文添，巴西江门五邑青年联合会会长，也是台山市海外联谊会副会长。年前他就从巴西回国公干，春节前夕回到家乡准备与亲人欢度新春佳节。国内的新冠肺炎疫情来势汹汹，防疫物资紧缺，他看在眼里急在心头。

他首先打通了联合会副会长谭子超的电话：“阿超，国内这边的疫情很严峻，市红十字会和慈善会已经发出募集防疫物资和资金的倡议，你在巴西那边组织开个会，将有关情况向大家说一下，动员会员到药店、到工厂去，想方设法购买急需的医疗用品。”

第二个电话，他拨通巴中平原地区华人联谊会会长梅玉娟的手机。“娟妹，知道家乡这边抗疫的情况吗？”

“知道，每天都在看新闻。作为从祖国出来的华人，哪个不关心自己祖国的事呢？况且疫情发展这么快，令人担心。”

“现在国内最紧缺的是口罩等防疫物资，请你发动一下，号召乡亲捐资捐物，助力祖国和家乡打赢这场疫情防控阻击战。”

“好，请你放心，我即刻进行发动。”

梅玉娟全身心扑在筹集物资的工作上，把商铺的经营和管理全权交给女秘书打理。

女秘书看见老板这样风风火火忙里忙外处理商场外的事，嘟哝着说她人虽然在巴西，心却天天在中国。

仅用两天时间，第一批口罩募集到位。这些物资，除了很少部分是在圣保罗地区的药房买到，其他的是乡亲开车到周边地区收集回来的，甚至有的驾车到400公里外的里约热内卢购买，集腋成裘，爱心汇聚。

手机响了，陈文添一看是谭子超从巴西发来的长途语音。“陈会长，我们已经筹集到一批物资，有一次性的口罩，也有N95医用口罩。现在货运走不了，估计要半个月才能到。我想过，反正我计划回中国，就顺便把货物带回来。”

“很重很麻烦，你搞得来吗？”

“自己的东西就少带了，打包好也就几箱，我应付得来。”

“好吧，路上小心，人货都要安全回来。回到广州我来接你。”

就这样，谭子超背负着3大箱口罩，历经30多个小时，跨越千山万水，从南半球的巴西回到北半球的中国。

在广州白云机场，陈文添接到风尘仆仆的谭子超，两人马不停蹄，载着物资往家乡的方向奔驰。

在举行了一个简单但温暖的防疫物资交接仪式后，陈文添接受电视台访问。面对着镜头，他说：“对祖国这次发生的重大疫情，华侨人在他乡，感同身受。作为华侨，爱国爱乡是我们血液里的基因，与生俱来。这么多年来无论祖国、家乡有什么事，我们华侨第一个站出来响应，出一份力！”

在巴西巴中平原那边，经过梅玉娟的发动，几天时间也筹集到一批物资。她知道谭子超“人肉”驮回物资后，也做出了一个决定，由她出资购买机票，寻找有意回国的乡亲带回。

2月6日傍晚，新一批寄托着巴西籍乡亲厚重情谊的防疫物资，由“骆驼人”从巴西圣保罗出发，一路向北，目标地——中国。

“我当时拿到口罩的心情是很高兴的，但是害怕没办法带回去。当我知道口罩终于到达台山的时候，心情无比兴奋，是比什么都要高兴，好像打了一场胜仗一样，现在回想起来，还有点感动。好开心，非常开心。”

电话里，梅玉娟的心情依旧是那么激动，令人深深受到感染。

（原载《广东文坛》总333期）

构筑雄关

——2020年春韶关联合检疫队伍抗疫纪实

□李迅　曙光

两千多年前，地处广东北大门的韶关，就开始有城关、税关、盐关。

古之韶州，在军事上有“一夫当关，万夫莫开”的险势；商贸上则是“一吏当关，万物难出”的重要关口。

2020年新年伊始，新型冠状病毒感染的肺炎疫情来势汹汹。

韶关境内的高速公路纵横交错，京港澳高速公路粤北检查站、京港澳高速公路韶关南检查站、武深高速公路仁化城口检查站、地处南雄梅岭的省际公安检查站、韶赣高速公路始兴北检疫点等，是车辆和人流过境的主要关口，一天几千甚至上万的车流量，如潮水般汹涌而来、拍岸而去……要防止疫情向广东蔓延，重要的是严防死守！

于是，在这些关口上，口罩、测温仪、防护服、护目镜等，成了防控疫情的常规武器。由公安、卫生、检疫、路政等多部门联合组成的检疫队伍，不分昼夜地忙碌在高速公路的关口上，鲜红的党旗和志愿者的红马甲成了醒目的标志。

北大门卫士

素有“广东北大门”之称的坪石镇，像一颗明珠镶嵌在韶关的北部。金鸡岭上，雄鸡昂首北望，引颈欲啼。坪石镇，历史上曾被誉为广东八大重镇之一，也是广东北大门的重要通道，而京港澳高速公路粤北检查站就位于此处。

早春二月，武江两岸的油菜花盛开，引来了无数纷飞的彩蝶，让人想起毛泽东“战地黄花分外香”的诗句。而坪石却是烈士鲜血染红的土地。1928年1月，朱德领导的工农革命军，在坪石镇歼灭了国民党许克祥一个师，取得了坪石大捷。

如今，京港澳高速公路在这里通过，而粤北段是全线最为险峻的地段，是高寒地带，最冷时可以呵气成冰，仅一个长坡就有11公里，交通事故频发且惨烈，令人惊心动魄。韶关交警郑华武、付少云两位烈士，就是为了保护人民生命财产安全，在这段公路上献出年轻的生命。

2020年1月23日，广东省宣布启动重大突发公共卫生事件一级响应。24日，在韶关市疫情防控指挥部指示下，成立了由公安、交通、卫健、农业、农村等部门组成的粤北省际联合检疫检查站。

面对这场以保卫人民群众生命安全和身体健康为第一要义的严峻斗争，韶关市党政领导坚定信心、凝心聚力，建立起科学高效的战斗指挥体系，带领全市人民迅速投入疫情防控阻击战。

入夜，细雨霏霏，寒意袭人。

京港澳高速公路粤北路段，车灯闪烁，远远望去就像一条蠕动着的金色长龙。耀眼的灯光将宽阔、流畅的高速公路映照得如同白昼。一辆接一辆的大车、小车、载重汽车在凛冽寒风中呼啸飞驰而来，又静静地停在检查站入口处，等待检疫人员测温检查。

执勤人员一边挥舞着小旗，一边引导车辆进入不同的车道。交警向司机发出文明的用语："车辆进站接受检查，请提前摇下车窗，降低车内温度。"

等车辆靠近各查控道口，医护人员手握测温仪上前对着司机额头测量体温，交通执勤人员再上去对驾乘人员进行询问，对过往的车辆逐一登记车牌号、姓名、手机号。这套行云流水、滴水不漏的操作规程，执勤人员每天都要重复数千次甚至上万次。

深夜，粤北公安检查站灯火通明。道口近处，"党员先锋岗"格外引人注目；道口前方，红白相间的隔离桩上，一面鲜艳的党旗在寒风中猎猎作响。

在检查站道口上，站立着一个戴口罩，身穿浅绿色反光衣，左臂戴"党员先锋队"红袖章的忙碌身影。只见他正用标准、规范的手势指挥着车辆。

他就是乐昌市公安局坪石分局局长、粤北检查站站长李剑。

他在车灯的照射下，挺立着铁塔般的敦实身躯，黝黑的脸庞上镶嵌着一双锐目，放射出穿透夜色的光芒。他是个办事雷厉风行的人，走起路来风风火火，踩得地上咚咚直响。

作为一站之长，如今手中的钢枪已变成测温仪。为了防止疫情输入，他向检查站的全体人员反复强调，每一辆来往车辆都需要认真排查，做到逢车必查、逢人必检。

成立党员突击队是当务之急。李剑迅速将公安、交通、卫健、农业等部门的党员干部纳入临时党支部统一管理。临时党支部成立后，党旗高高飘扬在疫情防控一线。自从来到检查站后，李剑以站为"家"，全身心地投入到防控工作中。每当深夜，他常常想起春节前刚做完癌症手术的父亲，想起患有肺疾的儿子，内心涌动着负疚而又不安的情愫。

春节过后，2月4日开始，南下入粤车辆持续增长。下雨了，豆大的雨水打在雨衣上“啪啪”作响，李剑对此全然不顾。他立即组织协调养护、施工等工作人员，增开4条车道，紧急抢建防疫检测棚。经过39小时的日夜施工，粤北检查站的防疫检测棚正式交付使用，加快了车辆和司乘人员的通过速度。

雨越下越大，风越刮越猛。

雨声、风声、汽车发动机声，以及人们的喊叫声交织成一首雨中交响曲……

2月8日，春运后期返程车辆日益增多，入粤车辆每日达2万辆，从早到晚，检测现场车流一直绵延至数公里。

有民警报告：“车流出现拥堵了！”

李剑答：“将检测车道增开至10条。”

关键时刻，党员冲锋在前。李剑和副站长孙良明带头搬运水马隔离桩，大家心里只有一个信念：和时间赛跑，和病毒赛跑！

齐心协力，冒雨奋战。高速主线部分中央分隔带仅用4小时就撤除了。检测车道增加至18条，达到54个检测点，3小时将17公里的车龙疏导完毕。

车流疏通了，可是问题又来了。

执勤人员上班后由于用手机不停地给司乘人员扫码登记，许多人的手机电量已耗尽。

“李站长，我的手机没有电了！”

“我的也没有了！”

此时，李剑心急如焚，怎么办？如果不及时补充电量，将直接影响车辆和司乘人员顺利通过。他马上吩咐身边的交警，驱车前往坪石镇去购买充电宝。由于是凌晨，只能想方设法按照招牌上的电话号码打给店主。一个电话打过去，没人接，再到另外一家店，反复打了好几家，店主们得知是粤北检查站检疫需要，他们毫不犹豫，将58个充电宝递到交警的手中，满足了检疫时手机扫码登记的需要。

李剑是爱动脑筋的人。他利用“粤省事”、电子情报板、宣传栏、提示牌、高音喇叭全方位提醒司乘进行线上登记。这个办法果然奏效，检测速度加快10至15秒。司乘人员切身体会到检查站的公安民警急为群众所急，想为群众所想。

在战“疫”的日子里，副站长孙良明刚做完胃切除手术，本来还在养病阶段，但他依然要求参加党员突击队。李剑拍拍孙良明的肩膀说：“在家好好休息吧。”

孙良明答：“现在正是站里缺人手的时候，我身体没事，能挺得住。”

李剑拗不过他，挥了挥手。

从2月13日凌晨5时至2月15日，气温降至零下3摄氏度。受低温天气影响，韶关京珠北、乐广高速先后遭遇雨夹雪天气，粤北检查站的执勤人员面临着严峻的挑战。

这些天，执勤民警李国基冒着刺骨寒风咬紧牙关坚持在道口上指挥车辆。他说："虽然天气恶劣，对我们来说是很大考验，但这是我们的职责所在，我们一定要克服困难，坚持下去！"

李国基在路面上执勤，妻子在家照顾一岁多的小孩。他说："我在这里守好广东'北大门'，也是守好我们自己的'家门'。"

2月14日凌晨5点43分，粤北检查站上空突然雷鸣电闪，刮起一阵狂风暴雨，风将指挥点设下的路障、帐篷一下子吹倒。

李剑对远处的执勤干警和志愿者大声喊道：

"快！快！全部人先撤回来！"

雨珠砸在身上啪啪作响，志愿者们还没来得及反应，瞬间就变成了"落汤鸡"。面对恶劣的天气，他们毫不畏惧，坚守在执勤岗位上。

哪里有需要，哪里就有志愿者。在人群中，有一群身穿红色马甲、头戴小红帽的志愿者，他们是冬天里的一把火，照亮了漆黑的夜晚，也温暖了寒冷的冬天。夜深了，大家疲惫至极，然而他们揉一揉眼睛，抖一抖身子，扎紧防护服，继续为过往车辆的司乘人员进行体温监测。

让我们说一说，身穿绿色防护服、头戴蓝色工作帽的白衣天使。

虽然她们脸上的口罩遮住了脸庞，但从她们的目光中，清晰地感受到她们战胜疫情的坚定信念。这时候，测温仪就是她们手中的"枪"。低温天气使测温仪失去了作用，大家各出奇招：有的用"暖宝宝"给测温仪加热；有的利用休息间隙，用暖灯给测温仪加热；有的把测温仪放在腋下取暖；有的则用双手来回搓动，使测温仪增温。

李剑说："值夜班的时候，防护眼镜、耳罩也驱赶不了严寒和风雨，大家就搓搓手、跺跺脚，抹一点清凉油提提神。不管再大的雨，再狂的风，我们都不会退缩。"

粤北检查站从1月25日进入疫情防控状态，到2月24日奉命撤勤，连续鏖战31天。在这段风雨无阻的日子里，京港澳高速公路粤北省界联合检疫现场共投入工作人员5678人次，共检测入粤车辆30.67万车次，检测司乘人员1015037人次。

执勤检疫人员在这道雄关里留下了英姿勃发的身影。阳光和口罩给他们脸上留下黑白分明的印记，也给他们佩戴了光荣的勋章。

党员先锋队

前面是长长的车龙，这里又是一道粤北雄关。

武深高速公路城口检疫检查站位于仁化县城口镇，地处粤湘赣三省交界处。武深高速公路北达武汉、南通深圳，是外地车辆入粤的重要关口。

1934年10月，中央红军迈着雄健的步伐，在残阳如血的长征途中，在城口镇和铜鼓岭与国民党军队进行过激烈战斗，成功突破了国民党构筑的第二道封锁线，谱写了一曲红军长征历史上的壮歌。

如今，一场没有硝烟的战斗又悄然打响了。

粤北初春，春寒料峭。

北风呼啸，冷雨袭人。

城口检查站气温骤然下降至0摄氏度，呵气成冰。

在武深高速公路城口检疫检查站，“全力以赴，打赢疫情防控战”的大红横幅悬挂在检查站醒目位置，临时帐篷的上空，一面火红的党旗在寒风中猎猎飘扬。在各查控道口，只见一个个佩戴口罩、红袖章，身穿浅绿色荧光制服的执勤人员，正在各司其职地对过往车辆进行检查。

藏青蓝、天使白、黄色、绿色、红袖章，在夜色里构成了一道道格外引人注目的风景线，在黑暗的夜里放射出耀眼的亮光……

自广东省启动一级响应以来，韶关市公安局交警支队副支队长廖爱平就奉命来到这里主持城口检查站的检疫执勤工作。天降大任于斯人，临危受命千钧重。廖爱平有着30多年的从警经历，关键时刻上级领导委以重任，证明了他的能力，也体现了对他的战斗作风的信任。

廖爱平到任后，和大家一起住进了临时帐篷。面对突如其来的凶猛疫情，第二天，他们就成立了“党员突击队”“党员先锋队”，党员同志冲锋在前，专拣“硬骨头”啃。

身材魁梧、英姿勃发的廖爱平，头戴口罩、护目镜，手臂上印有“党员先锋队”的红色袖章格外醒目。人们无法看清他的长相，但从口罩没遮住的皮肤看，他的脸部肤色呈古铜色，一看就是饱经风霜、日晒雨淋的老交警。

廖爱平说：“每条查控道口均设有警戒区，一旦发现疑似病患和重点车辆，现场采取人车分离措施。卫健部门对人员进行隔离、转移，再由现场民警、辅警将车辆牵引至复检场地。”

25岁的民警朱清文在抗疫前线向党支部递交了入党申请书。在寒风冷雨中，他连续工作5天5夜，警服淋湿了，依然坚守在工作岗位上。他用实际行动践行着自己写下的诺言："向党组织靠拢，接受组织的考验，坚守岗位，恪尽职守，疫情不退，绝不下战场。"

从2月6日起，武深高速迎来了节后返程车流高峰，检查站后方排起了长龙。

此情此景，廖爱平带领"党员突击队""党员先锋队"，冲在最前，专啃"硬骨头"。

检查站前面，车龙越来越长，人流越来越拥挤。

廖爱平马上会同交警、交通部门将查控点位由原先的2条车道扩展到5条，同时增设复式检测车道，并临时在主线增开检测车道。

他通过协调各方加派人手开展检查，最大限度缓解了路面的拥堵压力。进入返程高峰，超速、超员、疲劳驾驶等风险上升，驻站交警一边做好疫情防控，一边守护辖区高速公路安全。

2月7日凌晨3点，医务人员跑过来向廖爱平报告："廖站长，我们发现一辆湖北籍小客车乘客体温超标，电子测温、水银复测均为37.4℃。"

廖爱平一挥手说："走，过去看看。"

在这谈新冠色变的危险时刻，他没有畏惧，是第一个与疑似病人接触的勇士。在有条不紊地把周围的车辆和乘客疏散后，他协同医护人员将病人带到仁化县人民医院感染科，然后驱车赶回来检查站继续执勤。

从上任第一天到检查站，廖爱平已经连续在一线驻站工作了20个日日夜夜。

每天晚上，廖爱平总会接到妻子的视频电话，叮嘱他一定要注意安全。妻子看到他布满血丝的双眼，不禁流下了热泪。

在检查站的日子里，廖爱平工作起来就是一个拼命三郎。每天睡几个小时，清晨6点钟就要起来执勤。大家劝他要注意休息，他总是笑着说："我身体很棒，挺得住！"

他知道，这场与新冠病毒较量的战斗，比的是耐力、决心和勇气。

也就是这天晚上，有十多台来自疫情发生地的车辆的司乘人员把廖爱平团团围住了。廖爱平和检查站工作人员一边宣讲政策，一边苦口婆心地劝导。廖爱平安排工作人员给这些老人、小孩端去姜茶和开水，八宝粥和泡面。在廖爱平的安抚下，现场群众表示服从劝导，在签收劝返告知书后沿途返回。

廖爱平说："此前，有一位湖北籍女子为避免返沪后被隔离观察，藏匿在轿车后备厢，企图逃避检查。在城口联合检疫站，汽车后备厢我们也是必查项目。截至目前，并未发现这类现象。我们检查车辆后备厢，是防止有人非法夹带野生动物。"

从2月1日至2月24日18时，廖爱平带领全体执勤人员风雨无阻地坚守在城口关口上。就在这23天里，城口联合检疫站共计投入检疫力量10509人次，对进入广东540522人次进行了测温，检查运输动物288651头（只），发现可疑动物并移交相关部门处理1148头。

磐石般防火墙

京港澳高速公路韶关南检查站。

曲江区警察、医护人员组成的检疫队伍在风雨中，铜雕般站立着。这里日均检查车辆超过4000辆。为了防控新冠肺炎疫情蔓延，曲江区从除夕那天开始，就从公安、交警、交通、卫健等部门抽调30多人，启动了这个疫情防控检查站。

曲江马坝，12万年前人类的始祖就在狮子岩繁衍生息。

京港澳高速公路韶关南进出口坐落在群山环抱之中，是韶关市区迎接珠三角来客的“南大门”，是对接粤港澳大湾区的重要通道。如今，在这片神奇的土地上，狮子岩上两尊雄狮依然深情地仰望大自然与现代文明交织的和谐之美……

疫情冲撞着和谐之美，留下的只是孤寂与苍凉。在大灾大难面前，总有一股力量温暖人心，总有一群卫士奋勇逆行。

关键时刻，韶关南进出口迎来了一批勇于逆行的卫士，他们充分发挥党组织的战斗堡垒作用和党员的先锋模范作用，在韶关南进出口阵地上，构筑起联防联控、群防群治坚如磐石的“防火墙”。

雨点连成了线铺天盖地倾泻下来。

风雨再大，执勤人员一步也不能离开阵地。

关键时期，党员同志冲在一线。执勤人员温伟军说：“我们从单兵作战变为协同作战，检查站成立了临时党支部。从除夕至今，大家都一直奋战在战‘疫’一线，大家实行24小时轮流值班制，三班轮转，每人值班8个小时。”

说话间，从韶关方向驶来一辆小轿车，执勤民警立即拦停进行检查，发现一名乘车人员未戴口罩，于是，民警当即赠送给他一个口罩，乘车人连声道谢。

执勤民警嘱咐他戴好口罩，注意防护。

除夕夜晚九点半左右，风雨加大了力度，临时帐篷剧烈地摇晃起来。执勤民警没有一个人躲进临时帐篷，而是站在风雨中，迎接一辆辆车子接受检疫。

同样，地处南雄梅岭的省际公安检查站按照上级指示，也迅速启动联合检疫检查工作，担负起守护广东北大门的重任。

深夜时分，检查站灯火明亮，一派忙碌景象。20多天来，由南雄市公安、卫健、交通、林业、农业，以及韶关高速管理中心、韶关市交警支队等多个单位共同参与的疫情防控阻击战在梅岭深处如火如荼。

全体党员干部在疫情防控一线重温入党誓言，纷纷在请战书上签名："疫情不灭，我必不退！"不论刮风下雨，还是白天黑夜，大家始终坚守在阵地上。春节返程高峰期，每天需要检查车辆近6000辆，执勤人员手臂酸疼，用手揉一揉；喉咙沙哑了，吃一粒润喉糖。

临时党支部书记黄承海说："这是我市最大的联合检查站之一，是'外防输入'的重要关口，入境车多人多，责任重大，我们必须把好关，不能有半点掉以轻心。"

为确保春节返程的检查顺畅，加强检疫力量，南雄市从8个部门挑选精兵强将220人，实行24小时"四班三倒"制，将疫情防控工作落到实处。同时，检查站还成立了技术组，对过往车辆的信息进行进一步核实，确保将疫情拒于北大门之外。

就这样，检查站的执勤人员勠力同心，坚持严字当头，牢牢守住入粤关口，严查每一辆入粤车辆、每一个入粤人员，筑牢联防联控、群防群治的铜墙铁壁，坚决打赢疫情防控的总体战、阻击战。

曾经以为，英雄离我们很远、很远。

这次全国性的抗疫之战，我们才真正意识到，原来英雄是与我们擦肩而过的芸芸众生，就是那些如此平常的普通人……

如果说，韶关古代的雄关是由城关、盐关、税关等组成，具有建筑价值、经济价值和军事价值，那么在抗击疫情的今天，韶关人民为了守护广东的北大门所构筑的雄关和钢锁，更具有民生意义和人本意识，它真实地体现了人类为了生存而激发出来的博大爱心和无穷伟力。

2020年初春，这些不平凡的岁月将会载入史册。

（原载《广东文坛》总333期）

“90后”的战“疫”

□夏紫怡

青春是什么？可以是“初生牛犊不怕虎”，可以是“为爱冲动为爱痴狂”，也可以是“任性恣意洒脱忘我”。但在这一场开春里席卷全国的新冠肺炎战“疫”中，青春是一段段破茧成蝶、淬炼成钢的故事。

“当年的孩子”，勇挑重担，他们用深入一线、直面生命的勇气，用义无反顾、使命担当的决心，守护着国民的安康。他们是，“90后”的你们，我们。

而立之年担大义

己亥岁末，熙攘的街道里挤满了选购年货的乡民，他们满心欢喜地等待着即将到来的春节。在同一时空里，一场始料不及的疫情已在暗处翻涌。凭借着医者的职业敏锐感，肇庆市第二人民医院儿科住院医师江泽彬折返老屋，安顿好父母与孩子，简单收拾行囊，驾车离乡返肇，他要快速地回到医院，回到岗位上。

这天早上7时，初春的阳光细细碎碎，如同被打破的春节团圆一般，落在逐渐岑寂的城市角落。一场新冠肺炎疫情，阻隔了彼此相聚相见的心愿。彼时，江泽彬已经从住院部“转战”至急诊科，坐诊儿童发热门诊。咚咚咚——砰砰砰——来往其间的装修工人和江泽彬打了招呼，钻墙，挂消毒机，布电线，再扛几块硕大结实的隔板，三两天工夫，临时筹建的成人发热门诊和儿科发热门诊已现雏形。

顾不得喝上一口水，江泽彬经过发热门诊工作人员专用通道，走到清洁区，认真洗手后，逐一穿戴上一次性防护装备：N95口罩，帽子，隔离衣，护目镜，鞋套，手套。此刻，穿好层层叠叠的防护装备后，他觉得额头渗出了微汗。看了看挂在墙上的圆盘钟表，还没到8时。江泽彬来到儿科发热门诊诊疗室，与夜班的同事交接工作，一切准备就绪，病人陆续前来问诊，他也开始了一天的工作。

这场没有硝烟的战争已经打响，身负使命的医护人员以白袍作“战衣”，冲锋一线。为了家人孩子的安危，江泽彬从1月18日开始便选择独自居住。月余不见小孩，他眼眶微润：“至今已有20天没有与孩子见面。但在疫情面前，我们只能向前抗击，舍小家为大家，肩负医者的使命与职责。”在一线抗疫工作中，江泽彬把对孩子的思念化作对患儿的关爱，“乖，啊——张大口，给叔叔瞧瞧小咽喉。”详细询问病症，再三确认药物过敏信息后，江泽彬细致地开具了药方，嘱咐患儿家属要注重孩子的保暖。

在江泽彬的办公桌上，并没有水杯。“为了节约防护资源，每个班只穿一套隔离衣。除了吃饭时间，我们都不敢喝水，以此减少上洗手间的次数。”儿科发热门诊实行两班制，一班12小时，很多时候，在这12小时的时间里，江泽彬只上过一次洗手间。“渴了也没办法，只能忍。”上午9点和下午4点，江泽彬都需要将当日就诊病例上报至市疾控中心。接诊人数最多的一天要接诊50个患儿，大部分为发热、咳嗽、腹泻等病症。

“在抗疫一线，说不怕是骗人的。”江泽彬觉得，此次疫情给自己最大的挑战，莫过于心理压力了，“虽然就诊流程大致相同，但防护措施每一步都不能缺少，倘若懈怠其中一个步骤，便会殃及整个科室、团队以及家人。”

尽管心理压力很大，但每天下班后，打开手机与孩子视频，是江泽彬一天中最幸福的时刻。“爸爸，我乖乖等你回家。”手机屏幕里映照出一张稚嫩的笑脸，看着孩子在视频那头轻声软语，江泽彬觉得心里暖极了。

只祈彼此身长健，同处何曾有别离。家人的支持是慰藉，社会的需要是动力，江泽彬笑着说：“只要大家齐心协力，疫情总有消退的一天！”

“当年的孩子”如今激流勇进

雨水已过，一转眼，肇庆市第一批援助湖北医疗队抵达武汉已有20天，对于队员之一的“95后”护士陈嘉瑶而言，在当地生活与工作的节奏已然逐渐适应。上班时在方舱医院忙碌着护理轻症病人，下班后偶尔会苦恼于因为长时间穿戴防护服导致额间闷出痘痘的问题。她是众多“95后”中朝气蓬勃，爱美爱笑的一员，更是挑起支援湖北，冲在一线战“疫”重担的青年护士。

2014年陈嘉瑶从肇庆医学高等专科学校毕业，来到怀集县人民医院泌尿外科担任护士。陈嘉瑶从小便有从医梦，在2020年新冠肺炎疫情发生后更激发了她“一方有难，八方支援”的医者信念。1月27日，她提交了请战书，主动申请加入抗击疫情先锋队。秉持着“召必回，战必胜”的决心，陈嘉瑶和同事们踏上了驰援荆楚的征途。

抵达武汉次日，陈嘉瑶随医疗队开始为期5日的抗击疫情护理技能培训。培训结束后，2月14日，她正式被安排在武汉东西湖区方舱医院负责轻症病人的护理工作。第一次进入方舱医院，彼时陈嘉瑶的内心既紧张又兴奋。

当天突然刮起冷风，下起了冬雨，淅淅沥沥。陈嘉瑶坐上专列公交车，摇摇晃晃地抵达了医院。“来——大家按要求穿上防护装备。”一顿催促的声音从前方传来，大家开始忙碌起来。舱外雨声滴答，舱内穿衣声窸窸窣窣。值班时间为晚上8点到次日凌晨2点，穿戴完毕，陈嘉瑶步入舱内，有条不紊地对病人进行血氧饱和度和生命体征的检测，同时配合护理需求发餐发口服药。在一线医务人员看来，在这里工作与平时护理没什么不同。只是穿着防护服、戴着口罩，严严实实的有些闷气，大冷天仅穿两件衣服都会出一身汗。

武汉东西湖区方舱医院收治了1600多名轻症、生活能自理的患者，每天轮值在舱的护士每人需要负责护理30～50位患者。陈嘉瑶刚开始工作时心情有点小担忧：“主要怕病人受病情影响，心情压抑不好相处。”日子久了，才发现原来病人们都很乐观，也很热情，“在一次送药折回工作台的时候，突然听到大家在喊‘谢谢你们从广东来，你们辛苦了’，瞬间感动不已。”

战“疫”正酣，捷报频传。许多轻症病人陆续康复出院，陈嘉瑶与众多一线医务人员一样，内心充满慰藉，病人的殷殷谢意，也成为他们坚守阵地，战胜“疫”魔的信心。陈嘉瑶笑道：“我希望下次再来武汉时，是疫情消散，樱花盛开的时节，我想尝尝这里的热干面，还有周黑鸭。”

心愿墙上缀满爱

“‘疫’无反顾，才是真正的勇士。时逢疫情，我也当了一回勇敢的逆行者，只要万众一心，没有病毒是不能战胜的……”十多天前，肇庆市第三批支援湖北医疗队队员莫漪桢在日记里这样写道。20多天后的3月8日，莫漪桢所在的武汉江汉开发区方舱医院送走最后一名患者，其正式“休舱”。秉持着“不破楼兰终不还”的战“疫”信念，莫漪桢和其他医护人员一样，选择原地待命，随时等候再次“出征”的号令。

为患者尽早脱下病服，他们选择披上战袍。莫漪桢是德庆妇幼保健院的一名急诊科护士，作为一名医务人员，看到疫情始发时同行们奋战抗疫一线的情景，一股与之患难与共，并肩作战的热血在她的内心奔腾翻涌。请战不久，2月15日，她如愿踏上了支援荆楚的征途。

彼时，经过一轮严格培训与考核后，莫漪桢终于投入到方舱医院的工作中。如果当天当值8点的班次，则他们必须五点半起床，7点钟到达方舱医院，穿好防护服准时接班。

由于防护服非常严密，呼吸困难、心跳加速的问题随之发生，与之同来的，还有“雾里看花”的无奈。“我的护目镜里布满了水珠，严重影响了视野。汗流浃背，连呼吸都伴随着自己的酸臭汗味。”莫漪桢感叹，感觉在里面分秒难度，好想赶紧出去，呼吸一下新鲜空气。但工作上的苦恼在病人的声声关怀下，化作甘甜的雨露，滋润着医护人员的内心。回顾在“舱内”护理的20多天，莫漪桢最感动的一次是在取咽拭子的过程中，一位武汉当地的阿姨不断叮嘱她：“离我远一点，你们不能有一点闪失，你们是天使。”

护理不仅要护身还要护心。在方舱医院的日子里，为了让病人们有一个舒适的就医环境，增强他们抗病的信心，莫漪桢主动带头，和几名医护人员一起动手制作“心愿墙”，鼓励患者在贴纸写上祝福语、小心愿等。如今，日子一天天过去，“心愿墙”也被一句句温情的话语填满，随着休舱的到来，这些祝福语也将成为这段医患共融，并肩战“疫”，四方支援的历史印证。

（原载《广东文坛》总333期）

刀尖下的血色木棉

——河源市东源县双江镇派出所所长冯智敏夺刀记

□夏晓露

二月，岭南的木棉花静悄悄地次第盛开了，一点、几朵、一片，开得红红火火。耸入云端的枝条上，坚硬的花骨朵破茧而出。远远看，像一蓬蓬巨大的火炬，霸气而傲骄地“燃烧”在珠江两岸大街小巷，仿佛向这场猝不及防的新冠病毒最后宣战，向江湖雄风的武汉送去一份火红的慰藉。

春天，万物复苏、绝处逢生。

梅花，傲然寒冬；木棉，唱响英雄赞歌。

立春已过，在遥远的武汉，期待那一簇簇樱花击节盛开。

一

他从麻醉中醒来，又一次看到木棉花抽出火红的蓓蕾，妻子在病房依偎着他，他们感觉到春天的暖意。

昨天深夜，手术室青白的灯显得特别明亮，手术在紧张地进行。当晚7点，病人送来；8点麻醉；9点开始手术。时间在一分一秒走动……

这并不是新型冠状病毒肺炎病人手术，而是一名警察在抗疫一线身负重伤，在医院抢救的情景。

庚子年的春天来得如此慢，仿佛要让寒冬为世间留下最冰冷的怀念，彻骨的痛。本该是由岁月的脚步去拉长生死离别的距离，却在春天即将到来的时刻，一场突如其来的新型冠状病毒咒语般，将魔爪伸向善良的人类，把人类的生死离别迅速浓缩，浓缩在这个春寒料峭的季节。

广东外来人口、流动人口居全国之首，疫情形势严峻。“疫情就是命令”，不仅白衣天使雪雕般穿梭在方舱的身影让人感动流泪，警队一个又一个顽强奋战在抗疫一线的身影也让人动容。冯智敏——广东省河源市东源双江镇派出所所长就是其中一员。

那些天，广州小雨。木棉在窗外依然绽放着。2月10日早晨，一上班，单位领导说：“河源有个民警昨天受伤了，你来采写吧……”

手头只有一份材料，很简单，但事迹却令人震撼，心被揪了起来。受伤的冯智敏正在医院抢救，生死未卜。第一时间电话他所在的派出所，找到教导员林鸿业了解详细情况。林教简短回话：尽快整理了报给您。上午过去了，材料没来；下午材料还是没来。我急了。厅里作为抗疫典型得马上发通稿。又一次电话问他。回答：晚一些发你。到了晚上，林教终于回复，认真写了千字微信传来。电话中又说：对不起，对不起。太忙，白天一直带人在外查控疫情。唉，所长这一受伤……我一听，好内疚，眼圈立马红了，真不想占用一线民警金子般的时间啊。

我又电话采访了陪冯智敏到广州做手术的冯镇，他是双江镇综治中心专职副主任，政府专门安排他陪同。2月10日晚，冯智敏被送到暨南大学附属第一医院（广州华侨医院）神经外科。

手术室门上荧白色灯还亮着：手术中。

手术做了3个多小时，灯从晚上21:00亮到23:45左右。灯终于灭了，门终于开了。等在门口的所有人都觉得三小时长如一万年。手术车推了出来，冯智敏警服上的肩章还露在白色被子一角，头部缠满了绷带。

命悬一线，常常用在公安民警身上。但冯智敏没想到，这个词，在这场抗疫阻击战中离他如此的近，近在7毫米的距离，死神近在咫尺。说实在的，还差3毫米，或许1毫米，如果尖刀再深一点，他说不定就牺牲了。

“好险！刀尖已经穿透左太阳穴上额骨头，进去7毫米，差一点刺破骨膜，再晚点来，有生命危险啊……断掉的刀尖成功取出，很幸运，病人脱离了生命危险……”医生摘下口罩说。

当冯智敏的妻子听到“很幸运”3个字，眼泪顿时夺眶而出。她扑在手术车旁轻唤：“阿敏、阿敏……”

一直守候在手术现场的冯镇和两位民警才松了一口气。他们回想起过去惊心动魄的30多个小时，仍会出一身冷汗。

2月9日早晨6:00，天还没亮。冯智敏已起来，他用冷水洗了把脸，双眼依然充满血丝。昨晚忙到凌晨1点多才回到派出所宿舍休息。新闻中报道，全国新增确诊病例2656例，新增死亡89例。蔓延的病毒就像潜藏在黑暗中的不法之徒，随时随地兴风作浪。

7点左右，冯智敏照例在工作开始前给妻子打一个电话："老婆，我们今天疫情防控正是关键时期，家里又让你操心了。"

"你放心，家里有我。注意身体啊。"电话那头妻子的温柔细语让他心怀内疚。疫情期间，他们又是10多天见不了面，冯智敏每天早晨或晚上都要抽空同妻子通一个电话，最近多了互报健康状况。

这几天，天气特别冷。通完电话，冯智敏穿上警用棉执勤服，戴好口罩和执勤装备。

9点左右，他带领所里几名民警和辅警，已在检查卡点执勤。阴冷的寒风吹着。河两岸杨柳青青，小叶榕一树华盖，浓绿如荫。他看到山上山下木棉树林立蓬勃，蓓蕾已站立枝头，无限感慨，冯智敏对木棉有着火一样的深情。守护好这个绿水青山的珠江三角洲"后花园"，作为所长、一个共产党员，责任重于泰山啊。

人说刀光剑影，是警察的工作环境。双江镇多为客家人。这里民风朴实，刀光剑影的日子并不多。可冯智敏要处理那些鸡毛蒜皮的事却也是多如牛毛。此时，冯智敏接到居委会干部举报电话，这两天有个叫林某的居民在街上游走，不听劝、不戴口罩。他一听，事情来了，当前这是大事，不戴口罩人命关天。

在检查站站了几个小时，腿脚已经有些麻了，口也干了。那边电话又打来让赶紧到林某家处理。

将近中午时分，冯智敏立马带人赶去林某家中了解情况。白墙灰瓦的客家风格建筑，二层楼。进去后，林某家人说，林某在二楼。冯智敏就带了两三个民警辅警到二楼找林某。看到床上坐着林某，冯智敏就问："你身体怎么样啊？"

林某说："没什么，很好啊。"

冯智敏说："现在疫情严重，传染性强，你不要出门。出门也一定要戴口罩啊……"话音未落，林某突然从床边抽出一把15厘米长水果刀刺向冯智敏他们，大家迅速往门口躲闪，可林某一直追砍到门口，眼看危险逼近大家，冯智敏转身迎着林某夺刀，一边毅然挡住门口，不让林某接近众人。他知道，如果不把刀抢夺下来，后果不堪设想，受伤的不仅仅是自己，有可能危害更多的百姓。

他面前的林某身高足有1.8米，估计体重也有200多斤。冯智敏身高1.69米、体重60公斤，赤手空拳。他自知这个相差悬殊的体魄，他是劣势。林某挥舞着水果刀拼命往他身上刺，冯智敏感到胸膛紧迫的威胁。"刀光剑影"从脑海中闪过，这种威胁首先来自生命本能。但当威胁像病毒蔓延，侵犯到他身边的人时，这种威胁在加码扩大，保护自我意识只能退位，这也是一种本能。

面前这个"庞然大物"林某，却疑似间歇性精神病发作。冯智敏进退两难。精神病患者是异于常人思维，是生活在“另一个世界的异族”。冯智敏知道，从心理角度，林某应该是突发性妄想症。当感到自己的思想、行动、情绪等受到外力影响，就会在恐慌中，以不惜侵犯他人来“自卫”。

冯智敏来不及多想，自己经历的是常人与非常人的体力挑战。唯一的办法就是：快速夺刀。刀握在自己手里，群众才能安全。此时，不禁让人联想到电影《荒野猎人》中灰熊与人的搏斗镜头。林某仿佛片中狂暴的熊，持刀疯狂向他的目标冯智敏攻击。刀划过冯智敏的手掌、手指头，血顺着他的袖子往下流。渗透了血的警服，也被划烂，棉花都露了出来。没人知道冯智敏当时有多疼，但冯智敏没有放弃。

搏斗、夺刀在一分一秒进行……

如果面对的是犯罪分子那还好办，可以采取法律手段制服。但对林某不行，既要保护他身后的人，还不能伤害到林某。一种反常的“自卫”与防卫在继续对峙。冯智敏突然感到头部一阵剧痛，刀插向了他的左太阳穴上方额头，但他仍紧紧地抱住“庞然大物”林某不放。最终，其他同事赶到通力协助，才将林某控制住。

随后在场同事将冯智敏送至当地医院，刀尖一直插在冯智敏的额头上。

当地医院只能进行简单包扎，无法做颅骨手术，且告知要尽快手术，否则，会有生命危险。随即紧急送往暨南大学附属第一医院手术抢救。

到了暨南大学附属第一医院，经过CT和X光检查，发现刀尖断裂在头骨里，医生们为这名警官捏了把汗。

“这个刀尖虽然刺穿了颅骨，但刚好达到颅骨的内表面，还没有刺破硬脑膜，所以脑膜下的这些血管没有受到损伤。”医生这段专业的表述，让在场的人们将一颗悬着的心放了下来。

手术后，躺在神经外科东区21号床的冯智敏在接受媒体记者采访时说：“作为一名共产党员，作为一名警察，在最关键的时候，我们就应该挺身而出……疫情当前，我躺在这儿也难心安，伤愈后，我马上回到岗位上，跟一帮兄弟、战友继续坚持，努力工作，把这场抗疫阻击战打好、打赢，保护我们辖区老百姓生命健康安全。”

冯智敏知道，在疫情阻击战中，他作为派出所所长能做什么，父老乡亲的喜怒哀乐、健康安宁不就等着我们一身警服、一寸丹心去守护？

病毒的存在就是一种隐形的威胁，小镇虽小却五脏俱全，绝不能成为病毒蔓延的缺口。在冯智敏意识里，一个人，并不需要有惊天动地的力量，而是在关键时刻坚定地做应该做的，以无声的力量在疫情后方支援。这就是他与派出所所有民警的职责使命。

二

作为守护一方平安的派出所，保护环境、维护治安、抵御新冠肺炎疫毒侵入，真不是件轻松的事。冯智敏深知，一个呼吸、一口吐沫就可能让这座美丽小城、全国冠名的“绿水青山就是金山银山”的实践创新基地万劫不复啊。他感受到疫情的严酷，这场没有硝烟的疫情防控阻击战，最是考验人的关键，这是生死大考。冯智敏早已是箭在弦上，亦守亦攻。

冯智敏1975出生在东源县灯塔村一个朴实的农民家庭。自1996年至2016年一直在灯塔派出所工作了20个年头，2016年调入双江派出所任所长至今。任职以来，办理过的大小案件、调解过的纠纷不下千宗，其中刑事案件50多宗，亲手抓的吸毒犯不少于350人次。2012年、2017年年度考核被评为“优秀公务员”，1998年12月被河源市公安局授予个人嘉奖。

对于从警25年的冯智敏来说，他既要发挥党员先锋模范作用，还要周旋于方圆120多平方公里的小镇，“上管天文地理下管鸡毛蒜皮”。

“快了，马上就要挖开了，兄弟们加把劲，快，洪水要没腰了……”2019年6月，河源全市普降暴雨，遭遇几十年一遇的洪涝灾害，东源县双江镇双江村、寨下村等地受灾严重。洪灾期间，冯智敏带领所里5名民警、辅警，冒着滂沱大雨，对危房内的被困群众进行转移。突然，接到受困群众的求救，产妇与婴儿被困在农舍。冯智敏当即组织民警、辅警赶往险情现场。到达现场后，冯智敏发现因雨势太大，门前鱼塘的水已经倒灌，被困的一名产妇紧紧抱着怀中婴儿站在床上不停哭喊救命。洪水随时有将房屋冲垮的危险。

冯智敏当机立断，带领同事用锄头、铁锹挖开池塘边的淤泥，试图将屋子里的水引到屋外地势较低的地方。顾不得洪水冲击的危险，他们连续挖了将近2个小时后，终于在池塘边挖出一条水沟，成功将屋内的水引开，顺利将产妇和孩子解救。

寨下村五保户肖叔听说冯所受伤后哭了。他四处打听受伤重不重。回想之前不久，冯所帮他解决了多年没有的户口，每年冯所自掏腰包送来大米、油等生活必需品，像亲人一样照顾他……

“疫情就是警情，防控就是责任。”防控疫情阻击战打响以来，冯智敏带领全所民警在辖区开展酒店、民宿、居家、院落、企业入户检查，在街道、检查站等重点地区展开防控疫情各项措施落实。自大年三十晚至受伤之日，他与民警一道坚守岗位，每天工作10多个小时。在警力有限的情况下，连日来，已对12个村居进行了地毯式排查，累计劝离聚集的村民群众300余人，劝导酒店、餐饮、娱乐业等50多家易聚集场所暂停营业，劝退101起农村上灯宴席，禁止了一切大型活动，维护了辖区秩序，阻断了疫情传播渠道。

“冯所受伤了”的消息传来，不仅是双江镇老百姓关心，他原来所在的灯塔镇老百姓也纷纷关注他的健康状况。双江、灯塔镇老百姓都为他捏了一把汗，为他祈祷。

“冯智敏：你是好样的！几年来，你为双江付出了很多，也为桥头村做了大量实事。桥头村全体党员干部向你学习！祝你早日康复，早日归队，我们一起战胜疫情。”那天，双江镇桥头村党支部书记黄衍平得知冯智敏身负重伤时，他急了，立马组织人员陪同到广州抢救医治。之后，他又在镇工作群发了一条信息，鼓励冯智敏积极治疗。

三

1月24日除夕这天，冯智敏在派出所忙里忙外，排查防控疫情、治安巡逻……晚上，妻子带着女儿到所里与大家一起吃年夜饭。所里许多民警与他一样回不了家，家属就一起在派出所吃团圆饭。大家都习惯了这样的团圆。

这种“习惯了”，包含太多的内容。比如无奈，比如忠贞，比如爱与挚爱。2020年伊始，注定冯智敏的“习惯了”多了更重的砝码。

那天，我在电话中采访了他妻子。她是东源实验中学毕业班语文老师。19岁的女儿在广州读大学。冯智敏受伤当天，她和女儿正值放假，在家刚刚吃完中午饭，接到大哥电话：“阿敏受伤了，皮外伤（不敢说实情），现在中心医院。”她还是紧张得说不出话来，第一反应是有没有生命危险？稍事冷静后，她安抚好一旁受惊的女儿，立马赶往医院。没想到，已经10多天没见面的丈夫，此刻竟然头部、双手都是白花花的绷带，她的心“咯噔”一下，这哪是皮外伤？她伸手轻轻摸着丈夫受伤的手，发现很冰凉。心一阵阵痛，眼泪在眼眶中打转。

“没事的，别紧张，一点皮外伤。”冯智敏安慰她。

丈夫受伤的情况一直瞒着冯智敏的母亲。后来，老母亲清洗那件染血警服时，好几盆血水，母亲边洗边哭：“流这么多血肯定伤得很重……”

手术后，妻子一直在病房陪护他，妻子回忆着他们的一幕幕，满眼泪水，又满是温馨。因为家离派出所40多公里，他们一般是一周才能见一次。如果遇到案件，就说不准，一个月不见面也是正常，疫情期就更别说了。

印象最深的是七八年前，一个冬天的晚上。她到所里看望丈夫冯智敏，住在他们所里。而冯智敏却在追捕一名毒犯，因天黑路滑，掉进了一个池塘，浑身湿透了。凌晨冯智敏回到所里，她看到浑身湿淋的丈夫冷得直发抖，抱着他就哭了起来……

受伤后冯智敏看到妻子和女儿哭了，他对她们说："我做警察这么多年了，你们应该知道警察就是处在风口浪尖的担当者，我们不仅拿国家工资要干事，还要把事干好了。这次疫情国家有难，警察更加要一马当先为国分忧……"

"对不起啊。不过，我命大，放心。只要你们娘俩好好的，我也就放心了……"

妻子一脸幸福偎依在他身旁："最大的遗憾是，我们见面时间太少了，真的太少了。这下，我们可以有很多时间在一起了……"冯智敏一听，鼻子发酸，眼眶顿时红了。

"等到疫情过了，抽空好好陪你和女儿啊。"白色绷带下那双眼睛早已噙满泪水。

冯智敏看到医院病房外一棵高大的木棉树，树枝上打了十多朵红色的花蕾。

"是啊，春天快要来了。"他心头暖暖地看着湛蓝的天空。

（原载《广东文坛》总333期）

大家一起努力的样子真美

——记深圳市横岗区枫城健康驿站战“疫”的那些事

□朱德斌

2月25日，我主动请缨，来到战“疫”前线——横岗枫城健康驿站。15天的奋战，经历了只有经历过的人才懂的无奈与辛酸，感动与美好，每天痛又快乐着，最重要的是大家一起努力的样子真美！鲁迅先生的那句“为了忘却的纪念”能表达此时写下这些故事的原因，是的，不想以后忘记枫城战“疫”的点点滴滴、每一处感动和美。

第一天就战斗到天亮

复工复产攻坚战打响了，大量重点疫区人员返深。据不完全统计，横岗有近万名湖北籍人员待“回家”，街道“外防输入”的压力与日俱增，对此横岗不等不靠，积极主动应对。

2月中，横岗第一家健康驿站投入使用，很快爆满；紧接着第二家驿站也迅速投入使用，两天时间再次爆满。2月24日，第三家健康驿站“开张”，“生意”依然火爆。2月25日，眼看第三家驿站的房间即将入住完毕，高速交通卡口又排查出大量需要入住驿站的人员，一旦驿站住满，无法安排的话，交通卡口会滞留大量人员，情况紧急，刻不容缓。横岗街道疫情防控指挥部很快着手筹建第四家健康驿站，对整个街道辖区酒店进行全面排查、筛选、谈判、征用，最终定下枫城酒店为“主战场”。同时，组织部立刻抽调、组建出一支“精英部队”，后勤部门有条不紊向前方输送酒精、口罩、防护服等物资，公安、医院等各路兵力迅速增援。

25日晚10点，枫城驿站全部准备完毕，返深的湖北籍同胞接踵而至。不到4个小时，枫城驿站入住率就达三分之一。

临时组建的枫城驿站，因时间仓促，大家基本都是没有准备就直接上场的。

有的人，原部门的手头工作做了一半，两头都要兼顾；

有的人，刚刚在交通卡口值完班，换个地方又来战斗了；

有的人，来不及跟家人商量，来不及通知一声家人就上岗了。

……

然而，通知晚上8点到驿站集合，全员一个不落准时到位。

大家争先恐后地要上岗。

欣姐安排好第一班人员后，让我负责凌晨的班。

“没问题的！”我答道。

是的，疫情就是命令，防控就是责任，党员必须先上，不计得失，不讲价钱。接到安排后，我看了看时间，我还有一个半小时回家准备行李，以及和家人打声招呼，准备好战斗14天，或者更久，反正最好不要回家，以防万一，减少家人的风险。

夜晚10点，开车回家的路上，我着急地给爱人打电话，让她准备好我的行李、生活用品。当她知道我要直接接触湖北返深人员时，没等我解释，就怒气腾腾地挂电话了。

到家了，一进门就看见爱人一言不发，默默地在收拾我的行李，满满的一箱子，妈妈和儿子在一边玩耍，完全不知道发生了什么。

坐了一会儿，我尝试着和爱人说话，把我们的情况和安全措施慢慢地讲，她好像软了下来，默认了，但是没有说一句话。

离开家门，爱人甩了一句：好好的，平安回来。

我没有说什么，没有回头，总觉得不能太矫情，这又不是真的上“战场”，再说学警4年、从警6年，内心强大是我们警察练就的必备素质！等疫情结束吧，20200202是我们的第八个结婚纪念日，没有好好过，以后想出去旅游补回来，还有本来奶奶年初四的八十六大寿也没有给她做寿，还有儿子、我妈，对他们的照顾太少了……

0点整，到了枫城驿站。穿上防护服，戴上护目镜、口罩、一次性手套……把自己防护得严严实实、密不透风，然后给自己来一张特写自拍，不是为了秀自己一把，而是赶紧发给我爱人，尽量减少她的忧虑。

全副武装后，立刻投入工作。尽管是凌晨1点了，但是入住驿站的“客人”络绎不绝，我们还是处于兴奋的状态，充满了正能量，犹如打了鸡血一般——根本没有任何倦意，没有感到害怕。甚至，还主动和他们聊起来，嘘寒问暖、答疑解惑、宣讲政策，不亦乐乎！

当问起今天怎么突然这么多湖北同胞回来了，湖北不是都已经封起来了吗？他们回答说，就放行了3个小时，具体为什么他们也不知道，得知放开的消息，他们就立马开车“杀”回深圳。

就这样，一个接一个，房间一间接一间被填满，时间一个小时接一个小时过去了，到了凌晨四五点钟就基本没有什么人来了，但是我们几个值夜班的毫无困意，大脑异常活跃，空闲时候大家相互认识认识，拉拉家常，开开玩笑。

26日早上7点，我要交班了，意识到从25号7点起床，上班，到驿站值班，自己24小时整没有休息。回到酒店，快速冲洗了一下，我想逼自己赶紧休息，我很清楚自己白天是睡不着的，一般都要熬到晚上才能入睡，但是今天晚上可能还得值夜班，白天睡不着的话，就可能要48小时醒着，甚至更长，身体如何撑得住？

驿站迎来一位国际友人

2月27日上午，驿站来了首位国际友人，他来自日本东京，26日从东京飞到香港，再从香港来到深圳。年过花甲，白发不少，但精神抖擞，眼神刚毅不缺友善慈祥。当时上面的具体政策还没有正式发文，我们需要谨慎处理，一来落实政策不能马虎，二来要体现我们国家形象。因此，驿站必须恰当处理好这件事。

这种情况算是突发。于是，梅姐立刻与区里沟通，请求指导和提出处理意见。区里好像也不是特别明确，也在沟通。经过一番沟通，最后决定：先安排入住驿站，立刻做核酸检测，结果为阴性的直接劝返，送还香港，督促他直接返回日本东京。

简单来说就是三件事，但是我们遇到从未遇到过的困难——因为言语交流困难，连办个入住都难倒我们了。先要和他解释我们国家的疫情防控政策，刚开始我和梅姐用英语跟他讲，他是可以听懂也会说几个单词，但一样都是“半斤八两”，尴尬极了。

这时候，他想到了他的翻译，然后打电话给他，让我们先跟翻译讲。我们以为找到了好办法，但是我们还是错了，翻译可能也不是很懂我们国家的疫情防控政策，要不停地和他解释半天，然后他再去向日本友人解释半天，信号好像一会儿好一会儿不好，结果我们三四个人转来转去，花费好一会儿工夫才似乎见到了一点效果。

好了，日本友人知道个大概，同意入住和检测，接下来就要办入住手续了：填交接函，阅读承诺书，签字……一位同事为了向日本友人讲清楚“承诺书”的要求，也在用吃奶的劲翻译，但对于这么正式的行文，用英语翻译就是天书啊，根本拿它没办法，说了几个单词后，放弃了。

还是得用翻译。本来吧，日本友人一点没有在意这个承诺书的，准备签了就上楼去了的，但是他什么没听懂，“承担法律责任”之类的听懂了，好像立马慌了神，觉得这是一个很严肃的法律问题，立即拍照给翻译，让翻译把关，结果行文太正式，不好理解，我们又得和翻译解释一遍又一遍。这时候我们快站立两个小时了，还没有办完，欲哭无泪啊。

此时，觉得再拖下去会让人失去耐心，会对我们不满的，绞尽脑汁，想办法，突然灵机一动，想起了翻译软件，是啊，为什么一开始没有想到呢！快马加鞭，迅速下载了一个百度翻译，然后我和梅姐、日本友人就围住手机的翻译软件交流，效果还真不错。最后，在软件的帮助下，给他办好了入住手续。

日本友人很快做了核酸检测，结果为阴性。这就意味着要尽快办理解除医学隔离观察。这一次，吸取经验了，为了提高效率，我在百度翻译软件提前输入好预计的对白，翻译出来，到时候办理退房就可以一个一个点开播给他听了。果然，提前做功课还是很奏效的，很快讲明白了我们接下来的工作，也说明白了我们的感谢之情等。之后，派车送他到蛇口港，然后再回日本，一切很顺利！

日本友人离开驿站时执意加了我微信，离开时，微信发了一张图给我，原来是他写了感谢字条，但是可能是考虑到避免不必要的接触，没有直接给我们，而是放在了窗户边上，发微信是为了告诉我们这个事。我点开图，看到用中文写得歪歪扭扭的几行字：

深深感谢

你们的热情待遇

我不会忘记这里的恩情的

谢谢！

横地广之

加油中国！！深圳！！

39.6℃高烧！

2月27日上午，6××3房间突然打电话下来前台，说感觉小孩是发热了，我听了之后第一感觉应该不是病毒感染，因为这个小孩很小，才1岁1个月，所以心里很淡定，然后安慰了一下家长，让他们先别着急，并交代他们戴好口罩，我们会马上派医生上门。过了一段时间，电话再次响起，当我拿起电话的时候，小孩的妈妈在电话那头发出急促的声音："39.6度……39.6度啦！医生来了吗？来了吗？"明显感觉到母亲压抑的紧张，十分担忧。

"来了来了的，医生就在这里驻点的，妈妈不要太紧张哈，您先带好孩子，电话给孩子爸爸好吗？"

我告诉孩子爸爸，要防护好，以防万一。

“哎，我们也知道的，但愿没事咯，有就治咯。”小孩的爸爸声音十分低沉，语气中藏着几分无奈，几分早有的思想准备，看似很淡定，但是一种疲惫的淡定。

医生很快来了，全副武装，匆匆忙忙就上楼去。然后医生帮小孩再次测了体温，还是超过了39℃，医生很快就打电话下来：“快！马上安排送去深圳市第三人民医院！”

过了二十几分钟，一阵一阵仓促的救护车警报声，响彻了整条街，路上的行人把目光全部投向了我们驿站。

小孩和家长一上车，消杀工作人员立刻对酒店进行全盘消杀。消杀后，大家经过简单几句交流又各自忙去了，大家似乎没有空去害怕！

统筹组的领导很快研判此事并上报街道。同时和医院做好沟通，等待结果。下午，小孩和父亲都做了CT和核酸检测，确定父亲没事，但是核酸结果没出，小孩的肺比较小，医生光看CT不好判断，最终结果要下午6点才能出。此时，我们驿站也迅速做好一切应急准备，立刻停止收人，值班人马全部不动，不换人，减少交流，最坏的打算就是做好硬隔离措施！大家似乎屏住呼吸了，都意识到了可能面临第一次近距离的“确诊”！

我们都在祈祷小孩平安无事，但是，除了等待又能做什么呢？

等待，等待……

终于到了下午6点，但是没有收到结果通知，医院说要9点出结果。

等待，等待……

9点到了，还是没有结果，通知说要12点出。我们立刻不淡定了，难道真的有问题？！我们不甘啊，我们还要战斗，不能封在这里啊！

等待，等待……夜深了，12点早过去了，还是没有结果，通知说明天早上出结果。哎……一声长叹，这是玩我呢，呜呜！不管了，大家该休息休息，该值班值班吧。

28日早上8点50分，我们驿站得到了幸运之神的眷顾，收到了最好的礼物——小孩的结果出来了，阴性！小孩平安了，我们驿站平安了，大家都平安了！整个驿站都在欢乐之中！

小孩父亲回到驿站的时候，喜笑颜开，他跟我说小孩很快退烧了，后面也没有反复烧，医生说可能就是长乳牙导致的发烧。后来的后来，小孩妈妈检测也没问题，住了几天院就回来了。

经过几天的集中医学观察后，母子回到了驿站。这段时间，医生每天都询问他们的情况，我们都在尽力关心着这个小家庭。3月8日，趁三八妇女节之际，街道给入住的女同胞们送了花束。为了表达诚意，近午餐时候，我们带上鲜花，给她们一个一个送花，并代表街道致以节日问候，给她们加油鼓劲。到了晚上，就看到小孩的爸爸在朋友圈晒出了照片：感谢街道办的用心，希望疫情快点结束。希望他们永远平安幸福！

大哥，脾气不要那么爆

那天，深圳异常的热，太阳火辣辣的。大家穿起密不透风的防护服，戴上护目镜、手套、头套，全身裹得严严实实的，很快就大汗淋漓，但是不能脱，都是一次性的，防护物资紧缺的情况下，不容我们浪费。于是战友们都在闷热的天气中坚持着、坚持着……

正当大家干得热乎时，一阵嚷嚷声让其他人都停下了手里的工作。

“你什么态度！我是犯人吗？！啊！我们有什么错吗，要在这里被你们关着！……”一个粗壮的中年男人在驿站电梯门口歇斯底里地嘶吼着。

“我只是问你下来干吗，我们这里有规定，入住了就不能随意下来，以防交叉……”工作人员还没有解释完就被打断了。“你什么态度！什么态度！当我们是什么！你还为人民服务的呢！我要投诉你！”大哥劈头盖脸指着工作人员骂起来，怒火越来越大。

我一看不对劲，马上冲上去，把这位大哥与工作人员隔开，并示意工作人员不要再争辩了，然后带大哥出来外面谈，安慰大哥情绪，询问有什么事要我们帮忙。原来，他的车上有几瓶酒精，入住时忘了拿上去，现在天气太热，担心在车上发生火灾。因为是临时想起来，没有事先告知我们就跑下来了，刚出电梯口，刚好被工作人员看到了，工作人员可能语气没有把握好，大声问了一句：你下来干吗啊？

“大哥，你真厉害！防范火灾意识十分强！确实，这么热的天气，车上有酒精是极其危险的，你是对的！”

“那肯定啊！不让我下去拿的话，我这车要是着火了、炸了，你们负责吗？！”

“哥，这个没问题的，规定是规定，特殊情况还是要考虑的，没问题，我和你一起去拿。”于是，我带大哥去车上取酒精。路上大哥的气始终没有消，边走边嚷嚷。

“大哥，我刚才解释过了，我在这儿替他说声对不起，你消消气。但是，我要郑重提醒你，你刚才说的话，可要注意，不要意气用事，这是个小事，大家把误会说清楚就好，可别小事往大事整，现在全国的大形势，你是知道的，要是不配合是要承担法律责任的！相信你在网上也看到过一些例子了吧。”为了不必要的麻烦，和压制这位大哥的冲动，我开始严肃地提醒他。

“呃……这个我当然明白，也不是个事，我是一时冲动了。”大哥可能意识到自己的鲁莽言辞了，听到严正的词语，似乎软了下来。拿了酒精，就回驿站了，也没有再说什么。最后离开驿站回家时，还对我们说了一些感谢的话。

3月2日，驿站第三批检测结果阴性且符合转居家隔离条件的62人成功“回家”。

3月10日，驿站集中医学观察的24人满14天，全部平安“回家”。至此，枫城驿站没有了“客人”，街道只留了一个驿站，其他两个驿站的“战士”统一到一个驿站中去。那么，枫城驿站战“疫”的故事将要讲完了，但不是疫情的结束，远没到要摆庆功宴的时候。

（原载《广东文坛》总333期）

人间有大爱

——广东抗疫故事

□梁小恩

珠江连鄂水，百越共荆楚。

手足同袍义，一呼九州应。

2020年，己亥末，庚子初，就在神州大地都在准备迎接新春到来之时，一场罕见的疫情在江城武汉突然暴发。一时间，武汉“封城”，企业停工，交通中断……全国各地进入紧张的一级响应状态。

党中央、习近平总书记一声号令，在华夏大地，在广东这片改革开放的前沿热土，百千万勇敢善良的岭南儿女，用自己的坚毅、勤劳、博爱，支援武汉，驰援荆州。他们是平凡的，又是伟大的，他们用自己的欢喜、忧愁、大爱，对生活的热情拥抱，对生命的无限敬畏，坚守希望，相信未来，书写了一篇篇动人的“广东抗疫故事”……

挺住！武汉！

“我总的看法，就是没有特殊的情况，不要去武汉。”84岁的钟南山院士，在给了全国人民诚恳的忠告后，1月18日，自己却毅然登上了从广州开往武汉的列车。“明知山有虎，偏向虎山行”，义无反顾地来到了抗击疫情的最前沿。

临危受命，紧急出征，这位广东“硬核”老人含着泪花的照片，几天内刷爆朋友圈。深入疫区实地调查、研究方案、上发布会、媒体直播、解读情况、宣传防疫知识，从广东到武汉，从武汉飞北京，只睡了4个小时，又要开始高强度的一天。通过电视直播，全国人民看到了疲惫的他，两鬓斑白点点，声音略显沙哑，但是那一双眼睛，却是始终饱含深情而又充满坚毅。

“心疼！”多少人看着已届耄耋之年的老人，困顿至极，独自倚在低矮的列车座位靠背上，仰头闭目休息片刻的照片，在心底默默为他祝福！

“佩服！”他鼓舞着中国医学界，此刻担起责任，不愧为共和国脊梁！

“骄傲！”他是岭南儿女的优秀代表，他是广东精神的骄傲，“国士无双”！

疫情刻不容缓，广东的医护人员，正在准备出征，守住武汉……

“九省通衢”“东方芝加哥”，这是南方医院呼吸与重症医学科主治医师肖冠华此前对武汉的印象。1月19日，广东首例输入性新型冠状病毒肺炎病例确诊，作为呼吸与重症医学医生的肖冠华意识到这次疫情可能不简单。

“当时就觉得这个病毒来势凶猛，暴发地武汉的交通运输特别发达，又赶上春运，着实让人担心。”肖冠华回想起疫情暴发之初的情形。或许连他自己也没有想到，担心会如此快变成现实。

1月21日，广东确诊17例，并且率先在全国启动重大突发公共卫生事件一级响应。一丝医生的职业敏感、紧迫感和使命感萦绕在肖冠华的心头，医院的工作群、医学院的校友群里消息沸腾，同事们纷纷表示如果国家需要，志愿申请支援湖北。

很快，医院的医生们主动放弃了春节假期，退票、返程，做好上战场的准备。肖冠华作为128名队员之一，参加了第一批广东支援湖北医疗队，医疗队在1月24日集结。这一天，是农历除夕。

1月25日，大年初一，没有一点年味，甚至是带着几分战前的紧急、焦虑。广东第一批医疗队进驻武汉汉口医院。这里距离疫情暴发地华南海鲜市场仅有3公里。前期医疗物资不足，病人多，病情急，为了降低感染的风险，肖冠华提出将自己的头发剪短，没有专门的设备，两名护士用医疗剪帮他剪头发。“剪短点，不然防控不到位。”肖冠华说。

只有身在一线，才能体会那种扑面而来的压力。一名20多岁刚参加工作不久的感染科护士，在污染区进行消毒时，突然紧张得大哭起来，让人为之动容。

中山大学孙逸仙纪念医院血液内科的护士梁玉婵，原本和未婚夫商定了2月初领结婚证，但是当支援武汉的通知一出，经过简短的商议，她还是毅然地加入了医疗队，“这是我作为医护人员的一种使命感，虽然领证日期延后了，但是我不觉得委屈，我为自己感到骄傲”。

同样作为第一批医疗队的队员，暨南大学附属第一医院的吴义算是一位老同志，已经退居二线的他，在疫情暴发的第一时间，主动申请加入了救护医疗队。年过半百，紧迫的疫情防治工作对吴义来说可不是简单的事。晚上7点，吴义来到病区，做二级防护，穿上成人纸尿裤，8点正式进入病房，开始紧张的治疗工作。在吴义的病区，有80名患者，其中不乏危重症患者，救治工作一刻都不能耽误。测血氧、量体温、插气管，吴义一直冲在最前面，为了节约防护服，甚至一滴水也不能喝。

“我爱人说我是‘重上战场’，我是不想让自己的职业生涯留有遗憾，能为疫情防治做出点贡献，也是尽了我作为医生的职责！”直到凌晨三点半，与接班的医疗组完成交接后，吴义才和他的战友们离开医院。隆冬数九，武汉的街头比平时还要冷清，吴义打了个寒噤，拖着疲惫的身躯，脚步却无比坚定。

武汉胜则湖北胜，湖北胜则全国胜。守住武汉，成为打赢疫情防控战争的关键。1月28日，广东第二批支援武汉医疗队147人启程。

出发！荆州！

2月23日下午，一场别开生面的“隔空诊脉”正在荆州的一家医院进行，连线的是身在广州医科大学附属第一医院的国家卫生健康委高级别专家组组长钟南山院士。

“大家在前方辛苦了，向大家表示感谢，希望大家再接再厉！时间紧，下面我介绍一下治疗药品和检测试剂盒的一些最新情况……”

视频对面，广东对口支援荆州医疗队以及荆州当地共9家医院同步参与此次远程会诊，广东省防控新型冠状病毒感染的肺炎临床专家组组长、广东省人民医院覃铁和教授，副组长、广州医科大学附属第一医院黎毅敏教授等广东知名专家和钟南山院士“同坐诊台”，针对荆州出现的具体病例进行仔细指导。

时间回到10多天前。2月11日晚上，广东省派出的第二批对口支援荆州医疗队共有250名医护人员集结广州白云国际机场。2月10日派出的首批108名医疗队员已经抵达荆州，这批队员中有的新婚燕尔，有的孩子还在襁褓中，有的刚参加工作还是新兵。

根据统一部署，全国16省份对口支援湖北武汉以外的地市，广东和海南共同支援荆州。作为湖北省除武汉外，确诊病例人数第三多的城市，荆州面临的医疗压力巨大。

“广东对口支援荆州的消息一出来，我们医院就有不少医生护士找到我，申请加入对口支援的医疗队，这真的让我很感动！”第二批支援荆州医疗队队长、珠海市人民医院副院长崔敏回忆起出征前的情形，依旧很是激动。

在医疗队，江门市中心医院呼吸内科主任医师刘凌云和惠州市第一人民医院呼吸内科主任医师石喆是有名的“老革命”，因为他们都曾是“抗非战士”，这次又主动请战，来到抗击新冠肺炎的战场。

“17年前，那时候自己年轻啊，满腔热血，就在广州的‘抗非’一线。17年过去了，使命不变、责任不变，尤其我还是党员，更是义不容辞！”作为呼吸科医生，刘凌云在得知消息的第一时间写好了请战书，安顿好家人，随时准备出发。

“兵马未动，粮草先行”，省卫健委有关负责人这样形容，在医疗队出征之前，已经安排人员携带医疗生活物品先期到达荆州，保证队员们落地后就能正常生活、开展工作。

“我们把‘压箱底’的物资都筹集起来了，让队员们带去湖北。”在中山市人民医院，院领导带领医护人员，连夜筹备防护和生活物资。在医疗队的行李中，有不少自发采购的物品，保温杯、毛巾、纸尿裤，江门开平市中心医院的一名队员更是带上了巧克力、压缩饼干，“穿上防护服，至少六七个小时不能脱下，这期间不能吃东西不能喝水，所以带点这些高热量的东西，能顶饿”！

洪湖是荆州疫情最严重的地区之一，而洪湖的整体医疗条件有限，为了确保洪湖的确诊病人得到有效收治，避免再次发生区域范围内的疫情暴发，荆州市决定将洪湖的整体医疗救治整建制交给广东医疗队。

接到前方打来的电话，广东支援湖北荆州医疗队总指挥黄飞没有丝毫犹豫，斩钉截铁地答复：“没问题！”

2月14日晚，洪湖发布紧急通告，全城实行战时封闭管理，所有乡镇、村、社区以及中心城区小区一律实行全封闭管理，所有车辆一律从严管控，居民基本生活物资全部由代购配送。而同时，广东支援荆州的第三批医疗队96名队员于晚上7点到达荆州。

而与时间赛跑的战争，也正在洪湖的病房里如火如荼地打响。心血管内科医师白煜佳在重症病房里已经连续工作了5个小时，厚厚的防护服密不透风，穿上不一会儿全身就大汗淋漓。

在结束最后一个病床病人的查房后，天色已晚，他终于能够拿起手机，给妻子王馨珂发了个短信：“今天的工作结束了，我挺好，你怎么样？”其实，妻子王馨珂现在也正在洪湖，作为消化内科医师，王馨珂与丈夫白煜佳一起报名参加支援荆州医疗队。这对夫妻档到达荆州后，才发现几乎没有团聚的时间。由于负责不同的病房，值班的时间不同，小两口只能通过手机互相报一声平安，让彼此安心。“虽然见不着，但是我们都知道对方正在救治洪湖的病人，都在为抗击疫情做努力，即便不在一起，也有一种并肩作战的感觉。”白煜佳笑着说。最让王馨珂放心不下的，是家中年幼的女儿。王馨珂女儿还不满3岁，这次自己和丈夫一同前往荆州，照顾孩子的重任落在家中老人的肩上。每天结束工作回到住地后，王馨珂总会拿出手机，看看女儿，由于王馨珂的班次很多都是晚班，躺在床上有时已经是凌晨三四点，只能通过女儿的照片寄托自己的思念之情。

“女儿现在还小，可能不知道爸爸妈妈这是去干什么，但是我相信，等女儿长大了，一定会为爸爸妈妈感到骄傲的！”擦拭去眼角的泪花，王馨珂看着女儿甜蜜的笑脸入睡。

坚守！广东！

“广东向湖北派出许多医护人员，留在广东的医疗力量还够用么？”疫情暴发后，广州的市民刘女士曾不止一次和周围的朋友谈论过这个问题。其实，刘女士的担心并不是多余，作为除湖北以外确诊人数最多、最早启动一级响应的省份，广东自身面临的疫情防控压力不可谓不大。

1月19日第一例输入性病例确诊，到1月底，全省已经有520例确诊。“面对险恶的疫情，我们有信心，也有能力应对，我们不仅要做好对湖北的驰援，也要把我们自己的家看好，这是我们对父老乡亲们的承诺！”送走驰援武汉的战友，广州医学院附属医院的一位负责人坚定地说。

有这样的底气，是因为广东在呼吸病学研究和防治上扎实的基础。自从2003年非典疫情后，广东医学界对呼吸病学的研究一直走在全国前列。除钟南山院士领衔的广州市呼吸疾病研究所、广州呼吸疾病国家重点实验室等重量级科研机构外，广东疾控中心对呼吸传染疾病的控制和治疗都有着一定的经验，这些经验的得来，凝聚着多少医护人员的心血和汗水。

1月27日，一则新闻登上了广东各媒体的头条：广东省疾控中心分离出广东首株新型冠状病毒毒株！病毒毒株的分离，意味着向了解病毒迈出了极其重要关键的一步，为最终战胜病毒提供了有力保障。广东省疾控中心病原微生物检验所的检验员梁丽君读到这则消息，一颗悬着的心终于落了下来。

从春节前病毒样本送到检验中心，负责样本复核鉴定的梁丽君全部生活重心就留在了单位，几乎是废寝忘食，与时间赛跑，因为检验所的所有人都知道，早一天，早一小时哪怕是早一刻钟分离出毒株，都会为后期的医疗诊治争取到宝贵的时间。梁丽君每天就在高强度、高压力的工作环境下，一直忙了十来天。梁丽君的孩子年幼，还不懂事的女儿只是好奇，以前每周都会陪自己出去玩耍的妈妈怎么每天都见不着了？早上，梁丽君洗漱后，匆匆忙忙地又要赶往单位，早早醒来的女儿赶紧抱住她的腿，大声喊着“妈妈不要走”！梁丽君热泪盈眶，但是想到还在攻坚阶段的病毒分离工作，她咬着牙、狠着心，掰开女儿的小手，用力抱了抱女儿，亲亲她稚嫩的小脸，转而将女儿交到丈夫怀中，自己毅然地走出了家门，奔向单位。

在1月27日当天，广东省疾控中心利用科研优势快速筛选病毒，而在200多里外的珠海，一个关于建造临时定点收治医院的决策在防控指挥部里敲定。

“宁可备而不用，不可用而不备，疫情刻不容缓，定点收治医院的建设要立即启动，一定要抓紧建成！”为了最大限度节约时间、抢赶进度，指挥部决定将珠海市妇幼保健院新院改建成定点收治医院“将军山”医院。为了保障在2月份就具备收治能力，很快，妇幼保健院新院区建设项目组整建制改成“将军山”医院建设项目组，基础保障、业务运行、督导推进3个项目组同时成立，全院400名干部职工主动申请加入一线建设工作，抢建工作立即展开。半个月后，能够收治580人的珠海“将军山”医院建成，为珠海的疫情防控提供了强力保障。

如果说对普通市民来说，疫情带来的是不安和恐慌，那么对于强强一家来说，差点成为生离死别。强强一家六口人生活在广州，除了2岁的强强外，其他5人均感染上了新冠肺炎。

强强一家的遭遇牵动着全城人的心，广东省第二人民医院的医护人员们，也下定决心，竭尽自己所能，拯救这个温馨幸福的小家。由于5口人都被隔离，只留下强强一人独自生活，第二人民医院从全院征集志愿者，很快28名女护士报名，志愿当起这个2岁小娃娃的“妈妈”，在这个“天使的爱，我们的小可爱”群中，强强得到了28位白衣天使“妈妈”无微不至的关怀。

很快，这个动人的故事有了令人振奋的大结局。2月8日，强强妈出院；9日，强强哥哥出院；11日，外公和爸爸出院；15日，外婆出院，一家六口人终于团聚了！当天，强强爸妈早早就开始准备午餐，“要好好庆祝一下”！而强强依依不舍地跟28位白衣天使“妈妈”告别，回到家里，他一直惦记着这群善良美丽的“护士妈妈”。“等疫情结束了，我们一起回去看‘护士妈妈’，这个缘分值得我们一辈子珍藏！”爸爸妈妈对强强说。

截至2月21日，广东的疫情防治工作已过去1个月有余，这一天，又有45名患者治愈出院，全省累计治愈病例已达664例，治愈率达49.81%。同在这一天，广东省人民政府向全省公布了《关于做好一线医务人员及其家属保障工作的若干措施》（以下简称《措施》），为全省参与到一线疫情防治工作的医护人员及其家属提供了生活、心理、人文、安全以及其他5个方面的保障，设立专项慰问金，提供24小时心理咨询，组建应急保障车队，优待子女入学教育等，为医务人员及其家属解决后顾之忧。

“我们尽自己的全力抗击疫情，守护我们的家园、守护我们的家人，现在政府和社会这么关心照顾我们，就觉得身上的劲更足了！”第一时间传达了《措施》的主要精神，广州医学院附属医院的年轻医生小张高兴地说。

团结！必胜！

1月20日，在珠海做服装生意的赵女士感觉到了周围有一点微妙的变化，平时不怎么关注新闻的她，此前已经从朋友圈看到刷屏的新型冠状病毒感染的肺炎的有关信息。

“当时为湖北的朋友捏一把汗，有几个在湖北的朋友，我都发短信给他们，要他们注意安全，自己这边倒是没怎么在意，就觉得这个事情可能离广东、离珠海还远吧！”

可是，自19日广东也确诊1例后，赵女士感觉到了事态的变化，当她21日一大早前去药店买口罩时，才发现全城的口罩几乎都脱销了。

“当时想，完了完了，不敢出门了！”赵女士现在回想起来，仍然心有余悸。而一时间，口罩迅速登顶热搜，成为2020年初最火热的产品。

广东江门市舒尔美医疗用品有限公司，是一家专门生产医用口罩的民营企业，新冠肺炎疫情暴发后，面对市场上医用口罩大量短缺的情况，公司立即决定，放弃春节假期，加班加点生产口罩，到大年初二，公司已经有80%的人员回到工作岗位。可是，面对巨大的市场需求，生产人员还是不足，为此，团江门市委、市义工联、团新会区委、新会区义工联等联合有关部门开展“协助生产医用口罩”志愿者招募活动。很快，一批志愿者加入到了口罩生产的一线中去。

就读于中山大学的学生陆雅淇正在休寒假，看到妈妈钟秀芳的义工群里的招募志愿者通知后，她与妈妈决定，一起报名参加志愿活动，到一线帮助生产口罩。

“我妈妈是一个资深的志愿者，平时有志愿活动她都会积极参加，这对我影响很大。这次疫情暴发后，我妈妈就经常和我讨论，我们作为普通市民能帮着做点什么？这次正好有机会，能为疫情做点小事情，我挺骄傲的！”陆雅淇说。其实，每天12个小时的工作，对还在读大学的她来说，工作量不可谓不大，一天下来，肩膀酸得不行，妈妈钟秀芳看到柔弱的女儿高强度地工作，很是心疼，经常劝她休息一会儿，可是倔强的女儿不肯，反过来“教育”起了母亲：“我们多做一个口罩，一线的医护人员就能多一分防护，减少一分风险，我这身体是累点，但是心不累！”

根据共青团广东省委提供的信息，广东共招募青年志愿者近7万人，这其中不乏许多“90后”“00后”。“我们经历过非典，那时候我们还是小孩子，全社会守护我们，现在我们也长大了，应该为社会做一点自己的贡献了。”陆雅淇说道。

除了参与医疗物资的生产，还有一群人，他们主动申请，积极战斗在更基层的社区，相互守望、相互鼓励，给疫情防治工作增添几分热闹和温馨。

深圳罗湖区翠竹街道翠宁社区党委书记、妇联主席何彩玲是翠宁社区远近闻名的名人，她热情、豪爽，时刻把社区群众的事情装在心上，大家都称呼她“何大姐”。疫情暴发后，何彩玲在大年三十结束休假，第一时间回到工作岗位上，组建社区的联动防控小组，将联系方式公布给所有居民，组织社区妇联的女同志组成宣传队，将防疫知识第一时间宣传到每家每户。于是，社区的居民们发现了有趣的一幕，夜色降临，广场上没有了广场舞的喧嚣，取而代之的是一支支宣传队，上门宣传疫情防护知识，帮助居民解决生活困难。

在整个疫情防控期间，广东共有40多万女同志投身到防疫工作，她们战斗在基层社区，服务在疫情防控的一线，用守望相助的力量，为人民带来温暖，送去关怀，给予力量，为防疫工作增添了几分温馨。

“习主席说，我们全国上下一心，打响人民战争，有信心、有能力、有把握打赢这场战争。我们相信习主席，我们相信强大的祖国！”东莞横沥镇的防疫志愿者麦明珠大姐坚定地说。

“红雨随心翻作浪，青山着意化为桥。天连五岭银锄落，地动三河铁臂摇。”是啊！我们拥有战胜一切苦难的力量和勇气，我们相信多难兴邦，我们相信人定胜天，我们相信任何灾难都打不垮英雄的中华儿女！

灾疫惨无情，人间有大爱。悲欢逐逝波，明烛照天烧。在这场传播速度最快、感染范围最广、防控难度最大的疫情斗争中，无数的抗疫故事，犹如无声的爱河，汩汩汇成难忘的抗疫记忆，将永远在岭南大地上翻滚，永远滋养着骄傲的岭南儿女。

（原载《广东文坛》总332期）

洛城战“疫”

□张培忠

一

冬日的洛杉矶市郊，傍晚降临得格外地快。

明天就是中国农历大年三十。金地集团美国公司执行副总裁、华中科技大学南加州校友会会长王樞特地提前下班，从加州洛杉矶城区帕萨迪纳办公室驱车回到市郊赛普里斯市和谐路的家里。王樞一到家，就迫不及待地钻进厨房，与太太一起张罗晚餐，开启庆祝农历新年的假期模式。

王樞和太太都是武汉人，常年旅居国外，家乡口味却丝毫不变，逢年过节，总要烧几样家乡菜。菜料早已备好，夫人在厨房忙活，先煲莲藕排骨汤，再蒸粉蒸排骨。王樞边炒腊肉菜薹，边浏览微信群里的信息，这些天武汉闹新型冠状病毒肺炎，风声日紧。忽然看到武汉的肺炎疫情形势急转直下，市政府要对人员外流实施全面严格管控，就是所谓的武汉封城。

王樞见状，心里着急。武汉家里只剩下87岁的父亲和84岁的母亲。父亲王精忠是老革命，解放前入伍，跟随部队南下解放广州，又北上抗美援朝。在朝鲜战场上，父亲被编在第15军45师135团任文艺宣传战士，参加了上甘岭战役，后来还担任过黄继光连副连长，20世纪60年代给秦基伟当秘书，离休前是武汉市作家协会秘书长。枪林弹雨中过来的父亲对武汉封城泰然处之，他相信组织，相信党，相信中央的断然处置，是为了武汉百姓，为了湖北人民、全国人民。

王樞焦急万分。想到封城之后，父母亲的衣食住行怎么保障？万一老人有个三长两短，怎么交代？他当即给家里打电话，是父亲接的电话。父亲沉稳而亲切的声音，使他一颗悬着的心落了下来。父亲安慰他说：“还有玉华呢。”陈玉华是远房亲戚，在家照料父母亲已长达15年，可说是如同家人，休戚与共。

想到玉华，王樞心里踏实许多。放下电话，他忽然强烈地感到应该赶紧做点事情，为远方的父亲母亲，为疫情肆虐的湖北武汉，为像当年朝鲜战场上迎着炮火前进的驰援武汉的医务人员。正这么想着，手机就响起来了。王櫺瞟了一眼，是校友陈郁从相距30多公里的尔湾市打来的。王櫺顾不上吃晚饭，就跟陈郁商量起来。陈郁提出马上组织在美校友捐款捐物支持武汉防御疫情的想法，王櫺深表赞同，两人一拍即合，随即分头行动起来。

一家人都在等着王櫺吃晚饭。围着一桌美味的家乡菜，王櫺匆匆扒了几口饭，喝了一碗莲藕排骨汤，就开始一系列紧张的工作，进入“加州—武汉”紧急募捐时刻。

美国洛杉矶时间2020年1月22日18:52（北京时间2020年1月23日10:52）。王櫺与华中科技大学南加州校友会理事会理事商量：即刻发动居住在南加州的校友们按自己的意愿为武汉募捐，得到校友会理事会理事的一致赞成。

22日19:10。王櫺亲自起草第一份华中科技大学南加州校友会支持武汉抗疫情的倡议书。倡议书写道：“武汉是华科学子生活过的重要城市。在武汉我们留下众多美好的回忆，我们从武汉走向了世界。由于‘新型冠状病毒肺炎’的蔓延，武汉现正处于医治疾病的关键时刻！武汉需要你，武汉需要我，武汉需要在南加州华科校友的心！”倡议书呼吁校友积极捐款，第一阶段的目标是募集2万美元，用于购买N95口罩等医用口罩、护目镜及其他需要的物资。因时间紧，来不及开设专属账号，校友会创会会长傅天雄的非营利组织账号临时作为捐款账号。倡议书最后说：“心系武汉，作为华科校友，让我们都把爱用行动体现出来。帮人帮己，让我们为下一代做个榜样。”

22日19:36。王櫺通过越洋电话，与华中科技大学武汉校友会秘书长方华取得联系，电话接通后，王櫺急切而诚恳地问方华：“我能为武汉做点什么？”方华沉吟片刻，华科大校友会分布在全球，共有100多个组织，全国各大城市和全球重要城市华人聚居的地方，都有华科大的校友组织，这是极其宝贵的校友资源，如何发挥资源优势，支持母校、支持武汉，需要校友总会的统筹。王櫺建议加强与武汉校友总会的联动，启动全球募捐，得到方华的肯定和支持。华科校友会的加州—武汉热线即刻开通。

22日22时。王櫺通过方华秘书长，给华中科技大学武汉校友会捐款人民币1万元；给加州校友会捐款2000美元。后来又给华中科技大学南昌校友会捐款人民币5000元，给华中科技大学校友总会捐款人民币5000元，给南加州湖北同乡会捐款1000美元，给美国橙县华人联合会捐款1000美元。王櫺出身红色家庭，通晓中美文化，在加州华人圈有较高威望。国难当头，海外华人猝不及防，徘徊观望，他就是要用自己带头捐款的方式，坚定大家爱国的信心，带动大家爱国的热情。

据方华透露，在这次抗击疫情的过程中，王櫺是整个华中科技大学捐款的第一人。

二

陈郁则是捐赠物资的第一人。

与王櫺通完电话，陈郁随即通过微信拉了一个义工群，与傅天雄、刘升明、宋海洋等校友就捐款和订购物资沟通情况，分配任务，投入战斗。

陈郁是华科世家。他的父母亲20世纪50年代毕业于华中工学院（华科大前身），他和太太80年代毕业于华科大，妹妹和妹夫也是华科大的校友。岳父岳母现居武汉，亲戚在武汉大学人民医院工作。对于陈郁来说，武汉是精神的血地，也是现实的牵挂。

其实，陈郁一早就在微信朋友圈里得知，武汉疫情凶猛，一线医护人员防护设备严重短缺，除了缺口罩，还缺护目镜。陈郁本科读的是生物医学工程，他深知，在医院一线冲锋陷阵的医生，面对无处不在的病毒，没有口罩、护目镜、防护服等医用装备的掩护，无异于赤膊上阵，直接暴露在病毒的包围、吞噬和攻击之中。

一想到这种情形，以及在医院奔忙的亲戚，陈郁就不寒而栗。他赶紧上网搜索并研究有关医疗防护设备的级别与规格。健康防护口罩主要有N95、N100、P100，其中N95代表过滤率达95%，是级别较高并被普遍使用的一种医用口罩。实际上，美国产防护口罩主要是3M，属于防尘口罩，其防护性能明显比不上N95。

陈郁的职业是金融投资，如果不是这次武汉突如其来的疫情袭击，他也许永远不会去探究什么口罩。偏偏他有着科学家的执拗，为了彻底搞清楚口罩的型号，他不仅上网查找相关信息，还专门咨询了一家环保安全生产的专业电商，对方告诉他，头天晚上，已经有人将该公司的N95口罩一扫而空。

这是个危险信号，陈郁意识到问题的严重性。倡议书刚发出去，校友捐款一时半刻还到不了。救人如救火，为了抢时间，他当晚就在一家电商垫资下单订了第一批N95口罩和护目镜；第二天一大早又在一家叫“佐罗”的电商下单订了5万个N95口罩，5000副护目镜。此时医用物资都还比较便宜，两天的订单加起来5万美元，陈郁通过信用卡支付，既简便易行，又可延期付款。

没想到节外生枝。在佐罗网站下订单不到两个小时，该公司销售部门负责人根据订单上提供的电话给陈郁打来电话，询问陈郁是什么背景，购买这些物资做什么用途？

口气充满了诘问。陈郁如实相告，又极力解释，对方仍不依不饶地刨根究底，怀疑其有欺诈行为。

陈郁又焦急又无奈。家乡正遭受疫情灾难，急需这些物资救人，可对方却不为所动。陈郁冷静下来想想，症结何在？从对方闪烁其词的话语中，陈郁终于觉悟到，他与该公司从未打过交道，彼此之间没有建立起商业信用，陡然大宗交易，徒令对方起疑：是否有诈？对方遂要求陈郁先汇款，审核数天后没有发现问题才发货。

陈郁再三陈情，告诉对方可以去美国的商业征信机构邓白氏调查其公司的商业背景和信用记录，况且其公司从事房贷业务，接受各个州的严格监管，根本无从作假。如有不实之词，愿承担法律后果。唯一的请求，就是让他以美国运通白金信用卡付款，但必须今天发货。

陈郁决绝的态度，让对方领略了中国人浓得化不开的家国情怀！两个小时后，佐罗公司通知陈郁，商业账户被批准，信用卡付款被接受，即刻通过仓库发货！

陈郁欣喜若狂，连声道谢，激动地朝着手机向对方喊道："太棒了！感谢你！你让我在我的朋友那里变成了一个英雄！"

首战告捷。陈郁打完电话，低头一看，此时已是1月23日中午时分。遥望家乡，武汉医院里血脉相连的兄弟姐妹们正与如火的疫情争夺生命！最前线冲锋陷阵的医护战士正在渴望着极度稀缺的战衣铠甲！

疫情就是命令！必须以最快速度把物资运回武汉！

陈郁兵分数路，多线作战。他负责采购、催促、接收陆续到来的物资；刘升明负责联系物流，包括招募校友义工运输物资到机场；宋海洋负责报关并联系航空公司将物资运回国内。

过年期间兼临时募集，最难的是落实货运舱位。宋海洋几经周折，找到华科校友、厦航驻洛杉矶销售代表蔡永建帮忙，由他连夜向厦航总部汇报申请，获得总部同意，特事特办，协商通道，为募集到的物资提供免费空运回厦门，再转运武汉。

26日下午，这天正好是周日，忙碌了好几天的陈郁、宋海洋终于将第一批医疗物资，共计8箱3200个N95口罩和1箱100副护目镜送到洛杉矶国际机场厦航值机窗口，在蔡永建的安排和协助下，通过行李通道运送回厦门。

为使口罩和护目镜不致在邮路上受耽搁，宋海洋亲自协调厦门、武汉有关机构。货物在厦门一落地，即由美国华商会厦门办事处安排司机小张提货，当晚到福州汇总后，一路狂奔，直抵武汉，以南加州中华高校校友会联盟的名义捐赠给武汉第三医院和武汉精神卫生中心，送到已浴血奋战多时的医生和护士手里。

第一批刚抵达，第二批已在路上。

三

星火燎原。向武汉捐款捐物，由华科大校友会发起，迅速扩展到南加州中华高校校友会联盟。联盟集中了63所中国高校在南加州校友会成员，5万多名校友的群体，这是一个巨大的能量。

1月30日下午18时，南加州中华高校联盟在帕萨迪纳市召开新闻发布会，会议由高校联盟会长孙军主持，王樯介绍了华科大加州校友会募捐的前期工作，联盟发出了“万众一心，共度时艰，高校联盟，并肩武汉”的号召，正式拉开了南加州中华高校校友的募捐活动。

校友参与募捐，都是志愿活动。白天各有本职工作，募捐只有安排在晚上或周末进行。为了协同行动，提高效率，高校联盟的募捐机构下设采购组、物流组、医院对接组、财务组、义工组和协调组，每个组有若干人，各司其职，高效运转。

刘升明在采购组，负责全球采购。他平时在西门子研发中心做工业软件，任研发经理，忙得不可开交。晚上回到家里，吃完晚饭，才打开电脑，在全美乃至全球寻找物资资源。刘升明感到，采购物资，既是一个力气活，也是一个技术活。比如N95口罩，本身就有几十种型号，选择购买时，他很是下了一番研究功夫，哪些是工业用的，哪些是医用的，哪些是一线急用的，搞得清清楚楚。型号对了，还要严格把关，提防假货；如果购到假货，是要承担风险和责任的。关键是不能因为假货让身后的每一位捐赠者失望，更不能让战斗在前线的每一位医护人员受害。因此，要增强责任感，要狠下功夫，坚决在源头杜绝假货，防止上当受骗，避免意外事件的干扰。尔湾市的一位朋友，花了20万美元，从纽约购买了一批过期口罩，现在还在打官司，弄得什么事情都干不成。刘升明常常以此案例警示自己，宁可自己辛苦一点，也绝不能因为一着不慎，满盘皆输，影响采购物资工作大局。

货真还要价实，尽量货比三家，找最便宜的购买。还是N95，开始时一个0.57美元，后来供不应求，每天价格都不一样，近期涨到每个8美元，刘升明感到太贵了，下不了手，就没有要。转而购买普通外科口罩，价格也是初一十五不一样，从每个0.22美元涨到0.4美元。越到后来，不但价格越来越贵，还经常缺货断供，物资采购越来越难了。

这时，武汉医院前线传来防护服紧缺，必须立即采购防护服的消息。防护服更复杂些，要找到合格产品，要鉴别假货，刘升明不敢马虎，从原版的英文文件开始溯源，研究透彻以后，正要下订单，却发现美国缺货。情急之下，刘升明把眼光投向英国、德国、日本等，期待在国外的采购有意外收获。但因路途遥远，无法辨别货物真伪，他不敢贸然下单。

正在举棋不定之际，刘升明获悉西雅图有一批防护服，每件的价钱才5.7美元，比市面上每件20美元便宜了许多。这是一次宝贵的机会，必须紧紧抓住，但又不知质量是否可靠。

事不宜迟。刘升明特意联系西雅图的校友，校友专程前往工厂验货，在现场拍照片、视频，直接发给刘升明“验明正身”，刘升明翻过来覆过去，再三细看，没有发现什么问题。遂当机立断，自己垫资4.5万美元，把该厂现存的354箱、重达7吨的防护服全部购买下来。这一单，也是刘升明单笔购到的数量最大的一单，捏着发货单，刘升明内心感到无比的充实和满足，连日来的劳累和辛苦、焦虑与不安，早已抛到九霄云外。

来不及歇口气，医院对接组的同仁告知，武汉很多医院缺乏呼吸机。病人上呼吸机，那可是生死攸关的至暗时刻，必须以最快的速度帮忙解这一燃眉之急。刘升明把目光转向欧洲，于日本、韩国，然后折到土耳其、墨西哥，最后又回到了美国。只有眼见为实，验过单，看过货，心里才踏实，才能放胆地购买，这是为自己负责，为高校联盟负责，为万里之遥浴血奋战的兄弟姐妹生命安全负责。

从春节前到现在，刘升明已整整忙乎了一个多月。为了采购物品，建了20多个微信群，电话铃响个不停，嘀嘀声此起彼伏，越到后来越难采购，美国疾控中心通知美国各大厂商，美国的口罩需要备用，许多原来确定的订单被取消。但不管多难，都要坚持，广大校友和义工无怨无悔地奋战在前后方，作为华中科技大学南加州校友会理事长的刘升明，当然只有带头采购的份，没有推托不干的理。家务完全无法兼顾，4个孩子全交给妻子照顾，利用晚上做，周末做，经常忙到三更半夜，干扰妻子睡觉，妻子偶尔发点牢骚，但从不反对他做这些，这令他格外欣慰。

没有反对，就是支持。一个人的付出和坚守，后面站着整个家庭。

四

宋海洋负责物流及分配。

刘升明采购来的物资，交到他手里，由他负责统计、对接医院，分析需求，分配物资，汇总，然后申请文件。审批文件拿到以后，交给货代定舱；货物到了国内之后，由清关公司清关，并根据不同的情况，由专车把物资送到第一线，或者由快递公司把物资送到武汉。这个环节最烦琐、最复杂、链条最长。

但宋海洋不厌其烦、紧张有序地忙碌着。

2月20日下午3时，宋海洋自己开车，从任职的加州医疗器械公司出发，到冯烨的风雷国际物流集团公司仓库处理刚到的医疗物资。

天空晴朗，天际飘着鱼鳞状白云。宋海洋心情不错，但路上堵车很严重，一段不远的路程，足足走了一个半小时，他心里开始焦急，生怕来迟了，耽误货物的整理和送出。

终于来到风雷集团一楼仓库。这是一个数万平方米的巨大仓库，满地堆放着新到的一批防护服，风雷集团总裁冯烨一手执笔，一手拿着文件夹，正在埋头清点货物。旁边的众多熟悉的或不熟悉的华侨志愿者则各自忙碌着，有的搬运、有的包装、有的贴标签，热闹的场面使迟到的宋海洋略显不安。他匆忙地与冯烨打了一声招呼后，就完全投入到属于自己的工作程序中。

宋海洋轻车熟路地进行物资确认。这批物资由南加州中华高校校友会联盟、华中科技大学上海校友会、黑龙江侨协、肯印华人协会4家单位联合捐赠。校友的一份心、一片情，要不折不扣地落实好。经过反复磋商和对接，这批物资需捐赠给华中科技大学同济医学院附属同济医院、武汉市中心医院、武汉大学中南医院、华中科技大学同济医学院附属同济医院精神卫生中心、武汉雷神山医院上海救援队、武汉第三医院光谷院区等18家医院。宋海洋在风雷公司员工和志愿者的协助下，将这批物资分装成18个拖盘，一个拖盘对应一个武汉、湖北或其他国内医院。

为了表达爱心和情意，更为了鼓舞前线医护人员的斗志，捐赠单位在打包分装时，特意选择了不同的诗句印制在标签上。

南加州中华高校校友会联盟给湖北省洪湖市人民医院的诗句是："同裳游子意，寸草报春晖。"给湖北省竹山县人民医院的诗句是："莫惧瘟疫虐江城，旦有游子济神州。"

华中科技大学上海校友会给华中科技大学同济医学院附属同济医院的诗句是："若知四海皆兄弟，何处相逢非故人。"给武汉雷神山医院的诗句是："斩孽恨无齐天功，济民欣有排山力。"

黑龙江侨协给哈尔滨医科大学附属第一医院的诗句是："浮云游子意，落日故人情。"给武汉市医院的诗句是："桃李不言随雨意，亦知终是有晴时。"

肯印华人协会给武汉第四医院古田院区的诗句是："抗瘟疫莫分我和你，战病毒何愁千万里。"给湖北省大冶市人民医院的诗句是："海天一线，春风同沐。"

这些诗句，充满着同胞深情，激荡着必胜信念，流淌着海外华人虽相隔万里仍心系故国守望相助的文化基因。宋海洋将这些写有诗句的标签再三审核，仔细张贴，不时被诗句感动得热泪盈眶。

物资通过航空运回国内后，宋海洋还要跟踪国内送达武汉的情况。要与物流公司、有关医院衔接好，由医院直接去提取，或者由其他义工组织送到各个医院，每一单的情况都不一样。而整个过程都需要宋海洋在国外遥控指挥，国内的联系则都通过国内的校友会去完成。货物到达医院后，还要由医院出具接收函和验收货物照片，通过微信发回给宋海洋，由宋海洋汇总后报给湖北慈善总会。就像这一批物资，捐赠者是4家单位，使用者是18家医院，受赠者是湖北慈善总会，经手人是宋海洋。这些手续都办完了，这一批物资捐赠的任务才算真正完成。

过程非常烦琐，手续非常复杂。宋海洋处理起来却得心应手，虽颇感辛苦，也乐在其中。

“灾难面前，我们要做‘行动派’，不做‘键盘侠’！”通过越洋的微信视频，宋海洋坚定而坦然地表示。

五

3月1日，天刚蒙蒙亮，向来沉静平稳的美国风雷国际物流集团创始人、总裁冯烨显得有些兴奋。他一大早就出现在公司仓库门口，准备迎接王樯、陈郁、刘升明、宋海洋等师兄及众多志愿者的到来，共同为南加州中华高校校友会联盟捐赠湖北、武汉最后一批抗疫物资进行最后的整理。

仓库已经被一箱箱的医疗物资摆放得满满当当。有些堆在地板上，有些搁在货架里。冯烨穿行其间，巡视一遍，做细致的检查。在一个货架前，冯烨停住了脚步，货架上的医疗物资摆放得有些凌乱，他伸手去整理，没想到货架突然倒下来，冯烨赶紧用双手去扶，货架没扶住，左手却扭伤了。刹那间，左手腕钻心地痛，痛得冯烨直咧嘴。

幸亏是最后一批了，如果在一开始就把手扭伤，那多被动啊。这样想着，冯烨心里有了一丝释然。

这次给家乡武汉疫情捐赠款项和医疗物资，冯烨是最早响应的一个，也是贡献最大的一个。

疫情发生之初，冯烨与王樯、陈郁他们联合发起捐钱捐物，在众多师兄的主持之下，他只是跟着做：该捐钱就捐钱，该捐物就捐物，该组织活动就组织活动。但很快，他就发挥了职业优势，找到了用武之地。在此非常时期，冯烨举风雷国际物流集团全公司之力，风驰电掣，雷厉风行，全力以赴组织、整理、运送医疗物资万里驰援湖北、武汉抗击新冠疫情。

冯烨的童年和少年是在美丽宁静的北京清华园度过的，大学时期，负笈九省通衢的武汉，在华中科技大学电气工程专业毕业后，分配到浙江丽水高速公路基建工程公司担任两年的现场工程师，2006年赴美国加州州立大学攻读电气工程硕士，毕业后在一家华人开办的快递物流公司短暂工作。2010年，冯烨自主创业，在洛杉矶创办风雷国际物流集团，经过十年发展，公司逐步成长为集全美境内仓储配送、全球快递及海淘转运三大核心业务于一体的国际跨境物流企业。目前公司在全美设六大仓储配送中心共30多万平方英尺，仓库布局数量在全美排名靠前。如此巨大的物流平台，终于在关键时刻，发挥了独特作用。

美国金海马有限公司负责人吴翰带领该公司采购的一批口罩和防护服，急于运回国内，却因美国宣布从2月2日美东时间下午5点开始实行暂时性防疫入境规定，导致中美客机断航、货机停飞，急用的医疗物资找不到运输途径。

吴翰向冯烨寻求帮助。

冯烨立即启动公司应急程序。公司采取广撒网多敛鱼的策略，向全洛杉矶的货运代理发出求助信息，遍寻最早能够飞回中国的航空舱位。

特殊时期，航班信息一日三变，运输方案由最早的厦航，变成国航，又换成东航。就在即将敲定时，东航也反馈没有舱位。

山穷水尽之时，冯烨只好委托夫人，公司首席财务官、副总裁王明明亲自出马找吴剑飞想办法。

吴剑飞是美国ISG公司董事长、美国幸福小镇控股公司执行董事，是由美国汉天卫视评选的“第四届全球杰出华人·华人之光奖”的获得者，而冯烨则是上一届的获得者。吴剑飞的公司在洛杉矶市中心美国银行大厦里，主营业务是上市并购，与冯烨的公司相隔不远，时有商务来往。两人既是故国游子，又同为生意伙伴。

在风雷公司，冯烨主管业务，王明明主管外联。吴剑飞刚好带着公司的美国同事回到深圳过中国新年，没想到遇上新冠疫情，赶在美国禁止入境的规定生效之前，又把美国同事从香港送往美国。刚返回深圳寓所，吴剑飞就接到王明明从洛杉矶打来的越洋电话。

王明明说：“由于美国禁运，我们找不到货运舱位，很多医疗物资都滞留在仓库里，请你赶快想办法。”

事关救人物资，吴剑飞不敢怠慢。当即拨通了家住北京的发小，作曲家，《天耀中华》《月亮之上》的歌曲作者何沐阳的电话，请何沐阳帮忙解决。何沐阳找到退休的民航局老领导姚社初，姚社初把电话打给国航货运大队长李军伟。李军伟辗转找到国航洛杉矶货运经理周晓磊具体落实。

几经周折，最终确定了南航747货机，一天一个航班，全免费，运送100吨的医疗物资，从洛杉矶直飞广州，再由广州转运武汉。

货运通道打通之后，在冯烨指挥下，风雷集团的员工全员出动，把金海马公司捐赠的物资迅速收齐，抓紧清点，并按照国际空运标准进行二次包装，制单，贴单，打拖盘，装车后发往南航洛杉矶国际机场。

2月10日，仰望着装满口罩和防护服的南航747货机从洛杉矶国际机场呼啸着腾空而起，冯烨将多日的焦虑化为欣慰，那渐行渐远的飞机轰鸣，仿佛是洛城游子捎向祖国、捎给武汉的深情祝福！

2月12日，风雷集团送出南加州中华高校校友会联盟第三批捐赠医疗物资；

2月14日，风雷集团运送出高校联盟第四批捐赠物资，包括2.9万个N95口罩、7.83万个普通外科口罩、2787副护目镜、1300套防护服和13.1万对医用手套；

2月21日，风雷集团送出高校联盟第五批捐赠物资8100套防护服；

2月23日，风雷集团送出高校联盟第六批捐赠物资，包括防护服1.26万套、9万个医用口罩和护目镜、9万对手套。

3月1日下午4点左右，冯烨提着受伤的手，迎接大家到风雷集团公司仓库进行南加州高校联盟最后一批捐赠物资的归类分装打包。

航空货舱舱位紧缺，对货物包装要求更高。众人把一箱箱的物资装进麻袋，包装、编号、印诗句、贴标签、打拖盘，每道工序行云流水，各个环节配合默契。大家从头到尾，连续四五个小时加班苦干，没有停歇，没有遗漏，一鼓作气，直到全部完成，已是晚上10点多。

望着堆得像小山一样的、码得整整齐齐的医护物资，大家如释重负，击掌庆贺。

冯烨对着众位师兄和全体志愿者诚挚地说道："我由于今天上午不凑巧扭伤了左手腕，所以没有能帮上太多忙，深感愧疚。"

宋海洋代表大家宽慰道："你今天特别给力啊！没有你我们工作时间估计得翻倍！"

冯烨说："我要是两只手都好使，咱还能快不少。"

大家情不自禁地热烈鼓掌。

忙完了，也累了，大家互相告别，互道珍重，然后没入夜色，各自奔向温暖的家。

对着这一批刚整理好的货物，冯烨似乎意犹未尽。瞧了又瞧，他忽然若有所悟，把公司员工又招呼过来，要求在每个麻袋再贴上一份航空单号。这样，既方便查找，在转运过程中即使弄丢了，也能按照单号做到完璧归赵，相当于在这批物资上又增加了一道保险。

这一忙，就到子夜了。

六

新冠疫情，风云突变。

自今年1月疫情在武汉传播起，风雷集团便一直冲在援助国内抗疫物资捐助的第一线。在冯烨的带领下，公司前后共协助洛杉矶南加州中华高校校友会联盟、华中科技大学南加州校友会及其他多家当地华人企业和社团，向湖北省、江苏省、黑龙江省等多地运输救援物资几十吨，为祖国同胞贡献一份绵薄之力，体现了血浓于水的家国情怀和赤子情怀。

3月份以来，疫情形势发生逆转。在习近平总书记和党中央的坚强领导下，历经两个多月艰苦卓绝的努力，中国抗疫之战迎来胜利曙光。而一些国家由于重视不够或应对不力，疫情在世界各地迅速蔓延。截至3月23日，全球共171个国家暴发新冠疫情，30多个国家实施“封城”措施；美国累计确诊病例达3.4万多人，加州、纽约州、伊利诺伊州等已宣布进入紧急状态。

面对猝不及防的局势，冯烨颇有感触地说：“这次新冠疫情，中国打上半场，世界打下半场，海外华人打全场！”

置身在不断变化的环境中，包括南加州在内的广大海外华侨华人成为祖国母亲的牵挂。疫情面前，没有局外人。同舟共济，共克时艰，成为世人的不二之选。

“祖国是我们强大的后盾，病毒是全球共同的敌人。借鉴祖国的经验，依靠科学的力量，携手世界各国人民共同应对疫情，我们就一定能够最终战胜病毒！”冯烨对此充满憧憬，更充满信心！

（原载2020年5月6日《文艺报》）

小说

一条狗的思念

□申平

金毛和其他一些宠物狗、宠物猫一起，被关进笼子里已经有半个多月了。

开始的时候，宠物店的老板还每天放它们出去活动一下；可是这几天，老板自己都不出门了，整天躲在楼上喝闷酒。从门隙和窗子看出去，昔日繁华热闹的大街变得空空荡荡，偶有行人走过，也都戴了大口罩，低着头紧走。

看来人类世界真的是摊上大事了！

每天的大部分时间，金毛只能趴着或躺着睡觉。铁笼子又矮又小，个头小的宠物还好一些，像它这样身材高大的，站起来连身子都转不过来，只有趴着或躺下才舒服一点。宠物店的老板全然不管它的痛苦，每天除了给宠物送一次吃喝，就不再理它们。

金毛真的是一天比一天更加思念自己的主人了。

半个多月前，自己的主人——一个漂亮美眉急匆匆把它送到宠物店来寄养。她蹲下身子，抚摸着它的头，轻轻地对它说："宝贝儿，对不起，人间出了重大疫情。市里组织医疗队驰援武汉，我也报名了，马上出发。你老实在这里待着等我哈，乖！"

金毛预感到此次分别不同寻常，它咬住主人的裤脚，哼叫着不肯让她走，但主人还是步履匆忙地走了，金毛看见她的眼角划过一点泪光。

都这么多天了，还不见主人回来，她不会出什么事吧？金毛趴在那里，不断回忆着它和主人在一起的快乐时光，想着家里那个温暖的小窝，还有小区的后花园、绿草地，不觉已是泪水涟涟。

这天夜里，金毛正在睡觉，忽然被耳畔低低的叫声惊醒了。睁眼一看，竟是隔壁笼子的蝴蝶犬站在地上。蝴蝶犬见它醒来，就用嘴从外面拔掉了它笼子的插销。

哦，你是怎么出来的？金毛一边往外钻，一边惊讶地看它。蝴蝶犬也是自己那个小区的，它的主人也是一名医生，是个高大帅气的男人，这次好像也和自己的主人一起去了那个什么武汉了。以前，它们经常在后花园见面，在草地上一起玩耍。它们的主人呢，就坐在椅子上说说笑笑，有时还会拥抱接吻，似乎是在谈情说爱吧。

金毛，快去把门弄开，我够不到门闩。我们一起逃走吧。蝴蝶犬迫不及待地说。

金毛跳到地上，接连伸了几个懒腰，然后走到门边，把身子立了起来。不过它没有去拔门闩，而是啪的一下按下了电灯开关，屋里立刻一片通亮。

大家都醒醒，出来活动一下——是蝴蝶犬兄弟给大家带来福利了。金毛一边说，一边过去挨个拔掉了所有笼子的插销。宠物们立刻欢呼一片，纷纷跳出笼子，在地上蹦跳撒欢。个个都在说，哎呀，真是憋死人了。

哎呀金毛，你快去拔门闩呀！干脆我们大家一起逃走好了。蝴蝶犬这时急得喊了起来。它的这声喊立即提醒了所有宠物，大家也马上跟着喊起来：对啊，我们赶快逃走吧。于是纷纷跑到门前去等着，眼睛都在看着金毛。

逃走？你们想逃到哪里去？金毛反而蹲坐到地上，目光炯炯地看着大家。

我们要回家！我们要见主人！宠物们参差不齐地说着。蝴蝶犬更是激动，它说：我要去武汉，我要去找我的主人，我想他……呜呜。它说着竟然哭了起来。它的情绪传染了大家，屋子里立刻哭声一片，声浪越来越高。

你们统统给我闭嘴！金毛忽然压低声音吼道，并朝楼上摆了摆头。大家的声音立即戛然而止。

你们这些笨蛋，也不想想现在是什么时候！金毛说，我们的主人既然把大家寄养到这里，就说明他们都不在家，很多人都去了武汉。你们逃，出门就变成了流浪狗，流浪猫！现在大街上连个人影都看不到，不饿死你们才怪！还有你，蝴蝶犬，你去武汉，你想怎么去呢，武汉离这儿多远你知道吗？就凭你那四条小短腿，跑死你都到不了！

这……那怎么办？宠物们一时没了主意。蝴蝶犬也蔫了。

怎么办，凉拌（办）！金毛忽然觉得自己成了智慧的化身，它继续侃侃而谈：你们想啊，人类都不敢动了，我们还乱动什么！老实在这里待着，忍着，等待主人回来，这是最好的选择。要说想主人，谁不想呢，我比你们想得更厉害。可是我们要是逃了，这个店主肯定会给主人打电话，那他们还能安心吗，那我们岂不成了添乱吗？

是啊，是哦！我们怎么没想到呢。宠物们似乎如梦初醒。

正在这时，门突然被啪啪地拍响了。大家一惊，只有金毛镇定地走过去，趴门缝往外看，是一只黑猫。金毛认识它，是它们小区的一只野猫，曾和自己打过架的。

金毛，你在里面吗？我路过这里，听见你说话了。

是的，我在里面。你有什么事儿吗？

有啊。金毛你听我说，这些天，人不敢出来，你们也不在，小区里的老鼠可猖狂了。不知道从哪里跑来一只大耗子，好厉害，把我都抓伤了。金毛你能去帮帮我们吗？

哦，有这样的事情？你让我想一下。

一会儿，野猫又听见金毛在里面说话了：各位，我决定了，带几个精干的弟兄去驰援小区，不能让老鼠乘机兴妖作怪。其余人不要动，天亮之前我们一定会回来的。

随即，两扇门无声地开了……

（原载《广东文坛》总331期）

寻找杜亮

□韦名

起床。开窗。阳光如水银般泄进来，落在身上，绵绵的。窗外，东风无力，一片叶子，早已由黄变黑，仍顽强挂枝头，欲掉不掉。

这一天一夜的，亮到哪儿去了呢？讲好的，过了那天，今后的一切都听老伴的。老伴好不容易等来这一天。可这才过了两天。老伴站在窗口，看着窗外瑟瑟缩缩的叶子，极力想捋清究竟发生了什么。

年三十一早起来时，按照事先的约定，老伴行使起管理权限。给亮安排了三件事：一起上市场采购，一起吃年饭，一起在家看春晚。亮还笑话老伴，安排起工作，像极了年轻时当生产队长的自己在给人派工。亮说完想笑，却又笑不出来。老伴发现，亮的眼角有点湿润。

那天是幸福的。有小跟班一样的亮陪着逛市场，老伴见啥买啥，恨不得把整个市场都搬回家。亮还问，孩子没在身边，两个人的年饭，要准备这么多吗？

“高兴！”老伴头往上一扬，咧着嘴笑。

老伴是真高兴，在厨房里洗洗切切，蒸蒸煮煮，一丝不苟准备年夜饭，还不时哼两句。

快乐的家庭都是相似的。老伴认为，一桌人，一桌菜，一桌话，一桌笑，那就是快乐。在欢声笑话中，央视春晚来了，儿子的电话也来了。

“你爸今天表现很好。我们正在看春晚呢！”老伴的笑比电视上主持人的笑还灿烂。

“妈，破天荒了，我爸还有空陪您看春晚！”儿子很高兴。老伴其实很小女人，喜欢喜气洋洋的春晚，希望一家人在一起听欢声笑语，一起欢声笑语。可这居然是老伴的奢望。多少年了，亮不是值班就是应急，不是检查就是陪检，不是慰问就是访贫，不是在养老院和老人们包饺子就是在福利院和小朋友团聚。老伴笑亮，官不大，事不少。

老伴知道，亮其实也喜欢春晚。这不，亮看春晚，那认真样，就像坐在台下听大领导讲话，就差没做笔记了。

本来是完美的一天，却在央视主持人白岩松、康辉、水均益等出场朗诵《爱是桥梁》后，发生了变化。

老伴发现，这个节目，亮听得直打冷战。良久，亮像自言自语，又像在问老伴："武汉封城了，疫情有这么严重吗？"

一条被朋友圈刷屏了的《除夕夜，他们紧急出发！》消息让亮频频走神。再看春晚，亮已了无兴趣，如同嚼蜡。

唉！好好的一个年，好好的一场春晚，就像好好的一锅汤，被鼠年的一粒老鼠屎搅了。

年确实被搅了。随着疫情加重，全国人民响应号召，宅家隔离病毒。宅家的日子，吃饭、喝茶、睡觉，每天三件事，每天也只有这三件事。老伴很是习惯，甚至是享受，盖因这三件事，事事皆有伴。"伴者，两个人各一半便是伴。老伴老伴，就是要有人相伴。"

相对老伴的从容和享受，宅了一天后，亮心里长了毛，吃不香，睡不好，泡茶还常常烫手。

"我出去透透风！"大年初二一早，亮知会老伴，戴上口罩出门。

望着消失在路口的亮，老伴叹了一声。在老伴的人生哲学里，男人在家，就在女人的辖地。出了门，则鞭长莫及。老伴的心思，只要人在、心在，就行。亮在外面的事，老伴从不过问。

亮果然一出门，就不受老伴管辖了。一天一夜了，人没见着，电话也没一个，老伴主动打亮的电话，居然关机了。

难道跑回单位？从前，只要心里挂念着事，亮就跑回单位。亮在外不受管辖，用老伴的话讲是"自由散漫惯了"。三几天不回家，也没个消息，是常有的事，老伴习惯了。习惯成自然，老伴嘴里骂着，"真让人不省心！"却还镇定。

窗外苦苦支撑着的那片黑叶子，终于结束了它的使命，随风飘落，行将化作春泥。

又一天过去了。疫情不断升级，每日公布的确诊数翻番往上蹿，怪吓人的。亮不在家，吃饭、喝茶、睡觉，宅家三件事，老伴也开始不习惯了，心里总像有一窝小老鼠在乱窜。

"李姐啊，我们正在开会部署防控疫情，没见着老领导啊！怎么啦？"亮的电话还是关机。实在忍不住了，老伴破例给政府办公室主任打电话。

打完这电话，老伴的心倏地往下一沉。老伴惯性思维，以为亮放心不下单位的事，尽管不在位可以不谋其政了，还是回了单位，心里虽记挂，却不慌乱。办公室主任居然说亮不在单位！亮去了哪儿呢？

偌大的房子，空空的。老伴的心也是空的。宅家三件事，老伴感觉茶是苦的，饭如蜡，睡觉睁大眼。老伴从阳台走到门，又从门走到阳台，每走一步，脸上凝重一分。

难道真有相好牵挂？但凭女人的直觉，老伴相信亮。

“我得去找他。”想了一宿，老伴起床后决定。老伴坚信，亮一定是回单位了，只是办公室主任不知道。老伴一早直奔镇政府。

“病毒危险，无关人员，响应号召，宅家勿动。”值班人员不认识老伴，把她拦在门口。

“我找杜亮。”

“杜书记退休了。新来的陈书记正在开会部署防控疫情。”

“他不在？”

“他退了，自然不在。”

“我意思是他来过吗？”

“疫情紧张，大家唯恐避之不及。杜书记退休享清福了，还来干什么？”工作人员反问老伴。

风起，春寒料峭。羞涩的太阳躲进了云层里，久久不肯出来。

一级响应下，店关了，路封了，人没了。

逼仄的街，一条比一条冷清。

狭窄的路，一条比一条宽敞。

古有孟姜女千里寻夫，哭倒长城。疫情横行的特殊时期，老伴宛如孟姜女，寻找亮的决心无比坚决，出镇街，转村庄，无头苍蝇般，一个村庄一个村庄寻找。

亮，你究竟在哪里呢？别躲猫猫了，我没气力找了。老伴筋疲力尽了。

太阳终于从云层里跌跌撞撞跑出来，落在街上的阳光，绵绵软软，和老伴一样没一点气力。

好像来过。

好像是他。

好像走了。

……

在模棱两可的指认中，亮似乎成了被隔离的疑似病例，需要进一步确认。

找大半天了，亮一点踪影也不见。老伴失魂落魄地回到镇政府，请求帮助。

“等等吧，他们还在开会。”值班人员告诉老伴。

坐在政府门口一株老榕树下等候的老伴，像被抽了筋骨，软软的。

阳光透过细碎的绿叶，照得地上斑斑驳驳。

“有人晕倒了！”不远处的路口，有人喊叫。

镇里疫情防控会议正好开完，一帮人簇拥着一领头的，鱼贯而出。

“怎么回事？”领头的问。

“路口值班的老头晕倒了！”

“好像不是值班人员。”

“戴着口罩，像是杜亮老书记。”

“已经送医院观察了。”

众人七嘴八舌。

恍恍惚惚的老伴一听“杜亮”两字，挣扎着想站起来，却发现两腿不听使唤。

“准备一下，去医院慰问。”领头的吩咐。

午后的天蓝蓝的，风轻轻的。领头的带着一行人，阳光般走进镇卫生院。

“老杜书记低血糖，喝了杯糖水，好多了，正在病房休息呢。”院长见镇里新来的书记亲临医院，深受鼓舞，赶紧领着朝病房走。

扛着长枪短炮的记者不断跑位拍摄。书记领头大步流星，随行亦步亦趋，紧紧跟上。

“杜书记，陈书记看望您来了！”人没到，院长朗朗的声音到了。

病房门开着，老杜书记不在。

“老杜书记呢？刚刚还在的。”院长惊出一身冷汗。

“杜书记嚷着没空住院，趁人不留神，偷偷溜走了。”小护士紧张得满脸通红，说话都结巴了。

记者看着办公室主任，主任看着院长，院长看着书记，一时静如鸦雀。

“杜书记走得急，这是他落在病房里的东西。”小护士把一张皱巴巴的纸递给院长，院长看完递给办公室主任。

“这是什么？”书记好奇。

“这是老杜书记写的！”办公室主任认得亮的字，把皱巴巴的纸递给书记，肯定地说。

南头，广州回来3人，全村无发热病例，吩咐注意观察外地回来人员。

李厝，发现发热病人1例，紧急送卫生院隔离，交代发热病人密切接触者居家隔离。

北饶，年前武汉回来一家三口，安排居家隔离。

山尾，外来人员来往多，要求村口设卡。

……

书记看完，无语，众皆无语。

“杜亮呢？杜亮呢？”一女匆匆闯入，碰到了工作人员手里的果篮，水果散落一地。

“李大姐，我们也在寻找。”办公室主任见是亮的老伴，赶紧介绍，“这是新来的陈书记。”

书记伸出了手，握空了。

“杜亮呢？”

阳光横斜着进来，照着满地的水果，金灿灿的。病房里，你看我，我看你，没人回应。

窗外，一株光秃秃的柳树，枝条上小小的叶苞，像点染着的淡墨，阳光下，悄然绽放。

（原载《广东文坛》总331期）

寻找英雄

□海华

二十一世纪初，他刚成家不久，一场车祸夺走了他的父亲。三年后，独生女燕燕刚学会走路，又让他痛失爱妻。

他一直没有为燕燕找个后妈，与老母亲一起，一把屎一把尿地把燕燕拉扯大。燕燕稍懂事，他哽咽着告诉她：你妈妈是个白衣天使，你两岁那年，非典暴发，妈妈在护理一位非典重症病人时被感染，不幸离世。你妈妈是个英雄呀。

燕燕瞪大两只泪眼问，啥叫英雄？

等你长大后就知道了。他已泣不成声。

走进小学校门，老师告诉燕燕，在战争年代，为人民翻身解放而英勇献身的先烈们，都是英雄。

上中学了，老师说，在和平年代，那些建设祖国的英模人物，就是英雄。

读高中后，燕燕身边的同学却说，而今还说啥英雄，倒是那些明星挺牛的，真让人羡慕耶。

燕燕似乎找到了答案，没过多久，她成了追星族。这让他伤透了脑筋，咋劝说都无济于事。燕燕奶奶却或明或暗地惯着她。后来，燕燕加入了某明星粉丝后援会，动不动就飞往一些大城市参加演唱会，还帮着组织粉丝见面，给爱豆召集粉丝打榜，跟拍爱豆的照片，还要处理黑粉……也许是单亲家庭的独生女特任性，那年寒假，她回家没几天，又说要去外省参加某大牌歌星的演唱会。他再三劝说无果，硬是将她锁在房间里。她却破窗而出。好在是一楼，她带着轻伤出了门。

一晃，到了鼠年，疫情暴发，宅在家里的燕燕，像热锅里的蚂蚁一样，坐卧不安，整天对着手机里和房间内的明星照片发呆。初三刚过，燕燕又闹着要去省里参加一场大型晚会，说是有几位影星参加演出，机会十分难得。

啥？去省里？现如今大疫当头，不能去！他大声说。

燕燕一扭头，我戴口罩还不行呀？

戴口罩？你没看新闻吗？为做好疫情防控，各地都严禁举行各种聚集活动，你说的晚会早就取消了。他厉声道。

奶奶也在一旁帮腔，燕燕呀，乖，听爸爸的话，都啥时候了，咱不去了哦。

这一回，燕燕还算听话。然而，刚过了两天，又见她隔三岔五戴上口罩，悄悄地东奔西跑，买这买那，还私下与一些粉丝见面……这可急坏了他，奶奶更是整天为她的安危犯愁。

真是怕啥来啥。一天傍晚，燕燕溜出去逛了大半天回到家里，突然不停地咳嗽、打喷嚏……奶奶一摸她的前额，滚烫滚烫的真吓人。他立马把燕燕送进了医院，一检测，确诊得了新冠肺炎！她很快便被送进了隔离病房……

医院氛围的凝重紧张，身穿防护服的医护人员的忙碌进出，让燕燕真切地感受到了疫情的危险，但也耳闻目睹了好些她意想不到的事情。一天晌午，吴护士刚为燕燕打完针，让她服了药，突然一个趔趄，晕倒了。陈护士立马把她扶了出去。过了个把钟头，吴护士又来到燕燕的身边。燕燕关切地问，你咋这么快又来了？吴护士笑了笑，不碍事，只是有点低血糖，已经好几次了。说完，又忙开了。

看着她欢快的身影，燕燕顿觉心头一热，鼻子一酸……

燕燕终于可以出院了。那天中午，他去医院接她，一离开医院，燕燕就动情地对他说：爸，我现在终于知道啥叫真正的英雄了，原来他们就在我的身边。接着，又语气笃定地说：爸，长大后，我也要做像妈妈那样的人。

这天早上，燕燕把手机递给他，神情庄重地说："爸，过几天就是清明节了，如今抗疫未结束，好些地方都倡议网络祭祀，咱也用网络祭祀英雄的妈妈，来，先填写一下……"

（原载《小说选刊》2020年第5期）

戴“口罩”的小花

□陈树彬

“太阳，爸爸，太阳出来了!”

四岁半的女儿小晶晶，刚洗完脸，忽然“飘”到我的身边，拽了拽我的手。

正伏案写稿的我，忽地醒过神。

几天蛰伏在家，我习惯清晨醒来，读书，写作。

我关了桌前的台灯，猛地拉开窗帘，一大束强烈、闪亮的光投射进来。一窗阳光，顿时融融。

早饭后，带着小晶晶来到门口的草地。

遍地阳光。

没有丝毫的违和感，脉脉感动，在暖阳多彩的线条中延伸，传递——

墙角，几株野生小花，青绿的叶片透出洁白的光。

春节前，让人猝不及防的病毒肆虐，隔离了亲情和友情。

大年初一开始，一直宅在家里，不访亲，不会友。感觉本该喧嚣的世界，在病虐来临时倏忽静寂了。

常说，居安思危。而我们好像习惯了——危而思安!

现在，屋前的小草地，成了我们一小片“净土”。

小晶晶在草地上跳跃，自己跟自己打闹。累了，坐在草地上，忽然托着下巴，似有所思。

这小精灵一向“鬼精”，我寻思，她会不会突然冒出什么“鬼点子”。

现在可是“非常时期”呀。

“爸爸，你看——”

顺着小晶晶纤小的手指望去。

“小花没戴口罩！”

“小花？哪个小花？”我一时蒙住了。

“就是这些小花。”小晶晶走在墙角，蹲下来，盯着墙角那几株小花。

我舒心地笑了。

“小花——”我本来想开玩笑，可见到小晶晶那个认真、出神的样子，感觉任何玩笑都会破坏眼前这种和谐。

“小花嘛——不用的。小花是植物，不会传染病毒！”

“不是，爸爸。”小晶晶轻轻摇头，“动物可以把病毒传染给我们，难道，我们不会把病毒传染给小花？”

“傻孩子，专家不是说了，这病毒只会人传人。小花不会……我们也不会……”我一时不知如何应对，说服一个四岁半的小孩。

“那不一定。”小晶晶站起来，“爸爸，我要给小花做几个口罩。”

我没阻挡女儿的行动。

我反而被女儿说动了。

从“量身”到“设计”，以至“订做”，小晶晶一丝不苟。

小晶晶在幼儿园学的手工，一直是她的强项，我当她的下手，没多大工夫，几个“专用口罩”制作完成。

戴上“口罩”的小花，看起来有点别扭，小晶晶却欢呼雀跃。

我，却怎么也笑不出口。

小晶晶时不时要跑到墙角看那几株野花，看“口罩”让风吹跑没有。

四小时过去——不是我记得清楚，是小晶晶惦记着她的小花。小晶晶又拉着我的手，要给小花换“口罩”。

几天来，电视新闻，手机微信，铺天盖地的“联防联控”的宣传深入人心，连四岁半的小孩都耳熟能详。

来到屋外墙角，却发现，一株野花的“口罩”掉落了，一只蜜蜂绕着野花嗡嗡叫。

小晶晶忽然哭了起来：“爸爸，小花会不会染上病毒，小蜜蜂会不会也被传染了？”

老天，以我的常识，这可是无法解释的“世纪难题”！

“爸爸，我们一定要建个小木屋，把小花隔离了。”

我吓了一跳，我的小乖乖，这可是一个艰巨的“工程”，不行，不能让小晶晶带着走，一定要想办法，让小晶晶“缓过来”。

这时候，我想起了中心医院的朋友老林，正儿八经地说：“等等，小晶晶，我问问你林伯伯，他是中心医院的主任医生，是这方面的专家，他的话，我们应该相信吧？”

小晶晶点点头，毕竟，这种情况，医生的话比一个父亲更管用。

电话通了，我费了九牛二虎之力，总算把事情跟老林捋清楚。老林让我把手机递给小晶晶。

半晌，女儿把手机还给我。看她释然的脸色，我舒了口气。

“爸爸，我们把小花的口罩摘了。”

“为什么？”我明知故问。

“林伯伯说，病毒不会传染给小花和蜜蜂。”女儿蹲下身，小心翼翼摘下小花的“口罩”，“林伯伯还说，不能给小花戴口罩，应该让它们见到阳光。”

阳光下，一个小女孩，脸上绽放了笑容，面对着灿烂的花朵……

（原载《广东文坛》总331期）

豆饼角

□廖洪玉

“铃铃铃！铃铃铃……”

天刚蒙蒙亮，黄伯还未起床，就一连接到好几个电话，都是向他订购豆饼角的。

老伴说：“算了吧，这生意不做了，舒舒服服睡个回笼觉，我们又不是没饭吃。”

黄伯说：“这不好吧，已经答应人家。”一边说一边起床。

春节已经过去几天了，虽然新冠肺炎疫情还未消去，但快递和外卖已开始复工。黄伯如春节前一样，一早起来就做豆饼角，洗豆、磨浆、滤渣、煮浆、点卤、上模，一丝不苟，道道工序讲究。做好后，戴上口罩，挑起担子给别人送去。

黄伯五十多岁了，是粤西地区东岸墟传统手工艺传人，从小就跟着父亲做豆饼角。父亲去世后，他继承家业，靠着这门祖传手艺，娶妻生子，养大一对儿女，又供他们上学。黄伯做的豆饼角在家乡一带小有名气，豆味纯正，橙黄橙黄，是用最有特色的一种叫“黄京子”的汁来泡制的，色味俱佳，让人越看越想吃，越吃越香。据说豆饼角还有清热祛湿的功效，所以，村子周围一带很多人喜欢吃，天天吃，黄伯的生意也越做越顺风顺水。

很多人就是吃着黄伯的豆饼角长大的。孩童开始，就见惯了黄伯在公路旁摆卖豆饼角，他的身影成了这地方一道令人向往的风景线。家乡的人外出上学、谋生，不管走多远，一想到家乡，就想到公路旁卖豆饼角的黄伯，也就有了浓浓的乡愁，有了想家的念头，有了回家的方向。

几十年来，黄伯每天加工三十多斤大豆，做好后挑到附近公路旁摆卖，一元一个。老伴给他当帮手，每天卖完就回家。黄伯因做传统美食出了名，还上过电视，登过报纸，后来曾有一段时间他突然不再出现，原来他的豆饼角被人包销了，只是，豆饼角不再是原来那个味道，价格也不是原来那个价格。

黄伯有时走在路上，常有人问他，你以前的豆饼角那么好吃，现在怎么这么难吃啊……

黄伯脸上露出惭愧的神色，好像做错了事，对不起乡里乡亲。终于有一天，他又重新在公路旁卖起豆饼角。

虽然儿子在城里有了稳定的工作，女儿女婿也是做生意的人，一对儿女在生活上都照顾黄伯老两口，但黄伯闲不住，又不忍心荒废这门家传手艺，所以仍然继续做豆饼角。

鼠年一到，新冠肺炎病毒汹汹来袭，全球肆虐，大家响应政府号召，春节开始都待在家里，不串门，不拜年，不走亲戚，黄伯也暂时不到公路旁摆卖豆饼角了，但天天有很多人打电话问他，黄伯，几时复工？几时才做？你不用去公路旁卖，我们向你订购，你送到家门口就行。黄伯看到快递和外卖在复工，于是他也开始复工做豆饼角，大家知道了，非常开心，在微信上互相转告，一片欢呼"黄伯开始做豆饼角了"。黄伯办好通行证，每天戴上口罩，走村串巷，挑着担子给订户送去。

这天，黄伯刚给人送完豆饼角，正走在回家路上，手机铃声响了，是一个女人打来的："黄伯，我是后村的阿珍，你还有豆饼角吗？"黄伯说："没有了，都是人家订购的，刚刚送完。"

阿珍叹了一口气，说："我女儿小慧想买三十个你的豆饼角，唉！真不巧。"黄伯说："明天吧，我做好就给你送去。"阿珍说："小慧主动要求去湖北支援抗疫，今晚十点出发去市里集合，她从小就喜欢吃你做的豆饼角，本来想带上一些在路上吃的，看来等不及了。"

黄伯认识小慧，她是镇人民医院的一名护士。黄伯听完阿珍的话，立刻说："我回家马上做，争取十点前送到你家。"说完，大步流星往家急走。

黄伯一边走进大门一边大声叫："老婆子，快，快，快去量十斤大豆，马上做豆饼角。"老伴从房里出来，疑惑地问："要钱不要命了？刚忙了一天回来又做。"黄伯说："人家急着要。"老伴说："急要也要等明天再做。"黄伯只好把小慧今晚奔赴湖北前线支援的话告诉她。老伴一听，点了点，说："小慧是个好闺女。可时间来不及啊！"

"来得及！我们抓紧！我们不能为抗疫做些什么事，但我们能给小慧做几个豆饼角在路上吃，我心里很高兴，希望她多救几个病人，也希望她平安回来，再吃我的豆饼角。""对对，记得不要收钱呀。"说完，两人忙了起来。

九点四十分了，还不见黄伯的影子。阿珍急了，眼看十点就到了，还是不见黄伯。阿珍叹了一口气，对小慧说："看来是等不到了，只有今后你回来吃了，走吧。"说着，就拉着小慧朝出租车走去。去市里还需半小时车程。

连女儿想吃点豆饼角这个小小的愿望都没落实好，阿珍很愧疚，同时也很生黄伯的气："这个黄伯，做不出来，就直说嘛，害得我们等这么久！"

话音落，黄伯突然出现在车子前面。他手里提着一个食品袋，一副上气不接下气的样子，满头大汗，连稀疏的白发都湿了……

（原载《广东文坛》总333期）

留灯

□何桂梅

王大叔是某工厂的水电工，收入不是很高。王大婶身体又不太好，每个月看病得花费不少钱。儿子上大学后，家里的经济更紧张了。考虑再三，王大叔把父母留给他的一栋三室一厅两层小楼空出来一层，重新粉刷了一遍，租给了在附近某医院上班的几个小护士，收点租金补贴家用。

房子有点旧，门口没有路灯，楼梯间也没有灯。晚上小护士们上楼下楼，得用手机里的手电筒照明，非常不方便。但这里离上班的地方近，环境也算清静，王大叔和王大婶也好说话，她们也就安心地住了下来。

新冠肺炎疫情暴发后，王大叔找来了电线和工具，给门口和楼梯间分别装上了路灯。王大婶见了，有点纳闷，这老头是不是因为工厂没开工闲得慌，在家里干起老本行来了？想了一想，觉得不对。因为她曾经叫王大叔在楼梯间装一盏灯，你知道王大叔是怎么说的吗？他说你以为装一盏灯很简单吗，在单位我要干这个，回到家你还要我干这个。真真要把王大婶气死。

王大婶又想，难道王大叔要点灯来驱除瘟疫？还是不对。因为她知道，王大叔一向崇尚科学，反对迷信，他甚至不许王大婶在家里点香、烧纸钱。

哎，不管了。摸了几十年的黑，总算有路灯了，王大婶心里还是非常高兴的。但是问题来了，王大叔设置了天黑就开灯，天亮才关灯，两盏灯整晚都亮着，这得浪费多少电啊？

有一次，等王大叔睡了后，王大婶偷偷地去把灯关了。半夜，王大叔起床上厕所，发现灯关了，他连尿都没有拉就把王大婶叫醒，问灯是不是她关的。确定是王大婶关的灯后，王大叔大发雷霆，我不是告诉你不要关灯吗，你为什么要把它关了？王大婶理直气壮地说，我为什么要关灯，我还不是为了省点钱，交电费不需要钱吗？

王大叔听了，更来气了。你就知道钱钱钱，难道你不知道这段时间楼上的几个姑娘有的半夜才下班，有的半夜就要去上班吗？她们上班那么辛苦，没有灯，万一上下楼梯不小心摔着了怎么办？

王大婶听了，自知有点理亏，怯怯地问，楼梯间的灯点着也就算了，那门口的灯呢，为什么也要彻夜点着？

王大叔听了，叹了口气，语重心长地说，老婆，你看看那几个姑娘多懂事呀，下班回来自觉地做好自我隔离，连楼都没下半步。你设身处地地想一想，晚上她们拖着疲惫的身躯走出医院，远远就看到这盏特意为她们留的灯，她们会不会感觉特别温暖？又或者，她们半夜走出家门，有一盏灯目送她们远去，她们是不是就不会感觉那么孤寂？

王大婶听了，一个劲儿地点头，眼里有泪花在闪动。

立春

□丘玲美

鸡叫第二遍，窗外还是一团黑。老秦窸窸窣窣穿好衣服，蹑手蹑脚走去厨房，揣了两个馒头在兜里。大门吱呀一声开了条缝，老秦从门后拿了把镰刀，又抓了个应急灯，转身掩好门，风尘仆仆往菜地奔去。

一整亩水田，收完第二茬稻谷后，见缝插针又种上了萝卜、芥蓝、韭菜等。谁家的萝卜也没有老秦家的美。从泥里揪出一头，白皮里透着青，胖墩墩圆鼓鼓的身子，看着就讨喜。芥蓝是粗茎嫩叶的品种。镰刀沿着芥蓝根部齐刷刷割下，过一遍水，再把茎片成薄片，叶子切碎，用猪油爆香蒜瓣清炒，爽脆中带着一丝甘。韭菜更不用说了，春甜夏辣秋苦冬香。这个时节的韭菜，切碎了炒鸡蛋，就这一道菜，老秦能吃下三碗白米饭。

萝卜缨子扎得手疼。出来得匆忙，忘记戴一双棉手套。老秦顾不上手疼，一畦萝卜，又要拔得快又不能拔断，不那么容易。割下来的韭菜和芥蓝在地头隆起一座小山包，老秦又一摞摞一回回地把它们搬上车厢，整整齐齐码好。萝卜还在水渠里，水冰冷刺骨。挑完最后一担洗净的萝卜，老秦有些直不起腰，肚子也开始咕咕直叫。兜里的馒头发冷发硬，老秦掰下一块就往嘴里扔，囫囵吞下，噎得直伸脖子。

天快亮了。老秦跨上三轮摩托，一捏油门，顶着寒风呼啸而去。

“方向好像不对……”借着晨曦微光，隐隐能看到城市的路灯闪烁。老秦又拐了几条乡路，竟离那灯火越来越远了。老秦打开手机导航，左看右看也看不明白，这会儿直埋怨自己。手机是春节前儿子好心给买的智能手机，还贴心地替他装了不少软件。儿子说要教他怎么用，老秦嫌麻烦，说有空了自己会琢磨。

前面十字路口有岗亭！老秦急捏油门，往前驰去。“同志，请问往市区卓尔酒店怎么走？”问清缘由，一位戴口罩的执勤民警细细检查车厢后，看了看老秦，返回岗亭，不一会儿又出来，塞给老秦一张纸。“大叔，我这给您画好了路线。您看，从这路口往左一直开，到第二个红绿灯时右转，再往前约两公里就到了。”怕老秦不明白，民警又指着那简图讲了一遍。

“明白了明白了！谢谢同志！”老秦跨上三轮摩托，又风驰电掣呼啸而去。小民警啪一声立正站好，在背后敬了个礼。

到达酒店时，老秦的脸和手被风吹得通红。他这才知道，从自家菜地到酒店，就十五公里的路，前面七绕八绕，竟跑多了二十五公里。顾不上呵口气暖暖手，老秦又帮着酒店工作人员把菜卸下搬去后厨。

“师傅，钱您拿着……”“不能要不能要！”

酒店大堂经理把钱往老秦兜里塞。兜鼓鼓的，剩下一个馒头还揣里头呢。

“新闻上说北京上海的医疗队住这儿。人家大老远地来咱们这儿支援，没日没夜。我看着心疼啊……我也帮不上啥忙，这是最新鲜的菜！我只有这么多。”老秦讪讪地直搓手。

“别送我，别送！你们赶紧忙去！”老秦跨上摩托，冲酒店的工作人员摆摆手。车厢里，有两袋大堂经理悄悄放进去的各式面点。

兜里手机铃声大作。老秦捏下刹机，掏出手机一看，心一沉：完了，是婆娘。婆娘能干又泼辣，平常一分钱能掰开两半花，用冬闲田种菜也是她的主意。新型冠状病毒肆虐，武汉封城后，菜价节节涨，老秦家的菜根本不愁卖。

“咋这么慢接电话？！”婆娘埋怨道。

“我那个，我……”老秦嗫嚅应答。

“出门戴了口罩吗？”

“戴了！遇到的人都戴了，大家都小心哩！惠芬啊，我……”

“我什么我！回来的时候，你去老李店买几包菜籽，再扯些薄膜。立春了，赶紧再种一茬菜给人家送去！记得扯薄膜！这天气不盖薄膜菜籽可没那么快出芽。记住了没？哎，你咋不说话呢？”

“记住了，记住了！”老秦点头如捣蒜，又黑又亮的脸绽出一朵花。

挂完电话，老秦定睛一看，手机屏幕上，一枝红梅破冰斜墙而出，墙上不正写着“立春”两字吗，底下还有一行小字：律回岁晚冰霜少，春到人间草木知。

（原载《广东文坛》总333期）

特殊任务

□邹业本

山里的夜，很静，远处传来狗吠声，在山谷回荡。

在日记中，他只写十个字：大乱避于村，小乱避于城。

钟山心想，幸好山谷里有瓦房，可以自我隔离。尽管网络信号不好，日子也很孤寂，但至少可以不用戴口罩，他相信还是能够平安度过此劫。经历非典和新冠肺炎这两次集体大难，每个人都应该重新审视自己的人生，该懂得敬畏自然，明白人生的无常了。

踩着月光，钟山一圈一圈地在瓦屋前的小院子里来回走着。

泥巴围墙边的桂花树，把黑影子投在地上。蟋蟀在草丛里清鸣，更增添夜晚的寂静。山谷里的松树和梨树的味道迎面而来，淡淡的，平缓的，深深吸一口，整个人的灵魂都感到无比愉悦，那些数据、报表、疫情报道都暂时不用他去关注了，他终于拥有了属于自己的时间与空间。

高山夜空，星星点点，白云翻飞。

夜云时而在月亮的左边，时而又飘去右边，清澈夜空的云朵，像顽皮的孩子，围着月亮母亲撒娇。山谷的月夜实在很美。这些美景，是城市里所无法见到的，唯有高山峡谷里才会有。钟山享受着山谷之夜的宁静之美。他似乎回到了小时候，一个人独立于天地之间，山谷的夜阑尽收眼底，心灵如行云流水，无悲无喜，无拘无束，无病无痛，这才是真正的大自在啊。

钟山走累了，他推开木门，走进屋里。

从小木窗望出去，窗外一片冰凉的白月光，宛如少女白皙的脸，娴静美丽。他想继续写日记，但又放弃了，不写了。美好的东西总是转瞬即逝，丑陋的东西一样转瞬即逝，生命的时光很短暂，能记在心里的，就让它记在心里，不能记住的，就让它随风飘远吧。在瓦屋里，钟山的内心变得很安静，他开始慢慢回忆，自己是怎么回到山里隔离的。

那天早晨，民政局有公务车来了馆里。

送防护服来的那个人，车都没有下，他摇开车窗把几套防护服递给钟山就走了。大家都戴着口罩和手套，没有握手，彼此只说了句，兄弟注意防护。

馆长亲自打电话来，希望钟山能去执行此次特殊任务。

原本说好有几个人一起执行此次特殊任务的，毕竟这是这座城市里的第一例死亡病例，谁都怕被感染。但钟山主动向馆长请示，他与老刘两个人就可以完成此次任务，不必再让其他同事也卷进危险之中。

曾经有人介绍重症监护室的护士长给老刘，老刘却说，医院ICU是很多人的人生终点站，而他们的炉子，是很多人灰飞烟灭的地方，两人如果凑对了，每天晚上都聊“客人”？给老刘介绍对象的事，就这样不了了之。而老刘也从大学毕业时的二十多岁小伙子，熬成了四十多岁的老光棍。但他每天的工作都很认真，工作场合从不言笑，非常庄严肃穆，给同事和家属们留下了爱岗敬业的好印象。

馆里的各项工作，机器使用流程和操作，他都已经非常熟悉。那天，馆长在电话里沉默了很久，才同意由钟山和老刘两人共同完成此次任务。

这种传染遗体，一切从简，去医院接到死亡证明及确认遗体后，直接运进炉子里火化，没有任何告别仪式。馆长在电话里说，辛苦你和老刘了。钟山说，馆长您放心，我们会做好防护的，越少人接触越好，我们保证顺利完成此次任务。

那天晴空万里，馆里“接客”的专职司机都没有叫。

钟山明白，馆里单身的不多，就他跟老刘最适合冲一线。钟山作为小小的主任，他让老刘在馆里准备好各项工作，封锁清理道路，为“特殊客人”开通绿色通道，避免他们两人之外的任何人靠近。他开着黑色的“接客”专车，去了医院。医院那边一切都已经准备好了，有穿着厚厚防护服的医务人员帮忙把“客人”推上专车。车尾门一关，钟山便按响喇叭。沉闷的一声喇叭响，算是送给这个“客人”的人生最后的礼物。在医院后门口远远守候着的家属，开始隔着口罩和防护服哭喊了。挣脱家属拉扯的“客人”的妻子，拼命追赶专车，钟山很想为她停一会儿，让她送别丈夫，但钟山最终还是闭上眼睛，深踩油门，嗖地离开了医院。在他工作的地方，每天都有二三十个人化为灰烬，他从没有掉过眼泪，但那天看到那么多穿防护服的人在送行，晴空下大家克制的距离，让他眼睛湿润了。

悟到人的必死性，钟山常常坚定地告诉自己，每个生命都会死去，都会离开这个人世间，有能耐有影响力的、默默无闻如蚂蚁的，都会离开这个人世间。人的必死性，决定了最终的公平性。光顾他们馆的“客人”各行各业、男女老少、是非善恶、贫富美丑的都有，任何牛逼的人，在这里都服服帖帖变为柔软的灰烬了。生死轮回，并没有扎进钟山的大脑，他始终坚信人是必死的，人在世间的一切奋斗、一切表演，终将会结束，终将会落幕。

想着想着，他就回归到了职业的严谨与认真了。

他工作期间，不能有人类的情感出现在自己身上。

他工作期间，必须忘记自己是人类，跳出人类脆弱的感情。

他工作期间，必须保持冷静，理智地完成上苍交给他的任务。

认真帮助“客人”走完遗容的最后一程，是对“客人”的最大尊重。

那天他与老刘执行特殊任务，执行得非常顺利，省略了很多流程，那个特殊“客人”几乎全是绿灯，谁都怕被病菌感染，大家都隐忍着速战速决，家属连骨灰都暂时不要了。一人感染，全家医学隔离。

完成任务不到半小时，馆长就打电话来了。

馆长说给他跟老刘放假，一切待遇与福利从优，保持电话畅通就行了，因为防疫部门会在这十四天里，对他们进行健康跟踪。钟山明白馆长的意思，隔离起来，这也是为大家好。走到停车场，钟山问老刘要不要一起隔离？老刘说，自己一个人在宿舍隔离得了，冰箱准备好了蔬菜、肉类了。钟山说，那我们分开隔离吧，我父母在家，我是不能回家隔离的。那你去哪儿？馆里饭堂阿姨为我们准备了蔬菜、肉类和水果了，每人几包，说是馆长特意吩咐给我们俩的。钟山说，我带上食物，开车去山里，择林隐居。

就这样他回到山里老屋隐居了。

深山里的夜静悄悄，幽静而适合思考。

人的生命会随着时间而衰老，但思想的成熟，却需要付出哭和笑，甚至流血的教训。钟山不想因为自己而影响到同事，更不想影响到家人。他其实心里也明白，馆长说是给他和老刘放假，是让他们自我隔离。那天全身消毒后，他在电话里和工作微信群里向大家申请了，如果再有特殊“客人”，恳请馆里依然把任务交给他俩去执行，他俩随时可以出山。

微信群里，许多人为他们竖起拇指，老刘回复说，整个国家都断臂求生的时候，只能舍小家保大家了，任何冠冕堂皇的话都不要多说，咱不给国家添乱，大家各尽其职、尽心尽责就行了。我们俩既然已经冲锋了，就不会再退缩，如果还有特殊任务，就让我们来执行，让我们继续战斗吧。

他们在馆里的故事太多，以至于不愿意再说自己的故事了。

他们见的重要人物太多，以至于见面不再主动与人握手了。

他们希望不要再有特殊任务了。

（原载《广东文坛》总333期）

妈妈是男孩子一样的天使

□吴小军

镜子里是一张年轻女子的脸，不是很典型的瓜子形，下巴稍显圆润。一双本来很水灵的大眼睛，因为昨晚值夜班赶上了一例危重病人的抢救，一夜没睡，眼里有些血丝，带着几分疲惫。唇膏是刚涂的，浅色，衬着白皙的肤色，整张脸让人感觉舒适而恬静。她嘴角向上翘了翘，嘿嘿，就是一个邻家姑娘！那个傻瓜在把她变成自家姑娘之前就是这样说她的。想到那个傻瓜，脸不由有些发烫。她看看镜子里，呀，羞死人，耳朵都红了。

妈妈，你真好看。三岁的儿子蹦跳着进来了，妈妈，你脸好红。

她疼爱地看着儿子，宝贝儿子，爱妈妈吗？

儿子有些害羞地笑了，说，爱妈妈。

她用被消毒液、洗手液和滑石粉腐蚀得很粗糙的手把儿子拉过来，在他胖乎乎的小脸上亲了一口，嗯，去看着妹妹。

儿子搂了搂妈妈的腰，把脸挨进她的怀里，姥姥看着妹妹在睡觉呢。

嗯，乖。妈妈有事要忙。她狠了狠心说。

看着儿子懂事地走出房间，她心里有些疼，对着镜子笑了一下，镜子里就是个善良的姑娘啊。她歪着头把扎着的发髻散了开来。立刻，一匹黑软发亮的瀑布就泻了下来，一直柔顺地覆到了她柔软的腰肢上。这是她最引以为傲的，读书的时候，多少少年为这一头青丝倾倒。三千情丝系一身，最终她还是选择了他。待你长发及腰，哥来娶你可好？好！她嘴角漾起了幸福的笑容。

她从抽屉里拿出一把剪刀，在头发上比了比，心里有些发酸。读书时，老师就不止一次地批评她，当一名护士，首先要学会保护自己，那么长的头发，怎么戴防护帽？她总是说，我知道。是啊，知道，但怎么舍得剪？

今早交班前听说医院要作为定点医院后，这点倔强，不舍变成了决绝。在传染科工作这几年，她见了太多生死。传染科的医护人员，每天都在刀刃上来去，救护别人，首先要保护好自己。生命的教训，让每一个身处其中的人时时紧绷神经。每天上班，她会小心地扎好发髻，戴上防护帽，穿好防护服，再套上护目镜才进入病房。结婚了，有了两个可爱的宝宝，所有也许曾经有过的任性，都变成了责任。

咔嚓。那匹青瀑落到了她柔软的手上，在她眼角溅起了一滴泪珠。她把这剪下的长发贴在脸上，还会长起来的。

镜子里的短发姑娘，圆润，美丽，闪着爱的光辉。她拉开抽屉，拿出平时给儿子剃头发的推子。

要上啦？母亲一手拉着外孙，一手在给熟睡的外孙女掖被角，转过头看到她光光的脑袋和手上拉着的粉红色行李箱，沉默了一会儿，问道。

嗯。母亲是曾经的老护士长，当年抗击SARS病毒的时候，她也是义无反顾地上了战场。

你把头剃光了，他知道吗？母亲笑了一下。

他执勤没有回来，没跟他说呢。她调皮笑了一下。在母亲面前，她就是个女孩子。

儿子有点陌生地看着她，哭了，妈妈，你怎么变成男孩子了？

她亲了儿子一口，宝贝儿，妈妈是天使呀，妈妈要去救人呢，长头发不安全。

儿子不哭了，他点点头，说，妈妈是救人的天使，是男孩子一样的天使。

她抱过儿子，乖，儿子，妈妈很快就回来。放下儿子，她亲了熟睡的女儿一下，拉起行李箱准备出门。

等等。母亲站起来，拿起一大包尿不湿，这个，带上吧。

嗯。她知道，一穿上防护服进了病房，下班才能出来休息，中间是不可能给你上洗手间的。她深深地看了母亲一眼，一转身，开门走了。

她关上门。一手拉着行李箱，一手拎着尿不湿，站在门外，刚剃的光头有些冷，但她分明感到了一股暖意，毕竟是春天了。她深深地鞠了一躬，亲人们，我爱你们，我一定会安全回来的！

（原载2020年3月20日《羊城晚报·羊城区域版》）

大地上的晚餐

□胡玲

严寒刺骨，阴冷冻人。大军和他的四名队员已经连续奋战半个月。

大年三十当天，交警大队在通往小城的高速路口设置了检查卡点，启动24小时勤务模式，对车辆、人员进行登记和测体温，饿了就啃点干面包，渴了就喝几口冰冷的矿泉水，困了就轮流在交警车上眯会儿。

暮色四合，华灯初上，路上车辆稀少，大军取出面包分发给大家。疫情之下，城中快餐店都取消了营业，他们连啃了三天面包和方便面，已尝不出面包的味儿了。

“真想回家吃老妈做的饺子啊，猪肉芹菜馅，那味道，鲜美无比！”队员小华说着，咽了咽口水。

“我最想吃媳妇做的红烧肉，浓油重酱，咬一口，直冒油，唇齿留香。”队员大明舔舔干枯的嘴巴。

“我老爸做的酸菜鱼那才叫好吃，又酸又辣，能让我胃口大开，一口气吃上三大碗饭。”回味美食，队员海洋两眼放光。

“我家的香酥鸡那是一绝，细腻酥脆，祖传秘方，比馆子里的还好吃。”队员刚子口水都快流出来了。

“瞧你们一个个，跟馋鬼似的，真没出息，等疫情结束了，我请你们吃大餐，想吃什么随便点！”大军脸上淌着笑，心里却湿漉漉的。其实，他也想家了，不仅想念家里可口的家常菜，还想慈祥的老父母，想温柔的妻子，想调皮的孩子，同在一城，他却有半个月没见他们了。

“队长，我们想想而已。”“古人画饼充饥，望梅止渴，咱们也学学古人，用想象来充饥。”“这又冷又饿的，咱们就用精神食粮来补充能量。”队员们笑嘻嘻的，苦中作乐。

大军和队员啃着面包闲聊，眼睛死死紧盯着路口处。

这时，一个人力三轮车从旁边的村小路缓慢驶来，进入他们的视线。人力三轮车驶近，停下，一个戴口罩的老头从车上跳下来，累得气喘吁吁，上气不接下气，额头上冒出几粒豆大的汗珠子。

“大爷，疫情严重，您老人家别到处走动，危险！”大军亲切地说着，掏出一张纸巾递给老头，“大爷，瞧您这一头大汗，赶紧擦擦！”

老头擦了把汗，站了片刻，才平复了急喘不停的气息：“我是来给你们送饭的。”

“给我们送饭？”大军一愣，“我们没订饭啊！”

“你们是没订，我自己送来的，免费的！前几天我路过这儿，看见你们啃冷面包，大冷的天，你们的爸妈，你们的家人看到你们该多心疼啊！今天是元宵节，你们还在这儿啃面包，我一想心里就不是滋味，我和老伴一商量，决定给你们做顿热饭菜送过来。这些菜全是我们自家种的，没撒化肥，猪肉、鸡肉也是我们自养的，没喂饲料，放心吃。还有，你们千万别担心，做饭前，我和老伴测量了体温，正常，我们还洗了手，消了毒，你们也不用担心我们做的饭有问题。”老头憨厚朴实地笑起来，额上的皱纹像沟壑一样深。

老人走近三轮车车厢，里面盖着一床厚厚的毛毯，揭开，是十个不锈钢的饭盒，老头用手摸了摸，说：“我怕菜冷了，用毛毯焐着，现在还是热乎的，你们赶紧趁热吃吧。”

老人把饭盒一个个揭开：“这几个菜是我和老伴的拿手菜，她做了青椒烧肉、鸡肉焖土豆和红烧鱼，我做了西红柿炒蛋和清炒大白菜，也不知你们爱不爱吃，如果不好吃，你们别嫌弃。”

老头的话让大军和队员们心中都涌动着一股暖流，漫延至他们身体的每个角落，让他们感动得一句话也说不出。

老头从车厢里取出一张薄膜，铺在路边的空地上，把五个菜、五个饭摆上去，又摆上五双一次性的筷子。热气腾腾的饭菜冒着缕缕热气，香味四处飘荡。

“大爷，你太客气了，我们做的只是本职工作，都是应该的。”大军说。

“大爷，谢谢你啊，辛苦你了！”队员们纷纷说道。

老头不停摆手，他们看到老头的手，心里一酸。老头的手枯瘦如树枝，布满老茧，那是长期劳作的一双手。

“你们吃完，饭盒给我好好留着，这是我儿子用过的，等他回来还要用呢！”

“你儿子去哪儿了？”大家异口同声问道。

“我儿子在部队当兵，刚刚被抽调到武汉支援抗疫一线了，儿子打电话跟我们说，在武汉，也有很多老百姓给他们送热饭热菜呢！”说着，老头眼睛红了，急忙话锋一转，“不说了，不打扰你们吃饭了，我得回去了，老伴还等着我吃饭呢！”老头蹬上三轮车，慢慢骑走了。

“哎，大爷，我们还不知道你叫什么名字！”“大爷，你住哪儿啊？”“大爷，我们还没给钱呢！”他们在老头身后高喊。

“一顿家常便饭而已，名字不重要，住哪儿也不重要，饭盒最重要，你们给我好好保管，疫情结束，我再找你们取。”老头吃力地踩着人力三轮车，向一旁的村小路驰去。

目送着老头离去的背影，大军举起手，敬起了军礼，队员们也行起了军礼。他们高举的右手，久久不愿放下，直到老头消失在夜色里。

大军和队员们蹲在地上，以大地为饭桌，借着昏黄的路灯，吃起了晚餐。这是他们半月来第一次吃上像样的饭菜，他们大口吃着，想起了老头的话，想起了在家等候他们的亲人，大男人的眼里涌出了泪，身体里却充满了力量和斗志。

仰望着城中的高楼大厦，万家灯火，他们心中埋下同一个愿望，那就是继续坚守岗位，等疫情结束，他们就回去和家人补吃一顿团圆饭。

他们坚信，这一天很快会到来。

（原载《广东文坛》总333期）

评论

以正确价值观书写“抗疫”故事

□张培忠

新冠疫情正席卷全球。它的源头在哪里，怎么滋生的，人们不清楚；它还将肆虐多久，如何发展，人们还是不清楚。遽然发生的灾难，给国际社会的政治、经济、文化，乃至科技、教育、公共医疗、人民生活等带来山呼海啸般的冲击，更造成不可估量的损失。

疫情已经深刻地改变世界，也必将深刻地影响文学。

新冠病毒是人类共同的敌人，新冠疫情在考验着各国的施政和人民的应对。面对神秘莫测的敌人，面临空前严峻的大考，广大作家和文学工作者需要以正确价值观为指导，吸取历史经验，应对时代难题，肩负时代责任，发挥独特作用。

历史上的瘟疫与“瘟疫”书写

人类文明的历史是一部荆棘丛生、灾难深重的历史，是一部焠火成钢、生生不息的历史，更是一部在瘟疫中穿行、在沉疴中奋起的历史。据史书记载，我国从西汉以来的2000多年，先后发生过300多次瘟疫，可谓十年一大疫、三年一小疫。因此，疾病，特别是为害甚烈的传染病，在人类历史变迁和文明发展中扮演着重要角色，是人类历史的基本参数和决定因素之一。记载瘟疫最古老的文献是公元前13世纪中国的甲骨文，安阳某王卜问道，“今年有瘟疫吗？它会致死吗”；三国时曹植在《说疫气》一文中，对瘟疫之惨烈做了惊心动魄的描写：“建安二十二年，疠气流行。家家有僵尸之痛，室室有号泣之哀。或阖门而殪，或覆族而丧。或以为疫者，鬼神所作。人罹此者，悉被褐茹藿之子，荆室蓬户之人耳！若夫殿处鼎食之家，重貂累蓐之门，若是者鲜焉。此乃阴阳失位，寒暑错时，是故生疫。而愚民悬符厌之，亦可笑也。”这篇疫文，出自才高八斗的曹子建之手，既极写瘟疫之惨状，又触及社会之弊端：贫者祸而富者安，更有对瘟疫源头的追索：鬼神所作，或阴阳失位，或寒暑错时？表现了诗人对幽冥世界和自然人伦的深邃叩问。

瘟疫对西方的袭击更加深重而惨烈。据西方史料，最早有文字记载的传染病是公元前430年至公元前427年在雅典发生的瘟疫，这次瘟疫使雅典的军队和希腊城邦的居民死亡四分之一。而《圣经》对瘟疫也有确凿的记载，摩西降生于埃及的瘟疫中，当时即有“人畜伤口化为脓疱”的症状，以及那场一夜之间“在亚述军营杀死18500人”的致命天谴。1347年至1353年，在欧洲大流行的“黑死病”是人类历史上最严重的瘟疫。所谓“黑死病”，是由鼠疫杆菌引起的自然疫源性烈性传染病，因患者皮肤呈现黑斑，故名。据统计，黑死病在全球范围内造成7500多万人的死亡，其中欧洲三分之一至二分之一的人口死于这次瘟疫。薄伽丘的《十日谈》就是以这次疫情为背景，叙述了七女三男在意大利佛罗伦萨郊外隔离的10天内讲述的100个故事。在这些故事中，薄伽丘强化了对生活的认识，捍卫了生命的尊严，彰显了人生的价值，体现了文学在瘟疫灾难中的心灵抚慰作用和精神鼓舞作用。600多年以后的今天，新冠肺炎在全球肆虐，意大利又成为全球最严重的疫区之一，吊诡的历史重现惊人相似的一幕，不禁使人们对大自然的诡异和人世间的灾难产生敬畏之心和悲悯之情。而对生命和自然的敬畏与对未知的探索和书写，正是文学需要抵达的地方。

以正确价值观为指导书写“抗疫”故事

高尔基在《论文学》中指出：“文学从来不是司汤达或列夫•托尔斯泰个人的事业，它永远是时代、国家、阶级的事业。”文学作品是作家思想和情感的外化，是作家人生观和价值观的体现。当前，全球已有200多个国家卷入新冠病毒引发的疫情，数十亿人口正备受煎熬，新冠疫情已成为对全球人口影响最大的卫生危机和公共事件。

大疫面前，谁都无法置身事外。面对这样一个看不见摸不着却又无处不在的凶残敌人，广大作家和文学工作者如何介入，如何应对，如何彰显作家的独特价值，既是对作家能力水平的检验，是对作家担当作为的考量，更是对作家精神品格的测试。

既要直面疫情危机，更要怀抱必胜信念。习近平总书记于2月23日《在统筹推进新冠肺炎疫情防控和经济社会发展工作部署会议上的讲话》中鲜明地指出：“这次新冠疫情，是新中国成立以来在我国发生的传播速度最快、感染范围最广、防控难度最大的一次重大突发公共卫生事件。对我们来说，这是一次危机，也是一次大考。”面对突如其来的疫情，武汉告急，湖北告急，举国震动，人民群众的生命安全受到空前威胁，改革开放的丰硕成果有可能得而复失，在百年未有之大危机面前，以习近平同志为核心的党中央审时度势，果断决策，迅速打响了疫情防控的人民战争、总体战、阻击战，控制了疫情，恢复了生产，解封了武汉，取得了明显的阶段性成效，充分彰显了我党执政为民的先进理念和我国集中力量抗击疫情的制度优势。沧海横流，方显英雄本色。在危机面前，我们的作家要保持战略定力，始终与国家和人民同呼吸、共命运，始终保持清醒的头脑，坚定地听党话、跟党走，始终以手中的笔为民鼓呼、为党分忧、为国奉献，不断增强人民克服危机、浴火重生的必胜信念，只有这样，作家这支特殊的队伍，在这场没有硝烟的战争中才不会缺席、没有失语，才能在大战中践行初心使命，在大考中交出合格答卷。

既要检视中国，更要关注全球。疫情暴发时，党中央以巨大的政治勇气和政治智慧，果断出手，对武汉城市交通进行管控，对湖北人员进出实施限制，对其他地方采取群防群治措施，这一系列措施，从源头上最大限度切断了病毒的传播渠道，第一时间向世界分享了病毒全基因组序列，为全世界其他国家疫情防控赢得了宝贵的时间，这在中外疫情防控史上，是一个空前而伟大的壮举。当前，中国的疫情已得到控制，但仍然面临如何边防控、边复工和“外防输入、内防反弹”的风险。疫情没有国界，人类同此凉热，就在中国防控形势不断积极向好的同时，疫情在全球多点暴发。从全球看，目前疫情“震中”在欧洲，特别是西班牙和意大利，还包括德国、法国、英国；而形势最严峻的是美国，最近以来每天都以一两万例的速度在增加；还有人口众多的印度，疫情发展很快，如果在卫生条件极差的贫民窟里传播，后果将不堪设想。我们的作家，要关注本国疫情，讲好抗疫故事；要以文学的方式，继续投入防疫抗疫的伟大斗争，引导和激励人民群众高度警惕麻痹思想、厌战情绪、侥幸心理、松劲心态，不获全胜决不轻言成功。作为践行人类命运共同体理念的负责任的大国，中国已向有困难的国家派出了援助医疗队进行技术指导，向世界积极分享中国经验、贡献中国方案，并提供力所能及的物质支持，包括呼吸机、口罩、护目镜和其他防护物品等，体现了伟大的人道主义情怀和国际主义精神，这些都是作家书写抗疫故事的宝贵题材，也是讲好中国抗疫故事的组成部分，我们的作家要迎难而上，积极创作，以真实生动的抗疫故事讲述中国精神，展现新时代的中国形象。

既要识其小，更要识其大。中华民族是一个历经磨难、不屈不挠的伟大民族，从来没有被摧毁过、被压垮过，而是愈挫愈奋、愈战愈勇，不断在磨难中成长，在磨难中奋起。这场突如其来、前所未有的疫情，对于我们的国家和民族，是一次空前的大考。在这场大考中，我们的干部队伍总体上是好的，是经受住考验的，但也有少数干部表现不佳甚至很差。习近平总书记在“2•23”讲话中指出：“有的不敢担当、不愿负责，畏首畏尾，什么都等上面部署，不推就不动；有的疲疲沓沓、拖拖拉拉，情况弄不清、工作没思路；有的敷衍应付、作风漂浮，工作抓而不细、抓而不实，仍然在搞形式主义、官僚主义；有的百般推脱、左躲右闪，甚至临阵脱逃。”“在这次应对疫情中，暴露出我国在重大疫情防控体制机制、公共卫生应急管理体系等方面存在的明显短板，要总结经验、吸取教训”。习近平总书记以刀刃向内的非凡勇气，以振聋发聩的金石之声，警示干部队伍要担当作为，关键时刻要冲得上去、危难关头要豁得出来。作家如何面对这样的现实，如何把握这样的题材，这对作家也是考验。在这场与疫情的赛跑中，党中央当机立断，中流砥柱，充分彰显了党的力量、人民的力量、科学的力量、制度的力量、信念的力量，体现了中国担当、中国作为，为各国防疫工作树立了新标杆，为国际社会树立了良好典范。联合国秘书长古特雷斯充分肯定中国为遏制疫情做出的“了不起的努力”“不仅有利于中国人民利益，也将为世界做出重要贡献”。这是中国抗疫的主流和方向，是矛盾的主要方面。作家在把握我国的抗疫题材时，既要实事求是地分析我们的“短板”和“不足”，要“识其小”，更要客观公正地评价我们的“贡献”和“优势”，要“识其大”，防止抓住一点，不及其余，更要避免一叶障目，以偏概全。

既要避免认识误区，更要克服傲慢偏见。抗击新冠肺炎疫情，是人类同疾病不期而遇的一场全新战斗。面对全新的敌人，人类茫然无知，病毒从何而来，如何传播，还将肆虐多久，疫苗何时能研制出来，今后是否每年常态化地发生，如何防止全球经济崩溃等，这些问题都悬而未决，为真正有效防控带来不确定性，特别是疫情仍在世界各地更大面积地传播，且呈现愈演愈烈之势，这些都可能构成影响全球政治经济走向和发展格局的新疫病模式。这对中国是极大的挑战，对世界也是极大的挑战。中国的疫情虽然得到有效控制，但危险仍然存在，只要世界各国疫情蔓延的势头没有得到遏制，只要疫苗还没有及时研制出来，我们的警报就不能解除，我们的防疫抗疫工作就不能掉以轻心，更不能麻痹大意，否则就将前功尽弃，因为最终战胜疫病的武器不是医疗而是疫苗。病毒不分国界、不分种族，但世界范围内的傲慢与偏见仍然存在。疫情之初，有的人居然说，新冠肺炎是黄种人的病，白种人不会得，言犹在耳，本国的疫情便暴发起来；有的国家则一直揪着“新冠病毒到底是哪个国家的呢”这个问题大做文章，该国媒体还说中国是“亚洲病夫”，领导人在新闻发布会的讲稿中把“新冠病毒”故意称为“中国病毒”。武汉实施管控时，一些西方媒体鼓噪这种做法侵犯人权，等到这些欧洲国家被病毒“攻陷”后，却纷纷仿效武汉的做法。可见，偏见比病毒更可怕。因此，作家要克服种族的偏见、文化的偏见、制度的偏见，以诚实的态度面对病毒，尊重自然，尊重科学，尊重规律，以辩证的方法揭示人与自然的关系，以科学的精神探寻病毒来源、传播机理和途径，密切跟踪病毒变异情况，为早日揭开病毒的神秘面纱做出应有贡献。

作为作家，还要注意克服文体偏见。一些作家没来由地认为，创作虚构作品比创作非虚构作品更加高级、更为优越。事实上，文体没有高低贵贱之分，任何文体都有可能创作精品，也有可能产生赝品，关键是创作主体灌注了何种人生内容。美国非虚构作家卡波特的《在冷血中》，不仅是一堆纪实材料，而且几乎是一部道德寓言；另一位作家梅勒的《迈阿密与芝加哥的围困》，则创造出一种新闻写作中不同寻常的隐喻的统一。而白俄罗斯作家阿列克谢耶维奇，用与当事人访谈的方式写作纪实文学，记录了第二次世界大战、阿富汗战争、切尔诺贝利事故、苏联解体等重大事件，创作了《二手时间》《战争中没有女性》《锌皮娃娃》《切尔诺贝利的回忆》等，这些作品在真实讲述的同时，从宏观和微观上呈现出一个重要的时代，一个社会的变动，为这一段影响深远的历史赋予了人性的面孔，遂于2015年获得诺贝尔文学奖。因而，真实地记录抗击疫情，用作品凝聚人心、鼓舞士气、助力抗疫的非虚构作品与反思灾难、抚慰民心、推己及人的虚构作品具有同等的价值。

习近平总书记指出："文艺创作如果只是单纯记述现状、原始展示丑恶，而没有对光明的歌颂、对理想的抒发、对道德的引导，就不能鼓舞人民前进。"创作反映当下的抗疫作品，作家必须以正确的价值观为指导，以朴素的笔触雕刻冲锋陷阵的医务工作者仁心仁术、大医精诚、救死扶伤、舍身忘家的英雄群像，弘扬奉献精神，表彰英雄主义，凝聚正能量，提振精气神，为打赢这场疫情防控的人民战争、总体战、阻击战，发挥文学作品独特的精神鼓舞作用和心灵抚慰作用。在抗"疫"斗争最吃紧的关键时刻，作家要深入一线、深入生活，下苦功夫，扎扎实实讲好抗疫的故事、人民的故事、时代的故事、中国的故事，彰显中国精神，体现中国担当。

（原载2020年4月20日《文艺报·理论与争鸣》）

记录时代，平实真切

——报告文学《千里驰援》创作体会

□张培忠　许锋

报告文学《千里驰援》是一篇急就章，是大时代里的一朵小浪花。这篇全景反映广东分24批共2461名医护工作者驰援湖北抗击疫情的报告文学，以接近一整版的篇幅发表在3月2日《人民日报》“大地”副刊“抗疫一线的故事”专栏，成为该专栏刊发的第一篇文章，也是全国第一篇全景展现地方医疗队驰援湖北的报告文学。该文发表前，《文艺报》刊发消息；该文发表后，党建网、光明网、凤凰网、中国作家网等全国20多家媒体网站迅速转发，《南方日报》全文转载，南方+配发记者专访，省委主要领导和多位省领导做出批示，中国作家协会编发简报，业内人士和广大读者给予肯定，产生积极而广泛的影响。

《千里驰援》从意念萌发、选题策划到多方联络、收集素材，再到确定重点、采访写作，直至反复修改、最终定稿，前后10多天时间，我们白天忙工作，晚上周末赶写作。大疫当前，众志成城，作为报告文学作家，我们从这次快节奏、连轴转的创作实践中，体会了很多，也收获了很多。

新冠肺炎疫情发生后，广东先后派出多批医疗队赴湖北支援抗击疫情最前线。自第一批广东医疗队于今年1月24日除夕驰援武汉以来，日夜奋战在无形硝烟战场上的这些新时代最可爱的人，不仅牵动着全国人民的心，同时也深深撼动了我们这些作家。春节以来，广东省作协高度关注前线疫情，尽管我们身在后方，却一直在观察、酝酿，思考如何记录广东医疗工作者在前线战斗的动人事迹和顽强精神。

今年元宵节后，在中国作协指导下，省作协迅速部署，组织重点作家针对重点题材展开采写，第一批规划了5个选题，其中就包括由我们完成的《千里驰援》。选择哪些作家，安排创作哪些选题，我们都因人制宜，做了精心部署。这次创作时间紧，任务重，要求高，但作为文学工作者，我们理应主动介入重大事件现场，发挥文学应有的凝聚人心、鼓舞士气的重要作用。

扛起重大题材的创作，首先要有敏锐的政治意识。政治是最大多数人的利益，是大家最关注的问题，是深藏在普通老百姓中间的民心。在当下，抗疫是最受人关注的话题，牵涉到亿万人的生命安全和健康福祉，在这场抗疫斗争中蕴含着非常多值得挖掘的故事。湖北有难，总书记、党中央一声令下，举国支援，广东更是一支重要的支撑力量，不仅有2461名医护工作者前赴后继支援前线，更有钟南山院士等起到“顶梁柱”的作用。这当中，有太多赴汤蹈火值得书写，有太多短兵相接值得记录，有太多珍贵瞬间值得铭刻，身为作家有什么理由不去反映这些真实深刻的人间大爱呢？

其次要有清晰的谋划意识。面对大量纷繁复杂的题材，要发挥好这些宝藏应有的价值，就必须分清主次、合理分配写作力量。元宵节后，省作协在前期做了大量准备工作的基础上，将钟南山院士、省疾控中心、省人民医院、南方医院、中山大学附属多家医院等多个时代人物和相关单位列入重点创作题材范畴，组织全省作家队伍的中坚力量，发起立意明确、价值指向鲜明、弘扬主旋律的点对点创作。

好的谋划不是从天上掉下来的，而是从持续不断的信息反馈中捕捉而来。最初的写作计划，是采写省人民医院医护人员的事迹，但“省医”领导结合实际情况，建议我们由点及面，着眼全省，全景反映广东医疗队奔赴前线的英雄群像事迹报告文学，那样，就可以让一颗颗分散的星星汇聚成灿烂的星河。

重新确定写作方向之后，张培忠担纲统筹，负责整合所有参与驰援的单位资源，请派出医务人员的重点医疗单位各推荐两名先进人物的事迹，在此基础上，筛选鲜活人物，提炼典型素材，力图将分散的各个单位及典型事迹编织起来，纳入生动讲述抗“疫”故事的逻辑框架，以营造全景式的冲击力。这么做的初衷，是为了让这次抗“疫”文学创作既有重点突破，又有全局视野，充分发挥报告文学“轻骑兵”的战斗作用。

在极短的时间内，要创作出好的作品，单兵突进难奏其功，必须采取联合作战，共同创作，更需要默契的合作意识。我们与省委宣传部、省卫健委、中山大学及所属系列附属医院等单位进行沟通；通过医疗单位、新闻媒体和相关网站，广泛收集医护人员的先进事迹。经过消化比较，深度交流，反复磋商，敲定提纲，展开采访，着手创作。一稿、二稿、修改稿，直到我们自己感到满意，可以出手了，才报送《人民日报》文艺部审阅，之后根据编辑老师的意见，我们又针对其中薄弱部分进一步展开重点采访与写作。其间，可谓几易其稿，字数也从5000余字、7000余字、8000余字不断变化、调整，直至最终定稿。为了将作品打磨得更加完美，《人民日报》文艺部“大地”副刊主编张健、编辑周舒艺多次提出宝贵意见，不厌其烦，精益求精，不断与我们核实有关细节，不放过任何一个疑点，并要求提供大量照片，以精选出最好的配图。中国作家协会创研部副主任李朝全也给予关心指导。可以说，这篇作品凝结了许多人的心血、辛劳和付出。

尤为重要的是，作家还必须具备精品意识。互联网时代，众多媒体都派出精干的新闻记者深入一线，大众可能早早从各种媒体上获取了大量信息，怎么把文学作品创作好、传播好？这就要求我们在内容上采访到位，搜罗独家消息，尽可能在那些广为人知的人和事背后，挖掘出更多幕后故事；在内涵层面，挑选细节，提炼典型，给读者提供有思想深度的作品；再用区别于新闻语言的文学表述，在保证真实的前提下，尽可能地再现生动的场景，展示人物的精神世界，让文章更具可读性，更有感染力，更有传播力，给人们带来温暖、信心以及前行的力量。

在创作过程中，我们遇到的最大难点之一，便是疫区情况紧急，不能也无法深入前线进行采访。于是，我们只能另辟蹊径，在不影响医护人员工作和休息的前提下，或早或晚、灵活机动采访多位医护人员，包括钟南山院士的助理苏越明医生、省中医院副院长张忠德及其助理王军飞医生，以及中山大学附属第一医院重症医学科主任医师吴健锋等，获取大量宝贵的第一手材料。再结合许多侧面线索，如医护人员日记，新闻中呈现的一些片段，便可基于真实情况追溯细节原貌，以便在文字上重新构建情景和刻画人物。

文章要耐读，还需要有“信息量”作为支撑——满足读者对未知领域的探索。医学是非常专业的领域，报告文学作家要勇做“探路人”，边写边学，保证不写外行话。例如，“重症床旁超声技术抢救突发气胸重症患者”事件中的“重症床旁超声仪”，进过ICU的人可能看见过这个仪器，但它具体叫什么，是“床旁”还是“床边”？一般人未必知道，网上查到的材料也不一定表述准确，因此必须和医护人员核实，确保无误。

正如中国作协副主席、著名作家陈建功所言：“群众需要平实真切的传递，失望于空泛谄媚的振臂。”重大事件本身，往往已经具有震撼人心的力量。在采写过程中，我们一次次被广东医疗队成员主动请战、甘于奉献的品质所打动，而他们也是所有此时此刻奋战在战“疫”一线的中国人民的缩影。正是因为他们冲锋在前、顽强拼搏的战斗精神和无私无畏、以身许国的牺牲精神，斗志昂扬而富于激情的工作状态，赋予这篇作品以特殊的站位与意义。

此时的文学性，更多体现在精准把握细节、传神表达人物，用平实、朴素、深沉的语言娓娓道来，将一个个典型场景缓缓铺开，极富张力的故事便清晰呈现。细节，是打动读者的可靠硬核；一个内蕴丰富的细节，就足以让人潸然泪下。因此，在大量的细节之中，取舍格外重要，几番权衡后，我们选取了最能反映医护团队精神风貌的几个关键人物，提炼精华内容，展开抗“疫”故事，让细节经得住推敲，使人物形象饱满起来，使抗“疫”群英的精神肖像立体而生动起来。

我们从事报告文学创作或散文创作已经有数十年时间了。这次创作《千里驰援》也让我们对报告文学创作产生了新的思考。以往每写一部（篇）作品，无不经过长时间打磨，有的甚至耗时十年、二十年。但在疫情猝然发生的危急关头，题材本身的特殊性和时效性，使得我们不能再像过去那样奢求完美、“慢工出细活”。灾难面前，文学何为？作家何为？对我们来说，《千里驰援》不啻是一次意义深远的尝试：与其被动等待，不如以力所能及的方式介入当下现实，站在时代前列。这是作家应有的、起码的担当，这种担当就是以文学的方式，通过作品去记录时代、还原时代，去直击事件、展现过程，去描摹和表现奋战在抗“疫”最前线的医务工作者和其他的实际工作者、志愿者，包括记录党组织的战斗堡垒作用和党员的先锋模范作用。就像路遥用生命的付出所昭示的那样，作家要像牛一样默默耕耘，像大地一样无私奉献，用手中的笔、悲悯的心，为国家和民族战胜灾难、砥砺前行贡献一份绵薄力量。

广东，是报告文学题材的“富矿”，从小康叙事、扶贫攻坚，到“红色广东”、左联粤籍作家，再到粤港澳大湾区、深圳建设中国特色社会主义先行示范区，无数重大历史机遇、精彩绝伦的故事时刻在这片土地轮番上演。目前，广东作家逐渐形成了老、中、青三代人才梯队，老作家仍笔耕不辍，中年作家集中发力，新锐作家阵容鼎盛，呈现一片喜人景象。接下来，省作协将组织召开全省长篇报告文学创作推进会，研究和部署重大现实题材报告文学创作，精心组织创作抗击“疫”情题材报告文学、“三核驱动”报告文学系列、“最美奋斗者”时代人物传记系列、粤籍左联作家传记系列等，形成“策划一批、创作一批、储备一批”梯次推进格局。广东的报告文学创作遭逢一个多难兴邦的伟大时代，一定能够大有作为。

习近平总书记指出：“文艺创作如果只是单纯记述现状、原始展示丑恶，而没有对光明的歌颂、对理想的抒发、对道德的引导，就不能鼓舞人民前进。”《千里驰援》力图以朴素的笔触雕刻广东医务工作者仁心仁术、大医精诚、救死扶伤、舍身忘家的英雄群像，弘扬奉献精神，表彰英雄主义，凝聚正能量，提振精气神，为打赢这场疫情防控的人民战争、总体战、阻击战发挥文学作品独特的精神鼓舞作用和心灵抚慰作用。在抗“疫”斗争最吃紧的关键时刻，身处波澜壮阔的改革开放再出发前沿地带，广东作家要牢记总书记的嘱托，以犯其至难、图其至远的雄心壮志，以当仁不让、舍我其谁的使命担当，以持之以恒、久久为功的韧劲定力，深入生活，扎根人民，下苦功夫，切实增强理论武装，努力汲取新鲜知识，尽快丰富艺术修养，不断提高驾驭、把握、反映当下纷繁复杂现实生活的能力，呕心沥血创作出代表岭南、代表中国的精品力作，开辟广东文学事业发展新境界，早日实现由高原迈向高峰，推动广东文学异军突起、繁荣发展、走在前列！

（原载2020年3月15日《南方日报》“文艺评论”版）

静思短章

□蒋述卓

寂静无价：
寂静中获得启示，是对生命的大关注

什么是寂静？这个春节过的就是寂静了。寂静的街市，寂静的社区，寂静的公园，寂静的景区，寂静的一切。我活了六十多年，小时候的记忆好像只有20世纪60年代末期流行脑膜炎的时候有过这样的紧张，但还没有这么寂静。

我们春节的辞典里总是写满着热闹与火红：红对联、红灯笼、红爆竹、红烟花、大年初一的上门拜年闹红包、正月十五的闹元宵，庙会与赶集的热闹、宴席欢声笑语的热闹，等等。而庚子年的这个春节，一下子不让出门，不让聚集，一切变得冷清的时候，我们变得无法适应了，连手脚都不知道放哪儿合适了。

我们不习惯寂静了。其实，这正是我们关注点存在的盲点。

在20世纪60年代初期，一位名叫蕾切尔·卡逊的女记者也是科普作家写了一本书，就叫《寂静的春天》。她通过大量的调查数据，写出了有毒的化学药品对环境的伤害，造成了生态的破坏，整个春天里听不到蛙鸣鸟啼，世界一片寂静。

她在该书的第一章“明天的寓言”里就描述了一派寂寥荒疏的似乎就是世界末日的画面：这是一个生气全无的春天，没有鸟、蜜蜂、蝴蝶，只有一片寂静覆盖着田野、树林和沼地。连垂钓者也不来这里，因为鱼儿也绝迹了。

她关注这个寂静的春天，提出了要中止农药“六六六”药粉的生产，因而推动了一场保护生态环境的革命。自然，她也遭到那些农药生产者的强烈攻击。她的书就像斯托夫人的那本可以引起美国南北战争的小说《汤姆叔叔的小屋》一样，具有极强的冲击力。

卡逊从春天的寂静里听出了异样，这是一种生命的大关注，是一种关心人类命运的大情怀。今日我们面对这场寂静，难道不能好好关注吗？这用生命与血的代价换来的寂静，我们能不好好倾听吗？它难道不关系到我们国家、民族乃至全人类的命运吗？我们

不能从这种从未有过的寂静中获得某种启示吗？

寂静中有生命的呐喊，自我的反思，灵魂的拷问。我们曾经有过寒食节，在那一天不能生火，为的是纪念一种骨气。农历己亥年除夕的前一天，阳历2020年1月23日，能成为我们的禁足静思日吗？就如犹太民族所拥有的安息日一样。

寂静无价。

从我做起：
吃野生动物为什么屡禁不止？

在追寻新冠肺炎病毒来源的时候，很多人都在呼吁要禁止野生动物交易，要大家都不吃野生动物了，这的确是天大的好事。其实这从2002年11月至2003年5月“非典”暴发到制止那时起，这种呼吁一直都在。但为什么就屡禁不止呢？

这就是市场，是消费，是习惯——极坏的习惯导致的。如果没有买方市场，没有消费者，吃野生动物能形成风气吗？市场消费的数据告诉我们，自2012年“八项规定”出台制止公务吃喝之后，餐饮业呈U字形走向，这两三年几乎都是普通老百姓出入餐厅了。

如果我们每个人都不吃野生动物，那市场还存在吗？保护野生动物有法律，有规则，关键还在我们自己的心里有没有规则。

随着经济的发展与国力的增强，我们的消费习惯的确有些太畸形了，也太大手大脚了。攀比，炫富，一切不达豪华、顶级不罢休。我们不是森林大国，资源也很有限，但我们用起纸巾来毫不吝惜。在泰国与日本，五星级酒店的餐厅里也不随便放纸巾，你如果需要的话要向服务员讨要。日本天热的时候，上班的男人们都备有一条汗巾。

这恐怕就是文明，文明靠什么养成？靠习惯。在口袋里装一条手帕，我觉得用它并不是土，是良好的习惯。不吃野生动物也要成为我们的好习惯。

在张贴标语呼喊口号主张与提倡一种观念与价值的时候，我们是不是总是将自己排除了呢？

从我做起，我们往往对之视而不见。

逆行敬业：
我们最痛恨的是那些尸位素餐者！

在这场没有硝烟的战争打响之后，这些天最爆款也最泪奔最鼓舞人心的就是那些“逆行者”了。坚毅而心怀大爱的钟南山院士，处处透露温情与诚意的李兰娟院士，年三十晚上从上海奔赴武汉的军队医务人员和现在不断从地方与部队支援湖北的医务人员，建造火神山雷神山医院的建设者……他们都是我们民众的守护神，是我们民族的脊梁，是时代的英雄。

将他们称为“逆行者”，是因为他们“明知山有虎，偏向虎山行”。在有危险的时刻还要挺身而出，这是需要勇气与大爱精神的。

看了四川那位女医生的丈夫在送别他妻子时说的“只要你平安回来，老子包一年的家务”，你觉得这平安的祝语中不包含着生离死别的意味吗？看着那些印满红指印的请战书，你不觉得那就是上战场的生死书吗？

看到湖北两位年轻的医生，他们已经回家准备过节了，但疫情一公布，武汉封城交通受阻，他们却想方设法最后在交警的支持下返回武汉的医院去参加抗疫。这怎么理解？用英雄，用大爱，用高尚，这些字眼都不过分，但我理解他们所秉持的就是他们的初心——医者的“敬业”。

因为他们是医者，他们没有忘记最古老的希波克拉底誓言，没有忘记他们学医从医时的宣誓：健康所系，性命相托，救死扶伤，不辞艰辛。在新冠肺炎威胁到同胞生命的时候，他们不能不在场，更不能当逃兵。

这就是我们经常见到的那二十四个字当中的两个字——“敬业”。我们说要向这些逆行者致敬学习，那就从这两个字做起。如果我们都做到了这两个字，就能为国分忧，为国出力，核心价值观就能从我们的手中构建起。

初心不是空洞的，它是我们从事任何事情的动机，是我们职业生涯的出发点，是我们追求幸福人生的原动力。医者的高尚就在于他们不忘初心，不负职业使命。

这些英雄也是人，是丈夫妻子、父母儿女，他们也有痛楚，他们非常清楚出征的风险。他们流泪，为人类的生命受到威胁而流泪；他们不是不知道危险，而是知道履行自己职责时不能退却。他们的高尚就建立在敬业的基础之上。

国家兴亡，匹夫有责，怕就怕承担了一种职业责任在身而不敬业！我们最痛恨的也是那些尸位素餐者！

抗疫医院里没有辞职的保洁员是敬业，那些在高速路口测温的交警公安是敬业，那些整日奔波在社区为防疫抗疫工作的人是敬业，那些冒着风雪坚守在检查点的人是敬业，那些还在为人们送菜送快递的人也是敬业，尽管他们没有医者那样直接面对患者的危险，但他们依然是高尚的，同样应得到我们的尊重。

所谓平凡中见伟大，危难时见英雄，敬业看起来最平凡，但真正做到其实不容易。

我们是不是总想着干大事创伟业而忽视平凡的职业呢？

不再盲从：
别被“网”遮蔽了双眼“网”住了思想

信息轰炸，恐怕是这些日子里体会极深的。大家宅在家里，在信息不明、情况不清的时候只有看手机，离开了手机就魂不守舍。最初是越看心里越没底，再看反而是心里有主张了。为什么？因为虚假的信息多了，网络的暴力多了，网络中的自相矛盾或者被揭穿的假象教育了我们，我们不再盲从了。

这其实是一次极好的自我教育机会。

我们日常在微信朋友圈里做得最多的就是点赞，因为微信里设置的就是赞与评论。评论要花工夫去思考，赞只需手指一动。这是为懒汉设计的程序。所以我们动不动就是点赞。

微信里最常用的那些表情包排在首位的总是竖起的大拇指。但当我们不经思考就随意点赞的时候，后来发现却是有问题的了，有时候我们是上当受骗，更有甚者有时候我们还成了恶势力的帮凶。懒汉式的点赞总是要付出代价与成本的。

网络场也是社交场，网络微信群也是部落群，当整个社会的网络聚集在一起信息海量般涌现在你面前时，你真的感觉到无从把握。当网络中暴戾气越来越重时，你会感到一种莫名的恐惧。

这时候，需要的是你的分辨力和判断力。“两眼自将秋水洗，一生不受古人欺”，前人能在海量的古籍文献和话语里放出自己的眼光，我们现在难道就不能做到吗？分辨力和判断力是产生定力的基础，盲从就只能随海浪漂浮，最后六神无主。

抗疫时医者是高尚的，是英雄，是天使，不抗疫时网络信息会把他们妖魔化为吸血者，这是正常的吗？当可尊敬的医者成为弱者也需要保护的时候，这个社会正常吗？

每当经过小学校门口看到那些持钢叉的保安像一尊门神那样站在门口保护小学生，我的心里就发痛，如果有一天我们要在每个医生就诊的门口都派一个持钢叉的保安保护他们，你不会觉得生活很荒谬吗？发明的钢叉是神器，而我们心中的神却没有降临。

对生命的尊重，对职业的尊重，对弱者的同情与保护，这就是平等，就是友善，就是灵魂，是我们心中的神。我们社会包括网络社会少一些戾气而多一些宽容和理解，我们心中就多一些平静与安慰。当我们平日在网络里痛扁医生的时候，我们没觉得存在问题吗？当然，我不否认从医者中有个别劣迹斑斑的，但把个体扩大到整体扩大到一个行业，我们做得合逻辑吗？

当全社会都认同以暴抗暴、以恶制恶的时候，社会的死结会越解越死；当戾气充满全网络社会时，我们何以说我们是一个中华民族的命运共同体？我们与医生们不在一个共同体内吗？构建人类命运共同体就更加遥遥无期了。

有诗人说生活就是一张网，没错。网络社会是把双刃剑，我们不讲麦克卢汉“内爆”理论的高头讲章，但知道虚假与带病毒的信息会一寸一寸地吞噬我们黄金般的光阴与生命。我们千万不要被“网”遮蔽了双眼，“网”住了思想。

放出你的眼光来，不要盲从。拿出你的思考与判断来，不要偏信。打开你开阔的胸襟来，不要偏激。

（原载2020年2月20日羊城派文化频道“疫期静思”专栏）

瘟疫、文学与话语变革

□王威廉

在新冠肺炎病毒肆虐的时期，以文学为精神资源的人一定会联想起文学史上关于瘟疫的作品。《鼠疫》直接地展现了一段疫情的始末，书中不止一次提到中国，甚至提到了广州，让人五味杂陈。没有经历过瘟疫的人无法真正读懂《鼠疫》。《鼠疫》有着极强的隐喻性，但它的现实层面也建构得非常牢靠。从发现案例，到确认，再到上报、怀疑、争执，直至封城，堪比严谨的防疫行动指南。我在SARS期间读过《鼠疫》，此番二次读，感觉完全不同，经历人生中第二次瘟疫时，再也无法像当初那样认为瘟疫是“非典型”的偶然状况。

加缪认为对抗鼠疫需要的不是英雄主义，而是诚实。所谓诚实，就是做好自己的工作。一个年轻人肯定无法理解这种类似流行“鸡汤”的结论，直到他在社会上碰得头破血流之后，才会明白“做好自己的本职工作”意味着付出多大的努力和代价。加缪以叙述人的冷峻口吻指出，他也不喜欢对英雄主义的过度宣传，那会让我们误以为周围是无边的恶。我尤其认可他对道德的评判：最坏的道德是愚昧无知，正是这种愚昧无知造就了主观的恶或是无意的恶。不懂得病毒的可怕而错判时机，不懂得病毒的强传染性，让没有保护措施的医护人员近距离施救，导致医护人员也被感染，都属于这种情况。但愚昧并非属于某个人，愚昧是人类共同的弱点。从一种文化到一个人，每克服一点愚昧，就得到多一点的道德。我们的反思能否抵达加缪在《鼠疫》中早已给出的结论？《鼠疫》也给了我们另一个启示：文学中的冷静与沉思。文学的传统与抒情相关，但现代以来，冷峻越来越多地出现在文学叙事中。当这种冷峻与现实的透彻理解结合在一起的时候，才会构成一种超越时代局限的启示录。

如果追溯《鼠疫》的文学史渊源，英国作家笛福的《瘟疫年纪事》是必要提及的。加缪在《鼠疫》的开篇，就引用了笛福的话：“用别样的监禁生活再现某种监禁生活，与用不存在的事表现真事同等合理。”这明确表达了《鼠疫》的初衷便是用虚构更有力地表现真实。而笛福的《瘟疫年纪事》则是有着历史事实依托的小说，描述了1665年大瘟疫袭击下的伦敦，小说可能是基于笛福的叔叔当时所留下的记录。笛福为了还原疫情的真实状态，事无巨细地描述具体的社区、街道，甚至是哪几间房屋发生了瘟疫。甚至有伤亡的数字表，并讨论各种不同记载、逸事的可信度。写到有人在街上大叫大嚷："再过四十天，伦敦就要灭亡了。"还有人赤身裸体在街上跑来跑去，彻夜奔走和号叫："噢，无上而威严的上帝呀！"这种瘟疫叙事开启的是一种作家对于社会整体性的观察与沉思。有人把笛福称为现代小说家第一人，不是没有道理的。他的另外一部广为传颂的作品《鲁滨逊漂流记》，可以跟《瘟疫年纪事》对照起来读，它们构成了现代文学的两种趣味：一方面人，与人之间因为密切的联系，使得某种病毒（观念）四处蔓延传染，让染病的他人成为自己的地狱；另一方面，人们却被置于孤立无援的处境中，成为像孤岛一样的存在。这两方面并不矛盾，正是现代性的集中体现。

马尔克斯也是深受笛福影响的一位作家，他的《霍乱时期的爱情》也是直接以疾病隐喻了某种人类的非理性情感。小说的男主人公弗洛伦蒂诺·阿里萨的身上体现了爱情的复杂性，爱情从某种意义上说也和霍乱一样令人患病和死亡。有些人如热症一般很快就好了，而有些人却终身不能痊愈。还有作家库切，他以女性主义的视角重新转述了笛福的小说《鲁滨逊漂流记》。

库切在诺贝尔文学奖的演说《他和他的人》中，一直在谈笛福和瘟疫，比如船工罗伯特如何将盛放食品的袋子留在河边，让他患瘟病的老婆、孩子自己来取；吹笛人喝醉了酒睡在人家门口，如何被人用运尸车拉去差点儿活埋等等。在库切看来，瘟疫是生活本身的故事，是整个人生的故事，我们应该对死亡的来临早做准备，否则随时随地会被它击中倒地死去。库切写道："在瘟疫的日子里，有一些人出于恐惧，把一切都丢开了：他们的家、妻子和孩子，顾自飞快地逃离伦敦。一旦瘟疫过去，他们的行为就会为人所不齿，无论从哪方面看他们都是懦夫。但是，我们忘记了面对瘟疫时需要唤起的是什么样的勇气。这不仅仅是战士的勇气，也不是抓起枪打死敌人的勇气，而是挑战骑着白马的死神的勇气。"这段话仿佛就是为我们今天而说的。

葡萄牙作家萨拉马戈的长篇小说《失明症漫记》则加大了虚构的力度，"失明"也就是"盲目"居然可以作为一种具体的传染病，那么它的寓言特质得到了彻底的建构。不过身处疫情时期，我发现对于有着强烈现实层面的小说有更多的共鸣。这也许是一种提示，所有的隐喻、象征和寓言，最好都能找到现实土壤中的根系，如此更能持久地在历史的暗河中将那种根系的基因繁衍下去。

中国文学中像笛福的《瘟疫年纪事》、加缪的《鼠疫》那样直接书写瘟疫的小说，我印象较深的作品是陈忠实的《白鹿原》中对瘟疫的描写，尽管只有一部分篇幅，但给我的印象很强烈。田小娥之死引发了瘟疫，瘟疫不仅意味着一种可怕的死亡方式，也是一种诡异的报复方式。

除了以疾病命名的作品，在我看来，一半以上的文学作品都和疾病有着直接而密切的关系。甚至可以说，没有疾病，便没有文学。《红楼梦》中林黛玉的咳血决定了林黛玉的性格和悲剧，《三国演义》中曹操的头痛症与他多疑多思的性格也是一体的。疾病对文学来说是隐喻与象征，文学不可能将疾病作为疾病本身而接纳，正如没有将疾病作为疾病本身而接纳的人生。疾病会在任何层面上改变人生，正如疾病在文学的叙事中不可避免地要承担阐释和转变的功能。苏珊·桑塔格的《疾病的隐喻》并非要解构疾病在文学中的功能，恰恰是以文学的方式针对现实层面中疾病在道德方面的过度阐释，以及相应的歧视与压抑。换句话说，将疾病的道德色彩通通剥离，那是生物学而非文学，文学是以悲悯与共情重建疾病与道德的关系。

也正因为此，疫情和社会的关系自然是很复杂的，并非每一种关于疫情的社会话语都有道德隐喻，也并非每一种从疫情中诞生的道德隐喻仅仅是针对疫情本身。关于疫情的话语观念是文学应当格外关注的。

出于对病毒的恐惧，人们需要将它化为现实世界中的具体对象，让其成为自己群体之外的另一群人的责任。因此，无论是客观上，还是在话语层面，传染病的特征都要求着某种群体的关联性。与其说这是一种策划好的阴谋论，不如说这是出于恐惧的人性本能反应。传染病的攻击途径完全是借助于人性中的温情行为，比如交谈、聚会、抚摸、亲昵，因而防治病毒的方式是与人性的特质完全相反的。在病毒的阴影下，除了生物学方面的探索研究，未来的人类社会将加速向虚拟世界发展和转移。人们的身体愈加远离彼此，但人们的情感与思想会离得更近，更近并非意味着亲密，甚至会面临越来越严重的彼此裹挟的困境。

这次的疫情也廓清了个体与社会的思想图景：如何建构自我的主体，如何处理主体与主体之间的关系，恰恰对应于它们的反作用力——个体性的疾病与群体性的瘟疫。疾病及作为其结局的死亡，是我们无法回避的客观现实，不同的疾病类型，让我们意识到了生命的不同方面。传染病，让我们直接面对人的社会属性；外伤，让我们直观看到身体受到伤害后的残酷性；癌症，显示生命系统本身所出现的障碍，是一种生命系统的限度性结局。没有任何东西像疾病这样能使人完全深入地专注于自己的感受，认清生活的真实境遇。因为疾病，我们自以为完全属于自己的可以灵活移动的身体，终于跟社会价值观以及复杂的社会关系产生了密切的关系，我们真切地意识到，身体的自由原来是如此有限而脆弱。我们应该如何表述疾病？如果我们想让疾病脱下隐喻的笨重掩护，恐怕需要的是一场话语的变革。

瘟疫是病毒与人体细胞、组织的一场战役。但如果仅限于这个说法，显然太空洞，我们需要了解其中的细节。比如，冠状病毒原本是寄居在蝙蝠身上，经过变异后用它的冠状触手与人类细胞ACE2蛋白触手发生关联，从而钻进了细胞内部，把它的RNA放置到了细胞核里，从而攻陷了细胞，复制和生产出了更多的病毒。大量病毒从死亡的细胞中冲出来，开始攻击更多的细胞，免疫系统被遽然激活，人体面临着炎症因子风暴……我们在描述与生命相伴随的疾病的时候，就这样有了一种全新的话语方式。这既不是纯科学的，也不再纯然是人文比喻似的主观描述，它是基于目前生物学所呈现出的一种“模糊近似”的形象化现实。这种科学与人文杂糅的话语方式，或许会成为未来文化的一种重要表达方式。而抒情，尤其是模式化的传统抒情，将在这套话语当中失去位置，变得苍白无力。瘟疫不再是一种恐怖神话，而是一种理性可以理解的事物，尽管这种事物依然给我们输送着恐惧。

一方面是科学话语在文化表述中的分量会加大，可另一方面，我们所谓的“高科技”也愈加显现出它的局限性。我们在人工智能、5G、自动驾驶等等科技背景下，感受到的人类科技已经创造了魔法般的奇迹。但一场瘟疫，与几百上千年前的瘟疫一样，轻易就给“科技社会”以致命一击。这让我想到爱因斯坦说的一句名言：“在生物面前，我们的科学技术就像原始人一样。”

我们如何理解人类的生命，依然是一个最为关键的问题。从文艺复兴开始，人变成了衡量万物的尺度，到了今天，在某些极端环保生态人士眼中，人类与动物的存在又到了同样的尺度上。人的限度在哪里？人的本质何在？这依然是我们这个时代非常迫切的核心问题。在量子物理学的视野中，人作为观察者本身会影响数据的测量，也就是人跟世界之间不可划分成毫无关系的主观和客观。我们在文化层面也是同样的，我们得理解，我们自身作为观察者与实践者的双重角色和身份，我们永远不能过于确信自己的判断，我们又必须具备专业实践的能力，而这正是人类的困境与希望所在。

（原载2020年3月26日《文学报|专刊·新批评》）

现在写诗并不可耻，但求不悖于心

□申霞艳

疫情期间，有位在疫区的朋友写了一首诗，诗中既没有赞美什么，也没有鞭挞什么，只是如实记录自己对于疫情的恐惧，总是担心自己或者家人被感染了：测量体温、消毒、拿起手机又放下、洗手、沉默，坐卧难安，邻居、亲人、任何人都疑似，生活本身也因此岌岌可危。

当他的诗被公众号发出来之后，有朋友给他留言，说奥斯维辛之后写诗是可耻的，他因此陷入矛盾的漩涡。关于这句名言被滥用，微信已经有篇文章专门谈论过，作者澄清了阿多诺的原话，告诉我们应该在什么场合来引用奥斯维辛，还谈到翻译的误差，对几个词的细微之处进行甄别。

对这篇文章我是有印象的。这位写诗的朋友遭受了很大的情绪困扰，他在微信上和我交流这个问题，我说这首诗蛮好，同感。惶恐不安和无边无际的怀疑就是新冠病毒带给我们的微妙情形。

我们只有此生，就是这具皮囊制约着全部的思维，我们的崇高、纯洁和卑微、污秽都从此出。生活不只有诗和远方，还有眼前的苟且。我在微信里给朋友回复：不悖于心。

其实也不止于疫情期间，大道至简，就是不悖于心，人同此心。当记者也好，当作家也好，当朋友也好，医生、病人、亲人也好，不悖于心、不违于情，好诗不过近人情。

《鼠疫》经得起反复阅读，很重要的一点是里厄医生从来没有唱高调，他的妻子同样被隔离在外，且在鼠疫结束前八天，孤独病逝。里厄没有用高大的语言去要求滞留此地的记者朗贝尔。朗贝尔设法逃离封锁去巴黎追随爱人享受尘世的幸福。相反，医生对他说追求爱情是个人权利，他再三表达的是，他是医生，治病救人是天职所在。

而《日瓦戈医生》让人痛苦不堪的一个原因是日瓦戈医生一直渴望的是好好地去当一名医生，夜晚再写点日记和诗歌，一家人待在一起，接二连三的战争和革命让这么人性的愿望始终不能实现。

现代社会是一个高度分工的社会，我们每个人都没有三头六臂，我们能够做的就是忠于自己的职责，像钟南山一样。可以说这就是时代提倡的工匠精神、敬业精神，也可以说这就是英雄主义：认清生活的真相依然热爱它。

疫情初期，我也时常唏嘘，感叹一个文科生的无能、脆弱、无用。但是我又想，读书写作、教书育人就是我的职责所在，每个人做自己最擅长的也是美好社会的允诺。诗人无论遇到什么情况总是要写诗的，就像农民明知天气不好还是要到田里去。

如此，当多个群里传播张尕怂的西北民谣《早知道在家里待这么久》，我感觉到一股清新的风吹过原野，把我想七想八、晕晕乎乎的脑袋吹醒了。

我在电脑里循环播放这首歌，儿子嘲笑我说，妈妈再放我都会唱了！来回不就是几句吗？我说对，妈妈需要这股风暴，把我脑袋里纠缠的幻念全部卷走，妈妈需要一个简单、从容的脑袋来面对这无能为力的一切。

这首歌的确没什么了不起的，抒发的全是个人情绪：

早知道在家里待这么久呀

我就不该只买两包红兰州

早知道村里封了路口

我就该多拉拉妹妹的手

后悔没多买点烟、灌大桶酒，后悔租车装富有，拉妹妹的手就是其中我们熟悉的流行歌词了。太平常了，太苟且了！如果是平时，我大抵也不至于如此。但在疫情面前，我们每个人都宅在家里，生活被打回原形，吃喝拉撒，前尘往事，如今都到眼前来。

面对神不知鬼不觉的病毒，面对这具日益可疑的身体，《早知道在家里待这么久》就是一股清洁的风，从西北的小村庄里刮过来，吹过大江南北，也让我这个困居南方校园的人心有戚戚。命运是一股来自四面八方的风，想往哪边吹就往哪边吹，我们就是风中的尘埃，落定之后亦无法描述风的行迹。

在最深的混乱中，简单就是有力的召唤。《早知道在家里待这么久》让我不断想起刘索拉的《你别无选择》，写的是20世纪80年代音乐学院一群大学生的故事，小说没有主线，没有核心故事，但情绪感染力很强。

改革开放初期，每个人都很独特，渴望创新，其中森森就是典型，他终日追求“妈的力度”，经过殚精竭虑的探索之后他获得了国际大奖，令他感到一阵前所未有的空虚，回到宿舍，他打开抽屉，将进大学后再也没有听过的莫扎特的音乐塞进了录音机，清新的音乐流淌，泪水随之流淌。我想这就是简洁拥有的迷人的力量。

此时此刻，此情此景，一首简单轻松的歌对我们创痛的心灵具有一种难言的疗愈作用。

长恨人心不如水，等闲平地起波澜。

长恨此身非我有，何时忘却营营。

自是人生长恨水长东。

长恨长爱，埋怨旁边也是欢欣，坟墓周围就是花朵。祸福相依、生死起伏。

记得余华曾在随笔中写了一个细节：他的小学同学因父亲刚去世而哭泣，他们那时候很小，还不懂丧父之痛，就拉这个孩子去打篮球。当这个孩子投中了球，他也和队友们一起笑了。他带着泪水来到球场，投中了，他也笑了出来。余华从这位丧父的同学的一哭一笑之间感受到人心的丰富、深邃与简单。文学永远面对这颗包罗万象、瞬息万变的心。

漫长的阅读塑造了我，让我见识了人的复杂、深刻、多面以及自我的浩瀚；同时神灵是无所不在的，他让我们能够向死而生，能够在最痛苦的时候依然不放弃生、不放弃爱、不放弃信。生活，时而有风暴、有雷雨、有闪电，时而也会有和煦的阳光普照大地，会有一阵微风清扫阴霾，万物逆来顺受，并从遭遇中生长出不同的面貌。

想起阿多尼斯的诗——《我的孤独是一座花园》：

死亡来自背后，即使它看上去来自前方：前方只属于生命

……

世界让我遍体鳞伤，伤口长出的却是翅膀

……

我的祖国和我身披同一具枷锁，我如何能同祖国分开？

（原载2020年2月22日羊城派文化频道“疫期静思”专栏）

文学抗疫的写作伦理

□陈培浩

2020年初，席卷全球的新冠肺炎成了全世界人民共同的敌人，近14亿中国人更是首当其冲。疫情当中，很多文学界人士自觉地记录和思考；很多人响应号召以笔为援，以文抗“疫”；也有人认为文学的功能是后置的，灾难正在发生时很难写出有深度的作品。事实上，灾难发生时并非不能写诗，关键是如何写。因此，抗疫文学的写作伦理也成了一个必须认真对待、认真辨析的话题。

文学如何书写疫情并非一个新话题，在我看来，文学至少在三个层面跟疫情狭路相逢，而这三个层面都存在着迷思。首先是见证与记录层面。一场严重疫情的发生，其携带的个体命运转折、生离死别，本身就具有巨大的戏剧化强度，超越任何作家的审美虚构。因此，任何疫情都在某种程度上催生和召唤着“非虚构”写作，面对公众了解疫情现场具体细节的渴求，面对无数生命中正在发生的极致戏剧化时刻，“非虚构”往往是人们能够想到的最直接有效的面对疫情的方式。在此次新冠疫情中，很多写作者以非虚构的方式记录了个体的痛苦、挣扎、坚持，这种“非虚构”为历史留下了很多具体的细节，为人们理解这一突发公共卫生事件提供了血肉。值得指出的是，“非虚构”只是一种写作方式，“非虚构”的价值在于个体视角，但正是因为个体视角，“非虚构”本身只是理解“真实”的一角拼图。这就要求有一个接纳各种“非虚构”书写的视野和心态。一个社会事件是由多个维度和侧面构成的纵深，“非虚构”书写的可能是救死扶伤、不畏牺牲的医护人员，也可能是初期流离失所、入院无门的患者；可能是散尽千金，全球抢购医疗物资支援武汉的企业家，也可能是滞留武汉，流浪街头的异乡人；可能是日以继夜、下沉奋战的国家干部，也可能是主动请缨，与武汉同呼吸的广大志愿者……真实的“非虚构”或“非虚构”的真实，必须存在于所有信息的并存上。不管是写作还是阅读，不能只选择“非虚构”某一部分真实，这是文学书写疫情的见证性伦理的要求。

其次是共情和凝聚的层面。文学既能摹写和直击，也能共情和凝聚。当病毒肆虐折磨着同胞，每个有良知的中国人都在心痛。因此，写好万众一心、前赴后继、风月同天、守望相助的抗疫故事当然能鼓舞人心。事实上，成功的文学共情，关键并不在于乐观或悲伤，而在于情感的真实与虚假。很多自以为非常“正能量”的抗疫文艺，却流露出“感谢你，新冠君”这样匪夷所思的思维。抗疫期间，一些矫揉造作、流于口号、生搬硬套的“抗疫诗歌”大为流行，这种现象值得反思，作者没有一线的体验，也没有设身处地的理解，仅仅主题先行地复制一些似乎是正面的“歌唱”，这不仅是文学上的拙劣，更是对受苦者的轻浮甚至亵渎。这样的写作不能产生共情和凝聚，它无法给前方的行动者、受苦者任何鼓舞和力量，反而让人感到荒唐。

最后是伦理上的建构层面。文学的价值不仅在于即时的记录和见证，更在于探索人类如何建立面对疫情和苦难的伦理态度。所以，疫情叙事考验着作家对于人性、社会在极端条件下有何裂变的想象力，更考验着作家对疫情的思想和伦理勘探。在这次新冠疫情全球流行的背景下，很多疫情题材的文学作品受到人们广泛的关注，其中被中国读者广泛提到的有两部作品：一部是加缪的《鼠疫》，另一部是萨拉马戈的《失明症漫记》，它们提供了超越性的启迪。譬如，在我看来，《鼠疫》具有一种非常重要的“因诚向善”的精神价值，就是说，它把“诚”视为“善”的前提。没有“诚”最终是抵达不了“善”的。由此《鼠疫》依然具有现实启示。而《失明症漫记》，我认为它的价值不是想象了一场失明症对文明社会的侵蚀和瓦解，而是借之思考作为人类文明基石的“精神视力”问题。萨拉马戈迫使我们意识到人类文明很大程度建立于视力的基础上，往深处说，这种视力还必须是一种“精神视力”。小说中，眼科医生的妻子是唯一的未感染者，这在隐喻层面上暗示了，她在精神品性上所具有的善良、勇敢、悲悯等美德使她获得了旁人未有的“精神视力”。因此，小说最动人处，不是残忍，而是希望；是医生妻子在勇敢地杀死盲人集中营中的暴徒后，在月光下用极其稀缺的水艰难地替受辱女子洗净身体的场景。一种精神洁净的伦理由此确立，使这部作品超越了对苦难冷峻的洞察，正是这种伦理的建立，使小说获得了永恒的价值。

（原载2020年4月15日《文艺报·理论与争鸣》）

书写公共灾难，请远离空洞的歌颂与煽情

□王焱

在公共灾难中，歌颂的对象一定是那些拯救生命、维护生命的人或事。因此，那些挺身而出冒死救治的医护人员，那些在前线奋战、枕戈待旦的公职人员和武警官兵，那些提出预警、研发药物、提供救助的专业人士，那些奉献爱心、坚守岗位的普通群众，都是应该被真诚歌颂的。

在《鼠疫》中，加缪赞颂了那些反抗荒诞、坚持真理和正义、保持沉静和谦让的勇者。在《来自切尔诺贝利的悲鸣》中，阿列克谢耶维奇也以一种悲怆的方式赞颂了承担苦难的勇气。

可见，灾难背后，除了痛和恶，还有爱和善。而且，天空越是黑暗，越是能让人看到人性所闪耀出的熠熠生辉的光芒。对于这些光芒，应该去歌颂，去传播，以激发和鼓舞更多的人绽放光芒，化悲痛为力量。

因此，歌颂是公共灾难的文学书写中趋近真善美的合理表达方式。但歌颂不是煽情的美化、盲目的乐观和虚假的谄媚，应建立在悲悯和反思的基础之上。

悲悯意味着怀同理心，遵从“最小伤害”原则。公共灾难，尤其是重大公共灾难发生时，很多的家庭正在承受哀痛，此时不宜以话语狂欢的方式进行歌颂。在一个文明社会，扶助弱者、同舟共济、同情同悲是一种美德，“灾民或余悲，他人却欢歌”是一种冷漠，尤其当这种欢歌进入公共的舞台上展示时，很可能会成为一种残酷的参照。

公共灾难的文学书写，要避免“灾难美学”，避免对灾难的阴霾进行美化，避免“抽象的歌颂，具体的冷漠”，要对受难者的个体苦难心怀悲悯。而这种悲悯必须是真诚的，而不是表演式的煽情。

《人民日报》公众号近期分别推送了名为《脸》和《手》的两篇文章，文字叙述较少，也很克制，更多的是通过一张张令人疼惜的图片向白衣天使致敬：医护人员脱下防护服后，脸上布满勒痕，手上长满红斑，但他们贴上创可贴继续冲锋陷阵。

文章让我们明白，逆行者们的勇敢不是无所畏惧，而是双膝颤抖却依然前行；没有从天而降的英雄，只有挺身而出的凡人。歌颂背后真诚的悲悯打动了无数网友，推送被

网友争相转发。

前段时间，钟南山在接受媒体采访时称赞武汉：“一个劲头上来了，很多东西都能解决。全国帮忙，武汉是能够过关的。武汉本来就是一个英雄的城市。”

他说这番话时，几度哽咽，眼里闪着泪光，因为他心怀悲悯，深深懂得疫情播报的每个数字都是一个个曾经鲜活的人，一具具正在受苦的肉身，一个个焦灼难安的家庭；他对这座城市的人们和关心着这座城市的人们为这场灾难承担了什么、奉献了什么感同身受。也正因为此，他对武汉的称赞感动了中国。

因此，在公共灾难万家哀伤的凝重气氛中，歌颂一定要保持清醒与冷静，避免陷入一种盲目的激情和天真的乐观当中。苏格拉底说：“未经反省的人生，是不值得过的。”如果没有这个环节，我们会很容易陷入“割伤—包扎—歌颂—再割伤—再包扎—再歌颂—再再割伤”的死循环。

反省有助我们远离谄媚，远离歌颂的习惯性反射，明白谄媚对于歌颂而言，乃成事不足，败事有余。在公共灾难沧海横流的悲鸣中，在英雄本色的衬托下，谄媚越发显得浮夸、虚伪、价值观错乱与人格渺小。

（原载2020年2月20日羊城派文化频道“疫期静思”专栏）

柔情似水动人心魄

——报告文学《千里驰援》读后

□陈振昌

疫情如火，熊熊燃烧，火势正旺，一旦防控不到位还会有扩张蔓延之势。抗疫文学写什么？自然是为扑灭这火势出一把力，哪怕是微薄的一桶水、不起眼的一盘沙也好。广东文学界的作家张培忠、许锋，选择了报告文学。都说报告文学有轻骑兵的作用，真实、反应迅速、资讯含量大，有着其他文体不可替代的个性特点和作用。但报告文学也有其难度大的一面。这个“一面”像新闻消息和通讯，要抢时间，要以应时介入为佳，即常说的时效性。“事中孔明”与“事后孔明”，文学的社会效果是不一样的。

有道是，“隔行如隔山”，子非鱼，安知鱼之乐？纵观我们现在的抗疫文学作品，作家们普遍因为缺乏相关的医学知识，不太了解医生护士具体的救治过程，所以一般都回避了这些具体的、生动的救治过程中动态的情节和细节。这是没有深入一线以及知识面的欠缺所造成的。令人敬佩的是，作家张培忠、许锋没有绕道走，他们很明白，文章愈是投入，愈是进入角色，愈是具象，效果就愈好，感染力就愈强。可以想象得到，在灾难面前，他们是很明白自己的担当和责任的。他们在抢时间，把握一切机会，大凡文章必需的内容和翔实的情况，他们排除万难，都尽力去深入了解。没有这“功夫在诗外”的火候，文章就容易流于“虚胖”、羸弱，就会苍白无力，往严格处说，还可能会帮倒忙。

《千里驰援》写得大气磅礴，动人心魄。动情处，让人泪眼模糊；沉思时，让人联想翩翩。鉴别文章优劣，最直观的感觉是你能不能一口气读下去，甭管长短；心中是不是涌有波澜。有，便是好文章。反之，心如止水，不太愿意读下去，这文章就很难说是好文章。

广东不是重疫区，更不是疫区中心。广东的任务是驰援武汉，驰援湖北。武汉打赢了这场防控疫情的关键战役，全国抗疫就胜利在望。驰援又是一面镜子，因为不光广东在驰援，全国各地也在驰援。怎样驰援？大数据是需要的，没有大数据，就没有气势和恢宏。从第一批133位医护人员到第二批147位医护人员，从第一批广东名牌医学院校所属医院紧急抽调人力物力，到第二批囊尽所有知名医院的人力物力征集，从钟南山到各路学者、教授、名流，广东驰援可谓医疗队伍倾巢出动，尽情尽力，工作做得非常出色。

磅礴还需动情。人物形象的立体，光外表的伟岸是不够的，还必须有血有肉，互为因果，相得益彰。《千里驰援》作品取材内容充实、丰厚，现场感特别强烈，作者以浓墨重彩的笔法写“活”了这一批可亲可敬的白衣使者，字里行间展现出的人物的担当与牺牲精神，令身为读者的我们一次次情不自禁地流下热泪。例如，尽管钟南山已经被传媒报道很多次了，但我们仍然为这位老人在列车里疲惫打盹的细节所感动。

此外，医护人员全力抢救73岁的老年患者，为其进行穿刺引流、排出胸压积液的整个过程，同样描写得非常精彩，给人留下了深刻的印象；只工作了5年的小护士在特殊的病房环境里为患者扎针，双方在互动中增进了对彼此的理解……这一幕幕，都让人动容。

“文章不是无情物。”“文章合为时而著。”“一切景语皆情语。”大灾面前，考验着作家的良知、担当与责任。当然，也考验着作家的本事。我想，这也是报告文学《千里驰援》题中应有之义。

（原载2020年3月15日《南方日报》“文艺评论”版）

千里驰援

广东作家“抗疫”主题作品选

（下卷）

广东省作家协会◎编

SPM 南方出版传媒 花城出版社
中国·广州

图书在版编目（CIP）数据

千里驰援 : 广东作家“抗疫”主题作品选 : 全2册 / 广东省作家协会编. -- 广州 : 花城出版社, 2021.1
ISBN 978-7-5360-9294-5

Ⅰ. ①千… Ⅱ. ①广… Ⅲ. ①中国文学－当代文学－作品综合集 Ⅳ. ①I217.1

中国版本图书馆CIP数据核字(2020)第239764号

出 版 人：肖延兵
策划编辑：张 懿
责任编辑：李 谓 梁宝星
技术编辑：凌春梅
装帧设计：王玉美
封面绘图：张绍青

书 名 千里驰援：广东作家“抗疫”主题作品选
QIANLI CHIYUAN GUANGDONG ZUOJIA KANGYI ZHUTI ZUOPIN XUAN
出版发行 花城出版社
（广州市环市东路水荫路 11 号）
经 销 全国新华书店
印 刷 佛山市迎高彩印有限公司
（佛山市顺德区陈村镇广隆工业区兴业七路 9 号）
开 本 787 毫米 ×1092 毫米 16 开
印 张 38 2 插页
字 数 734，000 字
版 次 2021 年 1 月第 1 版 2021 年 1 月第 1 次印刷
定 价 138.80 元（全 2 册）

如发现印装质量问题，请直接与印刷厂联系调换。
购书热线：020-37604658 37602954
花城出版社网站：http：//www.fcph.com.cn

目录

contents

散文

诗　歌

旧体诗文

散文

庚子年的疫情

□熊育群

一

庚子鼠年如以往一样一天天挨近。人们忙碌辛苦了一年，都在筹划着怎样过大年。喜庆的气氛在一天天加浓。谁也想不到武汉出现的几个病人，突然间就变作了一件天大的事！一个从潘多拉魔盒跳出来的魔鬼，魔影迅速笼罩了九州大地，人们连家门都不敢出了，到处是封闭、隔离。这不是一个人一个家庭的事，几乎遍及一个国家的公民。近乎痴人说梦的一幕在庚子年春节发生了！

一个中华民族最隆重以团聚为最大喜乐的节日，烟花爆竹突然沉默不响了。王安石的“爆竹声中一岁除，春风送暖入屠苏”千年以降，独独今年大江南北一片寂静。再也不是“千门万户曈曈日，总把新桃换旧符”了。人们躲在家里，不再相聚相庆，不再串门拜年，喜庆之气、祥瑞之气被突然而至的肺炎冲得踪迹全无。

武汉在大年三十前一天封城。不久，紧挨武汉的黄冈封城，远在千里之外的温州乐清市、瑞安市、永嘉县也封城了。史无前例的举措举世震惊。一切都是这样令人措手不及。但灾难的特征，从来就是猝不及防的。

二

庚子年我在广州过春节。有亲戚远从湖南来团聚。初二安排去外面吃饭，午餐订在炳胜，晚餐订好了头啖汤。这都是粤菜做得很地道的酒店。头啖汤生意火爆，晚餐分成两批，我们订了第二批。腊月二十九下午要赶去交订金、点菜。我和太太一出门，气氛陡然间就紧张起来了——地铁入口测起了体温，人人戴上了口罩，大家话也少了。太太见这个阵势有些惶恐，问我要不要回去开车。想着市中心停车困难，我还是硬着头皮进了车厢。

我们家连口罩都没有准备。我以为武汉疫情虽紧，但相距遥远，当年非典在广州发生，我们也不曾紧张，该干什么干什么，一直没有戴过口罩。那时广州大街小巷戴口罩的人也不多。记得那时李国文先生从北京飞来广州，下飞机他把自己封得严严实实，看到广州人那么淡定，戴口罩的人没有几个，他不好意思自己摘下了口罩。为何这次如临大敌？

回到家里，各种信息铺天盖地。晚上在女儿的要求下我取消了订餐。餐厅二话没说，反倒说可以理解。从此，我就被封在了楼上，不再轻易出门了。女儿每天举着额温枪给全家测几次体温。我的时高时低，我知道是看书看剧太多的原因，引得她大惊小怪。我一直想疫情总不该比非典还严重吧？

楼下街道偶尔走过一两个人。每天看到那位清洁工在垃圾站默默清理（电视里武汉街头也只有清洁工的身影，其中一位接受记者采访时哭了，她说大街小巷看不到人，她很难过。她怀念以前的人挤人，宁愿垃圾多一些，自己辛苦一点。）。小区快递也不让进了。一时安静得只有风雨声。到了夜深时分，一只猫总在楼顶叫上一阵，叫声十分凄厉，让人恓惶。这里可是广州的中心区天河城啊，别说节日，平日里都是人潮涌涌。是大家更加珍惜生命了，还是情况比非典严重了？

大年三十我给父亲打电话，他说村里没人放烟花爆竹，往年家家都是比着放，烟花染红了夜空。年三十晚上老家风俗，天一黑，小孩成群结队打着灯笼挨家挨户讨糖果饼干和送新年恭喜，今年出门的小孩一个也没有。大年初一，全村人挨家挨户拜年，特别是要给老人拜年，路上拜年的人络绎不绝。今年拜年的人也没有了，村道上空空荡荡，户户大门紧闭。随后，进村的路也封了。年初六是建村60周年大庆，第一次搞村庆，连尔居人筹备了半年，征集老照片，请了最好的花鼓戏班子。村人热爱花鼓戏，改革开放伊始他们第一个自己扎台自己唱戏，为首者第二天就被撸了。这一次要热热闹闹大搞一场。遇上了疫情奈何！也不得不停办。我的发小给我打电话，说到他给舅舅拜年，只是站在地坪隔着门窗喊一声拜年就走了。舅舅怕开门，外甥也怕进门。

屈原管理区封了路，各村封了路，所有人都自我禁闭。这恐怕是战争年代也难见到的一幕。一个无影无形的敌人就藏在人身上、躲在空气里，四处皆暗藏杀机。

一天晚上，我特意开车出门，从广州塔走猎德大桥，穿过广州的CBD珠江新城，再到珠江北岸，走进五羊新城，再拐上广州大桥，四处灯火璀璨，火树银花不夜天，夜景绚丽之极，也寂寥之极。有几次红绿灯前只有我的车停下、开走。街上行人屈指可数。几家便利店、快餐店开着门，五羊新城有一家酒庄亮着灯，店里都只有一两个营业员，没有顾客。一辆辆公交车上不见一个人，车站也没有人影，司机仍在一个站一个站停车、开车。一种怪异感、魔幻感，凄清、空旷而奢华。最明亮的迷茫，最繁华的悲凉，我忍不住要放一点音乐。想到马尔克斯《霍乱时期的爱情》，多少年前读它，现在想起来有了很不一样的感受。

全球化时代，最先关心我安危的是国外的汉学家、翻译家。意大利的费沃里•皮克发来信息，问我在哪里，情况怎么样。她说她在家天天看新闻，本来要来中国，机票都买好了，意大利外交部不让去，航班都取消了。她希望我经常报平安。德国的郝慕天在微信留言，她担心新冠肺炎危险，查了武汉离我老家汨罗不到300公里，询问我家人的情况。俄罗斯的罗季奥诺夫发来信息，说媒体疫情报道挺可怕的，几次询问我和家人的情况。他圣彼得堡大学的同事娜塔莎也同时发信询问。印度的墨普德给我发来中国疫情几天死亡的人数，他坚信中国一定会像凤凰涅槃一样浴火重生。匈牙利的克拉拉、伊朗的孟娜、墨西哥的莉娅娜、埃及的米拉和哈赛宁等，都在新年发来了问候。他们大都翻译过我的作品。

三

疫情在不断发展，形势越来越严峻。新冠肺炎至今无药可治，传染性极强，只有早发现、早隔离才是防止大规模扩散的唯一办法。这是一场真正的人民战争！各地纷纷启动了重大突发公共卫生事件一级响应。

人自我禁闭后，手机不曾离身，各种信息还有照片、抖音视频在相互转发。我看到，为了劝住大家不出门，我老家的人穿街走巷，打着红旗，敲着锣，用扩音器喊话，有的喊："居民朋友，千安全，万安全，待在屋里最安全！居民朋友，这种药，那种药，不出门就是特效药；居民朋友，吃了睡，睡了吃，病毒拿我有办法。""居民朋友们，只要还有一粒米，不要在市场里挤；只要还有一滴油，不要在街上游；只要还有一根葱，莫往市场里面冲；只要还有一口气，待在家里守阵地。""长胖是福态，乱跑是祸害！""我在家，我骄傲，我为祖国省口罩。""这是战争不是儿戏，打赢了，天天都是春节！打输了，这就是你最后一个春节！"喊一句敲一声锣。特别是有个视频，广播值班的人实在太困了，念过通知忘记关话筒就睡着了，小区的夜空都是他的鼾声。

没有买到口罩又不得不出门的人，奇招尽出，有的用半个橙子皮捂住嘴巴鼻子，这么大个的橙子也不知道他从哪里搞到的。有的用塑料从头到脚把自己包裹起来，头上有用绳扎紧的，有用硬板水平撑开的，像个侠客似的。有的简单用个塑料袋套住头，有的把头套进罐装水瓶，有的用毛巾把头裹起来只留一双眼睛……既可笑又让人难过。灾难面前人人坦然面对。大家很快就适应了危机，没有骚乱，没有抢购风潮，没有群体性事件发生。

我在武汉一个朋友的微信里看到，某个夜晚，一堵堵悬崖似的高楼，一扇扇洞开的窗门，千家万户一齐高喊“武汉加油！武汉加油！”听得到孩子和老人的声音。“啊——啊——啊——”呼喊声汇聚，回旋、滚动、跌宕，在峡谷一样空旷的夜晚从微弱到强大，大风一样刮。对面楼房有人把一束光打在墙上，他们看不到彼此，但看到了这束不断晃动的光，听到了彼此发出的声音，感受到了彼此的存在和共同的心声。人类像回到了蜗居洞穴的年代。那一刻我被深深震撼，潸然落泪。这是怎样的坚持！疫情正在汹汹而来，他们没有惊慌逃走，他们相信政府、相信同胞，按照规定守住秩序。后来我才知道，他们之中有人正在独自面对着死亡。

也许因为没有硝烟，我们不觉得这是一场战争，但只要想一想，即便较大规模的战争爆发，它对14亿中国人日常生活的影响恐怕也到不了疫情这样的程度。在这场疫情中，几乎中国的每一个家庭每一个人，生活与行为方式都发生了截然不同的改变，中国进入战时状态不是形容而是事实。

四

被封在城里的人不是孤立的，他们与整个国家休戚相关。中华民族灾难来临时友爱互助的精神再一次得到了印证。第一时间驰援武汉的是各省的医护人员，他们年都没有过，就与亲人告别，背着行李，如同军人一样集结，乘专机或火车火速奔赴武汉。子与父别，妻与夫别，儿与母别……虽不能说是生死诀别，但谁又能保证每个人都能平安归来？一位带队的医生说，他手下的医务人员进行过无数遍严格的防护训练，但把他们送入那道门时，他还是忍不住落泪：就算他们严防得再好，也难保在枪林弹雨中不被击倒啊！电视里看到他们一个个义无反顾的表情，令人动容。有的白衣天使集体理了光头，她们早就知道再也没有时间理发了，更没有时间打理这一头秀发。

中央决策，第一时间预计到医院床位将严重短缺，必须以生死时速新建两座医院，集中救治。床位100和1500张的火神山、雷神山医院于是火速开建。一声令下，7000多名建设者奔赴武汉，两年工期前者只用了10天、后者13天就建好交付使用了。新闻报道世卫总干事谭德赛十分震惊，他说：“我一生中从未见过这种动员！”

这种只有神力才能办到的事情，世人称为“基建狂魔”。从一张照片不难看到他们有多拼命——一位施工者倒在土坡上睡着了。这可是严寒时节啊！工程以小时计算，有的甚至以分钟来计，现场直播看得人头皮发麻。

医院完工，就有工人把工资捐献出来了。各地纷纷捐赠，仅广东就有格力、美的、TCL、格兰仕、创维、华为等大企业争相捐赠，家电、5G通信等设施设备几乎都来自它们。火神山医院医疗柜订货单发到河南洛阳一家家具厂，老板一看是火神山医院要的，立即回复免费捐送。由于工厂存货不足，老板把消息发到当地家具协会微信群，14家企业竞相捐赠。他们连夜加班，一夜之间就凑齐了订单。医疗柜装车完毕，物流公司得知货物是支援武汉火神山医院的，不收一分钱，当晚就送达了。

大年三十晚上，河南沈丘一位村支部书记把5吨蔬菜送到了工地。他早上5点就起床，拍门叫醒村民，20多个人随他去摘菜，忙活了半天，摘了5000多斤青菜，4100斤冬瓜……他曾在武汉服役，参加了1998年抗洪、2008年抗冰灾，疫情发生，他就想着这次自己也不能缺席，一定要做些什么。

当年汶川地震100多位伤者曾送到武汉救治，其中有汶川县三江镇龙竹村的村民。疫情发生后，村民们采摘了100吨蔬菜，开了6辆卡车，车头上挂着“汶川感恩您，武汉要雄起”的横幅，走了36小时开到了武汉……

五

每天醒来，我第一件事就是看抗击新冠肺炎的报道专栏，既为大量感人的事迹落泪，更为疫情不断发展而揪心！随着感染人数骤增，武汉出现了一个“堰塞湖”。此时此刻深切体会到了新冠肺炎疫情不似战争胜似战争！确诊病人几天连续以每天3000人以上的速度上升，从腊月二十六日的291人，到正月二十二日就到了68586人，死亡1666人。正月元宵节我期望出现拐点但并没有出现。这比非典严重多了。我心里不再是担心，而是沉痛！

人们向着医院蜂拥而来，挤满了各家医院的大厅，一床难求。医院里确诊病人、疑似病人、陪护家属都挤在一起。一位90岁的老人，为给已经确诊的儿子等到一张床位，在医院守了五天五夜。当65岁的儿子终于送进病房，老人要来纸笔，给儿子留言“要活下来”！有位中年男子被感染了，既住不了院，又不能住酒店，酒店量体温拒绝入住，他又怕感染家人不敢回家，深夜跑到废弃的旧仓库自行隔离。有的隔离在家的病人病情很严重了，也无法住院，在网上发出求救信……

武汉大学中南医院彭志勇医生接受记者采访时说：“我有段时间经常落泪，那么多痛苦的病人住不进院，在医院门口哀号，甚至有的病人跪在地上求我收治他入院，但是床位已经住满了，我也没有办法，只能狠心拒绝，自己在一边悄悄抹眼泪。我现在眼泪已经流干了，我们的人民太苦了。我现在没有别的想法，就想尽力做更多，抢救更多病人。

“我的科室副主任跟我讲了一件事，他也哭了。中南医院对口帮扶的定点医院是武汉市第七医院，他去支援这个医院的ICU，发现他们ICU有三分之二的医护人员感染了。他跟我讲起那个医院ICU的惨状，那里的医生就是‘裸奔’状态，缺乏防护物资，缺乏医疗手段，明摆着会感染，还得冲上去，导致ICU几乎全军覆没，我们的医务人员太不容易了……”

有位黄冈怀孕的女子名叫翁秋秋，死时才32岁。1月7日她外出买菜，和丈夫女儿吃了一顿火锅。生病时先以为是感冒，三天后半夜里发起了烧，丈夫用电瓶车带着她辗转当地多个医院后，最终转到了武汉中南医院，确诊为新冠肺炎，随即被隔离。丈夫想看看她，想跟她说说话，或者给她送一些吃的东西，为她做点什么，但一直看不到。打电话问医生，每次都是没有醒，还是一样的严重，或者更加严重了。妻子去世后，被送到了殡仪馆。他再见到妻子时只有一盒骨灰。十几个和他一样的人都在等着拿亲人的骨灰盒。死者太多，又都带着病毒，尸体运到殡仪馆不容耽搁，24小时内就要火化。

六

无力，哀伤，感动，焦虑……我想写点什么又犹豫徘徊。突然理解了战争年代弃文从戎的文人。这是一种怎样的无力感。灾难面前文人又有何用！国家处在危急中，民族处在危难中，白衣天使在一批又一批开拔武汉，他们神色坚毅，就像奔赴前线的战士，没有一个临阵脱逃。此刻，全国驰援武汉的医疗队已有二百多支，医护人员已近三万。解放军也开进了武汉，配合地方打一场只能赢不能输的抗疫之战！救援的调动规模和速度大大超过了当年汶川地震。武汉最先把会展中心、洪山体育馆、武汉客厅三个地方辟作方舱医院，又把湖北省委党校宿舍楼改成方舱医院，随后，更多的方舱医院推出，许多高校宿舍也被征用了，扩张了多家医院和定点医疗点，增开病房，力争做到收治所有感染者，截断传播源。湖北各市感染人数也急剧增加，中央又决定19个省对口支援武汉以外的地市，采取一省或两省包一市的援助措施，分赴各市的医生护士又在路上……

“二月。墨水足够用来痛哭！/大放悲声抒写二月，/一直到轰响的泥泞，/燃起黑色的春天。”这首帕斯捷尔纳克写二月的诗正是此刻我内心的写照。

让人感到欣慰的是，我们的国家强大了，人民团结，爱国热情和民族凝聚力空前高涨，人们的使命感从没有像现在这么强烈。各级政府和社会力量在灾难面前被迅速激发调动，行动之迅速，上下之同心，官民之一致，爆发出了惊人的力量。中央一声令下，地不分南北，人不分老幼，全体都行动起来了，以小时为计，就把最高决策和部署贯彻落实到中国社会的最基层。国家应急应变能力之强大，尤其中国体制优势在危机面前表现得如此淋漓尽致，足以形成强大的震撼与震慑力。这是民族的力量和希望，也是中国崛起最重要的保证。

痛定思痛，我们把焦点回放到疫情最初出现的“华南海鲜批发市场”，聚焦到可疑的野生动物竹鼠、獾、穿山甲、蝙蝠、果子狸等动物身上，我们有非常多的地方需要反思，小到生活方式，大到文明的本质，我们的世界观、价值观、社会发展方式，人与自然、人与动植物的关系等等，都要好好思索了。在我们眼里，除人之外的动物全都是餐桌上的一道菜，它们全都失去了生命的价值和尊严。人类把威胁自身生命的动物从地球上赶尽杀绝后，也不肯放过弱小的动物，抓捕它们只为了一饱口福。如果原始人茹毛饮血为了果腹尚且可以理解，那时人数少，并不能造成物种的灭亡，今天我们拥有了摧毁一切捕获一切的巨大能力，早已解决了温饱和生存问题，但我们仍然大开杀戒。一个地球已经无法满足我们各种各样的欲望了。可惜的是，地球只有一个，这也是人类的宿命。人类对地球造成的不可逆的破坏和损毁，已经对人类自身生存造成了危机，甚至是灾难。

非典、新冠肺炎触及一个微生物的世界。这是我们主动打开的潘多拉魔盒。如果我们抱持对生命的尊重，追求健康的生活，这些灾难本可避免。细菌、病毒不管我们喜不喜欢，它们始终都会与我们在一起，我们消灭不了，也不能消灭。它们构成了人类与瘟疫抗争的历史。从公元6世纪中东开始的鼠疫，14世纪的“黑死病”，万历年间中国北方的腺鼠疫，19世纪末的鼠疫，大鼠疫就有10次之多。大霍乱有7次，都在近200年间发生。新近的瘟疫有26年前印度的鼠疫事件，17年前中国的非典，6年前西非的埃博拉，今天的新冠肺炎。不是亲身经历我们无以体会。酷烈者每天死亡人数达万人，总数近亿，持续时间最长的有300年，往往都是全球流行。人类只是幸运地躲过了一场又一场灾难，延续了生命。但我们绝不可以忘记这样惨痛的历史！

在生化武器面前，人类到底有多少理性可言？人类也许从没有像现在这么野蛮却还自诩为最高文明！我们可以思考病毒对于这个星球的意义吗？如果人类的生活没有顾及其他生物，只一味按照自己的逻辑去拥抱更加光怪陆离的新生活，以我们善忘的本性，我们如何看护好这个美丽星球？

不可回避的是，病毒是人类自身生命的源头，它还将深刻影响并塑造人类的文明。

（原载《当代作家评论》公众号）

严重的时刻——记王烁

□王威廉

我在他的办公桌上看到了一个手掌大小的透明塑料牌，在他的照片下边写着一行典雅的楷体字："修身洁行，言必由绳墨。"

他的办公桌和我的一样有些凌乱，他的侧桌上还放着两件没有拆开包装袋的白衬衣，那是和应急服搭配穿的内衣，他只穿走了应急衣，跟其他那些顽劣的男孩子一样，惧怕穿雪白的衬衣，太不耐脏了。

正因为如此，他自己选的那句座右铭像一道闪电，让我仿佛有一瞬间能够窥见他的内心世界。让一个人和其他的人区别开来的，便是他的内心世界，而不是或整齐或凌乱的桌面。只有当我们触及另一个人的内心世界之际，我们才可以谈论所谓的人生。

我凝视着这个他日复一日注视着的塑料牌，我在凝视中试图超越时间的界限，感受到他的凝视，从而得以和他对视。他的那张照片，如此普通：红色的背景，红色的带着白色斜纹的领带，白衬衣。这是一张典型的证件照。他是如此年轻，紧闭的嘴角，收紧的两腮，像身边的年轻人一样，憋着一股子劲儿，想干一些比自己曾经预想过的更大的事儿。在照片的右侧，写着他的名字：王烁。

很遗憾，说遗憾可能不妥，是很残酷，我第一次听说他的名字的时候，就是他的死讯。在每天必看的疫情新闻里边，看到了他的名字。新闻里边专门提到了他的年龄，36岁，生于1984年，比我还小两岁。作为同代人，那种神秘的频率，犹如电击。再细读他的事迹，原来他是广东支援湖北荆州的医护人员。任务已经基本完成，马上就要返回广州了。那天晚上，他吃完晚饭，稍微休息了一会儿，就和同事起身，向下一个小区走去，继续去查看疫情防控的情况。晚上有晚上的新情况，是白天发现不了的。他们边走边聊，在这个新冠病毒肆虐的时期，路上安静得吓人，几乎没有什么人影，更别说车了。可突然，一个喝醉的司机，驾驶着一辆面包车，从他们后边开了过来，在那一瞬间，什么都来不及了，汽车在夜色中撞倒了他。他被以最快的速度送到医院急救，但他再也没能醒来。他的那个丰富的内心世界，对这个世界关闭了，再也不能进入，只有他已经展示出来的部分。

很快，身边的朋友们就开始谈论起他，他的年轻，他的付出，他的命运，以及他的悲壮。悲壮有很多种，比如在这场疫情中，有很多医护人员在救治病人的过程中，被病毒感染，甚至死亡，这是毋庸置疑的悲壮，是值得我们刻骨铭心记忆和纪念的悲壮。但他的悲壮与他们的稍稍不同：他在拯救了很多人的生命之后，刚刚确认过自己的生命价值，可就在这样的时刻，他的生命竟然被一场突如其来的车祸给夺走了，这其中的偶然与无常不禁令人大为悲恸。他一定无法接受这样的结局，因为他还想为人们做更多的事情，还能为人们做更多的事，这样的结局不在他斗争的范围之内。他在这段时间里边一定认为，自己的敌人只有那看不见的细微病毒，在空气中弥漫，伺机进入某一个人的呼吸，然后感染他的肺泡，以及各种能够侵占和杀伤的脏器。他凝聚起全部的生命能量，还有自己求学求知的所得，在看不见的幽灵和一刻也不能停歇的呼吸之间，努力建构着屏障，而实际上，这道屏障对于我们这些普通人来说，也是看不见的。

他过世的这天是2020年3月13日。在差不多一个月前，准确地说，是2020年2月18日凌晨1点47分，他发布了他朋友圈里的最后一条信息："云水入荆湘，古来鱼鸟乡。新冠毒，很嚣张，荆楚大地尽肆虐。精兵猛将出南粤，不查真相终不还！"有些诗的格式，有些诗的韵味，但更多的，是他的一种激情。在非常个人化的朋友圈发布这样的信息，不是在什么公开场合高谈阔论，这一定是非常真诚的，是不须伪饰的。在这么深的夜，一个瘟疫蔓延的寒冷凌晨，他刚刚抵达湖北荆州，发布这样一条信息，与其说给朋友圈的朋友们看，还不如说是给自己看的。这就像是自己给自己打气，也许，那一刻，他的心间还弥漫过恐怖的气息。他有深爱的妻子，他有两个可爱的孩子，女儿五岁，儿子三岁，他会因为牵挂而忌惮，他在这个荒寒的前景未明的时刻，必须给自己打气。因为，他来到这里，是自己的主动选择，没有任何人逼迫他，他觉得自己应该来尽一点自己的有限力量。而正因为如此，他必须证明自己的选择。这个选择不是判断题，没有对或错这样截然分明的选项，他需要证明的是自己选择背后的生而为人的价值观念。

于是，我们才能理解，为什么他到达荆州之后，再也没有发过一个朋友圈。他不需要作秀，他甚至无暇去记录，他打定主意，完完全全来真格的。他知道生命意味着什么。他每天都在路上，已经忙到了身体的极限。他一大早起床，匆匆洗漱吃点早餐后，八点多就出门，经过一个上午的调查研究，中午急匆匆吃完饭，立刻就得撰写调查报告。写完后，不可能午休，得立刻奔赴新的地方，调查新的情况，弥补新的漏洞。跑到哪里，就在哪里吃饭，席地而坐吃份盒饭再起身干活，对他和队友来说是不值一提的平常事。直到晚上十点多他和他们才回到住地，依然不能马上休息，还得加班写调查报告。

这是可怕的新冠病毒，越是及时地汇总情况，才越能产生有效的防控策略和扎实行动。所以，能多提前一小时，半小时，一刻钟，也许就能挽救远不止一个人的生命。这样的时间换算法，会让人承担多大的精神压力，我想包括我在内的大部分人是无法想象的。他和队友在不到一个月的时间内就跑遍了荆州市的两个区和六个县（含县级市），足迹遍布各级疾控机构、定点医院、发热门诊、集中隔离点以及广大社区、农村，不仅追击病毒的踪迹，还迅速摸清荆州疫情的防控情况，先后向各级指挥部发出报告10份、工作指引和技术方案19份、疫情分析简报22份、疫情信息快报32期、整改建议53条，为防控疫情工作提供了翔实稳妥的科学依据。光是这些数据就能让我们直观地感受到他和他们的巨大工作量，还不论这其中所面临的困难与危险。

他的工作不像方舱医院或重症病房的医生，直接面对那些已经被感染的病人；他得实地调查，综合线索，像侦探那样分析纷乱表象下的真相。他究竟在调查什么呢？城市里的花园小区有完善的保安管理机制，防疫机制也就能很好地建立起来。但是，从空间上来看，城郊有多少没有小区和保安的单体楼，城市以外的广袤乡野，还有多少没法进行网格化严密防控的空白地带？那样的空白地带就需要他这样的人去摸查清楚。他们主动去感染风险最高的地方，对确诊者、疑似者和密切接触者，要一个接一个地进行面对面的访问和调查，从而追查到传染的源头及其路径。也只有这样，才能做到更接近全面的防控。

在他生命的最后时刻，那个和他并排行走聊天的战友——李旭东医生，在车祸中劫后余生，肯定在很长一段时间里不敢仔细去回忆和他的点点滴滴，因为在病毒阴影下的天天合作，那是过命之交，更何况又一同经历了那场可怕的车祸。与其说那是车祸，不如说那是死亡借助偶然性的一次直接现身，因此，李旭东医生的生命里边必然嵌合了他的生命。

“王烁总是冲在最前边。”李医生在接受采访时说道，“但他又特别细心，有一次，我们准备走进发热病人隔离点时，他叫住我，把我的防护服从头到脚、认认真真地检查一遍，才放心。”

这番描述让我们可以想象出他的样子，让我们感受到他的气息，仿佛他就站在我们面前，关切地观望着我们。他冲在最前边，带着年轻人的激情，带着初生牛犊不怕虎的勇气，激情与勇气，是一个人生命力的最好体现。但我还想说的是，光有激情和勇气是不够的，还有他的善良。他的善良让他本能地想要保护好身边的每一个人，他的善良不允许自己视线所及之处看到任何瑕疵。

“修身洁行，言必由绳墨。”这句话势必像刻在石碑一般，刻在他的心上。王安石的这句话讲的是人要完善自己的内在道德，要控制好自己的一言一行，符合道德的准则；但这其中并没有讲人必须冲在最前方，要把他人的生命看得比自己的生命更重要。当然，为了他人无私奉献，是道德修炼所渴求的最高境界，但这已经超越了道德的绳墨，任何时代、任何文化的道德都无法真的这样去要求人。但是，在任何时代、任何文化中总有这样的人，他们在危险的时刻从人群中脱颖而出，冒着死亡的风险也要拯救他人。

他和他们一样，或者说，他就是他们中的一员。在危险来临之际，他并没有思虑过多：让自己在事情中多付出一些，多往前站一步，那几乎是一种本能。就像他和队友每次去做流行病调查时，他都兼职做司机。在紧张忙碌的调查工作之后，别人还可以在车上稍稍休息一下，他却一直提着劲，竭尽自己的全力。队友们看不过去了，要跟他换着开车，但他总是坚持，实在被要求得厉害了，他就说："我比较年轻，你们赶紧休息。"年轻，多好的说法。可我这个他的同代人，总忘记他是个年轻人，因为我想，我们已经不再那么年轻了。年轻，只是个相对的概念，年轻不会让人天然就具备一种美德，青春而兼具美德，是一种奇怪的幻觉。在他的身上，年轻是他善良的一种绝佳掩护，也是他对自己的期待：还年轻，还有无数的可能性在前方等待着自己。在他心底，在那些绳墨的背后，是他的善良的本能，是他依然怀揣的可能性——希望的一种别称。那他本性中的善良又是什么呢？那无疑是他对生命本身的无限热爱，以及他对生命的深度理解。

他工作的单位是广东省职业病防治院。如果你打开这个单位的主页，就可以看到在最醒目的位置上，放置文章的主题都是关于如何避免在极限工作环境中受到伤害的。比如低温作业对人的影响，高温作业对人的影响，放射性环境对人的影响，粉尘环境对人的影响……以及如何做好防护，等等。他所在的部门是职业卫生评价所，这个所组建于2003年8月，在电梯口贴着这样的简介："主要承担新建、改建、扩建、技术改造、技术引进建设项目（工业企业和放射诊疗装置）的职业病危害预评价、控制效果评价以及现状评价工作。科室以防控职业病、幸福劳动者为目标……"我们所能够想到的职业病，除了久坐办公室产生的颈椎腰椎问题，大概就是对一些烟雾弥漫的煤矿业的想象了。可实际上，环境危险的工作太多太多了，有太多的人不得不日复一日面临那样的危险环境。对他们最好的关爱就是最大限度上降低环境的隐患，让他们和其他人一样，能够安全而又尊严地从事工作。那么，他就是他们这个群体的医生。

我们恐怕还不了解一个概念，那就是"群体医学"。我们生病，去医院找医生看病，这属于"个体医学"的范畴，医生的医疗方案都是针对每个看病的患者做出的。但"群体医学"是研究疾病在人群中如何发生的。这不仅仅是关于类似新冠病毒、流感病毒等等这种流行病在人群中的感染研究，按照标准的说法，这是一门研究人群健康状态、疾病分布及其决定因素，并应用研究结果以控制健康问题的学科。因此，它的覆盖面是极为广泛的，它面对的问题也是非常复杂和多样的。他从广东药学院硕士毕业后，来到职业卫生评价所工作已经接近十年。在这十年当中，他将自己所学：流行病与卫生统计学，完全转为所用。他在平时工作中跟在荆州市一样，总是抢先报名去那些最危险的地方。

80米高的石油化工厂平台，40米深的漆黑的铀矿井，大剂量辐射的核电站维修现场，他都去过。他的同事们告诉我，这些地方都是他抢着要去的，不是他喜欢冒险，只是因为他不想让别人去那么艰苦的地方。因而他率先挑选那些地方，别人就不用去了。这就是他对人们的隐秘热爱，他不张扬，在沉默中将心中的善良发挥到最大值。这已经构成了他的令人肃然起敬的生命情怀。

他冒着危险，在调查过后，写了大量的调查情况和方案建议，至今在他的办公桌上还能看到其中的一部分。2019年的时候他又主动援藏，他去后产生了强烈的高原反应，但也没能让他放弃，他坚持到了最后，将工作做到了最好。因此，只要他服务过的企业或机构，再遇到问题都会指定找他。他的每一个同事，几乎都会提及他的这种坚韧。他的老领导，职业卫生评价所副所长苏世标说："接到王烁噩耗的电话，我全身发软……对工人安危构成威胁的漏洞往往出现在工作环境中最隐蔽的地方。为了发现这些漏洞，保护工人安全，王烁总是冒着风险进入一般人不敢进的区域，从不打怵。"我又想起了他的高贵的生命情怀，我觉得他的职业和他的性情在互相塑造。这是最适合他的职业，这个职业可以将他的情怀真正落到实处，而他的情怀则能让这个职业充满人性的光泽。

但是，这都不代表他是个严肃的人。一个善良的人，一个坚韧的人，一个好人，不代表他在生活中就是严肃的，甚至乏味的。我特别害怕给人们造成这样的印象，那将是最大的误解。在生活中，他就像是我们身边的朋友。他的朋友回忆他，他随和，爱笑，在聚会中搞活气氛。有次单位组织合唱活动，约好的钢琴师突然来不了，在大家一筹莫展之际，他忽然站起身来，不好意思地说："那我试试吧。"他坐在钢琴前，脸上一副临时客串的表情，可是当他按下琴键，音乐绵密入耳，大家这才知道他钢琴弹得那么好，而平时又隐藏得那么深。这就像是他对人类和世界的爱，也是隐藏得那么深，深得只能用行动本身去表示。

这样的人不可能只关心自己的专业，他还爱阅读，尤喜文史，经常跟朋友们聊新闻的时候，顺口说出历史上相似的事件，展开层层分析，让大家心服口服。同事们还记得他在演讲比赛中的表现，渊博的历史知识，配上精美的PPT展示，大家听得入了迷。他不仅可以安静阅读思考，也酷爱运动，做到了"文武双全"。网球、篮球、足球，这些大运动量的集体项目，他都爱玩。在足球场上，他对自己的定位是"万金油"，哪个位置有需要，他就去补缺，连守门员的位置都上过。他曾把自己的工作比作足球队里的"后腰”，他说：“我们在场上踢得越好，大家就越看不到我们，除非有险情发生。真希望永远当一个‘隐形人’。”他的谦逊，让他知道自己的限度，也更加知道如何克服这种限度，并在限度范围之内将事情做到最好。

这样的人，是有魅力的。身边有这样的人，是令人愉悦的。我是采访快结束的时候，才知道他的妻子就是他的同事。她被他吸引，他们走到了一起，有了一个幸福的家庭。试想，没有她同为医生的理解、包容和鼓励，他怎么能那样敞开自己去为更多的人全心投入和付出？出事的前一天晚上，队友们还看到他和家人在视频通话，他们其乐融融，等待着即将到来的团圆。在这里，衷心祝愿他的家人在今后的岁月里平安喜乐，他的存在成了永在，以另外一种形式陪伴着他们。

我在刚刚接触他的新闻时，我说，他的那个丰富的内心世界，对这个世界关闭了，再也不能进入，只有他已经展示出来的部分。我在深入了解他之后，想说的是，他留在这个世界上的已经展示出来的部分已经非常高贵了。作为一个人而言，他已经懂得并实践了生命的真谛。高贵，这个词对他来说是恰切的，在我心中酝酿许久，终于安放在他的面前，犹如一束放在他墓前的鲜花。他让我在沉默的夜色中想了好多，关于自我与他人，关于命运的必然性与偶然性，关于生命和死亡的哲学，在他身上凝聚在一起，仿佛是一种召唤。

新冠病毒仍在肆虐，我戴着口罩，走在广州的街头，看着那些熟悉的场景，不由深深地意识到他和我生活在同一座城市。那时，他是我的陌生人。也许，我们曾在地铁站里擦肩而过；也许，我们曾在电影院里同处一室；也许，我们曾在同一个大酒楼里拼桌吃饭……这些都是极为可能的，因为他所在的职业病防治院就在中山大学的东边，而那里也是我常常活动的区域。但那时，我不知道他的存在。而此刻，他以这样的方式显现，让我如此持久地凝视他，仿佛他并非那个想象中的陌生人，而是一个已然无比熟悉的身边挚友。从可能性的角度，他的生命远未完成，但是，就是这样，他离开了。他的笑，他的善良，他的幸福，甚至他的来不及收拾的凌乱桌面，他的还舍不得上身的雪白衬衣，都让人深切地怀念他，觉得他只是去了一个荒僻的地方做调查，总有一天，他还会回来的。我们还会看到他的笑，感受他的善良，看到他把行李放在脚边，换上办公桌下边摆放的拖鞋，坐在椅子上，深深吸口气，放松下疲劳到极致的身体。

我凝视着他的日常工作环境，时间流逝得越来越慢，仿佛凝滞了。这是一个怎样的时刻呢？我想，在这样一个时刻，是我们看到他的时刻，也是他在望着我们的时刻，这是一个严重的时刻。他望着我们，我们必须面对生命的种种追问，我们也必须在种种极端的处境下，再次思索生命的价值和意义，并感受周围那些善良的心灵，爱他们，宽容他们，并努力回馈他们。

时间完全静止了。周围寂静，犹如大雪覆盖了万物。他望着我们，我们与他对望，我们看到他在这个世界上如此用力地生活过，照亮了这样一个严重的时刻。

我们终究会走出这寂静，来到喧闹的街头，但是，我们与他如此深切对望之后，便会永远地铭记他，铭记这个严重的时刻，直至他成为我们的一部分。

护士手记：疫情笼罩下的大年

□张红霞

中国的大年三十，本是张灯结彩的一天。往年的这一天，我都会去市场买三两枝银柳，加上几枝百合花，或玫瑰，或美人蕉花，以及星星花，随心意地插在半透明的玻璃花瓶上，放在客厅的一侧，看花开时花香四溢，人的心情变得喜悦。可是，今年这个年呀，我的心情被一场突如其来的疫情弄得七零八碎了，新型冠状病毒无情地肆虐武汉，并开始向全国各地乃至世界潜伏和蔓延……

2020年1月20日，我们医院紧急召开了关于布置新型冠状病毒感染肺炎诊疗防控的工作，一边是医护人员为打赢这场没有硝烟的战争紧锣密鼓地筹备，另一边是春节的到来。

1月24日这一天，是我们接到疫情通告后的第三天，我观察到的民众生活情景：广州的大街小巷、社区中心看上去依然是一片祥和的景象，但我心中感到萧条，显然这是一个医护工作者对疫情的担忧，我们比一般民众更清楚它的严峻性。然而，人们依然像往常那样，没有太多的区别，市场旁街道边熟食店的门口，人们一个挨着一个排队挑选烧肉、烧鹅、白切鸡等，不亦乐乎。忽然，一个中年男子插队，引起店小二的不满，他们吵了起来，店小二为了维持秩序训斥了那个中年男子。一排长长的队伍中只有那么一两个人戴着口罩，队伍中大多为老年人。

事实上，人们对新冠肺炎的预防意识与我们家前天的情况颇为相像。那天上班前我命令孩子“不要出门”，结果他还是偷偷溜出去玩了，只是回来得比我下班早，我没有发现，后来他自暴行踪我才知道的。丈夫进去公共场所时并没有听我的嘱咐“戴口罩”，还声称“春节回老家吃团圆饭”，我对他说：“不要回去了，家里这么多人，你天天上班，而我又在医院工作，这个时候是别人怕你呢。”但他觉得难为情，家这么近，过年不回去陪父母、兄弟和妹妹吃顿团圆饭感到不近人情，后来，我用了一个“锦囊妙计”，老家的人就自动取消了三姑六婆的大聚会，这回他可安心了。

我耐心地给他们传播信息和做思想工作，老年人的免疫力相对低下，更容易被感染，这是非常危险的。这次疫情中在研究的425例病例，有一半以上是60岁以上的人。

此时此刻，新型冠状病毒感染性肺炎的威胁性，大多数的民众还不曾有所警惕，我感到非常震惊和不妙。

使命感

或许，由于工作性质使然，心里自然而然产生一种使命感，广州社区、街道的那片祥和景象，我看在眼里，急在心里。我意识到在传染病面前预防知识的重要性，意识到抗击疫情不能只局限在医院范围内，更不能只靠前线的医务人员。

作为一名平凡护士，作为中山大学附属第一医院的一分子，17年前有过抗击非典的经历，还有20多年临床护理经验的我，被广州大年之日的平静气氛惊醒了。

应对传染病，知情与预防知识同等重要，而做好预防感染的主要措施是健康知识的传播，需要这些健康知识的人不再只是自己平常工作中有限几十或几百名的服务对象，而是为更加广阔的群体。我要为他们提供力所能及的疫情信息和健康知识，让人们知道当前疫情控制的严峻性，以及预防它、击败它的有效措施。

于是，我宣传有关预防感染新型肺炎的知识，从朋友圈到力所能及的家庭、社区。以往，在这些微信群里，自己极少发声，如今看到他们的聊天，依然是家里的小狗、花市等日常生活的琐事，安静的微信群依然保持着平日的惯性，不能再犹豫了——我打破了寂静，把武汉疫情的“温馨提示”“警告”“防控措施”“新型冠状病毒感染肺炎——公众防护指南”等发到大大小小的群里，一次、两次、三次，看到他们从没有反应到主动谈起了疫情与口罩，谈起洗手与“宅”在家里，谈起自我隔离……

——“国难当头，匹夫有责”。用在此时，再合适不过。

在这场战役中，产生这种使命感的人不仅仅是千千万万医务人员，还有警察、解放军、社区服务者、火神山和雷神山医院建设者、志愿者、环卫工人、作家等等，他们用不同的方式，默默支持着中国·武汉。非常时期，我愿意把这些记录下来，我对这个国度，对这个世界怀有深沉如海的珍爱和痛惜。

除夕连夜出征

面对来势汹汹的新型冠状病毒感染肺炎疫情，你是怎样应对的呢？

医院的反应是高度重视，快速、积极地应对，毫不夸张，同事们还真有着“红军不怕远征难，万水千山只等闲”的豪情。医院的第一、二把手在亲自布置疫情的防控工作，还亲临发热门诊、隔离病房查看，时刻鼓励大家：团结一致，抗击疫情。

1月24日，也是大年三十，本是万家灯火齐明、欢声笑语共享团圆的日子,医院接到国家卫生健康委关于组派医疗队援助湖北应对新型冠状病毒感染肺炎疫情的函和广东省卫建委紧急召集通知后，立即组织医疗、护理、检验等医务人员报名，同时紧急调配物资，准备带往前线。

发动报名的通知一经发出，各条战线医务人员纷纷报名，主动请缨上前线。

根据疫情的需要，从众多的报名人员中，我们医院遴选出20人，他们分别是来自重症医学科、呼吸内科、医院感染科、医学检验科的医生和护士。

接到任务的各大三甲医院与我们医院一样，立即组织并发动广大医护人员报名，广东省第一批135人的援助医疗队就这样在1小时内迅速集齐，他们整装待命，随时准备出发。除夕连夜出征，21:00，医疗队奔赴机场；23:00，医疗队出发奔赴湖北。

“祝大家过个祥和的春节，俺要去武汉了！”

“时间紧，我去买纸尿裤了。”

……

作为此次珠江医院医疗队医师组长，ICU副主任王华在临走前，给家里的微信群发了这样的信息，他希望制造轻松的家庭气氛，不想让家人太担心。王华还说：“82岁的母亲特意给我包了1000块钱的红包，递给我时说，给你保平安。”

这一批队员中相当一部分出生于20世纪90年代。是的，“90后医生、护士”已横空出世了，第一批90后已经30岁。长江后浪推前浪，一代又一代医务工作者就这样举着“救死扶伤”的旗帜向前行。疫情当前，人们在他们的背后写上“英雄”“白衣天使”。

“哪有什么白衣天使，不过是一群孩子换了一身衣服，学着前辈的样子，治病救人、和死神抢人罢了……”最近几天，这样一段话，感动了无数人，我看着更是泣不成声……

医生、护士也是有血有肉之躯，他们情感丰富，也会害怕，没有防护衣的时候，他们就穿上纸尿裤作战。哪有什么英雄，在这个特殊的时期，这个群体被冠以英雄之名。

（原载《广东文坛》总333期）

灾难中的阅读社日

□林渊液

不是一场特意举办的活动，所谓的活动，是自带秩序感和惯例的。在灾难中，历经了惊慌、无助、悲伤、愤怒等等超常情绪，根本没有举办活动的心思，可是，立春这一天我们真的过了阅读社日。这是一个意外。

原本这一天也是有阅读社日活动的，大寒那天大家便筹备了，连沐澜园茶舍的场地都已预留。可是，新型冠状病毒肺炎来了，必须自我隔离了。正月初一晚上，我们心里都明白，确凿地明白，聚集性的活动是不行的。可是，大家都珍惜这次机会，有人提议，改为线上活动吧。可是，我发现，除了疫情，我对其他事情的关注度极低，近乎行尸走肉，对任何话题我都失去了兴趣，脑子里一片空茫。

这个大年夜过得极其艰难。我们在妈妈家吃年夜饭，肺炎的风声鹤唳暂时屏蔽了，可是，我先生很快接到通知，取消春节休假回单位上班。连小酒也喝不成了，不祥的气息顿时弥漫。饭后我们匆匆赶回了市里。然后，这一整个夜晚，几乎泡在新冠肺炎的信息里。临近午夜，更多更重口的信息纷纷在眼前炸开：一线医护人员物资不足、病人床位不足……我们的惯性认知是，我们的物质是无比丰盈的，而物资供应，它必须是有优先序列的吧。这个决口背后的危机，已然冒犯了我们的惯常思维。每个人看到这种信息都会有焦虑的，可是，我因多年前在医院里当过临床医生，我的焦虑会是常人十倍以上。既往经验和关联常识纷至沓来，它们全部幻化为具体的细节和瞬间。我几近崩溃，肆意大哭。病人来了，没有防护服和口罩，医生是等不得的，所有的一线医生都练就了健步如飞的本领，病人来了就上，这是职业本能，他们没有时间斟酌个人安危。病毒浓度那么高，他不在这里感染也会在那里感染。而且，这根本还不只是个人问题。医生如果接触后立刻病了，那么好，警示意义一下子彰显，问题可以解决了。可是，他没有像我所假设的那样立刻病倒，还像正常人一般，这就更可怕了，这将带来一个复杂的感染网。还有，那些住不了院的病人怎么办？医院的通道和空间全部塞满了人和担架，医生护士连走路都需要避让，一些护士往返穿梭为病人检测，另一些护士配药的手一刻也没有停，医生刚过来开医嘱尚未坐下，又被另外的病人叫过去急救。外面的风有多么冷，而医院内，既闷又热，呻吟声、哭喊声、求救声、监测仪的报警声……我被幻觉置身在那个既熟悉又陌生的场景里，恐惧而又绝望。可是，我不敢把这种感觉声张出来，只好憋着。我怕这种带着个人情绪的戾气蔓延，更怕这种蔓延湮没了医务人员的一个个求助帖子。一夜无眠。

桑塔格说，每个降临世间的人都拥有双重公民身份，其一属于健康王国，另一则属于疾病王国。是的，我们只承认健康王国身份，而拒绝疾病王国身份。所有的人，都对瘟疫猝不及防，并心存侥幸。

我跟阅读社日的小伙伴们说，我们读书吧，读那些与瘟疫有关的书，阅读社日就聊这个话题。大家响应起来，开始推荐书目，一共30部（篇），并整理链接地址。谢谢他们帮我振作起来，那时，我的注意力涣散，基本没有思考能力，主题叫什么？小伙伴问了我好几次才定下神来，就叫“瘟疫与文学书写”吧。

正月初一到立春，刚好整整十天。这十天，比之前的十年所给予我们的还要丰厚。疫情持续蔓延，一座城、一个省，竟至于一个国家的领土，甚至溢出国境。薄伽丘以14世纪黑死病瘟疫为背景写下《十日谈》，而无助的我们，进行了十日读。

这十天中，大家的阅读是私人化的，却也时有交流碰撞。陈灵心是古代文学方向的博士生，却拥有一颗现代的心。大家都扎堆读现当代，她带来的古代视野，便有了史的品质。一开始，触发她感慨的是《俄狄浦斯王》，按照神的指示，为平息忒拜国内流行的瘟疫，俄狄浦斯必须去寻找杀害前王的凶手，结果发现要找的凶手正是自己。古希腊神话与悲剧中，瘟疫叙事是很密集的，包括潘多拉魔盒打开之后，被释放出来的东西就包括瘟疫。一场大型瘟疫，对一个城邦，一个王朝甚至整个大陆的政治经济文化形态的影响都是巨大的，黑死病对中世纪欧洲的影响便是最好例证。所以，谈瘟疫一定要谈历史，不能割裂了。西方有书写瘟疫的文学传统，但中国很少。大家当初在推荐书目时就发现，《世说新语》《聊斋志异》《夷坚志》《阅微草堂笔记》涉及瘟疫的文字以及曹植的《说疫气》都非常简短，甚至可说是简陋。从古代到现代再到当代，甚少有文学作品是围绕某种灾难而写的，已有的少量作品，与《鼠疫》《魔山》《失明症漫记》《霍乱时代的爱情》等西方文学作品比较起来，也是差强人意。我们的哲学对灾难的理解向来是被动的。传统观念说，生死有命，富贵在天，未知生，焉知死。儒家对生死对宿命的理解是悬置的。反观当下，我倒是觉得，在这次新型冠状病毒肺炎流行期间，看到了作者和读者的共同成长，自媒体中人性叙事的朴素文字得到了读者的珍视，而反省文字也促成了对某些失职当权者的追责。

十天过去之后，我们来到了直播室，过这个特殊的立春社日。在推荐书目中，《疾病的隐喻》和《鼠疫》这两本书，重读的人最多，颇有些碰撞。一抽象一具象，倒也相得益彰。其他分享的书目还有《疯癫与文明》《我的祖国不做梦》《云海玉弓缘》《白鹿原》《血疫》《世说新语》《阅微草堂笔记》等。

陈润庭是90后作家，他分享的是福柯的《疯癫与文明》，从一艘放逐疯癫的愚人船开始说起。在失去了对疾病浪漫化的认知之后，人类开始对病人采取隔离措施。放逐也是隔离的一种手段。这实则是出于人对疾病的恐惧：常人见病人的痛苦，从而生出对生之苦痛的恐惧；见到因病而亡的死人，出于生命本能的死亡恐惧。隔离一定程度稀释了这种恐惧。前现代的人们面对流行病，药石失灵，于是求诸宗教。现代医学背靠科学，在治病救人的同时，也以理性的魔法祛除人心的恐惧。陈润庭列举的文本竟然是《白鹿原》。这本小说的涵盖面太广，以至于我们都忘了，它也涉及过瘟疫。《白鹿原》中那场瘟疫的原型，即是1932年夺走十几万人的关中瘟疫。在小说里，“虎列拉”（霍乱）横行，众人束手无策，白嘉轩的妻子仙草也死于疫中。就连一向冷静的医生冷先生，也开始乞灵于神。冷先生所代表的，是白鹿原上最高的医学水平。与此同时，以田小娥鬼魂为代表的“怪力乱神”便在原上出现。瘟疫让人人自危的同时，白鹿原也开始走向礼崩乐坏。从这个角度讲，白鹿原上的瘟疫，也是一种疾病的隐喻。

郑智杰是“90后”诗人，他觉得在新型冠状肺炎肆虐期间，躲在家里重读《鼠疫》等著作，会有一种异乎寻常的感受。一场流行病的突然暴发，会折射出整个社会的一系列荒诞性。这是一部象征性的小说，描写的是一场鼠疫暴发的全过程，但是加缪对这场瘟疫的描写具有惊人的准确性，一种“现实的厚度”，以至于我们可能会禁不住把它当成一部纪实性作品来读，《鼠疫》中写到的种种社会现象，对于我们来说，肯定都不会觉得陌生。但《鼠疫》又是一部充满寓言性和象征性的作品，指涉了人的一种荒诞的生存困境，并以其反抗姿态，超越了现实政治层面，从而进入一种存在论的维度。因此，《鼠疫》的哲理价值也是明显的，它是加缪关于人类该如何对待荒诞世界的哲理的发展与突破。

陈凯迪是当代文学方向的硕士生。她重读《鼠疫》，觉得颇为贴合近日的心境——流放感与禁锢。陈凯迪还分享了韩松的科幻小说《我的祖国不做梦》。《鼠疫》的开篇引用笛福的话：“用别样的监禁生活再现某种监禁生活，与用不存在的事表现真事同等合理。”其寓意在于用虚构的纪事来书写真实的历史，而韩松的《我的祖国不做梦》恰恰也是用科幻小说的外衣来书写当下的现实，即使在当下现实已足够魔幻。她所担心的是，这样的“文学黑话”并不是一种健康的文学书写，不能长此以往。

我也在这段时间重读《鼠疫》，年轻时想必是没有读懂，这一次阅读体验是全新的。《鼠疫》写得非常干硬，是一种编年的哲学叙事。阅读这本书是有一定门槛的，或者是中年心境，或者是具有一定的哲学规训。加缪的语言，抽象却精准无比，貌似冷酷却暗蕴风暴。

“在这段时间，他在某种程度上一直把他的妻子抛在脑后，从而一心一意地在造成他们夫妻咫尺天涯围墙上寻找缺口。也是在这一刻，一旦所有的道路都被堵死，他又在欲念的中心把妻子重新找回来，而且突然感到撕裂的痛楚……”

这些关涉个人情感的表达，在小说中碎金遍地。如果仅仅是这样，还构不成一部文学作品的伟大。作为男一号的里厄，不受宗教束缚，不受道德绑架，自始至终体现着伟大的人道主义精神，其个体精神十分强大。仅此，却也还是不够的。我可能会把其归为类型文学，也就是灾难文学，可是，显然《鼠疫》并不止步于此。塔鲁才是小说至关重要的人物。塔鲁坦言自己就是一个“鼠疫”患者。十七岁那年，是他生命价值的极大转折。他去看检察长父亲审判一个罪犯死刑，死刑犯已被吓得不成人形，而那些像毒蛇一样依然从父亲嘴里蹿出来的审判词，让他备受刺激，他无法认同这样卑鄙地处死别人。他觉得死刑之所以可怕，就是因为它是一种合法的谋杀，就如鼠疫患者一样在人群中传播而不自知。每个人都有谋杀他人之恶，这也是鼠疫的重要隐喻。这让我想起了黑塞的《纳尔齐斯与歌尔德蒙》，我曾经在一篇文章《野蛮的黄金》中写过这一段：“他（歌尔德蒙）在黑死病瘟疫蔓延时，与情人莱娜在森林里搭起铺盖过日子，当莱娜受性侵时，他在徒手举起暴徒摔死的一刹那，看到了莱娜一种很特别的眼神，由恐惧而惊喜，而骄傲，而胜利，夹杂着复仇和凶杀的狂热快意，这个美丽而又可怕的眼神，也成了他对人性的伟大理解。”

在阅读社日的分享中，大家提到的最高频的词就是无力感。陈凯迪认为，个体虽然获得了一种随机的“暂时安全”，但无可想象的是哪一次灾难来临，对于个体都是百分之百的毁害。另一种无力来自文学学科的焦虑，文学的无力在于它的“滞后性”，它在灾难发生时无能为力，甚至被嘲笑。而伟大的文学在“滞后的书写”中却能预言下一次灾难，这应是差可告慰。

《鼠疫》全书的最后一段是这么写的：

“据医书所载，鼠疫杆菌永远不会死绝，也不会消失，它们能在家具、衣被中存活几十年。在房间、地窖、旅行箱、手帕和废纸里耐心等待。也许有一天，鼠疫会再度唤醒它的鼠群，让它们葬身于某座幸福的城市，使人们再罹祸患，重新吸取教训。”

这是多么令人绝望的循环往复，它与晦暗的人性几乎相互表里。我却是在这个时候推开了小说，同时推开了弥漫在我周身的灾难哲学。它使我从一时一事一生一世之中挣脱出来，生命的时间价值似乎获得超越之维。每个人获得救赎之途不尽相同，但是，至少这些人一直在路上。

阅读分享结束时，我们在各自的处所，起立，默哀，为刚刚过世的文学评论家乔治·斯坦纳，为在瘟疫中捐躯、罹难的医务人员、志愿者和民众。立春了，疫情还在继续，世界还在继续，人性还在继续，寻求救赎之途也还在继续。

（原载2020年2月6日《文学报》公众号）

闹春

□燕茈

一

大年三十，冷空气突然来袭，有雨落下来。

婆婆递给我一把草药，其中包括长命草、柚子叶、树茅根、柏树叶。客家人有这个风俗：除夕夜要用“长命水”洗澡，洗去晦气，洗去风邪，寓意身体健康，平安吉祥。我煮了一大煲水，先舀一盘放在阳台晾着，待到温度刚刚好先给女儿小乖冲凉，然后给她换上红色裙子。我想在她头上绑个红色的蝴蝶结，她躲开，边用客家话说“唔好（不要）”边噔噔地跑到客厅，对我咧嘴笑。小乖只有十六个月大，还不会说话，走路很快，偶尔冒出几个单字的客家话，甚是可爱。

客厅里的花瓶插满剑兰、桂枝、百合……芳香扑鼻，小乖凑过头去像煞有介事地闻花香，再跑到阳台上认认真真研究那盘大棵的年橘，扯下贴在上面的利是封，倒出里面装着的硬币，捡进自己的针织小包包，估计是要存起来坐“摇摇车”用。我尾随着她，怕她摔跤，怕她磕着碰着。婆婆在桌子上摆好祭品，烧香，喊我们过来一起敬神，走到年橘旁将一心一意收集硬币的小乖抱了过来和我们一起：“我的小乖乖，我们一起敬神。”

我们齐刷刷在香案前站好，朝东南方鞠躬作揖，祈求平安吉祥。小乖觉得很好玩，有样学样，鞠躬、点头、作揖……动作标准，不时回过头来看着我们，笑得天真无邪。婆婆念念有词：“保佑我们全家平平安安，保佑小乖健康成长，保佑我们国家渡过难关。”

我也非常虔诚地祈祷，愿一切如婆婆所愿，愿天佑中华。

我不记得具体是从哪一天开始接触“新型冠状病毒”这个词的，当我开始意识到事情的严重性时，口罩已经缺货，酒精也买不到了。

可是，毕竟是春节啊，在我们中国人眼中，还有什么比春节更大的呢？所以该搞卫生的时候搞卫生，该办年货的时候办年货，该插花的时候插花……然后，祈求上苍保佑。无论我们多么努力营造一个喜气洋洋的氛围，这个年，到底是冷清的。

想起中午去买年货时，往年这个时候应该热热闹闹的花市变得冷冷清清。倒是听说郊区的一家小商店有许多人在排队，不明所以的我过去一探究竟，原来大家都在抢购鞭炮，因为传言火药粉有消毒杀菌作用，可以有效地阻止病毒入侵。我是个媒体工作者，见惯了社会上各种奇奇怪怪的“传说”，但是对这种哄抢的行为依然觉得有些匪夷所思。钟南山老先生以及众多的科学家都没有研制出特效药，火药粉能有什么效果？

专家们都说：“早发现早隔离，不要到人群密集的地方去。”这不变相地聚集，更不利于病毒的防控工作。可是他们又有什么错？这些人未必就是无知就相信传言，只是在这个关口，为了家里人的平安健康，宁可信其有，不可信其无。那些哄抢回来的鞭炮，包裹着他们对家人浓浓的关心与爱。越是理解，越是闹心，很多时候在疾病面前，再多的爱也无能为力。

二

大年初一，有几个往来比较密切的亲朋来家里串门。小乖拿着温度测量仪到处测试，她觉得好玩，像手枪一样，按一下，嘀一声。结果表哥被测出低烧，连续测了几次，结果一样。他非常尴尬，像个做错事的孩子，迅速逃离我们家。大家都明白，比春节更大的，是生命。

母亲打电话来说：“年初二不要带孩子回娘家了，小区禁止外人进出。要戴口罩，没事不要出门。”年前我和父母说起这个事情有多么严重，像非典一样可怕，比非典传播速度更快……他们觉得我危言耸听，不以为然。

“有国家在，怕什么？科学家很快就可以研究出特效药了。”

“话是这么说，但是我们总要给科学家一点时间对不对？在研究出特效药之前，我们先不要乱走动。”

“我们怎么不给科学家时间了？我们串门也没有串到科学家的家里去打扰他们搞科学研究……”有理说不清的我急得跳脚，为什么父母那么好的口才居然不遗传给我？如今他们终于重视起来了，看来我们的宣传工作有效果。

大部分小区都封了，不准外人到访。很多村道路也封了，取消同学会，取消走亲访友，取消酒宴……所有的传媒都在突出一个主题：要戴口罩，不要到人群密集的地方去！

世界仿佛被按下了静音模式，生活仿佛生了锈一般，日复一日地重复，重复着无所事事，甚至意识不到时间的流逝。无聊让人恐惧，但同时又是对我们的一种保护，想想那些在疾病中苦苦挣扎等待的人，这种无聊是一种多么难得的幸福。

河源暂时还没有确诊的病例，但是没有确诊不代表没有啊。朋友圈一会儿传来老家东源灯塔镇有疑似病例，一会儿传来紫金县有疑似病例，一会儿传来连平县有疑似病例……姓甚名谁，坐过什么车去过哪里遇见过谁，感染后又接触过谁……全部传得有板有眼。

好多人都问我："你在媒体上班，应该比较容易获得一手信息，这些到底是不是真的？河源有没有病例？"

"我们要相信国家，相信政府，相信党，没有官方发布的信息，最好不要信。"

"我信我们的国啊，可是我还是害怕，病毒又不长眼睛的，那些死去的患者曾经也是相信的啊。"

"不怕，钟南山老先生都叫我们不要怕了，大家齐心协力，就能战胜困难。"

就这样，安慰着他人也安慰着自己，可是空气中弥漫的全是不安的分子。

突然，家族群里传来叔婆去世的消息，已经走了很多天了，因为过年，大家都避讳谈论死，怕不吉利。

一个鲜活的生命在这个节骨眼上戛然而止，悲伤之余，一阵恐慌。

按照客家风俗，叔婆在弥留之际，我们这些亲属应该环绕床前为其送终。越多人送终亡人的福气越好。可是，叔婆是去世了很多天才被告知的。

丧礼在大年初四举行，说实话，我心里有许多担忧，估计很多亲朋也和我一样担忧。我鼓起勇气对婆婆说："爸出席就好，妈就不要去了吧？在家照顾小乖，奶奶不在家她会哭的。"

"我们很亲的，怎么可能不去？我们不去还有谁去？按照以前的风俗，我们每个人都要到场，要戴孝。"婆婆有些急。

我理解这份情，于是在包着礼金的白纸上恭恭敬敬写上"奠仪"二字，然后交给婆婆。在充满红色的节日里，这样的白显得有些触目惊心，心情沉重之极。

小乖要跟着去，抱着奶奶不撒手，仰头大哭，小手紧紧地抓住婆婆的衣服。婆婆非常宠小乖，捧在手里怕摔了，含在嘴里怕化了，从来不舍得拒绝她的任何要求，这次却戚戚然地将小乖的手指一个一个掰开。

听说叔婆的葬礼很简单，所有风俗基本都省略，去的人也很少，并且都戴着口罩，看不清悲伤。

听说一年前医生就给叔婆下了病危通知书，84岁的老人，也算是寿终正寝，和"新型冠状病毒"没有任何关系。

我松了一口气之余，心里更加难受，按照我们的风俗，80岁以上的老人去世不要悲伤，如此长寿是一种福气，生老病死是自然规律，大家应该戴红孝，丧事当喜事办，高高兴兴送其到天上去。可是84岁的叔婆离世与告别都是如此冷清。

三

在这样一个人人自危的特殊时期，人们热切地盼望通过新闻报道获得正确的、有价值的、可靠的信息，消除对外部环境认知的不确定性，消除因为各种不确定的信息所引起的内心恐惧感。

“当前虽然正值新春佳节，但疫情就是命令，防控就是责任。《河源晚报》始终坚守在新闻最前线，把最新的疫情通报、最权威的防治知识第一时间传递给大家。我们坚信，只要大家万众一心，没有翻不过的山；我们坚信，只要大家心手相牵，没有跨不过的坎！我们坚信，河源一定能打赢疫情防控阻击战！”我们的微信公众号发布这一信息后，所有人都收到了取消假期继续值班的通知。

新年第一天开工，婆婆特地早起，煮了红鸡蛋，客家话鸡蛋叫“春”，寓意“春春搽搽”，即顺顺利利之意，还有一碗红枣羹，红枣谐音红早，红字当头，也有吉祥如意之意。咀嚼完这饱含祝福的早餐，匆匆出门。厨房内传来一句：“注意安全，千万小心。”我的心里五味杂陈，到了我们这个年纪，上有老下有小，不敢不小心。

按照报社原本的工作安排，同事们轮流值班。有的同事刚值完班后驱车好几个小时回到老家准备喝口热茶时就收到办公室的加班通知：年初四全员上班。凳子没坐热立马返程，回到工作岗位。

有同事调侃：“感觉自己过了个假年。”

编辑部的绝大多数人都近视，戴眼镜后再戴口罩，鼻梁旁边的口罩缝隙哈出来的热气就要在眼镜上起雾，什么都看不清。这实在是让人难受。看着新闻上医护人员脸上被口罩勒出的印痕，鼻梁和脸颊都被勒得伤痕累累的画面，这点难受也变得不值一提。

工作群传来温馨提示：“去医院采访的同事一定要戴好口罩，做好自我防护措施。”

又一温馨提示：“口罩不要用完立马扔掉，可用酒精消毒了继续使用，非常时期，要节省着用。”

由于口罩缺货，办公室只好将储备的为数不多的口罩分发给有采访任务的同事。我们编辑部的人待在办公室的时间多，记者比我们更需要，所以我们要自己想办法。很多时候，我们真没有办法，药店的工作人员都说口罩酒精都优先配发到武汉去了，那里更需要。

我们将口罩用了以后不敢扔掉，放电饭锅里蒸上三五分钟消毒，拿到太阳底下晒干继续使用，中午时间不多，就用电吹风吹一会儿，自我安慰：有总比没有好，风吹过总比没吹过好。

有的同事没有口罩，素面朝天，惴惴不安，还是来到了办公室：“如果我们感染了，整个编辑部的人是不是都要隔离？”

有敬业的同事问：“如果我们被隔离了，报纸还出不出？”

哪里是一线？每一个地方都是可能发生病例的一线。我们，每一个人都被卷入一场没有硝烟的战争中，如履薄冰，如临深渊。此时此景，我特别想对总是挺身而出的新闻工作者们说声：“保重，千万千万。”

在1月28日之前，河源人最关心的问题是河源是不是安全，河源有没有病例。我们都想保护好自己，保护好家人，不要给国家添麻烦，不要给社会添麻烦。

只要还没有病例，我们这里就还是一片净土，就多了一层安全的堡垒。不管网上怎么传，我们依旧怀着美好的期待。

“至1月28日12时，全省累计报告新型冠状病毒感染的肺炎确诊病例207例。28日0—12时，全省新增确诊病例19例，其中河源市1例为首次报告……”收到这个信息的时候，已是当天傍晚的6点，天已经彻底黑了，我们将这个信息放到各个平台，再将链接分享出去，阅读量十分钟之内破万。这个事实，把我们美好的愿望击得粉碎。

我从小就是个胆小的人，总是不敢一个人出门，不敢看小木窗外的未知世界，总觉得会有什么非常恐怖的东西蛰伏在黑暗里。现在我也有这种感觉，陷入无边无际的恐慌之中，没有勇气看一眼黑魆魆的窗外。直到下班了，我也不敢一个人走，等齐了住在附近小区的同事一起壮壮胆。

回到家，小乖笑吟吟扑过来索抱抱。害怕自己身上沾满了细菌、病毒，我迅速躲开她。她满眼受伤的表情，眼泪大颗大颗滚落下来。

“宝宝乖，妈妈等下抱你哈。”安慰一句，不顾她的情绪就去冲凉。

她噔噔噔地追过来，一边敲门一边号啕大哭，还不会说话的她用非常标准的普通话哭喊着“妈妈，妈妈，阿妈妈啊……”心疼得就要融化。

四

婆婆是个非常勤劳的客家女人，晚饭后，收拾好厨房就戴上口罩提着袋垃圾走出去了。小乖见不到奶奶，翻箱倒柜到处找人，甚至钻到床底下去，叽叽喳喳用小儿国的语言喊半天，终于意识到奶奶不在家，然后放声大哭。

我随手从桌子上拿了个苹果递给她，小乖睫毛还挂着泪，脸上却已经笑开了。因为要值班，得将几个稿子编辑放到APP上去，我便在电脑前坐着，由着她自顾自地玩。

时间过去好久了，婆婆还没有回来。好生奇怪，就去楼下倒个垃圾怎么要那么久。回头看小乖，她居然把果盘里的每个苹果都咬了一口，顺便把橘子也拿来当玩具，满地都是橘子，每个橘子都被她用筷子戳了个洞。我看着满地狼藉既好气又好笑，平时给她买那么多玩具都不好好玩，总是喜欢自己找乐趣。

这时候婆婆刚好回来了，提着一大袋东西。看见小乖，惊呼："我的小乖乖啊……"跑过去，举起手来装作要揍人的样子。小乖什么时候被奶奶这样凶过，委屈地躲在我怀里哭。

"宝宝不哭，看看奶奶买了什么好吃的东西好不好呀？"我抱着孩子去翻婆婆的袋子，发现五盒双黄连口服液，婆婆说这是打电话拜托了好多姐妹才抢购到的。

昨天深夜，"中成药双黄连口服液可抑制新型冠状病毒"这条信息被网友刷屏，冲上了热搜。紧接着，大家以迅雷不及掩耳之势，将网店及周边药店的双黄连口服液抢购一空。婆婆因为要照顾小乖，只好电话拜托其他姐妹帮忙抢购。哎，我都不知道说什么好。有网友总结，这个春节过得真让人疯狂：初一抢口罩，初二抢米，初三抢酒精，初四抢护目镜，初五抢紫外线灯，初六抢手套，初七抢双黄连口服液……我清楚地知道，归根结底，大家想要抢的是平安健康。

电视上播放着各地白衣铁军启程，奔赴武汉抗疫一线的新闻，河源市首批10名援鄂抗疫护士也已整装待发……心里一紧，想起许许多多奔赴一线的军人、医护人员……还有许许多多为疫情防控贡献力量的人。疾病对每个人和国家来说，都是无法抗拒的痛苦。他们也是血肉之躯，也有父母子女，也怕染上毒疫，但他们因肩上的使命，穿着防护服在自己的岗位上执勤。就像人们说的那样："所谓的白衣天使，不过是一群孩子换上一身衣服，学着前辈的样子，和死神抢命……"一群群勇敢的人保护着我们的岁月静好，他们的家人又是怎样的担忧？

婆婆将地上的苹果、橘子一个一个捡了起来，分别挑了六个没有被小乖破坏得那么明显的苹果橘子放到香案前，烧香、烧元宝，然后鞠躬。小乖跟了过去，学着奶奶的样子，认真鞠躬作揖。

才想起，今天是叔婆的头七。我悄悄站在婆婆身后，一起行礼。

礼毕，问婆婆方向是不是搞反了？为什么这次我们朝着北方拜？

"没有，武汉不是在北方吗？只有他们平安了我们才不闹心，苍天啊……"

我默默不语，静静地看着烟雾缓缓飘向北方的夜空……

（原载《作品》2020年第4期）

方舱医院的“女诗人”

□唐德亮

广东护士黄华英

按理说，方舱医院是个毫无诗意的地方：相对封闭的环境，一排排戴口罩的病人，防护服、口罩、吊针、呻吟，弥漫的药水味……

可是，武汉东西湖客厅方舱医院，却出了一个“女诗人”。

“女诗人”名叫黄华英，广东清远市中医院护士长、清远援鄂医疗队队员，她从未在报刊发表过诗歌，不是任何一级作协会员，也非诗社、诗歌协会会员。

但在方舱，她写了好多诗。

她写队长向大夫：“你的胸怀/我想你是辽阔无垠的大海/宁静而深邃/胸怀被敲开/一个新冠病毒，就让你澎湃/我想你是连绵不绝的草原/宽容背后隐藏着爱和力量/武汉人民的咳嗽声，就让你锁眉/我想你是宽广无边的苍穹/正直的脊梁和宽广的胸怀/亿万人民的期待，就让你毅然担当/……”向大夫是清远援鄂医疗队队长，他在方舱医院指挥若定，关爱病人与医务人员，废寝忘食，令队员们感动。

3月5日，黄华英在抗疫战场度过了刻骨铭心的生日。她赋诗《特别的生日》，写给自己，期待“灿烂的笑容不被口罩阻挡”。

三八妇女节，她用诗与方舱里的女神们共度节日：“看哪，在武汉这个美丽的城市/我们的身体虽被隔离/可医疗队群里的红包雨/却让女神们深受鼓励/感恩/这普通平淡的日子/被赋予了爱的深意//生活需要仪式感/鲜花，还有巧克力/在女神们的节日里/庆祝这场胜利的抗疫/愿你我的余生里/均不负时间的馈赠/悄悄地活成自己喜欢的样子/——祝女神节快乐。”

当然，她没忘记自己的职责，更没忘记援鄂抗疫的重任。初进方舱，看到那么多病人躺在病床，抽泣、恐惧、悲伤、忧虑……她被震撼，被刺痛。

她全身心投入拯救生命的战斗。

“1378这个病人情绪比较低落，关注一下。”

“护士长，1378病人不肯测血氧饱和度，你去看看吧。”

“护士长，1378病人……”

这天黄华英上班，刚进方舱，就接到交班护士的一串叮咛。

1378是一个“小花朵”。

“小花朵”是黄华英给东西湖方舱医院里一个四岁半女孩子取的名字，她的妈妈也入院了，住在她旁边。

“小花朵”是一个活泼又非常乖巧的孩子，她的活动范围仅限于她与妈妈床与床之间的一米距离。

黄华英走向她，蹲下来爱抚地问：“你可以叫我一声吗？”

“阿姨好。”听到“小花朵”脆脆的声音，黄华英眼泪不受控制地夺眶而出，她都找不到合适的词语来形容心里的感受。她坐在女孩的身边，跟她一起看她手中的手机。“小花朵”这里翻翻那里看看，一会儿要称那个襁褓中的小宝宝为叔叔，一会儿又给黄华英看她用来识字的小程序，当看到有趣的画面，咯咯的笑声荡漾在方舱，眉眼弯弯的，很是好看。

“小花朵”告诉黄华英：“我爸爸也住院了，在妈妈上班的医院。”说话间，“小花朵”的妈妈从外面回来。至此，黄华英才知道，“小花朵”的妈妈也是一名护士，她们全家都被感染了，最先被感染的爷爷奶奶在酒店隔离，爸爸在妈妈上班的医院隔离，而没有任何症状的“小花朵”和妈妈住进了东西湖方舱医院。

黄华英的心情忽然沉重得像挂了一块石头。

“我本来也申请了上前线的……”“小花朵”的妈妈哽咽着说，“我们都没有症状，我跟医生说了，不测血氧，不给你们增加负担。”“看到你们那么远都来了，而我，只能躺在这里等待……”

黄华英终于明白“小花朵”的妈妈为什么情绪低落。她好想给她一个拥抱，好想握握她的手，可是防护服隔在她们中间。她只能握了握拳，给她们一个微笑：“我们一起加油，春天已经到了。”

不久，“小花朵”唱起了欢乐的歌，母女俩都出院了。

深夜，狂风暴雨猛烈地击打着方舱……

忽然，一个女患者号啕大哭。

原来她的男人，家里唯一的经济支撑，今天下午也被确诊了。恐慌写在她的脸上，她一边砸着身边的东西，一边无助地哭泣。

黄华英走到女患者身边，安静地看着她，十多分钟后，她累了，黄华英拉起她的手，坐在床沿。

“现在的分离是为了能更好地在一起，目前的困难是未来更美好的奠基……”

“暂时的物质贫乏不可怕，可怕的是心理贫困。物质贫乏加上万念俱灰，会摧毁一个人的身体。自信自强，虽然暂时贫穷一点，但好日子也会很快到来的……”黄华英像个老人般絮絮叨叨，苦口婆心地规劝。

“妹子，你来多少天了？”女病人突然开口问道。

“阿姨，我也不记得了。我只知道，这里需要我们的时候，我们就来了。”

黄华英并没有伸出手指头，掰手算来了多少天。她要做的，唯有用汗水浇灌明日的花期。

女患者的脸色渐渐舒展柔和，绞着的十指缓缓张开。

“时间的颜色是琥珀色的光，武汉是那被透明的光包裹着的花朵，在与新冠病毒厮杀的沙场中，仍散发着浓郁芬芳。” 黄华英写下她的感受。

按理说，方舱里的饮食真的没有什么值得一说。但，所有感人的故事，不都发生在平凡的生活中吗？

“1330是个91岁的婆婆，牙齿不好，我今天早餐的粥不舍得喝，给她带进来了。”

“阿姨，您这几天血糖有点高，苹果就不给您了，我给您带来了纯牛奶。”

“1157是个年轻小伙，一份饭不够，多给他一份。”

“阿姨，您的诉求我们知道了，我们会去协调，尽量满足大家的需求。”

“今天的饭可真丰盛啊，饭菜、苹果、牛奶还有橙子。”

“……”

这样的交接班对话，这样的护患对话，每天都能听到。

“人间烟火气，最抚凡人心。”方舱里的黄华英和众多的白衣战士，用爱心诠释着这句话的真谛。战疫魔，需要坚强的信念，也需要真心真爱。

她也思念丈夫与儿子，有空也与儿子手机视频。她给儿子写了首《好想看到真正的妈妈》：“亲爱的儿子/当你一遍遍地呼喊着/好想看到真正的妈妈时/一个个与你年龄相仿的影子/被放在妈妈的心尖里/那是无数个孩子的故事/都想拥有的美好结局。”

随着最后一位病人转出，武汉客厅方舱医院“清零”休舱。喜讯传来，黄华英无法抑制激动，马上写了一首《美丽的休止符》：

“在春天的阳光底下/那道门/被缓缓地关闭/清脆悦耳的吱呀声/是人间最动听的音律/三十个日日夜夜的坚守/七百二十个小时的奋斗/四万多分钟的厮杀/从痛苦的呻吟/到舒心的叹息/从无助的恓惶/到微笑着离去/我们医患/默默生死相依/……武汉的雪停了雨住了/武汉的阳光明媚了……”

（原载2020年4月3日《文艺报·新作品》）

宅家的日子

□陈雪

年前去了一趟花市，我看上了一盆墨兰。

紫褐色的陶盆像古董，顶部的喇叭口处还镶有一圈花边，兰叶从铺满白色碎石的缝隙中钻出来，一片片、一层层地展开，浓绿中间又伸出三株高高的花茎。其中两枝并拢，倚靠生姿，另一枝则旁逸斜出，弯成一个S形的弧度，再向上挺拔，酷似一个双手作揖的拜年状。

看着兰花的勃勃生机和可掬形态，我把盆景安放在书桌的最显眼处，希望它带来一个喜庆祥和的春节，也带给我一年的好心情。可是后来彻底失望。不是因为兰花，而是因为疫情。年前买花时，我丝毫感觉不到疫情与我有关。堂弟陪着我去花市，拥挤的人群中，看到稀稀落落的几个戴口罩者。堂弟对我说，听说发生疫情，可是我们没有口罩。我却对他说，你张开嘴巴呼吸吧，一座千万人口的城市，就那么几个疑似病例，怎么可能一下子传到惠州。但事情真是令人无法预料，只过了一天，武汉不断传来告急的坏消息，而且完全打乱了我的春节安排。儿子回家的机票退订了，儿媳探亲的行程取消，年后回乡下的计划也彻底泡汤。再过了两天，武汉封城了，在新闻上看到的，尽是令人陡然心沉的报道：感染人数急剧攀升；死亡人数与日俱增；医疗物资四处告急；医护人员星夜驰援。到了大年初一，公共卫生一级响应一发布，各大城市相继封路，小区村镇限制出行，连老家乡下都封路了。此时我才意识到疫情的严重，才急着去找口罩和消毒药物。

我住在中信水岸城，初二那天，离我家不足百米的楼层发现了疑似病例。我在车上亲眼看见穿着防护服的医务人员，将患者抬上了救护车。邻居们还以为是其他疾病，都在询问打听，当患者家属信息发出，整个小区都紧张起来。信息说："我们年前从武汉回来，患者是我家的，给大家添麻烦了，确诊是新冠病毒，已送医院。现在我们一家老小都在家隔离。"就在当天，小区四门封闭，出入严控。从这一天起，我一直蜗居在工作室里，基本没有迈出门槛。开始几天，看看书、练练字，倒不感寂寞。有朋友发信问安，我还在调侃："墨兰陪我读闲书，挺好。"可是，一周过去后，两周过去后，原来所期待的拐点并没出现。年没过好，元宵也闹不成了。朋友问："你不是有任务吗？不正好利用这段时间把长篇写出来。"若在平时，这确实是个难得的机会，可如今我根本无法安静下来。每天从电视、手机看到的新闻，都是疫情不断扩散的消息。几万人的医疗队，奔赴湖北救援仍然捉襟见肘，可以想象需要救治的患者是如何众多和危急。我站在窗前，看着冷冷静静的街区，看着空无一人的河中操场，异常的死寂令人脑里一片空白，心中满怀悲戚。我一概记不起此段读过什么书，改过什么稿，也完全忘记了给那株墨兰浇水。

人非草木，孰能无忧？其实花草也通人性，墨兰此时蔫蔫的，完全没了年前的神采和态势。我虽然对新冠病毒知之甚少，但对于瘟疫还是有过亲历。1967年，曾发生过一种叫“流脑”的传染病。班上有两个和我最要好的同学，几天前还在一起上学一起玩耍，一发烧没几天就死了一个。另一个送到卫生院救了过来，却因为高烧落下了后遗症。那时乡下没有特别的防护措施，既无强制隔离，也没配备口罩，我被传染后，几天高烧不退，净说胡话。赤脚医生土法上马，夜间用中草药敷额头，白天喝桉树叶子熬的汤。每天都灌几碗下去，喝了吐，吐了再灌，后来竟然奇迹般地好了起来。那年流脑听说有数百万人感染，死了十余万人，且大都是青少年，至今回想起来仍心有余悸。

看到电视上医护人员日夜忙碌的身影，我们却只能无所事事地宅家旁观，心里怪不是滋味。但抗疫不比抗洪，多一个人就多一份力，抬木桩、扛沙包，有力气就行。病毒是魔鬼，看不见，摸不着，唯有医护人员可以对付。总感觉病毒比癌症更可怕，癌症哪怕是晚期，都还能熬得一年半载，病毒除了瞬间吞噬生命，还会人传人地感染扩散。因此，自觉隔离，坚持宅家又真是最好的配合。那些宅不住的人，不是不怕死，而是侥幸地以为自己不会死。我坚持宅着，也从没间断对抗疫形势的关注。看着死亡人数从几十到几百到几千地攀升，心情也跟着日渐沉重起来。这些鲜活的生命，在毫无预兆的情况下，突然就离开了这个世界。由此感慨，面对病毒，人类并不强悍，更不伟岸，我们渺小得如同身边的花草，脆弱得如同地下的虫蚁。

宅家的日子无事、无聊，却也无暇顾及那株墨兰。不经意间，看见鹅黄色的花茎变成了黑色的干枝，像插在盆上的几根小铁丝。它在何时绽放？又在何时凋谢？竟全然不觉。幸好，叶片仍然嫩绿，新芽仍在抽出。它虽然没给我带来年的喜庆，却默默地陪伴我度过了数十个揪心的日日夜夜。有人说，灾难文学的伦理需要反思灾难，我在反思自己。脑流时喝过桉树水，非典时喝过板蓝根，真不该如此淡忘。在疫情灾难降临的关键时刻，唯有那些无畏无惧的逆行者，才有能力和勇气实施对生命的呵护。杜牧在《阿房宫赋》中说：“后人哀之而不鉴之，亦使后人而复哀后人也。”

疫情过后，我们是不是会更加自觉地尊重科学，善待自然，与花草虫鸟共同拥有这个多彩的世界？

（原载《广东文坛》总332期）

“宅年”盼春来

□陈露

一

2020年1月20日，星期一，我还在拟定文化馆鼠年春节活动实施方案，其中一个比较大的项目是元宵节的“百狮会”。这个项目我连续两年做了个案设计，至今年才有望实施，故而抱着很大的信心。下午上班，打开手机，习惯浏览一下新闻，跳出一条令我刹那惊悚的信息：“钟南山称新冠肺炎肯定存在人传人。”整个下午无心工作，开始在网上查找所有来自武汉的疫情信息，这种不明原因新冠肺炎病毒感染者已超过百例，广东亦已出现两个病例。心情忐忑不安，电话在广州工作的孩子，反反复复叮嘱要戴口罩，注意卫生、清洁、防护等。孩子告知，早在几天前，广州市民已自觉陆续戴口罩上班了。随即也用信息与广州师友沟通了解情况。

23日，传来两个重磅消息。上午，武汉封城信息刷爆朋友圈。傍晚，从新闻知悉广东启动重大突发公共卫生事件一级响应。这一天，腊月二十九，各种防疫通知文件疾驰而至。我们亦做出闭馆通告及取消春节期间所有活动的通知。

24日上午，清远市公布23日经广东卫健委确认本市首例新冠肺炎确诊病例，启动一级应急响应机制。这一天是除夕，广东人说的“年卅晚”。

二

与全国人民一样，响应号召，春节“宅家”过年：不探亲、不访友、不集聚。而朋友圈各种“爆款”“硬核”的防疫图片，令人怀疑时光倒退。其中一张印象深刻：村口里用简易木架设卡，旁边站立戴着红袖章，手拿关刀、红缨枪、长木棍的村民。告示牌歪歪写着“防疫期间，非本村村民不得进村”。我对着手机图片长叹息，一股莫名忧虑压着心境。

与“严阵防守”之肃杀气氛相比，在年初二开年这一天，乡村燃放大量鞭炮以驱疫。人们习惯在除夕之夜零时燃放鞭炮——“爆竹声声除旧岁”。而今年，从乡村的图片里却看到在开年日大量燃放。

鞭炮的起源本就是先民为驱瘟逐疫而发明，“燃竹而爆”，故而叫“爆竹”，又以竹节连起鞭状燃放，谓“鞭炮”。乡村依旧沿袭着古老传统，科技发展至今天已经是“上天入地”，村民亦已透过海量的媒体信息“知晓世事”，但当未知的恐惧扑面而来，古老的文化记忆依然起着巨大的心理支持作用。一帧帧“满地红”的手机照片与照片中戴着口罩燃放鞭炮的人们，构成一幅我不知如何表达的画面。

各路信息纷至沓来，有官方的，有自媒体的，亦有来路不明所以的小道消息。方寸手机之间成了“民间舆论场”。

因为对中国现代史研究缘故，我曾先后两次到武昌进行历史田野调查，这座城市给我感受深刻。从辛亥革命武昌起义到北伐武昌围城，再到抗战时期的“武汉保卫战”，以及那座建于20世纪50年代、曾写进小学教科书的武汉长江大桥，皆曾为此在武昌留下我的步履足迹。犹记得第一次进入武汉大学，虽已不见樱花烂漫，但珞珈山上深厚的人文气息让我迷恋。

武汉，这座历史命运多舛之城，“我不敢看武汉朋友圈”。武汉，又是一座英雄之城，总在沉默中爆发惊世能量。我们无法感受困在城内的人们的状态，一切虚妄的文字对他们毫无益处。湖北人民，武汉人民所做出的贡献，除了伟大二字，我想不出其他词汇表达。

农历正月初三开始，基于一个基层文化工作者对社会氛围的敏感，即发信息给清远市作协主席、诗人唐小桃。我说：“看来还是要发挥一下文学鼓舞人心的作用。在此非常时刻，发扬广东文学界抗雪灾精神，可让作协秘书组组织一期‘抗疫’诗歌。大家宅在家里，需要有人站出来鼓舞人心，别整天被各种满天飞的信息迷茫情绪。不能冲在第一线，那就在‘后方’鼓鼓劲，暖暖心也是好的。”她即回复说：“那就我们主席团先动起来，带个头。”

也没太多想法，即各自致电清远十多位颇具文学影响力的作家诗人，次日便收到吕杰汉、华海、唐德亮、杨振林、何超华、李伟新等人作品。市作协主席团成员线上一起合力，让市作协公众号运作起来，随即推出了第一辑《清远作家在行动——抗疫》。未承想，反响良好，引起大家重视，并带动了各县（市区）作协也行动起来。尤其清新区作协，紧随其后即推出了一辑。收到省作协《以笔为援》倡议书后，更增加了这份“战疫”信心。

一位小区里我并不认识的老人家，拿着一沓五言句、七言句的诗稿在门卫处候了我两天。傍晚时分我出门倒垃圾，老人家眼尖，一下认出戴着口罩的我，即趋前说道：“陈生，我在电视认得你。这两天写了几首诗，请你看看。”我接过老人家递过来的用学生作文纸抄写的五六首诗歌。说真的，这并不是什么诗歌，就是“老干体”的顺口溜。他说，憋得慌，看到那么多医生在救人，就写几句心里想说的话。老人家的话让我心暖。我就说：写得好，写得好，向您学习。

且不论诗写得怎么样。其实，文学的功能很多，“自我安抚”也是一种功能。

我至今仍然读不太懂普鲁斯特，比如他的《追忆似水年华》。这位法国意识流写作大师，并不只沉迷他的文字，还有鲜活的思想待发现。正如他在批评一些上流人做出的灾难时期的嘲讽，对披着“智者”的伪善而引导着“思想的死亡”的话语的狠狠敲击。当人类面对灾难，需要的是一种至上的团结，不合时宜地做出任何指责与批评，只助长灾难蔓延。当泥沙俱去，当坚硬的岩石依旧岸边，我们才有资格“刨根问底”。

三

转眼便到立春了，这是一年中第一个节气，对中国人而言也是寓意深刻的一个节气。春天的气息开始弥漫，虽仍遇严寒，但农人依旧在田头里插一竹竿，在上绑着红布巾。这一简单仪式，是与大地获取粮食的约定开始。在我的老家清西平原，至今仍保留着这个风俗。不知今年的立春，他们是否依旧如许？

这一天，传来本区首例确诊新冠肺炎病例的消息，情绪有些波动。清远市作协主席团继续合力推出第三辑以“立春”为名的《清远作家在行动》的“抗疫”诗歌。看着身边同事纷纷返岗下沉一线防控防疫工作，我亦在单位业务范围内动起来，联系了一批音乐、戏剧、曲艺、美术等方面的文化馆特约创作员，鼓励他们用自己专业特长一起参与到“文艺抗疫行动”。电影《一代宗师》有一句台词：“见自己，见天地，见众生。”台词源自佛家“得明心见性，我见人见众生见寿者见”，却自成格局。这三个层次，可化及三层境界。大时代与个体之间，灾难时期与“表达什么”和“怎样表达”的文德之间，皆值得思考。我们，皆为众生之一，能“见我”者未必能“见众生”。能“见众生”者，那是要一种多大的悲悯与仁爱。

前线的医护人员不怕病毒感染吗？怕！据官方数字，目前感染新冠病毒的医护人员已逾三千名。但他们义无反顾，天职所在，着上防护服就是一名浴血战场的战士，着上防护服就像手握金箍棒的孙大圣，所向披靡杀向病毒妖魔。他们，看到的是每一个被病毒感染的痛苦的血肉之躯，他们看到的也是“众生”啊！

朋友的女儿在本地一家市级医院任药剂师，前些天偶尔从她父亲微博里看到那张令人心疼的十指肿胀图片。整个春节，这个女孩子未曾休息过，每天高强度紧张地工作，不停地执药发药，导致美如春笋的十指红肿胀痛，用胶布一层一层缠着。我的鼻子一酸，想立即电话这位朋友，但随即放下。或许安静的祈祷就是最好的祝福！

阳光温暖，阳台看天，小区喇叭响起，白话宣传防控，普及预防知识。防疫志愿者在小区门前搭起帐篷，为进出小区人们进行测温、登记。严密的“网格化”管理与防控，为老百姓把风险挡在门外，但也体现了社会治理权力高度渗透到每个角落。从新闻获知，就像搂草打兔，警方缉捕了一些逃匿罪犯。

小区不见孩子们往日嬉闹，车辆永远都是停放得满满的。唯一令人感受到春天的是那棵杨桃树。呈五角菱形的熟透了的杨桃，在阳光映照下，金黄金黄的。这情境，莫名想起少时一首儿歌：太阳出来亮光光/背起书包上学堂/老师教我写文章/我说耕田才打粮/小鸟枝头呵呵笑/说我笨过猪倌郎……

在这些心情浮躁的日子，压着诸多莫名情绪。重翻梭罗的《瓦尔登湖》，这部冗长的散文之卷读过多次。也不是读，就是翻翻而已。眼光略过书页，便有一股心绪安定。什么叫自然？自然是什么？仅仅是非人类干预的一切山川大地，江河海洋，气候万象，树木草壤，矿物资源，天上地下的动物？倘若不干预自然，人类又如何生存？如何发展？过度索取，毁灭性破坏，又遭自然反噬。其中的平衡拿捏，人类文明史不是一直在思考吗？我们是不是在物质欲望前“失去了记性”？老子的“玄之又玄”，与梭罗的“一把斧头”，其中有相通之处吗？

盼春、踏春、赏花，是中国文人传统。我在网上简单搜索“春暖花开”这句话，达到千亿级次使用频率。而这个春天的“盼春”，却是全民性的，亦由此可见是从身体到精神的极度渴望。

晚上，看到一个喜人消息，截至晚上9点半，两名痊愈的市民已出院。其中一位仅2岁的小女童，用稚声稚气的歌声感谢医护人员。虽然不太满意媒体用直播方式报道，但看到这位小女童本能地用歌声感谢医护人员时，我的眼眶湿润了。

（原载《广东文坛》总331期）

疫疠沉思录

□蔡华建

一

看不见的风穿堂而过，看得见的人戴着口罩，蒙去了大半个脸，一个人离着另一个人远远地排着队，逐个入关。这班从香港过来的客轮，比平时多耗两个小时，因为启航时要体检，入关时要测体温。

我站在门内，翘首等待，但直到妻子走近我面前时，我才看清她！那熟悉的眼睛，躲在口罩与帽子的深处，似乎要隐藏到最安全的地方。我们没有拥抱，是担心无处不在的病菌让我们相互感染了！

这一场迅即席卷全国的新冠肺炎疫情，把我们最亲近的人都拉开了距离，把最熟悉的人都变得陌生了！

二

冬天的北风，在一个寒潮中长驱直入，翻越了五岭，令潮热的广州顿时冷却下来，变得无比阴冷。随寒潮涌入的，是听到院士做出新型冠状肺炎“肯定人传人”的科学判断后的一种恐惧，沿着京广线、沿着高速公路，跟随着年前的春运大潮，像风，像空气一样，无法阻拦，在不规则中在混沌中四散开来。

瘟疫之路纵横，像一个丧失理智的人狂足奔向他乡，尘埃遮蔽天空，地上一群无知的孩子，若无其事地玩着，他们并不知道发生了什么事情。

“疫情实时播报”的数字在滚动，确诊、疑似病例、死亡人数都在不断地增加。每一个人都感到极度的恐慌，更多的人感到，死神在空中伸出了它罪恶的手，不知道谁会不幸被它选中，顷刻间生命便消失了。

同学发来信息，两小时前我办公室对面的某新村带走了一位疫区来的人，已被确诊，我立即感觉我周围的空气飘满了病菌，消毒、戴口罩，我恨不得停止了呼吸，与世界隔离！

真正要隔离的，是我们惊恐而扭曲的心！

三

我翻阅着单位（宾馆）的住房退订数据表，10间，20间，50间……从除夕到年初六整个假期，从年初七到元宵节，再到整个正月、 二月到春交会，取消预订的数量在增加，时间变得遥遥无期。餐厅本是爆满，一席难求的，年夜饭开始取消，厅房开始取消，我站在餐厅，看着本应熙熙攘攘的中餐厅，只有静静的桌凳，无言而落寞地用布蒙着脸，想必和我一样都落泪了。那几间新装修的房间，已经取好的“桃花里”“凯旋厅”“锦绣屋”吉名，估计等不到这个春天有好生意，如桃花般盛开了。不到元宵节，损失总共已超过几百万元。

2020年留给准备热热闹闹、团团圆圆过春节的中国人民的记忆，是一个永久的创痛：车水马龙的街道上，没有车，没有行人；人山人海的商场变得空空荡荡；所有的人都戴上了口罩，口罩成了最抢手的物品；超市里的米油面被抢购一空，喧闹的广场舞销声匿迹……阳光照在城市，照在路面，明晃晃的，没有人迹，没有鸟声，这突然静止的世界，更让人内心恐惧。

我去看望一位被隔离的员工，路过天河体育中心时，广场空旷，谁能想到，辛苦、期盼了一年的花农，面对着空无一人的花市，面对着血本无归的结局，花农怒砸花盆，欲哭无泪！随着那砰砰砰的撞击声，一颗心碎了满地！

四

同事被隔离了，虽然年前她就回到广州，但因为途经武汉，为谨慎起见仍被隔离在员工宿舍。单位安排了宿舍管理人员每天为她测量两次体温，买饭送到宿舍，帮她倒垃圾。工会人员也询问了她的需求。我联系了她，她没有提什么要求。过了几天，工会办的同事说，与她私下聊天，她几天没有吃肉了，网上也很难订到，菜和水果都贵，想吃烧腊！我感觉有点意外，但转念一想，或许是她不好意思向我这个工会主席提吧，我倒有些自责起来。

第二天，我带着酒店的厨房做的一份烧腊，还有热汤与饭菜，一起送去给她。我戴着口罩走上楼梯，敲了门，把东西放在门口的地上，然后往后退了一米多远，她开了门，也戴着口罩站在门内，我们便隔得远远地说话，我感觉她似乎比以前瘦了。她弯腰去取地上的饭食时，我心里五味杂陈，这种平时绝不会出现的传递物品的方式，在严峻的疫情下出现了，我们都很无奈，为了保护自己也保护他人，只能采取这种方式了。原谅我，这是此时此地我能表达歉意和关爱的唯一方式。

但愿疫情过后，当我们可以自由地走出家门，回到这个安稳的世界，把泪化作粲然的回眸一笑，向家人、朋友和医生致谢，向虽窄却温馨的小屋致谢，更加体会健康与平安的宝贵，摸着自己的手，跟世界说："我回来了！"无论是在阳光下还是在睡梦中，无论是我康宁的身体还是我飞翔的灵魂，都有一种踏实。

五

"桥炸掉了吗？"军官发问。"当然！"另一个军官得意扬扬地说。

"代价多少？"

"不值一提，两伤一阵亡。"他怀着明显的喜悦，难以抑制愉快的笑容，用响亮的声音吐出"阵亡"这个漂亮的字眼。

这是《战争与和平》里描述的残酷战争，死伤不及一个漂亮的字眼重要。

因为疫情，这个月的读书会我们不能聚集在一起读书了。还好，我们下定决心要读的《战争与和平》可以在这个时期读完。

屋内，是一场书本上规模宏大的战争；室外，是一场中国人民抗"疫"的战争。

病毒在地球上已经滋生了20亿年。当几百万年前人类出现时，他们便开始了与病毒的战争，人类似乎占据了上风，侵占了温带、雨林、湿地甚至冰川，改变了地球的生态，围剿了天花、疟疾和麻疹等伙伴，破坏了物种之链，然而病毒并没有完全被消灭，它们以鼠疫、艾滋病、非典命名的部队，一轮轮地冲击着人类，这次的新冠肺炎是它们的另一支分队，这是病毒对人类的又一次报复，是人类面临更大困境的小见证！战争可能一时停息，但新一轮战争不知何时发起，人类和病毒的博弈，永无止息的战争，艰难地向着和平前进。

战争，就是灾难，我们不知道自己的敌人是谁，不知道它何时从哪里向哪个目标发动进攻，人类永远只能处于防御之地。

在血与火的战争中，虽然每一次人类都会付出惨重的代价，但值得庆幸的是，我们有最高的指挥官与指挥部，在战争中运筹帷幄，有我们的白衣战士——医护人员冲杀在第一线的尖兵，有钢铁长城般的全国人民做后盾，有众志成城的抗战意志，有统一协调的物资调度……和平时期，也有钟南山、李兰娟等无数的战斗英雄，为了和平而战斗！

这是一场人民战争，是一场必将走向和平的战争！

六

自从非典之后，我再也不吃野生动物，这不只是对法律的遵守，更大的是一种对其他物种的相怜，对大自然的敬畏！

我翻看《中国救荒史》，这多灾多难的国家，在周代有1次瘟疫，秦汉时期有13次，三国两晋17次，南北朝17次，隋唐五代17次，两宋金元52次，明代64次，清代74次，这统计数据不完全却又足以令人震撼，而如此多的瘟疫，大多皆因动物的病毒传染，每一次都伤亡惨重，导致人口数量大幅减少。

然而，我们每一次都挺过来了，人口也一直在增长，这样的盲目胜利，让我们的先民有了足够的自大，频繁的病毒暴发只是小插曲，它们只是和谐中的小冲突，不沾小我，我便超脱！人与动物、人与病毒的对立关系一次次地被调和，人类一次次地原谅自己，消解了自己的思索。

对于大地，人们倾注了无限的赞美与感激，而大地也是一个生命体，它有内在的喜怒哀乐，在我们无视它的受伤时，在某一个时刻，它将形成一阵狂暴，无情地回击无知的子民。

换取一点点进步，是以人类付出生命或健康为巨大代价的。

七

这是一段无法忘却的历史。那救援者的奔忙，那求生者的倔强，我们每一个人都如劫后余生，互道珍重，然后泪流成河。

我们尚无知，我们仍脆弱，但我们并不孤单，会形成群体，在寂静中逆流而上，背后站立着的，是坚强的全国人民。

我心中默念：苦难有如乌云，远望去但见墨黑一片/它绝非没有安慰和希望/苦难磨炼了一些人/那些能将我杀死的事物，会使我变得更有力。

（原载《广东文坛》总332期）

护士的眼

□李琴芳

护士的眼从来被认为是最重要的。护理界有个词常用来描述护士的眼——眼观六路——病情观察、治疗护理、心灵抚慰，没有一项少得了它。

然而，在有个地方，护士的眼常常是“蒙蔽”的。在这里，护士看不清前方的路，认不出要进的房间号，辨不清患者的音颜，看不见要做穿刺的血管。在这里，护士像得了白内障的盲人——“难见天日”——这个地方就是我们戴着护目镜的隔离病房。因为天气热了，也因为忙碌的脚步身体散发的水汽更多了，护士在这里没待几分钟就成了雾蒙蒙的小盲人。

但工作要继续呀!病人的治疗不能乱，病人的疾苦不能不知，给病人要扎的针不能令其枉受痛苦……这一切该怎么做到呢？护士们也曾各显神通，涂肥皂、涂手消液、涂洗手液、涂碘酒、涂牙膏……只要是能想到的都涂了。然而“雾”，似乎尤其喜欢护士，誓要拿出“魂牵梦萦”、至死方休的势态。罢，罢，赶不走便相伴而行吧。

而“雾”与病人的结是要解的，不能因为雾喜欢护士，就搁置了护士对病人的爱。就这样，这一幕出现了。护士在隔离病房急得直跳脚——我的眼睛看不见了!我怎么给病人扎针?我怎么给病人做身份核查?我怎么才能保证给病人的治疗是正确的?我怎么才能看得到病人的身心健康？这一系列的新难题确实难倒护士了。满头大汗的她想，上天呀，如果有救世主，此刻请降临吧!也许上天真的听到了她的声音，就在她一筹莫展的时刻，小黄人暖炉入了她的眼!

记得小时候，常常看着山下的雾从山底慢慢漫起，像极了云海，渐渐遮住了整片天空，接着，太阳公公出来啦!一道旭阳穿破天际，拨云见日，眼看着雾便散去了。这样想着，护士忽而有了办法!只见她把暖炉打开，将雾蒙蒙的护目镜和汗湿的脸一齐凑上去，不过一两分钟工夫，眼睛果然看见啦!护士欣喜若狂，再多的忙碌也抵不过此刻的欢腾。她静下心来享受了这一刻的美好，也估计了“光明”重现的时限。她琢磨着一个病人一整套治疗所需的时间和关键治疗对眼睛的需求，就在这样一个短短的交替间，护士深深体会了作为一个病人的恐慌和作为一名护士要解决患者痛苦最该做的事。

汗水在她脸上、脖子上流淌，她明白这是值得的，因为从没有一份光明不需要付出，从没有一份守护不需要汗水。

护士的眼，是患者的心，它能看到的地方便是患者最最需要的地方。

（原载《广东文坛》总333期）

疫情时期我在信阳

□张豫湘

“未发现人传人”，这是我回信阳时看到的最后一条新闻片段，除了一句叹息，我没有放在心上。

于我而言，今年冬天本来就很特殊，爷爷肠癌晚期，医生也不知道爷爷还能坚持多少时日。爷爷一直和我们住在东莞，如今病重，他执意落叶归根。大半年来的住院，让他感到疲惫。

他想躺在信阳的家里度过最后的时光，而这个家已十年不曾住人。到家时是深夜，一开灯，我看到白漆剥落，露出块块红砖，窗纸烂得如若无物。墙上还有几个洞，窗户和墙洞一同邀请冷风进来做客，于是冷风呼喊着进入我家，尽情狂欢。

家里只有两张床，父亲和爷爷一起睡，而我、弟弟和母亲挤在一张床上。躺在床上，我渐渐温暖起来，但我的脸却被冷风肆虐，早上起来时已经冻僵了，好在后来住到了酒店。

父亲和来看爷爷的亲戚攀谈，母亲在院子里摘青菜，弟弟在外面跑来跑去。这样过了还没三天，新闻就在不停地拉警报了。但这儿的集市人来人往，热闹得紧，没有人戴口罩。我生于2001年，对非典没有记忆，看着大家又都如常，便放松了警惕。

除夕夜，我们要和亲戚一起吃饭，我反对过，但是拗不过父亲，他总要固守传统。父亲还说，这两天不住酒店，过年住外面，像什么话。为了不再受风吹、不挤在一起，我们借宿在隔壁，只是没想到，借宿两天还不够，酒店之后全部歇业。

大年初一，本该是拜年的时候。我家总有人来，但一个陌生人来后就没什么人了。我对他印象深刻，因为只有他一个人戴口罩。听父亲说，那是村主任，说是村路将封，不许串门。

我顿时紧张起来，怕回不了东莞。母亲也说要走，工厂有一批货要交。父亲看着爷爷吃力地啜下半碗面，皱皱眉，还是同意了。所幸爷爷说话仍中气十足，宛如常日，他颤颤巍巍地从枕头下拿红包给我们，说：“没事，你们先走吧。”

父亲又犹豫了。“算命的说，老爷子活不过今年……”炉火烧得很旺，父亲的脸被映照着，却显得气色很差。

家里的门虚掩着，禁令虽下，总还有人来看望爷爷，不看，也不知道还有没有机会再看了。

这一天没走，大年初二了。我推开门，漫天飞雪。雪落在屋檐上，黑白两色，是我见过最好的景了。弟弟第一次看到雪，欢脱得像只猴子，地上的雪留下了他一串串的脚印。这是2020年信阳第一场雪，美得像一场梦，却让我担心大雪封路，家不能回。我的思绪就像这雪，白茫茫一片。父亲也急了，要我们早点走。

每一刻都有新的禁令，封城、封路……这些通知在我的脑子里嗡嗡作响。还不能开车回去，若爷爷病情加重，父亲要送他去医院，幸好我们买到了当晚仅剩的两张卧铺。

父亲送我们到火车站，车站有几个人还暴露着口鼻。在车站给弟弟补买了票，一切准备妥当，我一看时间，还有三小时才发车。“我刚开车开到一半，路被封了。”父亲打来了电话。

“那怎么办？”

“我调头停到镇上二姑家里了，还得走一小时才能到家呢。”

母亲感叹我们运气真好。可只要没到家，都得悬着一颗心了。在火车上睡觉时我不敢取下口罩，早上醒来，一呼吸就是自己的浊气，很憋闷，但我只是换了个口罩，也不敢再取下。

到了东莞，出站也没有量体温，有个工作人员还在下巴处挂着口罩对别人说话。我拉着弟弟走，躲开取下口罩拉客的司机。

一回到家，我像是一根紧绷的琴弦突然断开，瘫在了床上。

过了三天，父亲打来电话。

“爸在交代后事了。”

“我们现在回去？”

“路都封了，你们不来也没事，他没叫你们。可爸非要见我妹，一直在喊。”

父亲的妹妹，我的姑姑，她在丈夫家。

她的丈夫是武汉人。

（原载《广东文坛》总332期）

回到日常

□陈柳金

一

这个春天安静得仿佛可以听到针掉地上的声音，那种带着金属质地的响声，却让很多人为之惊悚。春天，本是万物生长的时节，鸟鸣、虫唱、花开、草长、冰消、水满，这些自然天籁被上帝之手调成了“隐身模式”，无数钢针落地的声响参与到生活现场，让宅家的人联想到医院的针头和缝合针。于是，空气里似乎也掺杂进了消毒液气味。

疫期，时间凝滞，不再风生水起，好像大雪封门，十天半月不敢出去，只能老老实实当宅男。即使待在克里姆林宫或凡尔赛宫，也会让人发腻的，何况是一百来平方米的窄小空间。忽然很怀想梅城那条灰头土脸的三板桥街。

起初误以为是文化街，大概因为“板桥”二字吧，想必有些文艺范，没承想从街头至街尾几乎都是清一色的小饭馆，大多低端、粗鄙，不冒尖儿，还黑不溜秋，只有少许几间沾了时尚的边，却也不太上台面。腌粉腌面三及第五及第汤是这条街的主打，连空气里都飘着腌粉面的味道。梅城人百吃不腻，从早到晚，都被腌粉腌面养着。他们的舌尖就认这客家美食，几十年吃下来，不离不弃，真的是有点坚执。间或开着几间肠粉店、鲜鱼粉店、牛杂店，但吃的人明显少。那间蕉岭三及第，店铺也就二十来平方米吧，无装潢，连粉刷都省了，简陋得可以，摆了十几张简易饭桌，店内摆不下，便占了门口人行道的地盘，每天食客盈门，一天到晚开流水席。

竞争日趋激烈，老板却一如既往淡定，从不更改食谱，简单得实在有点寒碜，腌粉腌面饭甑饭三及第、五及第之外，蒸笼里只有小盘鱼干、酿豆腐、红焖肉、蒸苦瓜之类可供选择。全是家常饭菜，消费十几、几十元不等。多为老食客，大伙坐一起说说笑笑，咂巴声此消彼长，闹哄哄的，俨然公共食堂。冬天阳光照进店里，谁都喜欢，甚至还抢着往有光的位置上坐。夏天可就另一番景象了，谁都躲着阳光，店里没有空调，一台大功率风扇呼啦啦响，除此便是旧式壁扇，左摇右晃，就是晃不掉额头的汗珠。有人索性光了膀子，汗水蚯蚓般蠕动，哪管它，只顾埋头大吃。再热，也不能错过了这味儿，恍若这辈子就靠它们养着，一天不吃便短了精气神。

因为离单位近，我也经常光顾蕉岭三及第。开始觉得不雅致，全是粗俗气。吃过几顿，猪油、炸蒜蓉香味与粉面的米香混在一起，舌尖还真被俘获了。每天早餐大体少不了，外加一份三及第汤，瘦肉粉肠猪肝，枸杞或甜菜伴之，每次还必送一小碟辣椒段。客家人真有文化，一份猪杂汤居然起了个“三及第”的名，在瘦肉粉肠猪肝之外再加猪心猪腰，便成了“五及第”。我这才多少找到了三板桥街的一点文化元素。虽飘荡着日常的人间烟火气，却似乎看到了客家人耕读传家的影子。

此时，我坐在三百五十公里外的家里，望着窗外的天空，树影斑驳，残云如雪，万物静止的情状，阒寂得能听见时间的呼吸。每天重复大致相同的模式，除了日常起居，便是看书、写作、习字、编公号，或者望着天空出神，想着疫情什么时候能结束。思绪便自然回到了三板桥街，那种热热闹闹的生活场景，于今想来多好。虽有点俗常、庸常、平常，却有一种过日子的劲在里头。这才是生活的常态，日常之中，生活之上，自由而率真，坦然而随意。打电话给梅城朋友，兜转一圈，提及三板桥街，朋友说以前多热闹的一条街，现在全关门歇业，这疫情害人不浅！是啊，抗疫期间，想必哪里都大致一样，这疫魔，逼着人们关上了生活之门，只留着一条窄巷通向日子的后方。

二

因为疫情，人的面目变得模糊，我们慢慢适应了口罩遮掩下的“半张脸”，鼻子和嘴巴只尽其功能，很少主动参与生活的出场，总是遮遮掩掩，欲语还休，好像对眼前的世界充满了怀疑。

这就是疫情笼罩下最让人惊悸之处，人与人之间筑起了篱笆，划清领地，各安一隅；互不往来，鸡犬难闻。一只无形之手在生活的某处一拧，日子便改变了原有的轨迹，热闹和喧腾抽离而去，鲜活与自由遭遇冰封，团圆及祝福支离破碎。一个意味着生机的春天被解构，人们纷纷戴上口罩。这也许是史上第一个大范围戴口罩的春天。

中国历史上，还有一个春天也跟口罩有关。那是1911年东北的春天——鼠疫蔓延！从1910年11月发病开始，前后历经半年之久，占据了1911年的整个春天，夺去6万多人的生命。史料载：“宣统三年即1911年大年初一。中国大部分地区正在庆祝新春佳节，而哈尔滨城北的公共坟地却一片肃杀。200名工人把100个棺木或尸体堆成一堆，一共堆了22堆，浇上煤油，付之一炬。哈尔滨的文武官员见证了这触目惊心的一幕。2200多具尸体就这样灰飞烟灭了。”我从几张历史照片上看到那些运尸工、医生、群众全戴着白色口罩，只露出迷茫的眼睛。

口罩，是防控的必要手段，也成了对现实质疑的象征物。1911年春天的东北人民，对当时的日子同样是深深怀疑的。国弱民贫，医学条件和物资极度匮乏，死神的达摩克利斯之剑高悬头顶，随时夺人性命。在那种境况之下，怀疑已加剧为惶恐，命如草芥，生如蜉蝣。翻开欧洲史，发生过几次大瘟疫。1347年至1353年，被称为“黑死病”的鼠疫席卷欧罗巴，至少夺走2500万欧洲人性命；1719年，巴黎城天花暴发，致死4万余人；1817年，霍乱蔓延欧洲，仅1818年前后便导致英国6万余人丧生……

若干年前读阿尔贝·加缪《鼠疫》，我是当荒诞小说来读的。自愧对史上发生的瘟疫一知半解，到底觉得更像作家演绎的一则寓言。在新冠病毒疫情期间重读《鼠疫》，感同身受，疫情从一个陌生词变成了眼前的现实，情绪和心境便很容易进入作家笔下的世界。封城——隔离——消毒液——死亡，这些关键词不断地跳入阅读视野，奥兰城就像当下的武汉，人人惶惑不已。“他们陷身于峰顶与深渊的中间，上不上，下不下。不是在那里过日子，而是不住地浮沉，被遗弃在没有定向的日子里和毫无结果的回忆之中，就像一群漂泊不定的幽灵……”

在人类史上，瘟疫成为扼杀生命的死神之手，而每一次疫魔最终都被伟大人类的巴别塔所瓦解和平息。每经历一次疫情，人类便会锻造出一把镇魔的尚方宝剑。尽管如此，人们还是对生活充满了各种各样的怀疑，水、空气、土壤、气候……我们的日常是否出了毛病？！

三

是的，春天病了，日子病了，地球病了。据说这次大疫的暴发源于动物病毒，至今尚未明确真正的宿主。大疫之下，必有大医，亦有逆向而行的大爱之人。如《鼠疫》中穿行一线的里厄医生，1911年平息东北鼠疫的马来西亚华侨伍连德，抗非典、新冠病毒英雄钟南山。他们的脊梁挺起一座座山，巍峨，正气，终将以正压邪，驱散阴霾，让日出日落泾渭分明，让莺飞草长“律回春晖渐”。疫魔最终得乖乖重回潘多拉盒子之中，用漫漫孤苦去赎其罪孽。是谁打开这潘多拉盒子，将病毒放出人间？共性的答案当然是人！人心病了，才最可怕，才最挑战医者极限，甚至大医也束手无策。因为这已逸出了医学范畴，演变为人类学和道德学的终极问题。读《三侠五义》，第二回说：“人有喜念，天必从之；人怀恶念，天必诛之。”这是对人心之病的一种劝谕，传统价值观之下的警句永不过时。这场大疫的暴发，让我们看到人类最终成为“恶念”的受罪者和买单者。

怀着“喜念”生活，日行一善，日省一过，不去侵扰所有生物的生命秩序，遵循“相安无事，平衡共处”的生态法则，才是人类的生存之道。

阳光打在窗前，我撕下口罩。复工复产潮涌动，街上行人车辆渐多。再普通不过的日常，我从来没有像这个春天一样强烈怀想。脑子里回放着这样一幅生活画面，即使有那么一点不和谐，我还是觉得温暖：人声嘈杂，熙来攘往，遛狗的照常遛狗，逛街的照旧逛街，违禁按喇叭的依然不管不顾，挤公交地铁的同样不让人，菜市场讨价还价的还是唾沫横飞。

也许快了，我可以坐在三板桥街的简易饭桌前吃一碗地道的腌面和三及第汤，日常的阳光正好照在桌面那碟伴着酱油的辣椒段上……

（原载《广东文坛》总332期）

生命河流摆渡人

□谢显扬

从慈母胎盘，到呱呱坠地。咫尺天涯，朦胧真知，生命奇迹，跨越时空。

白衣天使，你见证生命脱胎，你缔造平安灵魂，你是诗意河流的护生员，你是凤凰涅槃的生命河流摆渡人。

从人之初性本善的纯真稚嫩孩提，到朝气蓬勃青春飞扬的金色年华。从风华正茂倜傥而立，到洞察世事身心不惑。一路始终有你。

白衣天使，你仁爱守护咿呀学语，你仁心激励蹒跚学步，你仁术滋育心智成长，你仁德呵护健体翱翔。

白衣天使，人生旅途上的思与悟、病与痛、哭与笑、悲与喜、知与行、得与失、忠与孝、寻觅与困扰、相思与忧郁、青春与皱纹、美丽与丑恶……有你体验和认同；人生奋斗河流的流程，有你护航与救赎。

生命是一条美丽曲折波澜壮阔的大河。河岸妍花绽放丽蝶纷飞，美果累累缀满枝头。然而，我们的白衣天使，你甚少驻足流连观花，更难得品尝人间天伦硕果。你的生命时光都去哪儿了？

——倾心倾情奉献，救死扶伤履职，你在履行生命河流摆渡的神圣使命。你毕生让自己的生命之花寂静祥和地绽放在接诊室里、手术台上、病患身边。花蝶匿迹，只向人类奉献果实。

白衣天使，你是生命河流的摆渡人。

白衣天使，你是理想信念的摆渡人。

（原载2019年8月25日《南方都市报》）

“网络教学开学日”的一封家书

——写给我的孩子及我的祖国

□曾佑平

今天，2月17日，星期一，春寒料峭，是本区域内各间学校热火朝天地开始实施网络在线教学的“开学日”。

此时，安静的校园内，却没有一丝人气，因为疫情和倒春寒而显得更加安静、冷清，没有“欢迎孩子们返学”的标语和仪式，没有校长在国旗下的讲话和勉励，没有“回笼”的“小神兽”们兴高采烈聚在一起的谈天说地，没有在校园外等着你们愉快放学的那位可亲的棉花糖伯伯和慈祥的豆腐花奶奶……一切都仿佛在“停摆”，显得那么简单、安静，但却又如此令人难忘、感慨。

这样安静的“开学日”，是爸爸妈妈从小到大接受教育以来所从来没有遇到过的，但是，却让你们给遇上了，一次，真的就够了！祖国的花骨朵，天真无邪，灿烂如阳，这么幼小的年纪，这么柔弱的身躯，本不该承受这么沉重的家国之事，然而，一场突如其来的战“疫”，令我们这个原本平静的三口之家，无奈地被分割成了三个点——一张戒毒民警备勤宿舍的床板，就成了爸爸、妈妈各自的“家”，而你，也被爸爸妈妈“狠心”地放在了千里之外的梅州老家，辛苦外公外婆帮忙照看你的衣食起居和继续完成学业！至今，我都有点后悔，年前，忘了让理发师给咱们爷俩痛痛快快地理一个发，毕竟，这个年虽然没过好，但必要的仪式感还是要有的，正如迎接“开学日”一样，区实验小学的李芳校长提前在学习强国平台给孩子们写了一封情深意切的来信，你有空还是要用心去看一看、读一读，不要辜负爱你们的师长们的教诲和期望。

为了最终打跑病毒小怪兽，未来很长的一段日子里，我们爷俩还得忍一忍，再忍一忍，忍一忍头发“没有最长，只有更长”的窘状，忍一忍“天各一方，骨肉分离”的悲情！

令人欣慰的是，在目前分离已二十多天的日子里，你得到慈爱的外公外婆的细心照料，视频中的你圆扑扑的小脸上，又长了一点肉，依然比小时候的爸爸更加帅气，也比从小就有着某种离别焦虑的爸爸，更加坚强……

令人欣慰的还有，在如此不安和忧虑的庚子年春天，比起一千多公里外李白诗句中“故人西辞黄鹤楼，烟花三月下扬州”的武汉，你可能在三月甚至三个月内都无法下楼跑去院外玩，但比起远在武汉困顿之中的哥哥姐姐弟弟妹妹们，你毕竟还有一个温馨的小家，还有一张可尽情描绘如美画卷的安静的书桌，还可以上楼喂喂鸽子、捡捡鸡蛋。去接受劳动教育的同时，顺便找寻你童年的百草园，更可享受当下便捷的网络教育，让懵懵懂懂的你也从中了解到我们的国家正在发生着什么……

更令人欣慰的是，难以割舍的亲情和家国情，让我们目前天各一方的这三个点，也紧紧地维系在了一起，“隔离，不隔爱”，铸成了一个不可分割的铁三角。而这样一个个坚固的铁三角，也从海外的旧金山、伦敦、莫斯科、悉尼、吉隆坡、东京……一直辐射延伸到了祖国的大江南北，把海外的华人、华侨、中国留学生和14亿的国内同胞紧紧地联系在了一起。“岂曰无衣，与子同袍”，构筑了一个同呼吸共命运、众志成城抗击疫情的中华铁三角，撑起了多难兴邦、薪火不断的家国文明的四梁八柱！而每每从荧幕中看到这感人的一幕幕，在参加紧张的疫情防控工作之余，爸爸妈妈和警察叔叔阿姨们都热泪盈眶，内心也更加充满着亲情和家国情的力量，坚信这场战疫终将取得最后的胜利。

也许，吾儿才八岁，识字不多，错别字还不少，明事理更不深，以上所说那么多，你还看不太懂，不懂父母的抉择之难和良苦用心，但是，爸爸妈妈都希望你明白一个浅显的道理——“头发长了，可以剪，头发短了，可以长，但头发白了，却无法变黑，更无法换回好儿郎求学上进的黄金时光”，停课不停学，希望你不放弃学业，且更加珍惜这一段令无数人都难忘的时光。今日的你，可以像你所崇拜的“蓄须明志”的周恩来爷爷一样，从小立下“为中华之崛起而读书”的大志；未来的你，也可像我往日批评你“玩物丧志”一般地重拾你喜欢的甲骨文，拿着一把洛阳铲去做田野调查，探索那么多未知的过去和将来，去做做你的小学问；再不济，像你爸一样，码码字“搬搬砖”做个自食其力的人，或者像你刘祺叔叔那样，学会拿把小手术刀割割阑尾，悬壶济世，救死扶伤，也成、也中——总之，你要做一个对国家对社会对家庭都有责任感和有担当的好男人！

而维系这一切的，都源自你要有一颗求知上进的心，“吾生也有涯，而知也无涯”，不要因为暂时的困难和求学的不便利，而放松了甚至中止了对知识的求索。你，现在所处的外公家——梅州兴宁客家地区，自古文风鼎盛，劝学之风更是根深蒂固的乡民传统，是近现代有名的“百校校长”之乡，把你放在那里，虽是忍痛的无奈之举，但可以身处这样的环境中接受人文素养的熏陶，却也是莫大的幸运，愿吾儿在未来的三月甚至在三个月里，虽不能下楼，但却可以从中开卷有益、乐在其中，“书中自有黄金屋”，研习十卷百卷书，更令自己三年级下学期的学业“更上一层楼”！

亲爱的小柠檬，隔着手机屏幕，现在，爸爸还想再抱一抱你，就像祖国母亲，想抱一抱在汉江之畔在困顿中暗自流泪却刚毅无比的同胞一样。

宝贝，别哭，轻轻地擦干眼泪，让我们一起共克时艰，一起加个油，再许个愿：也许，就在不远的明天，对！是明天！我们就将迎来“烟花三月下扬州”、彼此相拥相伴的艳阳天！

（笔者注：1月26日（年初二），夫妻俩接到单位的参加疫情防控工作的集合命令后，把孩子托付给老家的岳父母，于1月27日一起返岗上班，参加各自单位的封闭式管理防控工作。在此期间，对孩子的想念愈加深切，2月17日是各地不少学校开展网络教学的开学日，有感而发，匆匆草拟了这封家书。）

（原载《广东文坛》总332期）

在那被感动的日子里（外二篇）

□曾静

今年的春节，我很早就在广之旅提前定好初三出发去欧洲旅行，结果就在腊月二十七日的这一天突然接到了旅行社打来的电话，说2020年1月27日起所有出国的旅游团都要取消，原因是：目前新型冠状病毒肺炎疫情严重！也正因为疫情严重，我和儿子、媳妇、孙女每天都宅在家里，经历了前所未有的在紧张气氛中“过年”的全过程。

正月初一，是鼠年的开篇，按照以往的惯例无疑是中华民族最欢喜的日子，吃过早饭，大人们就会带着孩子们走亲戚拜年。

然而今年疫情严重，没有了往年的惯例，我只能拿起手机不断刷屏，往年新年的祝福也没有了，取而代之的只是“在家休息、做好防护、别聚餐、别乱走、别串门、勤洗手、戴口罩”！就连给母亲、兄弟、姐妹、亲朋好友发微信也都是这些话语。

吃完早饭，我想到药店买些口罩、酒精或消毒液之类的必备用品。在这非常时期，我其实不知能否买到，就抱着试试看的心理下了楼，开车到六公里开外的小镇看看。一路上几乎没有一辆车，不一会儿我就到了镇上，让我吃惊的是，所有的店铺都处于关门状态，唯有药店还在营业。“发生疫情了，药店应该是百姓最离不开的地方，我们营业不是想赚多少钱，而是为了尽我们的一份责任。”这是小镇上大参林药店服务员和顾客说的一席话，听得我浑身热乎乎的。是的，在这非常时期，人们与药店联系会更密切。做买卖的人普遍有了这样的意识，说明我们国家的文明程度越来越高了。我似乎感受到了，在她们的身上、在她们的“责任”里，凝聚的是一股“爱”的强大力量！

肆虐的疫情淹没了“年”的热闹与喧嚣，除夕那天广州的大街小巷也空前的静，没有了人流，也没有了车流。这就绝不是座空城！我在想，别简单看这里的“静”，在“静”的背后悄然筑起的必是一道冲不垮的防线！居民们按要求坚决不访友、不会客、不聚餐、宅在家，表现出了行动上的高度一致。就连我84岁高龄的老妈都有了清醒的认识。她在电话里和我说：“告诉你们，全都老老实实给我在家待着，不准出去，谁不听话出去了，把病毒带回来那就是全家的罪人，被染上花钱遭罪不说，还不一定能治好，咱们也不能给国家添麻烦！”

而作为广东抗疫前线指挥者之一的丈夫，除了每天十多小时在工作岗位外，也只好自我一个人在办公室“隔离”。而在临床一线的我也是做好防护，24小时关注医院的动态，及时了解疫情的发展实况，结合医院的实际情况制定出院内的流程，做到“人不在班、心系医院”。

新型冠状病毒肺炎疫情仍在发酵，全国人民万众一心，众志成城，正全力应对！在大疫面前，抗疫就是重中之重！

大年初三晚上，刚刚洗漱完毕准备就寝的我，接到了一个熟悉而紧急的电话，铃声让我心跳加快，这电话是我表弟唐医生打来的。接过电话还没等我问是怎么回事，就听表弟说：“姐，你都知道了吗？”我问他知道什么，他告诉我明天就要出发，要作为广东省第二批医疗队到武汉抗疫前线。作为一名重症监护室的医生，我知道接下来他所要面临的困难，话到嘴边我已经喉咙哽咽，他在电话里安慰我：“我一定会平平安安去，平平安安回来的。”

2月14日我又在家里刷屏，看见我们和睦的曾家群里妹妹说她女儿也要到荆州，作为广东的第16批医疗队援鄂的工作人员，我的心纠结得更紧。外甥女是一个“90后”的孩子，从小就是家里的“掌上明珠”，而且她不是学医的，我紧张得通宵未眠。一大早就为她准备了各种防护用品和口服预防药物。可是这老天也太不作美，就在她出发的当天，广州的“倒春寒”夹着大雨，到了荆州也是湖北的一场春雪。一个南方出生长大的姑娘除了要克服寒流，还要经历一场瘟疫的挑战，这是多么不易呀！

我们的后辈人成长起来了，他们同样是最能担当的一代。两位小同志只是大局中的一个缩影，你们是我们家的骄傲。你们是好样的！

你们平凡而伟大，我不会忘记，家里人不会忘记，我相信历史也不应该忘记！

“千里不辞行路远，时光早晚到天涯！”新冠病毒终将会被打败，我们静候春暖花开！全家人等着你们平安回来！

“战疫”队长也有一份柔情

唐医生是广东省援鄂第2批医疗队广东省妇幼保健院分队的队长，别看外表高高大大，可在他的内心深处同样有一份让你感动的柔情。

今年“疯长”的新型冠状病毒肺炎，让这位从事儿童呼吸重症专业的七尺男儿再也按捺不住！“我必须到武汉去，我必须到‘战疫’的最前线去！”决心已下，还没来得及和家人商议，也没来得及和亲人告别，就在大家还沉浸在春节的祥和气氛中的大年初三，他从坚守的重症病房走出，主动请缨前往武汉最前线，并担任广东省援鄂第二批医疗队广东省妇幼保健院分队的队长及前线妇幼分队临时党支部书记。

时光清清浅浅，日子重重叠叠，不觉唐医生到湖北已经一个多月了，在此期间只是偶尔给我打过一两个电话，也只是在每天的忙碌中偶尔在朋友圈发发他们团队在湖北工作和生活的一些小片段。而我却拿着手机看了一遍又一遍，觉得这“抗疫队长”也和常人一样有着一份柔情。这份柔情很柔，像风一样，拂起了我破土而出的温情，理还乱的发迹，抚不平的心绪。于是我在不寻常的元宵节写下了想他的文字，也在朋友圈看到他为女儿一周岁写下的话语，一时间我只想踏着这暖暖的柔情去寻他的足迹，从他的全世界路过，伸出手想拥抱不只身体，还有那孤独了许久的灵魂。此刻，我抬头望着月光，月光如水，澄澈透亮，看到里面浅浅的影子，还穿着厚实不透气的防护服。我站在窗棂下，循着月光的清影，静享一份纯美。一些无法阻挡的思念，便簇拥在立春的眉眼间。静待春暖花开的到来。

夜深了，我却没有了睡意，也许此刻唐医生还在守候着一个个危重的患者，又或许他又在挽救着一个个垂危的生命，也或许他又扮演成小丑医生在为康复的患者做着心理辅导，还或许他正在为队友们做着各种培训……

此时的我却躲进了寂夜的空间，泡一壶清茗，独守这一刻的清宁。灵魂独自在文字里行走，红尘如烟，梦畔花前，忆一段往昔，一幅画面徐徐展开，仿佛如昨，有文字、有茶香，还有无语言说的柔情。我在珠江水之湄，他在武江水之巅，一切都安然静好。

一个特殊的生日

生日每个人每年都过，而今年的生日对于外甥女恺懿来说却是一个特殊的生日，也是恺懿长这么大第一次离开父母、离开亲人一个人度过的生日。

“恺懿，生日快乐！”

2月28日零点刚过，外甥女就纷纷收到来自远方亲朋好友祝贺生日的短信，这是家人和好友们集体对她生日的祝福。

忙碌了一天的她，睁开疲惫的眼睛打开手机看到的是亲人们、朋友们发来的一条条祝福短信。面对着手机上的一条条短信，她的眼睛一次次被亲人浓浓的祝福惹得模糊，泪水也一次次涌上眼眶，那是感动的泪水，那是幸福的泪水。她捧着手机，在心里默默地为自己26岁的生日祈祷：祈愿早日战胜疫情，祈愿一线人员平安健康，也祈愿自己早日回到亲人的身旁，不让大家为她担心牵挂。

恺懿是2016年7月份大学毕业到广东省结核病防治中心工作的，她虽然不是学医的，但是加入新的集体，她很快就融入了进去。在疫情期间，她坚守岗位，主动请缨随同广东省第16批医疗队到湖北荆州抗疫一线前线指挥部，成为一名普通的工作人员。

得知2月28日是她的生日，因为疫情期间不能聚会，亲朋好友便特意准备生日蛋糕，通过网络的方式把祝福，做成集锦传送给她，让她度过了一个简单而不平凡且有意义的生日。

这虽然是个特殊的生日，但却是恺懿终生难忘的生日，她在朋友圈写道：这是一个特殊的生日，但我将会永远记住这一天，记住亲爱的亲人们的祝福，我会把你们的爱永远珍藏，我永远爱着你们，爱着你们给我的这份特别的爱。

亲爱的外甥女，今天是你的生日，姨妈只想披星戴月，在深夜零点第一个把祝福送给你：生日快乐！我想采撷春天最美的绿叶，为你写满祝福，让春风捎给你；我想采摘下春天最美的花瓣，为你编织成最美的花环，让白云寄给你；我还想用春天的景色再为你编织成五彩的锦衣，浸满我难于言语的心里话，跃海跨江为你披上。

今天是你的生日，我们不能和你一起度过，只奢求来日共度美好的时光。宝贝，祈盼你开心快乐每一天！在这个特别的日子，我把特别的爱和祝福送给你！我们全家都盼望你早日平安归来！

（原载《广东文坛》总333期）

谁是真心英雄?

□王青春

《欢迎英雄回家！》——看到《清远日报》今天的标题新闻，我百感交集。清远的62名白衣天使主动请缨，肩负全市人民的重托，千里挺进湖北疫情重灾区，浴血奋战，给灾区人民带来了生的希望与光明，焉能不让人动容！我在上午进行的直播课即将下课时，转发了这个新闻，消息框里瞬间挤满了学生发上来的笑脸、鲜花和大拇指！还有学生发来一句：老师，你们也是真心英雄，谢谢你们的辛劳付出！

学生的赞美，让我感动，也让我沉思。我们，也是英雄吗？

记得1月20日下午，我们一家三口回到了湖南的家乡，与父母、弟弟妹妹们团聚。正当我们兴高采烈采购年货时，广东、湖南等省相继启动疫情防控一级响应，接着，武汉封城！对于大多数人来说，潘多拉盒子，仿佛在一夜之间就打开了！疫区的人民怎么办？我们的生活怎么办？学生的学业怎么办？

在上级部门的安排下，我们除了在学校微信工作群里发布预警信息外，还在学生群、家长群发布防控疫情的信息。此后，几乎每天两条宣传信息要向师生、家长推送。因为我们深知，防疫的关键在于提高大家的防备意识。

最让我难忘的是线上教育。我们摸索着网络教学的方式，试过微信授课、小小签到小程序点名、发布和批改作业，最后还顺应时代潮流，注册钉钉群，摇身一变成了“主播”。为了掌握直播技术，我努力摸索，与同事们沟通交流，有时研究到深夜。

因为一大家人挤在三房两厅的狭小空间里生活，正在上学的有我儿子、外甥女和两个侄子，而我和爱人也都要上网课，大家为了“抢占地盘”而起了“纠纷”。两个侄子嚷嚷着说，我们最小，需要最安静的环境！外甥女尴尬地笑着说：“呃，那个……我们师范专业要上音乐舞蹈课，要录制舞蹈视频交作业，也需要安静的环境……”相对来说，读大学的儿子课业相对轻松点，我和爱人每天上课时间相对较少，经过与爱人商量，我安排了孩子们分别在房间和阳台上课，爱人在客厅上课。我怎么办？父亲笑着说：“还有的空地方可以考虑——厨房！”母亲马上反对，我们要在厨房做饭菜啊！突然，弟弟上厕所关门的声音让我眼前一亮，对，为了不互相干扰，在卫生间上课是相对理想的啦！

在大家的笑声中，我捧着手提电脑和书本，躲进了厕所。你能想象得到，做“主播”的第一天，当我端坐卫生间洗手盆前，打开手提电脑开直播有一种多么滑稽的感觉吗？当时学生要求通过视频看看离别了一个多月的我，我断然拒绝了！哈哈，学生压根儿也没想到我近两周的网络直播就是猫在厕所里完成的！

大敌当前，为了不耽误学生的学业，我和其他同行一样，克服困难，选择用自己的方式默默地奉献自己的努力和真情。

不久，我们回到了清远，回校与同事们一道继续奋战在抗疫中。寒风中，我们将教材送到所有学生的手中；走在崎岖的山路上，我们将电子终端设备送到特困学生的手中；为了回校值班，我们不记得吃了多少包方便面……

回首抗疫的每一个日子，我们自信坚守了教育的初心，承担起了为师者的责任；回味抗疫时期的点点滴滴，我们自豪于自己勇敢地擎起了振兴教育的大旗！

是的，我们只是普通的老师，为了抗疫，我们不需要用华丽的辞藻为自己高唱赞歌。有首诗写道：“千里万里，你在这里，或宽阔或瘦弱的肩膀，共同扛起这万家灯火。” 你是谁？你是救死扶伤的白衣天使，你是勇敢坚强的人民警察，你是无私奉献的志愿者，你还是默默为学生点亮明灯的老师！

望着屏幕上学生的赞语，我喃喃地说道：是的，我也是英雄！在抗疫的恶战中，我们每一个坚守岗位、尽职尽责、尽心尽力的人，都是无愧于这个伟大时代的英雄！

下班路上，春天如期而至

□南竹月

2020年春天，瘟疫肆虐神州大地，注定了这是一个能让人铭记在心底不同寻常的年份。

早晨，打开阳台的门，眺望着远方，在层层雨雾的迷蒙中，目光所及处，是看了千万遍的高楼隐隐。发了一会儿呆，视线无趣地收回，却扫过了夹在高楼中的一小片树林，几日不曾关注，已从深绿色转变成了桃红、粉红、黄褐与嫩绿相间杂了，像是画笔重重地戳在调色盘上时飞溅出的色彩，细碎而热闹。

突然记起，今天是立春。

我在立春这天，才正式走出家门，开启了鼠年的第一个上班日。疫情像警报一样，无声地在每一个人的大脑中无休止地轰炸着。

广州的天气有些晦暗，街头行人寥落，车马稀疏，有零星的快餐店开门了。出来上班和买菜的人，全都戴着口罩，表情严肃，相向走来的人像磁铁的同极相斥一样，彼此弹开足够的间隔，匆匆掠过。

但短短的上班路上，依然可以看到忙碌的身影，他们是骑着电瓶车拖着大包小包的快递小哥，口罩挡住了半个脸，未挡住的额头上沁出了汗珠；还有三三两两工作着的清洁工，他们在清扫的间隙直起腰，彼此聊上两句，疫情和劳动没有抹去他们说笑的兴致。

走进办公楼，有保安上前测体温；走进电梯间，一股消毒水的味道，按键整个包了一层塑料膜，厢壁上固定了一包纸，下面放了一个垃圾箱，旁边贴了一张说明纸。我按说明抽了张纸，隔着纸按下了键，然后把用过的纸扔进了垃圾箱。

一天的工作，彼此都是用微信和电话联系，在需要面对面交流时，也是各自戴好口罩，相隔在2米以外的距离。

天色渐暗时，走出了办公楼，仍旧是徒步回家，路过那条平时繁忙拥堵的道路时，视线无比通畅，很容易地发现马路对面的树上，绽放着红的、白的、粉的花，沿着马路排列下去，想起了“红杏枝头春意闹”的诗句，可不正“闹”着呢！

无论世间几多冷暖几多悲欢，春天，总是如期而至。

傲慢的人类，自以为可以征服自然，自以为比这个星球上别的物种都更高级、更优越，但再自诩为高级动物，也不过还是“动物”，血肉之躯，和所有物种一样，吃喝拉撒生老病死，一样会恐惧会担忧，一样会遭到大自然的反噬和报复，比如，现在的新型冠状病毒。

大自然遵循它内在的规律运行，亿万年不曾改变，不论人间疫情如何蔓延，无论澳洲的大火如何肆虐，非洲的蝗灾有多严重，世界各地有没有干旱、地震，它依旧走入春季，依旧百花齐放，依旧春风拂面。可笑的人类，以为大自然为他而运转而服务，其实自然在平等地对待生活于这个世界上的每一个物种，对于人类的作恶，瘟疫也不过是淡淡的答复。

写出了《人类简史》的以色列作家尤瓦尔·赫拉利就曾在他的书中，非常尖利地表达了他对于“人类中心主义”的痛恨。在他看来，正是这种罪恶的认识，把具有神一般能力、本来应该成为宇宙间“正能量”的智人，变成了一种不负责任、贪得无厌又极具破坏力的怪兽，结果给地球生态带来了一场“毁天灭地的人类洪水”。

这场瘟疫，无疑是给贪得无厌地向大自然索取甚至满足少数人类的畸形消费心理，敲响了一个警钟，是大自然对人类贪婪心态的一个反击，是对人类自以为高级别的生物一等的傲慢心态的一个教训：平等并且善待别的物种，万物有灵，彼此都在共享这个地球家园。

同样，我们也能从中欣喜地触摸到另一种信号，病毒既然是大自然的一部分，它自然也遵守一套有迹可循的规律，自然有各位医学工作者、科学家去研究。了解这种新冠病毒的基因序列、传播方式、发病症状等，我们只要按照国家的号召，认真地宅在家中，少出门，不聚会，做好自己清洁卫生工作就好了。恐慌来自未知，我们对于这个新病毒了解得越多，便离治愈和战胜它的时间愈近。

天色愈加地暗下来了，我匆忙的脚步也离家愈近了。

还是那句话，春天如期而至，生活也会如期地步入正轨，让我们静下心来，慢慢地期待，期待繁花似锦的夏天，期待硕果累累的秋天，期待肃杀藏拙的冬天，以及，下一个春暖花开。只是，永远都要在心中更多一点记忆，并且将这记忆流淌入民族的血液中，铭刻在人类的DNA中，敬畏自然，善待与我们同处一个星球上的一切物种。人类并不是这个星球的核心，大自然的规律才是。

记一个季节

□荣笑雨

这个季节，一个有“冠状”前缀的新名词，改变了我们的脉搏和体温，让2020年的第一个季节，变得不再安稳。

这个季节，有人离开了我们，倒下就没有再起身。

这个季节，有人穿上了防护服走进隔离病房，却只能隔着玻璃，和家人招手，与爱人亲吻。

这个季节，有人向远方逃离，有人奔向武汉三镇，都离家越来越远，都在面对陌生。

这个季节，年轻的母亲对孩子说：“乖，妈妈很快就回来。”孩子哭着点头，她当然知道，妈妈的“很快”，从来就没有明确的分寸，她只说很快，就是不说几月几日，几时几分。

这个季节，无论在报纸、电视还是网络里，那些倒下的人，那些呻吟的人，那些镇守病房的人，那些口罩都长进了肉里的人，那些身背背囊剪去秀发时刻准备出发的人，这些面孔全都素昧平生，因为一场苦难，它们变得熟悉，变得亲近，仿佛，就是我朋友圈里的好友，昨晚还在微信中聊着计划前往的温泉度假村。

这个季节，心里多了一种莫名的牵挂，我不认识他们，但我放不下他们，担心他们还睡在走廊地板，用蜷缩来抵御冰冷，担心他们缺少防护服，病毒会沾染他们的黏膜；担心他们护目镜戴得太久，脸上会刻下永不消逝的皱纹。

这个季节，就是在这个季节，我哭了，是啊，我哭了，每天总有一些事，让泪水顺着干涩的泪痕，滴落在阳光灿烂的黄昏，还有痛心，还有很多无缘无故的愤怒和事出有因的怨恨，你肯定也像我一样，看着天天递增的患者数据，双眼失神。

或者，这很不应该，一个经历过生离死别的成年人，不应该这么失了水准。可我就是忍不住，忍不住在那84岁老人热泪盈眶时泪流滚滚。

好，来吧，我们是该做点什么。用微信传递温暖，在小区打扫卫生，回车间赶制口罩，到一线去冲锋陷阵，哪怕这个什么，仅仅叫作：不要出门。

我不祈祷，不指望会有万能的神帮我们驱邪赶鬼，我相信三皇五帝开天辟地的体质，能传给重整河山的后生。

孩子的啼哭惊动了我的早晨，摸摸孩子的脸颊，还是那样红扑扑的温润，豁然感到，我们的这个季节，依然传递着健康的体温，只是，它不再是一个季节，而是一部手拉手的心灵史，镌刻在2020年，这个苦涩的暖春。

（原载2020年2月13日“南方+”“韶关文联”南方号）

抗疫期间，我成了临时保姆

□钟定标

今年过年不一样，一场肺炎，家家关门闭户。亲情友情联系在线上，大人小孩居家休养。好处是，一家团聚，把那分别的遗憾补上。

仿佛按下了暂停键，计划让变化破解。对于喜欢安于现状随遇而安的我来说，倒是没有多大的影响，就像那琶江里的一江秋水，没有掀起涟漪。所以，我这辈子没有什么成就，就一个平头百姓，过着柴米油盐酱醋茶的俗世生活，也有滋有味，荡气回肠。

年初二早上，初中时的曾同学，在微信跟我说老同学麻烦你帮个忙。我寻思：同学会有什么用得着我帮忙的？我们的生活水平不是一个层次的。但在好奇心驱使下，我回说，什么事但说无妨。你也知道，我们夫妇都是医生，曾同学说。知道知道，你说。这个忙很大，也只有你能帮，希望你能帮一下。同学这一番话，让我紧张，脑子就展开了想象的翅膀：借钱？出力？同学出事了？正思量，曾同学说，我们医院出现了新冠病毒病例，碰巧我们夫妻俩都接触过病人，因为这个特殊情况，今晚不能回家，我妈年前回乡下了，家里剩下我女儿一个人，今年才8岁，我想你帮忙，接我女儿去你家，照顾一下她，过几天我妈会接回去。哦，原来如此，我松了一口气，我爽快地说，发地址过来。同学非常感谢。我把事情简略和妻子说了，妻子也赞同，让我快点去接人。

我家里两个孩子，大的读高中，小的8岁。大的勤工俭学，在京东快递做寒假工，没回来过年。

距离不是很远，一个多小时后，我去到同学的家，按门铃，一个可爱的小女孩打开门。我和曾同学视频，和孩子确认无误，进去他家，帮孩子捡好换洗衣服，戴好口罩才出来。

一路上我们相谈甚欢。孩子叫曾鑫，本来是奶奶在照顾她，年前奶奶回乡下，一家三口，准备初二回乡下老家的，结果，给这个意外疫情打破了。

回到家，天已黑，妻子早做好了饭，小朋友也不怯场，吃了饭后就和我家的小姑娘婧婧玩在一起，在客厅跑来跑去，可开心了。看到两个小伙伴有使不完的精力，我真是羡慕。孩童真好，无忧无虑。

当晚，两个初见的好朋友一起睡。

第二天，妻子接到通知，去广州上班。家里就剩下我们三个。

眼看着疫情，越来越严重，有的城市封城，接着，小区、农村、县城相继封路。我也为同学夫妇担心。

曾同学说他的母亲来不了，不能接孩子回去。那就在我这待着吧。

我家里有两个仿真玩具：一个是灰色躺着回头看的猫，一个是白色趴着的小熊，两个玩具一样大，正好一人一个。婧婧见鑫鑫喜欢猫，就要猫，鑫鑫只好拿着小熊，抱着小熊贴着脸蛋抚摸着小熊。一会儿工夫，婧婧又要换回来。我看鑫鑫不敢争取的样子，像林黛玉初进贾府，看着都让人心疼。我教育婧婧不准这样，提议和她们玩游戏，捉迷藏。这倒是勾起了小朋友的兴致。家里有三间房，两个阳台，我让她们藏起来，我来捉她们。一开始，小朋友藏到衣柜和厨房的橱柜里。我装模作样，找很久才找到。后来，小朋友想象力超级丰富，居然藏到阳台的防盗网上去，让我吃惊不小，太危险啊，我跟她们说，不能玩了，太危险，衣柜橱柜里面，都有可能会闷死人，何况是阳台，太危险，不能这样。后来想想，趁着赋闲在家，倒不如辅导孩子学习。课本上的孩子可能不喜欢，我教《三字经》。没想到，曾鑫背得滚瓜烂熟，让婧婧羡慕不已。既然这样，我决定放弃三字经，改教唐诗，没想到，我刚刚读出“黄河远上白云间”，曾鑫接着背“一片孤城万仞山”。居然会几十首。这，对我的冲击简直太大了，不要说什么寒门难出贵子，我如今也是在城市了，孩子的功课，我平常也跟得紧，可要孩子背这些，我还没有想到，这就是差距啊。

真是没有对比就没有伤害，我和同学不但活在不同世界，连孩子都不在一条线上。一时之间，感触良多。

我感觉没法教她们了，便让曾鑫教婧婧，这倒是一举两得的好办法。本来嘛，婧婧有点欺负曾鑫，曾鑫现在变成她的“老师”，一下子就变乖，不敢欺负小“老师”了。

那天晚上，是初六，我做饭时，两个孩子在看电视，等到叫吃饭，才发现，曾鑫去了阳台，正在看着下面的马路。见我找她，说要等着爸妈来接。我说你爸妈可能要过几天才能过来接你。她一下子就哭了。哎，同学人到中年才生的这一个千金，想是万千宠爱于一身，现在这样，真是天可怜见的。我连忙安慰她，别哭别哭。没想到，越是安慰她哭得越大声。我摸摸她的头说想爸妈了吧，来，看看你爸爸现在有没有空，跟爸爸说说话。孩子点点头，赶紧抹干眼泪，等到她爸接通，孩子整个人已恢复正常，说爸爸，你什么时候来接我？她爸戴着口罩，还穿着工作服，说爸爸可能还要过几天才能来，你在叔叔那里，要吃什么跟叔叔说。几天？几号回来？孩子紧紧地追问。可能十几二十天。哦，二十天是不是？今天是30号，那就是几号，20号是不是？那妈妈呢？妈妈什么时候来？哦，也是20号吗？爸爸……是……哦，爸爸拜拜。挂了视频，又伤心地抹眼泪。我突然觉得难受，这孩子，好懂事啊，不在她爸面前哭，我蹲下抱着她，轻轻拍她后背，好一阵，才止住哭。

为了不冷落鑫鑫，晚上我会给两个小朋友讲故事。这个提议，得到了两个小朋友的全票通过。我讲了《聊斋志异》的狼三则的故事：有一个屠夫，卖剩下一块肉，天快黑了，他往家赶，半路上发现一只狼跟着。屠夫害怕，就提刀赶狼。狼见屠夫举着刀，转身便走。屠夫回头走时，狼又跟着。屠夫想，狼一定是看上我的猪肉了，可屠夫不舍得那块肉，见路边有一棵树，便用绳子，把肉用卖猪肉的铁钩勾着，挂的高点，让狼够不着。然后，把空筐给狼看，意思是你看，我这没有肉，别跟着我了，便回去了。第二天一早，屠夫惦记着那块肉，便去取，远远地看到树上挂着一个长长的黑影，吓了一跳，走近才发现，原来，是挂着一只狼，狼的嘴巴给铁钩勾着，已经死了。

为了不把肚子里的故事讲完，我每天晚上就讲一个，几天下来，讲了“小红帽”“李寄斩蛇”“周处除三害”等励志故事。

为了培养孩子的学习兴趣，这天下午，我和两个孩子说起以前读书时曾经梦想过的事。我说：“孩子们，说说看，你们长大了想做什么？”

“医生。”“医生。”两个小朋友差不多同时回答。

“为什么？”我有点意外。

“因为，做医生可以帮爸爸妈妈消灭肺炎病毒。”

“医生可以去武汉，治好肺炎，大家就可以出去玩了。”

两个小朋友差不多一样的回答。看来，我这个“保姆”没有白当啊。

疫期静思

□祖厉

在北京实习的儿子早已定好，准备春节回东北，陪爷爷奶奶、二大爷好好过个年。离家在外二十多年，因为种种理由，我一直没有在春节回过东北老家，老妈一再唠叨，这也成为一直压在我心里的大石头。打算让儿子回去过个年，也算弥补我多年的遗憾。原本买好了大年初二的车票，却不承想，想象得很美好的一场阖家欢乐的东北之行泡汤了。一场新冠肺炎疫情袭来，世界一下子被踩了急刹车，好不容易买到的火车票退了，整个春节，儿子一个人蜷缩在北京的出租房里。

2020年春天，一场突如其来的疫情阻挡了人们外出的脚步。

仿佛像一只闹钟，勤勤恳恳，不慌不忙，按着自己的节奏，嘀嘀嗒嗒走了大半辈子，成了主人的好朋友，深得信赖。某一天它突然闹罢工了，来得猝不及防。分针、时针躺在表盘上，一动不动，主人的生活大乱。

2020年的春节就像碰到这样一只巨大的钟表，同样是来得毫无征兆、异常迅猛。大街上空落落的，偶尔有一两个人影穿过，口罩捂得严严实实，脚步匆匆，形态木讷，如同丢了魂一般，转眼就不见了。路边停着的一排排汽车，失去了平时的威风，各式各样牌子，都是一样的灰头土脸，僵尸般卧在地上；一双双车灯半睁着，绝望的眼神直刺天空，死不瞑目的模样，远远望去，冷森森的。

有人说："过去是人把动物关在笼子里，今天是动物把人关在了笼子里。"整个春节，一种叫"新冠肺炎"的病毒把人们彻底地打蒙了，人乖乖地走进了笼子，不敢踏出半步，开始"怀疑人生"。好像是一个没考到60分的小孩，被爸爸大骂一顿后，抽泣着，抹着眼泪，走回自己的房间。"敢上九天揽月，可下五洋捉鳖；可让高山低头、河水让路。"曾几何时，我们豪情万丈，一副征服大自然的傲慢气冲斗牛。而今天，摸不着、看不到，只有在医学显微镜下才有显现的小小病毒发威了，继2003年非典之后，再次对有"万物之长"美誉、站在自然界食物链最顶端的人类敲响了警钟。苏格拉底说："未经反省的人生，是不值得过的。"大自然到底怎么了，是谁惹到它啦？怎么会如此暴虐？这是所有中国人过得最憋闷的一个年，2020年的春节注定会让人们铭记的，有震惊、有反思、有拷问，更有忏悔。

我们不歌颂苦难，但既然苦难已经来临，只希望我们能从苦难中悟到一些什么。尽管现在我们科技发达，医疗水平也在不断提高，可在霸道的天灾和病毒面前，我们依旧只是浩瀚沧海中的一粟，很多事情，人无法掌控。和茫茫宇宙相比，人类终究还是太渺小了。在疫情这面人性的照妖镜里，我们看到了人性的温暖与丑恶。也给了我们一个机会，让我们停下来，稍微审视一下我们过往的生活。

小时候，盼着过年，一家人在一起，热热闹闹的。印象中，读初中时家里几年贴的都是同样的一副春联——“天增岁月人增寿，春满乾坤福满门”横批是“万象更新”。每年大年三十当天一早，妈妈用小锅煮好了浆糊，爸爸负责往门上贴；我和老妹子负责拿对联、搬凳子。爸爸分别仔细看一遍，分出上、下联，然后蹬上凳子，把粘上浆糊的春联一条条贴到门框两边。门上的陈年油漆斑驳裸露着，朱砂红的春联一贴，立马大门装扮一新，好像也穿上了过年的新衣裳，世界上最好看的颜色瞬间就融在小院里了。一家人齐上阵，那时是很有仪式感的，就是很愉快的了。那时我对这副春联所表达的意思还一知半解。参加工作以后，才慢慢地感悟到这副春联表达的深刻含义。朴实、通俗的文字中凸显了“天人合一”的道理,人世间的风俗人情里面包含着祝福，同时又有无法言说的天地伦理。它的大前提是“天增岁月”，然后才能“人增寿”；“岁月”在前“乾坤”在前，“寿”在后“门”在后，这就是中国人的传统逻辑——敬畏天地、敬畏自然。

而现在贴的春联这类很少见了，更多的是“方方利”“路路通”，发财亨通之类的。现代人变懒了，变得享受至上。点外卖成为很多人的日常三餐，过去家庭主妇日常的缝缝补补现在沦为一个生意。

总记得小时候的生活，质朴、纯净、简单，人们特别容易满足。印象最深的是过年。年前几天，爸爸所在的场子就会搭起一个大门楼，有人忙着从山上采来松枝，搭在场部门面，翠绿绿的，中间再用大红纸写上“欢度春节”，喜庆极了。单位开始张罗分年货，带鱼、猪肉、冻梨，大包小裹地往家搬。到供销社买来“麻姑献寿”的年画，还有梳着大波浪电影女明星挂历，往家里的墙上一贴，灰头土脸的房子一下子鲜亮了。等啊、盼啊，年终于来了，橘子香蕉味的硬糖放满兜，大人小孩都欢天喜地的样子。小孩儿最惦记的就是买鞭炮了。湖南浏阳、江西萍乡这两个地方，直到现在也没有去过，但我很小的时候就在鞭炮包装纸上认识了。买回来的“小鞭儿”有一百响、两百响、五百响。几挂“小鞭儿”被放到热炕头上，翻来覆去地看，厂名厂址等包装红纸上印的字也看个遍。舍不得一挂连着放，就小心地一个一个解下来，揣在兜里，把它插在雪堆上，看到炸开一个小小的窟窿；放到冻硬的鸡粪上，一下子把它炸飞起来，“敌人的碉堡攻下啦”，一下子跑过去，低下头，冷飕飕的空气中就飘起火药的香味，我们便张大嘴巴，抽紧鼻子。“二踢脚”是连续响两声的，它们穿着一身红纸，一拃长，有擀面杖粗，大人们伸出拇指、食指轻轻掐着，用烟点着引线，转过头去，砰的一声先在地面炸响，嗖的一声冲上天，咔，打雷的声音在半空炸响。小孩们仰着头，又见到红红的纸屑纷纷扬扬落下来，丝丝红纸屑落在雪地上，踩出的小脚窝里，嘻嘻哈哈的笑声回荡在雪野上。

在故乡有句俚语：打正月，闹二月，沥沥拉拉到三月。年猪从初一吃到十五，再从十五吃到二月二。在民间有“二月二，龙抬头”的说法，这一天等到冻在缸底的那只大猪头进锅入肚，年才算彻底过完，在大家心中的印象才慢慢消退。享受了满满的幸福感后，大家开始收心，各就各位，大人张罗种地，小孩也要上学。忙碌、隐忍中又开始盼着下一个年。

一挂小鞭、一顿饺子、一碗红烧肉、一群鸡鸭、一条狗。吃着自己种出油亮亮的大米饭，房前屋后的小菜园子，夹杂着泥土庄稼的清香，春耕、夏锄、秋收、冬藏，一年四季，一代又一代。流着自己的苦汗，心里自然是一份踏实，这就是最简单、平实的幸福。这就是我们的消费习惯的确有些畸形了，大手大脚，攀比，炫富，一切不达豪华、顶级不罢休。一抹阳光斜射进来，暗淡的空间平添几分亮色。我把自己放在书桌前，重新审视自己的生活方式、饮食习惯，以及对其他生命的态度。非典之后，我和所有经历者一样，开始学会敬畏自然、善待生命，并努力改变生活中各种陋习。人是需要依赖大自然而生存的物种，可以不迷信，不可以不忧患，“安而不忘危，治而不忘乱”乃君子之品。

一位名人说过，“人是会思想的芦苇”。人只不过是一根苇草，是一根草，是自然界最脆弱的东西。用不着整个宇宙都拿起武器来才能毁灭，一口气、一滴水、一个小小的病毒就足以致他死命了。大自然是善良的，但一旦蛮横，它就有无穷的威力，给你点颜色看看。

春节宅在家里，看了冯小刚的贺岁电影《私人订制》，在片尾处，女主角白百合的一段内心独白，或许道出了人类对大自然的忏悔：“阳光，我是来向你道歉的，虽然我们之间隔着厚厚的霾。但我还是想对你说，你是公平的，是我们犯的错，让自己陷进了深深的混沌。我该怎么向你道歉才能让我们回到童年的记忆中？天空是湛蓝的、空气是清新的、阳光是明媚的。我知道你会说，你们太贪婪了……”

有幸活在物质富足的年代，不缺吃不少穿，有的人甚至是锦衣玉食，花天酒地，觉得可以为所欲为，开始对自然少了敬畏，对生灵少了尊重，感觉人类无所不能，就忘了自己是几斤几两了，忘了天灾就像身边的一枚不定时炸弹，一不小心就会引火烧身。

当我在电脑上打下这些文字的时候，正赶上“雨水”节气，挂历上写道：河水破冰，雨露滋生，万物开始萌动，春的气息将逾越过寒冬。

一位一线防疫医务人员的疫情日记

□黄梦帆

1月21日　阴

一早收到通知：全体人员春节假期取消，下午两点半回单位开会。网上得知新型冠状病毒到处张牙舞爪，武汉沦陷了，离我们不远的广州、深圳形势严峻，甚至家乡也发出恐慌信号，一对夫妇从武汉打工回家，男的第二天出现发烧、咳嗽症状，即时到当地医院治疗。收到当地反馈信息，市120、疾控中心、卫生健康局的专家齐齐出动，第一时间把病人、密切接触者分别接到指定点。在当地联络员的协助下，防疫人员深入村庄、住处进行疫点消毒。通过一系列的疫情处置，流行病学调查，采样、实验室检测等，把种种危险、伤害降至最低。这时候整个村庄都沸腾了，这边工作人员在做防护宣传，那边微信群叫嚷着封村了。于是整个县城都流传着某某地某某村又被封了，事情越描越逼真，事实封锁村庄是谣言，密切接触者被强制隔离却是真的。

1月22日　阴

休假成泡影，回家愿望终落空。为落实春运期间的防控措施，全市医疗线取消春节休假。二十四小时的轮值，下乡，开会，培训……一场疫情防控阻击战正式拉开序幕，从市里到基层，从领导到干事，从党员到群众，每个人各司其职，各就其位。没想到疫情蔓延这么快，信息传递这么神速，大小药店的口罩、酒精被抢购一空。医用防护物资紧缺，为了保障临床一线的防护用品，行政后勤人员按规定一星期内每人发放一只口罩。随着发烧、疑似病人越来越多，四面八方都是防护物资告急，请求捐赠的通告。在基层上班的医务人员到商店抢购浴帽、雨衣，他们穿雨衣、戴浴帽当防护服，每天站在公路口的疫情监测点检测路人的体温。这几天气温骤降，北风呼呼，总是无情地掀起他们身上的雨衣。基层医务人员除了要到指定监测点轮岗，还须参加本单位的班次轮值。想想我们只是失去假日，夜晚尚能暖在被窝，日头还能吃上热饭，而他们凌晨一两点还站在风口中，每天吃的是工作餐，为避免上厕所，水也没敢多喝。希望这场没有硝烟的战争赶快结束，希望明天睁眼就看到樱花绽放，桃花灿烂。前几天还梦到成堆的蝴蝶在樱花公园徘徊，成群的白鹤在高桥红树林盘旋，朵朵槐花在田园寨上空飘飞呢。

1月24日　阴

早晨醒来，那些疑似、确诊、重症、死亡病例化成数字在攀升跳动，心里的惶恐又加了一码。图标上湖北武汉山河红染，昨天武汉开始封城。祈祷城内的武汉同胞幸运避过疫毒，祈祷出征武汉的同行安然无恙，祈祷患者都能得到有效救治，祈祷人民不再恐慌，祈祷防护服足够多、足够牢……想起2003年那场SARS，顶着被感染的风险，熟悉、陌生的同行都抢着上前线。人类与病魔的抗战从不停止，随着时代的发展，病毒也诡异多变，纷纭杂沓。因救助非典病人而牺牲的广东省中医院护士长叶欣的故事，我听了无数遍，但每次有人提起，依然潸然泪下。她是在玉兰花开的时节离开的，“这里危险，让我来”，把风险留给自己，把安全留给他人，何尝不是无数医务工作者的崇高精神境界？

1月26日　阴

不知不觉年初二了，今天雾霾沉沉，往年这个日子都是与父母、兄弟姐妹团聚。因为新型冠状病毒疫情，年三十都在单位，没有大鱼大肉，唯有咸菜白粥。早上从家里出发，经过人民公园，一排排异木棉枝丫光秃秃的，连雀鸣也不肯停留。每年都在公园展览，品种齐全的菊花无踪无影，只有零星的紫荆花在风中乱舞，曾经热闹的溜冰场、儿童游乐园此刻死气沉沉。那个风雨无阻帮清洁工人清扫垃圾的流浪汉还在，只见他戴口罩、手套，推着车子不遗漏一片落叶、一只塑料袋。这世间连流浪汉都懂得防护，成为志愿者，何况我们？长时间戴口罩，蒙住口鼻让我呼吸困难，什么时候乌云散开，太阳光照，让我畅快呼吸？

2月7日　阴

李文亮医生去世了，整个朋友圈都哀悼他，许多人为他呐喊、为他鸣不平，我也很伤心。疫情面前每一位医生都会履行自己的职责，这是天职，无关乎英雄与否。逝者已逝，活着的人向死而生，在这场战疫中，每个人都扮演着自己的角色，没有旁观者。也许我们不需要站前线，但可以做到听从指挥，遵守疫情防控规章制度，尽自己所能去帮助身边需要帮助的人，同舟共济，打赢这场不能输的战斗，告慰逝者。

2月11日　晴

朋友圈里许多顾大家舍小家的抗疫图片让人泪目，防护服里的苦与痛，防护镜下的心酸，几人能懂？想起正月十一日那天，我带队到基层医院检查发热门诊，全程戴口罩，不吃不喝。中午一点多时途经家乡，当时饿得发慌，好想叫司机把我送到家门口，可考虑到父母年迈体弱，抵抗力差，实在没勇气冒险回家。结果绕道而行，也没敢打电话告知家人自己就在附近。

当天晚上，我看到几个文学群都在讨论有关抗疫的赞美诗，说实在，从疫情防控阻击战打响至今，无论一线还是后勤人员，都挺不容易的。在防护物资紧缺的情况下，他们克服重重困难，追踪、排查、采样、隔离、宣教、汇总……哪个环节不紧紧相扣？长时间精神高度紧张、享受不到休息日的憔悴、疲乏岂是外人所懂？每当得知病毒毁掉一个又一个湖北武汉的家庭，感染殃及善良的医护人员时，心情跌至冰点，泪眼婆娑。曾经尝试响应市作协的号召拿起笔杆子讴歌身边的感人故事，无奈心绪如麻，难以下笔。与周围多数医务人员一样，本人时刻关注的是感染了新型冠状病毒的治愈人数，增减人数，防护物资还能撑多久？基层、城市人群防护知识是否有普及？各疫情监测点何时能解散？如果哪一天确诊人数为零，疑似病例为零，城市、农村不再恐慌，病毒不再猖狂，能休上一天假，半天也行，那就是天下最幸福的事了。

2月15日　晴

陆续收到广州、湛江朋友出征驰援湖北医疗队的消息，自广东省基层医药学会县区医院分会发出选派优秀护理人员组队驰援武汉的倡议书以来，我身边的党员、朋友、同事纷纷踊跃报名，请缨出征湖北。这么多年来，廉医人传承红色基因，发扬党的光荣传统，援助汶川、援助西藏以及援助非洲都有我们廉医人的身影。当下，面对新型冠状病毒肺炎疫情的严峻形势，我们更加不能缺席。几经培训、研究、筛选，最后选出陈荟鹏、莫海平、彭玉兰、陈小兰等八名医务人员列入湛江市第三批援助湖北医疗队。

随着国药集团广东检验公司向廉江人民医院捐赠新型冠状病毒核酸检测设备后，越来越多的企业、社会人士向我们捐赠医疗防护物资，如香港廉江总商会、廉江永福集团、广东省扶贫基金会“散打家族爱心基金”，等等。形势日渐好转，好消息不断涌来。瞧，门诊楼前那棵百年古棉树又开花了，那一树火红像一团团燃烧的烈火，仰望它，想起去年春天走过树下曾赋诗一首：云霞朵朵绣高枝，擎炬苍穹恼雀栖。铁骨英雄谁论是，与风笑舞院门旗。

“没有一个冬天不可逾越，没有一个春天不会来临”，春天来了，曙光照耀，所有的晦暗都要消散。

（原载《广东文坛》总333期）

站在五米开外说话

□端子

年初七这天，阳光很好，在家憋了多日，实在是想着出门口晒晒太阳。

打开后门，后巷空荡荡的，连一只雀影都见不着。抬头望，天似海蓝。站在巷子，如坐井观天。半巷的野生植物绿意荡漾。空空的脑袋，倏忽冒出一句唐诗，“城春草木深”。

巷向东西延伸，我住在中段。去年创国卫时，工作队请钩机将街坊割据多年的一垄一丘的菜刮须一样刨去，秋冬以后，空地上长出了各种野生草本植物，有二月艾，有五月艾，有狗耳朵，有苋菜，有薄荷，还有紫苏……又养眼又养肺。

大片的阳光倾在我的身上，一阵阵寒风打过，我打了个趔趄，一股不太踏实的温暖，让我怎么都不敢开心。

远远看见，东头有邻居行来，见了我，便扭头折返。换上往日，肯定会打招呼的，至少点点头。一种孤独感悄然爬上心头。

我向巷西头踱去，私家楼一幢紧挨一幢，都市的邻居，平时也难得一见，何况此时。

我一下子变得机警起来，羚羊挂角一般，在野花野草茂盛的一块畦地前止步，端详起眼前的花草，阳光下的花草见了我，和蔼可亲，它们也多日不见人了，寂寞无聊吧，彼此见面，一如久别重逢的兄弟。

就在我低头和花草交流时，后面的一户邻居的门吱一声打开了，出来一位六十岁上下的阿姨，戴着口罩。一眼瞥见我，也不慌不忙的，犹如那片野草，垂着双臂，站在门口。

我站起来，欠身向她点点头，她也友善地回点了两下，轻声问道，找什么呢；我说你这片野生二月艾、狗耳朵、紫苏怎么长得这么好啊？她说时不时浇了水的，长得就快了，你要拾吗，拾一些回去做粑、煲汤、炒菜吧？我摆了摆手说，谢谢啦，我那边也有，说着朝巷中指了指。她说，邻居呢，平时少见不相识。我说是。

我留意到，她家门前阶基的两盆杜鹃红山茶长得忒好，绿叶丛中爆出一枚枚花蕾，紫红黛青的，又大又瓷，含苞待放，屋宅显得生气勃勃，我啧啧赞叹。她笑了说，没什么，平时得闲，花点工夫弄弄，这后巷的阳光雨露也好，这不，结出一树花蕾。说着，她向前迈出一步。我们的距离在五米开外。

我下意识地后退了半步，她马上也意识到什么，猛然退回了半步，彼此的距离扩大了一点。见我赞赏她的杜鹃红山茶，似是找到知音，她便从花的由来到浇水、松土、打肥、栽枝、保花，一本养花经说得头头是道，特别记住的一句话：花也好，人也好，天养五分，人养五分，不要违反自然规律就好。

我见红山茶树疏疏有三几枚苞蕾爆开，吐出鲜艳。于是靠前半步，凑近闻闻，一股沁人心脾的天然香。

我夸道，阿姨，您真会种花，这后巷，最好的花就是您家了。她呵呵一笑，说退休了无聊，就在楼顶育花，有盆植兰花十多株，还有红山茶十多株，家人不怎么爱看，难得遇见好邻居，还对花这么偏爱的，我送你两盆吧。我连忙后退了一步，说谢谢阿姨，君子不夺人之爱，得闲我来赏花好了。

阿姨见我婉拒，也不再坚持，说也好，眼前是特殊时期，就不请你入屋坐了，过些日子气候好了，环境好了，春暖花开，欢迎你再来我家赏花。

此刻，我站在阳光下，阿姨站在她家屋檐下，仍是恰当的距离。我说再见，谢谢您，阿姨，过年好。她笑着说，大家好，花开富贵，竹报平安。

近处，传来一阵爆竹声，响过之后，后巷愈加空寂，阳光和空气静静流淌。不是见不到人的缘故，而是一种氛围的恐惧和纳闷。

回眸一瞥，朦胧中听见花开的声音，啪啪，啪啪，是那两盆杜鹃红山茶在爆蕾。过几天，便是立春了。

（原载《广东文坛》总332期）

春暖将至，静待花开

□林雁冰

2020年2月19日是雨水节气，一年中的第二个节气悄然到来了。立春之后，东风解冻，散而为雨。雨水至，一候獭祭鱼，二候鸿雁来，三候草木萌动。在润物细无声的春雨中，草木随着地中阳气上腾而开始萌芽，这个时候天气开始暖和，春天就要到来了。

今年的新年过得有点特别，因为受新型冠状病毒的影响，我们响应了国家的政策，没什么重要的事就老老实实待在家里，不给国家添乱。除了工作上要出门执勤，其他时候都是宅在家里，这是除了生娃坐月子，第二次能有这样的机会宅在家里。近来的天气变化有点大，有时降温，有时升温，有时降雨。终究是有点恍惚，可是春天真的会来。

特别期待的就是值班的日子了，因为可以回到海丰红宫红场旧址纪念馆这片热土的怀抱。久困在家中，对大自然的气息就愈加念想和渴望，我从未像现在这样如此渴望拥抱海丰红宫红场旧址的花花草草，也未曾如此渴望拥抱一树花开。因为纪念馆在此次疫情下按照文旅部的通知进行闭馆，这里没有了以往的热闹，只有环卫工人在打理花花草草和我们的工作人员各自忙各自的活儿，而此刻，我一个人不紧不慢地行走在红场中。

雨水节气，我最喜欢它的两个地方：一个是“天地相交，万物大通”，一个是“鸿雁来，草木萌动”。这个世界无时无刻不在彼此交流，树木和溪流会交流，云朵和天空会交流，大地和小草会交流，瓢虫和青苔会交流。万物在交流，它们虽然隔山遥望，也会远远致意。万物交流的时刻，眼睛会发亮，心会颤动。

雨水节气，就是天地交会的日子。天地相交，万物大通，一切心领神会，不再憋屈。冬春交替的时候，是最让人感到憋屈的。在疫情暴发后，大部分时间我们是关在房子里，就像小草压在泥土里。其实，雨一来，就好了。雨水至，鸿雁来，草木萌动。人也会跟着朗润起来，大大方方地欢喜起来。

偶尔会听见鸟叫，还有许多唤不出名字的鸟儿飞过。不知是谁家养的鸽子，散落在彭湃同志铜像身后的草坪上，它们欢快地吃着草籽，时而飞起，时而降落。“天街小雨润如酥，草色遥看近却无。”前段时间的小雨润醒了红台前的草坪。这片绿色作为中轴线，与前方伫立的彭湃同志的铜像相映衬，成了一幅美丽的画面。“好雨知时节，当春乃发生”，二月的小雨润开了新叶，润开了海丰红宫红场旧址的绿。原来在我们还没注意的时候，太阳的直射点悄悄地在向北移动，春天开始了。

站在伫立在红场中的彭湃同志铜像面前，此时我不禁想到了彭湃纪念医院，这所为了纪念彭湃同志而以此命名的医院，就在海丰红宫红场旧址纪念馆的隔壁，是我们的邻居。在疫情暴发后，2月8日，彭湃纪念医院5名医护人员组成医疗队前往武汉支援前线。继第一批援鄂医疗队出发后，彭湃纪念医院又选派4名医护人员，并在近期奔赴湖北开展医疗援助工作。在海陆丰这片红色的热土上，就在我现在所在的海丰红宫红场旧址上，1927年在这里建立了中国第一个苏维埃政权。在这块红色的热土，英雄辈出，海陆丰儿女敢为人先的精神一直滋养着生活在这片土地的人们。疫情就是命令，防控就是责任。这群医护人员是勇敢的战士，是最美逆行者，更是忠诚的守护者。在看到彭湃纪念医院医护人员出发前接受的采访时，我深深被感动，其中护理师杨芳芳的一句话让我印象深刻，“我们是共产党员，我们从事的工作是救死扶伤，我要服从组织的安排，哪里需要我们就到哪里去”。这些平凡而又可爱的人，他们在面对疫情时没有退缩，而是以实际行动诠释了海陆丰儿女敢为人先，无私奉献的精神风貌。

这件事在新闻播出后，朋友圈立马被刷屏，大家纷纷称赞这群逆行者。可是我的心里充满的是担心，这群人中，他们是丈夫，是妻子，是父母，是儿女，在国家有难之时，他们忘了我是谁，而记住了自己的使命和担当。护士长曾映芳说：“希望大家顺利去，顺利回，国有战，召必回，战必胜。我们一定会完成使命，平安归来。”我也像护士长一样期待着大家能够顺利归来，因为春天就要来了，春天里的阳光会拨开阴霾。

“没有一个冬天不可逾越，没有一个春天不会来临”。我从未像现在这样，如此渴望拥抱自然。春风来了，春雨来了，不急，草儿会绿，花儿会开。

我在想疫情过去之后，有很多想做的事情。我要去郊区爬山踏青，我想去看一场坐得满满当当的电影；我想去吃一桌人声鼎沸的火锅，兴致到来，就干杯，然后随意走在人流如织的大街上；我还要到寺庙去祈福，还愿，听晨钟暮鼓，诵般若心经；在海丰红宫红场旧址里遥想600多年的光阴。纵使人生有许多的喜悦，平静地过着简单的日子，就很幸福了。

（原载2020年3月22日《汕尾日报》）

给奔赴抗疫前线的姨妈的信

□熊一清

亲爱的姨妈：

您好！

当一架从广州出发的航班承载着将欲奔赴治疗一线的数以百计的“白衣天使”的爱心、奉献之心，带着风驰电掣般的速度与激情飞向武汉时，我得知您就在这个航班上。

亲爱的姨妈，听到您要去抗疫前线，我们的家族微信群都炸开了锅！要知道您将要去的那所武汉协和医院重症病人居多，任务最重最艰巨。大家在微信群里叮嘱、关心、祝福，更多的是称赞！听到消息后，我脑海里立刻浮现您平时与我相处的情景，和我一起嬉戏玩耍时，“90后”的您像个爱撒娇的孩子，但在这国家和人民危难之时，作为护士的您，却坚强勇敢地挺身而出，踊跃报名参加奔赴一线抢救患者的团队，我深感震惊！亲爱的姨妈，您自告奋勇报名，义无反顾地选择去危险的地方，您登上航班的那一步是多么坚定从容，真是我心目中的英雄！

亲爱的姨妈，这个春节我一直很纳闷怎么这么特别啊！平时张灯结彩锣鼓喧天的热闹都不见了，为何万径人踪灭？为何大街车马稀？为何行人戴口罩？为何店铺把门关？我感到了一种前所未有的寂寞。看了新闻才知道由新型冠状病毒引发的肺炎肆虐在神州大地，患者的数量明显地像兔子数列一样大幅度增长，听起来令人非常害怕！如今，大批大批的“白衣天使”来了，有军队的医疗队，有医术精湛的专家，也有像您这样来自全国各地的志愿者！他们是祖国的顶梁柱，是人民的救生圈，是病人的定心丸！他们不舍昼夜、尽职尽责地在工作岗位上拯救患者，这种舍己为人、鞠躬尽瘁的精神令我感动得热泪盈眶！

亲爱的姨妈，请您千万注意，防护服和防护具一定要穿戴好，保护好自己，护理好更多的病人。您和您的同事们的奔赴将会给武汉人民送去更多的温暖和希望。我有您这样可亲可敬的姨妈真是无上荣光！

今天是元宵节前夕，凝望着窗外那轮皎洁的明月，我高声吟诵：“我寄此信与明月，随君直至武汉去。”愿明月能在第一个月圆之际——元宵之夜向您转达我的牵挂，祝您平平安安！我们在广州等着您凯旋。

谨祝

安康！

外甥：熊一清

2020年2月7日

（原载《少男少女》4月下刊）

致敬逆行的勇士们

□林敬修

不是铁路人不想休息，是责任让他们选择战斗；
不是铁路人不害怕，是使命让他们必须向前冲；
不是铁路人不恋家，是担当让他们舍小家顾大家。
当选择做一个铁路人，就必须战胜怯懦；
肩上沉甸甸的职责，让他们勇往直前。

我的爸爸妈妈都在铁路工作，2020年过年，我在父母和周边的叔叔阿姨身上，看到他们舍小家顾大家的大爱精神。有人毅然写下请愿书，主动支援疫情严重的线路，不论生死，不计报酬，全力以赴；有人不眠不休，昼夜加班，筹集物资，快速调度，力保应急；有人南征北战，一趟车一天两次驰援武汉，护送医护人员；他们没有春节、没有休假，他们有的是责任、是使命、是担当，更是信心、决心和爱心。

一位奋战在开往武汉列车的客运乘务员这样说道："病毒来袭，没有谁能够置身事外；生死狙击，每一个人都责无旁贷！没有硝烟的战场上，我们同样是战士，守土有责、守土尽责！"这是何等的自觉与豪气。

每一位坚守岗位的铁路职工，一样是平凡的英雄、逆行的勇士。

保重，逆行的勇士们！病毒凶险无情，防范严阵以待。勇士们，逆行途中，请务必保护好自己。该采取的防护措施，一个也不要马虎；口罩及时佩戴，认真消毒清洁，能休息的时候抓紧休息。

面对揪心的疫情，钟南山爷爷眼含泪水、神情坚定："有全国，有大家的支持，武汉肯定能过关！"铁路人义无反顾、奋勇向前，坚决切断疫情从铁路传播的任何可能，就是为了让大动脉安全畅通助力早日过关，为了我们能摘掉口罩的日子早些到来！祝愿逆行的勇士们健康平安归来！

就如习近平总书记所说：我们完全有信心、有能力，打赢这场疫情防疫阻击战。让我们与全国人民一道，万众一心，共同战“疫”。胜利一定会属于我们！

同学们，让我们一起为逆行的勇士们加油鼓劲吧！

（指导老师：彭洁芬）

（原载《少男少女》5月上刊）

钟南山爷爷，我想再次和您聊聊天

□陈梓涵

钟南山爷爷，我想您了！去年春节，您还搭着我的肩膀，教导我好好学习。今年春节，我就只能在电视上看您了。

您是慈祥的爷爷

钟爷爷，想起第一次见您，是在去年春节，那个时候我只知道您是一位慈祥的爷爷，和蔼可亲，有着挺拔的背影。

第二次见您，是您带我一起去看长隆动物园的马戏。头一天晚上，妈妈拿出了您的视频，跟我讲她读书的时候，有一种可怕的病叫非典。告诉我，您当年多么正直勇敢，战胜了可怕的非典。那时，在我的心里，您是医生，是科学家，也是一位英雄。第二天，在您工作的时候，我偷偷地观察您。我看到了好多外国人，大家都很尊敬您。可看马戏时，您会在我看见精彩表演，大声欢呼的时候，像我的爷爷一样对我微笑，摸着我的头，问我好不好看。

病毒来袭，您说“隔离”是最好的灵丹妙药

今年寒假，新型冠状病毒像怪兽一样，袭击武汉。爸爸、妈妈打电话叮嘱我和妹妹不要出门。老师也教导我们（6）班的孩子，疫情期间，尽量不外出，待在家里学习、锻炼；要讲究卫生、勤洗手；出门一定要戴口罩。电视上钟南山爷爷也说，隔离是最好的灵丹妙药。

您让我们在家躲病毒，自己却走进了武汉疫区

年三十晚上，爸爸没有回家吃团圆饭。

我问妈妈：“妈妈，爸爸去哪儿了？怎么这么多天都不回家？”

妈妈说：“爸爸上班去了。武汉出现了新的病毒，很厉害，能人传人。”

我自豪地说：“不怕，我爸爸是研究这方面的科学家，而且我们身边不是还有钟爷爷吗？”

妈妈说：“钟爷爷也到武汉去指导工作了。”

我想爸爸快回家。我更担心钟爷爷，因为您已经很大年纪了。您让我们所有人不出门，自己却走进了危险的疫区。

您说，武汉是一座英雄的城市，一定能战胜病毒

从那天开始，妈妈也没空理我和妹妹了，每天不停地接电话、打印资料到深夜；从那天开始，就只有爷爷奶奶照顾我和妹妹；从那天起，我就关注起有关新型冠状病毒的新闻；从那天起，钟爷爷就常在电视上给武汉人民鼓劲。您说：“武汉是一座很英雄的城市，一定能战胜病毒，顺利过关。”

爸爸说：“您是最坚定的领头人。”

我在电视里看到，全国各地都有医护人员去帮助湖北。爸爸的同事陈叔叔也去了武汉金银潭医院。出发那天，我在新闻里也看到了他。新闻里说，他们是英雄，希望英雄平安归来。陈叔叔回广州以后，他就被隔离了，暂时不能回家。他和爸爸都说，您是他们最坚定的领头人。

您是慈祥的爷爷，也是我们心中的大英雄

钟爷爷，今年再次见到您，是在电视上。我才知道，您不但是我心中的英雄，也是所有中国人心中的大英雄。您一边让大家尽量不要去武汉，一边自己又去到了最前线，您说的每一个字、每一句话都充满力量，给人们最坚定的信心。

我会乖乖在家，不让自己给您添麻烦

钟爷爷，您为了全国十四亿人的健康和安全，日夜辛劳。您放心，我们小朋友们一定会乖乖待在家里，勤洗手、积极锻炼身体，不让自己生病，不给您添麻烦。

我还要努力学习，长大做一个像您一样正直、可信赖、知识渊博的人！

钟爷爷，我在广州等您，等您传来战胜疫情的好消息，等着和您再次聊聊天……

（原载《少男少女》5月上刊）

烁烁闪耀生命之光

□谢显扬　邬扬

战疫征荆州，纯纯真善美，激荡人文情怀。
英魂冲霄汉，烁烁生命光，激耀人生价值。
浩荡汉江水，悠悠珠江情，激吟英雄史诗。

一

岁在庚子，一场新冠肺炎疫情突袭汉江，席卷全国大江南北。

“生命重于泰山。疫情就是命令，防控就是责任。”面对严峻考验和巨大挑战，广东省委、省政府在以习近平同志为核心的党中央坚强领导下，落实“坚定信心、同舟共济、科学防治、精准施策”总要求，沉着应对、果断决策，率先启动重大突发公共卫生事件一级响应机制，举全省之力，下好“全国一盘棋”先手棋。

让党旗在防控疫情斗争第一线高高飘扬——广东省委一声令下，全省66万多个基层党组织、530多万名党员，勇敢担当、先锋出击，带领群众奔赴湖北和广东城乡抗疫第一线。广东省直机关工委发出倡议书，号召省直机关9800个基层党组织、12万多名党员集结到党旗下，引领人民群众构筑起与疫魔斗争的联防联控、群防群控人民防线。

——战疫汉江，2495名广东医务人员迅速汇入全国四万抗疫医务大军洪流驰援湖北，与时间赛跑，与疫魔较量。

——防疫珠江，数万名广东医务人员坚决镇守南国定点医院，在保障抗疫前线后勤供给中轰然打响防疫阻击战。

人民至上、生命至上，这是我们党的使命担当。在淬砺精神抢救生命的大考里，在万千最美逆行者中，闪耀着一颗励人心志、催人奋进的星星。党员王烁的英雄诗篇，由此吟响序曲。

一方有难，八方支援。2月14日，广东省职业病防治院接到省卫健委通知，须派人员支援湖北荆州新冠肺炎疫情的流调工作。职防院职业卫生评价所让大家先在工作群里自愿报名。王烁第一时间报名。

“烁，别什么都带头，你家的情况我都清楚，两个孩子还很小。”职防院职业卫生评价所副所长苏世标赶忙找到王烁。

“标哥，我是所里的青年文明号副号长，向急难险重任务发起冲锋，需要我这个号手吹响号角。”王烁的回答让苏世标既欣慰又心疼。

王烁是所里的一支标杆，从来都是带头发挥先锋模范作用。所里的年轻人在他的示范带动下，一个个朝气蓬勃，形塑向上向善向美的好风气，所里曾获评广东省四星级青年文明号。危难之时，王烁这把冲锋号再次吹起，职防院党员群众群情激昂，第一时间报名去荆州的战疫先锋达70人。

历史铭记2月16日这个时刻，国家卫健委发出选派疾控人员支援湖北的紧急通知，王烁光荣入选中央指导组防控组驻荆州防控队队员。

二

从抵达荆州的神圣一刻起，王烁就一直冲锋在前。

甫进驻地，身兼中央指导组防控组驻荆州防控队队员和广东支援湖北荆州医疗队队员的王烁，马上学习“吃透”工作方案，并结合荆州实际，连夜制作两张督导调查表模板，大大提高了数据收集的效率。接着，他与同事们深入疾控中心、定点医院、发热门诊、集中隔离点、监狱、养老院等离危险最近的地方排查了解情况，仅半个月的时间，他们就走遍了荆州市全部2区3县3市，摸清了荆州市疫情防控整体情况。

这是一趟高风险的逆行。一直与王烁一起执行任务的职防院办公室主任李旭东追忆：“疫情防控工作繁重而危险，我们不知道面对的调查对象中，哪些是患者，任何一点松懈疏忽都可能是致命的。”

这是一趟特艰苦的逆行。流行病学调查总要加班加点，往往是早上8点30分出门，中午回来撰写调查报告，来不及午休就立即奔赴新的“战场”，直到晚上10点才能回到住地，还得加班写报告。“风餐露宿是常有的事，既像搞田野调查，走街串巷，又像侦探，分析传染病传播轨迹。”广东省疾控中心副主任林立丰感慨道。

二十多个日夜里，王烁与同事作为疫情的“侦察兵”和“排雷兵”，筑牢疫情防控的坚固防线，用专业和高效的表现赢得了当地政府和人民的肯定与尊重，这个团队被授予“全国卫生健康系统新冠肺炎疫情防控工作先进集体”荣誉称号。

三

为了站好最后一班岗，王烁的生命定格在那个夜晚。

春暖花开的3月13日，荆州市疫情形势全面好转，战时状态有望解除。大家都隐隐感觉到，回家的日子近了。但越是胜利在望，越是不能有丝毫放松。疫情防控组研判，随着战时状态逐步解除，农村、社区的疫情防控工作恐将出现薄弱环节。王烁所在的团队一致决定站好最后一班岗，不给荆州留下隐患。

这是一个凝重的日子，王烁与同事们在完成荆州洪湖市流行病学调查督导工作后，就地开了个小会，研讨策划下一步疫情防控工作。会议结束后，王烁与同事们驱车3个半小时返回荆州市区，于下午6时抵达广东支援荆州医疗队前方指挥部住地。

简单匆忙的晚餐时分，王烁与同事们仍然一直在讨论农村、社区存在的疫情防控薄弱点。

“很多问题，是白天发现不了的。”李旭东说：“疏漏和隐患问题往往要到入夜后，人们精神疲惫的时候，才会浮现出来。”为获取社区一线的真实情况，两人一如往常，饭后就出发，在指挥部附近进行走访调查。

正是因为在这些大家容易忽略的地方付出了大量努力，王烁与同事们在实践中形成面上覆盖结合重点下沉、排查督导结合指导带教、广东经验结合荆州实际的“三结合”工作法，向各级指挥部发出报告10个、工作指引和技术方案19份、疫情分析简报22份、疫情信息快报32期、整改建议53条，为医疗队前方指挥部科学精准决策提供了一手资料和科学依据。

然而，就在这个晚上，不幸的事发生了。20点30分左右，王烁在深入凤鸣社区夜访调查途中遭遇车祸……

四

冲锋涉险，默默扛起最艰巨的任务，是王烁留给所有人最深刻最鲜明的印象。

“王烁一直是这样的人，每次都冲锋在最前面。”李旭东说，“他还总那么细致周到，不喜欢张扬，默默奉献。”

职业卫生评价工作是一份吃尽苦头的工作，这份工作需要现场走访、观察，设身处地感受工人的工作环境，走遍工人工作现场每个地方，采集数据，找出可能对工人身体存在危害的因素，给工人和企业提出安全防护意见。作为一名有11年党龄的共产党员，王烁始终对党忠诚、牢记宗旨，义无反顾到党和人民最需要的地方去，冲上第一线。

时光回溯到2019年，得知广东组建援助西藏林芝职业卫生和放射卫生监测队的消息，王烁第一时间报名。在雪域高原的米林县和工布江达县，他强忍着头痛、心慌等高原反应，和队友深入高海拔山区企业，通过细致工作，降低生产一线劳动者的职业病风险。

对劳动者怀有深深感情的王烁，在西藏林芝看到当地企业的职业卫生工作较薄弱，医务培训和教育、企业职业危害检测也比较缺乏，有的连职工体检都没到位，他苦口婆心地把各个环节向企业领导、劳动者交代清楚，甚至连教工人戴口罩的事情都不厌其烦地认真做好。“你们在这里工作多少年了”“知道工作当中产生的哪些职业危害吗”“知不知道怎样去防范”……

在核电站，他走遍厂里的每个角落，了解筛查设备是否有放射性污染，体验和评估工人日常工作可能会遇到的职业危害。他告诉工人，工作过程中要特别注意哪些防护，如何去防护。工人们都真心地亲近他，感激他。

同事们追忆起王烁说过的话：“我曾经在工作中有过几次诊断患者的机会，看着他们被尘肺病折磨得残弱不堪的身躯，被白血病夺去宝贵的生命，就更坚定了初心，平添了动力，不管存在什么样的困难，都要尽最大努力认真对待。”也许这就是王烁这么拼的原因。

历史难以忘记，有一年，王烁跟同事到垃圾处理厂进行现场调查。当时是在40摄氏度高温的夏天，垃圾场里臭气熏得人眼睛都睁不开。由于要像普通工人一样体验现场，他们并没戴防护口罩，刺鼻的气味直冲脑子，说不出有多难受。王烁和同事没有退缩，在现场走了大半天，出来后尽管洗澡换了衣服，但一身臭味怎么洗都洗不掉，坐在办公室里大家不敢靠近他。在后来的一场演讲活动上，王烁提到这段耐人寻味的经历，还低头一笑说：“不亲自调查就不可能获得准确资料，劳动者就可能因为在这种环境下工作受到伤害。如果我们退后一步，职业病就可能先我们一步找上门。”大实话里闪耀忠诚实干担当的高贵精神。

最难最危险的地方，王烁都会留给自己去。80米高的石化厂平台，40米深的漆黑铀矿井，刚爆破完的矿山隧道，可能存在射线危害风险的核电站维修现场……他都挺身而出，承担急难险重的工作。在近10年的工作中，他无数次深入危险现场，解决了近百家重点企业的职业病危害控制技术难题，为数十万劳动者争取到职业健康的检查权益。

同事们都佩服王烁的拼劲，别人要两三个月才写出来的报告，他可能一个月就加班加点整出来了。同事汪天尖常提醒他要注意休息："烁哥，要保重身体，身体是国家资源。""没事没事，不会浪费国家资源的。"王烁总是笑呵呵地回答。

追忆去年9月，广东建设国家职业病危害申报系统。系统建设初期遇到很多问题，各地市的管理人员有很多难题需要专人解答。王烁加入这个小组后，半夜一两点，大家还经常看到他的耐心解答回复。在长达两三个月的建设时间里，他解答得非常到位。在他的协助下，广东的申报数量走在全国前列——申报率、成功率、准确率在全国都是首屈一指的。这跟他在后方的无私奉献有很大关系。

今年驰援荆州时，职防院需要提前规划企业复产复工的指引工作，王烁远在荆州，而且天天超负荷工作，有充分的理由可以不参与，但他还是默默地抽出宝贵的休息时间，提前撰写了相当部分的文稿，还帮忙审核把关。

"很多工作你都没感觉他在做，但是他却不声不响地做出来了，而且做得很好，把问题考虑得很周全。"王烁的同事李小亮说，只要有他在，大家基本什么都不用担心，"跟王烁出差，吃喝住、对接、走访路线规划和采集数据等，他都会安排好，帮大家分好工。"

这样的王烁，是一定会第一时间自告奋勇驰援荆州担当重任的。

五

驰援荆州，王烁日夜奔忙，但从不让好丈夫和好父亲的角色缺位。有时工作任务太紧，他只能在车上抽空拨通视频通话：

"姐姐呢，乖不乖？来，把儿子抱过来，叫爸爸，叫爸爸。"其乐融融的小家，让车上围观的同事们好生羡慕。他总说，每天视频一二十分钟，看看妻子儿女就会很满足。

"好嘞，不多说了，要写报告去了。"平日里每次都是意犹未尽、依依不舍地结束视频。流调工作一环扣一环，数据统计、信息整理分析、调查总结建议，团队合作也经常要工作到下半夜三四点，他不好意思耽误队友们太多的时间。

然而在那个令人痛心的3月13日晚上，视频通话迟迟没来。"他可能太忙了吧。"吴霞心想。她已经把家事安排得井井有条，计划着过会儿通话时，要让王烁先看看两个孩子，给家里报个平安，问问他今天的情况……或许再问问他回家的时间定了没有。

忽然，电话响了，吴霞赶忙接起来，意外的是，电话是院领导打来的。电话那头，声音很沉重，领导没多说，让她先赶回单位一趟。

吴霞预感大事不好，把两个孩子交给王烁的父亲，匆忙赶出门。回到单位，一个不幸的消息等着她。领导和同事告诉她，王烁出车祸了，正在抢救。吴霞感到一阵眩晕，扶着墙才勉强站住。

在荆州，抢救室气氛焦灼，王烁伤势太重了。医院诊断显示：车祸导致原发性脑干损伤，中枢性呼吸循环衰竭。这已非人力能为，广东、海南、荆州三地医疗团队全力抢救也没能把王烁拉回来。晚上11点，医疗团队被迫宣布王烁伤势过重，临床死亡。

噩耗传来，荆州抢救室内外、广东王烁单位的办公室里，正在等待希望和奇迹的王烁家人、队友、同事哭成一片。吴霞瘫坐在王烁办公室门外的地板上痛哭不止，抽泣的背影让大家心痛不已。这个难以接受的事实，重击了关心王烁的每一个人。

六

“总觉得他还在前线忙活，还没有回来。”3月16日，王烁追悼会在广州银河园和广东省职业病防治院同时进行，追悼会现场庄严肃穆，会场正前方挂着王烁在荆州留下的工作照片，身着枣红色工作服的他，精神满满，阳光般的笑容里，充满着希望。

追思王烁时，大家尤其痛惜的是，王烁曾是一个那么热爱生活、多才多艺的人。从小喜欢音乐的他，偶尔会跑到浴室里飙歌，喜欢音乐带来的力量。他能弹一手好琴，具备专业电子琴5级的水平，钢琴也无师自通。去年省卫健委组织合唱活动，单位请的钢琴师突然来不了，王烁临时客串，大家才知道他的钢琴弹得那么好。

“云水入荆湘，古来鱼鸟乡。新冠毒，很嚣张，荆楚大地尽肆虐。精兵猛将出南粤，不查真相终不还！”他还很有诗意，在他2月18日的朋友圈里，曾深情抒怀。

在演讲台上挥斥方遒风度翩翩的王烁，从容指点江山，获得过单位演讲比赛第一名。同事们惊叹：“简直就像换了一个人！”读书会上他又能讲战国风云、讲十四年抗战、讲5G科技，旁征博引，妙趣横生。

烧得一手好菜，自称“吃货”的王烁，每每外出遇到好吃的都会研究一下做法。在广东生活多年，他学会了煲靓汤，做萝卜牛腩，白切鸡……常常给家人做一桌丰盛的粤菜。

同事历数他的爱好：“好像很多，喜欢踢足球、打网球、羽毛球，游泳、滑冰滑雪，还喜欢演讲、自导自演节目……兴趣非常广泛。” 数着数着突然哽咽，“这么好的人，就这样走了……”

“我们所原本有19人，现在少了他一个，我们看着他空荡荡的座位都很难受，很悲痛。难忘他每天都笑眯眯的样子，难忘他助人为乐的忙碌身影，只要有需要他帮忙的，他都毫不犹豫地帮助他人。”从王烁入职起就一同共事的同事们回忆起，“他总是乐观开朗又不张扬。”跟王烁接触过的人，几乎都接受过他的帮助……

现如今，后辈同事们失去了可靠的“烁哥”；

妻儿父母失去了温柔的顶梁柱；

办公室里失去了他熟悉的一声“好嘞”；

礼堂里失去了他的悠扬琴音；

他走了，每个人心里似乎都缺了一块……

然而，这些与王烁生命相交集的珍贵片段和我们心中被王烁触动的温暖瞬间，都一定会因他汇集，随他升华，凝成抗击疫情的神圣记忆，聚成普照山河的闪亮星光，挂在灿烂星河之上，给后人留下深深的印记。

七

用生命赴使命，以人生许人民，这是一曲惊心动魄的史诗壮歌。

英雄陨落，山河同悲……然而，王烁留给我们的远不止动人事迹和叹惋感伤。

红棉璀璨，血染风采。广东省委及广东省直机关工委分别追授王烁同志“广东省优秀共产党员”“广东省直机关优秀共产党员”称号。省直机关激活“战疫情走在前，促发展做表率”主题党建活动，掀起“学王烁、战疫情、强自信、建功业”行动热潮，引领广大党员群众对标王烁“信念坚定、对党忠诚的政治品格；恪尽职守、勇于担当的实干精神；心系基层、服务群众的为民情怀”，砥砺思想、荡涤灵魂，立足岗位、建功立业，交出不忘初心、牢记使命的答卷。

榜样之光直抵心灵，楷模垂范聚力万钧。省直机关以王烁精神为激励，热火朝天地擂响疫情防控和经济社会发展的战鼓——点燃思想理论引擎，做习近平新时代中国特色社会主义思想的坚定信仰者、忠实践行者；守正政治统领，践行“两个维护”，锤炼忠诚担当的品格、严于律己的作风；创新党建服务品牌，深化拓展模范机关创建，在以“先锋杯”创新大赛服务“湾区合力”行动、“双区”建设、“双城联动”中增色添彩，将“1+1+9”蓝图变为现实风景线……

一股磅礴的守正创新力量正在凝聚，一种耀眼的革命精神底色不断彰显。王烁精神激发我们对逆行者的顶礼致敬，鼓舞我们向往先行者的踏实追求。

烁烁闪光照耀一个璀璨生命、印记一段辉煌历史；

烁烁闪亮燎原无数赤子诚心、汇聚一股奋斗力量。

誓不负人民重托！

诗歌

2020年立春的第一场雨

□老斯

你瞧得见尘土飞扬的路面上
那些混杂的空气吗？
你不觉得你的眼睛
已经有些浑浊了吗？
噢！那不是纯净的空气
那是鼻涕和痰沫
那是纸屑和塑料袋
那是烂掉的果皮果肉
那是动物的皮、毛、骨、肉、血
还有，车轮下的喊救声
那就是病毒
肆无忌惮的病毒
会吞噬你生命的魔鬼

立春的第一场雨，远别残冬
我们需要一次洗涤
一次需要刷新抑或更新的洗涤

我们需要洗洗手脚
洗洗眼、鼻、耳
洗洗嘴、舌、齿
洗洗我们的肠和胃

这是一次心灵的洗涤

连同我们的脑子都该洗洗

关于昨日的、去年的，或者
之前之前
遗留下来的
一切污垢
该杀菌的杀菌
该消毒的消毒
该清理的
不容留情

我羡慕清新，羡慕洁净
就如同羡慕我们与雨后滋生的野草一样
健康
蓬勃

光还会从明天长出来

□洪芜

又到了该和今天说再见的时刻
鱼群潜入水底
黑夜藏起灯火
星月都躲进云端
幌子被风吹落了
不再发出沙沙的声响
冰雪覆盖的春天
天使托起群山
唾沫在口罩里囚禁
磨刀的人，刀刃割破了他的手掌
石头把光阴磨薄了
有什么正在分娩
花朵里现出数张脸
生活的重重幻影被流星击中
光还会从明天长出来

逆行的天使

——致驰援武汉的普宁市人民医院五名护士

□杨协亮

大年初四（1月28日），普宁市人民医院神经内科五名专业护士带着使命、带着责任，驰援武汉。29日，“五勇士”开始在武汉市最大的传染病医院——金银潭医院开展支援工作。

平时，你们美丽的脸孔隐藏在口罩后面
此刻，在摄影机前面
我第一次看清你们的脸庞
是年轻的，笑容是灿烂的
有着天使一般的恬静
有着战士一样的刚毅

这一刻，你们践行的是赤诚的初心——
生命至上　救死扶伤
这一刻，你们肩负的是重大的使命——
从魔爪下解救出每一个生命
我相信你们有出色的专业技能、扎实的临床经验
但从请战向江城出征的这一刻开始
你们的逆行便如同壮士断腕
前面是不可预知的暴风雨，每走一步都如临雷区
我知道你们有坚定的信念、必胜的信心
但是从投入抗击疫情第一线的那一刻开始
你们是用生命去护佑人民群众的健康

穿上了防护衣和隔离服、戴上了口罩和护目镜
你们就组合成一朵凌霜傲然绽放的红梅

我必须向你们致敬——我亲爱的姐妹
苟利国家生死以，岂因祸福避趋之
当你们举起右手庄严宣誓
你们选择的是没有硝烟的战场
在最黑暗最危险的地方与肆虐的病毒做殊死搏斗
我只能为你们祝福——逆行的天使
当你们义无反顾转身离去
你们带着的是700万揭阳人民的牵挂和祈盼——
擎举胜利的旗帜，平安归来
来不及为你们壮行的我
将像你们的亲人一样，守望着你们的凯旋
愿你们在春暖花开之时
携带浩荡的春色，降临三江大地

（原载2020年2月11日“南方+”“粤读”南方号）

让众志成城成为——

□施保国

让众志成城成为
一种坚韧成长的方式！
2020，春天的那场疫魔
让山河变色 万城空巷
是爱的洪流迅速汇成海洋
涌向万众一心众志成城
支撑着人类的脆弱部分
我们做着伟大的拯救或者捍卫
光明的心肺
这一种奔赴过程
坚韧成长的方式

让众志成城成为
一种生命的力量
奔赴着前线
与疫魔搏斗
与令我们痛苦的事情搏斗
这个春天
一种生命的肃穆挂在心间
流淌的热情在黑色恐怖中察看体温
生命的呼吸
新型冠状肺炎啃噬脆弱的血肉之躯
救援的艰难不能阻挡爱的前进
白衣天使的钢铁长城辛勤呵护

春天
从渴盼开始
说明生活的磨难 不是开始
更不是结束
而是一种考验
这种坚韧成长的方式！

站在新闻的边上
我将疫魔所牵动的双眼望穿
从刺骨的冬到料峭的春
英雄们推动着时间向前的喘息
我要加倍
加倍将这个春天的劳作屏住
铆足生命的动力
在泥土里拱土而出
直至藤蔓匍匐成云
在最后一缕晴朗的孕育来临之前
所有的精灵之光
不会熄灭
让众志成城成为坚韧成长的方式

让众志成城成为
我们热爱生活的心
我们要深刻铭记
这个春天的磨难
由于悲伤而脆弱
而崩溃
继而辗转、坚强、挺立、站起
寂静中我们在艰难的经历后
把时间的禁闭
岁月的拷问
积淀成爱

成团结之光
民族呵民族
我们的坚韧和爱
永远是脊髓深处的
站立的品质
让众志成城成为
坚韧成长的方式

十颗泪水

——致敬抗疫牺牲的医护人员

□赵香远

春天
我给这个世界
留下了十颗泪水

第一颗给女儿
我不知道
疫情散去
该用哪个善意的谎言
来回答
妈妈去哪儿啦

第二颗给丈夫
太过匆匆
来不及一次道别
千言万语
化作无声的三个字
挚爱的人啊

第三颗给父母
人世间
最痛白发送黑发
养育之恩

天伦之乐
只待来生报答

第四颗给勇士
岂曰无衣
与子同裳
苟利国家生死以
岂因祸福避趋之
逆行，逆行

第五颗给江城
我不知道
冰冷数字最后的定格
但是我能读懂
每个数字背后的生死离别
这座英雄的城市

第六颗泪水是滚烫的
给亲爱的祖国
一条大河波浪宽
风吹稻花香两岸
塑造了你美丽的想象
今天，我再一次追问
祖国啊
你为什么总是这样多灾多难

第七颗泪水是苦涩的
给这个孤独的星球
蓝色
赋予了太多美好的寓意
杀戮，开采，砍伐，污染……
地震，火山，蝗灾，病毒……

满足不了人类的贪欲
你开始变得冷酷无情了

第八颗泪水充满忏悔
那就留给人类吧
是啊，我们是需要忏悔了
如果，我们不在乎
南极最大的冰山正在消失
每天有8个物种面临灭绝
我们，也将
蜕变成一种可怕的病毒

第九颗泪水有些愤怒
送给那些试图隐瞒真相的人吧
其实，我想告诉你们
把真相说出来
不只是勇气，还是一种正义
从现在开始
不要再扼住人们的喉咙了
让我们自由去说吧

最后一颗泪水
我含在眼角
舍不得流下来
那就留给自己吧
最美的季节，最美的年华
就这样走了
是不甘心的
当然，也不后悔

我希望
我的十颗眼泪

是沙漠的十个海子
永远湛蓝明亮

我更希望
这个春天的雨水
因我留下的十颗泪水而珍贵

武汉——等你花开

□陈翠

阳光已经竭尽全力
涌入每一个伤口
和煦的风四处寻觅
流落异乡的人
为了撕开近在咫尺的隔阂
那些素未谋面的勇气
逆流成河汹涌澎湃
此刻就让我们安静分开
默默等待

不会忘记
珞珈山的樱花总在三月里开
有关拥抱的愿望
早已迫不及待
落英缤纷裙袂花雨
烂漫春光定会如约而来
梦里的千般缱绻
终会投入昨日温软的怀
我们都在等你花开

（原载2020年3月11日“南方+”“顺德容桂海尾小学”南方号）

新门神

□黄刚

一个勇武善战
一个忠厚纯良
秦叔宝在左
尉迟恭居右
一颗忠心一身胆略
一双慧眼一身武艺
守护秦王
启帷一个时代的开元
繁盛一个民族的气象
百姓有眼时间是剑
粪土当年万户侯
昔日护卫成门神
秦王府不在唐太宗作古
千秋忠义在守护象征在
魂，刻入人心
像，贴上门板
只缘
信你一千六个春秋
认你一十六个世纪
己亥末庚子春瘟疫虐
千家哭万户哀百姓苦
武汉危湖北病
中国惊寰球慌
樱花带泪，黄鹤凄厉

奔突惶惶，度日如年
病者百千万，急急急
死者十百千，迫迫迫
孰可为呼吸接续一口气
谁能让病毒止步于一瞬
秦琼仰天长叹
尉迟捶胸顿足
他来了，钟南山
她来了，李兰娟
怀仁心揣大义施妙手
无论生死慷慨赴江城
一语中的，南山沉稳静人心
一策封城，兰娟芳菲遏疫疠
尘埃慢落，冰化河开
全民拯救，举国驰援
哀声渐稀，患者日减
从己丑霉变的冬眠苏醒
在庚子煦暖的春天开门
千家新桃换旧符
万户门神改姓名
背靠一座山
镇守亿万百姓生命门
指拈一株兰
护佑天下苍生安康身

（原载2020年3月8日《中山日报》）

新春之诗

□易翔

枝叶从绿树中抽出春意
人类从野畜身上提取病毒
自然正从沉睡中醒来，我们
在病菌侵扰下关紧门户。
如何在这场疫难中
小心翼翼地道出新年祝福，
在心存侥幸的同时
正视那些困守和流浪的人？
如果不能伸出双手拥抱你
一首诗也就因此而无力，
一首诗越往下写，就像
一个人在大雪中越走越远，
他不仅要忍住寒冷，
还要时刻警惕脚底的滑意。
要么就不写，就看着雪花
在温暖的房间里纷纷扬扬……

我把最黑的夜丢了

□袁有江

野生的病毒，轻轻伸出一根手指
摁下了时间的慢放键
此后，白天的白，染白了黑夜的黑
黑夜的黑，染黑了白天的白
我的视线一寸寸模糊
有时感觉白天很昏暗，夜晚很明亮
感觉上半夜很重，下半夜很轻
我想找到，那张最黑的夜
翻来覆去，她不在子时也不在亥时
不在封面也不在封底
她仿佛悬浮在又近又远的屏幕上
融化在空洞的梦里

感染了病毒的时间之流
与这个冬天相互纠缠，走得步履维艰
春天在岸的另一边，裹足不前
空气里攀满了丝丝缕缕的毒素
织成网状，网住了所有的呼吸器官
甚至，连阳光也感染了病毒
植物们都在光芒里默默地低下了高贵的头颅
英雄的木棉树也不例外
我只能安守家门，洁身自好
在真实的白纸上写下真实的黑字
祈祷地球母亲，保护好她怀里的生灵

许多人曾经渴望的慢时光
以淹没万物的态势，惊恐不安地到来
我快进时渴望地半躺着
半醉半醒地思想前世今生的机会
木偶般在白天和黑夜的屏幕上轮流上演
看新闻和故事的人，一直泪水涟涟
越来越多丢失了夜晚的人，沿着闪亮的泪线
寻找真诚，寻找口罩背后的牺牲
感温枪越过长江和黄河，越过隔离的藩篱
让爱的气息在疫区一缕缕沉淀
隔不断的尘世的温情
让夜晚开始有了重量、长度和温度
安静的夜偏重，喧嚣的夜是重中之重
月华皎洁的夜偏短
不眠的夜，长无边际……
而那些与亲人分离的夜
是带毒刺的王冠将心打碎
将对活着的期盼埋葬进风雪肆虐的最深处
很冷，很重，也很坚硬

在这个庚子年的春天
我能做的就是擦亮泪眼
在冷漠的角落，擦热双手和胸口
温暖纸、笔和绳索
寻找我曾丢失的，那张最黑的夜
以免来生无处遁形

山河碑

——岂曰无碑，山河为碑；何用留名，人心即名

□张勋

摊开一张地图
摊开一张老茧的大手
泪涸渗不了黑鳖，唯有窗前的风声和鸟鸣
一遍遍读着青丝挽不住的远方
雾在雨中，雨在翠柳千行
一条河流通向另一条河流，一个人眺望山重水复
那都是山河沉默的碑
只有忠骨抵达了人心

摊开一腔热血
摊开一眼数不尽的大珠小珠
天，投下真情实意的动容
那是燕子低回，英雄烈士及每一个逝去的生命
我们慎终追远，明德归厚
我们化悲痛为力量，希冀未来
亲手栽下树种，山河无恙
山河在我心，悠悠千古永垂不朽

最新的中国神话

——十天建成武汉火神山一千床位大医院

□王俊康

我的爸爸是个工程师，
他盖了许多的高楼大厦。
我的爸爸还喜欢讲故事，
讲的都是变幻莫测的神话。

他讲飞上天空的超人飞侠，
脚踩风火轮的神勇哪吒，
讲得最多的是八仙过海，
嘿，个个本领高强神通广大。

在幼儿园时我还听得很入迷，
长大了我渐渐觉得神话很假，
人间这些本事其实谁都没有，
我敢断定神话就是假话。

早些天爸爸匆忙离开了家，
他被召去武汉火神山下。
妈妈说他去建大医院，
爸爸笑着说去写神话。

我真的非常担心爸爸，
那里有病毒坏蛋杀人如麻。
当然我还真想不明白，
工程师怎么会成了作家。

有一天爸爸打来了电话，
连说话的声音都变得嘶哑，
听得出来他特别激动，
他还问我：喂喂喂你是谁呀？

你说爸爸是糊涂还是犯傻，
怎么听不出我是他的娃。
我想，也许他写不出神话心里害怕，
也可能他受到病毒的惊吓。

原来他说工地医院的事情，
也许疲倦或者兴奋说得结结巴巴：
他说许多工人几夜都没合眼了，
个个都像烈火金刚意气风发。

他说新医院建得很大很大，
七个大型足球场也比不上它；
挖出来的泥巴很多很多，
五十七个游泳池也都装不下。

他说工地上灯光通亮热火朝天，
施工队伍是天兵天将千军万马。
七千名工人日以继夜挥汗如雨，
八百台机械大展神威地动山塌。

十天滩涂荒地建起个大医院，
一千张床位沐浴着朝霞。
十天十天、十天十天、十天十天，
电话那头乐得爸爸不知说啥！

十天，我还没有看完一本故事书；
十天，我的假期作业还拖拖拉拉；

十天，武汉建起惊人的大医院；
十天，全国合作画出最美的图画。

中国速度让世界都会惊讶，
超人飞侠创造出中国神话！
唉！我不该说神话都是假的，
爸爸，我错了，你能原谅吗？

黄鹤展翅去而复回恋恋不舍，
长江流水奔腾不息翻涌浪花。
爸爸，我请来许许多多小伙伴，
听你讲最新的中国神话。

把春天还给春天

——给护士朱海秀

□仲思

你把长发缠在剪刀上
一缕一缕剪出这个漫长的春天
修长的脖子伸向天空如茫然的天鹅之颈
睫毛闪动，你的黑眼圈像黑云雀飞起
“我想哭，可我不能”
你一呜咽涕泣，护目镜就升起痛苦的雾气
模糊不清，蒙蔽了你的双眼
看不见的病毒会隐匿得更深

武汉一城，它的静是劫后的余烬
绿灯，红灯，绿灯，红灯
它们交替着人间的悸动
坏消息，好消息，坏消息，好消息
它们也频繁交换着，提高不可名状的哭声
可是春天已泪水全无，唯有消毒水的味道

“原谅我的不辞而别 ，爸爸、妈妈”
身为医护，这是职责，也是选择
艰难时刻，战胜恐惧，尽医护之心
这一辈子，你的良心都因为春天而向暖

父亲在电话里哭了，22年来的泪水

映照着你的安危，“我想哭，可我不能”
春天是一个不适合放声大哭的季节
泪水，就让它在时间的灰烬里升起吧

每天的疫情实况，起伏的数字
它是生命天秤的倾斜，坚韧的人都向生的一边用力
“我想哭，可我不能”
一身白衣，你见过科斯岛蛇杖的光芒
听过希波拉底的誓言，达到了生命可以达到的高度

这个春天的发声部已喑哑，它已不适合号啕大哭
你22年纯真的笑声却藏在天使的歌喉里
就让火中的受难者铭记时光中的苦难
当春天还给了春天，你独自到椿树下，倾出储存了
一个春天的泪水

（原载《作品》2020年第4期）

保护动物保护自己

□辛秀芬

妈妈
阳光这么美丽
我为什么不能出去

孩子
外面有一个坏东西
在我们眼睛看不见的空间
大发脾气

妈妈
它是谁呀
叫什么名字

孩子
它叫新型冠状病毒
不小心碰到它
会咳嗽发烧流鼻涕
我们得听钟爷爷的话
在家里读诗做游戏
才不会
给医生叔叔
护士阿姨
增加麻烦
给国家添乱

妈妈
这个怪物怎么来的呀

因为有一些人
吃了野生动物
动物把病毒传染给人的

不是说
动物是我们的朋友吗

是呀孩子
只要我们
不走近野生动物
不伤害野生动物
不杀不吃野生动物
我们就能健康平安

孩子
听妈妈的话
野生动物
永远是我们人类的朋友
我们要与它们和谐相处
保护它们
就是保护我们自己
我们就能
自由自在
在草地上玩耍
开开心心晒太阳
出门不用戴口罩

（原载《少男少女》4月下刊）

沉寂的力量

□廖琪

为了写《感动》
我去过汶川五次
见识了什么叫灾难
什么叫死亡
于是
我的生命从此多了一种品质
从容

可是
这几天的静夜
行走在空荡荡的马路上
从容的生命却显得不再从容
先是茫然
再是失落
终是惊悸
没有人流的大街
仿佛失去了举步的路向

今晚
就在今晚
我自个伫立于街中央
却突然感受到一种无与伦比的力量
沉寂的力量

试想想
有哪一种制度
可以让几千万人
几亿人
十几亿人
一瞬间共同沉寂
一瞬间自我隔离
这是什么力量哟
这才是真正的无坚不摧

所以，朋友
相信我们这个固若金汤的制度吧
该隔离的继续隔离
该上班的坦然上班
该呐喊的放声呐喊
立春已过
花期已近

（原载《广东文坛》总331期）

驰援

□龙凌

抗击疫情，武汉需要驰援
河南护士的丈夫痛哭大喊：“王月华，我爱你”
四川广元丈夫为护士妻子喊话：
赵英明，你平安回来，老子保证包一年家务！
湖南农民郝进也喊话了：
一次性捐出15000只医用口罩

想想也是，多少年没喊出过爱了
多少年没有豪气干云了
写惯总结的手，也顺便帮郝进记录如下：
郝进，男，农民工
医用口罩来源，系抵工资得来

（原载《作品》2020年第4期）

出发，出发

——写于抗击“新型冠状肺炎”特殊时期

□彭争武

请把大手伸过来
请把口罩戴起来
请把冬夜晾起来
我们像一排排的士兵
笔直地前赴后继

请保持一份平静的心跳
请允许一滴盐水的注入
请尊重一次生命的呼唤
出发，义无反顾地出发
是新春里的阳光
在大地的体内流淌

没有语言可以表达
没有诗歌能够抒情
没有一座山，一条河
来可以比喻
出发，义无反顾地出发
朴素简单的情怀
将呼吸与命运紧紧相连

面向你，武汉

奔向你，武汉
相同的血液
共同的祖国
出发，义无反顾地出发
让白衣褂挂满星星
让白衣褂捎满温情
世界最美的景色
沿着风雨兼程一路铺开

（原载2020年1月31日“南方+”）

春天别来无恙

□吴小燕

此刻，总有一场细雨落下
随旧年的落叶一起
在寂静的街道，只等武汉传来的消息
一个没有硝烟的战场
除了防护服、口罩
各种医疗物资的供给
还需要些什么，来疼痛这个春天
一个人与另一个人的距离
隐有更深的天空
正月的春天，没有翅膀
东风吹着西风……
吹着新型冠状病毒四处奔跑
我们躲在小小的房间吃饭、睡觉
写无关痛痒的诗。世界如此辽阔
请原谅，一个闲来无事的人
只能呆呆地望向窗外
像雨声一样
无从拒绝大地的忧伤

（原载2020年2月5日《梅州日报》）

春天救赎记

□沈建浩

春天病了，春天姗姗来迟
饕餮之祸，抑或谎言之殇
一枚小小病毒
它吞噬了时间
它吞噬了亲情与真情
它吞噬了星光
它吞噬了爱恨情仇
而又化于无形

夜色，突然不动了
树叶，突然不动了
街道行人少了
我知道它意味着什么
我知道它威胁着什么

口罩抚摸着暗影，碎念
它要索取一切，它要掏空一切
影子飘浮，生命负重
一颗心，由此被撕裂成两半

谎言像黑点，深入春天深处
像蝙蝠翅膀的黑，遮盖了真相
找不到探求的答案
找不到救赎的词语

一些疼痛，一些滚烫的泪水
无法安放洁净的灵魂
无法安放泣不成声的词语
无法汲取良知的悲叹

一帘幽深，孤独，隔离
不可抗拒
阳光躲不过风，有风吹过
晨曦，卑微，小小的牵挂
拭泪转身
用衣袖小心翼翼掩住春天的伤口

这个春天不同，有风吹过
云朵噙着忧伤，远去了
空山不见人
没事的时候，到山上走走
木棉虬枝上，已捧出红色花蕾
要有光，将尘世的温暖
像一枚枚标签，贴在春天的额头
大地多么辽阔，天空多么洁净
活着，是一种暖心的纯粹

死去的人，有不灭的光
春天来临时，就会释放出来
诗人刘年说：
“每一个不曾
反省的日子
都是对生命的辜负”
救赎，是最好的药
它将进入我们的眼泪
从我们的眼泪进入你的血液

从我们的历史进入你的墓碑
然后，呼唤你可亲可敬的名字

让道义，背负使命
让信仰，为生命解码
用春天的情愫，让爱雕刻成墓志铭
愿鸟语、花香，牧歌依旧穿水而过
愿果子狸、竹鼠、蝙蝠、穿山甲
各安天命
愿尘世的光阴，守着良知
守着温暖与爱
以一支迎春花，呼唤春天
然后走向嫣红，走向莺啼柳绿

（原载《广东文坛》总332期）

春天开始一点点痊愈

□莫寒

要过多久，鸟儿才会站在黎明前歌唱
远远望去
天空一片蔚蓝
花儿照样盛开

这段时间
每个人都学会了在家门口吹口哨
昨夜那场狂风暴雨到底射向了哪里
没有人真正知晓

很多时候，黎明在来到人间之前
总是喜欢把大地上的灰尘放到一棵树上
仿佛这样，高高在上的神灵
便永远是神灵

我们如此轻盈，我们如此笨重
当门窗紧锁，尘世再也没有
杂念的那一刻
希望开始发芽

美好的春天开始一点点痊愈
我们看世界的心情渐渐红润

大地也戴上了白口罩（外一首）

□盛祥兰

春天的风吹着春天
吹着花粉、细菌
和来路不明的事物
它将一个声音从这头吹到那头
但没有得到回应

它善于将泛滥的雨水
剪成片断
懂得一滴水落地
也会有痛感

有时，在空荡荡的街道上
它也会害怕
实在没有什么可吹的了
就自己吹着自己
直到将自己吹成伤风

更多的时候，它愿意
将那些亡者的魂灵
吹得高一点，再高一点
让他们更加接近天堂

这个春天配不上春风
就像词根配不上词语

听说昨夜北方下了一场雪
多么干净
大地也戴上了白口罩

庚子年春天

公园里的樱花开了
赏花的是樱花自己
地面上的人类
都退回到最小的单元里
再艳的花朵也唤不出一个人

春天了，没有什么
能阻止幼芽生长的热情
没有一片叶子希望凋零
日光下，连一粒花粉
也在寻找受孕的机会
而有些种子，被种进了土里
永远等不到发芽的那一天

一只喜鹊站在樱花上
朝着人间莫名地喊了两声
这人间值得喜庆的事越来越少
它的声音多么不合时宜
但从它颤音的那部分
我还是听出了什么
有些情感，不只属于人类
有些事物，只配得上
喜鹊的嘴

（原载《广东文坛》总333期）

戴口罩的春天

□罗阳

清晨，父亲又到各大药店排队买口罩
这个春天，是口罩的春天
也是封印的春天

在一人持证只能采购一只口罩的政策下
父亲走了很多路，排了很久的队
仅买到了为数不多的口罩
还牺牲了一只好不容易买到的口罩

我们待在家里
安静地把自己变成春天
外公在电视旁观看疫战讯情
外婆到菜园子里锄草拔萝卜
母亲在厨房使出十八般厨艺
上网课的孩子在认真做笔记
而我，正琢磨着如何用诗歌杀死病毒

口罩捂不住人与人相伴的温度
在这个非常时期
在这个没有春天的春天
我们和家人站在一起，在渺小的心头
立春、播种，并给心灵不断施肥
用微小的爱融化冰封的土壤
守护好每一寸枝头的阳光

“爸爸，明天不要去排队买口罩了，我们不出门。”
待在家里，绝不出门
做一棵春天的树
等待大自然接纳明亮的叶子
等待天空摘下口罩
春天的花朵自由绽放

（原载《广东文坛》总332期）

鄂兮鄂，请允许我为你守夜

□高世现

春晚我恳请一首诗陪我守夜
我放心不下恩施，我放心不下
宜昌，我放心不下荆州，我
放心不下咸宁。这一夜，我心在汉
我不动武，不敢动一兵一卒啊
我动只恸哭我的地名，黄石
黄冈，鄂州，仙桃，潜江，天门
荆门，我哪还有门可入你的城
你也无门出你的城，封城，封城
封城，封城，封城，哀我武汉
哀我宜昌，哀我孝感，你晚归的
游子有家不可归，何孝之有，百感
交集， 随州也逃不掉，还有十堰
还有神农架林区，我终于听懂了
你的神话史诗《黑暗传》，我写
长诗，这一夜，我心在汉，身在
曹营，封侯赐爵，戴口罩也不能
封住我想你的心，血脉如马群
烈烈流疾中，我也降身不降心
此时，我多想一把揪住最东端的
黄梅，最西端的利川，最南端的
来凤，最北端的郧西，像揪住一个
布袋，把整个湖北打包起来
带走！带到这首诗，这一夜

我心在汉，穿过大半个中国呀
我想你了，余秀华。我也想你了
忝不语。沉默是今夜的鄂——
而不眠，是昨宵的楚，三闾大夫
你的秭归，我的诗魂今夜也不能归
不能归啊，我写的诗多苍白无力
最后呈上的只有两个守住，保重

保重……

二月的歌

□张燕卿

二月，即便旷野的风足够蛮横
孩子们也要在明亮的天空涂鸦
在漫长的河堤奔跑
如今，每个人都需要口罩
无数来不及掩埋的消息
灌入悲伤的耳朵
阳光正好，蝴蝶不计前嫌地独舞
整座寂静的城里
唯独蝙蝠毫不知情
今天，偷偷赴约的鸟
对它说，灾难总是脚步轻盈

有时疼痛像蓬勃的鱼群
穿过我的肋骨
当我无法喘气时
我想把诗歌献给海藻
献给鲸。献给站在风口浪尖的
白衣天使
今夜，对幻象的捕捉
使我无限孤独又无限谦卑
所以，如若动了妄念
就读里尔克来驱赶阴影
驱赶这场突如其来的风暴
我的诗句也染上了病毒

作为旁证，车前草郁郁寡欢
今夜，它的每一片叶子
都将呐喊着
趋于静默
如何得到一件洁白的斗篷
遮住林林总总的伤口
明知站在深渊
明知即将粉身碎骨
明知像一粒微尘
仍要做一个逆行者
仍要唱响一支沉默的歌

（原载《广东文坛》总332期）

发生了什么

□范明

1月23日，发生了什么
——封城，封住了春归的火车
守望的孤岛灯火黯淡

新冠病毒肺炎，一个狡黠多变的新词
武汉巷陌冷风刺骨
众多的湖泊涨潮，逆反了季节

我的亲人，你们看似处变不惊
加重了远方的忧思

幸有白衣天使逆行而上
疫情之下，挽救生命的一束束光
如瑞雪，落满整个城镇

（原载《鸭绿江·华夏诗歌》2020年3月号）

冯杰福的诗

□冯杰福

抱团防控

全县新型冠状病毒感染的肺炎疫情
防控工作会议召开。县里的智者、
老者、学者、记者，汇聚一堂
一场轰轰烈烈的战斗，吹响了号角
我，一个小小的卫生健康干部
瞬间披袍戴甲。没有誓言，没有
授旗，没有番号，只有战斗位置
安静的气氛、蹙眉的思想、果敢的
记录，都是恢宏的战斗力

接你回家

今日，梅州首批新冠肺炎确诊病例
治愈出院。昨晚的小雨刚下
土地是滋润的，车窗外的事物
急速退去，像家属焦渴的心情
我再次执甲上阵，把输入性病例
接回她的住处，安排好她的生活
飞向高空的小鸟，又迅捷地投入
林中。我和她都戴着口罩，相顾
无言。但我知道，横在彼此心里的
墙，已经像春天来临，冰雪消融

患者通道

雨水无雨。沉重、喧嚣、汹涌的海
被春天吹拂，点化成积雨云
悬在枝条下面，让蝴蝶亲吻
我在隔离病房，划出洁污分明的
医患通道，彼此对立，又互相守望
我走过多次患者通道。我说，通道
要直的，尽量少转弯，禁忌折叠
不是为了减少感染和污染
而是要让这个通道，像打结的
绳子一样，略一提点、抖动
就能把所有的心结都打开

二月是怎样变成春天的

就在这一天
平城北路和平城南路仍然
挂着灯笼，她们说出了我们的情节
我们以简陋的工具，代替她的丰盈
春天永不言败，蝴蝶也获得了
花朵的解救。早市有霜，看着上面
规整的足迹，我就知道——
这座城市的英雄来过了

（原载《广东文坛》总333期）

隔离

□边城

庚子年，春天迷失了方向
我们与面前的世界
隔了一层口罩
我们隔离了菜市场，人世间的烟火气息
隔离窗外的鸟语花香，来处不明的陌生人
我居住的南方小镇，灯笼还排列在行道树上
在雨夜，点亮一个人不可排遣的悲凉
一场金黄的花事
正在提前谢幕
在此之前，一座城已经封闭
有些人来不及告别，已然生死相隔

但春天终究不会缺席，我们能看见
在逆行者坚毅的背影后
她在苏醒。在千里驰援的钢铁洪流中
她在与死神赛跑
在白衣天使的防护服上
她写下自己的名字
她还在写下
我们隔离病毒
我们不隔离爱

隔着口罩歌唱

□丫丫

一块突如其来的魔布
捂住了这个春天的口鼻
黄鹤楼戴上口罩，长江大桥
成了一根巨大的体温计
紧贴着武汉城的身体
早春的樱花被消毒水
弥漫了眼睛
信息的丝线，紧紧地
缠绕着我们的心

此刻，我写诗的笔
如此无力。握着笔的手
如此无力。我的笔尖
被剪掉多余的浪花
在这纸湖，搅不出涟漪
请让我，隔着口罩歌唱吧
唱给奔赴无硝烟战场前线的战士们
唱给列车上餐厅一角闭目养神面带倦容的耄耋老人
唱给身患绝症仍坚持出诊的老院长
唱给写下请战书的热血青年
唱给为了争分夺秒将长发剃落的白衣天使
唱给默默捐赠隐名匿姓的可爱人儿
唱给900多万守城者的闪烁灯火……

（原载《广东文坛》总331期）

庚子春节的泪水

□卢卫平

从来没有一个春节
有庚子春节这么多的泪水
爷爷的泪水，奶奶的泪水，孙子的泪水
爸爸的泪水，儿子的泪水，丈夫的泪水
妈妈的泪水，女儿的泪水，妻子的泪水

从来没有一个春节
有庚子春节这么多的泪水
捡废品老头的泪水，建筑工人的泪水
快递小哥的泪水，餐厅服务员的泪水
医生护士的泪水，李文亮的泪水，钟南山的泪水

从来没有一个春节
有庚子春节这么多泪水
没抢到车票的泪水，退票的泪水
不能出门的泪水，露宿街头的泪水
不能说自己从哪里来到哪里去的泪水

从来没有一个春节
有庚子春节这么多泪水
黎明草叶上露珠的泪水
黑夜天空上星星的泪水
微信群转发的泪水，朋友圈刷屏的泪水

从来没有一个春节
有庚子春节这么多泪水
长江长城的泪水，黄山黄河的泪水
平原高原的泪水，海湾海岛的泪水
相思树的泪水，白杨树的泪水

从来没有一个春节
有庚子春节这么多泪水
悲恸的泪水，痛恨的泪水，愤怒的泪水
失望的泪水，伤怀的泪水，牵挂的泪水
热爱的泪水，感动的泪水，感恩的泪水

从来没有一个春节
有庚子春节这么多泪水
冰雪融化的泪水，热血滚烫的泪水
柳吐新芽的泪水，梅花绽放的泪水
春雨滋润古老大地生生不息的泪水

（原载《广东文坛》总332期）

庚子年：口罩里的山河

——致抗击新型冠状肺炎的人们

□黎启天

（一）

口罩　口罩　口罩
　口罩　口罩　口罩
　口罩　口罩　口罩
　　　口罩　口罩

十四亿人的国度，我看见你，也在其中
身边起伏着的半张脸
幽暗河流上隐现的漂浮
慢慢流向春天，即使困厄像蛇一样盘着
你哎，也一定要到达

（二）

口罩　　　　口罩
　　　口罩
　　口罩　口罩
　　　口罩
口罩　　　　口罩

梨花颤颤，瓣片，零落在人间
匆匆隐没了，在大地阴暗的掌纹里

我们紧握着手吧，把阳光也握在手心
寒风总会消散，枝丫连着根须，还在上下伸展
你哎，来紧握着手吧

（三）

　　　口罩
　　　口罩
口罩　口罩　口罩
口罩　口罩　口罩
　　　口罩
　　　口罩

黄土高原般的额头上，海岸线般的发际
你带着雾气的目光，就是那波涛上的帆影
暗礁狰狞，水深黝黝， 漩涡飞转
就以这片陆地为船吧，载渡苍生
来，一起撑棹！一起摆渡！

（四）

口罩　　　　口罩
口罩　　　　口罩
　口罩　　口罩
　口罩　　口罩
　　　口罩
　　　口罩

挂在我脸上，挂在你脸上
高高的雪峰站立在我们背后，也戴着口罩
伸出，长江和黄河两条手臂
自西至东，横贯了整个祖国
将大地紧紧怀抱，就像我和你
风雪中的相拥

共同的名字

□李欣茂

一只蝙蝠
早于春节到来
潜入一座城市
无尽的黑夜渐渐蔓延开去

人们惊慌失措
有的人逃离
有的人囤积
有的人关门闭户
各种各样的信息
淹没了无数双耳朵和眼睛

白色是一针镇静剂
坚守在悬崖峭壁
一双双逆行的脚步声
在寂静的街道上传来
于平日
他们是一日三餐的医生、护士
是穿街串巷的快递员
是朝九晚五的上班族
是含饴弄孙的老头老太
如今，他们有了一个共同的名字
——英雄

闲坐书桌前的我
此刻也想做点什么
但我并不想握笔
虽然桌上有大量的笔和墨
但英雄太多
再多笔墨也写不尽颂扬
我只是默默地等待——

夜色再浓
终究抵不过万丈阳光

（原载《广东文坛》总332期）

归还亏欠大地的温暖

□徐金丽

虽已立春，可在武汉，还有更多的地方
其实还没看到时序交出回春的景象
风还在樱花树上吹着集结雾凇的口哨
我曾用过的意象还在去年的梅花枝头

这样的立春，我只在枯等一朵花的盛开
而窗外，面对北风摁住胸口疼痛的诗句
我在窗前，隔着一面干净而透明的玻璃
看着被风吹倒的白兰树却无力扶起
这时，我只能在曾经写过的诗行中
剔出哀伤和悲悯，自我隔离
让空洞的思绪戴上口罩
我知道，我的诗吹不响号角
即使分行，也不能为疫情防控排兵布阵

其实，在立春之前，在诗歌的序列中
前赴后继的逆行者的步伐
早已押上时代韵脚，写下了壮美的诗篇
而且每个踏在大地的脚步都有真实的回音
这声音已代替乌云归还亏欠大地的温暖
在这封锁的春天，不用面朝大海
循着逆行者扬起的风尘，也能看见春暖花开

（原载《广东文坛》总332期）

黄华英的诗

□黄华英

殷红色的请战书

2020年的三八
她不只是女神的节日
第一次抗疫胜利后的情绪
激荡在医疗队的群里
高涨的士气
犹如拉满了弦的箭
蓄势待发豪情不减

在这场与病毒的较量里
既然我们还未完全胜利
那就用全部的热情
精湛的仁心医术
高超的护理技能
用医者的奋斗不止
和永不停息的拼搏精神
化身那开弓箭
一往直前
那一个个殷红色的指模
就是与新冠病毒
一战到底的较量

病毒不灭，抗疫不止
抗疫不止，战士不回
我们知道
最后的冲锋号已经吹响
决心的战鼓已经雷动
身披白衣的战士们啊
正勇往直前地朝着
我们的理想与目标飞射

——给所有签了请战书的战友

来自五湖四海的天使

你来自天涯海角
我来自五湖四海
相聚于英雄的武汉城市
我们虽然都是纤纤女子
可战袍一披
护士雄起

方舱里
轻声语，几丝温柔
唱响关怀的节奏
影飘逸，几分忙碌
执着健康的守候
片片爱心
在方舱的病房之中驻守

提灯女神的灯光
驱散的
何止是受伤心头的阴云

那忙碌穿梭的温暖
在每一名病患的心间
都炽燃成生命的烛炬
于是
天使的脸上引领着
那朵希望的灿烂微笑
如春风化雨
绿了枝丫
如秋夜里的明月
照亮患者
兑现着健康的心灵之约

——给东西湖方舱医院的护士天使们

美丽的休止符

在春天的阳光底下
那道门
被缓缓地关闭
清脆悦耳的吱呀啊
是人间最动听的音律

30个日日夜夜的坚守
720个小时的奋斗
43200分钟的厮杀啊
从痛苦的呻吟
到舒心的叹息
从无助的恓惶
到微笑着离去
我们医患
默默生死相依

当你在凄风苦雨中飘摇时
武汉啊
带着拳拳赤子之心
带着舍己救人的医者初心
我们来了
我们临危不惧，众志成城
我们真的来了
势必铲除新冠病毒这场瘟疫

昨天
武汉的雪停了雨住了
武汉的阳光明媚了
武汉的樱花盛开了
武汉人民的脸上
笑容无比灿烂了
今天
方舱医院缓缓关闭的大门
那清脆动听的吱呀声啊
是一道美丽的休止符
为这座英雄的城市
谱写出一曲新的英雄赞歌

——给所有奋战在一线的医护患

（原载《广东文坛》总333期）

黄金

□罗燕廷

生命是脆弱的
像生活当中的苦难
无畏的人，也是无知的人
当病毒降临在面前
恐惧像一片叶子的战栗
传给另一片叶子
一棵树的战栗传遍整座森林
他们才会看见风并在风中
乱窜，躲避风
在风口的人也是脆弱的
但他们被一种崇高的信仰
支撑着
他们顶着风，弯下腰
甚至匍匐成一片疲惫的土地
——你看见地面蓬勃的庄稼
我看见贫瘠的土地下
深埋的黄金

（原载《广东文坛》总331期）

脊梁

□杨璐临

这是庚子年的春天
我站在空荡的街巷
任泪水打湿衣裳
悲伤刺痛我的胸膛

从祖国的心脏，到遥远的边疆
大地在震颤
母亲在受难
一个个手足同胞
不得不与命运博弈，与死神赛跑

倚靠在高铁餐车一角的84岁老人
巍峨成一座山
他的铿锵声音，健硕背影
叫无数人落泪，景仰

一个个白衣天使，解放军战士
星夜云集，请战出鞘
“不计报酬，无论生死”的誓言
在神州大地的每一个角落回响

笨重的防护服，雾湿的护目镜，腐蚀的消毒水
他们冲锋陷阵，驰骋战场
却磨损了翅膀
遗忘了自己的模样

上千个床位的火神山
上千名建设者
十昼十夜
书写着奇迹般的“中国创造”

“若有战，召必回，战必胜”
不要说什么前路坎坷，凶险异常
封锁之下，是我们涌动的热血
面罩之下，是我们坚毅的目光
哪里有危难，哪里就能看到民族的脊梁

所以——
再见我的孩子，请原谅妈妈不能陪伴你的身旁
救死扶伤是我的天职和梦想
等打败了“怪兽”，再好好亲亲我的小棉袄

再见我的爱人，请不要为我难过忧伤
保家卫国是军人的使命担当
等血战凯旋，再迎娶我最美丽的新娘

再见我的爹娘，请相信儿女坚强的臂膀
我愿用那平凡的血肉身躯
为人民扛筑起一道道生命的钢铁城墙
等到春暖花开
我一定回到您的身旁

这是庚子年的春天
疫情的吹哨人被病魔带走了
我明白，那是死神的力量
它可以带走任何一个人的生命
却带不走，那屹立不倒的
中华民族的脊梁

（原载2020年2月9日“南方+”“粤读”南方号）

坚守心底的善良

□王晓波

都说他们是白衣天使
可谁又不是平凡的普通人
谁没有家人和朋友
谁的生命都只有一次

作为妈妈，她好不容易回来
等了一夜的女儿想抱抱她
一身疲惫的她只说了三句话：
“别抱我，别靠我太近；
我太累了，一天一宿没合眼；
别告诉你朋友妈妈做什么，
怕他们疏远你。”

在疫情中逆行的是他们
签请命书与疫情生死搏斗的是他们
连续数十小时高压工作的是他们
知道同事被感染仍义无反顾的也是他们
自觉与家人隔离的还是他们
他们叮嘱我们多喝水
自己却为了避免麻烦尽量少喝水
这个世界如果有天使
天使也许就是这般模样
在这场没有硝烟的战斗中
有刚生下二胎还在哺乳期的妈妈

有怀着身孕的准妈妈
有耄耋之年的退休医生
有的是……
他们的身份不一
却有着同一个信念：
捐躯赴国难，视死如归

在这个春天里
朋友们，你看看啊
这个世界虽然没有想象中那么美好
但似乎也没那么糟糕
依旧有着温暖
依旧有无数人坚守着心底的善良

（原载《广东文坛》总331期）

壮士逆行，胜利凯旋（组诗）

□波儿

今夜，是除夕

今夜，我隔着屏向你问安
道一声新年好
今夜，是除夕。
满城寂静。
通往那个地方的列车
空无寂寥，只有你一个人。
今夜，是除夕。

硕大的车厢，空旷
没有了往日的喧嚣和雀跃
是的，我真真儿地看
清清楚楚，你一个人
一个人的除夕夜。
通往那个地方，险恶重重
危机四伏。
而你，依然是浅笑的模样
温暖的目光里，毅然沉着

你说过，愿将人病犹己病
救得他生是我生。医者，慈悲为怀。

是的，你带着一颗善良的心
带着人民的期望，逆行而上。
没有华丽的辞藻，没有悲壮的誓言
你用医者的精神，释放出人性的光芒
传递着无疆的大爱。
暖，在冰冷的寒冬。暖，在于心。

今夜，是除夕。
一个没有家人团聚的夜晚
只有轰鸣的列车与你
逆行而上。我，此时的文字已贫瘠
隔着模糊的屏，再次向你问安，再问安
德叔，保重。德叔，我们等你凯旋。
今夜，是除夕。

木棉花开了

——写给我们敬爱的德叔

终于，你笑了，包下春天里所有的笑。
那笑容，一如既往的灿烂
一如既往的温暖。
十七年，两场战疫，打得艰苦，打得悲壮，打得从容

他们说，你的声音特别好听，听了心安
他们说，你的脚步沉着，坚定
他们说，你是生命的脊梁，是暖，是力量
他们说，你是他们活下去的半壁江山

你呢，又包下春天里所有诗句的经典
你说，我是一个医生，只是换了个工作地点而已

你说，这里有需要我的病人，这便是我最深沉的牵挂
你说，我们这个年纪，做事就凭两点。责任和良心
你说，哪有这么多英雄，我只是一个医生

像这个春天。由雾色渐蓝
瘦了又瘦的风，凌乱着你的头发
由黑色到斑白，仿佛就在一夜之间
从除夕又过春分，送走一个又一个你的他们，回家。
而你，依然在那里坚守。

像这个春天，风在慢慢变甜
爱在疯长，我们的牵挂呀
依旧锁在春天里守望
那件雪白的外套，充当起春天的旗帜
谱写着生命的长歌。

快看啊，隔岸，樱花开了，又谢了
纷纷扬扬，悠悠漫天
仿佛在倾诉曾经的无助
曾经的心酸，曾经的期盼
把所有的震撼化成铭记，刻骨
把所有的遇见化成永恒，即使在瞬间
她们记住了众志成城
她们记住了你和你的他们

我想说，德叔啊，快些回来
别让家乡的春天压抑太久
你看，这里的木棉花咋都开了

幸福开花儿了

最喜欢看白制服上的那两个字，德叔
最喜欢听大家开心温暖地喊着，德叔
没有什么事，能比你凯旋更让人开心
看到你眉间舒展，微笑的瞬间
幸福就开花儿了

三个月，三个月的期盼啊
三个月，那颗放不下的心!
怎得一个等字
等，我备下了你特别想念的好吃的
那是家的味道
等，她学会了一首《平凡天使》
唱给你听
等，他讲述着前线传来的一个又一个
关于你的故事
等，他为你的《出征》作画三天三夜
那是至暗时刻的一束光芒
如春风翻动的诗章

等啊。还有就是你的她啊
多少日夜的期盼。
终于，她放下了那种常人无法再次承受的沉重
她放下了所有的担心
偷偷地掩去泪水，久违的，那微笑，那眼神
心底轻涌的温柔，如绢缱绻。

浮华褪尽，爱意渐浓
请让我借下渐白的晨色。蘸着云雨
一字一句，写下喜悦，写心的告白

我们不再回忆那些惨烈和焦灼
我们只要万物和生灵，充满善意和慈悲
我们只要阳光，空气和你

德叔啊
当你眉间舒展，微笑的瞬间
幸福就开花儿了

近在咫尺的春天

□宋思陶（六年级）

西瓜、蝉鸣和星空，
是悄然离去的夏天；
枫叶、打谷场和雁群，
是远走已久的秋天；
药片、红十字架和滚烫的额头，
是已然逝去的冬天；
口罩、防护服和红外线测温仪，
是近在咫尺的春天。

抗疫手记

□庄海君

立春前，我换上了白色的防护服
夜是凌晨的黑，身体是灯下的白
守在高速口，脚下的路有些迟疑
甚至缄口不言，所有车灯开始双闪
占据着那些安静与不安宁
我们相互对视，抱紧一条河流
记下车牌号、身份证号，测量体温
然后，挥手进山

第四个深夜后，习惯了时间差
除了我，还有身边的他们
都是没有名字的志愿者
我们偶尔也会说起疫情与庚子年
每个人的心中都住着一座城市
只是没发觉，许多光线都避开了
一场暴风雨，还有我们的想象
多年后，给孩子们讲起这段往事
那是一个开满白色花朵的春天

回到家，我多看了几眼门牌号
这让我有种特别强的归属感
门口的灯光照在春联上
年关将过，字迹却还没干
今夜，必定又下了一场雪

这尘世间，还有多少声音
被藏了起来，我们都洁白面对

趁着轮值时间，我翻开了微信
让我再次陷入恐惧与沉思的
不是每日上涨的确诊数据
而是一位去世湖北诗人的链接
六年前，我们在安徽谈过乡愁
此次，他经武汉至荆门
成了永久的游子诗人
他的乡情成了自己的墓志铭
我的乡情呢？不足悼念

有一天，我终于看得清澈
戴着口罩，就像在守望一方净土
有一天，穿着红色马甲的人
随处可见，不同的声音正在填补
这座城市的空白与风暴中的裂缝
清洁工、医护、社区干部、教育者
有一天，我们把阳光摆在路上
铭记这段掸去尘埃的历史

半个月后，我回到了学校
我的第三个抗疫阵地
封锁了路口，这条路越来越长了
走进这里，防疫的回声很大
我需要一束光，无暇赞美和畏惧
学校决定升一次只有我们的国旗
我们依然安静地肃立着
依然能看见孩子们纯真的脸庞
像紫荆花那般灿烂，开满校园

一个多月后，隔离的地方渐渐打开
封锁的路，慢慢归来
配合社区张贴的那一则安民告示
还在。亲人们回到离开的地方
朋友们第一次传来逆行后的图片
我们像在一场梦境中醒来
跪向有神灵的方向，感恩活着
我们一直都在这个春天行走
像一次奔跑着的远行

（原载《广东文坛》总333期）

可我惦记着你

□侯杰纯

昨夜一场大雨滂沱
我遥望你的方向
前方的路有多长
疫魔如雨雾挡住视线

荆楚莽苍苍，江城寥无声
一切的波涛，都已经被引入停滞的河流
我已不再惊慌，因为
白色的波涛上，还有微光在奔跑

可我惦记着你，风雪中坚守的“守夜人”
霜重夜寒雨肆虐，你是否已迎来那道晨光
可我惦记着你，奋战“疫”线的白衣天使
前方疫魔凶险，你是否无惧亦无悔

可我惦记着你，连续22个日夜不归家的快递小哥
当热腾的饭盒递出，你是否给疲惫的自己一杯水
可我惦记着你，用爱去温暖寒冬的千万个无名的你
大雪消融春会到，你是否那时会在樱花浪漫中微笑

我知道，这种种徒劳的疑虑
此刻你，注定无暇一一作答
我只求你，在这一刻静静站立
让我，记住你眼中的泪光

那仿若，佛前的青灯微茫
却是能，一灯传诸灯
终将会，万灯皆明
而我惦记着，在黑暗里点灯的你

（原载《广东文坛》总332期）

口罩

□沐阳

村里的阳光，暖暖地犁过
野芹、稗草和白霜覆盖的田畴
大年初四，我又听见蝈蝈
蚯蚓和天牛，藏在泥土里歌唱

外婆佝偻着腰，站在长长的篱笆墙外
一群惊飞的鸟雀射向天空
风一样传染了狗的狂吠
外婆盯着城里回村的外孙，瞅了半天
这口罩
——究竟要抵挡什么

我轻轻揭下口罩，如撕开一道阳光
外婆说，这才是我的外孙
我塞给她一个红包，递去一盒燕窝
外婆看了半天
说现在饼干也变了样
我告诉她，这是摘了金丝燕的巢
提取成的燕窝，特别滋补

外婆颤着手，向屋檐下的燕子窝
望了半天
几只雏燕，张开嫩黄的嘴，啾啾鸣叫
外婆看了看盒子，说

这燕窝，就像你刚才戴的口罩

我的嘴，被阳光狠狠地
抽了一下

立春

□罡风

谁承想，鼠年是戴着口罩而来
动物不戴，植物不戴，人物须戴

不戴口罩的动物蹦蹦跳跳，活泼可爱
爱睡冬眠长觉的也该醒来

不戴口罩的植物破土而出，拔节盛开
抹去单一的灰白，五颜六彩

戴口罩的人物宅于家中，独对窗外
莫名病毒让其手足无措，百般无奈

报春官正敲门，春牛也已备好
只是执鞭者尚徘徊，静等春来

毕竟这个季节是多事之季
万物生成也隐藏诸多病害

反思还得反思坚持还得坚持
生命总是在蓬勃中体现关怀

（原载《广东文坛》总333期）

临江帖

□管细周

岁次庚子，大年初四
气温骤降，阴，午后转晴
闻友人从梅水滨向北而行
驰援江城。心中感慨不已
遂到梅硿古道走一遭
独坐磊英阁下，观岩听涛
修书一封。刘兄台鉴
连日急报。万众皆局促于室
节日之熙攘亦换作清冷之状
然事已至此，惴栗无益
感念兄台分享防护举措之关切
弟当遵嘱。兄曰：治瘟疫
须尽早介入，方可压制
假以时日，令冠状之毒不犯民众
余深以为然。幸有医者仁心
悬壶济世；幸有初念为民者
心怀天下，亦能安天下
则九州如磐石之安
兄台此番北上，满途荆棘
梅江涛壮，唯有临江祈祷再三
一愿“花冠”一夜凋零
二愿逆行君众勇士平安归来
“疫”尘不染，毫发无损
三愿岁月无恙，山河迎春

以上祈愿，为兄壮行
归来再叙。择一晴日
同走古驿道，赏摩崖石刻
再拜致春安好

（原载《广东文坛》总333期）

妈妈，我不要这样的春天

□申雨霏（9岁）

妈妈，春天的脚步声近了
可是，我不要这样的春天
一个戴着口罩的春天
一个不能拥抱大自然的春天
一个被遮挡了阳光的春天
一个被冠状病毒占领的春天

有多少人在命运的边缘挣扎
有多少人还在无知地傻笑
有多少白衣天使在与死神赛跑
有多少人被夺去了无辜的生命

妈妈，我不要这样的春天
头戴王冠的病毒在狞笑
妈妈，每一天我都能听见
年迈的老人在病房里叹息
年幼的孩子在大声地哭喊

也许，只有经历了才会珍惜
才会懂得活着是多么重要
在巨大阴影笼罩下的我们
应该团结一致，众志成城
让肆虐的病毒从生活中
永远地消失殆尽……

妈妈，我不要这样的春天
当黎明的曙光再次降临
但愿这场疫情已经过去
妈妈，我仿佛看见健康的春天
正蹦蹦跳跳地向我们跑来
明媚的阳光洒在大地上
空气里飘荡着花朵的芳香
到处洋溢着生机与希望

（原载《广东文坛》总333期）

卖凉药的老人

□凌斌

他一直在菜市场的路口，摆卖凉茶
一杯凉茶，一岁春秋
这个和钟南山年纪相当的老人
心里一定知道生命的重量
非典来时，他也没断过生意
如今新冠来了，依旧开张
有人劝他歇一歇，或戴上口罩
他说——
我若停止卖凉茶
家里吃几天青菜也不要紧
就怕那些感冒的人，一时找不到好药
预防一下吧，接过茶杯
我一口喝下去，每一滴茶水都很苦
留在喉咙间，却是一股甘味

（原载《广东文坛》总332期）

逆风而上

——写给赴武汉抗疫的女儿

□王胜江

从我身旁走过
凭窗眺望
遥远的南方
你说，很快就要随队出发

面对你的从容
我故作淡定，缓步上前
能给你的，只有一个久违的
拥抱

焰火在星空绽放
岭上的红梅抖落满身雪霜
集结号已然吹响
除夕团圆之夜
让这杯水酒，沸腾你的血液
温暖早春的酷寒

孩子，去吧
去擦干你母亲的泪水
背上我为你整理好的行装
逆风而上，因为
黄鹤楼畔，是你的疆场

爸妈等你，平安归来

（原载《广东文坛》总332期）

逆行而上

——献给2020春所有抗疫救灾的逆行者

□周崇贤

不畏艰险，逆行而上；
不惧危难，逆行而上；
不论生死，逆行而上；
不负人民，我们，我们逆行而上！

初心不只是一句口号，
使命不只是一种表白，
关键时刻，需要挺身而出，
危难之际，总得有人冲锋在前！

我不是你说的天使，
脱下征袍，也是爹娘的孩子；
我不是你说的英雄，
灾难面前，抹干泪水必须坚强！

我们都是逆行的人，
词典里没有退缩没有躲闪，
为了亲人岁月静好，
负重前行，我们心甘情愿。

初心告诉我为什么出发，
其实你知道我并非天生勇敢。

只是关键时刻需要有人肩负使命，
只是危难之际，总得有人担当硬扛！
沧海横流不是英雄一样迎难而上，
我们相信，生命需要，逆风飞扬！

披战甲再出征

——致敬！赴鄂战疫的广东医疗队

□揭晔

你们热血出征的震撼场面
为奔赴援鄂战场掀开了壮行的硝烟
你们豪情满怀的铿锵誓言
为英勇战疫奉献点亮了激情的火焰
非典之后重出征
彰显了白衣战士的英雄本色
汶川重生再远行
尽现了悬壶医者的仁爱心田

荆楚遭疫
举国上下同忧伤
三镇遇难
中华大地齐动员
珞珈山白云山同为华夏山岳
长江水珠江水都是神州水源

再披铠甲赴荆楚
不灭新冠终不还
那一份份按满红指印的请战书
那一个个充满正能量的朋友圈
那一声声临行前的叮咛嘱托
那一车车设备物资正向前方驰援

你们就是勇敢的先锋
正在以血肉之躯挺身战斗在抗疫最前线
你们就是美丽的天使
正在用医者仁爱守护着病患者的康健
你们就是真正的英雄
正在将有限生命保卫中华民族的共同家园

面对这场突如其来的疫情
我们从你们的眼里
看到了坚定的信念
我们从你们的身上
看到了党旗的鲜艳
我们从你们的心中
看到了使命的庄严
我们从你们的脸庞
看到了美好的诗篇
阴霾终将很快过去
蓝天肯定不会遥远
让我们心手相牵
一起守候黑夜过后的黎明
共同迎接春暖花开的明天

平安！中国！

□牛涛

空荡荡的街道
空荡荡的公园
世界好像，从未如此安静过
时光，小心翼翼地流淌
这个深冬，等着春暖来救援

我面对着朗朗红日
我面对着寂静河山
好安静，好寂寥
剩下一树树的紫荆花
不解人间愁苦
还是那样，灿烂地绽放

书架上蒙尘的书籍
日记里欢欣的往事
都擦亮一点希望的烛光
前路生死未卜，征途浩浩荡荡
离去的同胞，疲倦的战士
我叹苍天啊，太狠心

坐在书台前，深吸一口气
蘸一笔浓墨
写一行祝福——
平安！中国！

平静如水（外二首）

□张况

上善若水，水善利万物而不争……
洗手是对无辜之水的另一种亵渎
洗手的人，不见得就干净到哪里去
只要心地善良，即便一辈子不洗手
日子，也照样会
平静如水

洗手

洗手，可以将病毒冲走
可是，贪吃者洗百次千次
也洗不走自己唇齿间
沾满野生动物鲜血的那两片
猩红
罪恶

洗心

疫情严峻
赶紧洗手吧
祖先们说了，洗手就该用金盆
不过，老夫越发觉得
最该洗的
是人心

（原载《广东文坛》总331期）

菩萨

□郑海潮

疫情汹涌，足不出户的母亲
每天关注电视新闻
看到了眼含泪花的钟南山
看到了为便于救治而落发的年轻女医师
看到了汗湿透背的男医生
看到了口罩勒出血痕的美女医护
母亲双手合十不停地说，他们就是菩萨
拜了半辈子菩萨的母亲
没有在庵寺遇见菩萨
却在疫区前线遇见好多菩萨

请向“逆行者”们致敬

——谨以此诗献给茂名市赴湖北抗新冠医疗队全体医护人员

□张慧谋

北上，是近于悲壮的字眼
因为抗击疫情就是一场严酷战争
从队旗下出发的那一刻
你们就是战士，是隐形于
无硝烟战役中的“逆行者”。
身后是含泪的亲属和前来送行的人群
所有目光都凝聚着发自内心的祈祷和祝愿
你们是所有人心目中的英雄和勇士
迈出的第一步，就意味着一路向北、向北
就意味着距离疫情重灾区越来越近
看不见对手的敌人比拼刺刀的敌人更可怕
你们每走一步都如临雷区。
纵然如此，你们也义无反顾在请战书上
签下自己的名字，意义不仅仅是职业使然
更在于大难面前的一种担当和侠义豪情
“不计报酬，无论生死。”谁可以签下
这份“生死契约”？谁可以从骨头里
砸出石裂山崩般的誓言？
你们，只有你们
像横刀立马、驰骋疆场的战神
在寒潮中逆行，一路向北、向北

防护罩下，看不清你们的面孔
但能看清你们前行的方向
看清你们背向亲人“逆行”中的身影
看见中国在行动，看见白衣天使
看见一种坚强的信念和绝不言败的斗志。
在寒潮中逆行的背影
他们是这个时代的缩影和见证
无须万言去解读他们的意义
他们就是大国崛起的脊梁
是丰碑式屹立呈现给世界
难以超越的中国高度
是用血肉之躯与疫情搏斗垒起的钢铁长城。
向“逆行者”们致敬
向茂名赴湖北抗新冠医疗队全体成员致敬
大地将回暖，春天已不远
好心之城，八百万个祝愿
英雄，一路平安，早日凯旋。

（原载2020年2月7日“南方+”“粤读”南方号）

燃灯者

□王哲珠

他们拥抱了父母
拥抱了孩子
拥抱了爱人
拥抱了朋友
捧一簇火苗，掬一点暖意
在这个寒冬穿行
披上白色的战袍
去呵护陌生又熟悉的希望
隐形的魔
抹暗了这个红色的节日
生命的火苗，一盏一盏暗淡
他们渴望重新点亮
带着火的种子
这群燃灯者
这个冬天最温暖的白色
如棉被般的瑞雪
预兆着一个丰实的来年

一层，再一层
每一层都是隔离
每一层都是接近
捂着，战着
烟火日子远了
隐形魔鬼近了

看不清你们的样子
我们记下你们每一个日夜
记下你们每一次奔跑
每一滴汗水
我们感受你们每一次失措
感受你们每一次恐惧
每一次希望
噢，不是你们，只有我们
每一个我
每一个生灵
每一座城
每一个国
我们，这片有呼吸的土地
都罩于暗色之下
同属暗色的一部分
手心都攥有火种
都是燃灯者

我们在那样的荆棘中穿行
混乱，焦虑，迷茫，失态
我们在那样的高贵里汲取
无私，理智，勇气，秩序
有灯亮起
一点，一点
一片，一片
浓稠的暗色如蜡化去，我们相信
街头重新热闹
市场重新喧哗
聚会重新流行
城市重新拥挤
日子仍然一地鸡毛
俗世仍然柴米油盐

如今，依旧安静
在安静里守着火种，守着灯
守住暖意
倾听胸口的跳动声
那声音在喧嚣中尘封已久

（原载《广东文坛》总333期）

人间安好

□高小莉

多想伸出双手，
握住你的温度，
多想看看你的眼，
道一声辛苦。
多想听你甜甜的笑，
世界充满幸福，
多想和你一起，
在花开的春天漫步。

多想寒冬过去，
看那万物复苏。
多想大家都平安，
送一声祝福。
多想祖国山河无恙，
没有人再痛苦。
多想阳光照耀，
美丽天使翩翩起舞。

祝愿人间安好，
陪你看最美的日出，
等你平安归来，
为你撒满鲜花一路。

（原载《广东文坛》总331期）

谁是谁的菜

□包悦

其实，我们并不惧怕病毒
就像我们并不惧怕死亡

世界的哪一个角落没有病毒
人类的哪一天历史没有病毒
生是自然现象，死亡也是一种自然现象
生死之间，谁告诉人类可以自主选择

不只是病毒在变异
人类的胃口也在变异
不是贫穷限制了我们的想象
而是脑满肠肥限制了我们的想象
不作死便不会死，人类的胃口不畸形
变异的病毒不会跟我们攀亲戚

其实，变异的病毒没有风的速度快
但疯了的一些人像变异的病毒，它的流传比病毒广
其实，截住源头并不难
难的是，野生动物们无家可归
无处可逃

听听那些撕心裂肺的哀号吧
当动物们也学会使用筷子的时候
谁是谁的菜

天上的亮星

——悼王烁

□黄金明

1

尽管这个春天自始至终都戴着口罩，但要讲述它
最动人的部分，不妨仍从鲜花开始
新港西路海康街的木棉树没有一片叶子
但浑身都是五指张开的花朵或攥紧拳头的花蕾
木棉花像铃铛，像火炬，像旗帜
但其中一朵，在风雨中突然陨落——
如国家的一声叹息，如春天咳出的血
仿佛幻化成珞珈山的樱花，摄人眼目
却痛楚地凋零——不——既以木棉的热血怒放
又怎能以落樱的凄美譬喻？
应该是荆州的腊梅，或仍在地底下孕育的荷花——
在今后每一个春节的窗台上悄然盛开

2

那么，这就是他的魂灵，也是他的生命
他从人民当中来，为了人民而牺牲
噩耗以车祸的狰狞面目出现
让人猝不及防。援鄂的广东医疗队员
哪一个不是出生入死

而最终凯旋。但他却遭遇飞来横祸
援鄂的全国医疗队员
哪一个不是跟死神擦肩而过
而最终顺利还乡。但他却像腊梅和荷花
永远守望着最后涉足的楚天荆水
尽管这些在疫情蔓延时
逆行出征的勇士，随时都有致命的危险
而无惧于生死，个个都是英雄
但他的离世，仍然让人万分痛惜
而无法接受。他是济壶救世、仁心仁术的医者
也是父母的好儿子，是妻子的好丈夫
是一对幼小儿女的好父亲
但他再也不会回来了

3

在三月，我来到了海康街
细雨中，木棉树繁花满枝
仿佛肩扛闸门的烈士不遗余力
也不堪重负。我一阵恍惚
依稀看见虚空之中有腊梅暗香浮动
他的办公桌，仍堆放着一沓沓
等他处理的资料或文件
他是“职业卫生评价所”的骨干
是青年文明号的副号长（他履职时动情地说——
这是接过雷锋的枪），又承担着办公室的大小事务
一件崭新的长袖衬衫
尚未启封（据说这是他在出征前
准备的）而永远不会再被取用
他的工作照面容俊秀，目光坚定
下面刻着他的座右铭：“修身洁行
言必由绳墨。”与其说这是他的信条
毋宁说是他的写照。他短暂而光辉的一生

做到了知行合一。他的遗物仍保持原状
但他再也不会回来了

4

当战斗的号角吹响，作为主管医师
他主动请缨，义无反顾
他出征时，在朋友圈里豪气干云地写下：
“云水入荆湘，古来鱼鸟乡
新冠毒，很嚣张，荆楚大地尽肆虐
精兵猛将出南粤，不查真相终不还！”
他是流行病与卫生统计学的专家
是职业卫生评价领域的虎将
始终扼守在流行病学调查的第一道防控雄关
在那可歌可泣的二十六天里
仅用半月就和队友跑遍了荆州二区三县三市
在疾控机构，在定点医院，在发热门诊
在集中隔离点，在监狱，在看守所
在戒毒所，在养老院……
他挨家挨户，上门排查，目光如炬
心细如发。他和队友起早摸黑
风餐露宿，走街串巷，既像做田野调查
又像疫情捕手，去侦缉病毒传播的蛛丝马迹
夜深才返回休息点，又立马撰写疫情简报
或技术方案。请记住这一天，3月13日
他和队友刚完成了洪湖市的督导工作
又马不停蹄地投入社区防控调查
彼时暮色苍茫，草木含悲
一辆急速行驶的面包车从他的后侧撞来……

5

荆州疫情阻击战，成了他的绝唱

而近十年来，他就屡屡深入危险现场
他总是冲锋在前，以舍我其谁
力挽狂澜的豪迈，扛起了
最危险、最艰巨的任务。他就像工兵排雷
为劳动者排除了生产安全隐患
同事转述他的话说：“如果还有风险点
连我们都没有发现，那就很有可能
成为凶险的陷阱！”而这些待检之地
往往也危机四伏。这些年
八十米高的石化厂平台，四十米深的漆黑铀矿井
大剂量射线危害风险的核电站维修现场
总有他挺身而出的身影
他以神农尝百草的坚毅和大勇
找出了不少企业潜在的危险
守护着劳动者的职业健康。2019年
他主动申请援藏，深入高海拔的山区企业
在偏僻崎岖的山野之地
有时坐摩托车行走在羊肠小道
有时只能艰难徒步，而高原反应
引起的头痛和心悸，犹如猛禽要将他击倒
但他克服了这一切困难
有效落实了职业卫生精准援藏的任务
推动了健康企业的理念在林芝生根发芽

6

他技术过硬，解决了近百家大企业
的职业病危害控制技术难题。他心系群众
为数十万劳动者争取了
职业健康的检查权益。他热心公益
率队开展了三十余场宣教、咨询及培训活动
在同事眼里，他“腼腆中带着阳光
阳光中又带着勇敢”。他不仅以专业服务社会

也常做好事助人为乐。他终究是一个阳光大男孩啊
所里的人，都爱叫他“烁哥”
他性情沉稳，工作踏实、细心，再棘手的任务
只要有他在，大伙儿就像吃了定心丸

7

他除了精研业务，平时还博览群书
尤爱文史，厚积薄发，偶尔舞文弄墨
必语出惊人。平时出差
总会给家人捎点东西，而对自身穿着
满不在乎。他生活简朴
但脸上总是洋溢着幸福感。他给同事们开读书会
讲战国风云，讲十四年抗战
再到讲5G科技，旁征博引，拈之即来
深入浅出，妙趣横生。他在演讲台上
挥斥方遒，指点江山
仿佛胸中自有雄兵百万
让同事们惊叹：“简直就像换了一个人！”
（他获过单位演讲比赛第一名）
每一次单位的联欢会上
都有他自导自演的精彩节目。他爱踢足球
打网球，还弹得一手好钢琴
一位年轻的同事哽咽着说：
“这么好的人，就这样走了……”

8

跟他一起援鄂的老搭档，已泣不成声：
“他是一个热爱生活、积极乐观的人
工作又出色。唉，我们来到这里
不是想做英雄，在这场狭路相逢勇者胜的战‘疫’中
每个人的力量都很微小，但对于家庭来说

我们都是顶梁柱。王烁有一儿一女
女儿五岁，儿子三岁，本是幸福美满的家庭……”
每一位英雄都是可敬的。但是，天哪
歌颂一位英年早逝的英雄
却让人潸然泪下！大地啊
请接纳一个高贵的灵魂，星空啊
请为这颗新生成的恒星留出一个位置
他已离开这个有疾病也有医生的人世
（这无限大的人世间既有白昼也有夜晚）
就让这颗新星持续在晚间闪耀——
他在人间的三十六年光阴，已像星云消失于宇宙的漩涡
而他对尘世的疼爱，仍像大星在将光芒喷涌！

（原载《广东文坛》总333期）

天使的泪水

□崔伟栋

天早注定，天使与恶魔的斗争。

一队队的天使又走向战场。

带着亲人的嘱咐，带着团圆的期盼，天使们走了。

她们走向何处？

她们……她们是走向“鬼门关”呀！

人们透过半紧半闭的窗门，透过节日喜庆的爆竹烟雾，看着她们远征去了。

猎猎的征旗呵，血红血红，那是新年的祝福，

那是千年万年的中国红呀！

接过征旗的刹那，人们的千斤重托已在肩上，救死扶伤的誓言怎敢忘怀？

凛冽的寒风吹来，天使回首时，微笑的脸上早已泪水晶莹——

“乡亲们呀，春节团圆真不易呀。听得说，魔鬼最怕众心齐。鬼门关上战顽妖，众志成城呀……”

（原载2020年2月9日“南方+”“粤读”南方号）

瘟疫时期

□黄礼孩

——庚子之年，春之翻腾不休，
蚂蚁与大象都丧失了飞翔的力气。

1

体内的雨像冬日懵然的药汁，煎熬出苦，升腾，弥漫
喧哗之地更是脆弱之所，病毒从泛滥的沉渣里袭来
觉察的人试图以一盏灯点亮另一盏灯，去抵御东方的黑月亮
没有光能穿透武汉的夜，火柴被扫描，它却不是火种的反面
他们舌头枯萎，语言凋谢在纸上，指纹的阴影加重了阴暗
新年贺卡也挡不住的惶恐——那气味已盯上你的眼神
咳嗽声渐高，被禁止的悲伤就越多，正在发生的一切
蝗虫般席卷而来，这寒夜，听不见忧伤的舒伯特

2

纸包不住火，那火撕毁一切！石头的泪滴像石头落下
悲剧的云披上黑袍登上舞台，耗子率先成为看客
被施加密码的动物为众人取乐，总有什么，又溜了出来
新年盛宴，风暴却从密室打开没有防守的缺口
赤手空拳的人啊，朝向漏洞百出的死亡之门
封城，上口罩，大地上所有的人都是一个样子
从求生的空隙里，利用万有引力返回2003年
试图3D打印避难所，可是影子深处的回忆已将

他删除——

3

无序，风暴中的无锚之舟，所有的桅杆都指向危机之地
急需阻击瘟疫的好主意，急需世界广泛的救助
隔离，唯有隔离。把厄运当作被活捉的白鸟
惊弓之翼无处可逃，被关进的笼子成为泣血的地点
惊慌之手，无手可握；失血之唇，无唇可吻
唯有世界的哀歌旋转在你的空气里，召唤你走向关闭的墙
风雨嘈杂交叠的谴责并未能抵达假装睡着的耳朵
再狭窄的领土也得小心翼翼，栖息地啊，绝望如迷雾里的沉船
浮冰之上，暴力的冰凌竖起，再小的权力也张扬
恶行，无论远近，仿佛同心圆。在微信里聊聊羞愧
原谅我的愤怒无法把铁块捣成泥浆，幻象的牢笼
合上祷告书，从魔鬼的欲望里脱身，需要分享的是隧道里射出来的光

4

春天并不对它所赋予的寓意负责，因为根扎于愚昧的土地
我们都是同一棵树上结的果子，善果与恶果，看似难以分辨
千村深锁，农作物腐烂在地里，空城颤抖
盛开的紫云英啊，你只不过是一枝空荡的雷声
良人，滴下的泪如铅液，深重在玻璃上闪烁
请听这一首死亡赋格曲，在人群之中传唱
请看这一块遮羞布，茅草一样为风所破
不知悔改的人一意孤行，离天空、大地越来越远
所有的隐喻在明天都是命运合成的交响

5

你逃离了吗？通向未来的第一层阶梯已经飞走
那带在身上的路消失，风卷落叶，向每个方向飞舞
被封闭的春天像失明的天使，一个人的死亡

不会得到天堂的回应。冷太阳的终点是雪花飘落
肺腑里野兽号叫，染病的灵魂羸弱，走投无路
叹息，遍地沉疴。一种生活已隔离了另一种生活
唯有病房灯火通明，疲惫的医护啊，她推开廉价的赞美
再多的手帕也擦不干她的泪，追赶哭喊妈妈的女孩
她单薄的身影被夹在旧世界与新世界之间
命运是否还在随意掷骰子？能否治愈这众生的危难？
勇气是善举，也是智慧，仿佛矿井的灯盏
无意义的范畴之外，我们尝试扶着文明的墙根走出黑夜——

（原载《作品》2020年第4期）

我们在——

□知言

2020年
注定不平凡
喜庆的日子霎时变得灰暗
无助的声音惊动了天神
那颗藏在华丽皇冠下的病毒
面目狰狞地向人类伸出魔爪
所到之处满目疮痍
诡异的病毒
在他们肺中安家
胸闷，咳嗽，发热，呼吸困难
病毒
却没有因为他们的痛苦而消失
反而愈加凶残
一千四百万人口的武汉
顷刻间，变成了疫区
这是一场人与病毒的大战
若有战，召必回，战必胜
是我们的铮铮誓言

妈妈打怪兽去了
我们整理行装，步伐矫健
我们是最美逆行者
防护服，护目镜，口罩，手套
已分不清你，我，他

真希望
病毒能被白色的勇士们淹没
白色
才是最亮丽的风景

我们在ICU病房
犹如冲锋的战士
我们用手中的武器与病毒展开生与死的搏斗
我们要把药物尽快给他们输上
我们要护理各种管道
我们要及时（吸痰）进行氧疗
我们要分分秒秒观察血氧浓度，监测生命体征
我们要注意呼吸机的各种参数
我们要观察他们的皮肤情况
我们要继续给他们测量体温
我们要随时准备气管插管
我们时刻准备着
我们在与时间赛跑
在与死神抢夺生命

一个班下来
我们累得迈不动双腿
几层衣服被汗湿透
秀丽脸庞勒出了一道道印痕
护目镜让我们的美丽双眸不再动人
N95口罩让我们与心爱的口红形同陌路
我们毅然剪去心爱的长发
即便是丑陋我们也坦然面对
我们，我们倒地而睡
大地是我们的床铺
拥我们入怀
休憩片刻又要投入下一场战斗

我们在实验室中
犹如永不停歇的钟摆
我们完成一个又一个试验
分离一个又一个病毒
唤醒又一个一个又一个的数据
病毒纵然披着华丽的外衣
也不能逃出我们犀利的双眼
狡诈的病毒躲进患者的身体
让他们痛苦难挨
我们研制的核酸试剂盒
像小小雷达，找到它们的行踪
它又躲在患者的肠道中
我们一样将它识破
躲在空气中，门把手上
无论藏匿何处也将被我们找寻
因为上帝赐给我们一双慧眼
病毒无处遁形
我们期待新疫苗的问世
到那时
可恶的病毒必将束手就擒

我们来自东西南北
我们高喊：
武汉，我们盼你好起来
待到春暖花开时
山河无恙，人间皆安
到那时
美丽的双眸笑开花
再涂上心爱的口红
穿上漂亮的衣裙
一起看樱花，品小吃
我们在熙熙攘攘的江汉路上相拥
中国加油！湖北加油！武汉加油！

我是护士（节选）

□肖功莲

我看到了许多黑暗中的灯火
和许多灯火以外的东西
比如：黑夜对白天的记忆
白天对黑夜的承诺
那记忆是光
那承诺也是光

我是那储存记忆的人
我是传达那承诺的人
我是昼与夜的纽扣
我能在那墨汁般密不留隙的黑夜里
看到花的颜色
看到蓝天和白云
看到太阳、月亮和星星

我把月色带进病房
我把星星带到每一张病床
我把鲜花送到每一位患者手中
点亮黑夜
点亮新生儿出生的产道
点亮离去者无可奈何的桥

当我拿起注射器
它便成为光的一部分

当我用注射针刺入患者的血管
它便成为太阳的一部分
成为月亮的一部分
成为一颗星
一束光
一缕春风
一盏明亮的灯
成为爱
成为我心的一部分
成为我的旅途
我永远的出发点

我的患者
可以想象您身体的这场大雪
可以想象雪中送炭的人中有我
有一位护士
有一群护士
忙忙碌碌
为您生火取暖
祈求春回大地阳光明媚
给您送来太阳的温度和光照

我的患者
我把我的身体弯曲
让您看到希望
让您听到我心祈祷
让您相信
无数直木就这样弯曲
成车轮
碾过病魔
驶向康复与健康的彼岸

（原载《广东文坛》总333期）

我遇见了你们，从春天出征

□唐小桃

那天，阳光透过二月的寒流
我刚好路过市政府广场
我遇见你们，从春天出征

阳光照亮广场一树一树的玉堂春
反射在你们出征的红色、蓝色的
战衣上。刺得我的眼睛有点痛
想着明天你们将换上白色战袍
与病毒展开救死扶伤的厮杀
那身厚厚的白色铠甲能挡住
毒魔嚣张无情的刀剑吗？
我的心开始发沉……
我看见你们与家人拥抱
道一声珍重饱含万千的时刻
你毅然转身离去——
向着一个使命必达的方向
是的时间太紧了！你只能
抛下小家。奔向更大的家园
你要争分夺秒从死神的手里
抢回我们的兄弟姐妹的生命

自从我遇见你们从春天出征
我时常打开网络搜索你们
征战的行踪。你们是

一千五百名南医的一员
你们与全国两万驰援者同行
我总能听到春雷滚滚壮士
出征的脚步。今天我又
听到一声集结号了：出征
出征，一阵沸腾的春雷
正好在我城市的上空响起

我愿意为你挡在疫情之前（组诗）

□林少英

因为有你，我们有了胜利的信念

如出弦的利剑，你迅速地穿越
到疫情拼杀的最前沿
像61年前北大运动场400米栏上
打破全国纪录的猛将
像17年前非典战役中，冲锋陷阵、指挥若定
纵横驰骋的战士兼将军

仿佛一片黑暗的森林
开始渗入一缕缕光

你在枪林弹雨中，拼杀搏击
你经历了战斗的惨烈
也看到了阴霾掩盖下的危难
你用睿智和果敢，冲破一道道堡垒
宣告祸首和根源，你用良心和担当
还世界真实，还生命本真

黑暗中沉默的事物呵
开始消除怆恻眼神

每一次危险来临，都可以看到你坚如磐石的身影
每一次灾难面前，都可以看到你铿锵有力的声音

你把信念揽在胸间，你把责任扛在肩上
你用天宽地阔的胸襟，扭转乾坤
你用浩荡无边的博爱，呼风唤雨
你用赤子炽热的情怀，感天动地
我仿佛看见一个负笈西行的僧人
流沙漫漶您攀爬的脚印后
换回了拯救苍生的真经

如果不是，我还要和大家一起战斗

“我的女儿还小，她不能没有妈妈”
当惊恐在你的眼中闪现，你说“我要辞职”
可是，如果今生当了一次逃兵
我还对得起救死扶伤这个神圣的职业吗？
没有退路，别无选择
因为我是一个医生

春日苍凉，大地悲壮风吹过百草，像吹过众生

当蜂拥而来的病人，将仓促应战的你推向波峰浪谷
秩序被争先恐后的人流一一击穿
病毒也侵入了你的肺腑
你倔强地爬起来说：我要去确诊，如果不是
我还要和大家一起战斗

经历重重智性的决战，
你将苦涩的光注入呼吸的空气中

抛开了自己的身体
抚慰那一个个无处栖息的灵魂

他们睡着了

他们睡着了，有的蜷曲着身体，靠在墙角
有的随身躺在地下，身上一律全副武装地穿着隔离衣
在日以继夜，夜以继日地拼杀搏击后
他们睡着了，就像在激战的战壕
在硝烟刚刚散去，黎明来临前的一刻
他们正在争分夺秒地擦刺刀、装子弹

他们大多还是孩子，在危险来临之际
勇敢地冲上去。他们是母亲，是儿子，是爱人
面对病人，如同亲人，毫不犹豫地将救死扶伤的重任
扛在双肩，扶危渡厄，拯救众生

他们睡着了，为了节省一件防护衣
为了时刻准备冲锋上阵，背着沉重的负荷
只为了卸下千家万户沉重的哀愁
让喜庆的鞭炮再次轰响，生命灿烂如花

寒风中的白玉兰

刺骨的寒风中，一朵朵白玉兰
傲然盛放在：每一个枝头
每一条岔道，每一个高速路口

寒流冰封了草木、年味、温暖
却冰封不了赤诚的心跳
风中，僵冻的脸倔强地绽放微笑
散发出芬芳

从朝霞展露到寒夜霜降
皎洁的花瓣，凛冽在寒风中

保温瓶中的水冷了，心依然炽烈

电子体温计检测着归心似箭的风尘仆仆
扫射披着太阳冠冕的阴霾，坚定的目光
固守着一方水土安宁，一方百姓安康

每一朵花都在寻找温馨的归宿
却有一个个白衣天使
逆行集结，凌冬绽放

（原载《广东文坛》总333期）

我在武汉有很多的朋友

□游子衿

我在武汉有很多的朋友
写诗的，经商的，教书的……
一个个都聪明能干，处事得体
而且男的都帅气，女的都漂亮

我在二十年前因为诗歌
认识了他们：林柳彬、鲁西西
沉河、江雪、哑君……这些名字
给我多么温暖的回忆，电话里
他们的谈吐多么优雅、睿智
他们的诗歌写得多么好
他们的声音多么亲切

那么多年过去了，虽然音讯渐疏
但他们仍在我心里，如灯塔闪亮
武汉今夜告急，我多么想知道
他们是否平安，多么渴望看到
他们的笑脸出现在我眼前……

朋友，我多么希望今夜
能和你们站在一起，但今夜
只有想念；我多么希望今夜
能给你们送上温暖和力量
但我只有想念！我们的见面

会在哪一天？遥迢的岁月里
我从未像此刻这么迫切

朋友，你要等我
一如你此刻从容地笑着
迎向我，伸出你坚强的手
握住我！武汉，你要等我
一如你此刻在风雨中挺立
迎接我，以信念，以爱
拥抱我！

（原载《广东文坛》总333期）

无题

□向明伟

等待的间隙用一款手机app
我识别出碎米芥、酢浆草、万年青、马齿苋……
这些长在盆里的植物
和我一样平安迎来春天里的这个清明
它们在盼望天晴然后泛绿或开花
我当然也在期待一个更美好的四季
而今天我在守候那个庄严的时刻
妻儿也仿佛约好一般来到阳台
面朝城外的青山低头
我们像幸存者忽然落泪
十字路口的汽车响起悠长的笛音
三分钟里有万千雨丝停驻在细叶榕的枝叶上
三分钟里有许多熟悉的名字涌上心头
还有更多的人
他们当然不只是枯燥的数字
我都愿意一一记住
遗忘真是一件羞愧的事
从明天开始
我终于能够对那些盆栽直呼其名

午夜的星星

——赠挚友驰援武汉医生星星

□刘园园

星星在午夜出发
悄然将光芒敛起
还用
黑色的幕布　好好地拉扯了一下
思量再三
她给我们留了个背影
淡得很
浓得很
鄂的天空　总是彻夜通明
我找不到我的星星
我看到了星星
粤的夜　总是彻夜美丽
她把光之线的一端　留在了这里
像勇敢的风筝
待胜利之日　收线归来

武汉，武汉

□林非夜

一

如果从祖国的版图上寻找你
你就在它的心脏部分。今天
你的每一次跳动，都让人为之心悬
震荡。我们仍然是无力
除了无力，便是更深刻地了解到自己的卑微
有一首写不出来的诗为你
为所有奋战逆行的人，这让我难过
我不应该提笔，我写出来只会让自己更像
一个百无一用的书生。我不写
又会在一望无际的阴冷里寝食难安
像医生束手无策地望着他日渐衰竭的病人
武汉，武汉
这个原本遥远而陌生的城市
现在它流淌在这些苍白微弱的文字中间
不断放大，变成一种呼唤
一种来到我的血脉与我相连的意愿

二

封城时我正行走在滇池大坝
成千上万的红嘴鸥扇动着翅膀
尖锐的叫声，涌动的潮水声，嘈杂的人声

让人惊讶的一片迷人生机
西伯利亚的精灵们因为气候迁徙至此
出走的人散播到各地
我从手机的刷新中获悉整个中国的恐慌
一只红嘴鸥叼走我手上的面包
是承载太多了，对吗
武汉，我们的城市。不管释放是不是一种罪过
如果每一个游客都有喂养这些海鸥的决心
那么你的子民
任何的疆域一旦遭遇，请接下安置的重棒

三

现在我在广东
这个疫情的第二大灾区。2003年
它和你一样，背负着病毒最大的伤口
我想我要试着理解受难的民族
试着明白那些城市之痛
我彻夜亮着一盏灯，为你
苦难总是会过去，经过苦难洗礼的城市
成长的步伐会更坚定——
经过多少人无畏的付出。
我的孩子从房间里跑出来
关心我给他变出的各种食物
他还不清楚人间此时的磨难
我多么希望每个孩子都能一直如此
没有忧虑。但是我
看到视频中那个孩子哭着大喊
“我不要生病，我要妈妈”
我明明知道眼泪无用但还是想为你
为那些奔赴的人释放
一直困扰自己的这些液体
当那个德高望重的老者为你噙满了热泪

“武汉本来就是一个很英雄的城市”
是的，我知道有越来越多的人相信你
并会像守望自己的家乡一样
守望你

（原载《广东文坛》总331期）

武汉上空

□宝蘭

从来没有一只蝙蝠
包括在高处清理落尘的蝙蝠侠
靠近过，那些行走在地面上的人

而人心，把蝙蝠弄上餐桌
人嘴，让蝙蝠臭名昭著
是谁把高悬达摩克利斯头上的利剑插入大地
人类的统治，太过自以为是
蝙蝠不再退让，它是否受够了
被过分设计的一生
斩断马鬃，帮人类重建秩序？

人从树上下来之后，又入洞穴
一直和疲倦为伍
杀戮驱逐杀戮，传染复制传染
没有更高的价值阶层
逻辑链和生物链在他们眼中
是哪吒脚下任意践踏的风火轮

废弃的城堡，被强暴的文明
掩体中生存着最后的族群部落
双手合十，慈悲喜舍，敬畏众生
一次次示教我们
脱去被污染的防护外罩

远离杀戮，远离无知和病毒
爱和被爱，是人间该有的模样

永恒的山峰，有迷途的云彩
不会因它身在高处，就变得厚重
它亦不能阻挡我们把希望和光明
写在武汉的上空

（原载《作品》2020年第2期）

闲居杂咏

□梁文

闲居的日子里
我熟悉
阳台上的每一株植物
忍冬花、七星草、蔷薇、小月季……
就像熟悉——
初升的晨曦何时飘进窗台
啾啾的鸟鸣何时掠过耳畔
母亲的咳嗽何时敲打我的心窝……
我还学会了
修剪花枝、刺绣、打糍粑、自制口罩……
以及
如何让我的思绪在一行文字里站稳
如何在一首诗里寻找洁净的春天

闲居的日子里
我时常被一些词语打动
甚至被它们背后的故事感动得热泪盈眶
守望相助、同舟共济、心手相牵……
这些鲜活的词语
构筑起一个民族相互扶持的传奇篇章

闲居的日子里
我还认识了一些有血有肉的名字
钟南山、李兰娟、张定宇、李文亮

以及无名的外卖小哥、物流司机和环卫工人……
他们以使命搏击死神
他们用生命捍卫初心
曾经多少次在梦里
我替他们咬紧牙关
爬过一座座险峰
跨过一道道坎坷
他们是平凡的普通人
他们是逆行的真英雄
他们更是中华儿女的代言人

闲居的日子里
窗外的春色
越来越浓了
我想踩着风的翅膀
问候初春每一片返绿的叶子
问候每一个平凡的英雄
借着这撩人的春光
祈盼逆行的人都能平安归来
共享这盛世河山

（原载2020年3月16日“南方+”“中山文学”南方号）

献给武汉的诗

□肖涛生

他们问我有没有接触武汉人
有没有亲友来自湖北
我脑子里翻了翻
屈原、杜甫、李时珍
毕昇、诸葛亮、张居正
闻一多、李四光、刘华清
这些故人，算不算

书本里的长江和武昌城
还有黄鹤楼
烟花三月下扬州
江汉关和武大的樱花开
蔡林记的热干面
再加一碗小桃园的煨汤
这绝佳的美味呀
这曾经的人间仙境
这些好去处，算不算

其实，此刻我就是武汉人
因为狼烟骤起
那里有我正受苦受难的同胞
那个剃光头穿白大褂的
是我菩萨心肠的姐妹
那个站岗执勤累倒的

是我守卫疆场的兄弟
那个被病毒吞没的教授
是我敬重的老师
那一个个刚去往天国的
都是我毫无准备离开的亲人

此刻，我就是武汉人
我难得落下的眼泪
一天天在为武汉而流
时而忧戚
时而愤怒
时而仿佛看见阳光般
破涕为笑
可转瞬间又雾锁江津
无奈地看着病菌
及其衍生物
在空中盘旋、狰狞

此刻，我又觉得自己
不配做个武汉人
因为那里遍地英雄
有的坚守
有的奔赴
有的耿直
有的忠烈
有的献身
有的觉醒
而我，除了酒足饭饱
又算得上什么呢

写下

□阮雪芳

写下苹果
深谙它离开树枝的寂静
写下猎豹
懂得千万只羚羊的忧惧
写下雪
看见古老天空游荡的星体幽灵
写下新冠肺炎
细雨无声刮着焦灼的心
艰难跋涉的时辰
病菌坐在医院的台阶前沉思
写下前线医护
一种爱在瞬间突破语言
写下人民
温热涌上来
写下病毒
野蛮流窜变异而
生命基因知道
人打满补丁的身体，也拥有
不被风暴清洗的意志

（原载《广东文坛》总332期）

羞愧

□莫小闲

这个春天，人们闭门不出
用口罩隔离病毒，用悲伤迎接新年
这个春天，我身体无恙
父亲母亲弟弟有感冒发热，也还好
但我的家乡不好。我的家乡病了
整个湖北都病了，连带我这个流落外地的人
在人群中都低着头，有点儿羞愧
我愧对这个春天。因为病毒肆虐
春天灰暗、迷茫，一些花还未盛开
一些花已经提前谢幕
我愧对阳光，我不能好好地拥抱你
让你温柔地亲吻我的面颊
你只能白白地照耀空空的人间
我愧对每个陌生人，我的家乡给大家
带来了恐慌，各地阴云密布
朋友圈的每一条消息都令人揪心
我愧对我作为一个弱女子，别无长技的诗人
不能像那些白衣天使，被口罩勒出层层伤痕
依然无私无畏，救治我的家乡
不能像逆行者，把所有的小情小爱都放下
冲向最危险的地方
我羞愧，在微信里潜水刷新所有湖北的动态
却不能为我的家乡真正做些什么
我羞愧自己，一日日地只是按照防护知识

戴好口罩，减少出门，做好个人卫生
问候爸爸妈妈和弟弟
然后一次次地拿起手中的笔
又轻轻地放下……

（原载《广东文坛》总333期）

一首诗的分量

□翁义彬

2020年的第一场寒流
使一个泱泱大国的广袤大地
阴霾密布，山河失色
受伤的黄鹤，怎能
引动冲霄的诗情？

是啊，想一想那些
殉职的、累倒的，
顶着牛皮纸档案袋救疗患者的
白衣战士
看一看那些
“不计报酬，无论生死”的
请命和请战
听一听万众一心抗疫情的
号角与誓言
我的心中便有了答案

端详一下那飘扬在
险关要隘的鲜艳党旗
闪耀在街头巷尾的党徽
深深注视着防疫指挥部
彻夜不眠的灯火
从四面八方汇聚而来
山海般的队伍和善款物资

我心中的答案便落地而生根

——与所有这些相匹配
这首诗，必得有
因时而生的光芒，温度和重量
如剑，如火，如山
火能淬砺宝剑，能克金
山为艮，为止，为停
火神山、雷神山，钟南山
小小毒疫，为之而止步

且暂别那观花听鸟吟赏烟霞的潇洒
且放下那安于一室茶禅一味的空灵
且搁置那铺纸焚香醉心翰墨的清雅
用当初仓颉泣鬼神的文字
在寒风冷雨中高扬起
金戈铁马气吞万里如虎之声

不能唤回那些走失的亲人
不能扶起那冻僵的花树
不能抹开一角亮丽的天空
至少，也要为那些
舍身请命者、仁心爱人者
负重前行的民族脊梁擂一回鼓
至少，也要为一股股
涌向封城的爱的暖流高歌一曲
至少，也要用血管里的风雷
拒绝冷漠，鞭挞奸邪歧视
粉碎阴谋和谣言
至少，还可以扯几缕
天边的祥云瑞日
为那些与病毒抗争的患者

为如履薄冰的血脉同胞祈祷

正如今夜
我听到周边村落传来的鞭炮声
——多像一颗颗小小心脏
奔涌的热血，为受伤的春天输液
为冰封的大地解冻
神州，神州
众神护佑的大地哦
苦寒过后，循着寒梅暗香
前呼后拥而来的百花
将与争辉斗艳的万家灯火一道
重新点亮大中华的山川河岳与城乡

（原载《广东文坛》总331期）

以血淬剑

□李程

只要黑色翅膀还在抖动
纵有一线朝霞，也一样沉闷
熄灭万家灯光的晨鸟
唤不醒酣睡的城市

白天连着黑夜，黑夜又迎来
白天，噩梦中有一群人奔跑
白衣如雪，身影幢幢
以血淬剑，慷慨而歌
赴一场志在必得的生死决斗

武汉在召唤，子弟兵在行动
人民的生命至高无上
探温，排查，隔离
从城市到乡村，从天上到地上
网络化的追踪不放过任何细节
以众志成城为经
以守土有责为纬
织就天罗地网，新型冠状病毒
肆虐横行的日子不会长久

静候日子如此漫长
守着房子，守着家人
岁月静好的日子只是追忆

如今，一遍又一遍地刷屏
频频点赞，那负重前行的壮举
默默许愿，所有勇士都凯旋
所有的患者都能康复出院

硝烟未见，却以生命相拼
党旗招展，党员始终冲锋在前
让百姓远离瘟疫，还社会安宁
抗疫一线的指战员们，请接受
我最诚挚的敬礼，你们高大的身影
必将深深地，镌刻在神州大地

我们坚信，静静等候的春天
一定会到来，那黑色翅膀
终将融化在深深的黑夜。晨曦里
有鸟雀的婉转莺啼，有姹紫嫣红的
一派春光

（原载2020年2月11日“南方+”“粤读”南方号）

疫情动态图

□蔡小敏

每天，醒来的第一件事
就是看疫情动态图
每看一遍，我都要反问自己一百遍
为什么当年要放弃数学专业
如果我知道
人间的生与死
恐惧和悲伤
都能简化成坐标上的点和线
那么，我情愿成为
数学的奴隶
一辈子，保持单一的习惯
让数字仅仅是数字
让曲线仅仅是曲线

（原载《诗潮》2020年3月号）

百定安的诗

□百定安

疫情帖之一

带翅的病毒，在数字和语言中飞。
它的构造像谣言。
一个旁观者的抒情，譬如写诗，是空洞的。
只有希尼，此刻能够
镇压我思想中的动荡。

午后虚光，将楼面切成几个不规则的几何图形。
有一片阴影锐利如刀
刀刃下站着一个
摆弄口罩的男人。白色口罩
像面部的一块补丁。

另一个戴口罩的人锁车走来。
洋葱，莲藕，还有白萝卜
举着三棵葱，从超大的
购物袋里探出身来。
果蔬们看起来
那么平静。我们擦身而过
相互沉默，如一颗土豆附近
滚着另一颗土豆。

没有谁不值得警惕，可疑。

对面邻居向外张望的脸，被玻璃压扁。
木偶般的面具，不悲不喜。
窗子上，一只剪纸红鼠欢欣鼓舞
旁曰：万事如意

疫情帖之二

大厦上的灯为谁彻夜而明？
远处几串犬吠，吠着空旷。
——城市早已给它们腾干净了。
的士中，谁戴着口罩星夜回到熟悉而陌生的这城？
荒凉道路上，一个保安把夜交给另一个保安，趺宕着往出租屋走。
道牙上坐着抽烟的两个人，明明灭灭地
讨论着国家大事：
武汉，湖北，老家，新冠。

囤积居奇，哄抬物价的人
至今还是人民的一部分。
关闭的门面上
贴满长方形的通知，广告，门神和温馨提示
伸出额头被探测过体温的男人
走出超市
抱着两颗包菜，像抱着不同肤色的两个亲爱的人。

现在，我们保卫自己。
他们说，捂住自己的嘴
洗干净自己的手
才有可能安全。

——我们怀疑自己袖子里藏着一双毒手。

昨晚，环绕客厅，我把
艾伦·金斯堡的Howl号叫了一遍
所谓优雅的写作
与生活货不对板。

譬如
对于树，我更相信它们的哑口。
对于人，我更相信他们跌在地上的影子。
对于文字的修辞，我更相信人的语法。

我们睡得太久了，然后起床，然后做饭，然后，睡。
什么梦都没有。
没有一个梦能够梦到自己像小狗一样在笼子里踢腾笼子。
隔着视频划拳喝酒？
其实我们全输了。

来，布罗茨基，给我止止痛。
来，辛波斯卡，给我止止痛。

有个伙爷在武汉

□红雨

怎么就把长江绕作指间的琴弦
昨夜风中弹醒了北美的夜晚
怎么就放飞黄鹤任其遨游云天
一朵无眠的云倦落我的窗前
怎么就突然云遮雾障珞珈山
过眼云烟遮不住你的红唇朱颜

武汉，武汉，强忍不去想，不去念
怕这丝牵挂，偷偷穿越万水千山
让牵着月亮遛弯的一个伙爷
突然响个喷嚏，打个寒战

（原载《广东文坛》总331期）

又见南山

□陈俊年

戴上口罩
你又毅然出征
关键时刻
你又决然发声

人传人
乱传的不仅是疫情
心连心
你紧急警醒亿万人

从2003
你就是人民的守护神
到2020，新年新岁
84高龄又领军风雪中

真不忍心
又见南山
虽然心里
一直仰望

南山
不只是一个人
南山
不仅是一座山

南山是科学
南山是良心
南山是福安康寿
南山是敬天爱人

南山在中国
中国有南山
我们肩并肩
壮丽更南山

（原载《广东文坛》总331期）

在家里上网课

□黄子安（初一学生）

盘算在新年里走亲访友的日子
被突如其来的疫情打断
春节冷清，像未开花的木棉树

这不是一场梦，而是梦中巨兽
喷着鼻息潜入我们的生活
它带来了恐惧、分离和悲伤
它撕裂了口罩上方的两个微型天空
降下冰冷彻骨的雨水

幸亏有大爱之人
逆行于路上，搏斗在一线
以爱换爱，以命续命
甚至长时间没吃喝没休息
只为了多抢救一位病人

他们，都希望我们好好的
我们，也希望他们好好的

我待在家里，上着网课
默诵着古老的课文
依然有幻想的蝴蝶
从崭新的纸页上飞出
依然有漫漫长路

被无休无止的细雨涂抹
而在视线中变得越来越模糊
在两条岔路的尽头
不同方向的人正在返回同一个城市

我们细数着指缝间漏失的光阴
犹如数着下锅的米粒
阳台上，春天正在兰草的叶尖上翠绿
日子还很长
事情也很多
坚定如你，平静如我
都要在这个春天过得好好的

（原载《广东文坛》总332期）

在我期待的黎明

□陈苑辉

关于你的描述，我在很多书本上
找到踪迹。从一句对话开始
从一段叙述开始，从江河、山川、鸟树
等等描写开始，书本永远无法合上
绵密的呐喊声响彻于耳际，时光被穿越

不可否认，寒冬篡夺了本应到来的
暖春，雨水守在手机日历第四行
魔爪还伸向每一个角落逼人躲避
人的生命如同那只躺在转角处的病猫
令人怜爱与害怕。阴暗占据灯光外
有座城市的朋友想绕开那段黑，那段冷

远处有一座山，比泰山更雄伟
耄耋的身影比年轻人更为坚毅、执着
他道出的每一条信息都振奋人心
摘下口罩之前仍有许多怀疑，高峰何时到来
蠢蠢欲动装满每一片求助的目光
譬如，张口跟冰说话，或者假装拿出那本书
指出一个温暖的词汇，指出一条路

凄厉声穿过每一寸匮乏土地，远方苍茫
当然，还有大爱，还有珍稀的
英雄情结，迎着冰凌缓缓绽放独特风采
黎明一定会抵达，在不远处你我眺望的枝头

（原载《广东文坛》总333期）

宅家七步诗

□梁德荣

第一步，床头堆着我爱看的书籍
诗行里拥挤着我的呼噜声
第二步，客厅众多物品摆放整齐
显示我的生活依然井然有序
第三步，书房电脑开着
我在屏幕上敲打出许多汉字
第四步，厨房塞满了食物
它们为我果腹，让我安心
第五步，手机网络通畅
我每天和好友相互打着招呼
第六步，电话打通了
家乡的声音让我忍住了泪水
第七步，我寻找地图上的武汉
看千年古城拿什么遮身护体

街道空寂的家园之上啊
还是阳光明媚的天空
我手握大把时间
将破碎的心，一次次顽强复原

长江，武汉或者其他

□郭杰广

1

一条大江
断开一截截的蚯蚓
流水，救活了它

2

在那暗黑的阴霾里
一群穿着防护服的鸽子
围着庚子年探余温

3

冰雨淋湿了正月
人心的冷暖
谁能够测量出来

4

一个好口罩
可以隔离病毒于嘴外
可以把谎言拦在口里

5

黑夜，纸上有深雪
陡峭的疫情
按满一枚枚红指印

6

一车国家订单，带着体温
从佛山出发
挡住冰冻和病毒的嘴脸……

这个春天如此艰难又鲜活

□何腾江

这个春天如此艰难，我们从未遇见过
在村里，我跟乡亲站在树底下
隔着一米的距离，仿佛隔着几个世纪
我们戴着口罩用方言攀谈
攀谈武汉，攀谈一直往上蹿的数字
攀谈被搁置的农事，感觉很别扭
这么多的艰难，我们的方言难以表达
我偶尔只好改口用普通话
发现怎么谈怎么词不达意

立春了，这个春天开始鲜活起来
庭院宅后的杂草把石块拱开了
村口篱笆里的竹笋也破了土
去年挂满果的菠萝树今年又开花了
几只不知名的鸟儿上蹦下跳的样子
像极了在村口奔跑的小孩
村里的农事一下子就鲜活了
乡亲陆续摘下口罩，露出粗糙的笑容
我们站在一起，亲切得像久未见面的兄弟

（原载《广东文坛》总332期）

致白衣天使

□廖华强

一场冰冷冬雨
骤然
将除夕的烟花浇灭
一种带美丽花冠的病毒
来势汹汹
一阵急促的手机铃响
让你放下
端向嘴边的碗筷

武汉病了
而且病得不轻

疫情就是命令
必须立即赶回医院
集结
向武汉
向湖北
出发

当惊惧的人们
争先恐后
逃离病毒的魔爪
回望时
却见你逆行的背影

请告诉我
你是谁的儿女
谁的妻子
谁的丈夫
又是
谁的父亲母亲

其实你们
都有一个美丽的名字
那就是
白衣天使

真心说，面对病魔
人生谁个不怕死
可当人民有伤
国家有难
冲锋在前
是你唯一的选择

飞往武汉的航班上
你们肩并肩
静穆而坐
此时此刻
已没有
出发前的信誓旦旦
更没有
面对镜头的震天口号
只听见对方
沉重的
呼吸与心跳

舷窗外的云层，为何这般厚重
无尽苍穹
怎不见半点星光
当你们俯瞰
江汉平原的零星灯火
疫区人民
终于盼来了
从祖国四面八方赶来的白衣天使
在夜色中翩翩降临

戴上口罩，手套，护目镜
你
你
还有你你你
将
精忠报国
坚定逆行
武汉加油
中国加油
互相签写到
防护服上

一门之隔的
重症监护室
是
看不见硝烟的战场
虽说平时
见惯了生死
而眼前
分分秒秒都上演着
生与死的较量

忙
忙
忙啊
顾不上喝水
也不敢喝
哪怕
只是一口水

累
累
真的很累
却早就忘了
什么是累

冒着被感染的风险
替身患重疾的病者
打针
擦身
吸痰
插管
甚至端屎倒尿

一个患者
为挣脱死神的魔爪
突然扯掉了
吊针和面罩
哭闹着冲出病房
要去寻找
一个可以
呼吸顺畅的地方
在这何等危急的关头
为了不让病毒飞沫

传染给更多人
你抢前一步
为他重新戴上面罩
拉扯中一起摔倒

此刻
你终于践行了
大医仁心的初衷
以娇小身躯
当作缓冲垫子
为平息患者的狂躁
用柔软的双手
轻轻拍着他的肩头

当患者终于清醒
拥抱他的
是天使而不是死神
顷刻眼里
盛满了愧疚与感动

目睹，一个个生命逝去
你悲恸不已
也因一个个生命
从死神手中夺回
你高兴得
泪流满面

什么叫作战时
当人民有难
国家危急
有如战争来临之时

什么叫作战士
在国家危急
人民有难
必须冲锋陷阵
赴汤蹈火的勇猛之士

争着挺身而出
踏着硝烟逆行
不惜献身
又义无反顾
你们，就是这铁骨铮铮的战士

面对患者求助的目光
疲惫的你早已感觉不出疲惫
感觉不出疲惫的你
其实极度疲惫

一天
又一天
当完成
整整一天的工作
脱掉防护服
带一身疲累
回到驻地
摘下口罩的那一刻
爱美的你
看着镜子里的你
抚摸着
被N95和面罩
勒成伤痕累累的脸
那莞尔一笑
是天使般

最美的笑

久久未眠
透过坚硬的天花板
你可看见夜空中
沉默不语的星星
那可是
许许多多
熠熠发光的星星啊

面对电视采访
竟然想不出
一句半句的豪言壮语
你只轻轻回答说
作为一名医者
有病人的地方
就
有
我

（原载2020年2月24日“南方+”）

致敬！白衣战士

□郭勤亮

无法想象
以往热闹喜庆的春节就这样寂静地度过
人们只能躲在家里默默地祈祷
天佑中华，百姓平安
揪心地听着冠状病毒感染不断攀升
心疼地看着电视里不想见到的画面
无法想象
以往人来车往的武汉街头就这样冷冷清清
人们只能远远地互相逃避
惊恐无助，欲哭无泪

新型冠状病毒的魔鬼在春节前悄然降临
武汉告急，湖北告急
第一次听到封城的字眼
每一天都有不幸的消息传播
星星停止闪烁，小鸟不想飞翔
人们无聊、惘然、恐慌
中国怎么了，我们怎么办？
中华民族正经受着严峻的考验
在这关键的时候
党中央国务院指明了方向
“把人民群众生命安全和身体健康放在第一位”
一场没有硝烟的战争在中华大地打响

疫区就是战场，疫情就是命令
一个伟岸的身躯站出来了
像一位旗手如一个勇士
他温情的泪水啊
滋润着人们干涸的心胸
一群群白衣战士响应号召
辞别父母惜别儿女
视死如归急赴前线
洁白如雪的服饰成了希望的颜色

“我是共产党员，我去”
“我是共产党员，我上”
一个个从容的微笑把爱无私奉献
一个个坚定的眼神把心紧紧相连
时间紧迫，敌人凶险
我们的白衣战士啊
不分昼夜，废寝忘食
哪里需要就往哪里去
哪里危险就往哪里冲
战友倒下了，含泪前行
用刚毅的身躯阻挡了狂笑的疫魔
用纤细的手指抚慰着伤痛的大地

看
一个个患者送进来了
劳累危险，他们不惊慌
一个个患者康复出去了
欣慰高兴，他们献上鲜花
口罩留在脸上的伤痕装扮出最美的笑容
听
“我是党员我带头”
“我去最合适”

疫病害怕，患者放心
在这寒冰的冬天
医务工作者已打开通往健康的大门
我们肯定行，我们有希望
中华儿女坚强的信念筑起坚固的防线
逆行者匆忙的脚步已踏破魔鬼的美梦

岁月不能静好
我们只能勇往直前
致敬——
可爱可敬的钟南山院士
致敬——
2020年最可爱的白衣战士
寒冬就要过去
我们相信
“天使”一定能战胜恶魔
明天的太阳依旧冉冉升起

（原载2020年3月7日《汕头日报》）

致敬！阻击寒流的春之使者

——写给抗击肺炎病毒的白衣战士

□唐德亮

在这个迈向春天的日子
魔爪伸向大江南北，肆虐华夏
企图吞噬万物之灵
扑灭人类最宝贵的生命之火
阻断千万条通向春天的道路

阴云中有阳光照射
寒风中有暖流奔涌
保卫生命，拯救生命
迎击猖獗的毒魔
与看不见的敌人搏斗
无数的白衣天使挺身而出
放弃休息，放弃节日与亲人团聚
与病毒打响了一场
没有硝烟的战争
党中央一声令下
上海，广东，湖南，山西，天津……
3187名医护人员疾驰武汉
解放军防化团一千多官兵奔赴武汉
风萧萧，壮士无畏上疆场
别亲人，义无反顾奔前线
他们要用血肉之躯阻击寒流

他们要用科学之手掐断魔鬼的命脉
他们用心点燃心
用爱感动爱，用坚韧唤醒坚韧
用生命温暖生命
用自己的赤诚与热血
让春天的花朵恣意开放……

挡不住的春天，终会如期到来
因为中国的天南地北
有无数抗击寒流播种温暖的春天使者……

（原载《广东文坛》总331期）

致敬（外两首）

□余开明

我向一群奔跑于疾病的人致敬
向这个春天，献上一些祝福
向那些白衣服透出的光
创造出生的奇迹的人，致敬

我向这个世间，最美的身影致敬
向八十四岁的医者，还有十八九岁的年华
致敬，世间哪有什么天使
她们只是一群孩子，或是饱读诗书的一群医者

我向一群远离亲人的人致敬
孩子牵着父母的衣服，爸妈
你们要活着回来，在另外一个地方
他们与死神赛跑，与恶疾抢时间

我向所有的生命致敬
春天的暖风中有一丝丝我的问候

拥抱

我想拥抱春天
拥抱那些穿梭于病菌中奔跑的人
但时光，让我坐立不安

我想拥抱，武汉、北京、广州

但距离很长，从一个地方到一个地方
道路弯曲，他们迫不及待地换上衣裳

我想拥抱，那些惊慌的目光
一些生命沉下去，一些生命浮上来
一个时代的人，总有一些光挡在灾难面前
总有一些人，创造生的奇迹

火神山医院

选在火神山建一座医院，可以
去毒疗伤，离健康更近

一些祈盼的眼光，把慌乱
撇在耳朵之外，一群逆行的人
怀揣着光，把一个个夜晚照亮

寒冷的风吹拂，许多关起的窗户
让每一粒尘埃坐立不安

万物该有其所，我相信
武汉的石头与流水，能抵御一场灾难

（原载《广东文坛》总333期）

致敬

□安得

来不及写完一首诗
你们就返回
柔和的脸庞多了两道
勒痕

灰色的犀牛撞击护栏
羊群仓皇失措
关闭门窗的街道
在空空荡荡中想起吹哨人
黑天鹅飞过，终于召来
响亮的救护车

来不及写完一首诗
你们就返回
坚毅的脸庞多了两行
热泪

从一个城市捎回
樱花的消息，从恐惧中
找到一把钥匙，锁住痛苦的
果实，它不会失去我们

还有鸣笛的汽车
一棵树缊含一个声音

人心汇聚于此
这就是胜利

（原载《广东文坛》总333期）

致逆行荆州的你

□朱汉锋

我不知道你的名字
只知道你是仁爱的医者
在雾色茫茫的雨夜
你跃上战马
拂袖奔荆州而去

我不知道你的名字
只知道你是潇洒的诗人
在清冷的征途
写下诗意盎然的战书——
一曲浪淘沙
曾经多少风雅
庚子之疫
毁了荆楚芳名
你临危受命
生死决一线
且战且胜
这是惊天泣鬼的誓言
你孤胆逆行
天地间留下壮士长影

我不知道你的名字
只知道你是英勇的战士
此时此刻

你把诗心化作了利剑
与死神争夺同胞的生命
遥望荆楚
故乡送去衷心的祝福
待到春暖花开
我在珠玑巷门口等你凯旋

（原载《广东文坛》总332期）

致逆行英雄

□陈史烁

含羞草在触动的那一刻
整个叶子都蜷缩起来
蜗牛嗅到危险气味儿
将身体紧紧地掩起
草木尚且懂得爱护自己
却有一群逆行者奏响出征的旋律

白衣战士却将拳头高高举起
白纸上的红手印，摁下了清晰的纹路
那是奔赴战场的誓言
更是向瘟疫宣战的利剑
用微弱的身躯托起生命的希冀

出征前的情侣，手牵手不愿离去
泪水化作壮行酒，像是当年送情郎上战场
这是一场没有硝烟，却处处布满荆棘之地
厚厚的防护衣，把亲情暂时分离
在与瘟神决战的跑道上创造生命奇迹

列车启动了，战士出征了
亲人是你们最强的动力
病房是你们挥剑除魔的阵地
北方的冬雪在消融
南方的雾霾必将散去

梅花迎来春的到来
所有的英雄，逆向而行
用坚毅的信念
固守

（原载2020年2月9日“南方+”“粤读”南方号）

致逆行者

□李龙华

穿上白衣，仿佛战士披挂上阵。
长江边，一个城市的阵痛
蔓延了960万平方公里——

双肺的白有多么绝望，你身上的白
就带来多少希望。众神逃离之地

你逆向而行。只为料峭的春天
更多生命不像树叶，风一吹就
飘然落地

（原载2020年3月2日《南方日报》）

致长江

□张创辉

长江，我的万里长江
你途经荆楚、江城时
请你用澎湃的声音
代我问候一声，祝福一声
湖北您好！武汉您好！
请你用温柔的大手
代我抚摸一下龟山、蛇山
以及火神山、雷神山
告诉他们，我们的心
与大江、大湖、大武汉
一起澎湃
告诉他们，客居他乡的亲人
有千万颗滚烫的心温暖

长江，我的奔流不息的长江
你要发挥吞吐大荒的威力
让四面八方装满大爱的诺亚方舟，及时抵达英雄城市武汉
我们有理由相信
英雄的城市富含钙质
英雄的城市传承英雄的基因
英雄的城市劲吹楚风的精气神
英雄的城市盛产英雄

长江啊，我的澎湃的长江

你不是血泪，你是血脉
连接五湖四海的血脉
连接上下五千年的血脉

你看，春风已经启程
珞珈山的樱花即将怒放

祖国在，武汉不会流浪

□丘树宏

去年，
有一部电影，
叫《流浪地球》；
今年，
有一种现象，
叫流浪武汉。

不！决不！
也许，
地球可以流浪，
祖国在，
武汉不会流浪！

在这万家团圆的节日，
在这春暖花开的季节，
有谁愿意
离开自己的城市，
有谁愿意
离开自己的家乡。

来吧，
让我们空出酒店，
让我们打扫好客房，
让我们准备好生活的家杂，

让我们捧出当地饭菜的浓香。
就在这里安顿下来，
我们一起拉一拉家常。
啊！如果需要，
我们可以空出每一座城市，
我们可以让出每一个村庄。

武汉没有滔天原罪，
武汉之殇也是国之殇。
我们都是中华的民族，是中华的国度，
我们都是中华的子孙，有一样的爹娘。
有危难我们一起走过风雨，
有梦想我们共享灿烂阳光。
啊，武汉！
祖国在，
处处都是你的家乡；
祖国在，
武汉永远不会流浪！

（原载2020年2月3日《中山日报》）

最美逆行者

□戴逢春

一群乌鸦在长江上空飞过
瞬间，武汉铅云密布
新型冠状病毒
像查士丁尼大瘟疫在武汉蔓延
瘟疫暴发是对人性的极大考验
封城掐断传播途径
像壮士断腕
此刻，一群白色蝴蝶开始逆行
逆风而行，不畏危险与牺牲
义无反顾走进疫情重灾区
挺身扼守在生死线上
这是一种使命，这是一种责任
与肆虐的病毒做殊死的决战
生命的意义，谱写了高尚的真实
你的逆行飞出，是另一种意义
你将他的断臂还给他
你找不到悲愤的理由
你像划亮的火柴
火柴在你的手指间燃烧
闪耀的火光照亮了整个天空
恐惧已流失在路上
迷离的眼神，在防护镜下
正定位另一个眼神
好像一轮圆月冲出重围

你离开了另一个你
弯下腰施救的姿势
恬淡抑或谦卑
口罩外的眼眸
似乎更加明亮
你扇动翅膀
大地感觉轻了些

（原载《广东文坛》总332期）

别让它呀来伤害（粤语童谣）

□陈子典

嫲嫲出街去买菜，
急急脚，行得快。
我呀快步追上去，
拿个口罩畀佢戴。
嫲嫲讲：嗦，嗦，
乖孙记性好：
“唔戴口罩唔出街！”

旧体诗文

疫中赋

□王逸豪

己亥终末，庚子孟春，恶疾骇起，大疫行荡。祸害江汉，弥散荆楚，游旅阴携，至于四方。旬月之间，竟成席卷之势；倏忽之间，天下震动非常。

一时间，千家封门，百姓闭户，处处唯恐，人心惶惶；交通隔断，城池闭锁，道无车舟，空寂万巷。然病起忽微，青萍风起，传布于飞沫；百密一疏，危在咫尺，变异以难防。动魄无端，惊心常态，正旦佳节，欢欣无光；危如累卵，间不容发，星昏日暗，遍野凄凉。

然中国之大，人心效顺，老幼男女，俱砥成梁。多难而兴，岂因一疫而乱？殷忧启圣，盖垂事危而刚。国之危难，匹夫有责，人心奋起，抗疫匆忙；党政军民，东西南北，全民动员，其志维扬。中央决策，各级传导，运筹有度，落实遵纲；山川异邑，骨肉同胞，袍泽有难，来援八方。万里从戎，接力生命，解民倒悬，蹈火赴汤；群防联动，步步为营，守土克难，鹏抟慨慷。

疾风劲草，烈火真金，沧海横流，本色方彰。当是时也，有两院耆老，耄耋之年，抖擞精神，国士无双；有白衣天使，傲然屹立，妙手仁心，救死扶伤；有藏蓝卫士，栉风沐雨，日以继夜，监测巡防；有弱冠儿郎，基建雷火，披星戴月，负鼎而扛。

故宋横渠先生有教，为天地立心，为生民立命。时天下志士仁人，党员群众，不忘初心，砥砺而上；风雨同舟，守望相助，汇从四海，奔赴八荒。护苍生于病厄危难，救黎民于水火苍茫；照丹心于飘摇之际，洒血汗于无声疆场，可歌可泣，可宣可赞，既秉忠义之志，复守名士之望。万众一心，千钧之力，浩浩乎充沛十四亿百姓；芳草芝兰，英雄气象，隐隐乎蔚然九万里神州。艰难困苦，玉汝于成，绵延赓续，生生不息。中华兴复，非灾殃之能阻；人民意志，虽山海不可量。

噫吁，芳春将至，生机不远，令月风和，暖照初阳；山河依旧，家国无恙，草木重生，天道堂皇。须明日，病情有镇，疫乱冰消，黄鹤宜乘，樱花可赏；河清海晏，长乐未央，万物靖安，社稷祺祥。

八声甘州·鼠年除疫

依岸芷汀兰《八声甘州·庚子春节》韵

□谭志军

正张灯结彩闹迎春，神州喜洋洋。突江城受难，祸延八面，是处惊惶。忍看红衰翠减，万众结愁肠。何日除魔疫，重复春光。

岂让疫魔肆虐，看一声令下，举国严防。有万千天使，更圣手临场。疫妖魔，任由百变，众志前，休想再凶狂。无须久，惠风万里，一醉千觞。

庚子夜雨遐思

□方钦荣

自秋无滴雨，望断云间路，蒙日蔽灰尘，任风催绿树。病从楚界传，灾及汉河处。此祸几时消？人间曾伏虎。

庚子元日

□黄小云

疫情忍听过年加，似火焚心啜苦茶。
闻遣千军支武汉，听教四海护中华。
宅家诗酒风同暖，忧国江湖雨又斜。
莫道新春无妙咏，英雄层出一家家。

喝火令·战瘟疫

□张瑞次

肺疾瘟神虐，炎风锁日深。顿生惶恐造慌心。形势逼人应负，时急抱怀襟。

战鼓雷鸣响，征旗励士忱。震关山魍魉音喑。治疾炎稀，治疾愈源琛。治疾送魑香屑，誓写葬魔吟。

祭天神·对几回春色轻轻淡

□古国伦

对几回春色轻轻淡。晓窗前，格外阳光知几点？依依昨梦犹残，电视开无断。眼前家国战关山，催心钻。

战“疫”鼓，声声撼。手执笔、投向阻击线。瘟神灭，捷报快，壮丽山河恋。看春天，花红杨绿，都换新颜，竞处春光，正是情无限。

江城子·抗击新型冠状病毒肺炎

□杜海

江城疫降怵人心，毒厮侵，恶邪临。扰我民生，岁末竟伤深。传染居然尤迅速，时未久，域浸淫。

疫情紧急发强音，力如金，志如林。共济同舟，举国势森森。严守封城防扩散，齐携手，拒寒阴。

抗疫英雄赞

□牟国志

灾降江城鬼魅狂，
芸芸黎庶惨遭殃。
濒危自有脊梁挺，
祛难堪依国势强。
天使仁心蹚命路，
雄兵血肉筑铜墙。
勿忧鼠岁春声晚，
一夜东风万壑苍。

凌寒花开

□林迎

疫降江城噩梦牵，长流悲滞乱云烟。
抗非往日人空巷，除疠今朝万里援。
热血舍家寒暮晚，丹心报效暖双肩。
冰悬雪落花枝俏，惊讶春雷酿美妍。

江城子·给韶关赴武汉抗疫一线医务人员

□毛瑞华

追风踏雨楚荆江，白戎装，铸堤防，血肉之躯，偏向逆流行。一曲韶音穿九派，施仁术，射天狼！

英雄洒泪气更长，梦高堂，念妻郎，嬉狗黄童，揉断九曲肠。又闻忽而号角起，当赴义，慨而慷！

破阵子·抗疫其二

□卫淑贤

寻常己亥岁末，
不平庚子春节，
忒是无情冠状毒，
无状蔓延行秽邪，
几多天地别。

杏林赴汉青壮，
悬壶驱疫耄耋，
常道白衣是天使，
请缨自去赴险绝，
定让雨骤歇。

破阵子·送瘟神

□陈耀旋

可恨新型病毒，猖狂祸害连营。百里汉阳无客影，千载荆襄绝市声。杏林尽赤诚。
蔡甸通宵飞快，汤山平地高擎。誓灭瘟君无处遁，华夏同舟朝夕争。萧萧鼓角鸣。

阳春抗疫

□蔡少尤

忧患长存奔劫多，阳春自古有华佗。
各鸡回麓成年凤，万象归心除疫魔。
侧畔沉舟愁岸火，池边翰墨乐耕歌。
天开一线彤彤日，满目青山水无波。

一剪梅·赞抗击新冠病毒天使

□刘志强

庚子年初肺疫新，百姓伤神，天使劳辛。中华大地漫阴尘，口罩防身，不敢相亲。安守家中上网频，莫问原因，保命当真。感恩前线白衣人，医者心仁，大爱犹珍。

忆秦娥·抗冠瘟

□蔡明海

楚天泣，
毒云瘴雾愁漫日。
愁漫日，
瘟神作孽，
九州悲恻。

大夫天使齐扶急，
千家万户同休戚。
同休戚，
灾殃何畏？
炎黄无敌。

赞陆丰市援助湖北医疗队出征

□庄泽洪

正月江城不见春，愁云惨雾罩人伦。
逆行勇士忘生死，大爱良医入棘榛。
要使龟蛇祥祉复，敢教荆楚貌容新。
且看冰散花开日，共贺归来把盏频。

战疫赋

□肖辉鹏

庚子肇始，华夏染疾。冰寒未散，病疫蔓延。大地悲切，山河恸哭。冠状魑魅行无忌，邪疫魍魉笼暮晨。九省通衢行道断，楚荆江城巷路空。阡陌田野绝鸟影，游园街角寂童音。家家闭门拒来客，户户佳节不访亲。茫茫妖雾暗日月，凄凄哀吟断愁魂。

岌岌江城战鼓急，危危楚荆求援切。黎庶着病悬残命，凶魔肆虐荡九州。妙手仁心，临危不惧驰援去；救死扶伤，战甲披身逆向行。慷慨前行意难摇，守土有责志愈坚。耄耋国士千钧策，杏林春暖救危方。白衣天使展慈翼，迷彩英雄护长安。丹心耿耿昭日月，铁骨铮铮凌绝峰。猎猎红旗舞苍穹，闪闪党徽耀四方。

冬将去尽逐凛冽，春已来到怀暄妍。祈盼冰消风云暖，诚愿雾尽皓月明。热血腾腾铸忠诚，红心跃跃书担当。万众一心克险阻，众志成城渡难关。斩妖除魔欢庆日，降龙伏虎凯歌时。芳景如屏，江山如画。华夏妖邪尽，神州水云清。

致敬一线全体医护人员

□黄小云

肺疫袭来春换劫，狂澜力挽赖何人。
白衣自荐忘生死，青史今书载苦辛。
拼命犹欣躯作铁，临危岂惧疾侵身。
江城幸有英雄在，举国丹诚向北辰。

庚子避疫有感

□刘斯奋

题记：庚子新正，瘟疫肆虐，谨遵号令，坚守家中。信病毒必克，捷报不远也！

坚料流言满耳传，偶然点击只随缘。
耽书自可消长昼，铺纸犹堪画半天。
门无剥啄因人静，茶有芬芳趁雨前。
待把瘟神送归位，欢歌得胜看新篇。

（原载2020年2月5日《南方日报》）

志役

□刘煜祖

己亥将末，庚子甫始，有大疫潜侵荆楚而欲狼食中华。是时，疾势凶而民情恐，患众数而亡惊心，遂举一国之力而战之。民者，闭其户而止期访；巡者，保道通而守治安；商者，倾全产而忽盈亏；医者，救人疾而忘己危。兰娟之法炼神丹妙药以击疫要，南山之音唤雷火二兽而往战地。东齐鲁，西华西，南湘雅，北协和，并之以五域之军医，伐疫之众将亦皆汇于此，由此可观，是乃鏖战之兆也。

值疫势严峻，固应民情低瑟，然全民同仇，上下同意，萧然之气，未之有也。富庶之方捐资以助医事顺，技高之人献术以彰疫本真，农者愿献其所刈，工者愿献其所制，藏者愿献其所备，贫者愿献其所积，可谓诸司恪职以赴国难，百姓聚力以击大疫。

海内如此，海外之情亦佥同于华也。侨胞共济，逴客齐应。扶桑后人，越东洋惊波而寄礼携诗；罗刹儿女，跨俄蒙极寒而送炭忘言。巴邦铁盟，倾一国之董储，动上下之泽源，笃惇无言，终始无弃，誓诺与共，令人感而雨泣。

同袍者无数，同道者无别。虽疫毒未尽，然综述而观，讵有无尽之日乎？于战疫者，捷报定在传于途；为志役者，潸然而预书所志之终："疫霾祛于不日，是时，春临荆楚而万物苏醒，有如夜尽而见东方之白。久未知街巷市集之熙攘，百姓皆启门而出，弃蒙口而相拥，众颜辗然，不觉泪下，乃知胜矣。"